Irische Nierchen gefällig?

Chris Alder

Irische Nierchen gefällig?

Bibliografische Information der Deutschen Nationalbibliothek:
Die Deutsche Nationalbibliothek verzeichnet diese Publikation in der Deutschen Nationalbibliografie; detaillierte bibliografische Daten sind im Internet über http://dnb.dnb.de abrufbar.

TWENTYSIX – Der Self-Publishing-Verlag
Eine Kooperation zwischen der Verlagsgruppe Random House und BoD – Books on Demand

© 2016 Chris Alder

Herstellung und Verlag:
BoD – Books on Demand, Norderstedt

ISBN: 9-783740-732356

Illustration: © Anna-Lena Spies, www.eerilyfairdesign.com

1

Wenn es nach dem Wetter ginge, konnte der Tag nicht besser werden. Doch wenn es nach der Laune von Dr. Peter George Forgerson ginge, wäre es besser, der Tag würde nicht existieren. Wie oft hatte er sich schon eingeredet, dass man ein Justizgebäude nur betreten sollte, wenn es unbedingt nötig war. Leider half das alles nichts. Er arbeitete in diesem Gebäude als jüngster Crown Counsel Prosecuter der Königin und wohl auch oftmals der umstrittenste.

Der heutige Tag gehörte wieder zu einen der zahlreichen, schwarzen Tage seines Lebens.

„Hören Sie, Dr. Fox." Dr. Peter George Forgerson stoppte seinen Vorgesetzten mit einem scharfen Blick.

„Forgerson", berichtigte er dann kühl. „Seit vier Wochen ist mein Nachname Forgerson, falls Sie dies vergessen haben, Dr. Brooks. Seit zwölf Wochen weiß ich und die ganze Welt, dass ich nicht der Sohn von John Fox bin. Seit zwölf Wochen ist wohl ganz Großbritannien informiert, dass Lord Sheringham sich als Samenspender für meine Mutter zur Verfügung gestellt hat, da sein Bruder impotent war. Seit vier Wochen heiße ich jetzt Forgerson. Ich bin der Sohn meines Onkels, Sir Julian Forgerson, des vierzehnten Earl of Sheringham!" Bei seinem Wutausbruch färbte sich Peters Gesicht rot.

„Das ist mir wohl bekannt, Dr. Forgerson. Mir ist völlig bewusst, dass Sie diese Geschichte sehr berührt. Ebenso habe ich volles Verständnis für Ihren Gemütszustand im Moment, jedoch kann ich Ihr Benehmen gegenüber der Presse nicht tolerieren. Sie repräsentieren das Rechtsystem des Königreichs. Ihr Betragen gegenüber den Medien war völlig indiskutabel." Dr. Brooks hatte sich in seinem Sessel aufgerichtet. Sein Mienenspiel ließ nichts Gutes erwarten.

„Auch die Presse hat die Regeln von Respekt und Anstand zu befolgen", verteidigte sich Peter. Seine Augen hatten sich dunkel gefärbt. „Es ist nicht rechtens, wie dieser Journalist mich in aller Öffentlichkeit verunglimpfte. Natürlich setzte ich mich zur Wehr. Vielleicht war meine Bemerkung etwas harsch", gestand er ein und fuhr sich verlegen durchs Haar. Dr. Brooks musterte ihn eingehend. Er kannte den Charakter von Dr. Forgerson nur zu gut. Er war impulsiv, ehrgeizig und vor allem stur. Manchmal war er auch ein ganz guter Staatsanwalt. Dr. Brooks konnte gut nachvollziehen, dass ihn die Neuigkeit über seine Herkunft und deren Folgen in Aufruhr versetzte.

Ein Reporter vom ‚The Strand' hatte eine Reportage über die ältesten und reichsten Familien Großbritanniens gestartet. Dazu gehörte auch die royale Familie Forgerson. Das Geschlecht Sheringham wurde das erste Mal im zehnten Jahrhundert erwähnt. Sie besaßen große Ländereien. Seit dem achtzehnten Jahrhundert folgten sie der Wissenschaft der Medizin. Über zwei Jahrhunderte entwickelten sie sich von anfänglichen Forschern zu Pharmazeuten. Das Laboratorium entwickelte sich zu einer Pharmaindustrie, die sich durch Sir Julian Forgersons emsigem Bestreben im globalen Markt sicher behauptete. Sir Julian Forgerson war der jüngste der drei Brüder des XIII. Earl of Sheringham. Richard Forgerson, der Älteste, verspürte keinerlei Interesse am Titel und an der Firma. Er verliebte sich in eine Schottin, deren Vater stolzer Besitzer einer Whiskeydistillery war. Sein Bruder John Forgerson, der sich der Justiz zuwandte, folgte seinem Beispiel und heiratete die Schwester seiner Frau.

John Forgerson wurde Richter. Er und seine Frau wünschten sich sehnlichst Kinder. Bald jedoch mussten sie feststellen, dass er nicht zeugungsfähig war. Nach langer Überlegung baten sie Julian Forgerson, dessen frisch angetraute Frau Maude bereits sein Kind in sich trug, um eine Samenspende. Nachdem Maude zustimmte, willigte er ein. Sie alle genossen die unbeschwerte Zeit miteinander. Doch bald schon sollte sich das Blatt wenden. Auf John Forgerson wurden, nachdem er zwei Schwerverbrecher eines Syndikats verurteilte, mehrere Attentate verübt. Zum Schutz seiner Frau und der Familie ließ er sich in ein Zeugenschutzprogramm aufnehmen. Er erhielt einen neuen Namen und die Möglichkeit, ein Leben in Amerika zu beginnen. Seither hieß er John Fox. Seine Frau gebar nach der erfolgreichen Samenspende eineiige Zwillinge. Peter George und Paul. Die Geburt verlief jedoch dramatisch und sie verstarb nach schweren Blutungen noch am gleichen Tag. John zog die Kinder mit all der Liebe, die er ihnen geben konnte, auf. Unterstützt wurde er von seine französischen und italienischen Haushaltshilfen, die den Jungen die Leviten lasen. Als die beiden sechs Jahre alt waren, verunglückte John Fox bei einem Autounfall tödlich. Ein Freund von ihm adoptierte sie, nachdem es offiziell keine Verwandten gab. Die Spannung, die sich zwischen Peter und seinem neuen Vater aufbaute, war unerträglich und vergiftete das Familienleben. Peters Abscheu schlug schon bald in Hass um und er ließ es Mr Harrison zu jeder Zeit wissen. So das Mr Harrison, um ihn Manieren beizubringen, ins Internat steckte . Dabei sorgte er dafür, dass Peter für seine Aufsässigkeit und schlechtes Benehmen strengst gemaßregelt wurde.

Zur gleichen Zeit verstarben die Eltern von Julian und Richard Forgerson. Mit Entsetzen musste Julian Forgerson feststellen, dass das Überleben der Firma und des Anwesens am seidenen Faden hing. Mit all seinem Willen und seinen Fähigkeiten schaffte er es schließlich, die Firma aus der Krise zu führen und sie zu einer ernstzunehmenden Konkurrenz anderer Pharmafirmen wiedererstehen zu lassen. Sir Julian Forgerson erfuhr erst einige Zeit später vom Tod seines Bruders John. Nachdem ihm die Situation zwischen Mr Harrison und Peter bekannt wurde, adoptierte er Peter und holte ihn zu sich nach Hause nach England. Peters Lebensart veranlasste ihn, ihn streng zu erziehen, um ihn so vor seinen waghalsigen Abenteuern zu schützen und ihn auf seinen Werdegang vorzubereiten.

Während der Recherche über die reichsten Familien Englands stieß ein Journalist des Strands auf die Geburtsurkunde von Peter, die nur die Initialen JF des Vaters trug. Dies ließ ihn sofort stutzig werden. Nach eingehenden Nachforschungen stieß er auf die Lösung des Rätsels. Es war die Sensation. Die passende Story für das Sommerloch. Der Monat war gerettet:

,Staatsanwalt Fox, Kind eines Samenspenders'

Darunter stand ein ausführlicher Bericht über die Zeugung des Herrn Staatsanwalts. Peter konnte diesen Artikel leider nicht vor der Herausgabe bewahren, da er erst durch diese Titelseite von seinem richtigen Vater erfuhr. Seitdem wurde er Tag und Nacht von Journalisten malträtiert. Bei einem Schlagabtausch zwischen ihnen kam es zu unschönen Worten. Peter scherte sich darüber jedoch wenig. Man hatte ihm beinahe sechsundzwanzig Jahre ein Märchen vorgespielt.

Sir Julian wollte dem Ganzen endlich ein Ende setzen. Er gab der BBC ein Interview, bestätigte die ganze Geschichte und schritt zur Tat. Bevor Peter sich versah, wurde er als leiblicher Sohn von Sir Julian Forgerson anerkannt und trug seither den Namen Forgerson.

„Es geht nicht um diesen Journalisten, Dr. Forgerson", riss ihn Dr. Brooks aus den Gedanken.

„So, es geht wohl um meine neue Identität?", fragte er angriffslustig. „Unsinn! Setzen Sie sich endlich." Mit einer energischen Handbewegung deutete er zum Sessel gegenüber. Widerwillig nahm er Platz. Dr. Brooks seufzte abgrundtief. „Ich habe Sie wegen der Arkwoodaffäre kommen lassen. Gestern Abend erhielt ich einen Anruf aus dem Justizministerium."

Peters Augen begannen gefährlich zu funkeln.

„Tatsächlich", bemerkte er vorwurfsvoll und warf verächtlich die Zeitung, die er in der Hand gehalten hatte, auf den Schreibtisch. Die Überschrift schrie ihm schon ins Gesicht: ‚Bastard zerstört Ehre einer adeligen Familie.'

Dr. Brooks Blick glitt über die Schlagzeile. Er kannte bereits den Titel. Mit einem Seufzen hob er den Kopf und musterte Peter. „Lächerlich!", fauchte Peter. Seine Wangen glühten, seine Augen glitzerten wie Fixsterne. „Sie machen mich dafür verantwortlich, dass mein Vater als Samenspender agierte. War ich denn schon verdammt, bevor ich überhaupt atmen konnte?"

„Ich weiß, dass Sie im Focus des Interesses stehen und es ist weitaus verständlich, dass Ihnen dies ziemlich zusetzt. Wir verstehen dieses Problem. Es liegt uns am Herzen, Ihnen die Möglichkeit zu geben, die neuen Umstände zu verarbeiten. So sind wir zu einer zufriedenstellenden Lösung gelangt." Der freundliche Ton setzte Peter sofort in Alarmbereitschaft. Argwöhnisch legte er den Kopf schief und harrte der Dinge, die folgen würden. Dr. Brooks richtete sich auf.

„Vor kurzem verstarb in Nordirland Richter Dixon. Er gehörte dem englischen Gerichtshof an und vertrat für lange Zeit die Krone. Nun, man bat uns die Hinterlassenschaft, die die englische Justiz betreffen, zu sichten und dafür zu sorgen, dass die Dokumente in die englische Gerichtsbarkeit zurückgeführt werden." Peter traute seinen Ohren nicht. Er musste sich eindeutig verhört haben.

„Sie wünschen mich nach Nordirland, um Akten eines verstorbenen Richters aufzuarbeiten?", fragte Peter ungläubig, „ich?" Er schüttelte entschieden den Kopf. „Das ist völlig unmöglich. Ich bin in drei wichtigen Fällen tätig. Von all den anderen gar nicht zu sprechen. Es ist mir unmöglich zu vereisen. Auf gar keinen Fall." Dr. Brooks hob leicht den Kopf.

„Dr. Forgerson, missverstehen Sie mich nicht. Dies ist keine Bitte. Es ist eine Anordnung des Justizministeriums. Ihre Arbeit wird einer Ihrer Kollegen weiterführen. Sie werden jetzt nach Hause fahren, Ihre Koffer packen und die Maschine um vierzehn Uhr nach Belfast nehmen", setzte er ihn vor vollendete Tatsachen. Peter schnappte nach Luft. Sein Puls raste. Bestimmt würde er dies nicht tun.

„Ich werde dieser Aufforderung sicherlich nicht Folge leisten. Meine Arbeit hier…"

Dr. Brooks hatte sich von seinem Sessel erhoben. Seine Gestalt nahm eine bedrohliche Haltung an.

„Es schadet dem Crown Counsel, wenn die Medien an der Glaubwürdigkeit unserer Anwälte rütteln. Mit Ihrem Eid haben Sie sich verpflichtet, der Ehrbarkeit des Amtes Folge zu leisten. Mehr gibt es dazu nicht zu kommentieren. Ich werde mich nicht wiederholen." Entschlossen hielt er ihm das Ticket hin. Peter stand kurz vor einer Explosion. Unwirsch griff er nach dem Ticket und verließ wutschnaubend den Raum.

Ohne einem seiner Kollegen eines Blickes zu würdigen, rauschte er an ihnen vorbei und knallte mit voller Wucht die Tür seines Büros hinter sich zu. Miss Kandler zuckte vor Schreck zusammen. Sie warf einen Blick auf die Tür und wandte sich mit einem resignierten Schulterzucken wieder ihrer Arbeit zu. In letzter Zeit gab es des Öfteren diese Reaktion. Mitleidig warf sie einen Blick auf die verschlossene Tür. In den letzten Wochen setzte man dem jungen Anwalt mächtig zu. Kein Wunder, dass seine Nerven blank lagen.

„Ich hasse euch!", schrie Peter und fegte ein dickes Gesetzbuch von seinem Schreibtisch, das mit einem großen Krach zu Boden fiel. Entmutigt ließ er sich auf seinen Sessel fallen und starrte ausdruckslos auf seinen mit Akten, Papieren, Büchern und Computer überfüllten Schreibtisch. Ein paar orange Rosenblätter hatten sich von der Blüte gelöst und zierten einen Stoß Dokumente in der Ablage. Verdammt sei der Tag, an dem er zur Welt kam! Warum spielte man ihm immer etwas vor? Warum hatte man ihm die Wahrheit verschwiegen?

„England, wie ich dich hasse! Deine Menschenmassen lechzen nur danach, den Spott und die Missgunst über andere zu ergießen." Entmutigt stand er auf, warf ein paar Akten in seinen Aktenkoffer, zog seinen Mantel an und setzte sich den Hut auf. Er ließ nochmals seinen Blick durch den Raum schweifen.

„Ade, Ort meiner kläglichen Arbeit", verabschiedete er sich und öffnete die Tür. Mit entschuldigender Miene wandte er sich noch kurz an Miss Kandler: „Miss Kandler, ich möchte mich verabschieden."

„Verabschieden?", wiederholte sie überrascht und zog fragend ihre peinlichst genau gezupften Augenbrauen nach oben.

„Ich wurde nach Nordirland berufen."

„Nordirland", murmelte sie und musterte ihn verstohlen.

„Eine nicht aufschiebbare Angelegenheit erwartet mich dort", antwortete er durch zusammengebissene Zähne.

„Wann werden wir Sie zurückerwarten können?"

Peter zog scharf die Luft ein. „In ein paar Wochen wohlmöglich."

„Ich verstehe." Ihr Blick glitt zur Bürotür. „Ich werde mich in Ihrer Abwesenheit um Ihre Pflanzen kümmern und das Buch aufheben, das Ihnen zu Boden geglitten ist", fügte sie mit einem feinen Lächeln an.

„Danke", murmelte Peter verlegen, reichte ihr nochmals die Hand und verließ das Gebäude.

Peter hoffte, seinen Vater zu Hause nicht anzutreffen. Als er die große Eingangshalle betrat, fiel sein Blick auf den dunklen Aktenkoffer, der beim Kabinett stand. Seine Hoffnung war zerstört. Schritte waren vom Westflügel her zu vernehmen. Peters Miene verdunkelte sich augenblicklich.

„Guten Tag, Dr. Forgerson. Wir haben Sie noch nicht zurück erwartet", begrüßte ihn Darson, der Butler reserviert.

„Jedoch wie mir scheint Lord Sheringham", knurrte Peter. Für diese Bemerkung erntete er einen strafenden Blick des Butlers. Schon im ersten Moment, seit Peter wieder im Hause seines Vaters lebte, war es gegeben, dass Darson Peter verachtete. Er war seinem Vorgesetzten zu hundert Prozent loyal. Peters Benehmen, seine Abenteuer, die Art, wie er die Familie immer wieder in den Focus der Öffentlichkeit brachte, missfiel ihm zu tiefst. Er machte keinen Hehl daraus und ließ es Peter bei jeder Begegnung wissen.

„Ich denke, dass Ihr Vater das Recht besitzt zu kommen und zu gehen, wie es ihm beliebt. Er schuldet Ihnen sicherlich keine Rechenschaft. Und um auf Ihre Bemerkung zu antworten, Dr. Forgerson, haben wir in der Tat gewusst, dass Lord Sheringham zum Lunch zu Hause sein würde", entgegnete er Peter scharfzüngig. Nur zu gut konnte er sich vorstellen, weshalb er schon jetzt hier war.

„Bitte richten Sie doch Sir Julian aus...", begann Peter, doch Darson bremste ihn mit einer energischen Handbewegung.

„Lord Sheringham erwartet Sie bereits."

„Mir fehlt die Zeit für eine Unterredung", erwiderte er scharf und wandte sich zur Treppe.

„Ihre Koffer werden bereits gepackt. Es hindert Sie nichts daran, Ihren Vater zu sehen, Dr. Forgerson, und ich lege Ihnen wirklich nahe, Lord Sheringhams Geduld nicht weiter auf die Probe zu stellen." Peter sog scharf die Luft ein. Seine Augen funkelten wie Fixsterne. Darson deutete zum Westflügel, hob herausfordernd den Blick. Die Spannung war deutlich fühlbar. „Wünschen Sie meine Begleitung?", fragte Darson.

„Danke nein, Mr Darson. Ich kenne den Weg", zischte Peter zwischen zusammengebissenen Zähnen hervor und ging, ohne Darson nochmals anzusehen, zum Arbeitszimmer seines Vaters.

Im Kamin brannte ein Feuer. Angenehme Wärme verbreitete ein anheimelndes Gefühl. Die Sonne warf ihre Strahlen auf den Teppich und ließ Staubpartikel in der Luft tanzen. Peters Vater saß hinter seinem schweren Kirschholzschreibtisch und blätterte in einem dicken Wälzer. Der Computer lief. Als Peter eintrat, hob er den Blick und musterte ihn prüfend. Seine geröteten Wangen, das Funkeln in den dunklen Augen sprachen für sich.

„Du bist schon hier?" Es war mehr eine Feststellung als eine Frage. Er sah Peter prüfend an.

„Ja, ich werde jedoch nicht lange bleiben", bemerkte Peter barsch. Sir Julian hob fragend die Augenbrauen. Diese Geste machte Peter umso wütender. „Ich werde verreisen", verkündete er mit schneidendem Unterton.

„Verreisen", wiederholte Sir Julian ruhig.

„Ja, wie du sehr wohl weißt, bin strafversetzt worden. Nach Nordirland, solange bis sich die Lage beruhigt hat." Verzweifelt warf er die Arme in die Luft. „War das auch dein Tun? Ist es noch nicht genug, wie mit mir verfahren wird?!"

„Peter…"

„Nein, erspare mir bitte dieses Gerede. Ich bin es überdrüssig." Sir Julian legte seinen Stift beiseite und schaute seinem Sohn geradewegs in die Augen.

„Setz dich bitte. Wie mir scheint, kannst du die Tatsache deiner Herkunft immer noch nicht akzeptieren." Schärfe mischte sich in die Stimme seines Vaters. Peter ballte die Hände zu Fäusten. Zögernd nahm er in dem Sessel gegenüber seines Vaters Schreibtischs Platz.

„Wir haben eingehend darüber gesprochen. Diese Gespräche würde ich keinesfalls als Gerede bezeichnen. Blutproben, Gentests und die Zeugenaussage von Maude sollten dir als Beweis genügen. Über die Umstände, weshalb du nicht darüber informiert worden bist, wurdest du bestens informiert. Es wird nun wirklich Zeit, dass du akzeptierst, mein Fleisch und Blut zu sein. Du bist mein Sohn." Sir Julian ließ eindeutig die Endgültigkeit seiner Aussage erkennen.

„Ihr hättet es mir viel früher sagen können!", platzte es aus ihm heraus. Er konnte den Gedanken nicht verscheuchen. All diese Vortäuschungen, all die langen Jahre. Sir Julian musterte ihn für einen langen Moment. Die dunklen Locken und geschwungenen Lippen stammten von Elizabeth, seiner Mutter, die nussbraunen Augen und hohen Wangenknochen waren eindeutig von ihm. Bei genauer Betrachtung war deutlich zu erkennen, wessen Kind Peter war.

„Hätte es dir etwas genützt? Du fühltest dich nie wie ein Forgerson. Du hast dich regelrecht dagegen gewehrt, zu unserer Familie zu gehören. Warum hätte ich dir also erzählen sollen, dass du mein leiblicher Sohn bist? Mein eigen Fleisch und Blut?"

„Es macht dir wohl noch Spaß, mich in dieser Lage zu sehen!", fauchte Peter aufgebracht.

„Ich frage mich nur, warum du dich so dagegen wehrst, Peter? Was bewegt dich, uns nicht anzunehmen?"

„Das fragst du noch?" Peter fuhr hoch. Er konnte sich nicht mehr im Sessel halten. Sein Puls raste. Seine Hände waren feucht. Sein Brustkorb hob und senkte sich deutlich im schnellen Rhythmus. „Ich weiß nicht, zu wem ich gehöre. Ich bin doch nur ein Spielzeug in deinen Händen. So wie es dir zu Gemüte steht, setzt du mich ein. Ich kann nicht einmal sagen, ob es dein oder mein Wille ist, wenn ich irgendetwas tue. Ich fühle mich wie eine Marionette in deiner Hand. Ganz langsam hast du mich zu dem gemacht, was ich bin. Ein willenloses Ding in deiner Gewalt. Je mehr ich mich dagegen wehre, desto mehr engst du mich ein. Solange bis ich aufgebe. Erwartest du, dass ich dich dafür liebe?"

„Deine Phantasie geht wieder völlig mit dir durch, mein Junge. Du setzt dir selber Grenzen. Dazu brauchst du mich nicht, mein Kind. Tatsächlich hast du diese Luftveränderung wirklich nötig. Es gibt dir die Möglichkeit, Abstand zu gewinnen und die Dinge wieder klar zu sehen. Dr. Brooks hatte mit dem Vorschlag, dich nach Nordirland zu senden, völlig Recht. Es wird die Dinge wieder ins rechte Licht setzen und dir die Gelegenheit geben wieder auf den Boden zu kommen, was du wirklich nötig hast", setzte er scharf hinzu. Peter hatte seine

Augen geschlossen und zählte seine Atemstöße. Er hatte keine Lust mehr, weiter darüber zu streiten. Wieder wurde er nicht ernst genommen. Ihm wurde wieder einmal schmerzlich klar, wer die Fäden seines Lebens in der Hand hielt.

„Ich muss mich fertig machen. Mein Flugzeug geht in drei Stunden. Ich bin ohnehin schon zu spät dran." Sir Julian stand auf und trat zu ihm.

„Es sind nur ein paar Wochen, Peter", beschwichtigte er ihn und legte eine Hand auf seine Schulter. Peter sah weg. Tränen glitzerten in seinen bereits tiefschwarzen Augen. Ein dicker Kloß hatte sich in seinem Hals gebildet.

„Ich muss gehen", murmelte er und wandte sich ab.

„Du wirst mir schreiben." Peter drehte sich zu ihm um. Sir Julians Augen durchbohrten ihn. Peter nickte. Ein feines Lächeln erschien auf den Lippen seines Vaters. Aus einem Impuls heraus nahm er ihn in die Arme und drückte ihn. „Pass auf dich auf, Peter."

„Werde ich", antwortete Peter krächzend, löste sich aus der Umarmung und verließ so schnell wie möglich das Zimmer. Niemand sollte seine Tränen sehen.

2

Das Flugzeug landete pünktlich um Fünfzehn Uhr Fünfundvierzig in Belfast. Kreidebleich und mit wackeligen Knien verließ Peter das Flugzeug. Es war jedes Mal ein Alptraum für ihn, den sicheren Boden zu verlassen. Er nahm den nächsten Eilzug nach Enniskillen und fuhr dann mit dem Bus nach Belleck. Die Turmuhr der Dorfkirche schlug gerade die volle Stunde, als der Bus an der verwaisten Haltestelle anhielt.

„Bitte alle aussteigen. Der Bus endet hier", rief der Fahrer und öffnete die Türen. Peter sah von seinem Buch auf.

„Sind wir hier in Garrison?", fragte er und setzte seinen Hut auf.

„Nein, Sir. Wir sind in Belleck", antwortete der Fahrer ihm gutmütig. Eine kleine Falte bildete sich zwischen Peters Augenbrauen. Er zog seinen Mantel aus dem Gepäcknetz und schlüpfte hinein.

„Man sagte mir, der Bus fährt nach Garrison."

„Da hat man Ihnen wohl das Falsche gesagt. Hier ist Endstation." Peter warf einen Blick aus dem Fenster. Der Herbstwind zauste in den Bäumen und trieb das gelbe Laub in die Dunkelheit. Die Sonne verabschiedete sich mit einem letzten roten aufglimmen am Horizont.

„Gibt es hier ein Taxi?", wollte Peter wissen, während er sein Buch in einem kleinen Koffer verstaute. Der Busfahrer lachte laut auf.

„Typisch Engländer", bemerkte er abschätzig und schüttelte mitleidig den Kopf.

„Und wie komme ich jetzt nach Garrison?", wünschte Peter zu wissen und starrte durch die Scheibe in die hereinbrechende Nacht hinaus.

„Na, zu Fuß", antwortete der Busfahrer, als spräche er mit einem begriffsstutzigen Kind. „Heute fährt keiner mehr nach Garrison."

„Zu Fuß?", stieß Peter entsetzt aus.

„Aber natürlich oder sind Sie nicht fähig zu gehen?"

„Es ist mittlerweile dunkel", erinnerte ihn Peter und schob seine zwei Koffer den Gang entlang. Demonstrativ warf der Busfahrer einen Blick aus dem Fenster.

„Tatsächlich, wie schnell es zur Zeit schon dunkel wird", bemerkte er und troff vor Ironie.

„Gibt es hier eine Übernachtungsmöglichkeit?" Peter war nun ziemlich genervt.

„Übernachten?", wiederholte der Busfahrer ungläubig und grinste dann über das ganze Gesicht. „Keine Chance, Engländer." Er beobachtete kurz Peters Mienenspiel, dann fügte er freundlich hinzu: „Morgen fährt der Postwagen rüber. Sie gehen jetzt zum Posthaus und geben dort Ihre Koffer ab. Der Postbote nimmt Ihre Koffer sicher morgen mit nach Garrison. Wenn Sie zügig gehen, sind Sie in zwei Stunden in Garrison."

Peter seufzte abgrundtief. „Danke für die Auskunft."

„Hab ich doch gerne gemacht, Engländer." Dabei grinste er Peter schadenfroh an. Irgendetwas an diesem Busfahrer konnte Peter nicht leiden. Er zog seine zwei Koffer aus dem Bus und marschierte rüber zu dem kleinen Posthäuschen. Der Wind war kalt und schnitt ihm ins Gesicht. Im Untergeschoss brannte Licht. Er musste dreimal läuten, bis ihm geöffnet wurde. Ein hochgewachsener, gut proportionierter Mann mit dunklem Vollbart und roten Wangen öffnete ihm die Tür.

„Entschuldigen Sie bitte die Störung. aber man sagte mir..."

„Fin Engländer", unterbrach ihn der Mann und machte eine geringschätzige Bewegung. Peter hatte langsam die Nase voll. Für heute hatte er nun schon genug Strapazen hinter sich gebracht.

„Man sagte mir...", begann er wieder. Nochmals wurde er unterbrochen

„Sie wollen nach Garrison. Lassen Sie die Koffer hier, ich nehme sie morgen mit. Wenn Sie nach Garrison wollen, müssen Sie da vorne links abbiegen und dann immer die Straße entlang. Nach drei Meilen kommt eine Abzweigung, da gehen Sie rechts. Das erste Haus links ist das Richterhaus. Sie können es nicht übersehen. Sie sollten jetzt losgehen, sonst könnte es sein, dass die Werwölfe Sie holen. Die haben Engländer nämlich zum Fressen gern", fügte er hinzu. Peters Wangen röteten sich. Seine Augen färbten sich dunkel. Was dachten diese Personen, wer sie waren? Peters Abneigung gegen diesen Herrn war grenzenlos.

„Ich nehme diesen Koffer mit. Es wäre nett, wenn Sie mir den großen liefern würden", erklärte er kühl, schob sich den Rucksack zurecht und hob den kleinen Koffer vom Boden auf.

„Guten Abend Sir." Peter nickte ihm knapp zu und drehte sich um.

„Ach, Engländer!", rief ihm der Mann nach. Peter wandte sich zögernd um. Sein Gesicht glühte vor Wut und die Augen funkelten wie

zwei Fixsterne. „Kommen Sie nicht vom Weg ab, ich habe keine Lust,
Ihr Zeug versteigern zu lassen."
Ohne ein Wort zu erwidern, drehte Peter sich um und marschierte
die Straße entlang.

Mittlerweile war es stockdunkel. Der Wind ließ ihn frieren. Seine
Finger waren klamm von der klirrenden Kälte. Hunger und Müdigkeit
plagten ihn. Er sehnte sich nach einem warmen Platz und einem
Bett. Wenn man ihn hier schon so herzlich begrüßte, wie würde man
ihn dann erst im Richterhaus empfangen?

Es war kurz vor acht, als er das Haus erreichte. Auf halben Weg hatte
Regen eingesetzt. Peter war völlig durchnässt. Sein Anzug war zer-
knittert und von seinem Hut troff der Regen. Als Peter den Klopfer
betätigen wollte, bekam er kaum seine Finger von dem Griff seines
Koffers los. Mit einem Plumps ließ er den Koffer fallen, machte mit
seinen Händen eine Höhle und pustete hinein. Aus der überfüllten
Dachrinne platschte das Wasser auf das Pflaster. Ein paar Begonien
ließen am Eingang traurig ihre Köpfe hängen. Die Vorhänge waren
zugezogen und ließen buntes Licht durch die Fenster fallen. Peter
hörte den Regen auf seinen Hut prasseln. Ihm war eiskalt. Vorsichtig
griff er nach dem Türklopfer. Mit seinen klammen Fingern hatte er
große Mühe, das Stück Eisen zu bewegen. Es dauerte nicht lange, da
vernahm er Schritte im Hausgang. Sofort trat er einen Schritt zurück.
Die Tür öffnete sich und er fand sich einer großen, selbstbewussten
Frau gegenüber. Ihre grauen Haare waren zu einem Knoten hochgesteckt, die wachsamen grünen Augen glitten musternd an ihm herunter. Ein Grübchen erschien zwischen ihren Augenbrauen. Die spitze Nase war leicht gerümpft. Die rosa Lippen skeptisch gespitzt. Ihre
Hand ruhte ruhig auf dem Türgriff.
„Guten Abend, Madam. Mein Name ist Peter Forgerson. Ich komme
im Auftrag des Justizministeriums, um die Akten von Richter Dixon
durchzuarbeiten, zu sortieren und für die Überstellung an den High
Court zu sorgen. Ich entschuldige mich für mein spätes Eintreffen.
Mir war leider nicht bekannt, dass der Bus nicht nach Garrison
fährt", stellte er sich verlegen vor.
„Sie sind ein Kind", war ihre schlichte Antwort auf seinen langen
Text. Sie war das Urbild einer Haushälterin. Peter starrte sie perplex
an.
„Bitte?", fragte er irritiert.

„Kommen Sie herein! Sie sind völlig durchnässt." Mit einer Handbewegung winkte sie ihn herein. Peter folgte ihrer Einladung. Mit seinen starren Finger griff er nach seinem Koffer und trat nach ihr in den Flur. Kurzerhand schloss sie die Tür hinter ihm. Sie befanden sich in einem kleinen Hauseingang. Rechts führte eine Holztreppe in den ersten Stock. An den weißen Wänden hingen Landschaftsbilder. Alles glänzte und funkelte in dem warmen Licht. Das Regenwasser tropfte vom Mantel auf den Boden und ließ um ihn herum kleine Pfützen entstehen.

„Legen Sie doch ab." Ihre Aufforderung klang mehr nach einem Befehl. Peter ahnte wohl, was ihn in den kommenden Wochen erwarten würde. Seufzend befreite er sich von den nassen Utensilien. Ohne viel Umschweife wurde er danach in die Küche geführt. Ein Holzherd verbreitete mollige Wärme. Es duftete nach frischem Kuchen. Peter nahm am kleinen Esstisch Platz und sah sich um. Die Einrichtung bestand aus einem Holzherd mit großer Kochplatte, einem silbrig glänzendem Spülbecken mit großer, massiver, aus Eichenholz gearbeiteter Arbeitsplatte. Daneben schmiegte sich ein alter Nussbaumschrank. Eine Anzahl an Souvenirs aus der Schweiz und Italien standen fein säuberlich aufgereiht darauf. Gegenüber am Fenster befand sich die bunt gepolsterte Sitzecke, die mit handbestickten Kissen dekoriert war. In der Ecke der Sitzbank befand sich eine Muttergottesstatue. Peter kannte diese Figur. Es handelte sich um eine Nachbildung der Madonnenfigur von Lourdes. Zu ihren Füßen stand eine kleine Vase mit Fuchsienblüten. Zwei hellblaue, mit bunten Blumen verzierte, zugezogene Vorhänge versperrten die Sicht nach draußen. Die Blümchentapete verlieh dem ganzen Raum das Aussehen einer Puppenstube. Peter betrachtete eine Schwarzweißfotographie, die an der Wand hing, wobei die Dame des Hauses seinen Blicken folgte.

„Das ist Richter Dixon", antwortete sie seinem Blick folgend. Aus einem Topf, schöpfte sie Suppe in einen Teller und stellte ihn vor Peter auf den Tisch. Stirnrunzelnd berührte sie Peters Jackett, das ebenso nass war wie sein Mantel.

„Sie sind ja nass bis auf die Knochen", tadelte sie ihn mit strenger, mütterlicher Miene. „Sie werden sich erkälten, mein lieber Junge." Peter zuckte gleichmütig mit den Schultern.

„Das Jackett trocknet schon wieder", bemerkte er leichthin, bedankte sich für die Suppe und begann zu essen. Sie schmeichelte seinem Gaumen und schenkte seinen blassen Wangen wieder etwas Farbe.

„Ich habe mich noch nicht richtig vorgestellt. Mein Name ist Clare McAlister. Ich war die langjährige Haushälterin von Richter Dixon."
„Freut mich", murmelte Peter.
„Richter Dixon lebte hier seit über zehn Jahren." Peter hob fragend die Augenbrauen.
„Ja?", fragte er und wartete darauf, dass Miss McAlister fortfuhr.
„Richter Dixon verbrachte hier seinen Ruhestand. Er war jedoch all die Jahre in seinem Beruf engagiert. Die Menschen hier schätzten seine Art und Lebensauffassung."
„Das freut mich zu hören", erwiderte Peter freundlich zurückhaltend. Sie legte leicht den Kopf schief und musterte ihn.
„Tee?", schlug sie dann vor.
„Gerne", antwortete er, legte den Löffel in den leeren Teller und wartete darauf, was noch kommen würde. Schweigend nahm sie den Teller vom Tisch. Nachdem sich Miss McAlister nicht weiter äußerte, setzte Peter verlegen an: „Ich möchte nicht impertinent erscheinen, aber wie wird sich Ihr zukünftiges Leben gestalten? Ich meine jetzt, da Richter Dixon aus dem Leben geschieden ist und Sie Ihre Pflicht erfüllt haben." Miss McAlister nahm den Wasserkocher und füllte ihn.
„Wie darf ich das verstehen?"
„Nun…" Seine Wangen färbten sich rot. „Es ist…" Er ließ den Satz fallen. „Tut mir leid. Vergessen Sie das Ganze." Behände drehte sie sich zu ihm um.
„Möchten Sie wissen, ob ich dieses Haus verlassen werde?" Pikiert griff Peter nach dem Glas Wasser. Beinahe schüchtern hob er den Blick.
„Werden Sie es verlassen?"
„Bestimmt nicht, solange Sie hier die Dinge regeln werden. Einer muss sich ja um Sie kümmern. Wie mir scheint, sind Sie dazu nicht in dieser Lage", setzte sie im mütterlichen Ton hinzu und deutete auf sein nasses Jackett. Peters Augen färbten sich dunkel. Ein Lächeln erschien auf ihren Lippen. „Und wenn Ihre Arbeit getan ist und Sie zurück nach England gehen, werde ich immer noch hier sein. Mir wurde das Bleiberecht auf Lebenszeit zugesprochen."
„Verstehe", grummelte Peter und trank einen Schluck Wasser. Langsam wurde sein Körper wieder warm. In seinen Fingerspitzen begann es zu prickeln. Routiniert nahm sie die Teekanne und zwei Tassen aus dem Schrank, füllte das Netz mit Tee und goss das heiße Wasser darüber. Während ihrer Tätigkeit ließ sie ihren Blick wieder über

Peter gleiten. Er schien mit seinen Gedanken ganz weit weg. Eine Hand hielt immer noch das Wasserglas umschlossen. Seine dunklen Augen schienen leer. Sie stellte die Tassen, Löffel, Zuckerdose und Milch auf den Tisch, nahm die Teekanne und setzte sich ihm gegenüber.

„Darf ich Ihnen auch eine persönliche Frage stellen?", riss sie ihn aus seinen Gedanken.

„Wie?", fragte er verwirrt. Sein Blick klärte sich sogleich. „Entschuldigen Sie bitte meine Unaufmerksamkeit. Möchten Sie Ihre Frage wiederholen?", bat er sie verlegen.

„Darf ich Ihnen eine persönliche Frage stellen?" Peter machte eine offene Handbewegung.

„Bitte." Sie reichte ihm eine Tasse und goss den Tee ein.

„Warum hat man gerade Sie geschickt? Einen so jungen, unerfahrenen Anwalt, der außerdem auch noch Engländer ist."

Sofort begannen seine Augen zu funkeln. Die Wanduhr schwang im nie endenden Takt ihr Pendel hin und her. Der stetige Rhythmus ließ keine tiefe Stille aufkommen. Clare McAlister ließ ihn nicht aus den Augen. Das ärgerliche Funkeln veränderte sich. Traurigkeit überflog sein Gesicht. Peter hob die Tasse an seine Lippen und nippte daran.

„Die Frage ist schwierig zu beantworten", gestand er dann.

„Versuchen Sie es", ermunterte sie ihn. Peter nahm den Teelöffel vom Tisch und beäugte sein gespiegeltes Ebenbild.

„Es gab einiges Aufsehen zwecks einer Begebenheit, die vor vielen Jahren geschah. Sie wurde jetzt von einem Journalisten aufgedeckt und brachte ziemliche Unruhe. Um wieder Ruhe einkehren zu lassen, hielten es meine Vorgesetzten für das Beste, mich mit dieser Aufgabe zu betrauen."

„Sie müssen ja ganz schön was angestellt haben."

Peters Augen färbten augenblicklich schwarz. Seine dunklen Augenbrauen zogen sich zusammen. Die Knöchel seiner Hand, die immer noch das Glas hielt, wurden weiß. Unwillkürlich überzog eine Gänsehaut den Rücken von Miss McAlister.

„Eher mein Vater", presste er zwischen den Zähnen hervor.

„Ihr Vater?", hakte Miss McAlister nach. Ihre Neugierde war entfacht.

„Ich…", stammelte Peter unbeholfen.

„Ihr Name ist Forgerson, richtig?" Peter nickte. Sein Herz schlug einen schnelleren Rhythmus. „Ich denke, der Name wurde erst in der Zeitung erwähnt." Sie fixierte ihn, beobachtete, wie sich sein Körper verspannte, seine Augenbrauen sich zusammenzogen und er an Farbe verlor.

„Das ist möglich", wisperte Peter und legte den Löffel sofort auf den Tisch zurück, als er sah, wie seine Hand zitterte. Vor ihr saß tatsächlich der Sohn eines millionenschweren Großindustriellen.

„Möchten Sie noch Tee?", fragte sie mit einem aufmunternden Lächeln. Peter verneinte freundlich. Ein Gähnen entfleuchte ihm. „Der Tag war sicherlich anstrengend. Möchten Sie sich zurückziehen?" Peter nickte dankbar.

„Wenn es Sie nicht stört, gerne."

Sie schenkte ihm wieder ein Lächeln. Die kleinen Lachfalten an ihren Augen milderten ihre strenge Ausstrahlung.

„Ich werde Ihnen morgen Richter Dixons Arbeitszimmer zeigen", schlug sie vor und stand mit Leichtigkeit auf. Es war ihm unmöglich ihr Alter zu schätzen. Die Frisur, die Kleidung, das Makeup, das sie trug, ließ sie Ende Sechzig schätzen, jedoch wirkten ihre Bewegungen zehn Jahre jünger. Peter folgte ihr, nahm seinen Koffer und Rucksack und stieg hinter Miss McAlister die Treppe hoch. Das Zimmer lag unter dem Dach und war ebenso liebevoll eingerichtet wie die Küche. Peter holte nur Pyjama und Toilettensachen aus dem Koffer und ging ins Bad. Erst jetzt bemerkte er wirklich, wie müde er war.

Tiefe Wolken trieben am Himmel, als Peter nach einem tiefen Schlaf langsam seine Augen öffnete. Sein Kopf brummte und die Nase war verstopft. Die Erkältung hatte ihn eiskalt erwischt. Wunderbar. Griesgrämig schaute er zum Fenster. Egal wie lange er hier verweilen würde, irgendwann musste er das Bett verlassen. Seufzend schlug er die Decke zurück und stand auf. Mürrisch griff er sich den Morgenmantel und schlurfte fröstelnd ins Bad. Das Kratzen im Hals ließ ihn nichts Gutes ahnen. Seine Augen starrten ihn glasig an. Missgestimmt putzte er sich die Zähne wusch und rasierte sich und zog sich an. Der Tag konnte nur besser werden.

Das Frühstück stand schon auf dem Tisch, als er in die Küche kam.

„Guten Morgen", begrüßte Miss McAlister Peter gut gelaunt. Peter tat sein Bestes den Gruß freundlich zu erwidern und setzte sich. Sie schenkte ihm eine Tasse Kaffee ein und füllte einen Teller mit Speck und Eiern. Peter nahm sich einen Toast und bestrich ihn dünn mit Butter. Ihm war schlecht. Sie nahm ihm gegenüber Platz, ließ ihren

Blick skeptisch an ihm herunter gleiten und begann ihr Frühstück zu verzehren. Peter kaute nachdenklich an seinem Toast.

„Sie haben sich erkältet", bemerkte sie streng. Während Peter immer noch an seinem Toast kaute, hatte sie ihr Frühstück verzehrt.

„Möglich", gab Peter zu und trank einen Schluck Kaffee.

„Ich habe es Ihnen gesagt, aber man will ja nicht hören", tadelte sie und nahm den kalt gewordenen Teller vom Tisch.

„An etwas Schnupfen stirbt man nicht", entgegnete er grimmig und biss in seinen Toast.

„Ihre Wangen glühen, Ihre Augen glänzen fiebrig. Sie haben Fieber!" Mit einem herausfordernden Blick auf Peter, goss sie frischen Tee in ihre Tasse. Er fröstelte trotz der Wärme.

„Es ist wirklich nur eine Unpässlichkeit, Miss McAlister. Es gibt keinen Grund zur Sorge", entgegnete er ihr scharf. Seine Augen funkelten gefährlich.

„Wenn das so ist, zeige ich Ihnen jetzt das Arbeitszimmer von Richter Dixon." Entschlossen stand sie auf und machte eine Handbewegung zur Tür.

„Vielen Dank", erwiderte er und folgte ihr immer noch wütend.

Das geräumige Zimmer lag im ersten Stock. Die Fenster gingen nach Süden. Eine Wand bestand aus einem völlig überfüllten Bücherregal, das bis zur Decke reichte. Anschließend folgte eine Regalwand, aus der unzählige Akten herausquollen. Rundherum türmten sich am Boden Akten zu Bergen. Peter öffnete einen Karteischrank und zog willkürlich eine Akte heraus. Sie war falsch eingeordnet. Auch eine zweite und dritte war nicht hinter dem passenden Buchstaben und so ging es weiter. Peter drehte sich um und wandte sich an Miss McAlister, die ihm neugierig zuschaute.

„Hatte Richter Dixon ein besonderes Ordnungsschema?" Ungläubig sah sie Peter an.

„Bitte?"

„Er war doch ein ordnungsliebender Mensch?" Peter ahnte Schreckliches.

„Sehen Sie, Dr. Forgerson, Richter Dixon war alles: rechtsliebend, gutmütig, intelligent, weltgewandt, aber ordentlich und systematisch?" Sie hob bedauernd die Hände. „Er konnte keinen halben Tag Ordnung halten, dafür war er viel zu vielseitig interessiert. Ich habe es nach zwei Monaten aufgegeben, hier Ordnung zu schaffen."

Peters Verzweiflung war deutlich in seinem Gesicht zu lesen.

„Sie sagten mir, er habe hier über zehn Jahre gelebt…"

„Siebzehn, um genau zu sein", antwortete Miss McAlister mitleidig.
„Oh nein!" Verzweifelt ließ er die Schultern hängen. „Das kann Jahre dauern, bis ich mich da durch gearbeitet habe", jammerte er und fuhr mit der Hand durch seine dunklen Locken. Vor seinem inneren Auge sah er sich völlig ergraut mit zitternden Händen Stöße von Akten durchstöbern.
„Ach, Sie sind doch ein fleißiger Junge", tröstete Miss McAlister ihn und strich ihm aufmunternd über die rechte Schulter. „Sie schaffen das schon." Sie schenkte ihm nochmals ein Lächeln und ließ ihn mit der Mammut-Aufgabe allein.

Peter seufzte abgrundtief und ließ kopfschüttelnd seinen Blick über die Berge von Papier schweifen. In London wartete der Arkwoodfall und er saß hier vor einem Ozean von Papier, der die Wirbelstürme der Zeit nicht überlebte. Der Schreibtisch war bedeckt mit Papieren, Akten, Büchern und Schreibutensilien. Er sollte seine Koffer packen und nach London zurück fliegen. Egal, ob ihm eine Disziplinarstrafe wegen Arbeitsverweigerung ins Haus stand oder nicht. Lieber drei Monate im tiefen Ungemach leben, als den Rest seines Lebens hier zu verbringen. Es hatte zu regnen begonnen. Dicke Tropfen prasselten an das Fenster. Resigniert trat er an den Schreibtisch. Ohne es wirklich zu wollen, begannen seine Finger die Stifte aufzusammeln und in einen Krug zu stecken, Bücher zu stapeln, die Schriftstücke nach Datum geordnet zu sortieren. Er selbst lebte in einer Art von Unordnung, sobald er zu arbeiten begann, aber ein solches Durcheinander brachte ihn an den Rand des Wahnsinns. Nach unermüdlicher Arbeit schaffte er es, den Schreibtisch und die Oberfläche des Karteischranks in Ordnung zu bringen. Den Nachmittag über kämpfte er mit den Akten im Schrank. Stöhnend musste er feststellen, dass nicht nur die Akten nicht geordnet waren, nein, sogar die Dokumente steckten in den falschen Ordnern. Es war heillos.

„Sie waren ja sehr fleißig", lobte ihn Miss McAlister beim Abendessen.
„Fleißig? Ich habe ja noch gar nichts getan. Wenn ich an die vielen Ordner und Akten denke, die vor mir liegen, könnte ich in Tränen ausbrechen." Sie schenkte ihm ein mitfühlendes Lächeln und goss heißen Tee in seine Tasse. Seine roten Wangen und glänzenden Augen gefielen ihr gar nicht. Stirnrunzelnd berührte sie seine Stirn.
„Sie haben eindeutig Fieber!"

Peter wich sofort zurück. Sein Hals kratzte, er fühlte sich müde und fror erbärmlich. Jedoch war dies immer noch als Unpässlichkeit zu werten.

„Mir geht es gut", erwiderte er fest.

„Sie haben heute Morgen fast nichts zu sich genommen, heute Mittag haben Sie nur eine Suppe gegessen und jetzt nur eine Scheibe trockenes Brot. Sagen Sie mir nicht, dass es Ihnen gut geht. Sie werden jetzt ins Bett gehen. Ich mache Ihnen noch einen Erkältungstee und sehe, was ich im Medizinschrank finde. Dann werden wir Ihre Temperatur messen. Solange sie nicht bei sechsunddreißig Grad liegt, werden Sie das Bett nicht verlassen."

„Miss McAlister!", brauste Peter empört auf. „Ich denke, ich kann sehr gut für mich sorgen. Morgen werde ich natürlich arbeiten. Ich sollte jetzt mich wieder an die Aufga…"

„Dr. Forgerson, reden Sie nicht so einen Unsinn!", unterbrach sie ihn unwirsch und stand auf. „Sie werden sich sofort nach oben begeben und ins Bett legen. Ich dulde in diesem Haus keine Widerrede. Tun Sie das, was ich Ihnen sage!", herrschte sie ihn an. Überrascht von ihrer Heftigkeit riss Peter die Augen auf. Jedoch erholte er sich schnell.

„Ich habe noch zu arbeiten", erwiderte er stur.

„Möchten Sie meine Geduld wirklich auf die Probe stellen? Während Sie in diesem Haus leben, habe ich die Verantwortung, dass es Ihnen gut geht. Ich werde dieser Pflicht nachkommen und ich erwarte von Ihnen Respekt für mein Tun." Peter funkelte sie wütend an. Fiebrig suchte er eine Antwort. Ihm fiel jedoch nichts passendes ein. Miss McAlister deutete zur Tür. „Sie kennen den Weg zu Ihrem Schlafgemach", forderte sie ihn im strengen Ton auf. Widerwillig stand Peter auf, entschuldigte sich durch zusammengebissene Zähne und stapfte die Treppe hoch.

Wie konnte sie es wagen, so mit ihm zu sprechen? Er war ein Anwalt der Krone, beim Zeus! Ungestüm erledigte er seine Toilette und kroch ins Bett. Nur wenige Minuten darauf stand Miss McAlister im Schlafzimmer mit der besagten Tasse Tee.

„Trinken Sie. Danach werden Sie schlafen", befahl sie herrisch und setzte drohend hinzu: „Ich werde nachsehen, ob Sie gehorchen." Mit diesen Worten reichte sie ihm die Tasse. Missmutig begann er zu trinken. Peter hörte ihr Kleid rascheln, als sie das Zimmer verließ. Er trank das bittere Gebräu zur Hälfte und stellte die Tasse auf den

Nachttischen ab. Wohin hatte es ihn nur verschlagen? Von der Traufe in den Monsun? Gedämpfte Laute drangen an sein Ohr. Miss McAlister war noch in der Küche zu Gange. Peter ließ sich in die Kissen sinken und schloss die Augen. Langsam schlummerte er ein.

Peter verbrachte den folgenden Tag im Bett, das Fieber war am Morgen noch nicht gewichen. Miss McAlister wachte mit Argusaugen über ihn. Er fühlte sich wie zu Hause. Nach einer Kanne von dem Gebräu und ein paar weiteren Hausmitteln klang das Fieber gegen Abend ab.
Mit gutem Glück konnte er am nächsten Tag an den Akten weiterarbeiten.

Ein grauer Himmel begrüßte ihn am folgenden Tag. Er fühlte sich wesentlich besser. Verstohlen maß er seine Temperatur und war zufrieden. Sie lag knapp unter Sechsunddreißig Grad. Entschlossen stand er auf. Je schneller er mit der Arbeit beginnen konnte, umso schneller würde er dieses Dorf verlassen und nach England zurückkehren können. Miss McAlister musste wohl oder übel seinem Tatendrang nachgeben. Peter begab sich gleich nach dem Frühstück ins Arbeitszimmer und begann mit seiner Arbeit. Den ganzen Tag über beschäftigte er sich mit den Auflistungen von Geburten, Vermählungen und Verstorbenen. Er konnte sich kaum vorstellen, dass in einem Ort dieser Größe so viele Menschen geliebt und gelebt hatten.

Das Tageslicht schwand dahin. Die ‚Bankers Lampe‘ auf dem Schreibtisch war eine Zierde, jedoch war die Lampe so schwach, dass es nicht zum Arbeiten reichte. Gähnend stand er auf, streckte sich, ging zum Lichtschalter der Deckenbeleuchtung und schaltete das Licht ein. Dabei fiel sein Blick auf eine verstaubte, braune Aktentasche, die unter dem Aktenschrank herausspitzte. Die Unordnung in diesem Raum war wirklich unbeschreiblich. Niedergeschlagen ließ er seinen Blick über all die Aktenberge und Bücher gleiten. Im hellen Licht der Deckenlampe kamen ihm die Papierberge noch immenser vor. Seine Augen wanderten wieder zu der braunen Aktentasche. Weshalb versteckte Richter Dixon eine Aktentasche unter einem Aktenschrank? Der gute Richter war zwar unordentlich, aber dies schien nicht seinem Charakter zu entsprechen. Peters Neugierde war geweckt. Er trat zum Schrank, bückte sich und zog sie unter dem Schrank hervor. Die Tasche konnte noch nicht lange dort gelegen haben. Die Staubschicht bildete eine dünne Patina auf der Oberfläche. Mit einem Atemzug blies er den Staub beiseite, der in seiner Nase kitzelte. Interessiert begutachtete er die Tasche. Sie war aus feinem, italienischem Leder gefertigt worden. Die Nähte waren handgenäht. An den Ecken gab es leichte Beschädigungen, die von regelmäßigem Gebrauch zeugten. Das Messingschloss wies feine Kratzer auf. Neugierig nahm er sie zum Schreibtisch und versuchte sie zu öffnen. Sie war tatsächlich verschlossen. Peter sah sich suchend um. Er öffnete die Schubladen des Schreibtischs und ging eine nach der anderen gründlich durch. Er fand alles Mögliche, jedoch keinen Schlüssel, der zu dem Schloss der Aktentasche passen wollte. Mit einem Axel zucken zog er eine große Heftklammer aus einer Schale und verbog sie geschickt zu einem seltsamen Haken. Er begutachtete den Haken kritisch, steckte ihn dann in das Schloss und drehte ihn herum. Es dauerte keine zehn Sekunden, da hörte er das verräterische Klicken. Peter drückte die Lasche herunter und das Schloss sprang auf. Neugierig schlug er den Deckel zurück. Wie nicht anders zu erwarten, fand er Akten darin.

Das Papier war noch weiß. Es gab keine Vergilbungen an den Rändern. Die Dokumente konnten noch nicht all zu alt sein. Sorgfältig ging er die Papiere durch. Seine Aufmerksamkeit wurde auf eine Liste mit Namen und deren Geburts- und Sterbedaten gelenkt. Es handelte sich zumeist um Bewohner des Dorfes. Die Sterbedaten waren alle im Zeitraum von fünf Jahren. Ein beunruhigendes Gefühl beschlich ihn. Er blätterte weiter und stieß auf eine weitere Liste. Wieder Namen und Geburts- und Sterbedaten. Doch dieses Mal waren die Daten zwischen Geburt und Tod nicht weit auseinander. Es war eine Liste von verstorbenen Kindern. Ein Schauer lief ihn über den Rücken. Seine Lippen wurden schmal. Peter las die Liste zweimal durch. Es musste ein Muster geben. So begann er die Daten miteinander zu vergleichen. Der Zeitraum zwischen den Todeszeiten der einzelnen Kinder schwankte zwischen vier und sechs Monaten. Mit dunkler Miene zog er eine Akte aus seinem heute gesichteten Stapel heraus und schlug sie auf. Es befand sich eine identische Liste in ihr. Peter ging sie akribisch durch und verglich beide miteinander. Es gab hier nur zwei verstorbene Kinder. Das eine starb im Alter von elf und das andere vier Jahre später im Alter von zwölf Jahren.

Peter hob den Kopf und spürte wie sein Herz einen schnelleren Rhythmus anschlug. Wieder nahm er die Liste aus der Aktentasche und schlug die Seite mit den Sterbedaten der Kinder auf. Es war äußerst ungewöhnlich, dass sieben Kinder nicht älter als drei Jahre geworden sind. Ebenso die geringen Zeitabstände, in denen sie starben. Peter Gesichtszüge verdunkelten sich. Sein Blick schaute ins Leere. Eine grauenhafte Ahnung stieg in ihm auf. All diese Kinder… Mit einem Ruck schlug er die Akte zu, packte sie zurück in die Tasche und verstaute sie wieder unter dem Aktenschrank. Er würde nichts unternehmen. Keinen Fingerbreit. Es ging ihn absolut nichts an, was sich in diesem Dorf zutrug. Er war hier, um Akten und Dokumente zu sortieren und zu nichts anderen. In ein paar Wochen war er wieder zurück in England. Das hier war dann nur ein Schatten seiner Erinnerung.

Mit fahriger Bewegung nahm er die Brille ab und rieb sich das Gesicht. ‚Keine Sherlock Holmes-Geschichten!‘, hörte er seinen Vater drohen. Verstohlen glitt sein Blick zum Aktenschrank. Nein, keine Sherlock Holmes-Geschichten. Dieses Mal nicht.

Das Abendessen verlief sehr schweigsam. Peter hing seinen trüben Gedanken nach. Kindersterben. Vor seinen Augen tauchten kleine, weiße Kindersärge auf. Eltern, die sich halb wahnsinnig vor Schmerz hinterher schleppten und herzzerreißend weinten. Kindersterben. Jäh wurde er aus seinen Gedanken gerissen.

„Ich weiß nicht, was in Ihrem Kopf vorgeht, aber so kann es beim besten Willen nicht weitergehen“, rügte Miss McAlister ihn streng. Erschrocken fuhr Peter hoch. Er fühlte sich wie aus einer anderen Welt gestoßen. Bestürzt starrte er auf den riesigen Kaffeefleck, der sich auf dem Tischtuch vor ihm immer weiter ausbreitete.

„Verzeihung“, murmelte er betroffen und stellte die noch umgekippte Tasse wieder auf den Unterteller zurück. Miss McAlister sagte keinen Ton mehr, doch der Tadel lag schwer in der Luft. Er fühlte sich wie ein kleiner Junge. Vorsichtig hob er die Augen zu ihr und schaute sie an. Ihre Augenbrauen waren zu einer finsteren Miene zusammen gezogen. Pikiert schaute er wieder auf den Kaffeefleck und beide schwiegen. Peter wusste, dass er ihr eine Erklärung schuldig war, doch er zog es vor zu schweigen. Unverzüglich stand er auf, nahm sich einen Lappen vom Spülbecken und versuchte den Fleck zu entfernen.

„Bitte lassen Sie das, Dr. Forgerson. Es hat ohnehin keinen Zweck mehr.“

„Ich… es tut mir Leid“, entschuldigte er sich erneut beschämt. Miss McAlister nahm ihn den Lappen aus der Hand und stand ebenfalls auf. Ihre Augen hingen aneinander. Peter war, als sah sie tief in seine Seele. „Ich werde nach oben gehen", murmelte er und wandte sich von ihr ab. Er fühlte deutlich ihren forschenden Blick auf seinem Rücken, als er das Zimmer verließ.

Ungewollt trieb es ihn wieder in das Arbeitszimmer des Richters. Er knipste die Leselampe an und setzte sich in den Ohrsessel. Melancholie überfiel ihn. Niedergeschlagen ließ er seinen Blick durch das Zimmer schweifen. Seine Augen blieben bei einem Geigenkasten hängen. Neugierig stand er auf, ging zu dem Stapel und befreite den Kasten von einem Stoß Magazine. Sanft strich er den Staub von den Schlössern, ließ sie aufschnappen und schlug den Deckel zurück. Talggeruch entfloh dem Kasten. Das Licht spiegelte sich auf dem Kirschholz der Geige. Es war eindeutig ein teures Stück. Vorsichtig nahm er sie aus dem Kasten und wog sie in seinen Händen. Seine Augen glitten über das schöne Stück. Kleine Kratzer waren auf dem Holz zu sehen. Der Lack am Kinnteil war abgenützt. Sein Besitzer hatte mit ihr eindeutig seine Freude gehabt. Sein erster Impuls war, sie in den Kasten zurückzulegen, doch irgendetwas hielt ihn zurück. Er griff sich den Bogen und begutachtete ihn. Nachdem er seine Zustimmung erhielt, fettete er ihn mit Talg aus dem Döschen, das er in dem Geigenkasten fand. Sein Puls schlug schneller, als er die Geige unter sein Kinn legte. Überrascht bemerkte er, wie selbstverständlich sie sich an ihn schmiegte. So als wäre sie für ihn gearbeitet worden. Er legte den Bogen an und strich vorsichtig über die Saiten. Die Töne, die er ihr entlockte, waren hell und klar. Diese Geige war wirklich ein kleines Meisterwerk. Wie von selbst begannen seine Finger die Schrauben zu drehen und sie zu stimmen. Der Bogen glitt wie von allein über die Saiten. Die Musik erfüllte bald das ganze Haus. Peter spielte Stücke von Mozart und Vivaldi. Seine Gedanken drifteten jedoch bald ab. Je länger er spielte, umso schwermütiger wurde seine Musik.
Seine Gedanken wanderten über die Felder der Zeit. Vor seinem inneren Auge tauchte das Bild eines Friedhofs auf. Schwerer Veilchenduft lag in der Luft. Ein paar Vögel zwitscherten im dichten Laub der Bäume. Eine plötzlich aufkommende Brise zerzauste das Laub. Erschreckt flog ein Vogel auf, während ein anderer wie ein herbstgefärbtes Blatt zu Boden schwebte. Still und zu Tode erstarrt lag er da. Einzelne, schwere Regentropfen fielen auf seinen Köper. Dort wo sie

ihn berührten, begann Blut zu fließen. Wie kleine Rinnsale überzog es die Erde und hinterließ im Staub seine Spuren.

„Mendelssohns Violin Concerto in E-Moll", drang plötzlich eine Stimme in sein Bewusstsein. Erschreckt fuhr er herum. Miss McAlister stand im Türrahmen. Vor Überraschung entging ihm ihr besorgtes Gesicht. Sofort hörte er zu spielen auf.

„Ich…", begann er stotternd. Verlegen schaute er auf die Geige. „Ich entdeckte die Geige unter diesen Magazinen. Sie hat mich verführt, sie zu spielen. Es tut mir leid", entschuldigte er sich reuig. Miss McAlister löste sich von ihrem Platz und kam langsam zu ihm hinüber. Ihr Schritt war geschmeidig, ihre Gestalt erhaben. Peter richtete seinen Blick zu Boden. Schuldgefühle zerrten an ihm. Wie konnte er so dreist sein und diese Geige einfach so nehmen, ohne daran zu denken, dass sie für sie etwas Besonderes war. Etwas sehr persönliches. Eine Reliquie.

„Sie haben wunderbar gespielt." Ihr Groll, den sie gegen Peter hegte, schien verflogen. „Wie kann ein Junge in Ihrem Alter nur so traurig sein?" Peter zuckte mit den Schultern und legte die Geige zurück in den Kasten. Sie seufzte leise, wartete auf eine Antwort. Peter schwieg. Seine Augen ruhten auf dem Geigenkasten. Traurig schüttelte sie den Kopf. Es schmerzte sie, ihn so unglücklich zu sehen. Sanft berührte sie seinen rechten Oberarm. „Gehen wir runter. Ich mache uns eine schöne Tasse Tee und Sie erzählen mir, was Sie so belastet." Peter öffnete den Mund um etwas zu erwidern, doch sie hob gebieterisch die Hand. „Keine Widerrede, so kann man nicht leben und auch nicht arbeiten." Entschlossen griff sie seinen Arm und zog ihn buchstäblich aus dem Zimmer.

Ein neues Tischtuch zierte den Tisch. Peter setzte sich auf die Bank. Während sie den Tee richtete, ließ sie ihn nicht aus den Augen. Sein Blick war leer. Sein Gesicht wirkte niedergeschlagen. Er schien mit seinen Gedanken ganz weit weg. Sie ertrug es nicht, einen Menschen so unglücklich zu sehen. Der Richter war immer ein gutgelaunter, heiterer Mensch gewesen. Er lachte ständig und leistete ihr oft am Abend Gesellschaft mit lustigen Geschichten, die er aus dem Stehgreif erzählte. Wie sollte sie verstehen, dass ein junger Mensch, der noch sein ganzes Leben vor sich hatte, so unglücklich war? Mit einem warmen Lächeln stellte sie die Tasse vor Peter auf den Tisch und setzte sich zu ihm.

„Nun was macht Sie so traurig?", fragte sie und gab einen großen Löffel Zucker in Peters Tee. So, wie sie es vom Richter gewohnt war. Sofort runzelte er die Stirn. Er konnte Zucker im Tee nicht leiden.

„Das ist eine lange Geschichte", antwortete er und mied ihren Blick.

„Ich habe alle Zeit der Welt", ermunterte sie ihn zu erzählen.

„Ich glaube nicht, dass es richtig wäre...", konterte Peter. Miss McAlister berührte seinen Arm. Ihre Stimme war eindringlich und voller Überzeugung.

„Ich bin sicher, dass es genau das Richtige ist." Peter nahm einen Schluck und sann darüber nach. Er kannte Miss McAlister erst seit zwei Tagen. Wie konnte er ihr sein Herz ausschütten? „Es ist sehr freundlich von Ihnen, aber ich glaube nicht, dass..."

„Was haben Sie zu verlieren? Ich kann gut zuhören."

„Ich denke nicht, dass es eine gute Idee wäre", entgegnete Peter und hob die Tasse an seine Lippen.

„Davon bin ich nicht überzeugt. Ich sehe doch, wie Sie sich quälen. Es kann heilend sein, sich einem anderen Menschen anzuvertrauen. Manchmal ist es sogar am besten mit einem Fremden zu sprechen. Was Sie mir erzählen, wird dieses Haus nicht verlassen. Dafür gebe ich Ihnen mein Wort." Peter schielte sie über den Tassenrand hinweg an. Sie wirkte aufrichtig. Aber konnte er, wünschte er über seine Misere zu sprechen?

„Ich bin mir wirklich nicht sicher..."

„Hat Sie Ihre Frau verlassen?" Peter starrte sie entgeistert an. Tee schwappte über seine Finger und tropfte auf das Tuch.

„Oh nein!", stöhnte er und stellte mit zitternden Fingern die Tasse auf die Untertasse.

„Das ist nicht schlimm", beschwichtigte ihn Miss McAlister. Tränen glänzten in seinen Augen. Seine linke Hand berührte seinen rechten Ringfinger. Er wurde damals in der Klinik genötigt, seinen Ehering abzulegen. Das Ziel dieser Übung war, ein neues Leben zu beginnen. Doch es war bei weitem nicht so einfach. Er hatte April von ganzem Herzen geliebt. Ein dicker Kloß hatte sich in seinem Hals gebildet. Die ersten Tränen rannen über seine Wangen. Beschämt wischte er sie mit einem Taschentuch ab und schnäuzte sich.

„Meine Frau, April, verstarb vor eineinhalb Jahren", schluchzte er und vergrub sein Gesicht in den Händen. Entsetzt starrte sie ihn an.

„Dr. Forgerson..." Behutsam legte sie ihre Hand auf seine Schulter.

„Es tut mir leid", schluchzte Peter. Miss McAlister wusste nicht, was sie erwidern konnte. Stille herrschte. Das Schluchzen nahm ab. Peter hatte sich alsbald wieder unter Gewalt. Er wischte sich die Tränen ab, schnäuzte sich wieder und atmete bewusst ein und aus. So wie er es gelernt hatte. „Es tut mir leid", entschuldigte er sich erneut. „Es ist nur…" Peter holte nochmals Luft, setzte nochmals an. „Es ist zu manchen Zeiten immer noch schwer zu ertragen. Aber es wird besser." Es klang mehr, als wolle er sich selbst überzeugen als sein Gegenüber. „Können wir es dabei belassen?", fragte er hoffnungsvoll. Ein feines Lächeln erschien auf ihren Lippen.

„Natürlich." Der Name April Forgerson kam ihr bekannt vor. Schwache Erinnerungen tauchten auf. Richter Dixon war damals schwer getroffen gewesen, als er von einem Attentat auf einen Minister hörte, wobei ein Gast, der den Minister schützen wollte, ums Leben kam. Die Frau eines jungen, ambitionierten Anwalts. Die Erinnerungen kamen zurück. Vor ihrem inneren Auge sah sie den tief besorgten Richter vor sich, hörte seine Stimme: „England hat nicht nur eine mutige Bürgerin verloren, nein, ebenso einen Anwalt, der wirklich für die Rechte des Volks ohne Wenn und Aber einsteht." Miss McAlisters Blick durchdrang ihn. Peter bemerkte es jedoch nicht. Er war seiner Umgebung weit entrückt.

Um ihn herum herrschte Tumult. Der Festsaal war mit Polizisten in Zivil und Uniform gefüllt. Das SEK sicherte die Eingänge. Die Spurensicherung packte ihr Material zusammen. Die Herren vom Coroner waren dabei, den Leichensack in den schlichten Metallsarg zu schließen. Ein paar rotblonde Strähnen ergossen sich über das schwarze Plastik.

„April", flüsterte Peter. Er kam näher. Völlig betäubt. Das blasse Gesicht umrahmt von schwarzem Plastik. Die Augen waren geschlossen. Ihre Lippen wirkten unnatürlich bläulich…

„Dr. Forgerson", hörte er von weiten eine Stimme. Eine Berührung am Oberarm. Peter blinzelte. In seinen Ohren begann es zu rauschen. Ein hoher, penetranter Ton stellte sich ein.

„Dr. Forgerson" Ihre Stimme war eindringlich, zutiefst besorgt. Peter räusperte sich.

„Es ist alles in Ordnung, Miss McAlister. Ich war mit meinen Gedanken woanders. Tut mir leid." Seine Augen klärten sich. „Ich möchte jetzt gerne nach oben gehen. Es ist spät…"

„Hören Sie", setzte sie an. Ihr Gesicht war angespannt. Ihre Augen ängstlich geweitet.

„Es ist alles in Ordnung", versicherte Peter ihr mit fester Stimme. „Es war ein langer Tag." Ihr Blick ruhte auf ihm. Langsam nickte sie. Peter stand auf, verabschiedete sich und verließ sie. Miss McAlister stand mit einem Seufzen auf und stellte die Tassen in die Spüle. Die Uhr zeigte Viertel nach Zwölf. Welch eine Tragödie. Sie empfand tiefes Mitleid mit dem Jungen. Was würde die Zukunft für ihn bereithalten? Sie hoffte, dass es etwas Besseres war, als seine Vergangenheit. Das konnte doch nicht schwer sein.

Am folgenden Vormittag, versuchte Peter weiter, Ordnung zu schaffen. Er begann Aufzeichnungen aufzulisten und ihnen eine gewisse Bedeutung beizumessen. Doch irgendwie wurden seine Gedanken immer wieder abgelenkt. Sein Blick schweifte von den Schriften ab und wanderte zu dem Schrank mit der braunen Aktentasche. Bis zum Mittagessen schaffte er es noch seine Konzentration auf die momentane Arbeit zu beschränken, doch je weiter die Zeit fortschritt, desto unkonzentrierter wurde er. Nach zwei Stunden gab er es auf. Ohne einen weiteren Blick auf seine Arbeit zu werfen, stand er auf und holte die Aktentasche aus dem Versteck. Ein Prickeln durchzog seinen Körper, sein Herz schlug schneller. Sein ‚Sechster Sinn' sagte ihm: ‚Lass es sein! Es geht dich absolut nichts an. Öffnest du die Aktentasche, begibst du dich in Gefahr! ‘ Unentschlossen hielt er die Tasche in den Händen und starrte sie wie hypnotisiert an. ‚Tu's nicht! ‘, rief seine innere Stimme. ‚Leg die Tasche wieder an den alten Platz zurück! Dich geht die Sache nichts an, du bist Engländer und kein Ire, du bist Anwalt und kein Detektiv. Du bist nicht Sherlock Holmes! Erledige die Arbeit, für die man dich hierher geschickt hat. Nichts weiter.' Aber sieben Kinder waren tot. Gestorben, bevor das Leben für sie überhaupt begonnen hatte. Durch Umstände, die nicht wirklich geklärt waren. Der kurze Zeitabschnitt, der zwischen dem Sterben lag, musste Argwohn aufkommen lassen. Langsam ging Peter zum Fenster und sah hinaus. Stahlblauer Himmel lachte ihm entgegen. Die Sonne strahlte verführerisch und ließ die herbstlichen Blätter in all ihrer verbliebenen Kraft leuchten. Eine schwarzgetigerte Katze strich durch das braun gewordene Stoppelgras. Er seufzte lautlos und drehte sich um. Nein, er würde diese Tasche nicht aufmachen. Warum sollte er sich in einem fremden Land Ärger einhandeln? Zu Hause hatte er schon genug davon. In ein paar Wochen wäre Irland eh nur noch eine Erinnerung.

Entschlossen legte er die braune Tasche wieder unter den Schrank. Er hatte Lust seinen Freund anzurufen. Er vermisste dessen witzige, heitere Art und besonders seine Ratschläge. Peter suchte seine Taschen nach dem Mobiltelefon ab und fand es in seiner Manteltasche. Er drückte ein paar Knöpfe und musste feststellen, dass der Akku leer war. Sein Blick wanderte durch den Raum. Wo hatte er nur sein Aufladegerät verstaut? Brühend heiß fiel es ihm ein. Es lag zu Haus auf seinem Schreibtisch im Arbeitszimmer. Deutlich sah er es vor sich. Damn it! Seufzend legte er es auf seinen Schreibtisch und machte sich auf den Weg, Miss McAlister zu suchen. Das war nicht weiter schwer, denn der süße Duft von frischem Kuchen wies ihm den Weg. Es ließ einem das Wasser im Munde zusammen laufen.

„Erwarten Sie Besuch?", wollte Peter wissen und schloss die Tür hinter sich. Überrascht drehte sie sich um und ein Lächeln huschte über ihr Gesicht.

„Ich hörte Sie gar nicht kommen", entschuldigte sie sich und wischte ihre Hände an der Schürze ab. Peter sah sich die Zutaten, welche fein säuberlich auf dem Tisch lagen, an.

„Gedeckter Apfelkuchen", schloss er. „Es tut mir leid, wenn ich Sie erschreckt habe." Er nahm auf der Bank Platz und begann die Äpfel zu schälen. Verwundert beobachtete sie, wie er geschickt mit dem Messer hantierte. Seine Bewegungen waren wie selbstverständlich. Aber er war doch ein Lord. Ein Millionär. Wie konnte er Äpfel schälen? „Gibt es hier eigentlich ein Telefon?", fragte er ohne die Aufmerksamkeit von den Äpfeln zu nehmen.

„Nun", Miss McAlister suchte nach Worten. „Wir hatten eins, doch das ging vor zehn Jahren kaputt. Der Richter bestand darauf, es nicht reparieren zu lassen, denn er verabscheute alles, was modern war. Er liebte die Abgeschiedenheit und nur in ihr fühlte er sich sicher." Sie lächelte bei der Erinnerung an den kapriziösen Mann. „Seiner Meinung nach kamen die Menschen schon, wenn sie etwas von ihm wollten."

„Er hat das Telefon nicht reparieren lassen?" Ungläubig schüttelte Peter den Kopf. „Es hätte Ihnen doch etwas zustoßen können und was wäre dann geschehen?" Ein warmer Glanz trat in ihre Augen.

„Hier geschieht nie etwas." Sie nahm den Teekessel vom Holzofen und goss das dampfende Wasser in eine schmucke Teekanne. Peters Blick auf ihre Hände war ihr nicht entgangen. Sie sah ihn herausfordernd an. Peter schwieg. Die Frage stand im Raum.

„Im Dorf gibt es eine kleine Polizeistation. Dort können Sie jederzeit kostenfrei telefonieren, egal wohin", sagte sie stattdessen. Das Messer in Peters Hände glitt wieder über die Äpfel. „Sie sollten jedoch das Dorf meiden." Der Ernst in ihrer Stimme machte ihn stutzig.

„Ich bin wohl kein geliebter Gast hier?", fragte er neckend. Sie nickte ernst.

„Es wird nicht geschätzt, dass sich ein Engländer um den Nachlass von Richter Dixon kümmert. Es wird als Eingriff in die Souveränität des Ortes gewertet. Eine Gängelung von England. Dies fördert natürlich nicht das Verhältnis zu Ihrem Vaterland. Die Einstellung zu Ihrer Insel hat sich seit zweihundert Jahren nicht verändert", setzte sie ihn vor vollendete Tatsachen.

„Danke für Ihre sehr aufmunternden Worte", bedankte sich Peter ironisch und legte den letzten geschälten Apfel in die Schale.

„Es ist mir ernst. Die Menschen hier sind nicht besonders gastfreundlich zu Engländern. Sie haben so ihre festen Vorstellungen. Dazu gehört auch eine starke Abneigung zu Engländern und speziell zu englischen Beamten." Ihr finsterer Blick traf den seinen. Ungerührt stand er auf und legte das Messer aus der Hand.

„Ich werde Ihren Rat zu Herzen nehmen. Gibt es hier ein Fahrrad?" Miss McAlister funkelte ihn ärgerlich an.

„Es steht im Schuppen. Falls Sie eine längere Strecke zurückzulegen haben, können Sie auch das Auto des Richters nehmen", antwortete sie spitz. Peter verließ sie. Als er mit Hut und Mantel die Treppe herunterkam, erwartete sie ihn bereits am Treppenabsatz. „Es ist keine gute Idee."

„Miss McAlister", seufzte Peter und knöpfte sich den Mantel zu. „Wir befinden uns im zwanzigsten Jahrhundert. Mir wird nichts geschehen. Sie machen sich unnötige Sorgen."

„Ihre Arroganz wird Sie bestrafen. Seien Sie sich dessen gewiss. Und sagen Sie mir bitte nicht, ich hätte Sie nicht gewarnt!" Mit diesen Worten drehte sie ihm den Rücken zu, marschierte in die Küche und ließ die Tür krachend ins Schloss fallen. Erschrocken zuckte er zusammen. Über ihre Wut konnte er sich keinen Reim bilden. Warum sollte irgendjemand ihn hier etwas anzutun wünschen? Er kannte keine Menschenseele. Es war wirklich absurd. Sie hatte zu viele Romane gelesen. Ihre Phantasie spielte mit ihr. Mit einem Schulterzucken verließ er gutgelaunt das Haus. Er würde sich von ihrer miesepetrigen Art nicht die Laune verderben lassen.

Die Luft war frisch und klar. Ein paar Federwolken zierten den Himmel. Peter atmete tief ein. Er genoss es, mit dem Fahrrad die eineinhalb Meilen ins Dorf zu fahren. Die Bewegung tat ihm gut. Er fühlte sich lebendig. Wie hatte er doch diese Freiheit vermisst. Es gab nichts gegen Miss McAlister einzuwenden, aber nur von Akten und Bücherbergen umgeben zu sein, wobei weit und breit kein Ende zu sehen war… Er hatte sich diesen Nachmittag verdient und von wegen dieses Gerede über die Geringschätzigkeit gegenüber Engländern. Sie befanden sich im zwanzigsten Jahrhundert. Die Globalisierung trat voran. Europa wuchs zusammen. Die ersten Häuser kamen in Sicht. Peter trat stärker in die Pedale. Zivilisation; endlich normale Menschen.

Das Dorf war kleiner, als es sich Peter vorgestellt hatte. Es zeigte nur deutlich, dass zwei Drittel der Iren in Dublin lebten. Er stellte das Fahrrad an einer schneeweißen Mauer eines kleinen Hauses ab. Vor den Fenstern standen ein paar Keramiktöpfe mit noch reichlich blühenden Fuchsien. Über der Tür stand ein Schild mit dem Aufdruck Polizei. Peter klopfte höflich an die blaue Holztür und trat ein. An den schmalen Flur grenzten zwei Türen. Peter klopfte an der ersten. Dumpfe Geräusche waren zu hören. Ohne noch lange zu warten, trat er ein und fand sich in einem weiß gestrichenen Raum wieder. Eine Holztheke trennte den vorderen Teil zum hinteren. Zwei uniformierte Polizisten saßen an Schreibtischen und unterhielten sich. Ein weiterer stand vor einer Tafel und begutachtete ein paar Fotos, die an die Wand gepinnt wurden. Ein weiterer Polizist betrat durch eine Seitentür das Zimmer. Keiner von ihnen schien von Peter Notiz zu nehmen. Vielleicht hatten sie ihn nicht gehört, mutmaßte er, nahm seinen grauen Hut vom Kopf und hüstelte verlegen. Sofort versiegte das Gespräch der beiden Polizisten und alle starrten ihn an. Verlegen erwiderte er den Blick.

„Entschuldigen Sie bitte, mein Name ist Peter Fox, Pardon, ich meine Forgerson." Röte schoss ihn in die Wangen. Er konnte sich an diesen Namen immer noch nicht gewöhnen. Die Beamten beäugten ihn weiterhin kritisch. „Miss McAlister teilte mir mit, ich würde hier die

Gelegenheit erhalten zu telefonieren", fuhr Peter unruhig fort. Dieses kalte Starren machte ihn ungewollt nervös.

„Hat sie das gesagt?", fragte der Polizist an der Pinnwand argwöhnisch und trat zu ihm an die Theke.

„In der Tat", entgegnete er und trat unwillkürlich einen Schritt zurück.

„Nun, der Richter hat nie hier telefoniert, Mr…" Geringschätzig glitt sein Blick an ihm herunter.

„Forgerson", erinnerte Peter ihn verärgert. „Mein Name ist Forgerson. Wie Sie erkennen, bin ich nicht Richter Dixon. Kann ich nun das Telefon benutzen?"

„Wie alt sind Sie?", wollte der Polizist nun wissen, worauf Peter gereizt antwortete: „Dies ist nicht relevant. Ist es nun möglich zu telefonieren oder benötigt man hierfür ein Mindestalter?"

„Benötigt man das in England?", fragte der Polizist ungerührt und setzte sich hinter seinem Schreibtisch. Am liebsten hätte Peter auf dem Absatz kehrt gemacht, aber das kam einer Kapitulation gleich. Seine Augen hatten sich tiefschwarz gefärbt.

„Würden Sie mir bitte auf meine Frage antworten?", fragte er zwischen zusammengebissenen Zähnen.

„Ich muss erst Ihre Personalien überprüfen." Peter stand kurz vor einer Explosion.

„Habe ich erwähnt, dass ich nur telefonieren möchte?", fauchte er den Polizisten an.

„Habe ich erwähnt, dass wir keine Telefonzentrale sind?", gab ihn der Polizist arrogant zurück. Peter sog scharf die Luft ein. Sein Blick begegnete für einen Augenblick dem der anderen Polizisten, die sich prächtig amüsierten. Behäbig ließ er den Computer hochfahren. Peter konnte kaum noch an sich halten. Er sollte gehen, sofort. Egal, was man über ihn dachte. Er hatte es nicht nötig, sich das von ein paar kleinen Wachtmeistern bieten zu lassen. „Nennen Sie mir Namen, Vornamen, Geburtsdatum, Anschrift, Beruf und so weiter", forderte ihn der Polizist mit stoischer Gelassenheit auf. Ohne ein weiteres Wort zog Peter eine Visitenkarte aus seinem Jackett, schrieb ein paar Worte darunter und reichte sie einem der anderen Beamten.

„Falls sich noch Fragen ergeben sollten, rufen Sie mich an", erklärte er kalt und verließ, ohne sie noch eines Blickes zu würdigen, das Haus. Wütend stieg er auf sein Rad und fuhr zu dem einzigen Lebensmittelhändler im Ort. Sollten sie doch alle bleiben, wo der Pfeffer wuchs oder noch etwas weiter weg.

Grimmig stellte er das Fahrrad vor dem kleinen Gemischtwarenladen ab. Welche Gastfreundschaft würde ihn wohl hier erwarten? Unentschlossen ließ er den Blick über die zwei Schütten Kartoffeln gleiten, die auf einer schrägen Bank dargeboten wurden. Schließlich gab er sich einen Ruck und betrat den Laden. Es konnte ja nicht schlimmer als in der Polizeistation werden. Die Türglocke bimmelte wie zur Großmutters Zeiten. Es roch nach Zimt und Kartoffeln. Regale waren vollgestopft mit Artikeln aller Art. Gemüse stand einladend in Körben. Hinter der Holztheke polierte ein kleiner Mann gerade ein Paar dunkle Schuhe.

„Guten Tag", begrüßte Peter ihn lächelnd und startete einen neuen Versuch. Der Mann blickte überrascht von seiner Arbeit auf. Skeptisch begutachtete er Peter und legte langsam sein Werkzeug beiseite.

„Kann ich etwas für Sie tun?", fragte er dann freundlich. Peter reichte ihm den Einkaufszettel.

„Ich möchte ein paar Besorgungen für Miss McAlister tätigen." Was so nicht ganz stimmte. Peter hatte kurz entschlossen den Einkaufszettel an sich genommen. Wenn er ohnehin schon im Dorf war, konnte er auch etwas für sie erledigen. Mit oder ohne ihren Willen. Der Mann nahm den Zettel und faltete ihn auf. Linkshänder, wurde wohl allmählich von Arthritis geplagt. Vermied es, trotz seiner Sehschwäche eine Brille zu tragen. Rauchte hin und wieder Zigarillos, was seine Frau nicht leiden mochte.

„Sie sind also der Nachfolger unseres Richters?", fragte der Herr, nachdem er den Zettel überflogen hatte und musterte Peter von Kopf bis Fuß.

„Nein, sicherlich nicht. Ich bin im Auftrag des Justizministeriums hier, um die Akten, die nicht zum Privatvermögen des Richters gehören, zu sichten und sicherzustellen. Mein Name ist Peter Forgerson", erklärte Peter freundlich.

„Ich bin Dick Patterson." Der kleine Mann reichte Peter die Hand.

„Angenehm", erwiderte Peter angenehm überrascht und schüttelte sie.

„Ein ziemlich unangenehmer Job, den man Ihnen da angedreht hat", fuhr Mr Patterson fort und begann die Waren zusammen zu suchen.

„Wie muss ich das verstehen?", fragte Peter reserviert. Die freundliche Stimmung war verflogen. Mr Patterson drehte sich zu ihm. Seine

Miene war ernst. Zwischen den buschigen, grauen Augenbrauen hatte sich eine Furche gebildet.

„Sie sollten sehr vorsichtig sein, Sir. Hier ist jeder ein Feind, der nicht im Dorf oder in unmittelbarer Nähe des Dorfes wohnt. Und dies gilt besonders für Engländer."

„Ich dachte, der Richter war auch Engländer?", entgegnete Peter und sah sich neugierig um.

„Stimmt, aber dies wurde hier nicht so gesehen. Richter Dixon genoss hohes Ansehen im Dorf." Peter ließ von den Taschenbüchern ab und wandte sich den Postkarten zu. Sein Blick blieb bei einer kleinen Fotografie, die im Regal neben einer Anzahl von Babyartikeln, stand, hängen. Das Foto war in Farbe. Es konnte noch nicht sehr alt sein. Eine junge Frau hielt ein kleines Baby auf dem Arm und lachte glücklich in die Kamera. Neugierig nahm Peter das Bild aus dem Regal und betrachtete es näher. Im Glas spiegelte sich das Licht.

„Das ist meine Tochter mit ihrem Kind."

„Ein hübsches Kind. Ein Junge, nicht?" Peter sah von dem Foto auf und bemerkte überrascht Mr. Pattersons Tränen in den Augen.

„Unser Toby wäre diesen Monat zwei Jahre geworden", murmelte er mit erstickter Stimme.

„Er ist tot?", fragte Peter vorsichtig. Er konnte deutlich die Alarmglocken schellen hören. Mr Patterson nickte traurig. Schluchzer durchzuckten seinen Körper.

„Der Arzt sagte, dass er an einer Lungenentzündung litt. Wir haben davon nichts bemerkt. Er schien quicklebendig. Natürlich hustete er etwas. Aber wir wären nie auf den Gedanken gekommen, es wäre etwas anderes. Kinder erkälten sich eben." Mr Patterson ließ beschämt den Kopf hängen. „Meine Tochter ging mit ihm zum Arzt." Seine zitternden Hände bedeckten sein Gesicht. „Die Krankheit hatte sich über Nacht so verschlimmert, dass der Arzt nichts tun konnte. Toby verstarb am frühen Morgen." Ein paar Tränen sickerten durch die Hände. Peter stellte das Bild zurück.

„Das tut mir sehr leid", bekundete Peter hilflos. Mr Patterson nickte schwach. Peter legte eine zehn Pfund Note auf die Theke, nahm die Tüte, verabschiedete sich und ging. Er war froh, den Laden verlassen zu können. Die Trauer des armen Mannes ging ihm sehr zu Herzen.

Er setzte den Einkaufskorb in den Fahrradkorb und steuerte die Post an, die nur einen Steinwurf von dem kleinen Laden entfernt war. Einige Menschen, die sich auf dem Marktplatz aufhielten, beäugten ihn neugierig. Bewusst ignorierte er ihre Blicke. Er kaufte ein paar Briefmarken und stellte sicher, dass seine Post zu seinem Quartier gebracht wurde. Auch hier bediente man ihn sehr freundlich. Peter wusste gar nicht, weshalb er eigentlich auf der Hut sein sollte. Als er wieder auf die Straße trat, wurde es ihm klar.

„Hey, Engländer!", schrie jemand hinter ihm. Peter drehte sich um. Drei kräftige, junge Männer in Arbeitskleidung kamen auf ihn zu. Peters Muskeln spannten sich.

„Sprechen Sie mit mir?", fragte er kühl und wandte seine Aufmerksamkeit dem Fahrradschloss zu.

„Ist hier sonst noch ein Engländer?", fragte einer der drei. Dunkelhaarig, gutaussehend. Trotz seines dicken Pullis konnte man seinen muskulösen Oberkörper deutlich erkennen. Peter schätzte ihn in seinem Alter.

„Entschuldigen Sie bitte, da bin ich leider überfragt", gab er kalt zurück und sperrte das Schloss des Fahrrads auf.

„Das hier ist für Sie Feindesland, Engländer", erklärte der Kleinere von ihnen. Ohne Zweifel suchten sie eine handfeste Auseinandersetzung mit ihm. Angst stieg in ihm auf. Peter versuchte sich nichts anmerken zu lassen. Sollte er schnell zurück ins Gebäude der Post eilen? Aber beim Zeus, was hatte er diesen Kerlen getan? Warum konnten sie ihn einfach nicht in Frieden lassen?

„Wir haben es nicht gern, wenn Engländer unseren Grund und Boden besudeln", fuhr der kleinere Rothaarige fort und machte einen Schritt auf ihn zu. Während Peter noch überlegte, ob er sich schnell auf sein Rad schwingen sollte, um zu verschwinden, kamen sie weiter auf ihn zu. Der Dunkelhaarige baute sich breitbeinig vor ihm auf. Er war einen halben Kopf größer als Peter. Mit einer Hand fuhr er nachdenklich über seinen Dreitagebart. Er roch nach Schweiß und Schmiere. An seinem Pullover waren deutlich Ölflecke zu erkennen.

„Wir werden wohl um dieses Territorium kämpfen müssen", gab er Peter mit einem hämischen Grinsen zu verstehen.

„Ich werde Ihr Territorium freiwillig räumen", bot Peter mit leicht bebender Stimme an. Ihm stand sicherlich nicht der Sinn danach, von den Beiden verprügelt zu werden.

„Was will er, Tom?"

„Er will sich kampflos ergeben, Ian!"

„Kampflos?", wiederholte Ian verwundert und zog spöttisch die Augenbrauen nach oben. Der schweigsame Dritte im Bunde war plötzlich verschwunden. Peter sah die beiden anderen bittend an.

„Ich werde das Fahrrad nehmen, Ihr Dorf verlassen und alles ist in bester Ordnung", schlug Peter hoffnungsvoll vor. Ian verschränkte seine Arme über die Brust, ließ seinen Blick geringschätzig an Peter heruntergleiten. Mit einem Ruck hob er den Kopf und grinste Peter verschlagen an.

„Das ist ein netter Versuch, Engländer, aber Sie haben bereits unseren Boden entehrt", schaltete sich der Rothaarige ein. „Das können wir nicht akzeptieren." Peter riss entsetzt die Augen weit auf.

„Hören Sie, Mr... wir sind doch zivilisierte Menschen im zwanzigsten Jahrhundert..." Tom hob gebieterisch die Hand.

„Was soll dieses Gejammer? Ich gebe Ihnen die Wahl, da wir keine Unmenschen sind. Entweder stellen Sie sich einem Duell oder wir lehren Ihnen Manieren auf eine andere Art und Weise." Peter fand keines von Beiden verführerisch. Der Marktplatz füllte sich langsam mit Schaulustigen. Warum hatte er nicht auf Miss McAlister gehört?

„Mit welchen Waffen wünschen Sie das Duell auszutragen?", fragte Peter forschend.

„Stöcke!", rief Tom begeistert. Ian nickte.

„Das halte ich für ein faires Angebot", stimmte er wohlwollend zu. Der Dritte im Bunde tauchte wieder bei ihnen auf. In den Händen hielt er zwei lange, runde, daumenbreite Stöcke. Die Schaulustigen kamen näher. Aufgeregt tuschelten sie miteinander. Eine gewisse Jahrmarktstimmung machte sich breit.

„Nehmen Sie das Duell an, Engländer?", wünschte der Dunkelhaarige zu wissen. Peter sah ihm direkt in die Augen. Sie wirkten entschlossen und abenteuerlustig. Peter schaute sich um. Das ganze Dorf schien sich auf dem Marktplatz versammelt zu haben, um dieses Spektakel zu erleben. Auf Hilfe konnte er nicht hoffen. Ein Schauer kroch ihm über den Rücken. Er schluckte trocken.

„Ich benötige einen Sekundanten." Seine Stimme zitterte leicht. Einige Mädchen kicherten vergnügt. Ian machte eine einladende Bewegung zur Menge hin.

„Bedienen Sie sich, Engländer." Die Überheblichkeit dieses Halbstarken brachte Peter in Rage. Was bildete sich dieser Kerl ein? Peters Blick wanderte die Reihe Menschen, die im Halbkreis um ihn standen und ihn gespannt beäugten, entlang. Er hatte keine Ahnung, wen er fragen sollte. Diese Szene war lächerlich. Im welchen Jahrhundert bewegte er sich? Wieder glitt sein Blick durch die Menge. Ohne großen Enthusiasmus trat er zu einem Herrn mittleren Alters. Keiner von ihnen würde großes Interesse verspüren, ihm zur Seite zu stehen.

„Darf ich fragen, ob es Ihnen recht wäre, das Amt des Sekundanten zu übernehmen, Sir?" Die Menge starrte den großgewachsenen, dunkelhaarigen Mann erwartungsvoll an. Nachdenklich strich er sich mit seinem Zeigefinger über seinen Oberlippenbart. Zu spät erkannte Peter die Gesichtszüge seines Kontrahenten in ihm. Es war wohl eindeutig die falsche Wahl. Eine Richtige zu treffen schien jedoch ohnehin vergebens. Er konnte sicher sein, dass hier jeder mit jedem verwandt war. Der Herr trat einen Schritt vor. Ein schelmisches Glitzern trat in seine Augen.

„Ich bin Harry Artkinson. Es ist mir recht das Amt zu übernehmen." Er reichte Peter die Hand und schüttelte sie. Ein Murmeln ging durch die Menschenmenge. Peter stellte sich ebenfalls vor.

„Dann ist ja alles geregelt", schloss Ian zufrieden und grinste ihn amüsiert an. Mr. Artkinson nickte dem Herausforderer ernst zu.

„Der Kampf geht über drei Runden. Es dürfen keine Kopfschläge und Schläge unter die Gürtellinie ausgeteilt werden. Sollte sich ein Zuschauer in den Kampf einmischen, wird sofort abgebrochen und der Sieg fällt dem Benachteiligten zu. Außerdem ist es nicht erlaubt, die Kämpfer abzulenken. Haben Sie die Regeln verstanden?", wandte er sich an beide Kämpfer, schaute jedoch die Dorfbewohner warnend an. Zielstrebig ging er zu dem Begleiter von Ian, der die herbeigebrachten Stöcke in den Händen hielt.

Peter war bereits schlecht. Sein Magen zog sich schmerzhaft zusammen. Angst durchflutete seinen Körper. Es gab kein Zurück. Er würde so oder so Schläge einstecken. Mit diesem Kampf bekam er nur die Möglichkeit sein Gesicht zu wahren. Wie edel von ihnen! Er warf einen raschen Blick auf Ian, der hämisch grinsend die Angst in seinen Augen las. Ohne Zweifel wusste er genau, wie das Spiel hier funktionierte. Peter holte tief Atem, versuchte sich zu wappnen. So ruhig wie möglich zog er Mantel und Jackett aus und hing beides sorgfältig über sein Fahrrad. Sein Sekundant kam mit einem Stock, den er abschätzend in seinen Händen hielt, zurück. Peter reichte ihm Taschenuhr und Hut. Sein Gesicht war bleich. Kleine Schweißtropfen hatten sich auf seiner Oberlippe gebildet. Mr Artkinson reichte ihm den Stock und nahm Uhr und Hut entgegen. Halblaut richtete er seine Worte an Peter: „Hören Sie, Mr Forgerson, Ian ist Linkshänder. Rechts ist seine schwache Seite. Versuchen Sie sich also rechts von ihm zu halten, dann haben Sie eine reelle Chance." Aufmunternd klopfte er Peter auf die Schulter. Er nickte Ian und Tom zu. Skeptisch wog er den Stock in seiner rechten Hand und wischte sich mit seinem Ärmel den Schweiß von der Stirn. Tom betrat mit Ian den Ring. „Sind Sie bereit?", fragte er Mr. Artkinson. Dieser warf einen kurzen Blick auf den bleichen Peter und nickte dann zustimmend. Die Menge vergrößerte sogleich den Kreis, um den beiden Kampfhähnen, die sich nun gegenüberstanden, Platz zu machen. Peter hörte die Turmuhr schlagen. Ian reichte ihm die Hand. Peter schüttelte sie, danach brachten sich beide in Stellung. Kein Laut war mehr zu hören. Peter leckte sich die Schweißperlen von der Oberlippe. Er erinnerte sich, einen Stockkampf im Kino gesehen zu haben, aber das war auch schon alles, was er von dieser Fechtkunst wusste. Ian ging sofort in Angriff über. Entsetzt versuchte Peter die Waffe wie einen Degen zu nutzen. Die Stöcke krachten aneinander. Ian war schnell und wendig. Peter schaffte es kaum die Schläge abzuwehren. Schon nach einigen Minuten schmerzten ihm seine Armgelenke. Weitere Minuten verstrichen. Peter wehrte sich mit all seiner Kraft. Schweiß floss ihm übers Gesicht. Sein Hemd klebte bereits an seinem Körper. Sein Atem ging hart. Wie lange sollte das noch so weitergehen? Mr. Artkinson hob die Hand.

„Ende der ersten Runde", ließ er verlauten. Ian trat ein paar Schritte zurück und senkte den Stock. Sein Sekundant war sofort mit Handtuch und einer Flasche Wasser an seiner Seite.

„Mach den verfluchten Engländer fertig!", spornte er ihn an. Völlig außer Atem setzte sich Peter auf eine Stufe am Dorfbrunnen. Seine Hände und Beine zitterten vor Anstrengung. Er wagte es nicht, in die Gesichter der Zuschauer zu sehen.

„Hier bitte." Überrascht hob Peter den Kopf. Mr. Artkinson hielt ihm ein Handtuch hin.

„Danke", murmelte Peter und trocknete sich Gesicht und Hände ab. „Ich werde die nächste Runde nicht überstehen. Gibt es eine Möglichkeit, meinen Gegner als Sieger zu deklarieren?"

„Bitte?", fragte Mr Artkinson verständnislos. „Sie haben sich doch prächtig geschlagen. Man sieht, dass Ihnen der Fechtsport nicht fremd ist. Jetzt aufzugeben, dass wäre nun wirklich schlechter Stil. Es ist Ihrer und Ians nicht würdig. Ich glaube auch nicht, dass Ihr Publikum dies akzeptieren würde. Jetzt aufzugeben wäre in Ihrer Situation das Schlimmste, was Sie tun könnten." Er legte Peter fürsorglich eine Hand auf die Schulter und reichte ihm eine Flasche Wasser. „Sie schaffen das schon, mein Junge. Etwas Vertrauen!" Ihre Blicke begegneten sich. Resigniert legte Peter das Handtuch auf die Stufe neben sich und trank ein paar Schlucke. Sein Sekundant nahm die Flasche entgegen und half ihm wieder auf die Beine. „Zeigen Sie uns, dass Sie ein Mann sind!", raunte er ihm noch zu, dann war der Kampf auch schon wieder voll im Gange. Ian griff diesmal härter an. Die Hölzer krachten wild aneinander. Peter wurde nun öfter am linken Oberarm und an den Fingern getroffen. Mit Tränen in den Augen begann er nun immer wütender zurück zu schlagen. Die Zuschauer schrien aufgeregt durcheinander. Ian begann, Peter jetzt mit gezielten Schlägen zu attackieren. Die meisten konnte er abwehren. Mit all den Jahren an Erfahrung, die er als Fechtpartner von Philip gewonnen hatte, versuchte er nun seinerseits Ian an den Fingern zu treffen. Doch bevor er einen Schlag landen konnte, musste er vier einstecken. Die Schläge wurden schneller und je mehr Schmerzen er bekam, desto aggressiver griff er an. Ians rechte Deckung war wirklich schlecht. Langsam drängte er ihn zurück zum kleinen Brunnen. Aufgeregt wogte die schreiende Menschenmenge mit ihnen. Peter hielt sich jetzt rechts von Ian und schlug so hart wie möglich zu. Fast hatte er ihn in der Zange. In der Menge schrie plötzlich jemand seinen Namen. Für eine Sekunde wandte er sich von Ian ab und wurde für seine Unaufmerksamkeit bestraft. Ein kräftiger Schlag traf ihn am Hinterkopf. Vor seinen Augen wurde es augenblicklich schwarz. Wie ein nasser Sack stürzte er zu Boden und blieb reglos liegen. Entsetzensschreie gingen durch die Menge. Der Spaß war vorbei.

Schon war Mr Artkinson bei Peter. Höchst besorgt prüfte er seinen Puls und Atmung. Erleichtert stellte er fest, dass beides noch vorhanden war. Der Junge war zum Glück nur ohnmächtig. Das hoffte er zumindest.

„Was ist mit ihm?", stieß Ian angstvoll aus.

„Du hast ihn ohnmächtig geschlagen", klärte Mr Artkinson, sein Vater, ihn besorgt auf. Entschlossen hob er Peter auf. „Wir bringen ihn in unser Haus."

„Gott, Dad, ich hatte nie beabsichtigt…", wisperte Ian und starrte auf das bleiche Gesicht. „Ich…", stotterte Ian weiter.

„Ian, wir haben jetzt keine Zeit dafür. Lauf rüber, sperre die Tür auf und ruf Dr. Penell an", unterbrach ihn sein Vater unwirsch. Ians Blick hing für ein paar Sekunden weiter an Peter, dann tat er wie ihm geheißen. Das Siegesgefühl war verflogen. Er wollte diesem Engländer doch nur eine Lektion erteilen. Die Menschenmenge verharrte am Brunnen. Der Schreck stand in ihren Gesichtern geschrieben. Mr

Artkinson trug Peter über die Straße und betete dabei zu Gott, dass ihm nichts Ernstes zugestoßen war.

Allmählich verteilte sich das Publikum wieder und ging ihres Weges. Die Show war vorbei. Was mit dem Engländer passierte, interessierte nicht wirklich jemanden.

Miss McAlister hatte keine Ruhe, so machte sie sich selbst auf den Weg ins Dorf. Auf dem Marktplatz traf sie auf einen kleinen Rest der verbliebenen Menge. Von ihrem Schützling fehlte jede Spur.

„Ist etwas passiert?", fragte sie mit einem unguten Gefühl in der Magengegend einen jungen Mann.

„Der junge Artkinson hat eben den Engländer totgeschlagen!", antwortete dieser mit einem breiten Grinsen im Gesicht.

„Was?!", rief Mrs McAlister geschockt aus. Bei dem Gedanken blieb ihr beinahe das Herz stehen.

„Er hat nichts anderes verdient", fügte der Bursche zufrieden lächelnd hinzu und schlenderte mit den Händen in den Taschen pfeifend davon.

„Wo ist er denn jetzt?!", schrie sie dem jungen Mann hinter her. Achselzuckend drehte er sich nochmals um.

„Bei den Artkinsons." Er hob zum Gruß die Hand und setzte seinen Weg fort. So schnell sie konnte, lief sie über den Markplatz zum Haus der Artkinsons. Angst und tiefe Trauer umklammerte ihr Herz. Sie hatte ihn doch gewarnt! Ihr schlug das Herz bis zum Hals, als sie den Türklopfer gegen das Holz schlug.

In seinem Kopf brummte ein Bienenschwarm. Ein Presslufthammer schlug gegen seine Stirn. Der Schmerz in seinem Kopf war immens. Sollte er wirklich die Augen öffnen? Was würde ihn erwarten? Eine Baustelle mit wildgewordenen Bienen? Nein, das konnte nicht sein. Allmählich kam die Erinnerung zurück. Damn it! Falls er immer noch im Staub vor dem Brunnen lag… Miss McAlister wartete auf ihn. Peter schlug die Augen auf. Das Hämmern wurde stärker. Vor seinen Augen verschwamm alles. Er konnte hauptsächlich hell und dunkel ausmachen. Irgendetwas bewegte sich. Peter schloss die Augen. Versuchte sich zu konzentrieren. Zweiter Versuch. Peter blinzelte. Der Vorschlaghammer war immer noch tätig, doch der Nebel lichtete sich allmählich. Er konnte ein Stöhnen nicht unterdrücken. Fahrig fuhr er sich mit der Hand über das Gesicht, schloss wieder die Augen. Besser. Wesentlich besser.

„Sie sind wach!", hörte er eine weibliche Stimme an seiner Seite. Sofort öffnete er die Augen. Eine junge Dame beäugte ihn besorgt und neugierig zugleich.

„Hallo", nuschelte Peter und wollte sich erheben, doch sie hielt ihn sofort zurück.

„Bleiben Sie liegen. Dr. Penell meinte, dass Sie noch einige Zeit nach dem Erwachen liegen sollten."

„Dr. Penell", murmelte er und zog den nassen Lappen von der Stirn.

„Sie haben sich gut geschlagen, Engländer", war Ian aus dem hinteren Teil des Zimmers zu vernehmen. Er trat nun neben die junge Frau und schaute ihn an. Peter sah jedoch nur die junge Frau. Noch nie hatte er so schöne, grüne Augen gesehen. Ihr dunkles Haar war zu einem Knoten hochgesteckt. Ein paar lose Strähnen hingen herunter und umschmeichelten ihr Gesicht.

„Du hättest ihn fast umgebracht, Ian!", tadelte sie ihren Bruder. „Ich werde jetzt Dad Bescheid sagen, dass er wach ist." Mit diesen Worten ließ sie beide allein. Peter versuchte sich wieder aufzurichten. Das Hämmern in seinem Kopf wollte nicht besser werden. Ian beobachtete ihn mit einem Grinsen.

„Miss McAlister war hier. Sie war ziemlich aufgebracht über Ihr Verhalten. Sie ist ganz schön wütend auf Sie, Engländer." Peter ignorierte ihn geflissentlich, stand auf, nahm seine Krawatte von der Stuhllehne und band sie sich mit leicht fahriger Bewegung. Seine Finger schmerzten von Ians Schlägen.

„Vielen Dank für Ihre Gastfreundschaft, Mr Artkinson. Ich verabschiede mich." Er nickte ihm reserviert zu und zog Jackett und Mantel vom Stuhl. Ian griff nach seinem Hut und drehte ihn in der Hand, dabei beobachtete er Peter. Er konnte seine Schmerzen nicht verstecken.

„Ihnen brummt wohl der Kopf", bemerkte er. Peters Blick war tödlich. Er schlüpfte in das Jackett, legte den Mantel über seinen Arm und nahm ihn den Hut aus der Hand.

„Guten Abend", verabschiedete er sich kalt und verließ das Haus. Ein Grinsen erschien auf Ians Lippen. Er trat zum Fenster und sah ihm zu, wie er sich fertig anzog und das Fahrrad nahm. Eines musste er diesem Engländer lassen, trotz seiner Spießigkeit besaß er Benehmen. Mal sehen, wie er sich weiter schlug.

Der Abendhimmel schimmerte in seinem schönsten Rot. Eine leichte Brise strich über Peters Gesicht. Sein Blick wanderte über den

Marktplatz. Auf einem kleinen Hügel dahinter ragte die alte Dorfkirche empor. Ihre starken Steinmauern schienen alle Zeiten der Welt überlebt zu haben und konnten gewiss eine ganze Menge erzählen. Kurz entschlossen schwang er sich auf das Fahrrad und fuhr hinauf zur Kirche. Ein paar erschrockene Krähen flogen auf, als er die quietschende Friedhofstür öffnete. Eine melancholische Stimmung lag über den Gräbern. Laub bedeckte die Wege und raschelte unter seinen Schritten. Auf verschiedenen Gräbern brannten Kerzen. Peter ließ den Blick über den Friedhof schweifen. Stille herrschte. Die Flammen der Kerzen flackerten bei einer leichten Brise, die über sie strich. Am Ende des Friedhofs stand eine große Linde. Ihre Zweige hatten einen Teil des Laubs bereits verloren. Ihre gelben und braunen Blätter lagen verstreut auf dem Weg. Die Gräber unter ihr schienen unberührt. Sie alle waren besonders gepflegt. Frische Blumen und Kerzen zierten die Gräber und kleine Engelfiguren wachten über sie. Ihre Größe lies auf Urnen schließen. Neugierig ging er hinüber. Warum sollten gerade diese Gräber besonders gepflegt werden? Peter trat näher. Im schummrigen Dunkeln tat er sich schwer die Inschriften der Grabsteine zu lesen. Behutsam nahm er eine Kerze, hob sie an einige Grabsteine und führte sie die Inschrift entlang. Seine Augen weiteten sich. Eine Gänsehaut überzog seinen Körper. Es waren keine Urnengräber. Weit gefehlt. Er stand vor den Kindergräbern. Sieben an der Zahl. Die letzte Beerdigung lag zwei Monate zurück. Betroffen starrte er auf die Gräber. Die braune Aktentasche kam ihn in den Sinn. Ihm wurde plötzlich eiskalt. In der Nähe raschelte etwas. Erschrocken fuhr er herum. Die Kerze flackerte. Heißes Wachs tropfte ihn auf die Hand.

„Damn it! ", zischte er, stellte die Kerze zurück auf das Grab und lauschte angestrengt. Nichts war zu hören. Er drehte sich um und spähte in die Dunkelheit. Seine Augen waren von der Helligkeit der Kerze jedoch immer noch irritiert. Er konnte nur Dunkelheit und bunte Flecken ausmachen. Angst kroch in ihm hoch. Angestrengt lauschte er in die hereingebrochene Nacht. Was sollte ihm schon geschehen? Er war allein auf einem Friedhof, versuchte er sich zu beruhigen. Die Geister würden ihm sicher nichts anhaben. Weshalb auch? Das letzte Abendglühen war erloschen. Die ersten Sterne erschienen schwach am Firmament. Im polierten Marmor spiegelte sich die Flamme der Kerze. Maria Anne Higgins. Der Name war in geschwungenen Lettern in den Stein eingraviert worden. Daneben hatte man ihr Foto angebracht. Das Todesdatum lag zehn Monate zurück. Sie starb im Alter von nur eineinhalb Jahren.

Peter schaute auf die Kerze, die leicht im Wind flackerte. Ein paar Fuchsien ließen ihre letzten Blüten aufblühen. Bald würde der erste Frost ihr Blütenkleid nehmen. Der Wind frischte auf. Die Blüten der Fuchsien bewegten sich. Sein Blick wurde leer. Er dachte an April, seine verstorbene Frau. Sah ihr Gesicht, die strahlenden blauen Augen, ihre rosa Lippen, hörte ihr Lachen. Seine Augen füllten sich mit Tränen.

„Jetzt nicht!", mahnte er sich streng und blinzelte die Tränen beiseite. Sein Blick fokussierte wieder die Inschrift des Grabes. Wie schmerzhaft musste der Verlust des eigenen Kindes sein? Peters Augen wanderten wieder über die kleinen Gräber, die in der Dunkelheit nun nur noch verschwommen wahrzunehmen waren. Ein Impuls veranlasste ihn, seine Hand nach der Fuchsie auszustrecken und einen kleinen Zweig von der Pflanze abzubrechen. Sorgfältig legte er ihn zwischen ein Papiertaschentuch und verstaute ihn in der Brusttasche seines Jacketts. Hinter ihm knackte ein trockener Zweig. Erschreckt fuhr er hoch und drehte sich in die Richtung, woher das Geräusch kam. Sein Puls ging schnell. Angestrengt lauschte er in die Dunkelheit, hörte jedoch nur das Zausen des Windes in den Zweigen. „Hallo, ist hier jemand?", wisperte er mit leicht zitternder Stimme. Er bekam keine Antwort. Peter spürte deutlich sein Herz schlagen. Langsam setzte er sich in Bewegung. Der Kies knirschte unter seinen Füßen. Er hatte beinahe den halben Friedhof überquert, als ein erneutes Knacken in seiner Nähe ihn zusammenfahren ließ. Wie angewurzelt blieb er stehen und starrte in die Nacht. Kalter Schweiß trat aus seinen Poren. Sein Atem ging schnell. Peter schluckte die aufsteigende Panik hinunter, löste sich aus seiner Versteinerung und rannte los. Das trockne Laub raschelte unter seinen Füßen. Er spürte deutlich jemanden dicht hinter sich. Sofort verdoppelte er seine Geschwindigkeit. Wie ein Ertrinkender griff er nach dem Griff des schmiedeeisernen Tors und knallte er es hinter sich zu, sprang auf sein Rad und raste den kleinen Hügel hinunter. Nur fort von diesem unheimlichen Platz.

Völlig außer Atem erreichte er das Richterhaus, stellte das Rad im Schuppen ab und hetzte über den Kiesweg. Schweißgebadet erreichte er das Haus. In der Küche brannte Licht. Peter drückte die Klinke herunter. Die Tür war verschlossen. „Damn it!", fluchte er zwischen zusammengebissenen Zähnen hindurch. Sein Verfolger konnte nicht weit sein. Einen Moment und dann…! Panisch schlug er den Türklopfer gegen die alte Holztür.

„Miss McAlister!", schrie er angsterfüllt. Hinter ihm schien sich etwas im Busch zu bewegen. Die Tür wurde mit einem Ruck geöffnet.

„Dr. Forgerson!", ereiferte sich Miss McAlister wütend und trat einen Schritt zurück. Bevor sie jedoch zum Tadel ansetzen konnte, war Peter an ihr vorbei gehuscht und schloss die Tür mit einem Knall hinter sich. Mit zitternden Fingern verriegelte er sie hastig. Kritisch musterte sie sein bleiches Gesicht und seine ängstlich geweiteten Augen. „Darf ich fragen, was geschehen ist? Haben Sie sich nochmals unbeliebt gemacht?", fragte sie scharf wärend sie eine unmutige Handbewegung zur Tür machte.

„Ich dachte…", begann er, brach jedoch sogleich ab. Erst jetzt bemerkte er, in welch einer albernen Lage er sich befand. Er war vor etwas weggelaufen, das wahrscheinlich gar nicht existierte. „Ich…", murmelte er verlegen. „Ich meine…Ich dachte…" Röte schoss ihm in die Wangen. Miss McAlister warf ihm einen strafenden Blick zu.

„Kommen Sie mit in die Küche", wies sie ihn an und ging an ihm vorbei. Ihm blieb nichts anderes übrig, als ihr zu folgen. Die Wärme des Holzofens verbreitete eine angenehme Atmosphäre. Miss McAlister brühte Tee auf und stellte zwei Tassen auf den Tisch. Ihre Augen blitzten ärgerlich. Peter fühlte sich wie ein unartiges Kind, das etwas angestellt hatte. Beim Zeus, er war sechsundzwanzig! Er hatte es nicht nötig, sich so anstarren zu lassen. Man hörte draußen das Rauschen der Blätter. Der Wind nahm an Stärke zu.

„Ich möchte richtig stellen…", begann er, doch Miss McAlister ließ ihn nicht ausreden.

„Ich hatte Sie doch eindringlich davor gewarnt, sich nicht mit den Dorfbewohnern anzulegen. Aber mir scheint, ich habe mit der Wand gesprochen."

„Miss McAlister!", brauste Peter wütend auf.

„Ich bin noch nicht zu Ende, Dr. Forgerson!", fuhr sie zornig dazwischen. „Was haben Sie sich nur dabei gedacht? Diese Menschen hier tragen ein schweres Schicksal. Das macht sie besonders empfindsam. Ihre Anwesenheit hier ist nicht erwünscht. Sie verstärkt nur das bereits gehegte Misstrauen. Es bedurfte wohl nicht sehr viel, um Ian Artkinson zu reizen. Sie hatten Glück, dass er Sie nicht schwerer verletzt hat. Es hätte wohl keinen Menschen hier im Dorf geschert.

Im Gegenteil, es hätte die Dorfgemeinschaft nur noch fester zusammengeschweißt."

„Keiner von ihnen wünschte mir wirklich etwas Böses", erwiderte Peter säuerlich. „Sie hatten ihren Spaß, nichts weiter."

„Sind Sie sich da nicht so sicher", erwiderte sie mit funkelnden Augen, füllte ein Teller mit Suppe und stellte ihn vor ihm auf den Tisch. Mit dem zubereiteten Tee kam sie zum Tisch und setzte sich zu ihm. „Ich bin immer noch davon überzeugt, dass sie sich einen Spaß erlaubten", bemerkte er stur und versenkte den Löffel in den Teller. In seinem Kopf hämmerte der Presslufthammer. Soviel zu Spaß haben.

„Sie werden nicht mehr ins Dorf gehen", sagte sie sehr bestimmt und warf ihm zwei Stück Zucker in den Tee. Verdutzt sah er sie an, brummte missmutig: „Mir ist Tee ohne Zucker eigentlich lieber."

„Und mir ist es lieber, Sie lebend und nicht tot zu wissen." Schmollend starrte er die Suppe an. Die Kopfschmerzen waren unerträglich. Er legte den Löffel beiseite und griff sich an den Hinterkopf. Eine Beule hatte sich gebildet. Bei der Berührung zuckte er schmerzhaft zusammen. Sie wirkte immer noch sehr zornig, doch ihre Stimme wurde milder. „Am besten Sie legen sich hin. Ich bringe Ihnen einen Eisbeutel hoch." Peter wollte protestieren, doch sie ließ es nicht zu. „Dr. Forgerson, sparen Sie sich Ihre kindliche Eitelkeit. Ich sehe doch, welche Schmerzen Sie haben." Röte schoss ihn in die Wangen. Miss McAlister trank aus und stand auf. Dabei huschte ein feines Lächeln über ihre Lippen. Ärgerlich presste er die Lippen zusammen. Es half alles nichts. Er fühlte sich elendig. Sein eiserner Wille schmolz dahin. Peter stütze seinen Kopf auf die Hände und schloss die Augen. Süße Kapitulation. „Gehen Sie hoch und legen Sie sich hin", hörte er Miss McAlister sagen. War es tatsächlich Miss McAlister oder war es sein Vater, der gesprochen hatte? Der Wortlaut war beinahe der gleiche. Hier zu verweilen hatte keinen Sinn. Peter öffnete die Augen. Er hatte nicht bemerkt, wie sie den kaum berührten Teller Suppe weggenommen hatte. Ihre Gesichtszüge waren wieder mild. Peter nickte, entschuldigte sich und schleppte sich hoch in sein Schlafzimmer.

Leise wurde die Tür geöffnet. Peter schlug die Augen auf. In seinem Kopf rumorte es. Er hörte Stoff rascheln. Sein Herz begann wild zu klopfen. Irgendwer war in sein Zimmer gekommen. Draußen tobte der Sturm. Langsam griff er nach einem dicken Wälzer, der auf dem Nachttisch lag. Er würde damit zuschlagen, sobald die fremde Person sich über ihn beugte. Ein Anschlag auf ihn war genug. Peter umklammerte das Buch und machte sich bereit, als plötzlich die Nachtischlampe angeknipst wurde.

„Schlafen Sie immer mit einem Gesetzbuch?", fragte Miss McAlister spöttisch.

„Miss McAlister!", knurrte Peter und ließ sich wieder in die Kissen sinken. Was war er nur für ein Trottel? Wer sonst hätte in seinem Zimmer auftauchen sollen? Seine Verlegenheit zauberte ein Lächeln auf ihr Gesicht. Sie bekam den Jungen wirklich gern. Wohlwollend nahm sie ihm das Buch aus der Hand und legte es wieder auf den Nachtisch.

„Zu meiner Zeit gab es Kuscheltiere, aber wie ich sehe, haben die Engländer einen doch sehr eigenen Geschmack."

„Ich… Es bestand die Möglichkeit…", stammelte Peter. Gott, wieso brachte sie ihn immer in diese Lage!

„Setzen Sie sich auf, dann kann ich mir Ihren Hinterkopf nochmals ansehen", forderte sie ihn auf. Sofort färbten sich seine Augen dunkel.

„Es ist alles in Ordnung. An meinem Zustand hat sich nichts geändert."

„Dr. Forgerson", mahnte sie ihn streng. Widerwillig tat er wie ihm geheißen. Miss McAlister knipste die Zimmerlampe an und trat ans Bett. Eingehend begutachtete sie seine Beule. Bei ihrer Berührung zuckte er zusammen. „Ich werde in einer Stunde nach Ihnen sehen. Dr. Penell versicherte zwar, dass alles in Ordnung ist, aber ich möchte auf Nummer sicher gehen." Bevor Peter etwas erwidern konnte, stoppte sie ihn mit einer Handbewegung. Grimmig schloss Peter den Mund und nahm dankbar den Eisbeutel entgegen. „Sie sollten jetzt schlafen." Mit diesen Worten knipste sie die Tischlampe aus. Peter hatte keine Wahl. Er bettete sich wieder, legte den Eisbeutel auf die Beule und schloss die Augen. Es war tatsächlich besser.

Der Wind hatte über Nacht Regen gebracht, der nun gegen die Fenster trommelte. Peter zog sich mürrisch die Decke über den Kopf. Er hatte immer noch grässliche Kopfschmerzen. Seine Glieder schmerzten von Ians Behandlung. Er würde einfach liegen bleiben. Ein Jockey zählte seine Schmerzen in Stunden. In zwanzig wäre wohl das Schlimmste überstanden. Während dieser Zeit wäre Schlafen wohl die beste Überbrückung. Es klopfte an seiner Zimmertür.

„Ich bin nicht zu Haus", knurrte Peter und kuschelte sich noch tiefer unter seine Bettdecke. Miss McAlister trat trotzdem ein, zog die Vorhänge zurück und öffnete die Fenster sperrangelweit.

„Der Herr Anwalt hat wohl keine Lust zum Aufstehen", stellte sie fest und trat ans Bett.

„Ich fühle mich nicht wohl", verteidigte sich Peter.

„Darüber hätten Sie gestern nachdenken sollen, bevor Sie mit Ian Drei Musketiere spielten. Sie sind hier um zu arbeiten, nicht um im Bett zu liegen. Falls ich Sie daran erinnern darf." Peters Augen färbten sich augenblicklich schwarz. „Ich bin in zwei Minuten zurück, dann werde ich das Bett richten." Mit diesen Worten ließ sie ihn allein. Peter sog scharf die Luft ein und richtete sich auf. Es gab wohl kaum ein Körperteil, das nicht schmerzte.

„Damn it!", fluchte er, zog den Morgenmantel vom Bett und verschwand im Bad.

Der Tisch war bereits gedeckt, als er die Küche betrat.

„Haben Sie vor auszugehen?", fragte er und richtete den Tee.

„Bitte?" Miss McAlister drehte sich zu ihm um. Peter zuckte leichthin mit den Schultern und schenkte ihnen beide ein. „Weshalb denken Sie, ich möchte ausgehen?"

„Wie?" Peter war mit seinen Gedanken bereits weit weg.

„Weshalb denken Sie, ich möchte ausgehen? Ich wüsste nicht, was Sie veranlasst, das zu denken", fragte sie misstrauisch.

„Sie haben sich die Armbanduhr angelegt und haben Ihre Kreuzkette mit, der mit einem Edelsteinanhänger getauscht, die Sie unter Ihrer Bluse tragen. Warum sollten Sie dies tun? Sie gehen aus." Peter hob wie ein Zauberkünstler die Hände.

„Ich wünsche, dass Sie das Haus nicht verlassen. Kann ich mich darauf verlassen?"

„Miss McAlister", setzte Peter wütend an.

„Kann ich mich darauf verlassen?", wiederholte sie scharf. Ihre Blicke hingen kämpferisch an einander fest.

„Wenn es Sie beruhigt, ja." Peter hatte tatsächlich nicht das Bedürfnis, Ian oder einen anderen Dorfbewohner zu treffen. Miss McAlister musterte ihn eingehend, nickte jedoch zustimmend. Gemeinsam beendeten sie das Frühstück, ohne noch viele Worte zu verlieren. Peter begab sich in das Arbeitszimmer des Richters und wandte sich missmutig wieder seiner Arbeit zu. Eine halbe Stunde später hörte er ein Auto vor der Tür halten. Neugierig stand er auf und trat ans Fenster. Aus einem roten Ford stieg ein Herr in den mittleren Jahren. Er beugte sich zum Seitenspiegel, zupfte an seinen Oberlippenbart, schob seine Krawatte zurecht und ging leichtfüßig zur Eingangstür. Der Türklopfer schlug im Takt einer kurzen Melodie gegen die Tür. Kurz darauf erschien Miss McAlister in einem langen, königsblauen Mantel, der fast den Boden berührte. Beide begrüßten sich herzlich. Gentlemanlike führte er sie zum Auto und öffnete ihr die Tür. Bevor sie einstieg, drehte sie sich nochmals um und hob den Blick zum Fenster des richterlichen Arbeitszimmers. Peter war bereits zurückgetreten, so dass sie ihn nicht sehen konnte. Für eine kurze Zeit verharrte sie so unschlüssig, ob sie ihn tatsächlich allein lassen konnte. Der Herr sprach sie an. Mit einem scheuen Lächeln drehte sie sich zu ihm um und nahm schließlich im Wagen Platz. Ihr Begleiter schloss die Wagentür und stieg selbst ein. Peter sah zu, wie das Auto hinter den kargen Hügeln verschwand. Nachdenklich setzte er sich hinter den Schreibtisch, holte einen großen Ordner hervor und studierte die vollgeschriebenen Seiten. Bald war er in seine Arbeit versunken.

Der Magen knurrte und die Augen waren müde vom vielen Lesen. Er hob den Blick und ließ ihn über all die Papierberge gleiten. Es hatte sich nichts verändert. Von seiner Arbeit war nichts zu erkennen. Er wünschte sich so sehr wieder zurück zu den Londoner Gerichten, den täglichen Schlagabtausch mit seinem Vorgesetzten und sogar nach den spitzen Bemerkungen seiner Kollegen. Dieser Papierkrieg machte ihn krank. Er nahm einen Bogen Schreibpapier und begann einen Brief an seinen Vater zu schreiben. Er entschuldigte sich ihn nicht anzurufen und erklärte es damit, dass er sein Ladegerät für das Telefon zu Hause liegen gelassen hatte. Mit blumigen Bildern schrieb er von der Schönheit der Landschaft, umriss seine Tätigkeit seiner Arbeit und beschrieb die Gastfreundschaft von Miss McAlister. Über die restlichen Bewohner der Umgebung verlor er kein Wort. Nachdem er den Brief beendete, stand er unzufrieden auf und trat ans Fenster.
Es hatte wieder zu regnen begonnen. Die Laubbäume leuchteten in ihrem herbstlich werdenden Blätterkleid. Seine Augen wanderten zu einem Hügel hinter dem Dorf. Was hatte Miss McAlister damit gemeint, als sie das Schicksal der Dorfbewohner erwähnte? Bezog sie sich auf all die verstorbenen Kinder?

‚Halt, halt, Peter! Nicht so schnell! Du baust dir wieder einen Fall zusammen', bremste er sich selbst. Es war bereits wohl ein Tick von ihm, in allem etwas Schlechtes zu sehen. Wohl beruflich bedingt. Sein Magen knurrte wieder. Ein Blick auf seine Uhr entschied, dass es Teezeit war. So begab er sich in die Küche. Er machte sich Wasser heiß. Ihn überkam plötzlich der Appetit auf Kekse. Also begann er verschiedene Schubladen zu öffnen. In einer Schublade lag allerlei Krimskrams. Neugierig begann er sie systematisch zu durchsuchen. Er fand ein Foto von einem stattlichen Herrn, der stolz zwei Rebhühner in die Luft hielt. Der Richter selbst, als er noch jünger war. Notizen und alte Visitenkarten lagen verstreut zwischen Stiften, Klebebänder, Eintrittskarten und alten Rechnungen. Peter nahm alles heraus und sah es sich an. Der Boden der Schublade war mit einem verblichenen Geschenkpapier ausgelegt. Geschickt tastete er den Boden ab. Tatsächlich spürte er unter seinen Fingern einen flachen, eckigen Gegenstand. Vorsichtig entfernte er die Abdeckung. Ein kleines Notizbuch lag auf dem blanken Boden. Peter nahm es heraus. Es war in dunkles Leder gebunden.

„Interessant", murmelte er und schlug es auf. Auf der ersten Seite standen der Name des Richters und ein Datum. Schnell klappte er das Buch wieder zu. Er hatte nicht das Recht, diese privaten Dinge zu lesen. Sofort legte er es zurück in die Schublade, legte die Utensilien zurück und schloss sie hastig. Wieder begann er nach Keksen zu suchen. Jedoch wanderte sein Blick immer wieder zu der Schublade. Warum hatte der Richter dieses Notizbuch versteckt? Es musste für ihn wichtig gewesen sein. Wirklich wichtig. Peter zwang sich weiter nach den Keksen zu suchen. Er fand eine Packung im Schrank. Demonstrativ legte er sie neben die Teekanne und brühte Tee auf. Sein Blick wanderte verstohlen wieder zur Schublade. Niemand versteckte aus Jux ein Notizbuch und da gab es ja noch die Aktentasche unter dem Schrank. Peter ließ die Kanne stehen und zog die Schublade auf. Er rutschte die Utensilien zur Seite, griff unter das Papier und holte das Notizbuch hervor. Sein Pulsschlag erhöhte sich. Seine Finger glitten über den Einband. Es war wirklich ein teures Stück. Er fuhr die Kanten entlang und öffnete es schließlich. Auf den ersten Seiten befanden sich Adressen, dann folgten Termine. Es war eindeutig die Schrift des Richters. Peter blätterte weiter. Es folgten Buchstabenreihen, Abkürzungen oder ein Code. Genau war es nicht zu definieren. Ein paar Ortsnamen mit Uhrzeiten folgten. Peter blätterte weiter. Gerichtstermine, Notartermine, wieder einige Abkürzungen, Zahlen und Buchstabenreihen usw.

Im Notizbuch stand auf den ersten Blick nichts Ungewöhnliches. Aber weshalb sollte er dieses Buch dann verstecken? Es musste etwas geben, das für Richter Dixon von großer Bedeutung gewesen war. Peters Augen hefteten sich wieder auf die Buchstabenreihen und Abkürzungen. Grübelnd nahm er das Taschenbuch mit zur Anrichte und bereitete den Tee. Egal wie lange er die Seiten anstarrte, die zündende Idee blieb aus. Standen die Zahlen für Geldbeträge, Aktenzeichen oder Codes? Er begann sie miteinander zu vergleichen. Es gab wohl ein Schema, das ihm jedoch verborgen blieb. Sein Kopfzerbrechen half alles nichts. Es führte zu keiner zufriedenstellenden Lösung.

Frustriert schlug er das Notizbuch zu und verstaute es in seiner Brusttasche. Draußen begann es zu dämmern. Regen trommelte gegen die Fenster. Kurz nach Fünf. Peter packte Plätzchen, Teekanne und Tasse auf ein Tablett und nahm es mit ins Richterzimmer. Er entzündete im offenen Kamin ein Feuer und nahm hinter dem Schreibtisch Platz. Ihm wurde erst jetzt bewusst, wie still es war. Seit Tagen hatte er kein Radio gehört, geschweige denn ferngesehen. Nicht einmal das Vergnügen eine Zeitung zu lesen war ihm gegönnt. Er war von der Außenwelt völlig abgeschnitten. Wurde das bewusst so gehandhabt? Was ging in diesem Haus vor? Peter hörte, wie ein Wagen vor dem Haus hielt. Er stand auf und trat zum Fenster.

Miss McAlister kam zurück. Der gleiche Herr, der sie morgens abholte, half ihr aus dem Wagen. Galant geleitete er sie zur Tür, verabschiedete sich mit einem Handkuss, verbeugte sich und ging zurück. Peter hörte, wie Miss McAlister das Haus betrat. Schnell setzte er sich hinter den Schreibtisch und begann intensiv in einer vergilbten Akte zu lesen. Schon hörte er die leichten Schritte auf der Treppe. Es klopfte. Peter gab keine Antwort. Zu sehr schien er in seiner Arbeit vertieft. Es klopfte erneut, dann öffnete sich die Tür leise. Vorsichtig steckte sie den Kopf herein.

„Oh Miss McAlister. Ich habe Sie gar nicht kommen hören." Peter schenkte ihr ein verlegenes Lächeln. Miss McAlister deutete dies als Einladung das Zimmer zu betreten. „Ich hoffe, Sie verbrachten einen angenehmen Tag", begann er die Konversation und nahm seine Brille ab.

„Danke Es war sehr unterhaltsam. Haben Sie gegessen?" Peter nickte.

„Nehmen Sie doch Platz", bot er ihr den Sessel gegenüber vom Schreibtisch an.

„Sind Sie vorangekommen?", erkundigte sie sich und ließ zweifelnd ihren Blick durch das Zimmer schweifen. Ein paar Stapel waren von einer zu anderen Seite gewandert. Mehr konnte sie jedoch nicht entdecken. Peter folgte ihrem Blick und zuckte gleichgültig mit den Schultern.

„Mühsam ernährt sich das Eichhörnchen", bemerkte er lakonisch.

„Ich habe das Radio leider nicht gefunden", erwähnte er und sah sie fragend an.

„Es gibt kein Radio", erwiderte sie knapp und somit war das Thema für sie beendet.

„Es gibt kein Radio?" Peter konnte sich vorstellen, dass es keinen Fernseher gab, geschweige denn einen Computer, aber ein Radio?

„Der Richter hörte nie Radio", entgegnete sie kurz und stand auf.

„Besaß er denn ein Radio?"

„Das hatte er nicht nötig", erwiderte sie.

„Aber, Miss McAlister, etwas Musik, die Nachrichten, Neuigkeiten, etwas Klatsch… Sie sind doch eine weltoffene Frau. Es kann doch nicht möglich sein, dass Sie sich von allem fern halten."

„Denken Sie, nur weil ich mir dieses Geschwätz nicht antue, bin ich weltfremd und habe keine Ahnung, was vor sich geht? Da muss ich Sie wirklich verbessern. Ich habe sehr wohl Ahnung, was passiert. Ich lese die Zeitung, Journale und Bücher. Wenn mir nach Unterhaltung ist, höre ich Musik", erklärte sie steif und ging zur Tür. Dort angekommen, drehte sie sich nochmals zu ihm um. „Sie können gern die Zeitung lesen, Dr. Forgerson. Sie befindet sich in der Küche. Ich werde nun das Abendessen bereiten."

„Ich wollte Ihnen bestimmt nicht zu nahe treten", entschuldigte sich Peter, der nach besten Manieren mit ihr aufgestanden war. Miss McAlister warf ihm einen strafenden Blick zu und verließ das Zimmer. Seufzend trat er zum Kamin und nahm ein Holzscheit vom Holzkorb.

Was war nur mit diesem Haus und seinen Einwohnern los? Spleenig war eines, aber dies hier grenzte wirklich schon an einen ernsteren Bereich. Peter wog das schwere Holz in seiner Hand. Nun gut. Er würde morgen ins Dorf fahren und versuchen ein Radio zu kaufen. Mochte Miss McAlister sich der Gegenwart entziehen, er hatte dies bei weitem nicht vor.

In der Küche duftete es nach gekochten Kartoffeln. Peter nahm auf der Eckbank Platz. Er wusste nicht recht, wie er ein Gespräch in Gang bringen sollte. So versuchte er es mit belanglosen.

„Glauben Sie, dass es lange regnen wird?", fragte er und nahm eine dampfende Kartoffel aus dem Topf.

„Mag sein", erwiderte sie höflich und legte sich ebenfalls eine Kartoffel auf den Teller. Heißer Dampf stieg hoch. Sie schnitt ein Stück Butter ab und ließ sie auf der halbierten Kartoffel schmelzen. „Man sprach heute über Sie", erwähnte sie wie nebenbei und spießte ein Stück auf die Gabel.

„Von mir?" Überrascht hob Peter den Blick von der Kartoffel.

„In der Tat. Man fand es nicht gerade vertrauensvoll, einen Engländer diese Arbeit erledigen zu lassen."

„Tatsächlich? Darf ich daran erinnern, dass Richter Dixon Engländer war und er für die englische Justiz arbeitete? Es ist plausibel, einen Engländer für diese Arbeit zu senden", stellte Peter fest und aß ein Stück seiner Kartoffel.

„Glauben Sie, ein Nordire könnte diese Arbeit nicht verrichten?", erwiderte Miss McAlister aufgebracht. Peter warf ihr einen forschenden Blick zu. Es berührte sie sehr, wer über die Dinge des Richters verfügte.

„Natürlich könnte ein Nordire diese Arbeit ebenso erledigen. Doch dies ist nicht der Punkt."

„Nein? Was ist denn der Punkt?" Drohend hielt sie ihm ein Stück aufgespießte Kartoffel vors Gesicht. Peter seufzte im Stillen.

„Wie ich bereits erwähnte, wünschte das Justizministerium einen Engländer für diese Arbeit. Es ist ihr Recht darüber zu entscheiden. Immerhin geht es um ihr Eigentum. Bei dem bisschen, was ich bis jetzt sichtete, behielt Richter Dixon beinahe neunzig Prozent an Material, welches nicht seinem privaten Besitz entspricht."

„Der Unmut der Bevölkerung ist jedenfalls deutlich. Es wird erzählt, dass die englische Regierung uns unterstellt, Missetaten zu verschleiern."

„Wer hat Ihnen denn diesen Floh ins Ohr gesetzt? Diese Anschuldigung ist nun wirklich aus der Luft gegriffen. Ich bin auch nicht hierhergekommen, um irgendwelche Missetäter zu finden, die mit dem Gesetz in Konflikt geraten sind. Ich ordne und sondiere dieses Material. Nicht mehr und nicht weniger." Miss McAlister wandte sich ärgerlich von ihm ab und aß weiter. Eisiges Schweigen herrschte. Beide hingen ihren Gedanken nach. Nachdem ihr Teller geleert war, stand sie auf und begann den Tisch abzuräumen.

„Darf ich Sie etwas fragen, Miss McAlister?" Überrascht sah sie ihn an.

„Bitte", forderte sie ihn reserviert auf, stellte die Teller in die Spüle und richtete den Tee.

„Würden Sie sich wohler fühlen, wenn ein Nordire diese Arbeit erledigen würde?" Sie hielt in der Bewegung inne, sah ihn an und brühte den Tee auf.

„Diese Frage kann ich nicht beantworten. Ich kenne den Nordiren nicht, der an Ihrer Stelle die Arbeit erledigen würde." Peter legte sein Besteck beiseite. Er hatte nur einen Teil seines Mahls verzehrt.

„Sie haben mir nicht auf meine Frage geantwortet."

„Wir haben nicht vergessen, was uns Ihr Volk vor hundertfünfzig Jahren angetan hat."

„Nun, soweit ich weiß, bezahlt mein Volk fleißig dafür. Allein wenn ich nur daran denke, welche Mengen an Subventionen nach Nordirland fließen. Der Lebensstandard ist hier teils deutlich höher als im restlichen Land." Sogleich nahm Miss McAlister Haltung an.

„Was haben wir davon, wenn wir einen höheren Lebensstandard besitzen, aber uns nicht frei fühlen?"

„Wahre Patrioten", murmelte Peter zynisch. Miss McAlisters Augen begannen gefährlich zu funkeln.

„Wir sind stolz darauf, Iren zu sein. Das ist das Land unserer Väter und Großväter. Sie haben hierfür gearbeitet und sind hierfür gestorben. Natürlich kann ein Engländer nicht so empfinden. Er hat keine Ahnung von Missstand und Leid. Er ist eben nur ein Engländer", erklärte sie Gift sprühend und knallte die Tassen auf den Tisch. Peter fuhr erschrocken zusammen.

„Ich glaube kaum, dass Engländer anders empfinden", konterte er bedacht ruhig. Miss McAlister schäumte. Ihre Wangen waren gerötet, ihre Augen sprühten Feuer.

„Unsinn! Engländer sind Geschöpfe der lebenden Arroganz und Hochmütigkeit. Es bedarf nicht viel einen Engländer einzuschätzen. Diese Kreaturen werden sich nie ändern." Peter holte tief Atem. Er hatte Mühe seine Zunge im Zaum zu halten. Behutsam stand er auf und stellte den Teller in die Spüle.

„Vielen Dank für den Tee, Miss McAlister. Ich bin jedoch ziemlich müde und möchte mich zurückziehen. Sie entschuldigen mich?" Er wartete eine Antwort nicht ab und verließ schleunigst die Küche. In ihm tobte ein Sturm. Was fiel ihr ein, so zu urteilen! Wie konnte diese Frau andere Menschen beurteilen, die sie nicht kannte! Diese Nordiren schreien rasch nach Ehre. Wie ehrenvoll ist es, eine hilflose Frau zu erschießen? Peter öffnete die Bürotür und ließ sie laut ins Schloss fallen.

Ein paar Kohlenstücke glühten im offenen Kamin und tauchten den Raum in ein schummeriges, warmes Rot. Seine Hand glitt zum Lichtschalter. Bevor er ihn drückte, hielt er inne. Ihm war nicht nach Helligkeit. Sein Herz schlug immer noch schnell. Er drehte sich zum Schreibtisch. Schemenhaft sah er die Stapel Papiere, Ordner und Bücher, an denen er gearbeitet hatte. Nein, jetzt nicht. Wieder schaute er zu der glimmende Kohle. Peter trat zum Holzkorb und legte ein Scheit auf die Glut. Kleine gelbe Flamen begannen sich hoch zu züngeln. Es knackte. Seine Augen wurden leer. Vor ihm erschien April. Sie lächelte ihn an.

„Oh Gott, April!" Peter sank auf die Knie. Tränen stiegen ihm in die Augen. Er flüsterte ihren Namen, schlug dann die Hände vors Gesicht und begann zu weinen. Das Holzscheit brannte und die Flammen warfen flinke Lichter in den Raum. Was war nur mit ihm passiert? Die letzten Wochen brachten so viel Chaos, soviel Verwirrung und neue Zwänge. Warum konnte er nicht einfach nur Mensch sein? Seine innere Stimme erwachte. ‚Hör auf damit dich zu zerfleischen. Du weißt, wo es dich hintreibt. Du willst sicherlich nicht wieder zurück in die Klinik. Wieder die Medikamente nehmen müssen…' Nein, das wollte er sicherlich nicht. Peter nahm die Hände vom Gesicht, suchte seine Taschen nach einem Taschentuch ab, wischte sich die Tränen beiseite und schnäuzte sich. Seine Augen hingen an den Flammen. Deutlich spürte er die Wärme auf seinem Gesicht. Wie naiv war er denn? Er war hier in Nordirland. Beim Zeus! Wie konnte er erwarten, freundlich aufgenommen zu werden? Natürlich waren die Wunden der Zeit nicht geheilt. Der Terror lag erst einige Jahre zurück. Für manch einen war der Krieg noch nicht vorbei. Ein dicker Kloß bildete sich wieder in seinem Hals.

„Nein!", sagte er laut und erhob sich. Sein Blick wanderte zur braunen Aktentasche unter dem Schrank. Möglicherweise war dieses

Sticheln gegen ihn nicht genereller Natur. In diesem Dorf ging irgendetwas vor. Zu viele tote Kinder. Wer hatte eigentlich diese Dinge an der Veranstaltung erzählt? Spielte Miss McAlister ein Spiel mit ihm? Vielleicht spielte das ganze Dorf ein Spiel. Doch wie sah dieses Spiel aus?

Peter ging zum Schalter und knipste das Licht an. Die Helligkeit blendete ihn für einen Moment. Er schloss kurz die Augen. Bilder vom Friedhof tauchten auf. Seine rechte Hand glitt zur Brusttasche, wo er die Fuchsie verstaut hatte. Er würde schon herausfinden, was sie vor ihm zu verbergen wünschten.

Entschlossen ging er zu einem Aktenstoß und zog einen Ordner heraus. Er enthielt die Personalien von verschiedenen Dorfbewohnern. Mit der Akte ging er zum Schreibtisch und begann darin zu blättern. Irgendwo musste er schließlich anfangen.

Gegen halb eins morgens kapitulierte er. In dem Ordner befand sich nichts von Bedeutung. Resigniert starrte er das schwache Glühen der Torfstücke an, die er vor einer Stunde in den Kamin gelegt hatte. Es musste etwas zu finden sein. All die toten Kinder. Warum regte sich kein Widerstand? Weshalb gab es keine Ermittlungen? Es konnte doch nicht sein, dass ein ganzes Dorf zusah, wie seine Kinder starben. Grübelnd stand er auf und trat zum Kamin. Er nahm ein Stück Torf und legte es zu den glühenden dazu. Vielleicht täuschte er sich aber auch. Möglicherweise gab es eine ganz plausible Antwort. Wie oft hatte man ihm schon vorgeworfen Sherlock Holmes zu spielen? Tat er es wieder? Hatte er eine Fährte aufgenommen, die nicht existierte? Unentschlossen drehte er sich zum Schreibtisch um. Sein Blick ruhte kurze Zeit auf dem dicken Ordner. Heute würde er keine Fortschritte mehr machen. Er trat zum Lichtschalter und löschte frustriert das Licht. Draußen am Gang verharrte er. Jetzt ins Bett gehen… Dieser Gedanke behagte ihm nicht. Er würde keinen Schlaf finden. So begab er sich in die Küche und machte Feuer. Er holte Mehl und Zucker, Gewürze und Backpulver aus dem Schrank, nahm aus dem Kühlschrank Butter und Eier. Schnell fand er die Rührschüssel, Schaber und Kochlöffel. Ohne noch einen Gedanken zu verschwenden begann er aus den Zutaten einen Teig herzustellen. Immer wenn er mit einem Problem nicht weiterkam und er nicht die Möglichkeit hatte, sich sportlich zu betätigen, gab Backen ihm den richtigen Ausgleich. Seine Gedanken gingen wieder auf Wanderschaft. Er dachte an Richter Dixon. Peter hatte keine Ahnung unter welchen Umständen der Richter verstarb. Miss McAlister erwähnte, dass der Richter hier sehr angesehen war. Trotzdem schien der Argwohn ihn gegenüber nie ganz erloschen zu sein. Lag es an seiner Herkunft oder verbargen sie tatsächlich ein Verbrechen vor ihm? Bei dem Gedanken lief es ihm kalt den Rücken herunter. Möglicherweise wollte Miss McAlister an dem Abend, als er so kläglich das Duell verlor, nicht nur vor den Rowdies dieses Ortes warnen. Peter starrte die Teigmasse an. Nachdenklich legte er ein weiteres Scheit in den Ofen. Gekonnt fettete er die Backform ein und füllte den Teig um. Aus der Obstschale nahm er vier Äpfel und schälte sie. Seine Augen wurden leer. Fragen über Fragen drängten sich in seinem Gehirn. Plötzlich spürte er einen brennenden Schmerz. Entsetzt starrte er auf seine Hände. Er hatte sich geschnitten.

„Beim Zeus!", stieß er wütend aus. Das Blut rann über seinen Handballen und färbte das Apfelstück bereits rot. Er fühlte, wie das Blut aus seinem Gesicht wich. ‚Nur nicht ohnmächtig werden!', ermahnte er sich und legte den Apfel aus der Hand. Erste Bluttropfen fielen zu Boden. Peter schluckte leer. Schnell schlang er sich das Geschirrtuch um die Hand. Sein Mund wurde trocken. Es war doch nicht das erste Mal, dass er Blut sah. Wie oft hatte er schon Erste Hilfe geleistet? Nun gut, es war eben nicht sein eigener Lebenssaft. Er sog tief die Luft ein und torkelte ins Bad. Das Geschirrtuch färbte sich am Handballen rot. Vor seinen Augen wurde es milchig weiß. Er begann zu zittern.

„Reiß dich zusammen!", befahl er sich streng und öffnete die Badezimmertür. Seine Knie wurden weich. An der Wand hing eine Hausapotheke. Peter öffnete sie und nahm einen Verbandsmull und eine Mullbinde heraus. Schnell saß er sich auf die Toilette und riss die Verpackungen auf. Er atmete tief durch. Werde ja nicht ohnmächtig. Bitte! Peter schluckte trocken. Zitternd ließ er das Geschirrtuch fallen. Blut quoll wieder aus dem Schnitt am Handballen. Hektisch presste er den Verbandsmull darauf und begann die Mullbinde darum zu wickeln. Nach wenigen Minuten hatte er es geschafft. Schweißgebadet schaute er auf den Verband. Deutlich war die Ärztefamilie zu erkennen. Immer noch etwas zittrig hob er das Geschirrtuch vom Boden auf. Erleichtert lehnte er seinen Kopf an die Wand. Wie töricht er doch war. Es handelte sich nur um eine kleine Schnittwunde, nichts weiter. Peter hörte die Küchenuhr schlagen. Es wurde Zeit den Kuchen in das Backrohr zu bringen. Langsam stand er auf. Er hatte das Türchen der Hausapotheke beinahe schon geschlossen, als er plötzlich inne hielt. Irgendetwas stimmte nicht. Sofort klappte er das Türchen wieder auf. Der Schrank war mit einer Vielzahl an Medikamenten gefüllt. Sie stammten alle vom selben Hersteller. Ein Grübchen bildete sich zwischen seinen Augenbrauen. Peter nahm eine Schachtel Schmerztabletten heraus und las den Namen der Firma. Corrigan Company. Neugierig nahm er auch die anderen Arzneien aus dem Schränkchen. Dies war wirklich außergewöhnlich! Forgerson Industries war ein Global Player und bediente beinahe die ganze Bandbreite mit Medikamenten für jegliche Krankheiten. Doch auch in ihrer Hausapotheke befanden sich Präparate anderer Firmen. Corrigan war bei weitem kein Global Player. Da war sich Peter vollkommen sicher. Und trotzdem war die Hausapotheke ausschließlich mit Medizin dieser Firma gefüllt. Gespannt ging er alle Medikamente durch. Bei einer größeren Verpackung verharrte er. Stutzig geworden öffnete er die Schachtel und zog die Tabletten mit dem Beipackzettel heraus. Es fehlten elf Tabletten. Die Sache wurde nun wirklich interessant. Wer benötigte diese starken Herztabletten? Miss McAlister jedenfalls nicht. Er schob die Tabletten in seine Jackentasche, räumte die Medikamente wieder in den Schrank und buck seinen Kuchen fertig.

Die Sonne stand schon hoch am Himmel, als Peter aus einem unruhigen Schlaf erwachte. Die Fenster waren noch geschlossen. Verschlafen schaute er auf die Uhr. Zehn Minuten nach halb Zehn. Viel zu spät für seinen Geschmack. Warum hatte sie ihn nicht geweckt? Schnell verließ er das Bett. Als er vom Badezimmer zurückkam, war Miss McAlister gerade dabei sein Bett zu machen.
„Guten Morgen", grüßte sie ihn freundlich.
„Guten Morgen", grummelte Peter und warf ihr einen forschenden Blick zu.
„Was haben Sie denn angestellt?" Überrascht deutete sie auf seine bandagierte Hand.
„Es ist nicht so schlimm wie es aussieht", beruhigte er sie mit einem Achselzucken. „Ich habe mich nur geschnitten."
„Nur geschnitten?", verständnislos schüttelte sie den Kopf.
„Ich wollte heute zur Sonntagsmesse gehen, doch mein Wecker ist nicht abgelaufen", knurrte er, nahm ihn in die Hand und kontrollierte das Ziffernblatt. Der Zeiger, der die Weckzeit angab, stand auf elf Uhr. Peter warf ihr einen vorwurfsvollen Blick zu. Gleichzeitig be-

schlich ihm ein ungutes Gefühl. Er hatte nicht bemerkt, dass sie in
sein Zimmer gekommen war und die Uhr verstellt hatte.

„Sie wissen genau, dass Sie im Dorf nicht erwünscht sind."

„Ich bin ebenso Katholik wie Sie und habe das Recht, die Messfeier
zu besuchen", entrüstete er sich.

„Sie sind Engländer", entgegnete sie brüsk und schloss das Fenster
wieder. Peters Gesichtsausdruck verdunkelte sich merklich. Er wandte sich von ihr ab, griff sich die ärmellose Weste und schlüpfte hinein. Sein Ärger war nicht zu übersehen. „Möchten Sie frühstücken?",
fragte sie versöhnlich. Peter verneinte schmollend. Mürrisch öffnete
er die Schublade, suchte sich ohne Enthusiasmus eine Krawatte aus
und band sie sich um den Hals.

„Meine Nichte kommt heute zum Abendessen. Es wäre schön, wenn
Sie mit uns speisen würden", bemerkte sie leichthin und zog das
Jackett von der Stuhllehne. Peter hob den Blick und hielt beim Zu-
knöpfen seiner ärmellosen Weste inne.

„Möchten Sie das wirklich?"

„Natürlich, ansonsten würde ich keine Einladung aussprechen",
erwiderte sie und ein Lächeln trat auf ihr Gesicht. Peter musterte sie
eingehend, bedankte sich schließlich schüchtern. Miss McAlister
nickte zufrieden und reichte ihm das Jackett.

„Leiden Sie an Herzbeschwerden?", fragte er wie nebenbei, obwohl
er die Antwort bereits kannte. „Wie bitte?" Verständnislos sah sie
ihn an. Peter wiederholte seine Frage. Leicht irritiert schüttelte sie
den Kopf.

„Und der Richter?"

„Er nahm Tabletten für seinen Magen. Ansonsten erfreute sich Richter Dixon bester Gesundheit. Warum fragen Sie?" Peter drehte sich
zu ihr um.

„Ich weiß nicht, es war nur ein Gedanke. Immerhin war Richter Dixon
erst fünfundsiebzig, als er verstarb."

„Dr. Penell diagnostizierte plötzlichen Herzstillstand." Ihre Augen
trübten sich. Peter überlegte kurz, ob er weiter fragen sollte, entschied sich dann dagegen. Es war nicht richtig sie weiter aufzuregen.
Miss McAlister wandte sich von ihm ab und öffnete die Tür. Peter
folgte ihr. Mehr und mehr Fragen drängten sich ihm auf. Und doch
konnte er sie noch nicht stellen.

Ein herrliches Abendrot verabschiedete den Tag. Peter deckte den
Tisch für drei Personen. Den Nachmittag hatte er mit Miss McAlister

Backgammon spielend verbracht. Ärgerlich musste er ihr zugestehen, die bessere Spielerin zu sein. Sie gewann drei von vier Spielen. Immerhin herrschte nun wieder der abhanden gekommene Hausfrieden. Er hatte die Beilagen zubereitet und im Garten ein paar Dahlien geschnitten, die nun den Esstisch zierten. Miss McAlister schien äußerst zufrieden.

„Ich hoffe, wir werden Ihrer Nichte gerecht", bemerkte Peter und band sich die Krawatte.

„Sie wird zufrieden sein", lächelte sie fröhlich. Er nickte und schob sich die Krawatte zurecht. Er war wirklich neugierig, wer sich als die Nichte von Miss McAlister vorstellen würde.

Pünktlich um sieben Uhr hallte das schwere Pochen des Türklopfers durch das Haus. Miss McAlisters Blick glitt zu ihm. Seine dunkelblaue Krawatte saß leicht nach rechts versetzt. Eine kleine Falte bildete sich zwischen ihren Augenbrauen. Unbewusst trat sie zu ihm und schob sie zurecht. Überrascht schossen seine Augenbrauen nach oben. Sofort wurde er rot. Er fühlte sich wie ein Schuljunge.

„Perfekt", murmelte sie zustimmend, schritt würdevoll zur Tür und öffnete sie. Eine attraktive Dame mit dunklem, langen Haar stand in einem langen schwarzen Mantel vor ihnen. ‚Grüne Augen', fuhr es ihm durch den Kopf. Er kannte dieses Geschöpf. Peters Wangen röteten sich augenblicklich. Sie lächelte Miss McAlister an und trat ein.

„Willkommen Helena!", begrüßte sie Miss McAlister bestens gelaunt.

„Tante Clare." Ihre Augen hatten jedoch ein anderes Ziel gefunden. Peter nickte ihr höflich zu.

„Ich habe euch noch gar nicht bekannt gemacht", entschuldigte sie sich. „Helena, darf ich dir Dr. Forgerson vorstellen?" Sie wandte sich an Peter. Ihre forschenden Augen waren ihm nicht entgangen. „Dr. Forgerson, meine Nichte Helena Artkinson." Peter reichte ihr die Hand.

„Erfreut Sie wiederzusehen."

„Das liegt ganz auf meiner Seite", entgegnete sie kühl. Gentlemanlike half er ihr aus dem Mantel. Miss McAlister führte sie in das Wohnzimmer. Ein einladendes Feuer brannte im offenen Kamin. Die Dunkelheit wurde von schmucken Vorhängen nach draußen gesperrt. Peter deutete zur Sitzgruppe.

„Bitte setzen Sie sich doch." Helena hob fragend die Augenbrauen. Miss McAlister lächelte ihr schelmisch zu. Es war schon einige Zeit vergangen, seit sie so hofiert wurde. Die Damen nahmen an dem runden Tisch Platz. Peter goss beiden in bester Butlermanier ein Glas trockenen Cherry ein und verschwand in der Küche.

„Wie, ich meine…", begann Helena irritiert. Miss McAlister legte sanft eine Hand auf die ihre.

„Lass ihn, Helena. Dr. Forgerson hat noch etwas gut zu machen", bemerkte sie und schüttelte zufrieden die sorgfältig gefaltete Serviette aus. Peter kam mit der Suppe zurück. Gekonnt füllte er die Teller und schenkte beiden Wein ein.

„Trinken Sie nicht auch ein Glas?", wandte sich Helena überrascht an ihn.

„Oh…" Peter schaute verlegen auf sein Wasserglas. „Nein. Ich…" Er hielt inne, überlegte wie er es am besten erklären konnte. Während seines schweren Nervenzusammenbruchs musste er Medikamente zu sich nehmen. Seit einem halben Jahr konnten sie den Bedarf auf ein Minimum reduzieren. Dies bedeutete jedoch, dass er immer noch keinen Alkohol zu sich nehmen durfte. „Nichtalkoholische Getränke bekommen mir besser", antwortete er schließlich.

„Hatten Sie ein Problem damit?" fragte Helena frei heraus.

„Helena", mahnte Miss McAlister verlegen. Peter lächelte scheu.

„Nicht mit dem Alkohol. Davon war ich immer weit entfernt." Ihre Augen hielten aneinander fest.

„Setzen Sie sich, Dr. Forgerson, und lassen Sie uns die Suppe genießen", forderte ihn Miss McAlister auf. Peter ließ sich auf dem Stuhl gegenüber Helena nieder.

„Danke", murmelte er und versenkte den Löffel in der Suppe. Kein guter Anfang. Peter suchte krampfhaft nach einem Thema. Etwas hölzern begann er über die Landschaft zu sprechen. Miss McAlister stimmte ein.

„Die Suppe schmeckte ausgezeichnet, nicht wahr Helena?", wandte sich Miss McAlister ihrer Nichte zu. Leicht überrascht hob sie die Augenbrauen.

„In der Tat. Sie schmeckte sehr gut. Ich wusste nicht, dass du Kürbissuppe magst", erwiderte sie leicht verwundert.

„Nun, das ist richtig. Ich wäre auch nie auf den Gedanken gekommen, welche zu kochen. Dr. Forgerson hat sie zubereitet." Ihr Kopf drehte sich erstaunt zu Peter. Sofort wurden seine Wangen rot.

„Ich dachte, ich könnte Miss McAlister etwas zur Hand gehen. Sie hat ohnehin genug zu erledigen." Es klang beinahe wie eine Entschuldigung. Ein feines Lächeln entschlüpfte Helenas roten Lippen.

„Nun, Dr. Forgerson, es hat sich wirklich gelohnt." Peter lächelte schüchtern zurück. Seine Freude spielgelte sich in seinen Augen wieder. Die Spannung ließ endlich von allen ab. Man sprach über Verschiedenes. Peter hielt sich mit seinen Bemerkungen zurück, überließ dankbar das Feld den Damen. Immer wieder wanderten seine Gedanken zum Tod von Richter Dixon. Zum Kaffee machten sie es sich auf dem Sofa bequem.

„Man erzählt, dass im Dorf wieder der Tod umgeht", berichtete Miss McAlister und gab einen Löffel Zucker in den Kaffee.

„Der Tod?", fragte Peter reflexartig.

„In der Tat", bestätigte Miss McAlister.

„Tante Clare. Das sind Schauergeschichten", ermahnte sie Helena. Es half jedoch nichts. Peter hatte den Ball bereits aufgegriffen.

„Wer ist der Tod?" Helena entfloh ein Seufzen.

„Man sagt, es ist eine schwarze Gestalt in einer schwarzen Robe. Sie schleicht nachts umher und vor dem Haus, vor dem sie stehen bleibt, stirbt bald darauf eine Person." Peter spürte ihren forschenden Blick auf sich ruhen. Er hob den Kopf und schaute sie an.

„Keine Angst. Ich bin Engländer und nicht der Tod. Ich werde mich hüten des Nachts draußen in freier Wildbahn herumzugeistern. Mein Interesse liegt mehr in London und da kenne ich mein Jagdgebiet auch bei Dunkelheit."

„Es wird wieder etwas Schreckliches passieren", prophezeite Miss McAlister und trank einen großen Schluck.

„Tante Clare, du wirst doch wohl nicht an diese alten Geschichten glauben." Helena goss sich eine zweite Tasse ein.

„Als der Richter starb, sah man auch einige Tage zuvor den Tod vor diesem Haus", beharrte Miss McAlister vehement.

„Das war dummes Geschwätz von unseren lieben Dorfbewohnern", erwiderte Helena überzeugt. Peter verhielt sich unbeteiligt. Er schnitt den Apfelkuchen an und legte ein Stück auf Miss Artkinsons Teller.

„Der Richter starb an Herzversagen, richtig?", fragte er wie nebenbei und sah dabei Helena an.

„Richtig", bestätigte sie und nahm dankend ein Stück entgegen.

„Ich dachte, der Richter war kerngesund?"

„Das war er auch", versicherte Miss McAlister nachdrücklich. „Sogar Dr. Keating, der Kardiologe, sagte das."

„Dr. Keating", murmelte Peter. Miss McAlister spießte sich ein Stück Kuchen auf.

„Richter Dixon war erst drei Wochen vor seinem Tod bei einer Routineuntersuchung beim Kardiologen gewesen. Das Ergebnis lautete: beste Gesundheit. Und trotzdem starb er so plötzlich." Ihre Augen füllten sich mit Tränen.

„Und der Tod?", bohrte er weiter. Ihr Kopf fuhr herum.

„Der Tod. Ich spürte seine Anwesenheit. Schon ein paar Wochen zuvor." Sie legte die Gabel beiseite. „Ich wollte es nicht wahrnehmen. Richter Dixon wirkte wie immer. Gesund, in bester Laune. Agil. Nichts deutete darauf hin. Nur der Tod." Eine Gänsehaut überzog ihre Arme. Peters Gesicht wurde nachdenklich.

„Das sind Schauermärchen", bemerkte Helena verstimmt. „Es ist nicht ungewöhnlich an einem plötzlichen Herztod zu sterben. Viele Menschen sind plötzlich ohne jeden Grund durch diese Ursache verstorben. Ich bin nicht hergekommen, um über den Tod zu sprechen. Mit Ihren dummen Fragen machen Sie meine Tante traurig. Sie empfand eine gewisse Zuneigung für Richter Dixon." Die Rüge hatte gesessen.

„Entschuldigen Sie", gab er kleinlaut bei. Nun herrschte unangenehmes Schweigen. Peter stand auf, ging zum Büfett und klappte den Geigenkasten auf. Es zauberte sogleich ein Lächeln auf ihre Lippen.

„Dr. Forgerson versprach mir, für uns etwas zu spielen."

„Falls es Ihnen Recht ist", fügte er hinzu. Helena machte eine einladende Handbewegung.

„Bitte." Peter nahm sie heraus. Seine Augen begannen zu glänzen. Sanft strich er über das Holz. Er nahm den Bogen, strich über die Seiten und stimmte sie. Helena beobachtete ihn neugierig. Es war, als würde er sich verwandeln. Die kalte Distanzierung verlor sich. Seine beinahe schon abweisenden Bewegungen wurden weich. Seine Lippen bewegten sich nach oben. Sanft ließ er den Bogen über die Seiten gleiten. Er begann ein paar Stücke von Mozart und Vivaldi zu spielen. Miss McAlister entspannte sich sichtlich. Sie lächelte ihrer Nichte stolz zu. Peters Blick wurde leer. Wieder drängten sich Gedanken um den Richter auf. Er war sich bei weitem nicht sicher, dass der Richter an einer natürlichen Todesursache verstorben war. Sicherlich war ein plötzlicher Herztod nicht auszuschließen. Dies gab es tagtäglich. Aber wie viele Morde wurden begannen, die nie aufgeklärt wurden? Die toten Kinder, seine Akten, der Tod… Schon Sherlock Holmes sagte, dass die meisten Morde auf dem Land geschahen. Stopp! Wo war er denn schon wieder hingeraten?! Was interpretierte er schon wieder in die Geschichte hinein? Es gab keine Beweise. Nicht einmal ein richtiges Motiv. ‚Konzentrier dich auf deine Arbeit und phantasiere nicht!', mahnte er sich streng. Peter spielte noch ein paar irische Volkslieder und beendete seine Darbietung zur Zufriedenheit aller. Der restliche Abend verlief noch recht angenehm. Miss McAlister lachte und erzählte Anekdoten, die sie mit dem Richter erlebte. Zur späten Stunde brach Helena auf. Peter half ihr in den Mantel. Ihre Augen sagten ihn deutlich, dass sie immer noch wütend auf ihn war.

„Ich begleite Sie gerne zum Wagen", bot er ihr an. Miss McAlister gab ihrer Nichte einen Kuss auf die Wange und verabschiedete sich herzlich.

„Vielen Dank für den schönen Abend, Helena. Es war wunderbar." Helena schenkte ihrer Tante ein Lächeln.

„Ja, es war ein schöner Abend", versicherte sie. Ihre Augen richteten sich jedoch auf Peter und sie sprachen eine andere Sprache. Helena erwiderte den Kuss. „Gute Nacht, Tante Clare, und danke nochmals." Miss McAlister verabschiedete sich von Peter und stieg die Treppe hoch. Sie sahen ihr nach. Ihre Gestalt wirkte so ehrwürdig und edel, als gehöre sie selbst dem Adel an. Peter wandte sich wieder Helena zu. Ein Blick genügte, um ihm zu sagen, dass da noch einiges auf ihn zukam. Eine Ahnung veranlasste ihn ebenfalls einen Mantel anzuziehen. Sie gingen ins Freie. Die Luft war kalt. Peter fröstelte.

„Was haben Sie sich dabei gedacht, als Sie meine Tante mit diesen dummen Fragen kompromittierten?", fragte sie scharf.

„Diese Fragen waren keineswegs dumm, Miss Artkinson. Es liegen Geschehnisse vor, die verdächtig erscheinen", entgegnete er ruhig.

„Bitte?" Sie sah Peter erstaunt an, konnte jedoch das Misstrauen in ihren Augen nicht verstecken.

„Sie wissen, wovon ich spreche. Engländer hin oder her, Miss Artkinson. Das Verhalten der Dorfbewohner lässt sich hinter ein paar wilden Geschichten nicht verbergen. Es bedarf keines großen Detektivs, um zu wissen, dass hier Dinge vor sich gehen, deren Tragweite erheblich sind. Das Ausmaß dieser Geschehnisse ist mehr als erschreckend. Ich weiß nicht, wie und welche Macht dieses Dorf in der Hand hält, aber ich kann Ihnen versichern, dass das Elend noch nicht sein

Ende gefunden hat." Peter wandte sein Gesicht den schillernden Sternen zu, die durch die Wolken funkelten.

„Ich verstehe kein Wort. Was phantasieren Sie da vor sich hin?" Energisch schritt sie zu ihrem Auto und sperrte die Türe auf. Peter folgte ihr, öffnete die Wagentür und sah ihr direkt ins Gesicht. Trotz der Dunkelheit erkannte er ihre Blässe.

„Kommen Sie gut nach Hause und geben Sie auf sich Acht, Miss Artkinson." Kein Wort kam über ihre Lippen. Er schloss die Autotür und sah ihr nach, bis ihr Auto hinter einer Gruppe Bäume verschwunden war.

Die kleinen Gräber kamen ihm wieder in den Sinn. Er öffnete seine Brieftasche. Vorsichtig entnahm er ihr den Fuchsienzweig und legte ihm vor sich auf den Tisch. Dieser Zweig symbolisierte das Leben. Konnte er das eigentlich? Peter war sich dessen nicht so sicher. Es gab ihn den Anstoß etwas zu unternehmen. Er war Mahnung und Erinnerung. Leben war etwas Kostbares. Etwas Einzigartiges. Viel zu oft wurde es durch andere zerstört.

Peter klappte ein altes, schweres Buch auf und legte den Zweig vorsichtig hinein. Sein Gesicht wurde ausdruckslos. Wen hatte der Richter zum Feind? Wie weit war er mit seinen Ermittlungen gediehen? Diese braune Ledertasche unter dem Schrank zeugte davon, dass er sich Fragen wegen den Tod der Kinder stellte. Wem stellte er diese Fragen ebenso? Je mehr er darüber nachdachte, umso sicherer führte es ihn zu dem Ergebnis, dass Richter Dixon einem Verbrechen auf der Spur war. Und dies hing eindeutig mit dem Tod der Kinder zusammen. Missmutig löschte er das Licht. Es war nicht seine Sache, aber wie konnte er wegsehen? Nicht nach all dem, was er erlebte. Nicht nach Aprils Tod.

Der nächste Tag war mühselig. Er konnte sich auf seine aufgetragenen Aufgaben einfach nicht konzentrieren. Es herrschte ein ähnliches Chaos wie zu des Richters Zeiten. Gegen Nachmittag gab er es endgültig auf. Er musste etwas unternehmen. Irgendetwas, womit er etwas anfangen konnte. Doch wie? Wütend über seine Hilflosigkeit setzte er sich wieder an den Schreibtisch. ‚Es geht dich ohnehin nichts an', versuchte er sich zu überzeugen. Seine gestrigen Überlegungen entstanden nur aus Wehmut und Schuldgefühlen. Er konnte dieses Muster seiner Gefühle nicht abschütteln. ‚Du bist hier, um diese undankbare Arbeit zu erledigen. Nichts weiter. Keiner wünscht dein Zutun. Mit deiner Einmischung kannst du Geschehenes nicht rückgängig machen. Du hättest gegenüber Miss Artkinson schweigen sollen‘, rügte er sich. Frustriert zwang er sich wieder an den Aktenstapeln zu arbeiten. ‚Sieh es als ein Teil deiner Therapie. Halte Abstand von allem.‘ Seufzend setzte er sich seine Lesebrille auf und versuchte sich weiter an den Akten. Ohne großen Erfolg.

Das Abendessen verlief weitgehend schweigend. Miss McAlister versuchte zwar immer wieder ein Gespräch mit Peter zu führen, doch er war so einsilbig und in sich gekehrt, dass sie es nach weiteren Bemühungen aufgab. Peter half ihr beim Abwasch. Immer wieder starrte er aus dem Fenster. Was war nur in den Jungen gefahren? Seit gestern war er um einiges verschlossener und unruhiger. Nachdem sie die Arbeit beendet hatten und Peter wieder aus dem Fenster starrte, sagte er plötzlich: „Ich werde noch etwas frische Luft schnappen.“
„Aber...“
Peter drehte sich zu ihr um. „Ich möchte Sie wirklich nicht kränken, Miss McAlister, aber mir ist, als fiele mir gleich die Decke auf den Kopf. Ich benötige frische Luft. Sie müssen sich keine Sorgen um mich machen. Ich bin in zwei Stunden wieder hier.“ Er nickte ihr kurz zu und verließ die Küche. Schnell zog er sich einen Mantel über, setzte sich den Hut auf und begab sich nach draußen, bevor Miss McAlister ihn zurückhalten konnte.

Die Luft war klar und kalt. Sterne übersäten den Horizont und funkelten in ihrer vollendeten Schönheit. Peter sog die Luft tief ein, bis seine Lungen schmerzten. Dann machte er sich auf den Weg ins Dorf. Zielstrebig marschierte er die Landstraße entlang. Dabei glitten seine Augen wachsam über die Felder. Immer wieder fragte er sich, ob er wahnsinnig sei. Doch etwas anderes in ihm drängte ihn weiterzugehen. Eine innere Stimme schien ihm zuzuflüstern, dass heute Nacht noch etwas geschehen würde.

Hinter den Fenstern brannte Licht. Peter trat auf den Marktplatz, der ihm noch gut in Erinnerung war. Die alte Kirchturmuhr schlug halb Elf. Fröhliche Musik drang aus dem Pub. Unentschlossen stand er da und lauschte den Klängen und Gelächter. Da er nun schon hier war, sollte er vielleicht die Gelegenheit wahrnehmen und sich etwas umsehen. Er könnte sogar verdeckte Informationen erhalten. Es wäre auch möglich, Mr Artkinson zu Hause anzutreffen. Bei der Gelegenheit könnte er sich für seine Hilfe bei diesem unglücklichen Zwischenfall bedanken. Nach kurzem Nachdenken entschloss er sich jedoch dagegen. Ian Artkinson könnte ebenso zu Hause sein und ihn wünschte er sicherlich nicht zu begegnen. Ihm war wirklich nicht nach seinem Spott. Das Pub zog ihn unwillkürlich an. Etwas Musik, gute Laune.
Er hatte noch keine fünf Yards zurückgelegt, da hörte er einen gellenden Schrei, der ihm durch Mark und Bein fuhr. Wie zu Eis erstarrt blieb er stehen. Sein Kopf fuhr herum. In den Häusern rührte sich nichts. Unentschlossen stand er da. Doch just in diesem Moment hörte er ihn wieder. Eine Frau! Peters Herz raste. Der Schrei musste aus der einmündenden Gasse kommen. Schnell rannte er die Gasse entlang. Seine Absätze klapperten in scheinbar ohrenbetäubendem Lärm durch die Straße. Am Ende der Gasse stand ein kleines Haus, in dem Licht brannte. Die Frau schrie wieder in tödlicher Angst. Peter war schweißgebadet. Atemlos riss er die Gartentür auf und stürzte auf das Haus zu. Sein Atem brannte in seinen Lungen. Er zitterte am ganzen Körper. Wieder schrie die Frau. Doch diesmal vor Schmerzen. Peter stieß mit voller Wucht die Tür auf und stürmte hinein. Die

Schreie kamen aus der Küche. Schnell bog er um die Ecke. Ein grausamer Anblick bot sich ihm. Die schreiende Frau lag am Boden und eine dunkle Gestalt schlug auf sie ein.

„Aufhören!", hörte Peter sich schreien. Sofort hielt die Gestalt inne und fuhr herum. Es war eindeutig ein Mann. Er hatte eine Skimütze über das Gesicht gezogen. Peter war zu Stein erstarrt. Die Gestalt sprang urplötzlich auf ihn zu und packte ihn am Kragen seines Mantels. Peter versucht ihm die Mütze vom Kopf zu ziehen. Doch schon schlug dieser brutal zu. Ihm war, als würde sein Kopf gesprengt. Er spürte, wie er gegen etwas geschleudert wurde und dann hart auf den Boden aufschlug. Die Küchentür fiel laut ins Schloss. Sofort alarmierte ihn sein Körper Schmerzen. Nicht bewegen! Die Gegend um ihn herum schien sich im Kreis zu drehen.

Die Schreie der Frau drangen wieder zu ihm durch. Langsam, zitternd, drehte er sich auf den Bauch. Die Schmerzen durchdrangen seinen Körper. Peter schnappte nach Luft. Stöhnend mühte er sich auf Hände und Knie. Ächzend krabbelte er zu ihr. Mit angstgeweiteten Augen starrte sie ihn an. Dieser Kerl hatte sie schwer verprügelt. Ihr Gesicht war gerötet und ihre Lippen aufgesprungen. Sie presste ihre Hände auf den Bauch. Wimmernd krümmte sie sich wie ein Fötus zusammen.

„Damn it!", stöhnte Peter. Sein Kopf dröhnte „Wo haben Sie Schmerzen?", erkundigte er sich so ruhig wie möglich. Sie wimmerte etwas Unverständliches und begann zu weinen. „Es ist alles in Ordnung. Er ist weg. Sagen Sie mir, wo Sie Schmerzen haben." Vorsichtig berührte er ihre Schulter. Wie vom Blitz getroffen fuhr sie zusammen. Er beugte sich tiefer zu ihrem Gesicht.

„Mein Baby", waren ihre schluchzenden Worte. Peter starrte entgeistert auf ihren Unterleib. Ihr blaues Kleid färbte sich dunkel.

„Beim Zeus!", stieß er atemlos hervor. Adrenalin überschüttete seinen Körper. Sofort war er auf den Beinen. Alles begann sich um ihn zu drehen. „Teufel!", fluchte er durch zusammengebissene Zähne und klammerte sich an den Tisch. Er sog scharf die Luft ein und torkelte zum Spülbecken. Unwirsch riss er den Schrank auf und zog einen Stoß Handtücher heraus. Mit diesen eilte er so schnell wie möglich zurück.

„Hören Sie, Sie müssen die Handtücher zwischen die Beine pressen", erklärte er, kniete nieder und schob ihr ein Bündel zwischen die Beine.

„Mein Baby!", schrie sie schmerzerfüllt. Ihre Hände umkrampften den Bauch. Peter schluckte trocken. Schweiß rann ihn über die Schläfen. So fest wie möglich presste er die Handtücher gegen ihr Geschlecht.

„Besitzen Sie ein Telefon?", fragte er hoffnungsvoll. Sie nickte leicht.

„Im Flur", stöhnte sie kaum hörbar. Peter zog seinen Mantel aus und schob ihn unter ihren Kopf.

„Bleiben Sie liegen. Ich lasse den Notarzt kommen." Peter stand auf. Das Schwindelgefühl ließ langsam nach. Seine Knie waren weich. Er eilte in den Flur, riss den Hörer von der Gabel und wählte die Nummer. Am anderen Ende hörte er eine Frauenstimme. „Ich habe einen Notfall. Eine schwangere Frau ist soeben niedergeschlagen worden." Die Stimme am anderen Ende fragte, wo er sich befinde. Peter überlegte kurz. „Beim Zeus, das weiß ich nicht! Warten Sie!" Er legte den Hörer weg und riss ungestüm verschiedene Schubladen auf. In einer fand er einen Stoß Briefe. Er packte den Stoß Briefe und zog ihn heraus. Ein Teil davon fiel auf den Boden. Egal. Es fanden sich einige mit immer den gleichen Anschriften darauf. Er nahm den Hörer wieder zur Hand. Seine Hände zitterten. Blut tropfte auf den Umschlag. Erst jetzt bemerkte er seine Kopfwunde.

„Ich habe hier Briefe mit der gleichen Anschrift. Ich hoffe, dass es sich um die hiesige Adresse handelt." Er las sie vor. Die Stimme am anderen Ende erklärte ihm, der Notarzt sei unterwegs und würde in zehn Minuten bei ihm sein. „Legen Sie nicht auf!", befahl ihm die Stimme am anderen Ende der Leitung. Peter murmelte ein „ja" und legte den Hörer auf das Tischchen, dann eilte er zurück in die Küche. Die Frau wand sich vor Schmerzen hin und her. Schnell kniete er sich neben sie.

„Madame, es wird Ihnen bald besser gehen. Der Arzt ist unterwegs", versuchte er sie zu beruhigen. Er schob den Mantel wieder unter ihren Kopf und wechselte die Blut durchtränkten Handtücher. Einen neuen Packen schob er ihr wieder zwischen die Beine.

„Versuchen Sie ruhig zu atmen. Sie müssen sich entspannen." Behutsam nahm er ihre Hand und begann zu zählen: „Einatmen und ausatmen. Einatmen und ausatmen." Sie stöhnte und begann sich seinen Rhythmus anzuschließen. Ihre Augen hingen an seinen Lippen. Peter wischte sich mit dem Ärmel seines Jacketts den Schweiß und das Blut von der Stirn. Die krampfartigen Schmerzen traten wieder ein. Sie schrie auf.

„Scht." Peter schwitzte. Sein Herz schlug hart gegen seinen Brustkorb. Er griff wieder an die Handtücher und presste so fest er konnte. „Ganz ruhig. Es wird alles gut. Gleich ist Hilfe hier. Nicht das Atmen vergessen. Einatmen, ausatmen. Einatmen und ausatmen." Sein Blick wanderte zu ihrem Unterleib. Die Handtücher hatten sich erneut rot gefärbt. Tränen stiegen in seine Augen. ‚Gott bitte, lasse endlich Hilfe kommen!', flehte er verzweifelt. „Alles kommt in Ordnung, glauben Sie mir", versicherte er ihr und konnte seine Verzweiflung kaum verbergen.

Endlich hörte er den Signalton des Krankenwagens. „Sie sind gleich hier. Machen Sie sich keine Sorgen", berichtete er ihr hoffnungsvoll. Der Sanitätswagen hielt vor dem Haus. Gleich darauf standen zwei Sanitäter in der Küche. Peter machte sogleich Platz. Der Notarzt folgte. Sofort begannen sie die Frau professionell zu versorgen. Peter starrte die Gruppe Mediziner an. Alles ging Hand in Hand. Zugänge für Infusionen wurden gelegt. Es wurde weiter versucht die Blutung zu stoppen. Sie waren ein eingespieltes Team. Das Adrenalin in seinen Adern ebbte ab. Übelkeit stieg in ihm hoch. Langsam ließ der Schock nach. Seine Knie wurden weich. Schmerzen an Kopf, Gesicht und Körper, die er sich bei dem Sturz zugezogen haben musste, wurden deutlich. Die Sanitäter verließen die Küche und kamen mit der Trage zurück. Gemeinsam legten sie sie darauf, schnallten sie fest und stellten die Trage auf die Rollen.

„Sie haben die Dame gefunden?" Peter fuhr herum. Der Arzt war zu ihm herüber gekommen. Er nickte leicht.

„Ja, ich habe sie gefunden."

„Sie haben einiges abbekommen." Vorsichtig berührte er Peters Schläfe. Peter zuckte zusammen. Sofort nahm er Haltung an. Seine Schwäche war wie weggeblasen.

„Mir geht es bestens", erklärte er frostig.

„Unsinn." Der Arzt wandte sich an einen der Sanitäter, die gerade dabei waren die Frau aus der Küche zu rollen. „Wir nehmen Mr..." Er sah Peter fragend an.

„Forgerson", knurrte dieser.

„Wir nehmen Mr Forgerson mit in die Klinik."

„Das ist nicht nötig", beharrte Peter stur und trat einen Schritt zurück.

„Das entscheide ich, Mr Forgerson", setzte der Arzt ihn streng in Kenntnis. Beherzt griff er Peter am Oberarm und schob ihn mit sich hinaus, bevor er noch auf dumme Gedanken kommen würde. Vor der Tür begegneten sie bereits zwei uniformierten Polizisten. Der Arzt umriss kurz die Geschehnisse, gab ihnen die Personalien und verfrachtete Peter zum Krankenwagen.

„Mir geht es wirklich gut", jammerte Peter, der bereits schneeweiß war. Die Angst war ihm deutlich ins Gesicht geschrieben. Der verantwortliche Sanitäter lächelte ihn verständnisvoll an.

„Tom, du nimmst ihn mit nach vorn. Sobald es Anzeichen für eine Ohnmacht gibt, sagst du uns Bescheid." Der andere Sanitäter nickte. Der Arzt und der zweite Sanitäter kümmerten sich bereits wieder um die Frau.

„Geht klar." Ohne auf Peters Proteste zu achten, schob er ihn in den Krankenwagen.

Das Krankenhaus war schon auf ihre Ankunft vorbereitet. Als der Krankenwagen ankam, standen schon zwei Pfleger, eine Schwester und ein Arzt bereit. Sie schoben sie aus dem Wagen und rollten sie hinein. Der Arzt untersuchte sie unterdessen flüchtig. Peter sah reglos dem emsigen Treiben zu. Die Schwingtüren fielen hinter den Rettern zu. Er stand immer noch neben dem Krankenwagen und fröstelte im kalten Wind. Mehr konnte er für die Frau im Augenblick nicht tun Er nahm sich vor, ein Taxi zu rufen und nach Haus zu fahren. Als er sich umdrehte, wäre er beinahe mit einen Sanitäter zusammen gestoßen. Er lächelte Peter schelmisch an.

„Zum Krankenhaus geht es in diese Richtung." Er wies auf die Tür mit dem Aufdruck: Notaufnahme.

„Krankenhäuser sind für Leute, die krank sind", entgegnete er frostig.

„Eben darum", nickte der Sanitäter gutmütig und machte eine einladende Handbewegung zur Tür. Peter seufzte abgrundtief.

„Ich...", begann er, doch der Sanitäter ließ ihn nicht weitersprechen.

„Es macht uns keine Umstände", beteuerte er und schon wurde er über die Schwelle geschoben. In den Gängen herrschte reger Betrieb. Peter hasste den Geruch von Penizillin und Desinfektionsmitteln. Ein mulmiges Gefühl beschlich ihn. Zu viele unangenehme, schlechthin furchtbare Erinnerungen kamen wieder zurück. Ein kalter Schauer lief ihm über den Rücken. Bei einem Informationsschalter machten sie halt. Der Sanitäter klopfte an das Fenster. Ein hübsches, weibliches Gesicht erschien sogleich.

„Hi", begrüßte er die Dame keck. „Ist Dr. Ruthland da? Ich hätte hier einen Patienten für sie." Die junge Frau lächelte und tippte ein paar Tasten auf ihrem Computer, dann bestätigte sie.

„Zweiter Stock, Zimmer zweihundertdreizehn", antwortete sie. Der Sanitäter warf ihr eine Kusshand zu. Sie kicherte verlegen. Peter stand unbeholfen herum.

„Lassen Sie uns hoch gehen." Er war bestens gelaunt.

„Hören Sie, mir geht es gut. Für ein paar Schrammen bedarf es diesen Aufwand nicht."

„Sie machen mir Spaß, Sir. Wenn Sie jetzt gehen und Sie fallen auf der Straße um, bin ich meinen Job los. Es wird nicht allzu lange dauern. In Ordnung?" Peter war schlecht. Sie gingen den Gang bis zum Ende entlang. An der Tür stand der Name: Dr. Ruthland. Der Sanitäter klopfte kurz an und trat dann ein. Peter blieb eisern draußen stehen. Keiner brachte ihn dazu, in dieses kalte, unsympathische Zimmer zu treten. Die kalkweißen Wände waren ebenso abstoßend, wie das grelle Neonlicht und der Wandschrank, der bis zur Decke ging, lud auch nicht gerade zum Eintreten ein.

„Tag", hörte er den Sanitäter jemanden begrüßen. Peter trat vorsichtig einen Schritt zurück. Er hatte sich für einen lautlosen Rückzug entschieden. Als der Sanitäter bemerkte, dass Peter ihm nicht gefolgt war, verdrehte er frustriert die Augen. Ruckartig drehte er sich um. Peter war bereits kreidebleich. Er hatte eine panische Angst vor Ärzten entwickelt. Unschuldig lächelte er den Sanitäter an und rannte los. Ärgerlich schnaubte er und nahm sofort die Verfolgung auf. Absätze klapperten auf dem glatten Boden. Die Angst trieb ihm Schweißperlen auf seine Stirn. ‚Nur weg von hier!'

„So nicht, mein Freund!", rief ihm der Sanitäter nach. Peter merkte schnell, dass der Sanitäter ein ausgezeichneter Läufer war. Der Lift öffnete gerade seine Türen. Sofort versuchte er sein Tempo zu verdoppeln. Wenn er einmal den Aufzug erreicht hatte, wäre er gerettet. Sein Herz hämmerte. Vier Yards trennten ihn von seinem Glück. Doch da war es schon passiert. Der Sanitäter hatte ihn eingeholt und am Mantel gepackt. Peter strauchelte, verlor das Gleichgewicht und beide landeten unsanft auf dem Boden. Peter stöhnte vor Schmerzen auf.

„Dummer Junge!", zischte der Sanitäter wütend, stand auf und zog ihn mit sich auf die Beine. Er wischte sich den Staub von der Hose ab. Peter war völlig außer Atem und sein Körper war eine einzige Pein. Der Sanitäter packte ihn grob am Oberarm und zog ihn mit sich zurück. Erst jetzt bemerkte Peter die Menschenansammlung in ihren weißen Uniformen, die tuschelnd und kichernd ihnen nachsahen. Ungestüm schob er Peter in den Raum, so dass er beinahe wieder gefallen wäre. Eine Dame stand neben einem einfachen Schreibtisch. Sie trug einen offenen, weißen Kittel über einem modischen, blauen Kostüm. Ihr Haar trug sie zu einer strengen Hochfrisur. Ihr Blick streng und ärgerlich.

„Entschuldigung", murmelte der Sanitäter leise.

„Ist das der Patient?", fragte sie barsch. Peter wurde es noch übler.

„Ja, Doktor", nickte der Sanitäter und nahm wieder etwas Haltung an.

„Rufen Sie Schwester Marian", befahl sie nun etwas friedlicher. Sie deutete auf den Patiententisch. „Setzen." Peter zuckte unwillkürlich zusammen. Er zitterte am ganzen Leibe. Wenn diese Frau bei der Behandlung genauso gefühlvoll war, wie jetzt, dann.... Peter zögerte. Sie taxierte ihn mit ihren braunen Augen. Peter spürte, wie ihn das letzte Blut seine Wangen verließ und den Weg nach unten suchte.

„Haben Sie mich nicht verstanden?", fragte sie ruhig.

„Dddoch", stotterte er.

„Ich habe nicht die ganze Nacht Zeit." Zögernd nahm er auf der Liege Platz. Behände knöpfte sie ihren Kittel zu. Sie hing sich das Stethoskop um den schlanken Hals. Es klopfte und eine Schwester trat ein. Sie lächelte Peter aufmunternd zu. „Schön, dass Sie hier sind, Schwester Marian. Ich benötige das Übliche." Die Schwester bejahte und ging in das angrenzende Zimmer. „Dann wollen wir mal." Dr. Ruthland drehte sich zu ihm um. Seine Augen waren ängstlich geweitet. Er zitterte am ganzen Körper. An seiner Schläfe klebte getrocknetes Blut. Um sein rechtes Auge hatte sich ein roter Schatten gebildet. Er machte einen mitleiderregenden Eindruck. Sie zog sich einen Hocker zu ihm und nahm darauf Platz. Die Schwester kam mit einem kleinen Servierwagen zurück. Darauf lagen Scheren, Verbandszeug, Pflaster und Spritzen. Entsetzt riss Peter die Augen auf und wich zurück.

„Ich bin okay. Wirklich. Das hier ist alles nicht nötig." Seine Stimme bebte.

„Mr..."

„Forgerson", presste Peter gebrochen hervor.

„Mr Forgerson, dies ist eine einfache Untersuchung. Es gibt nichts zu befürchten." Peter schluckte trocken. Er fühlte sich ihnen heillos ausgeliefert. Dr. Ruthland begann ihn systematisch zu untersuchen.

„Was ist passiert?", fragte sie, während sie Peters Augen prüfte. Die Schwester hatte sich einen Block geholt und notierte den Bericht. Peter umriss kurz den Vorgang, der sich abgespielt hatte. „Die Wunde an der Schläfe ist nicht so schlimm", erklärte Dr. Ruthland. „Sie sind mit dem Rücken gegen etwas hartes gefallen?", erkundigte sie sich und sah ihn an.

„Ja, aber ich weiß nicht, um welchen Gegenstand es sich handelte", bestätigte er.

„Machen Sie Ihren Oberkörper frei und legen Sie sich auf den Bauch", forderte sie ihn auf.

„Bitte? Mir geht es gut. Können wir das alles nicht einfach beenden?", fragte er hoffnungsvoll.

„Sie sollen Ihren Oberkörper frei machen und sich mit dem Bauch auf den Tisch legen", wiederholte sie ungeduldig.

„Ich...", begann er. Dr. Ruthland seufzte leise und begann nun selbst sein Jackett aufzuknöpfen. Entsetzt riss er die Augen auf. Ihre Blicke begegneten sich. Es war das erste Mal, dass er diese kalte Frau lächeln sah. Je schneller sie die Knöpfe öffnete, umso mehr zitterte er.

„Ist Ihnen kalt?" Peter schüttelte den Kopf. Er war steif vor Angst. Sie hob ihren Blick. „Hören Sie, es bedarf keinerlei Furcht. Es passiert Ihnen nicht das Geringste." Er war keinesfalls überzeugt. Sie löste seine Krawatte und knöpfte ihm Weste und Hemd auf. Mit Hilfe der Schwester befreiten sie ihn davon. Das angeklebte Blut hatte die Wunde erneut aufgerissen. Peter verzog schmerzhaft das Gesicht. Widerstrebend legte er sich auf den Tisch.

„Da haben Sie ja ein paar böse Schürfwunden", erklärte sie und nahm wieder auf den Hocker Platz. „Wo schmerzt es am meisten?"

„Das kann ich Ihnen nun wirklich nicht sagen", antwortete er. Sein Gesicht wirkte wie eine Maske. Er spürte ihre warmen Hände über seinen Rücken gleiten.

„Es scheint nichts gebrochen zu sein." Sie beugte sich zu ihm vor. In seinen Augen glitzerten Tränen. „Ich werde jetzt die Wunden desinfizieren und einen Verband anlegen, dann kümmern wir uns um ihr zerschundenes Gesicht." Er antwortete nicht. Seine ganze Konzentration war auf dieses schreckliche Vorhaben gerichtet. Aus den Augenwinkeln sah er, wie sie eine Watte mit einer farblosen Flüssigkeit tränkte. Sein Herz schlug schneller. Seine Hände umkrampften das Polster. Vorsichtig begann sie die schmerzhafte Prozedur. Peter hatte nun enorme Schwierigkeiten nicht zu schreien. Tränen liefen über seine Wangen. Es klopfte. Dr. Ruthland hielt sofort mit ihrer Arbeit inne.

„Wer ist da?" rief sie scharf. Wütend bei ihrer Arbeit gestört zu werden.

„Inspektor Hardcourt, Mam", sagte eine männliche Stimme.

„Kommen Sie rein." Sie nahm ihre Arbeit wieder auf. Ein großer, schlanker, dunkelhaariger Mann trat zu ihnen. Unter seinem dunklen Mantel verbarg er einen modisch geschnittenen, dunkelblauen Anzug. Peter schätzte sein Alter auf Anfang vierzig. In seiner Hand hielt er einen zum Mantel passenden Hut. Hinter ihm folgte ein etwas jüngerer, kräftig gebauter Mann mit blonden Haaren und Oberlippenbart. In seinen Haaren glitzerten noch die Regentropfen. Er trug ein sportlich geschnittenes Jackett über einer Bluejeans. Peter hätte bestimmt mehr aus ihnen lesen können, doch brauchte er seine ganze Konzentration, um seine Angst unter Kontrolle zu halten.

„Guten Abend, Mam. Ich bin Detective Inspector Hardcourt und das ist Detective Sergeant Ridway. Wir kümmern uns um den Überfall auf Mrs Dorothy Negley", erklärte sich der Inspektor und ließ seine Augen forschend über Peter gleiten. Peter erinnerte sich sogleich an den Namen. Er stand auf den Briefen, die er in der Schublade gefunden hatte. Dr. Ruthland fuhr mit ihrer Prozedur fort. Peter zuckte schmerzhaft zusammen. Seine Knöchel färbten sich weiß.

„Und Sie haben Mrs Negley gefunden?", richtete er seine Worte an ihn.

„Ja", bestätigte Peter und schnappte nach Luft.

„Es ist gleich vorbei", versuchte die Schwester ihn aufzumuntern. Peter schloss die Augen, zählte seine Atemstöße. Das Desinfektionsmittel brannte wie Feuer.

„In Ordnung. Wir benötigen Ihre Aussage. Bitte geben Sie uns Ihre Personalien an."

„Personalien", murmelte Peter und stöhnte leise.

„Sie können sich jetzt aufsetzen", erklärte Dr. Ruthland und warf die blutbeschmierte Watte in die Napfschale. Langsam richtete er sich auf. Schwester Marian reichte ihr Verbandsmull und eine breite Mullbinde.

„Ihren Namen und Ihre Adresse bitte", forderte ihn Sergeant Ridway nochmals auf. Peter fuhr sich frustriert durch seine dunklen Locken. Was sollte er nur sagen?

„Peter George Forgerson", antwortete er halblaut

„Titel?", fragte Detektiv Sergeant Ridway.

„Titel?" Peters Stimme klang alarmiert.

„Besitzen Sie einen Titel? Und wenn ja, dann nennen Sie ihn bitte." Waren seine Worte so unverständlich? Oder lag es daran, dass er sich einem Engländer gegenüber fand? Peter schluckte trocken. ‚Beim Zeus! Das musste auch noch sein!'

„Welchen Titel möchten Sie denn wissen?", fragte er vorsichtig. DS Ridways Augenbrauen zogen sich zusammen.

„Alle, die Sie besitzen. Ist das so schwierig?" Peter schaute Dr. Ruthland, die Schwester und schließlich DI Hardcourt an, die erwartungsvoll seinen Blick erwiderten.

„Ich…" Gott, wie er es hasste und dies auch noch in Nordirland! Peter atmete tief ein. „Ich habe einen Doktortitel. Ich schrieb eine Doktorarbeit während meines Jurastudiums."

„Also Dr. Peter George Forgerson." Peter bejahte. „Ist das Ihr einziger?", fragte DS Ridway genervt. Wie konnte man so ein Getue veranstalten?

„Ich…" Peter zögerte einen Moment. „Ich habe auch einen royalen Titel." DS Ridways Kopf fuhr von seinem Block hoch.

„Wirklich?"

„Ja. Duke of Cunningham. Er wurde mir vor einem halben Jahr verliehen", erklärte er zerknirscht. Peinlich berührt starrte er auf den Boden.

„Duke of Cunningham?", wiederholte DS Ridway erstaunt. „Sie sind ein Lord?" Ungläubig legte er den Kopf schief und betrachtete ihn skeptisch. Sollte so ein Lord aussehen? Er konnte kaum über zwanzig sein. Weshalb sollte man ihm schon einen Titel verleihen? „Weshalb hat man Ihnen einen Titel verliehen?", bohrte DS Ridway weiter. Peters Augen färbten sich dunkel. Seine Muskeln spannten sich. Sein Gesichtsausruck wurde hart.

„Ich denke, dies ist nicht Ihre Angelegenheit", antwortete er mit Nachdruck. Überrascht wanderten die Augenbrauen von Inspektor Hardcourt nach oben. „Möchten Sie jetzt eine Aussage oder nicht? Ich bin es leid, hier zu sitzen und mich wie eine Schießfigur anstarren zu lassen. Entweder Sie nehmen jetzt dieses Protokoll auf, oder Sie melden sich morgen nochmals. Ich bin jedenfalls nicht länger bereit, so mit mir verfahren zu lassen." DS Ridway öffnete den Mund. Seine Augen funkelten, seine Wangen waren gerötet. Was erlaubte sich dieser Engländer…? „Zu meinen Personalien", fuhr Peter fort, bevor DS Ridway ihm etwas entgegen schleudern konnte. „Wohnhaft bin ich in Tubor Hall, Watton, England. Hier wohne ich bei Miss McAlister in Garrison." DS Ridway setzte an, doch Inspektor Hardcourt zeigte warnend auf den Block. Grimmig kritzelte Sergeant Ridway Peters Angaben auf seinen Block.

„Welchen Beruf üben Sie aus?", fuhr Inspektor Hardcourt fort.

„Heben Sie bitte die Arme. Ich möchte gerne meine Arbeit beenden. Es gibt noch andere Patienten, die meine Aufmerksamkeit benötigen", mischte sich Dr. Ruthland ein. Peter folgte ihrer Aufforderung und ließ die Prozedur über sich ergehen. Jede Berührung mit den Schürfwunden schmerzte. Peter biss die Zähne zusammen.

„Welchen Beruf üben Sie aus, Dr. Forgerson?", wiederholter Sergeant Ridway barsch.

„Ich bin Anwalt der Krone", antwortete Peter schlicht. Sergeant Ridways Kugelschreiber verharrte in der Luft. Ebenso war das Bandagieren seines Rückens zum Stillstand gekommen. Alle Augen starrten ihn ungläubig an.

„Wie bitte?," fragte Inspektor Hardcourt und schaute ihn an, als hätte er soeben einen Geist gesehen. „Sie sind Crown Counsel?", wiederholte er perplex. Peter nickte bestätigend.

„Ich bin im Auftrag des britischen Justizministeriums hier, um einige Dinge eines kürzlich verstorbenen Richters in Ordnung zu bringen." Dr. Ruthland beeilte sich das Verbinden zu beenden.

„Erzählen Sie, was vorgefallen ist", forderte Inspektor Hardcourt. Peter setzte an, wurde jedoch von Dr. Ruthland sogleich unterbrochen: „Legen Sie sich hin. Ich möchte Ihre Schläfe versorgen." Seine Hand fuhr reflexartig hoch und berührte die Wunde am Haaransatz.

„Das ist nicht nötig. Nur ein Kratzer", murmelte er und griff nach seinem Hemd.

„Ich denke, Dr. Forgerson, das habe alleine ich zu entscheiden."

„Es ist wirklich nicht der Rede wert...", protestierte er vehement.

„Dr. Forgerson!", drohte Dr. Ruthland. Peter biss sich auf die Unterlippe. Schnell schlüpfte er in sein Hemd, knöpfte notgedrungen ein paar Knöpfe zu und legte sich widerwillig auf die Liege. Dr. Ruthland zog sich ein neues Paar Einweghandschuhe an. Peter atmete tief ein und versuchte sein Zittern zu verbergen. Er schloss die Augen und wartete gebannt. Ihre Finger glitten über die Wunde. Peter zuckte zusammen. „Hm. Wir werden sie säubern. Ich denke, zwei, drei Stiche können nicht schaden. Schwester."

„Wie?", hauchte Peter entsetzt und versuchte sich aufzusetzen. Dr. Ruthland hielt ihn zurück. „Ganz ruhig. Das ist wirklich gleich erledigt." Mit sanfter Gewalt brachte sie ihn wieder dazu sich hinzulegen. Ihm war schlecht. Er schloss die Augen und begann seine Atemstöße zu zählen.

„Schildern Sie uns, was geschehen ist", forderte ihn Inspektor Hardcourt ungeduldig auf. Peter schluckte trocken.

„Ich gedachte mich unter das Volk zu mischen. So ging ich ins Dorf. Im Pub spielte Musik. Ich war gerade dabei mich dem Pub zu nähern, als ich einen verzweifelten Schrei hörte. Au!!", stieß er aus, als sie seine Wunde berührte.

„Es tut nicht lange weh", versicherte sie geschäftsmäßig.

„Fahren Sie fort", forderte ihn Inspektor Hardcourt auf. Peter öffnete kurz die Augen und warf dem mitschreibenden Sergeant Ridway einen kurzen Blick zu.

„Unentschlossen blieb ich stehen. Plötzlich hörte ich wieder einen Schrei. Mir war klar... Au!"

„Scht. Seien Sie doch nicht so wehleidig." Entsetzt starrte er die Nadel in ihrer Hand an. Dabei wurde er kreidebleich. Feine Schweißtropfen erschienen auf seiner Oberlippe. „Schließen Sie die Augen und entspannen Sie sich." Wie befohlen schloss die Augen, doch von Entspannen war keine Rede. Sein Herz raste. Er ballte die Hände zu Fäusten. Schmerzhaft durchdrang die Nadel seine Haut. Peter biss so fest wie möglich die Zähne zusammen. Das Gespräch kam zum Erliegen. Tränen schossen ihm in die geschlossenen Augen. Warum konnte er nicht stark sein? Die stechenden Schmerzen endeten. Sie lächelte ihn an. Und schnitt ein Stück Pflaster ab. „Erledigt."

„Wo war ich stehen geblieben?", wisperte Peter und ließ Dr. Ruthland nicht aus den Augen.

„Ihnen war klar...", wiederholte der Sergeant.

„Der Schrei stammte eindeutig von einer Frau. Ohne viel nachzudenken lief ich in die Richtung, aus der die Schreie kamen."

„Ihnen muss bewusst gewesen sein, welcher Gefahr Sie sich aussetzten", unterbrach ihn wieder Inspektor Hardcourt. Peter ging durch den Kopf, dass er sich schon weitaus größeren Gefahren ausgesetzt hatte. Er lächelte sinnend, dabei stach es ihn gemein an der Schläfe.

„Ich lief in das Haus", fuhr er fort. „Die Schreie kamen aus der Küche. Ich fand Mrs ..." Peter hatte den Namen vergessen.

„Mrs Negley", half ihm Sergeant Ridway weiter. Peter nickte. Seine Augen wurden leer.

„Sie lag auf dem Boden, schreiend. Eine Gestalt stand über sie gebeugt und schlug auf sie ein. Ich schrie entsetzt auf. Die Gestalt drehte sich um."

„Wie sah sie aus?", unterbrach ihn der Inspektor sofort. Peter warf ihm einen scharfen Blick zu.

„Sie sind fertig", erklärte Dr. Ruthland. Peter setzte sich auf. Für einen Moment kam die Welt ins Schwanken. „Langsam!", mahnte ihn Dr. Ruthland und reichte ihm die ärmellose Weste und Krawatte.

„Dr. Forgerson, beschreiben Sie bitte den Täter", forderte ihn Inspektor Hardcourt auf. Peter zuckte mit den Schultern.

„Ich habe keine Ahnung...", gestand er dann und schlüpfte in seine Weste.

„Sie haben sich zu ihm umgedreht. Sie müssen doch gesehen haben, wie er ausgesehen hat", fuhr Inspektor Hardcourt ihn unbeherrscht an. Peter richtete sich auf. Langsam wurde er wieder Herr über sich selbst.

„Ich hatte nur ein paar Sekunden, bevor er mich niederschlug, Inspector Hardcourt. Die Gestalt trug eine Skimaske über ihrem Gesicht. Er war groß und kräftig gebaut. Trug normale Straßenkleidung. Dunkle Kunstlederjacke, Jeans. Mehr konnte ich beim besten Willen nicht erkennen."

„Ist das alles?", prustete der Inspektor aufgebracht. „Wie sahen seine Schuhe aus? Welches Fabrikat? Ich muss mich sehr wundern, Sie sind Staatsanwalt und nicht einmal in der Lage eine genaue Personenbeschreibung abzugeben!"

„Jetzt hören Sie mir einmal genau zu, Inspektor Hardcourt." Peters Stimme wurde messerscharf. Seine Augen funkelten gefährlich. Dr. Ruthland Augenbrauen wanderten nach oben. Niemand hätte gedacht, dass dieser schüchterne, verletzliche Junge so zornig werden konnte. „Ich sah eine Frau am Boden liegen, die vor Schmerzen schrie. Denken Sie, ich begutachtete zuerst den Täter, bevor ich zur Tat schritt? Überhaupt war er mir in Zeit und Kraft im Vorteil. Ich konnte gar nicht so schnell reagieren, wie er mich niederstreckte." Auf diese Erklärung folgte eisiges Schweigen. Peter schob den Kragen nach oben und band sich mit energischen Bewegungen die Krawatte. Danach packte er sein Jackett und schlüpfte hinein. Stumm sahen sie ihm zu. Allmählich fühlte er sich wieder Herr der Lage.

„Wenn Sie Ihre Arbeit ernst nehmen, Inspektor Hardcourt, sollten Sie nicht länger hier verharren, sondern zur Arbeit schreiten. Ich denke, Sie wissen sehr wohl was zu tun ist." Überrascht und völlig verärgert schnappte der Inspektor nach Luft. Peter ignorierte ihn und wandte sich an Dr. Ruthland. „Vielen Dank für Ihre Mühe, Dr. Ruthland. Ich wünsche Ihnen eine gute Nacht." Er deutete eine leichte Verbeugung an und ließ sie verwirrt im Behandlungsraum zurück. Verständnislos starrten sie sich an. Als der Inspektor gerade seinen Mund öffnen wollte, öffnete sich die Türe nochmals und Peter steckte seinen Kopf herein. „Falls Sie im Haus von Mrs Negley einen schwarzen Hut vorfinden, wäre es sehr aufmerksam, ihn mir zukommen zu lassen. Ich muss ihn wohl dort verloren haben." Er lächelte nochmals freundlich und schloss die Tür leise hinter sich. Erleichtert atmete er auf. So schnell hatte er schon lange keinen mehr abgefertigt. Sein Kopf brummte und er spürte eine riesige Beule am Hinterkopf. Nur nach Haus und ins Bett. Als er den Gang entlang ging, fiel ihm Miss McAlister ein. Erschreckt warf er einen Blick auf die Uhr. Es war kurz nach Zwei. Eine Gänsehaut lief seinen Rücken herunter. Wie sollte er ihr nur erklären...? Er stellte sich vor, wie er nach Hause kam und sie ihn mit strenger Miene musterte.

„Mr Forgerson?" Peter fuhr herum. Ein junger Mann in weißer Kleidung stand vor ihm. Ein Pfleger. Sofort schlug sein Herz schneller. Adrenalin schoss durch seine Adern.

„Ja?", fragte er alarmiert.

„Sie haben Mrs Negley gefunden?", erkundigte er sich vorsichtig und ließ ihn dabei nicht aus den Augen. Peter reagierte nicht. „Sie möchte Sie sehen."

„Wie bitte?", stammelte er völlig verwirrt.

„Mrs Negley hat nach Ihnen gefragt. Folgen Sie mir." Der Pfleger drehte sich um und ging zielstrebig den Gang entlang. Peter beeilte sich ihm nachzukommen.

„Sie kennen meinen Namen?", fragte er misstrauisch.

„Nein." Der Pfleger schüttelte den Kopf. „Ich habe den Namen von Schwester Marian erfahren."

„So viel zum Datenschutz", bemerkte er trocken. „Wann haben Sie denn Schwester Marian getroffen? Soweit ich mich erinnere, war sie die ganze Zeit über im Behandlungszimmer."

„Auch in unserem Land gibt es Telefon", setzte er ihn brüsk in Kenntnis.

„Ist Mrs Negleys Ehemann informiert worden?" Peter ignorierte die letzte, überflüssige Bemerkung.

„Darüber kann ich keine Auskunft geben."

„Diese Auskunft unterliegt nicht dem Datenschutz. Möchten Sie, dass ich Mrs Negley damit belästige?", entgegnete Peter scharf. Der Pfleger warf Peter einen kritischen Blick zu.

„Wir haben Mr Negley noch nicht erreicht. Die Kollegen haben seine Arbeitsstelle benachrichtigt, zufrieden?"

„Darf ich fragen, bei welcher Firma Mr Negley tätig ist?" Der Pfleger zuckte mit den Schultern.

„Er arbeitet bei Corrigan Company, wie ein Großteil dieser Gegend."

„Tatsächlich", murmelte Peter. „Hat Mrs Negley erklärt, weshalb Sie mich zu sehen wünscht?"

„Das weiß nur Gott", antwortete der Pfleger barsch, blieb an einer Tür stehen und klopfte an.

„Es muss doch eine Begründung geben", beharrte Peter weiter.

„Sie hat viel erlitten, Sir. Ihr geht es wirklich schlecht. Ich denke, dies ist der Grund, weshalb sie einen Engländer sehen will." Bevor er etwas auf diese unverfrorene Bemerkung antworten konnte, öffnete er die Tür.

Eine Nachttischlampe brannte neben ihrem Bett und hob ihre Konturen sanft von dem kalten Weiß ab. Ihr Kopf drehte sich zu ihnen. Sie hatte tiefgrüne Augen in denen Schmerz und Leid geschrieben standen. Ihr langes, schwarzes Haar lag offen auf dem Kissen.

„Guten Abend", begrüßte er sie und kam näher ans Bett. Ihr Blick glitt von ihm zum Pfleger, der sie kurz ansah und die Tür dann hinter sich schloss.

„Wie geht es Ihnen?", fragte er besorgt. Sie starrte ihn immer noch an. Unentschlossenheit kämpfte in ihr. „Mrs Negley..." Er wusste nicht recht wie er beginnen sollte.

„Sie kennen meinen Namen?" Ihre Stimme klang weich und zerbrechlich.

„Ich habe ihn auf einen Ihrer Briefe gelesen", entschuldigte er sich. „Glauben Sie bitte nicht, dass ich meine Nase in fremde Post stecke, aber es schien mir die beste Möglichkeit, Ihre Adresse zu erfahren." Ihre Hand, die auf dem Laken lag, begann zu zittern. Peter trat ans Bett, schenkte ihr ein aufmunterndes Lächeln. „Es kommt alles wieder in Ordnung", versicherte er. Sie schüttelte den Kopf. Tränen bahnten sich ihren Weg.

„Nein." Sie schluchzte. „Ich habe mein Baby verloren!"

„Oh Gott!", stöhnte er und vergrub sein Gesicht in den Händen. ‚Reiß dich zusammen!', mahnte er sich streng. Er atmete tief ein und aus, nahm seine Hände vom Gesicht und blinzelten die Tränen beiseite. ‚Du warst wieder zu spät!', schrie ihn seine innere Stimme an.

„Ich kann nicht mehr! Ich will nicht mehr! Warum bin ich nicht tot?“, schluchzte Mrs Negley und warf sich auf die andere Seite des Betts. Ein Heulkrampf packte sie. Peter berührte sanft ihre Schulter.
„Mrs Negley“, versuchte er sie zu beruhigen. „Sie dürfen so nicht denken. Es gibt einen Mann, der Sie liebt, der Sie braucht.“
„Er kann auch ohne mich leben“, entgegnete sie unter ihren Tränen.
„Das glaube ich kaum. Männer sind schwach.“
„Aber mein Baby!“
„Gott wird Ihnen wieder eines schenken“, versicherte er hilflos.
„Gott hat es mir genommen!“
„Oh, nein“, widersprach Peter vehement. „Gott würde so etwas nie tun. Der Mensch ist schlecht und verdorben, aber nicht Gott.“ Sie fuhr zu ihm herum. Ihr Gesicht war wutverzerrt.
„Glauben Sie das wirklich?!“, schrie sie ihn an.
„Ja, das glaube ich inständig“, antwortete er.
„Weshalb sollte Gott so etwas Schreckliches tun, wenn er den Menschen liebt?“
„Gott straft die Menschen. So hat er mir mein Kind genommen“, beharrte sie.
„Unsinn!“, entgegnete er ärgerlich. „Gott liebt alle Menschen. Zumindest der Gott, an den ich glaube. Mein Gott bestraft nicht. Was wirklich nicht nötig ist. Es gibt genug Personen, die Schaden und Elend anrichten.“
„Wenn Gott gnädig wäre, hätte er es verhindert.“ Peter konnte seine Bestürzung über ihre Worte nur mit äußerster Mühe verbergen. Er war zu spät gekommen. Schweigend betrachteten sie sich einige Zeit. „Danke, dass Sie gekommen sind“, murmelte sie. Peter wusste nicht, was er erwidern konnte. Ihre Augen hielten ihn gefangen. „Ich habe Angst“, murmelte sie und streckte plötzlich ihre Hand nach ihm aus.
„Das müssen Sie nicht mehr. Hier sind Sie sicher. Versuchen Sie zu schlafen.“
„Sie verstehen nicht.“ Peter beugte sich zu ihr.
„Vor wem haben sie Angst?“, fragte er leise. Sie schloss die Augen.
„Das kann ich Ihnen nicht sagen“
„Mrs Negley. Wenn Sie wissen, wer Ihnen dies angetan hat, sagen Sie es mir. Dieser Verbrecher gehört hinter Schloss und Riegel.“ Sie starrte Peter an. Langsam schüttelte sie den Kopf.
„Es ist sinnlos. Sie können uns nicht helfen. Niemand kann uns helfen.“

„Woher möchten Sie das wissen? Versuchen Sie es", erwiderte Peter scharf. Mrs Negley drehte ihren Kopf von ihm weg. Es klopfte an der Tür. Der Pfleger war zurück.

„Es ist besser, wenn Sie jetzt gehen, Dr. Forgerson. Mrs Negley braucht Schlaf. Ihr Mann wird bald hier sein." Mit einer energischen Handbewegung deutete er zur Tür. Peters Blick glitt von Mrs Negley zu dem Pfleger. Widerstrebend verließ er das Zimmer. Unweigerlich musste er an die toten Kinder denken.

Es war kurz vor Drei Uhr morgens, als er vor der Eingangstür der Klinik stand. Um diese Zeit ein Taxi zu finden war aussichtslos. Wie kam er nur nach Haus?

„Wie ich sehe, konnten Sie sich noch nicht von uns trennen." Überrascht drehte er sich um. Dr. Ruthland war nun in einem dunkelblauen Trenchcoat gehüllt und lächelte ihn schelmisch an. Zur Antwort bekam sie einen vernichtenden Blick zurück.

„Es war wohl Ihre Idee, dass ich mit Mrs Negley sprechen sollte." Seine Stimme klang schärfer, als er es beabsichtigt hatte. Sie sah in verdutzt an.

„Ich habe keine Ahnung, wovon Sie sprechen."

„Ich spreche von Mrs Negley. Man hat mich in ihr Zimmer geführt, damit ich mit ihr rede. Angeblich hat sie nach mir schicken lassen." Peters Augen färbten sich bereits dunkel.

„Dann wird es auch ihren Wunsch entsprochen haben. Jedenfalls haben Sie einen guten Dienst erwiesen. Danke", entgegnete Dr. Ruthland kurz.

„Tatsächlich? Davon kann wohl keine Rede sein."

„Nun, dann haben Sie wohl Ihren englischen Charme versprüht." Peters Augen begannen zu funkeln.

„Mrs Negley ließ mich rufen, weil sie vor ihresgleichen Angst hat. Sie weiß nicht mehr, wem sie vertrauen kann und wem nicht. Das ist der Tatbestand. Und das würde mir zu denken geben." Er öffnete ihr die Eingangstür und trat dann ebenfalls ins Freie. Fröstelnd sah er sich nach allen Seiten um.

„Suchen Sie etwas Besonderes?" Ihm war klar, dass sie ihn auf den Arm nahm.

„Ich halte nach einem Taxi Ausschau", antwortete er kurz angebunden.

„Da dürfen Sie aber noch eine geraume Zeit schauen", spöttelte sie. Um ihre Mundwinkel zuckte es verräterisch. „Das erste Taxi, das die Klinik anfährt, kommt um halb Sieben."

„Wie bitte?" Entsetzt riss er die Augen auf. Dann ließ er sich resigniert auf die kalten Stufen nieder. Belustigt sah sie auf ihn herunter. Irgendwie war er schon eine komische Figur.

„Was haben Sie denn jetzt vor, Dr. Forgerson?", fragte sie ihn nun etwas bewogener.

„Ich werde auf ein Taxi warten, da keine andere Möglichkeit besteht wieder nach Garrison zu gelangen."

„Sie werden sich den Tod holen", entgegnete sie.

„Und wenn schon", brummte er und starrte stur auf die verlassene Straße.

„Kommen Sie, ich fahre Sie nach Haus." Sie streckte ihm ihre Hand entgegen. Misstrauisch sah er sie an. „Na los! Oder glauben Sie, ich möchte mir hier Frostbeulen holen?" Widerstrebend nahm er ihr Angebot an und gab ihr seine Hand. Mit Leichtigkeit zog sie ihn auf die Beine. „Sie wiegen ja keine fünfzig Kilo!" Erstaunt sah sie ihn an. „Es muss für den Verbrecher ein Leichtes gewesen sein, Sie durch den Raum zu schleudern."

„Ich wiege über fünfzig Kilo und er hatte nur leichtes Spiel, weil das Überraschungsmoment auf seiner Seite lag", entgegnete Peter beleidigt. Dr. Ruthland lachte. Er spürte, wie ihm das Blut in den Kopf schoss. Sie gingen rüber zum Parkplatz. Die Lichter eines VW Golfs leuchteten auf.

„Bitte." Sie deutete zur Tür, öffnete die Fahrertür und stieg ein. Peter zögerte.

„Nun? Wenn Sie noch länger warten ist es halb Sieben und Sie müssen für Ihre Fahrt bezahlen", grinste sie ihn an. Er hätte es nicht für möglich gehalten, diese Frau in guter Stimmung zu sehen. Das erste Mal seit ihrer Begegnung lächelte er schüchtern zurück und stieg in den Wagen.

Die Heizung lief auf Hochtouren und es wurde bald warm. Im Radio spielten sie die gewöhnlichen Nachtschnulzen. Peter starrte grüblerisch in die Dunkelheit. Er fragte sich immer wieder, warum man dieser jungen Frau so etwas Abscheuliches antun konnte. Als Anwalt wusste er nur zu gut, zu was Menschen fähig waren. Trotzdem… Er spürte wie ihre Augen immer wieder auf ihm ruhten, sie sagte jedoch kein Wort.

„Wer hat ihr das angetan? Sie ist wohl seit einem halben Jahr verheiratet und wie mir scheint glücklich. Sie führt ein geregeltes Leben. Im Dorf ist sie angesehen. Weshalb dringt man in ihr Haus ein und misshandelt sie schwer? Raub scheidet eindeutig aus", murmelte er gedankenverloren vor sich hin. Sie drehte ihren Kopf zu ihm. Ihre Blicke trafen sich für einen Moment.

„Hat Mrs Negley Ihnen dies alles erzählt?" Das Misstrauen in ihrer Stimme war unüberhörbar.

„Wie?", fragte Peter und tauchte aus seinen Gedanken auf.

„Hat Mrs Negley Ihnen dies alles erzählt?", wiederholte Dr. Ruthland.

„Nein, natürlich nicht." Peter richtete sich etwas auf. Seine Verletzungen schmerzten.

„Woher wissen Sie davon?" Peter warf ihr einen verlegenen Blick zu, zuckte mit den Schultern.

„Beobachtung", antwortete er schlicht und schaute den an ihm vorbeiziehenden Straßenpfählen nach. Seine Augen wurden wieder leer. „Hat man das Baby bereits untersucht?"

„Bitte?", fragte sie erstaunt.

„Wurde das Baby bereits untersucht?", wiederholte er ungeduldig. Sie schüttelte langsam den Kopf.

„Ich denke nicht. Immerhin war es eine Totgeburt verursacht durch Gewalteinwirkung."

„Ist es möglich, diese Untersuchung noch durchzuführen?" Peter hatte Mühe vor ihr seine Aufregung geheim zu halten. Ihm spukten wieder die toten Kinder im Kopf herum.

„Ich glaube nicht. Die Föten und Kinderleichen der Totgeborenen werden zumeist gleich beseitigt. Hygienevorschriften. Worauf wollen Sie eigentlich hinaus?" Ihre Stimme war ernst. Beinahe drohend.

„Es gibt ein paar…" Peter suchte nach den richtigen Worten, setzte dann von neuem an. „Ich mache mir Gedanken über einige ungewöhnliche Vorkommnisse im Dorf. Möglicherweise gibt es einen Zusammenhang mit dem Überfall auf Mrs Negley."

„Das hört sich nicht gut an." Kein ironischer Unterton war mehr vorhanden. Peter deutete auf eine dunkle Silhouette. „Das Haus ist es."

„Möchten Sie die Sache weiter verfolgen?" Neugierig beäugte Dr. Ruthland ihn. Peter reagierte nicht auf ihre Frage. Er schien mit seinen Gedanken ganz weit weg zu sein. „Einen Pence für Ihre Gedanken", bemerkte sie und parkte den Golf neben dem Gartentor des Hauses.

„Wie?", fragte er irritiert. Dr. Ruthland wiederholte ihren Satz. Peter musterte ihr Gesicht. „Später vielleicht."

„Mir scheint, Sie werden diese Sache nicht auf sich beruhen lassen."

„Die Polizei wird das klären", erwiderte er ruhig und öffnete den Sicherheitsgurt.

„Die Polizei", wiederholte sie gedehnt.

„Die Polizei, richtig", bestätigte Peter nachdrücklich, der ihren Unterton nicht leiden konnte.

„Ich glaube Ihnen kein Wort, Dr. Forgerson", antwortete sie ihm gerade heraus.

„Wie soll ich das verstehen?"

„Ihr Jagdinstinkt ist erwacht. Sie haben Blut geleckt. Ich möchte Sie daran erinnern, dass Sie sich in Nordirland befinden. Es ist wohl keine gute Idee, Sherlock Holmes zu spielen."

„Bitte?"

„Sie haben mich schon verstanden, Dr. Forgerson. Es kann für Sie äußerst gefährlich werden, in Hornissennester zu stechen. Sie werden hier nur selten Freunde finden. Sie sind also weitgehend auf sich selbst gestellt. Das sind nicht gerade sehr ermutigende Aussichten."

„Soweit wird es nicht kommen", erwiderte er reserviert. „Hier nimmt man mich ohnehin nicht ernst."

„Unterschätzen Sie dies nicht. Sie sind Anwalt der Krone. Niemand ist so dumm zu glauben, dass Sie diese Stellung geschenkt bekommen haben. Stellen Sie Ihre Kompetenz nicht unter den Scheffel. Das steht Ihnen nicht zu Gesicht. Die britische Regierung hätte Sie nicht hierher geschickt, wenn Sie nicht das nötige Know-how verfügen würden."

„Das stelle ich nun offen in den Raum. Aber vielen Dank für Ihre Meinung." Er öffnete die Autotür.

„Falls Sie so töricht sind, Ihre Nase in diese Angelegenheit zu stecken..." Sie zog aus ihrer Brieftasche eine Visitenkarte und reichte sie ihm. „Ich denke, Sie haben einen Arzt schneller nötig als Sie denken. Unter den beiden Nummern bin ich immer zu erreichen."

„Ich..." Peter wollte protestieren, doch Dr. Ruthland ließ es nicht zu.

„Lassen Sie Ihren Stolz in Ihrer Brusttasche und nehmen Sie das Angebot an." Auf Peters Lippen erschien ein feines Lächeln.

„Danke", murmelte er. Die Karte verschwand in seiner Brusttasche. Er verabschiedete sich. Erst, als sie den Wagen gewendet hatte und in Richtung Dorf fuhr, ging er zur Tür und sperrte sie auf.

Lauschend blieb er im Hausgang stehen. Er hatte erwartet, dass Miss McAlister wie eine Furie auf ihn zusprang, ihn durchschüttelte und böse Verwünschungen gegen ihn aussprach. Doch nichts der Gleichen geschah. Leise zog er seine Schuhe aus und schlich in die Küche. Vielleicht war sie nur eingeschlafen. Immerhin war es beinahe fünf Uhr! Doch sie war nicht da. Auch nicht im Wohnzimmer. Peter ging die Treppe hoch und sah im Arbeitszimmer nach. Ebenfalls keine Miss McAlister. Unsinnigerweise fühlte er sich gekränkt. Im Stillen hatte er gehofft, sie würde auf ihn warten. Er zog sich unter Schmerzen aus und war froh sich endlich in den weichen Federkissen seines warmen Bettes zu wissen.

Kein Wecker klingelte an diesem Morgen. Peter schlief unruhig. Er warf sich von einer Seite zur anderen. Ein leises Klopfen war an der Tür zu vernehmen. Die Klinke wurde vorsichtig heruntergedrückt. Miss McAlister steckte ihren Kopf herein.

„Er schläft noch", flüsterte sie zwei Personen, die hinter ihr standen, zu.

„Dann soll er aufstehen", brummte der ältere der beiden Herren und stieß die Tür auf. Peter blinzelte, durch den Krach geweckt. In seinem Kopf rumorte es. Die zwei Männer standen nun mitten in seinem Zimmer. Miss McAlister eilte zum Bettende und sah Peter entschuldigend an. Langsam richtete er sich in seinem Bett auf.

„Wir haben noch Fragen an Sie", erklärte Inspektor Hardcourt in einer Lautstärke, die nicht nötig war. In Peters Kopf schien eine Fabrik auf Hochtouren zu arbeiten. Es hämmerte, dröhnte und stach bei jeder Schwingung.

„Geht es nicht leiser? Was bezwecken Sie eigentlich mit diesem Auftritt, Inspektor Hardcourt? Wie wäre es zunächst mit einer Begrüßung, so wie es sich geziemt?", fragte Peter gereizt und zog seinen Morgenmantel von der Bettkante. Dabei warf er Miss McAlister einen forschenden Blick zu.

„Einer Begrüßung?", blaffte Inspektor Hardcourt. „Bitte. Guten Tag, Dr. Forgerson", zischte der Inspektor und preschte voran. „Beginnen wir mit der Zeitangabe des Verbrechens. Darüber haben Sie uns bis jetzt noch nicht informiert. Zweitens möchten wir wissen, ob der Täter bewaffnet war. Drittens...."

„Stopp!" Peter hob abwehrend die Hand hoch. „Bevor ich eine dieser Fragen beantworte, möchte ich einige Fragen selbst beantwortet haben." Er schlüpfte in seinen Morgenmantel, band den Gürtel um seine schmale Teile und wandte sich an Sergeant Ridway: „Erstens: Wie ist es möglich, ein solch ungehöriges Verhalten an den Tag zu legen? Zweitens: Ist dies ein Verhör oder eine Zeugenbefragung?" Seine Augen hatten sich tiefschwarz gefärbt und funkelten wie Fixsterne. „Und während Sie jetzt darüber nachdenken, gehe ich ins Bad. Danach können wir von neuem beginnen." Die beiden Polizisten tauschten erstaunte Blicke aus. Peter ließ sie stehen, verschwand in das angrenzende Badezimmer und schloss hinter sich ab. Erst jetzt reagierten die Beamten.

„Machen Sie sofort auf, Forgerson!", stieß Inspektor Hardcourt erzürnt aus. Miss McAlister starrte die Polizisten verwirrt an.

„Sie dürfen meine Fragen gerne auch bei verschlossener Tür beantworten", erklärte Peter großzügig.

„Ich werde Ihnen überhaupt keine Fragen beantworten!", ereiferte sich der Inspektor wütend. Das Wasser lief.

„Ich werde diesen Burschen auseinandernehmen, wenn er durch diese Türe kommt", versicherte er Miss McAlister.

„Es liegt bestimmt ein Missverständnis vor", versuchte sie ihn zu beschwichtigen. Der Inspektor musterte sie eingehend.

„Tatsächlich? Es ist doch sonderbar, dass gerade er in der Nähe war, als man Mrs Negley überfallen hat. Er kann den Täter nicht beschreiben. Seine Aussagen sind weitgehend nichtssagend."

„Und das ermächtigt Sie zu der Annahme, Dr. Forgerson sei in eine so abscheulichen Tat verwickelt?" Sie schüttelte unwillig den Kopf. „Das ist lächerlich." Miss McAlister öffnete das Fenster und begann das Bett zu richten. Aus dem Bad drangen Geräusche eines Haartrockners. Sie warf dem Inspektor einen finsteren Blick zu und schüttelte wieder den Kopf. „Lächerlich", murmelte sie abermals.

„Sie wussten, dass er ins Dorf ging?" Der Inspektor ließ die Badezimmertür nicht aus den Augen. „Wann hat er erwähnt, dass er ins Dorf gehen wollte?"

„Als er das Geschirr abtrocknete. Weshalb wollen Sie das alles wissen? Er kann Mrs Negley nichts angetan haben. Fragen Sie doch Mrs Negley selbst", forderte sie die beiden auf.

„Das haben wir bereits."

„Und?", wollte sie wissen.

„Sie hat jegliche Aussage verweigert", erklärte Inspektor Hardcourt kurz.

„Haben sich die Ärzte dazu geäußert?"

„Sie behaupten, er besitze nicht die nötige Kraft, jemanden so zu verletzen. Was ich jedoch bezweifle."

„Warum sollte Mrs Negley nicht aussagen, wenn er sie überfallen hätte? Darin sehe ich keinen Sinn. " Sorgfältig schüttelte sie Kissen und Bettdecke auf und richtete es. „Sie suchen eine einfache Lösung. Und einen Engländer als Täter zu präsentieren, ist wirklich lohnend." Sie funkelte ihn an. Der Inspektor suchte den Blick seines Kollegen, doch dieser wurde bereits von einem anderen Augenpaar begutachtet. Peter stand im Türrahmen. Er sah aus, wie aus dem Ei gepellt. Was man allerdings von seinem Gesicht nicht behaupten konnte. Eine scheußliche Schramme leuchtete rot über seinem linken Auge. Auch seine rechte Wange hatte etwas abbekommen. Seine dunklen Locken verdeckten die Naht am Haaransatz.

„Sie möchten mir tatsächlich unterstellen, ich hätte Mrs Negley angegriffen. Dies ist nun wirklich lächerlich. Können Sie mir auch erklären, welchen Nutzen ich daraus ziehen könnte, wenn ich eine armselige Person überfalle, die ich in meinem ganzen Leben noch nie gesehen habe? Mir ist klar, dass ich hier kein gerngesehener Gast bin. Jedoch ist diese Behauptung, die Sie da aufstellen möchten, völlig danebengegriffen."

„Wir haben Hinweise erhalten", konterte Sergeant Ridway, dem dieses Gespräch ganz und gar nicht gefiel.

„Hinweise, interessant. Wer hat Ihnen die Hinweise gegeben?" Peter hatte dem Inspektor nun wirklich den Wind aus den Segeln genommen. Grübelnd nahm der Inspektor auf einem Stuhl Platz und starrte Peter griesgrämig an. Allmählich wurde ihm klar, in welche absurde Situation er sich manövrieren ließ. Miss McAlister trat zu Peter.

„Ich habe frischen Kaffee aufgebrüht." Peter ließ den Inspektor nicht aus den Augen.

„Danke, Miss McAlister."

„Ich hoffe, er wird nicht kalt, bis der Herr Inspektor seine Gedanken wieder geordnet hat", bemerkte sie spitz. Sogleich warf er ihr einen vernichtenden Blick zu.

„Wir haben gestern Abend die Spurensicherung in das Haus geschickt. Man fand nur blutige Handtücher. Eine leichte Unordnung. Nichts, was auf einen Raubüberfall hindeutet. Fingerabdrücke stellten wir nur von Mr und Mrs Negley und die einer weiteren Person fest. Ich gehe davon aus, dass es sich um die Ihren handelt. Sie werden bitte Ihre Fingerabdrücke für einen Vergleich, zur Verfügung stellen. Wir ließen die Gegend absuchen. Keine Spur von einem fremden, größeren, stämmigen Mann. Keiner der Nachbarn hat eine Person dieser Beschreibung bemerkt. Dafür fanden wir ein Kuvert." Der Inspektor gestikulierte zu seinem Begleiter, der einen zerknautschten Brief in einer Plastiktüte aus der Innentasche seines Mantels zog. Peter nahm ihn den Umschlag aus der Hand und trat zum offenen Fenster. Die Buchstaben waren in unbeholfener Handschrift hin gekritzelt worden. Er betrachtete ihn eingehender, hielt das Papier gegen das Licht und drehte es in verschiedene Richtungen.

„So, so", murmelte er. „Wo haben Sie diesen Brief gefunden?" Der Inspektor stand langsam auf.

„Neben einem Postkasten etwas außerhalb des Dorfes. Derjenige, der Ihnen diese Botschaft zukommen lassen wollte, musste ihn des Nachts eingeworfen haben. Wegen der Dunkelheit hat er das Kuvert wahrscheinlich daneben geworfen."

„Also hat jemand sich die Mühe gemacht zu einem entlegenen Briefkasten zu fahren, um dort einen Brief einzuwerfen, den er dann daneben warf?" Peter sah den Inspektor skeptisch an.

„So etwas kann passieren", brummte er.

„Selbstredend", fügte Peter ironisch hinzu, setzte sich seine Lesebrille auf und studierte den Umschlag eingehend. „Derjenige, der diesen Brief geschrieben hat, ist Rechtshänder. Er schrieb mit der linken, um seine Schrift unkenntlich zu machen. Was schließen Sie daraus?" Der Inspektor trat nun auch zu Peter und richtete sein Augenmerk auf den Umschlag.

„Dass seine Schrift nicht unbekannt ist. Jedoch lässt es sich nicht beweisen, ob der Brief von einem Rechts- oder einem Linkshänder geschrieben wurde", beharrte er.

„Oh doch", widersprach Peter energisch und deutete auf ein paar verwischte Flecken, die sich nach rechts neigten. „Er schrieb mit einem billigen Kugelschreiber, der patzte, mit der linken Hand. Hätte er rechts geschrieben, wären die Patzer nicht verwischt worden. Bei dem Buchstaben E zeigt es sich deutlich, dass der Schreiber ein Rechtshänder ist." Peter deutete auf die unförmigen E's. „Der Schreiber war geneigt, die E's spiegelverkehrt zu schreiben. Dies ist ein eindeutiger Beweis."

„Es könnte ebenso gut von einer Frau verfasst worden sein", gab DS Ridway zu bedenken. Peter lächelte ihn an, schüttelte dann aber entschieden den Kopf.

„Nein, Frauen haben ein anderes Schriftbild. Eine ganz andere Federführung. Darf ich den Brief lesen, da er doch schon an mich adressiert ist?", fragte er und wedelte mit dem Briefkuvert.

„Bitte." DS Ridway förderte den eingepackten Briefbogen zu Tage und reichte ihn ihm. Alle Aufmerksamkeit war auf ihn gerichtet. Der Brief war auf ein ungebleichtes, kariertes Blatt geschrieben. Die Schrift glich ebenso der krakeligen, Schreibart wie diejenige auf dem Kuvert.

„Hallo Forggerson" Peter las den Brief laut vor: *„Ich habe alles nach Deinen Wünschen erledigt. Mrs N. dürfte uns nun keine Schwierigkeiten mehr bereiten. Sollte sie doch, werde ich ihr beibringen, dass sie sich nach unseren Regeln verhält. Somit kann das Geschäft also wieder hochgekurbelt werden. Ich hätte mich schon früher gemeldet, wenn ich nicht meinen Namen hätte wechseln müssen. Schwamm drüber. Ich bin bereit. Auf geht's! Wie vor eineinhalb Jahren, London und Dublin werden wieder uns gehören! Ich melde mich!"*

Peter konnte ein Lachen nicht unterdrücken. Seine Augen funkelten amüsiert. Er sah zu Miss McAlister, die ihrerseits sehr erleichtert wirkte. „Mit diesem Brief möchten Sie mich doch nicht wirklich belasten?" Peter schüttelte abermals ungläubig den Kopf. „Ein stümperhaftes Manöver. Wer sich dies ausdachte, hat sich nicht einmal die Mühe gemacht, meinen Namen richtig zu schreiben." Der Inspektor studierte das Briefkuvert.

„Vielleicht beherrscht er nicht die richtige Rechtschreibung", räumte er nach kurzer Überlegung ein.

„Schon möglich", antwortete Peter. „Der Brief ist dermaßen stümperhaft, dass es beinahe einer Beleidigung gleicht. Möglicherweise ist dies auch seine Absicht." Er reichte DS Ridway den Brief zurück. „Der Verfasser deutete extra darauf hin, dass wir beide vor eineinhalb Jahren gemeinsame Sache machten, was eindeutig beweist, dass der Schreiber sich keinen Deut um meine Person schert. Vor eineinhalb Jahren befand ich mich in stationärer Behandlung. Mein Klinikaufenthalt dauerte vier Monate. Danach arbeitete ich hauptsächlich zu Haus und bewegte mich kaum in der Öffentlichkeit. Dies können Sie gerne nachprüfen", fügte er hinzu und nahm seine Lesebrille ab.

„Wenn Sie so uninteressant sind, wie Sie sagen, Dr. Forgerson, weshalb wünscht man Sie für den Überfall an Mrs Negley verantwortlich zu machen?", fragte Inspektor Hardcourt herausfordernd und verstaute den Brief in seiner Innentasche seines Mantels.

„Er ist Engländer", antwortete Miss McAlister, als wäre es die einzige, richtige Erklärung. Sofort herrschte Schweigen.

„Die Frage lautet doch eher, weshalb versucht man die Polizei mit einer so flachen und billigen Art in die Irre zu führen? Was steckt hinter diesem nächtlichen Überfall?", ergriff Peter wieder das Wort.

„Und Sie haben darauf eine Antwort?", wollte der Inspektor nicht ohne Ironie wissen.

„Nein, leider kann ich damit nicht dienen." Peter fröstelte leicht. Immerhin war es Anfang Oktober. Er trat zum offenen Fenster, um es zu schließen. Als er seine Hand nach dem Fenstergriff ausstreckte, war ihm, als hätte er aus den Augenwinkeln einen Schatten bei der alten Regentonne gesehen. Schnell trat er noch einen Schritt vor und beugte sich so weit wie möglich aus dem Fenster.

„Ist etwas?" Inspektor Hardcourt kam näher.

„Ich dachte, ich hätte etwas gesehen", murmelte Peter halblaut und suchte mit Argusaugen die Gegend ab. Nichts rührte sich. Aber er war sich sicher. Etwas da draußen hatte sich verräterisch bewegt. Inspektor Hardcourt gesellte sich zu ihm und schaute gespannt über seine Schulter.

„Na ja, wird eine Katze gewesen sein", schloss er, nachdem er nichts Argwöhnisches entdecken konnte.

„Möglich", murmelte Peter und schloss nachdenklich das Fenster.

„Wir werden jetzt gehen", erklärte Inspektor Hardcourt und fügte hinzu: „Falls es noch weitere Fragen gibt, werden wir uns melden." Miss McAlister öffnete ihnen die Tür.

„Ich werde Sie nach draußen begleiten", erbot sich Peter, obwohl sein Rücken und all die anderen Verletzungen ziemlich schmerzten.

Am Wagen angekommen, blieb Inspektor Hardcourt stehen und drehte sich zu Peter um.

„Ich bedauere, Ihnen solche Unannehmlichkeiten zu bereiten, Dr. Forgerson. Immerhin haben Sie Mrs Negley das Leben gerettet. Das mit dem Brief…" Er zuckte entschuldigend mit den Schultern. „Wir müssen jeden Hinweis nachgehen. Egal, wie absurd er auch scheint." Überrascht hob Peter die Augenbrauen.

„Wie..? Ich meine…Sie dachten also nicht, dass ich mit diesem Überfall etwas zu tun habe?" Inspektor Hardcourt lachte auf und schüttelte den Kopf.

„Mein guter Dr. Forgerson, halten Sie mich wirklich für einen solchen Einfaltspinsel?" Peter unterließ es zu antworten. „Sehen Sie, Dr. Forgerson, ich kenne Sie nicht und ich möchte mir ein Bild machen, mit wem ich es zu tun habe."

„Und deswegen spielen Sie Inspektor Clouseau mit mir?", fragte Peter beleidigt. Der Inspektor schenkte ihm ein spitzbübisches Lächeln, dann wurde er wieder ernst.

„Ich gebe Ihnen den Rat äußerst vorsichtig zu sein mit dem, was Sie tun. Es gibt zu denken, dass Sie in der kurzen Zeit, seit Sie hier sind, schon in das Visier des Täters geraten sind. Es muss einen Grund geben, weshalb Mrs Negley angegriffen wurde und man Ihnen die Schuld zugestehen will, und wie ich Ihnen zustimme, äußerst plump", setzte Inspektor Hardcourt hinzu. Peters Blick schweifte abwesend über die Felder.

„Diesen Grund wüsste ich auch zu gerne", murmelte er. DS Ridway nahm das Mobiltelefon vom Ohr und musterte Peter skeptisch. Schließlich wandte er sich an Inspektor Hardcourt: „DSI Banks wünscht Ihren Rückruf."

„In Ordnung", knurrte Inspektor Hardcourt, öffnete die Beifahrertür und zog sein Telefon aus der Tasche. „Fahren wir", forderte er DS Ridway auf, stieg ein und schnallte sich, während er auf den Anruf wartete, an. „Sie hören von uns, Dr. Forgerson." Er nickte Peter nochmals zu und schloss die Autotür.

Peter wartete bis sie abfuhren und ging dann Richtung Haus. Hinter dem Gartenzaun verließ er den Kiesweg und marschierte um die Hausecke. Vor der Holzregentonne blieb er stehen. Durch einen Riss sickerte Regenwasser. Algen wuchsen den Riss entlang und färbten das Holz an der Stelle grün. Der Boden um die Tonne war aufgeweicht. Peter bückte sich und suchte den Boden ab. Und da war auch das Gesuchte. Ein hübscher, frischer Schuhabdruck. Er sah ihn sich genau an. Ein Halbschuh. An der linken Seite war er bereits abgetragen, obwohl die Sohlen noch ziemlich neu waren. Nach der Breite und Größe des Schuhs dürfte der Träger eine Frau sein. Peter stand auf und schaute über die Felder. Eine Steinmauer und ein paar Büsche zogen sich in der Nähe einer kleinen Straße entlang. Er überlegte, ob er dort nach Spuren suchen sollte, als ihn schon Miss McAlister rief. Peter drehte sich um und lief zum Hauseingang.

„Wo haben Sie denn gesteckt?", fragte sie vorwurfsvoll. „Ich dachte schon, Sie wären mit dem Inspektor in die Stadt geflohen." Peter putzte sich schnell die Schuhe am Fußabstreifer ab und folgte ihr ins Haus. Es roch verführerisch nach frischem Kaffee und Toast. Er setzte sich auf der Eckbank. Miss McAlister nahm die Kaffeekanne vom Herd und schenkte ihm den frisch aufgebrühten Kaffee ein. „Ich habe mir gestern Abend ernsthaft Sorgen gemacht. Und als Josh gegen halb Zwölf kam und mir berichtete, dass Sie ins Krankenhaus eingeliefert wurden, war ich einer Ohnmacht nah." Ihr Gesicht verriet ihren Ärger über sein Verhalten. Er konnte sich vorstellen, was nun folgen würde. „Ich habe Sie darauf hingewiesen, dass es für Sie gefährlich ist, sich im Dorf aufzuhalten. Aber nein, man kann nicht hören. Es hätte schrecklich für Sie ausgehen können. Wollen

Sie das nicht verstehen?" Sie seufzte und nahm sich eine Scheibe Toast aus dem Körbchen. Peter setzte zur Antwort an, doch sie ließ ihn nicht zu Wort kommen. „Wie stellen Sie sich das vor? Ich kann Sie ja schlecht an einen Stuhl anbinden! Zuerst ein Duell, jetzt ein Überfall. Was wird morgen sein? Wird man Sie tot aus einem Graben ziehen?" Peter begann erneut, doch Mrs Miss McAlister fuhr sofort dazwischen. „Ersparen Sie mir bitte Ihre Rechtfertigungen, Dr. Forgerson, davon hatte ich bereits genug." Peters Gesichtszüge verdunkelten sich. Seine Wangen röteten sich zornig. Wütend rührte er mit dem Löffel in der Kaffeetasse. Hatte er nicht schon genug Belehrungen über sich ergehen lassen müssen? Miss McAlister nahm einen gehäuften Löffel Rohrzucker und ließ ihn langsam in ihre Tasse rieseln. „Ich bin froh, dass Sie Mrs Negley zur Hilfe eilten. Sie hätte sterben können, dass arme Ding", bemerkte sie dann wie nebenbei. Peter sah hoch. Ihre Blicke trafen sich und hingen aneinander fest.
„Kennen Sie Mrs Negley näher?", fragte er schließlich.
„Nun, wie man sich so kennt. Man wünscht sich auf der Straße einen schönen Tag, hält einen kleinen Klatsch über Gott und die Welt und tauscht Rezepte aus."
 Seine Augen wurden leer.
„Warum hat man ihr das angetan? Was hat sie nur verbrochen, um so behandelt zu werden? Sie wirkte nicht gerade wie jemand, der anderen etwas zu leide tun könnte. Sie ist eine Frau, die man ständig beschützen möchte. Welche Feinde hat sie? Warum will man einen Zusammenhang zwischen mir und ihr herstellen?", murmelte er in sich gewandt. Miss McAlister beäugte ihn kritisch. „Mrs Negley hat bei dem Überfall ihr Kind verloren", grummelte er kaum noch hörbar. „Beim Zeus, wer tut so etwas?!" Sein Blick schweifte durch die Küche und blieb beim Bild des Richters hängen. Kinder. All die Namen der Kinder auf den Grabsteinen kamen ihn wieder ins Gedächtnis. Dieselben Namen waren in den Akten vermerkt, die der Richter gesondert aufbewahrt hatte. Langsam kam ihm zu Bewusstsein, dass er Kinder bis jetzt nur in Gräbern vorgefunden hatte. Sein Gesichtsausdruck verfinsterte sich. In seinen Augen spiegelte sich ein seltsames Licht, dass ihr einen kalten Schauer über den Rücken jagte.
„Gibt es im Dorf Kinder?", wünschte er zu wissen.
„Kinder?", wiederholte Miss McAlister perplex. Peter nickte bestätigend.

„Nun, natürlich. James, Erika, Sue, Ellen, Bob, Frank, Jack, Thomas, Mary,…“

„Wie alt sind diese Kinder?“ Er wirkte ungeduldig und seine Frage klang barsch. Miss McAlister runzelte die Stirn.

„Sie sind zwischen vier und dreizehn Jahre alt. Worauf möchten Sie hinaus?“

„Gibt es keine jüngeren Kinder im Dorf?“ Peter ignorierte ihre Frage. Sie schüttelte bedauernd den Kopf.

„Das Dorf musste schwere Schicksalsschläge hinnehmen.“

„Welche Schicksalsschläge?“, verlangte er zu wissen. Miss McAlister hob unglücklich die Hände.

„Es sind in letzter Zeit drei Kinder verstorben.“

„Wissen Sie, weshalb sie starben?“ Sein Gesichtsausdruck veränderte sich. Seine Augenbrauen zogen sich zusammen. Sein Blick veränderte sich, wirkte, als würde er in einen tiefen Abgrund starren. Er schien dieser Welt weit entrückt zu sein.

„Ja“, bestätigte sie zögernd. „Sie wurden krank.“ Ihre Augen trübten sich. „Es war alles so traurig.“ Tränen stiegen in ihre Augen.

„Krank“, wiederholte Peter. Seine Augen klärten sich. In seiner Stimme war das Misstrauen deutlich zu hören.

„Ja, natürlich. Was denken Sie, weshalb sie starben?“ Peter antwortete nicht. Grimmig erhob er sich. Eine böse Ahnung erwachte in ihr. „Sie glauben doch nicht ernstlich, dass es zwischen dem Überfall auf Mrs Negley und den Kindern einen Zusammenhang gibt.“ Ihre Stimme war nun klar und fest. Peter schwieg. Neue Befürchtungen stiegen in ihr hoch. „Ich denke, Sie besitzen eine sehr lebendige Phantasie, Dr. Forgerson.“ Peter warf ihr einen vernichtenden Blick zu. Miss McAlister erhob sich nun ebenfalls.

„Ich werde mich jetzt an die Arbeit machen. Sie entschuldigen mich?“, verabschiedete er sich schneidend und ließ sie allein in der Küche zurück. Ihr wurde plötzlich kalt. Sie nahm ein großes Scheit aus dem Korb und schob es in den Ofen. Die Gänsehaut, die ihre Arme bedeckte, stammten nicht von der Kälte. Die Küche war angenehm warm. Seine Augen…Wer war dieser Engländer wirklich? Bestimmt kein verunsicherter Junge.

Peter ging hinauf in Richter Dixons Arbeitszimmer. Der Teufel sollte Miss McAlister holen! Was erlaubte sie sich ihm gegenüber?! Er nahm hinter dem Schreibtisch Platz und arbeitete weiter an Richter Dixons Dokumenten. Der Alltag hatte ihn wieder.

Der folgende Tag quälte sich dahin. Gegen Mittag hielt ein Auto vor dem Haus. Peter hörte, wie Miss McAlister mit einem Herrn sprach. Er warf einen kurzen Blick auf die Uhr und schrieb stoisch an seinem Bericht weiter. Es klopfte leise an der Tür. Als er nicht auf ihr Klopfen reagierte, öffnete sie bedachtsam die Tür und steckte ihren Kopf herein. Er war heute zum Frühstück nicht erschienen. Nur die warme Teekanne hatte verraten, dass er vor ihr die Küche aufgesucht hatte. Sie konnte jedoch nicht sagen, ob er etwas gegessen hatte. Nach seinem Gesichtsausdruck zu schließen, war er immer noch auf sie wütend.

„Die Post ist soeben gekommen. Ein Brief ist für Sie abgegeben worden." Peter schielte über seine Brillengläser, sagte jedoch nichts. Miss McAlister kam ins Zimmer und trat zu ihm an den Schreibtisch. „Er ist von Ihrem Vater", bekundete sie leicht herausfordernd. Würdevoll überreichte sie ihm das Kuvert. Peter murmelte einen Dank und nahm es entgegen. Das Briefpapier war ihm wohlbekannt. Sie sah ihn forschend an, doch er zeigte keine Regung. Ungerührt nahm er den Brieföffner und öffnete den Brief. Peter zog den Briefbogen heraus und entfaltete ihn. Auf der rechten Seite befand sich das Emblem der Firma. Ein Grübchen erschien zwischen seinen Augenbrauen. Es war eindeutig das Briefpapier aus dem Arbeitszimmer. Sein Gesichtsausdruck verfinsterte sich. Er warf Miss McAlister einen kurzen Blick zu, dann begann er leise zu lesen.

Mein lieber Peter,
danke für Deinen Brief. Deine Schilderung über Land und Leute lassen eindeutig Deinen Hang zur Ironie erkennen. Du weißt, dass wir Engländer bei den Nordiren nicht sonderlich geachtet sind. Ich hoffe, Du bist Dir Deiner Stellung bewusst und zeigst Dich vorbildlich, worüber ich mir kaum Sorgen mache. Du bist ein Forgerson und Du kennst Deine Pflichten. Ich denke, Du verbringst Deine Zeit sinnvoll mit der Aufarbeitung des Nachlasses.

Peter hörte den drohenden Unterton deutlich zwischen den Zeilen hindurch. Verstimmt las er weiter. Die nächsten Zeilen ließen ihn den Atem stocken.

Trotz Deiner Abwesenheit bist Du immer noch im Focus der Medien. Ich denke jedoch, dass ich dieses Problem für Dich lösen kann.

Natürlich erwarte ich Deine Unterstützung. Du entstammst einer Familie, deren Wurzeln bis in das zehnte Jahrhundert zurück reichen und die sich ihrer Stellung stets bewusst war.

Du hast nun die Möglichkeit Dein Verantwortungsbewusstsein zu beweisen, Dein Leben in ruhige Bahnen zu lenken und uns allen Zeit zum Atmen zu geben.

Charles Montgomery ist seit langem ein guter Freund von mir. Ich kenne ihn seit meiner Schulzeit. Er hat mich in der Zeit, als Deine Großeltern verstarben und Land, Besitz und die Firma durch ihre vorhergehende Unachtsamkeit beinahe den Ruin brachten, sehr unterstützt.

Nun bedarf er unserer Unterstützung. Seine Tochter, ein hübsches, intelligentes Mädchen deines Alters verliebte sich in einen italienischen Gigolo. Jener war jedoch der völlig falsche Umgang. Vor ein paar Wochen wurden während einer Party bei ihr mehrere Gramm eines Rauschgifts gefunden, die von ihm stammten. Miss Montgomery sollte das Rauschgift an eine ihrer Freundinnen weiterreichen. Charles berichtete, dass die Polizei weiteren Spuren nachging. Ich möchte dich mit all dem nicht weiter langweilen. Der Punkt ist, dass Miss Montgomery möglicherweise vor Gericht kommt und eine Gefängnisstrafe antreten muss. Der Skandal für die Familie wäre desaströs. Charles versicherte mir, dass Miss Montgomery keine Schuld trifft, außer, dass sie sich mit diesem Charakter eingelassen hat. Durch seinen und meinen Einfluss würde sich die Möglichkeit ergeben, Charles und seiner Tochter dies alles zu ersparen. Die Forderung lautete, dass Miss Montgomery sich von jenem Italiener fern hält und ihre Zukunft in sichere Bahnen lenkt.

Wir vereinbarten dies mit der Ehe eines einwandfreien jungen Mannes, dessen Leumund nie in Zweifel gezogen wurde, zu gewährleisten.

Peter stockte der Atem. Dass konnte unmöglich sein Ernst sein! Er traute seinen Augen kaum. Seine Hände begannen zu zittern. Schweiß trat auf seine Stirn. Gebannt las er weiter.

Miss Montgomery hat der Vereinbarung zugestimmt.

Ich habe sie eingeladen einige Tage bei uns zu verbringen. So hast Du die Gelegenheit Miss Montgomery, während Du wieder zu Hause bist, kennen zu lernen. Die Hochzeit werde ich zur gegebenen Zeit arrangieren, darum musst Du Dir kein Kopfzerbrechen machen.

Peter war kreidebleich. Seine Finger zitterten wie Espenlaub. Kalter Schweiß stand ihm auf der Stirn.

„Ist etwas passiert?", fragte Miss McAlister besorgt. Völlig verstört starrte er sie an. Das konnte doch nicht sein Ernst sein! Nein, ausgeschlossen! Er las den Brief ein weiteres Mal, doch der Inhalt blieb der gleiche. „Was ist geschehen?" Beunruhigt trat sie ein paar Schritte näher. Seine Augen waren weit offen, doch er sah nichts. In seinen Ohren rauschte ein Sturm. Er wollte antworten, brachte jedoch keinen Ton heraus. Gott, dies konnte doch nur ein Alptraum sein! Sein Mund war ausgedörrt. In seinem Hals hatte sich ein dicker Kloß gebildet. Sein Herz trommelte wild gegen seinen Brustkorb. „Dr. Forgerson…" Er schien völlig betäubt zu sein. Peter starrte sie an, ohne sie zu sehen. Entrückt schob er den Sessel zurück und erhob sich. Er zitterte am ganzen Körper.

„Ich benötige dringend frische Luft", murmelte er und torkelte wie ein Mondsüchtiger an ihr vorbei und die Treppe hinunter.

„Aber was ist denn passiert?", rief sie ihm bekümmert hinterher. Es dauerte keine Minute, da hörte sie schon die Haustüre zuschlagen. Was war denn nur in den Jungen gefahren? Im Arbeitszimmer stehend, durchfuhr es sie plötzlich wie ein Blitz. Sie eilte die Treppe hinunter. Peter hatte sich bereits ein gutes Stück vom Haus entfernt, als sie die Eingangstür erreichte. „Dr. Forgerson!", schrie sie, so laut sie konnte. Peter drehte sich um. Er musste nicht einmal überlegen, weshalb sie ihn rief.

„Ich gehe nicht ins Dorf!", rief er zurück, drehte sich um und begann zu rennen.

Peter rannte so lange über die Wiesen, bis er völlig erschöpft war. Schweratmend ließ er sich auf die Knie fallen, vergrub sein Gesicht in den Händen und begann zu heulen. Sein Herz trommelte schmerzhaft. Die heißen Tränen rannen ihm durch die Finger. Gott, was sollte er nur tun?! Er konnte doch nicht… Es war ihm völlig unmöglich! April…wie er sie vermisste.

„Hilf mir bitte", schluchzte er. Gänsegeschnatter war plötzlich zu hören. Peter ließ die Hände fallen und starrte zum Himmel. Eine Schar Graugänse flog in Formation über ihn hinweg in Richtung des Sees. Die Sonne warf bewegte Schatten zwischen den dicken, weißen Wolken, die gegen Osten zogen. Peter schloss wieder die Augen und lauschte. Der Wind streichelte seine nassen Wangen. Es roch nach feuchter, frischer Erde. Irgendwo hörte man ein paar Spatzen aufgeregt zwitschern. Er spürte, wie sein Herzschlag langsamer wurde. Ein oder zwei Jahre hinter hohen Gefängnismauern zu verbringen, nur die Schatten, kaum die Sonne zu sehen, nur weil man seinen Gefühlen folgte, die sich ein anderer zu Nutze gemacht hatte… Vor seinem inneren Auge tauchte plötzlich sein Vater auf, der ihn erwartungsvoll ansah. Sofort öffnete er die Augen. Eine Wolke hatte die Sonne verdeckt und ein dunkler Schatten lag über ihm. Wieder wanderten seine Gedanken zu seiner verstorbenen Frau.

„April, was soll ich nur tun?", flüsterte er unglücklich. Was hatte er nur getan, dass man ihm eine solche Bürde zumutete? Er konnte doch nicht eine ihm wildfremde Frau heiraten, die er gar nicht liebte, nur um diese Familie vor Schlimmem zu bewahren! War diese Heirat nicht auch eine Art von lebenslänglich? Wie konnte sein Vater das von ihm verlangen? Wieder drängte sich ihm die Erkenntnis auf, dass Sir Julian doch das tun würde, was er für richtig hielt. Er sollte ihn aufhalten. Ja, dieses Mal würde er nicht zulassen, dass er ihn für seine Zwecke nutzte. Egal, wie ehrenvoll der Anlass war. Er konnte Miss Montgomery vor Gericht vertreten, aber heiraten? Sicherlich nicht! Wie kam er dazu, das Gesetz durch einen Kuhhandel zu beugen?

Entschlossen stand er auf. Sein Blick schweifte über die grünen Felder, über die alten, halb zerfallenen Steinmauern, Bäume und Büsche, die nun schon ihr volles Herbstkleid trugen. Die leuchtenden Farben lachten ihn an, als wollten sie seinen Beschluss verstärken. Er war erwachsen. Er hatte nichts zu fürchten. Dieses Mal würde er ihm die Stirn bieten.

Doch während er einige Schritte ging, schlichen sich die ersten Zweifel ein. Wie würde sein Vater reagieren, wenn er berichtete, dass er Miss Montgomery nicht ehelichen würde? Eine Gänsehaut überzog seinen Körper. Das Gesicht seines Vaters tauchte vor ihm auf. Peter schluckte leer. Diese grässlichen Ratten im Weinkeller kamen ihm in den Sinn. Was beabsichtigte sein Vater zu tun? Sollte er ihn aus lauter Zorn wie damals in den Weinkeller sperren? Er müsste sterben, wenn man ihm dies nochmals antun würde.....

‚Wie absurd so etwas Dummes zu denken‘, zog er sich zur Raison. Nein, natürlich konnte er ihm nichts dergleichen antun. Er war erwachsen. Er besaß ein eigenes Leben… Sir Julian würde sicherlich nicht… Nein. Er wusste doch… Er würde Mr Montgomery seine Ablehnung mitteilen. Ihm erklären… Ihn enttäuschen…

Sein Herz begann wieder zu rasen.

„Oh Gott!“, stöhnte er. Peter hatte keine Wahl. Sollte er mit einem Nein antworten, hätte er die Hölle auf Erden. Sein Vater würde es ihm nie verzeihen, ihn bei einer so wichtigen Angelegenheit im Stich zu lassen. Er wäre ihm auf Gedeih und Verderb ausgeliefert. Peter wagte nicht sich auszumalen, was ihn erwarten würde, wenn er wieder zu Hause wäre.

„Gib es auf Peter, du bist in seiner Hand. Niemand kann sich seiner Macht entziehen“, gestand er sich laut ein. Mit hängendem Kopf schlurfte er weiter. Sein Leben war ein einziges Fiasko. Trübsinnig sann er über seine Zukunft nach, als er beinahe von einer Anhöhe stürze, die aus dem Nichts heraus plötzlich endete und wie eine Klippe abriss. Gute zwei Yards Höhenunterschied trennten ihn von dem Punkt wo er stand mit dem Boden. Er drehte sich um und ließ den Blick über die Landschaft schweifen. Seine dunklen Gedanken waren schlagartig verschwunden. Er sah sich nach allen Seiten um, dann kniete er sich nieder und spähte über den Abhang. Dies war eindeutig kein natürlich entstandener Hügel. Unter ihm lagen Steine und anderes Geröll. Moos und Grasbüschel wuchsen. Hier war das Land nur wenig fruchtbar. Eine Hirtenhütte. Peter umgriff ein Grasbüschel und riss kräftig an ihm. Nur zäh löste sich der Büschel vom Boden. Er drehte ihn um und betrachtete die Wurzeln. Sie endeten alle gleichmäßig auf einer Ebene.

„Sieh an, sieh an", murmelte er und steckte den Büschel wieder zurück in die Erde. Er ging in die Hocke und sprang dann hinunter. Neugierig sah er sich um. Ein dichter Moosteppich wuchs an der Steinwand hinauf. Peter riss ein Stück ab. Die Wand war eindeutig von Menschenhand gemacht. Eine verkrüppelte Eibe bedeckte beinahe den Großteil der Wand. Efeu rankte an ihr hoch. Einige Zweige wiesen frische Knicke auf. Sofort suchte er den Grund nach Spuren ab. Am Boden waren verschwommene Fußabdrücke zu erkennen. Sofort bückte er sich und studierte die Abdrücke. Er konnte vier verschiedene ausmachen. Zwei von Männern, zwei von Frauen. Welche Schuhmarke war leider nicht wirklich zu identifizieren. Die Spuren wiesen unter die Eibe. Sein Puls erhöhte sich. Er griff mit einer Hand seine Hutkrempe und schlüpfte unter den knorrigen Baum, dessen Äste bis fast auf den Boden reichten. Spärliches Licht durchdrang das Geäst. Ein Großteil der Zweige hatte man vor längerer Zeit entfernt, so dass ein Hohlraum entstanden war. Zwei bis drei Personen konnten aufrecht nebeneinander bequem stehen. Er tastete die Wand ab und fand schnell die erwartete Tür. Ein unscheinbares Fenster war neben der Tür eingelassen. Es hatte wohl, als die Eibe noch klein war, als natürliche Lichtquelle für den Raum gedient. Die Tür war aus solidem Eichenholz. Ein Vorhängeschloss hing an dem Riegel. Yale. Es konnte noch nicht besonders alt sein. Er musste seine Augen anstrengen, um die feinen, neuen Kratzer zu erkennen. Der Boden war hier ziemlich trocken. Peter fand eine halb gerauchte Zigarette. Interessiert hob er sie auf und roch daran. Nun, leider hieß er nicht Sherlock Holmes, der aus einer Zigarette die Person zaubern konnte, die sie geraucht hatte. Doch sein Spürsinn war erwacht. Wer traf sich in dieser Schäferhütte und weshalb? Er schloss ein jugendliches Trinkgelage aus. Diese Gelage kannte er nur zu gut. Diese Gegend wurde immer interessanter und unheimlich zugleich. Sieben tote Kinder, deren Todesursache nicht wirklich geklärt war. Eine schwangere Frau, die schwer verletzt wurde. Eine perfekt getarnte Hütte, die für geheime Treffen diente...Vielleicht hatte das alles nichts miteinander zu tun, vielleicht aber doch. Es gab jedenfalls eine Menge Fragen, die er gerne beantwortet hätte.

Er kroch wieder hinter der Eibe hervor und wischte sich die Knie ab. Wie konnte er herausfinden, was hier gespielt wurde? Sollte er mit

Miss McAlister sprechen? Schwierig. Sie würde sofort argwöhnisch werden. Nun, irgendwie würde er das schon einfädeln. Er konnte ja wohl kaum hier Tag und Nacht Wache schieben. Mit neuem Enthusiasmus machte er sich auf den Weg. Der Himmel zog sich weiter zu. Es würde wieder regnen.

Peter wanderte gemächlich über die Felder. Seine Lebensgeister waren wieder geweckt. Er genoss die frische Luft und bewunderte die rosa blühende Heide, die auf den kargen Böden wucherte, und ließ seine Gedanken um die Hütte und die Ereignisse der letzten Tage kreisen. Dabei vermied er es tunlichst an die Hochzeitspläne seines Vaters zu denken. Es gab weitaus Wichtigeres. Ein Wiehern riss ihn aus seinen Gedanken. Am anderen Ende entdeckte er eine Reiterin auf einem Pferd. Das Pferd tänzelte unruhig hin und her, schüttelte wütend seinen Kopf. Sie versuchte es ruhig zu halten. Ihre Körpersprache zeigte deutlich ihre Verunsicherung.

„Hallo!", rief Peter und winkte ihr zu. Sofort nahm sie ihn wahr. Sie wendete das Pferd und trieb es ihm entgegen. Peter überlegte nicht lange, und rannte in ihre Richtung. Schweratmend blieb er vor ihr stehen. Einige rotblonde Strähnen hatten sich gelöst. Tränen glitzerten in ihren blauen Augen.

„Was ist denn passiert?", fragte er atemlos und griff nach den Zügeln.

„Helena ist das Pferd durchgegangen!", entgegnete sie aufgelöst.

„Wann?", fragte er und ließ den Blick suchend über die Koppel schweifen.

„Vor ein paar Minuten", antwortete sie, zitternd vor Angst.

„In welche Richtung ist sie geritten?" Es konnte nur Miss Artkinson sein. Die junge Frau deutete gegen Westen.

„Gott, wenn ihr etwas zustößt…"

„Geben Sie mir das Pferd", forderte er sie auf. Ohne lange zu überlegen rutschte sie vom Sattel. Peter drückte ihr seinen Hut in die Hand und schwang sich auf das Tier. „Warten Sie bitte hier. Ich bin bald zurück." Ihre blauen Augen durchforschten ihn, nickten ihm dann ernst zu. Routiniert zog er die Steigbügel zurecht und gab dem Pferd die Sporen. Schon fegten sie davon. Peter erhob sich im Sattel, sah sich suchend um. Wo steckte sie? Sein Herz trommelte gegen seinen Brustkorb. Seine Hände schwitzten.

Gras und Erde wirbelten durch die Luft. Peter hörte das Geräusch eines galoppierenden Pferdes. Sie konnte nicht allzuweit entfernt sein.

„Komm schon!", zischte er und trieb das Pferd weiter an. Er verlagerte sein Gewicht über die Schultern des Pferdes in die Position, die er beim Pferderennen hielt. Energisch gab er dem Tier die Sporen und jagte auf die halb zerfallene Steinmauer zu. Er beugte sich noch weiter vor, wartete noch zwei Galoppschritte und gab dem Pferd das Kommando. Mit einem Satz waren sie über die Mauer. Die Hufe bohrten sich in den Untergrund. Dreckpatzer flogen hoch. Sie preschten den kleinen Hügel hinunter und da war sie. Das schwarze Pferd jagte im halsbrecherischen Tempo weiter über das Feld. Helenas Körperhaltung zeigte deutlich ihre Erschöpfung. Das Stoppelgras wurde höher. Binsen mischten sich dazwischen. Stellenweise wurde der Boden weich. Die Hufe des Pferdes gruben sich in die feuchte Erde. Sie hatten den Anfang des Sumpfgebiets erreicht. Wenn sie in diesem Tempo weiterritt, war ein desaströser Sturz vorprogrammiert. Peter machte sich noch kleiner, spornte das Pferd weiter an. Seine Hände waren nass geschwitzt. Schweiß rann ihm die Schläfen hinunter. Nur langsam holte er auf. Sein Pferd hatte nicht die Schnelligkeit des anderen. Grimmig biss er die Zähne zusammen. Er musste sie abfangen.

„Halten Sie sich fest!", schrie er ihr zu.

„Ich kann nicht mehr!", rief sie mit gebrochener Stimme zurück.

„Durchhalten!", ermahnte er sie scharf, trieb sein Pferd nach rechts und versuchte so dem Schwarzen den Weg abzuscheiden. Der Boden gab nach. Sein Pferd strauchelte. Schon sah er den Boden auf sich zurasen. Reflexartig drückte er sich in die Steigbügel, beugte sich nach hinten und zog die Zügel hoch. Das Pferd taumelte, fing sich jedoch und stolperte nach vorn. Peter stockte der Atem. Gerade nochmal gut gegangen. Seine Lungen brannten. Sie preschten weiter und hatten Pferd und Reiter nun tatsächlich beinahe eingeholt. Peter trieb sein Pferd weiter an, schaffte es neben dem, immer noch in vollen Galopp laufenden Pferd zu rennen. Wenn er jetzt einen Fehler machte, konnten sie wohl beide stürzen. Bei ihrer Geschwindigkeit kein willkommener Gedanke. Er schluckte, warf Helena einen kurzen Blick zu. Ihre Augen trafen sich für einen Moment. Dann beugte er sich seitlich über sein Pferd, schnappte sich die Zügel des anderen und zog sachte daran. Tatsächlich reagierte das Pferd, schien sich beim Anblick seines Partners zu beruhigen. Allmählich wurden sie langsamer. Sie ritten noch ein gutes Stück, bis er beide zum Stehen brachte. Peter schwang sein rechtes Bein über den Sattel und ließ sich zu Boden gleiten. Dabei ließ er die Zügel nicht los. Seine Knie waren weich. Sein Atem ging hart. Die nassgeschwitzten Körper der Tiere dampften. Schaum tropfte von ihren Mäulern. Die Augen des schwarzen Pferdes rollten immer noch ängstlich. Es zitterte am ganzen Körper. Mit sanfter Stimme redete er auf das Tier ein und streichelte es. Allmählich beruhigte es sich. Erst jetzt bemerkte er seine verkrampften Muskeln, die nun übersäuerten. Der Schmerz setzte ein. Er unterdrückte ein Stöhnen und trat zu Helena, die schweratmend im Sattel kauerte. Ihre behandschuhten Hände hielten die Zügel immer noch fest umklammert.

„Miss Artkinson", nannte er besorgt ihren Namen. Sogleich richtete sie sich im Sattel auf.

„Dr. Forgerson", murmelte sie. Ihre Blicke trafen sich. Peter fühlte sich elektrisiert. Er schluckte trocken, streckte ihr hilfsbereit seine Hände entgegen und half ihr beim Absteigen. Ihre Beine gaben vor Erschöpfung nach. Peter fing sie auf und hielt sie für einen langen Moment in den Armen, spürte ihr Zittern, ihren heißen Atem auf seinen Wangen. Ihr Gesicht war bleich. Spuren von Tränen zeichneten sich auf ihre Wangen. Peter spürte deutlich seinen Puls.

„Setzen Sie sich." Er deutete zu einem großen Stein und führte sie zu ihm. Dankbar ließ sie sich darauf nieder. Ihr Atem ging immer noch schnell. „Ist alles in Ordnung?", fragte er leicht besorgt.

„Sicher", entgegnete sie und strich sich über ihre schweißnasse Stirn.

„Das war sehr unvorsichtig von Ihnen, Miss Artkinson." Seine Kritik ließ ihre Lebensgeister erwachen. Ihre grünen Augen begannen zu funkeln.

„Ich weiß Comeline zu reiten", erwiderte sie ihm scharf. Seinen Chauvinismus konnte sich dieser Engländer getrost sparen. „Irgendetwas hatte ihn heute plötzlich erschreckt. Es war das erste Mal, dass er so reagierte. Ich war nicht darauf vorbreitet. Das war alles. Diese Situation hätte jedem passieren können", fügte sie barsch hinzu. Peters Augenbrauen wanderten bei ihrer barschen Reaktion nach oben.

„Nun", antwortete er gedehnt und reichte ihr ein sauberes Taschentuch.

„Was soll dieses Nun? Ich kann Comeline reiten", zischte sie und nahm ihm das Taschentuch aus der Hand.

„Er ist zu temperamentvoll", erwiderte er, nachdem er dem Tier einen abschätzenden Blick zu Teil werden ließ. Die Pferde hatten sich beruhigt und begannen zu grasen.

„Unsinn!", entgegnete sie fest und wischte sich das Gesicht ab.

„Natürlich ist er das. Zwei Heißblüter, das kann nicht funktionieren. Es musste so kommen." Seine Stimme wurde schärfer.

„Wie möchten Sie das beurteilen, Dr. Forgerson? ", fragte sie angriffslustig. Peter sah zu ihr hinunter.

„Durch meine Erfahrung", antwortete er gelassen.

„Pah, Ihre Erfahrung. Greifen Sie nicht etwas sehr hoch? Immerhin sind Sie Engländer, kein Ire." Ihre Blicke trafen sich. Ihre Augen schienen ihn gefangen zu nehmen, zu hypnotisieren. „Ich habe schon ganz andere Pferde geritten", gab sie ihm hochmütig zurück und streckte ihm herausfordernd ihr schlankes Kinn entgegen.

„Tatsächlich? Wohlmöglich sollten Sie sich doch lieber auf einen Morgan beschränken. Es ist ein sehr zuverlässiges Pferd", versetzte er schroff.

„Einen Morgan! Vielleicht gleich ein Kaltblut?!", empörte sich Helena. Ihr Gesicht glühte. Ihre Augen funkelten gefährlich. „Mein Vater gewann schon Turniere, als Sie noch in den Windeln lagen, und meine Trophäensammlung ist nicht zu missachten. Wir Iren werden mit Pferde geboren!" Peters Augen weiteten sich erstaunt. Ein feines ironisches Lächeln umspielte seine Lippen.

„Wirklich? Bei uns in England sind dafür Hebammen zuständig", fügte er dann trocken hinzu. Verwirrt starrte sie ihn an.

„Gott!", stöhnte sie und verdrehte die Augen. Peters Augen glitzerten amüsiert. Seine Mundwinkel zogen sich nach oben. Er konnte ein Lachen nicht mehr unterdrücken. Helena stimmte ein. Plötzlich hielten beide inne und schauten sich an. Sein Herz begann schneller zu schlagen. Ein Kribbeln durchrann seinen Körper. Er wollte ihr die Hände reichen, ihr sagen, wie schön sie war.... Es durchfuhr ihn wie ein Blitz. Er durfte sich keines dieser Gefühle erlauben. Er war einer Frau versprochen. Es war seine Pflicht, diese Gefühle ihr zu widmen. ‚Damn it!' Peter sog scharf die Luft ein und hüstelte verlegen.

„Ich denke, wir sollten zurück reiten, Miss Artkinson. Ihre Freundin macht sich große Sorgen um Sie." Er streckte ihr gentlemanlike eine Hand hin.

„Freundin?", murmelte sie irritiert. Ein Grübchen erschien zwischen seinen Augenbrauen. Sie wirkte, als hätte er sie soeben aus einer anderen Welt gerissen.

„Die Dame mit den rotblonden Haaren", erinnerte er sie. Wie Schuppen fiel es ihr von den Augen.

„Sie meinen Constance. Sie ist meine Cousine", erklärte sie dann zögernd und ließ sich bereitwillig auf die Füße ziehen. Sie schenkte ihm ein bezauberndes Lächeln. „Ich glaube, ich muss meine Meinung etwas revidieren. Für einen Engländer sind Sie ganz passabel."

„So ein Kompliment aus Ihrem Munde, Miss Artkinson, ist von besonderer Bedeutung", bekundete er schelmisch. Peter wusste, dass er mit dem Feuer spielte. Doch irgendetwas trieb ihn voran. Er fühlte sich das erste Mal seit langem wieder unbeschwert. Zum Teufel mit der Hochzeit. Peter öffnete den Mund, doch seine innere Stimme rief ihn zur Raison. Hör auf damit! Es genügt ein Gentleman zu sein. Du besitzt nicht den Feuerlöscher, um mit dem Feuer zu spielen. Sein Lächeln verschwand. Er half ihr auf die braune Stute und stieg dann selbst auf den schwarzen Hengst. Helena hatte sofort seine Veränderung wahrgenommen. Sie studierte sein Gesicht. Seine Augen hatten sich verdunkelt. Die hohen Wangenknochen traten stärker zu Tage. Die aristokratischen Gesichtszüge waren unverkennbar. Sie öffnete den Mund, wollte etwas sagen, wusste jedoch nicht, wie sie es ausdrücken sollte. So ließ sie die Gelegenheit verstreichen. Die leichte Stimmung war verschwunden. Gemeinsam ritten sie die Strecke schweigend zurück. Hin und wieder warf sie ihm einen verstohlenen Blick zu. Peter hoffte, mit einem belanglosen Gespräch das unangenehme Schweigen zu brechen.

„Es wird regnen", erklärte er im Plauderton. Sofort flammte Zorn in ihren Augen auf.

„Könnt ihr Engländer nur vom Wetter sprechen?", blaffte sie ihn an. Peter schoss die Röte ins Gesicht.

„Nun gut. Wenn Sie nicht über das Wetter sprechen möchten, wie wäre es, wenn wir von Mrs Negley reden würden?", gab er scharf zurück.

„Ich weiß, dass Sie sie gerettet haben." Dieses Mal klang es wie ein Vorwurf.

„Ich erbitte keine Glückwünsche", entgegnete er aufgebracht. Seine Augen wurden eine Spur dunkler. „Es war barbarisch. Diese junge Frau wird nie über den Tod ihres Kindes hinweg kommen. Dazu kommt ihre schreckliche Angst."

„Angst?" Sie sah ihn forschend an. Er wirkte so sicher, so selbstverständlich auf diesem Pferd, als würde er den ganzen Tag nichts anderes tun, als auf diesem Hurrikan zu reiten. Er war wirklich außergewöhnlich. Ein feines Prickeln stieg in ihre Adern. Es war das gleiche Gefühl, als sie ihn bei ihrer Tante begegnete. Doch dieses

Mal fühlte sie es stärker. Sie genoss seine Gegenwart. Seltsam, obwohl er doch Engländer war.

„Ich bin mir sicher, dass Mrs Negley den Täter kannte, der ihr das antat."

„Und warum hat sie der Polizei nicht seine Identität mitgeteilt? Sie hätte der Sache ein schnelles Ende bereiten können."

„Eben aus Angst. Sie ist von den Fähigkeiten der Polizei nicht überzeugt. Wer weiß, mit welchen Mitteln er sie weiter bedroht." Ihre Augen begegneten sich. Der schelmische Glanz war verschwunden. „Dieses Attentat zeugt nicht von einem gewöhnlichen Überfall. Wünschte man ein Exempel zu statuieren? Und wem beabsichtigte man zu drohen?" Seine Stimme klang sachlich, abgeklärt. Kein Gefühl oder Leidenschaft waren darin. War das alles vorher nur Theater? Hatte sie nicht gedacht...Er wollte sie wohl nur beruhigen. Wie konnte sie so naiv sein zu glauben...Sie war nun wütend über sich selbst.

„Ich habe keine Ahnung. Ich bin kein Detektiv", gab sie ihm barsch zur Antwort und richtete ihren Blick in die Ferne. Peter erspähte die Dame, die er vorher ängstlich zurückgelassen hatte. Sie kletterte gerade über eine dieser unzähligen Steinmauern. Peter winkte ihr zu.

„Alles in Ordnung!", rief er ihr zu. Er deutete in die Richtung. „Ihre Cousine kommt uns schon entgegen." Er nahm, noch bevor Helena protestieren konnte, ihre Zügel und spornte die Pferde an. Im kurzen Trab erreichten sie die völlig außer Atem gekommene junge Frau. Ihr Reithelm hing hinten um ihren schlanken Hals. Langes, rotblondes Haar, das zu einem Zopf gebunden war, hing strähnig herunter. Ihre hellen Reithosen und makellosen Hände waren schmutzig. Erleichtert lächelte sie ihrer Cousine zu.

„Mir ist ein Stein vom Herzen gefallen, als ich dich zurückkommen sah." Helena schenkte ihr ein entschuldigendes Lächeln.

„Es ist alles in Ordnung. Mir ist nichts geschehen. Dr. Forgerson ist mir heldenhaft zur Hilfe geeilt." Die junge Frau warf Peter einen kurzen, abschätzenden Blick zu, wandte sich jedoch an ihre Cousine.

„Du hast dich doch nicht verletzt?" Sie klang wirklich besorgt. Helena schüttelte den Kopf.

„Nein, mach dir keine Sorgen. Es ist nichts passiert. "

„Wenn Sie möchten, bringe ich die Damen jetzt nach Haus. Der Tag war anstrengend genug", bot er an. Dafür erntete er einen eisigen Blick von Helena.

„Danke für das Angebot, aber das ist nicht nötig", entgegnete sie ihm kalt. Peters Augenbrauen wanderten nach oben.

„Ich werde Sie jetzt bestimmt nicht allein nach Haus reiten lassen", erklärte er.

„Dr. Forgerson…"

„Mit Verlaub, Miss Artkinson", unterbrach Peter sie bestimmt. „Ich denke, Sie haben Miss…" Er sah die junge Dame fragend an.

„Constance", antwortete sie und reichte ihm seinen Hut.

„Danke", murmelte er und wandte sich wieder an Helena. „Sie haben Miss Constance für heute genug geängstigt." Helenas Wangen röteten sich.

„Constance…" Ihre Cousine erwiderte ihren Blick besorgt. Helena atmete tief ein, richtete sich auf und reckte Peter arrogant ihr Kinn entgegen. „Ich kann Sie ja kaum daran hindern, nicht?"

„Kaum", bestätigte Peter, schlüpfte aus dem rechten Steigbügel und verlängerte ihn. Er bückte sich und streckte hilfreich seine Hand aus. Die junge Frau reichte ihm ihre. Sie war überraschend kräftig. Geschickt schlüpfte sie in den Bügel und er zog sie zu sich hoch. Ihre Arme umschlossen seine Taille. Peter hob kurz die Augenbrauen, hatte aber nichts einzuwenden.

„Gut, reiten wir", bekundete er, ließ die Zügel von Helenas Pferd los und trieb das Tier an. Sie legten den Weg zügig ins Dorf zurück. Es wurde dabei nicht viel gesprochen. Nur die Damen wechselten hin und wieder ein paar Worte.

Eine geschlossene Wolkendecke hatte sich über ihnen gebildet und es wurde windig. Sie brachten die Pferde gerade zum Stehen, da tauchte auch schon Ian Artkinson aus den Stallungen auf. Erstaunt sah er die Drei an.

„Hallo Ian", begrüßte ihn Helena lahm und rutschte vom Sattel der braunen Stute. Sein Gesicht verdunkelte sich.

„Ich habe dir gesagt, dass du noch nicht in der Lage bist Comeline zu reiten", fauchte er.

„Was verstehst du denn schon davon, Ian?", blaffte sie ihn wütend an und beabsichtigte ihren Bruder links liegen zu lassen, doch er baute sich vor ihr auf.

„Du hättest dir das Genick brechen können!", schimpfte er ärgerlich. Peter war die Szene sichtlich peinlich. Er wünschte sich auf keinen Fall Helena in diese unangenehme Situation zu bringen.

„Unsinn, ich kann reiten", entgegnete sie zornig.

„Und wie erklärst du mir, dass ein Engländer dich zurückbringen musste?" Peter war nun wirklich in seiner Ehre gekränkt.
„Ich habe ihn nicht darum gebeten!", schrie Helena ihren Bruder an und stapfte dann Richtung Haus davon. Ihre Cousine warf Peter noch einen abschätzenden Blick zu und beeilte sich ihr nachzukommen. Jetzt stand Peter mit den Zügeln beider Pferde in der Hand da und kam sich unter dem prüfenden Blick von Ian ziemlich verloren vor. Verlegen hüstelte er.
„Ich glaube, man sollte die Tiere in den Stall bringen und abreiben. Sie sind ziemlich verschwitzt und könnten sich erkälten."
Ian nickte, nachdem er seine Betrachtung von Peter beendet hatte. „Wahrscheinlich", murmelte er.
„Bestimmt", versicherte Peter und streckte Ian die Zügel hin. Schweigend nahm er sie entgegen. „Nun, dann werde ich jetzt gehen. Zum See geht es hier entlang?" Er deutete gegen Süden.
„Ja richtig. Es ist nicht all zu weit."
„Gut, schönen Tag noch." Peter rückte sich seinen Hut zurecht und machte sich auf den Weg. Er war noch keine zwanzig Schritte gekommen, als Ian ihn rief.
„Hey Engländer!" Diese Anrede hasste Peter mittlerweile wie die Pest.
„Bitte?", rief er scharf zurück.
„Wo haben Sie reiten gelernt?"
„Wie?" Peter blickte irritiert zurück. Ian wiederholte die Frage und erhielt ein Schulterzucken als Antwort. „ Mein Vater besitzt ein paar Pferde. So erhielt ich die Gelegenheit dazu."
Ian nickte. „Danke, dass Sie meine kleine Schwester unbeschadet zurück gebracht haben."
Ein Glitzern erschien in Peters Augen. „Keine Ursache. Es war mir ein Vergnügen." Mit einem schüchternen Lächeln auf den Lippen deutete er eine Verbeugung an wandte sich zum Gehen. Ian ließ die Zügel fallen und lief zu ihm hinüber.
„Ich meine das ernst", versicherte er.
„Danke. Ich ebenfalls", erwiderte er und lächelte Ian an.
„Nun ja, für Sie wird das Retten von Leben zum Hobby, nicht? Wenn man den Gerüchten glauben darf, haben Sie Mrs Negley das Leben gerettet." Aha, daher wehte also der Wind. Peters Haltung veränderte sich.

„Ich schüre keine Gerüchte", entgegnete er steif, wandte sich von Ian ab und setzte seinen Weg fort. Ian blieb ihm dicht auf den Fersen.

„Warum möchten Sie bestreiten, dass Sie ihr das Leben gerettet haben?", fragte er hartnäckig.

„Ich habe ihr keineswegs das Leben gerettet. Der Täter hatte nicht vor, sie zu töten."

„Woher möchten Sie das wissen?" Ian war stehen geblieben, stemmte seine Hände in die Hüften und reckte ihm herausfordernd das Kinn entgegen. Seufzend drehte Peter sich um.

„Ich denke, ich besitze die Erfahrung dies zu unterscheiden." Ian schüttelte unwillig den Kopf. „Es ist doch typisch. Ihr Engländer seid doch zu arrogant, um ein Kompliment eines Iren anzunehmen!", zischte er dann.

„Sie verstehen mich nicht. Mir liegt es fern Sie zu beleidigen, aber so wie der Sachverhalt sich darstellt..." Er warf Ian einen kurzen Blick zu und hielt mit seiner Erklärung inne. „Es wäre besser, wenn die Pferde in den Stall kommen würden."

„Sie haben Recht, Engländer. Man sollte wirklich auf seine Gäule aufpassen." Der unfreundliche Unterton war unüberhörbar. Peter nickte ihm kurz zu, verabschiedete sich knapp und machte sich wieder in Richtung See auf den Weg. Wie töricht von ihm! Ian hatte ihm die Friedenspfeife angeboten und er hatte es nicht bemerkt. Wie dumm konnte man nur sein!

Verwelkte Blätter, die auf dem Weg lagen, raschelten unter seinen Füßen. Genüsslich sog er die kalte, klare Luft ein. Diese Einsamkeit hatte doch etwas Anheimelndes. Zumindest entzog er sich dem Zwang seines englischen Zuhauses und der mütterlichen Fürsorge von Miss McAlister. Er musste keinem Reporter Rede und Antwort stehen und keine anödenden Gesellschaften, beziehungsweise Partys beiwohnen. Hier war man froh, wenn er das Dorf mied. Friede beinahe grenzenlos. Der See kam hinter dem kleinen Hügel in Sicht. Er war wesentlich größer, als er ihn sich vorgestellt hatte, und wunderschön. Ein Glücksgefühl stieg in ihm hoch. Peter bekam plötzlich das Bedürfnis zu laufen. So schnell er konnte, rannte er die Anhöhe hinunter. Schweratmend erreichte er das Ufer. Er war überwältigt von dem grandiosen Anblick. Das bleierne Wasser, das sich auf der Oberfläche kräuselte, eingerahmt von braunem Schilf, von gelb bis rot gefärbten Büschen und ein paar Nadelbäumen. Das andere Ufer nordwestlich war nur schemenhaft auszumachen. Diese Ruhe, diese jungfräuliche Schönheit ließen sein Herz höher schlagen. Ja, das bedeutete Freiheit. Verbunden mit Erde und Himmel. Ihm war, als fielen alle Sorgen und Lasten von ihm ab. So einfach konnte man glücklich sein. Peter entdeckte einen alten Steg. Nur darauf zu stehen und das Wasser gegen das Holz plätschern zu hören… Zwischen wenigen Wolkenlücken spitzen ein paar Sonnenstrahlen, die auf dem Wasser silbrig glitzerten. Peter schloss die Augen, lauschte dem Wind, der durch die Büsche strich, hörte das Wasser plätschern. Er öffnete sie wieder und folgte den Sonnenstrahlen. Der Steg reichte weit ins Wasser. Der Zahn der Zeit hatte an ihm genagt. Ein paar Planken fehlten. Egal. Sollte er es wagen? Sein Blick glitt den Steg entlang. Der Wunsch den Steg bis ans Ende zu folgen war überwältigend. Peter nahm den Hut vom Kopf und hing ihn an einen Pfahl am Anfang des Stegs. Wagemutig stieg er hinauf. Das Holz war dunkel und mit Moos überzogen. Es roch modrig. Unschlüssig blieb er stehen. Sein Blick glitt über das Wasser zum anderen Ufer. Es war herrlich. Ein schmaler, roter Streifen schimmerte am Horizont. Er gab sich einen Ruck und ging bis zum Ende vor.

Der Wind trieb gelbe und braune Blätter über das Wasser. Die letzten Vögel würden bald verstummen und die Nacht über sie hernieder senken. Ruhe würde das Land beherrschen. Peters Gedanken begannen zu wandern und versanken in Tagträumen. Plötzlich brachte ihn ein verräterisches Knarzen in die Wirklichkeit zurück. Entsetzt starrte er zu Boden. Es kam ihm alles wie in Zeitlupe vor. Das morsche Holz knackte und ächzte unter seinem geringen Gewicht, dann gab es plötzlich mit lautem Krach nach und brach entzwei. Sofort verlor er das Gleichgewicht und fiel rücklings in das kalte Wasser. Der See war an dieser Stelle tiefer, als er vermutete. Sein Mantel saugte sich sofort voll und zog ihn auf den Grund. Dabei schluckte er mächtig Wasser. Angsterfüllt begann er zu zappeln. Peter stieß an eine unförmige Wölbung. Der Grund war weich und sumpfig. Mit Mühe befreite er seine Beine von dem Schlamm stieß sich nach oben und kämpfte sich an die Wasseroberfläche. Das Wasser war eiskalt. Peter hustete, verschluckte sich wieder. Der nasse Mantel zog ihn wieder unter das Wasser. Rudernd und um sich schlagend schob er sich wieder an die Wasseroberfläche. Entkräftet streckte er den Kopf in den Nacken und schnappte nach Luft. Seine Hand berührte plötzlich einen undefinierbaren Gegenstand. Erstaunt drehte er sich um.

Der Anblick war entsetzlich. Ein Mopp strähniger Haare schwamm wie Tentakeln an der Oberfläche. Sie endeten an einem bleichen, aufgedunsenen Kopf. Sein Herz blieb ihm beinahe stehen. Er erstarrte zu Eis. Sofort zog ihn der Mantel wieder unter die Wasseroberfläche. Panisch kämpfte er sich nach oben und fand sich Auge in Auge mit der Leiche. Ihre Augenhöhlen waren leer, der Mund stand offen. Eine Wangenhälfte fehlte. Die Wunde konnte nur von einem Tier stammen. Ihre Haut war weiß und fast schon durchsichtig. Aus ihrer halbverwesten Kleidung schlüpfte ein schlangenartiges Tier. Peter schrie aus vollem Halse. Panisch begann er wieder zu zappeln und stieß abermals gegen die Leiche, deren Verwesungsgeruch schon allein die Sinne raubten. Wasser drang in seinen Mund. Abermals verschluckte er sich, tauchte ab. Sobald er die Wasseroberfläche erreichte, paddelte er um sein Leben an Land. Sein Herz raste. Seine Muskeln zogen sich zu einem schmerzhaften, einzigen Krampf zusammen.

„Hilfe! Hilfe!" Er hörte sich selbst hysterisch schreien. Völlig erschöpft zog er sich aus dem Wasser. Sein Atem ging schwer. Er zitterte am ganzen Leibe. Es würgte ihn, doch konnte er sich nicht erbrechen. Ein Hustenanfall überkam ihn. Die nasse Kleidung hing wie Blei an seinem Körper. „Jesus!" Peter wagte nicht zurück zum Wasser zu blicken. Mit größter Mühe rappelte er sich auf. Die Gegend verschwamm vor seinen Augen. Zitternd stand er da und schnappte nach Luft, die Augen fest geschlossen. „Gott!", stöhnte er, öffnete die Augen und begann zu laufen.

Es war bereits dunkel, als er die Polizeiwache erreichte. Völlig aufgelöst riss er die Tür auf.

„Hilfe!", schrie er. Der Horror war in seinem Gesicht gezeichnet „Hilfe!" Die zweite Tür wurde sofort geöffnet und Peter fiel einem Polizisten mitten in die Arme. Seine Kleidung war bereits klamm. Entsetzt sah er Peter an. „Eine Leiche! Sie ist tot! Tot! Im See. Eine tote Leiche!", rief er völlig unzusammenhängend.

„Kommen Sie erst mal rein", bot der Polizist ihm im väterlichen Ton an und beäugte ihn eingehend. In der Polizeistube war es angenehm warm. Peter zitterte wie Espenlaub. Sein Gesicht war aschfahl. Strähnig hingen ihm die dunklen Locken ins Gesicht. Erstaunt begutachteten die vier Polizisten die traurige, nasse Gestalt.

„Der Junge braucht erst mal eine Decke und etwas Heißes zu trinken", erklärte der Sergeant und gab einem der Polizisten einen Wink. Dann führte er Peter hinter die Theke. Einer der Kollegen nickte und verschwand. „Sie ziehen jetzt erst mal das nasse Ding aus", forderte er Peter auf, und half ihn aus dem Mantel.

„Die Leiche", begann Peter wieder. Seine Stimme war hoch. Blanker Horror spiegelte sich in seinen Augen. Er stand völlig unter Schock.

„Wo haben Sie die Leiche gesehen?", fragte der Sergeant und hing den nassen Mantel an die Garderobe. Er buxierte Peter zu einem Stuhl und ließ ihn sich setzen.

„Im See. Beim alten Steg. In der Nähe von Mr Artkinsons Anwesen, oder so", stammelte er und sah den Polizisten hilfesuchend an. „Sie ist tot." Die Erinnerung ließ ihm einen weiteren Schauer über den Rücken jagen. „Wirklich." Peter schlotterte am ganzen Körper. Seine Zähne klapperten. Vor ihm tauchte das Bild der Leiche wieder auf. Er fühlte das eisige Wasser auf seiner Haut. Wieder erstarrte er zu Eis. Das Gesicht war kreidebleich. Der Polizist hatte den Eindruck, als würde vor ihm selbst eine Leiche sitzen. Constable Johns brachte eine Decke und eine große Tasse heißen Tee. Fürsorglich legte er die Decke um Peters Schultern und drückte ihm die Tasse in die Hand.

„Wenn Sie erst mal etwas getrunken haben, geht es Ihnen bald besser", versicherte er und warf seinem Vorgesetzten einen besorgten Blick zu. Sergeant Quaritsh nickte bestimmt.

„Trinken Sie!", befahl er dann. Peter nickte abwesend und hob die Tasse an seine Lippen. „Sie haben also eine Leiche am See entdeckt. Ist das richtig?"

„Im See", korrigierte er den Sergeant. Es war ihm unmöglich die schrecklichen Bilder zu vertreiben. Ihm wich das letzte Blut aus seinem Gesicht. Er würgte erneut. „Im See", stammelte er kaum hörbar. „Beim alten Steg." DS Quaritsh sah ein, dass der Junge nicht vernehmungsfähig war.

„In Ordnung, Dr. Forgerson. Trinken Sie den Tee, dann geht es Ihnen besser." Er winkte zwei Polizisten zu sich und gab ihnen Anweisungen, dann wandte er sich ihm wieder zu. Peter hielt die Tasse in der Hand, rührte sich jedoch nicht. Seine Augen waren leer. „Sie werden jetzt diesen Tee trinken, damit Sie wieder zu Kräften kommen."

Apathisch hob er langsam die Tasse an seine Lippen und trank sie halb aus, bis ihm plötzlich das blanke Entsetzen packte.

„Der Tee ist mit Alkohol versetzt!", stieß er bestürzt aus. Sergeant Quaritsh hob spielerisch die Augenbrauen, nahm ihm die Tasse aus der Hand und roch daran.

„Ein guter Schluck Gin, nicht mehr", antwortete DC John.

„Ich nehme Medikamente", murmelte Peter. Der Alkohol begann bereits Wirkung zu zeigen. „Ich…" Peter holte tief Luft. Der Boden begann unter ihm zu schwanken. Ihm wurde heiß. Sergeant Quaritsh legte den Kopf schief, nannte seinen Namen. Peters Kopf füllte sich mit Watte. „Ich…", stammelte er. Sterne blitzen vor seinen Augen. Die Umgebung begann sich um ihn zu drehen. „Ich…", setzte Peter nochmals an und brach dann zusammen. Sofort war DS Quaritsh auf den Beinen. John kniete bereits neben ihm.

„Der Junge ist ohnmächtig", versetzte er verblüfft. Sogleich kontrollierte er Puls und Atmung. „Wer denkt denn, dass der Bursche von etwas Gin gleich das Bewusstsein verliert", knurrte der Constable und öffnete Peters Krawatte.

‚Medikamente', ging es Sergeant Quaritsh durch den Kopf.

„John schicken Sie jemanden zu Dr. Penell und zu Miss McAlister. Wir benötigen trockene Kleidung und wir müssen wissen, welche Medikamente er nimmt." Ihre Blicke trafen sich. Ein Constable, der dem ganzen staunend beigewohnt hatte, reichte ihnen eine Decke.

„Wir kümmern uns darum", erklärte er bereitwillig und gab seinem Kollegen ein Zeichen.

„Gut", nickte DS Quaritsh und brachte Peter in die stabile Seitenlage, kontrollierte wieder Puls und Atmung. John legte ihm führsorglich die Decke über. DS Quaritsh stand auf. „Bleiben Sie bei ihm und kontrollieren Sie regelmäßig Atmung und Puls." Er ging zum Schreibtisch, wählte die Nummer der Kripo und forderte die Spurensicherung an.

Stimmengewirr durchdrang die Watte in seinem Kopf. Geräusche. Sein Körper fühlte sich schwer wie Blei an. Wo war er? Wärme umhüllte ihn. Peter versuchte sich zu konzentrieren, das Stimmengewirr zu sortieren. Wortfetzen. Er sammelte seine Kräfte und öffnete schließlich die Augen. Anstrengend. Das Licht blendete ihn. Schloss sie wieder.

„Dr. Forgerson?"

Nochmals. Peter kämpfte gegen die Schwerkraft an, schaffte es tatsächlich die Augen für ein paar Minuten offen zu halten. Die Umgebung war ihm fremd. Er befand sich nicht in Miss McAlisters Haus. Wo war er? Was war geschehen?

„Dr. Forgerson?" DS Quaritsh stand von seinem Schreibtisch auf und trat an das Sofa, auf dem sie Peter gebettet hatten. Peter murmelte etwas Unverständliches. Kämpfte weiter, schaffte es dieses Mal die Augen länger offen zu halten. „Willkommen zurück." Ein Lächeln erschien auf den Lippen von DS Quaritsh. Die Erleichterung war ihm deutlich anzusehen. Hinter ihm traten zwei Polizisten, die ebenfalls auf sein Erwachen gewartet hatten. Peter blinzelte. Hunderte Nadelstiche malträtierten seine Stirn. In seinem Kopf dröhnte es dumpf. Ihm war schlecht. „Wie fühlen Sie sich?", fragte DS Quaritsh und beugte sich zu ihm herunter. Peter schluckte. Der Geschmack in seinem Mund war abscheulich.

„Ich möchte mich nicht dazu äußern", jammerte er, legte seine Hand auf die feuchte Stirn und schloss die Augen wieder.

„Ruhen Sie sich aus. Dr. Penell erläuterte uns, dass es noch einige Zeit bedarf, bis Ihr Körper sich normalisiert." Sofort schlug Peter wieder die Augen auf.

„Dr. Penell", wisperte er alarmiert. Sein Herzschlag beschleunigte sich augenblicklich. DS Quaritsh lächelte ihn beruhigend an.

„Wir machten uns natürlich Sorgen, als Sie uns wegkippten. Und nachdem Sie uns glücklicherweise mitteilten, dass Sie noch unter medikamentöser Behandlung stehen, konnten wir reagieren. Es ist alles in Ordnung." Beschämt drehte Peter den Kopf zur Seite.

Niemand hätte erfahren müssen, dass er immer noch in Behandlung war. Immer noch einen Teil der Medikamente, die man ihm nach seinen schweren Nervenzusammenbruch verabreichte, nehmen musste. Pikiert starrte er die Wand an. Wie würde er jetzt vor ihnen stehen? Die Erinnerung kehrte zurück. Wie hatte er sich nur benommen! Das Bild der Leiche im See tauchte vor seinem inneren Auge auf und jagte ihm einen kalten Schauer über den Rücken. Sogleich richtete er sich auf. „Langsam", mahnte ihn DS Quaritsh.

„Die Leiche im See. Sie muss geborgen werden. Wir benötigen die Spurensicherung." Peter zog die Decke von sich weg und versuchte aufzustehen. Sofort hielten ihn DS Quaritsh und sein Kollege fest.

„Ganz ruhig, Dr. Forgerson. Es ist bereits alles im Gange. Die Kripo ist eingeschaltet. Die Spurensicherung befindet sich am Tatort. Alles ist geregelt. Zur gegebenen Zeit werden wir den Bericht erhalten. Legen Sie sich nochmals hin und ruhen Sie sich aus." Peter wollte soeben etwas erwidern, als sein Blick an seinem Körper herunter glitt. Er trug einen Pullover, eine dunkle Hose, schwarze Socken. Seine Kleidung. Bevor er ohnmächtig wurde, war er in einem grauen Anzug gekleidet gewesen. Die Augen weiteten sich gebannt.

„Wie…Meine Kleidung, ich meine…", stotterte er und strich sich betroffen über den Pullover. Ein schelmisches Glitzern trat in die Augen von DS Quaritsh.

„Nun…" Er zuckte mit den Schultern. „Wir konnten Sie unmöglich in den nassen Sachen lassen." Peter wurde eine Spur blasser. Das verbliebene Blut in seinem Kopf suchte den Weg nach unten. Sein Blick wanderte zu den Polizisten.

„Ich…" Er schluckte. Zu tiefst beschämt richtete er seinen Blick auf den Boden. Seine rechte Hand fuhr fahrig durch die dunklen Locken.

„Na, na, Dr. Forgerson." DS Quaritsh klopfte ihm aufmunternd auf die Schulter. „Wir sind alles nur Menschen. Es gibt nichts an Ihnen, was wir nicht auch besäßen. Machen Sie sich keine Gedanken. Ich bin froh, dass es Ihnen besser geht."

„Ich…"

„Legen Sie sich nochmals hin", riet ihm DS Quaritsh väterlich.

„Und Miss McAlister?" Sie mussten ja irgendwie an seine Kleidung gelangt sein.

„Miss McAlister ist informiert."

„Wie?!", stieß Peter entsetzt aus.

„Wir benötigten Ihre Kleidung", erklärte DS Quaritsh.

„Was… Wie haben Sie es begründet?" Bei der Vorstellung, dass Polizisten Miss McAlister über seinen missglückten Ausflug informierten, wurde ihm heiß und kalt zugleich.

„Wir erklärten ihr, dass Sie am See ins Wasser gefallen sind."

„Und dann zur Polizei geeilt?" Peter sah ihn zweifelnd an. „Das wird sie Ihnen nicht abgenommen haben." Wieder zuckte DS Quaritsh mit den Schultern.

„Mehr haben wir ihr nicht mitgeteilt."

Wie sollte er ihr nur erklären…? Vielleicht dachte sie, er wünschte sich etwas anzutun, nach der Reaktion auf den Brief seines Vaters. Damn it! Er musste mit ihr sprechen. Gleich. Peter stand auf. Der Boden schien sich in Bewegung zu setzen. Sofort hielt ihn der Polizist neben DS Quaritsh fest.

„Setzen Sie sich", befahl DS Quaritsh und gab den anderen Polizisten einen Wink, worauf er das Zimmer verließ. Peter nahm wieder Platz, atmete langsam tief ein und aus. Sein Blick klärte sich wieder. Schweiß trat auf seine Stirn. Es war Schwäche. Nichts weiter. Der Polizist kam zurück. In der Hand hielt er eine Tasse, die er Peter reichte. Argwöhnisch roch er daran. „Tee", grummelte er.

„Es wird Ihnen gut tun", erklärte DS Quaritsh.

„So wie der Vorhergehende?", konterte Peter sarkastisch. DS Quaritsh konnte ein Grinsen nicht verbeißen.

„Wir haben gelernt, Dr. Forgerson. Sie können beruhigt sein. Trinken Sie."

„Ich bevorzuge Kaffee", entgegnete er und suchte einen Platz, um die Tasse los zu werden.

„Trinken", bestand DS Quaritsh, „und dann erzählen Sie, was am See vorgefallen ist." Peter hob skeptisch die Tasse an die Lippen und trank ein paar Schlucke. Der Tee war süß. Unwillkürlich verzog er das Gesicht.

„Ich kann süßen Tee nicht leiden", monierte er.

„Trinken Sie die ganze Tasse", forderte DS Quaritsh. Widerwillig trank Peter das Gebräu. Tatsächlich schien es zu wirken. Der Zucker tat sein eigenes. Das Teein kurbelte den Kreislauf an. Sein Gesicht bekam wieder Farbe.

Es klopfte kurz an der Tür und schon wurde sie mit einem kräftigen Schubs geöffnet. Keine geringeren als Inspektor Hardcourt und DS Ridway durchschritten den Türrahmen.

„Es geht Ihnen wieder besser", bemerkte Inspektor Hardcourt und musterte ihn kritisch.

„Inspektor Hardcourt", erwiderte Peter und stand auf. Besser, viel besser.

„Wie wäre es mit einer zweiten Tasse?", schlug DS Quaritsh vor. Peter schüttelte den Kopf.

„Danke, aber das ist nicht nötig."

„Kaffee wäre nett", schaltete sich Inspektor Hardcourt ein und wandte sich wieder an Peter. „Setzen Sie sich, Dr. Forgerson", forderte er ihn auf und deutete auf das Sofa. Zögernd nahm Peter Platz. „Ich dachte ehrlich gestanden nicht, dass wir uns so schnell wiedersehen würden."

„Das kann ich nur bestätigen", entgegnete Peter. Inspektor Hardcourt und DS Ridway entledigten sich ihrer Mäntel, griffen sich die beiden Stühle an der Wand und setzten sich Peter gegenüber. DS Quaritsh legte sich Papier und Stift zurecht. DC John kam zurück und reichte den Herren eine Tasse.

„Darf er?", fragte er DS Quaritsh mit einer Kopfbewegung zu Peter. Sofort färbten sich seine Augen dunkel. DS Quaritsh beäugte Peter und nickte dann gutmütig.

„Eine Tasse Kaffee kann nicht schaden." Nachdem alle versorgt waren, ließ er sich hinter seinem Schreibtisch nieder und machte sich für die Aufnahme des Protokolls bereit.

„Weshalb sind Sie zum See gegangen?", begann Inspektor Hardcourt, nachdem er von dem Kaffee getrunken hatte. Er schmeckte, was nicht selbstverständlich war.

„Weshalb ich zum See ging?", echauffierte sich Peter. Seine Lebensgeister erwachten.

„Sie müssen doch zugeben, Dr. Forgerson, dass das Ganze sich doch etwas seltsam anmaßt. Zuerst retten Sie Mrs Negley von diesem Schläger und zwei Tage darauf finden Sie eine Leiche im See. Die Person galt seit dem Sommer vermisst, wenn ich das hinzufügen darf. Also, weshalb waren Sie unten am See?" Peters Augen funkelten.

„Ich hatte nichts Geringeres vor als spazieren zu gehen. Woher sollte ich wissen, dass eine Frau vermisst wurde? Und auch noch, dass sie genau am Steg versenkt wurde? Ich wusste bis vor wenigen Tagen ja nicht einmal, dass ich hier landen würde!", fauchte er aufgebracht.

„Sie möchten damit sagen, es war Zufall?"

„Natürlich war es das! Denken Sie, ich hatte vor im kalten See baden zu gehen?"

„Nun ja, nach Ihrem Ruf, der Ihnen vorauseilte, ist es nicht ganz auszuschließen, richtig?“, bemerkte DS Ridway kühl. Peter konnte kaum noch an sich halten. Worauf wollten diese Polizisten hinaus?

„Ich habe keine Ahnung, von was Sie sprechen, Sergeant. Ich bin hierhergekommen, um die Hinterlassenschaft von Richter Dixon aufzuarbeiten, nichts anderes. Wenn Sie mir unterstellen möchten…“

„Wir möchten Ihnen nichts unterstellen, Dr. Forgerson, wir fragen“, mischte sich DI Hardcourt ein und ließ ihn dabei nicht aus den Augen.

„Da gelange ich aber zu einem völlig anderen Eindruck“, zischte Peter. Seine Wangen glühten. DI Hardcourt nahm nochmals einen Schluck vom Kaffee.

„Erzählen Sie, wie Sie die Leiche entdeckt haben.“ Peter funkelte ihn an, atmete tief durch und begann ruhig zu erzählen. Er schilderte, wie er den Steg betreten und jener unter ihm weggebrochen war. Wieder tauchte das Bild der Leiche vor ihm auf. Sofort verlor er an Farbe.

„Seit wann hat sie im Wasser gelegen?“, fragte er, mit den Gedanken weit weg.

„Wohl seit dem Sommer. Ein genauer Todeszeitpunkt ist nach dem Zustand der Leiche nicht mehr feststellbar“, erwiderte Inspektor Hardcourt.

„Sie trug einen leichten Pullover und Hosen. Es konnte kein warmer Tag gewesen sein“, murmelte Peter. Seine Augen klärten sich. „Konnte man die Todesursache feststellen?“

„Nicht so eilig, Dr. Forgerson. Die Leiche ist auf dem Weg zur Rechtsmedizin.“

„Kann man Suizid ausschließen?“, bohrte er weiter, obwohl er die Antwort bereits kannte. Inspektor Hardcourt musterte ihn aufmerksam.

„Nun, so wie Sie es beschrieben haben, wurde sie durch Ihre Bewegung vom Grund gelöst. Also muss sie durch Beschwerungen am Boden festgehalten worden sein. Sie haben die Leiche entdeckt, sagen Sie mir, ob es Suizid war“, forderte ihn Inspektor Hardcourt heraus. Peter presste ärgerlich seine Lippen zusammen.

„Ich habe mir die Leiche nicht so genau angesehen“, entgegnete er brüsk. Ein schelmisches Glitzern trat in die Augen des Inspektors.

„Stimmt, wenn ich Ihrer Aussage Glauben schenken mag.“ Peters Wangen glühten vor Zorn. Inspektor Hardcourt hob gebieterisch die

Hand, bevor Peter sich beschweren konnte. „Ich glaube Ihnen ja. Sie müssen sich nicht so aufregen." Peter holte Atem und schnappte den spöttischen Blick von DS Ridway auf, der fleißig mitschrieb. Ebenso wie Sergeant Quaritsh. Mühsam schluckte er seine Wut herunter.

„Sie gehen davon aus, dass es sich um die vermisste Person handelt", nahm er den Faden wieder auf und versuchte seine Stimme ruhig klingen zu lassen.

„Nach der Beschreibung, die wir von ihr besitzen, ja. Ihr Name ist Mary Holder. Ihr Alter beträgt zweiunddreißig Jahre, ledig. Von Beruf Hebamme." Peters Augen weiteten sich augenblicklich. Diese Reaktion war den Polizisten nicht entgangen. Neugierig beäugten sie ihn. „Möchten Sie etwas dazu sagen?", fragte Inspektor Hardcourt.

„Dazu?", murmelte Peter und fasste sich schnell wieder. „Nein, Inspektor Hardcourt."

„Mir schien es so." Ihre Blicke hingen aneinander fest.

„Gibt es Verwandte oder Bekannte, die sie identifizieren können? Ihr Zustand..." Peter hielt inne.

„Es gibt eine Freundin. Tilly Juvet. Sie war auch diejenige, die Miss Holder als vermisst gemeldet hat", erklärte DS Quaritsh. Sofort war die Aufmerksamkeit auf ihn gerichtet.

„Ist sie hier vom Ort?", wünschte Inspektor Hardcourt zu wissen. Er erhielt ein Nicken zur Antwort.

„Sie lebt hier mit ihrem Mann."

„Gut, sobald wir mehr wissen, werden wir mit ihr sprechen. Morgen schicken wir ein paar Taucher auf den Grund des Sees. Heute reichte das Licht nicht mehr aus. Wir werden sehen, wie es zu diesem Unglück kam."

„Werden Sie mich über das Ergebnis unterrichten?" Inspektor Hardcourts Stirn legte sich in Falten.

„Sie gehören nicht dem Ermittlungsteam an, Dr. Forgerson. Sie sind Zeuge", stellte er richtig. Peter schoss die Röte ins Gesicht.

„Ich habe die Leiche gefunden", erinnerte er ihn stur.

„Sherlock Holmes", murmelte DS Ridway.

„Wie bitte?" Inspektor Hardcourts Kopf drehte sich zu ihm. DS Ridway zuckte nur mit den Schultern.

„Wie schon gesagt, der Ruf von Dr. Forgerson ist ihm vorausgeeilt."

„Möchten Sie mich in Kenntnis setzen, was es damit auf sich hat?", richtete sich Peter an DS Ridway, der ihn frech angrinste.

„Er wird seine Finger nicht davon lassen können", wandte er sich an den Inspektor. Argwöhnisch drehte sich Inspektor Hardcourt zu Peter um.

„Ich möchte keine Einmischung von Ihnen", gab er ihm unmissverständlich zu verstehen. Peter schwieg mit grimmiger Miene.

„Es wird schwierig sein, Dinge vor ihm lange geheim zu halten, Sir", bemerkte DS Ridway kalt.

„Was möchten Sie damit sagen?" Inspektor Hardcourt ließ seine Aufmerksamkeit DS Ridway zu Teil werden. Dafür erntete er wieder ein Schulterzucken. Skeptisch ließ er seinen Blick an Peter herunter gleiten. „Ich werde es mir überlegen", brummte er und warf einen Blick auf die Uhr. „Es gibt noch einiges zu erledigen. DS Quaritsh, ist es möglich, dass einer Ihrer Polizisten Dr. Forgerson nach Hause bringt? Ich möchte den Jungen nicht allein auf der Straße wissen."

„Junge?! Ich verbitte mir...", brauste Peter auf, doch der Inspektor stoppte ihn mit einer harschen Handbewegung.

„Schluss jetzt!", donnerte er.

„DC John wird ihn fahren", versicherte DS Quaritsh schnell. Peter erhob sich. Suchend sah er sich um.

„Vermissen Sie etwas?", wollte DS Quaritsh wissen.

„Meine nasse Kleidung", gestand er.

„Die ist im Besitz der Spurensicherung. Sobald die Untersuchung abgeschlossen ist, können Sie sie zurück haben.

„Wie?", stammelte Peter entsetzt.

„Dr. Forgerson", ermahnte ihn DS Quaritsh.

„Bin ich ein Verdächtiger?", fauchte Peter. DS Quaritsh stöhnte leise. Warum musste der Junge ständig auf Konfrontation gehen?

„Nein, aber Sie kennen das Ermittlungsverfahren. Sie haben die Leiche berührt. Möglicherweise gibt es Spuren an Ihrer Kleidung." Die Erinnerung ließ ihn erschauern. Ihm fiel plötzlich wieder sein Hut ein.

„Mein Hut", murmelte er halblaut. Sein Blick klärte sich.

„Ihr Hut?", wiederholte Inspektor Hardcourt fragend.

„Ich habe meinen Hut am Steg zurückgelassen", erklärte Peter.

„Es gab keinen Hut am Steg", erwiderte DS Ridway und schlug sein Notizbuch zu.

„Aber natürlich. Ich bin mir hundert Prozent sicher. Bevor ich den Steg betrat, hing ich den Hut an den ersten Pfosten des Stegs."

„Es war kein Hut am Tatort", entgegnete Sergeant Ridway bestimmt.

„Wie?" Peter wandte sich an Inspektor Hardcourt. „Möglicherweise ist er Ihnen entgangen. Könnten Sie nochmals nachfragen?"

„Können wir", antwortete dieser mit einem Stirnrunzeln. Er war sich völlig sicher, dass kein Hut am Tatort gewesen war. „Wir werden sehen", brummte er und durchforschte Peter. Er gab DC John ein Zeichen zum Aufbruch. „Wir sehen uns, Dr. Forgerson." Der drohende Unterton war ihm nicht entgangen.

„Auf Wiedersehen", murmelte Peter und folgte dem Polizist. Miss McAlister kam ihm in den Sinn. Oh je! Wie sollte er ihr nur erklären…? Verdrossen fuhr er sich durch seine dunklen Locken. Warum musste er sich vor jedem rechtfertigen?

Inspektor Hardcourt trat ans Fenster und verfolgte, wie Peter ins Auto stieg. Seine Bewegungen waren immer noch etwas unstet.

„Hatte er nicht schon einen Hut bei Mrs Negley verloren?", wandte er sich an Sergeant Ridway.

„Hm", antwortete dieser nachdenklich. Inspektor Hardcourt drehte sich um und schaute ihn an.

„Nun?"

„In der Tat", gab der Sergeant zu. „Aber das kann nur Zufall sein."

„Es war kein Hut heute am Tatort. Wir haben die ganze Umgebung absuchen lassen." Grübelnd sah er den Inspektor an. „Wo sollte er denn stecken?"

„Das ist die Frage." Der Inspektor drehte sich wieder zum Fenster und sah hinaus. „Der Junge weiß etwas, da bin ich mir völlig sicher. Wir sollten ihn nicht aus den Augen lassen."

„Sherlock Holmes", knurrte DS Ridway, stand auf und trat ebenso ans Fenster.

„Sherlock Holmes?", wiederholte Sergeant Quaritsh fragend.

„Der Junge hat es faustdick hinter den Ohren", antwortete DS Ridway und schlüpfte in seinen Mantel. „Fahren wir?" Inspektor Hardcourt nickte.

„Wir sehen uns morgen, DS Quaritsh", verabschiedete er sich kurz und verließ mit Sergeant Ridway die Polizeistation.

Peter hatte die ganze Nacht kein Auge zugetan. Ihm ging die Frau im See nicht aus dem Kopf. Sobald er die Augen schloss, tauchte sie wieder vor ihm auf. Gegen fünf Uhr morgens gab er auf. Müde ließ er sich ein heißes Bad ein, in der Hoffnung dort Entspannung zu finden. Es half nicht. Eher das Gegenteil war der Fall. Zuviel Wasser für seinen Geschmack. Es hielt ihn keine fünf Minuten im warmen Nass. Verdrießlich zog er sich an und ging in die Küche. Miss McAlister schlief noch. Ein Segen. Peter begann Feuer zu machen und setzte Tee auf. Seine Gedanken kreisten wieder um Mary Holder. Er war sich sicher, dass sie im Zusammenhang mit den toten Kindern stand. Es konnte kein Zufall sein. Nicht bei ihrem Beruf. Auch der Richter interessierte sich für die Kinder. Nun waren beide tot. Das Sterben der Kinder konnte nicht nur ein Unglück sein. Was hatten beide herausgefunden? In Gedanken versunken stellte er die Pfanne auf den Herd und bräunte Speck, schlug zwei Eier hinein und beobachtete, ohne wirklich zu sehen, wie das Eiweiß sich weiß färbte.

„Sie sind heute schon sehr früh zugegen, Dr. Forgerson. Der gestrige Tag hat Ihnen wohl den Schlaf geraubt", begrüßte ihn Miss McAlister spitz. Überrascht drehte er sich zu ihr um. Er hatte sie nicht bemerkt.

„Guten Morgen, Miss McAlister", grummelte er. Die dunklen Ringe unter seinen Augen zeugten von der schlaflosen Nacht. Er war blass. Miss McAlister nahm die Schürze, band sie sich um, trat zu ihm und spähte in die Pfanne.

„Das ist eine sehr kleine Portion für zwei Personen", mäkelte sie. Peter sah sie an.

„Ich bin nicht hungrig", erwiderte er und nahm die Pfanne vom Feuer. Miss McAlister steckte Toast in den Toaster und brühte den Tee auf.

„Nichts essen lässt nichts ungeschehen machen. Sie haben es mehr als nötig, etwas in den Magen zu bekommen." Sie drehte sich zu ihm um und begutachtete ihn kritisch. Er sah wirklich sehr mitgenommen aus.

„Mir ist nicht nach Essen", knurrte Peter und deckte den Tisch. Demonstrativ holte Miss McAlister den zweiten Teller aus dem Schrank, stellte ihn auf Peters Platz, danach schenkte sie den Tee ein. Der Toast sprang hoch. Sie legte ihn ins Körbchen und steckte weitere in den Toaster.

„Setzen Sie sich", forderte sie ihn auf und füllte die Hälfte des gebratenen Specks und Ei in seinen Teller.

„Miss McAlister…", protestierte er vehement, doch sie ließ ihn nicht ausreden: „Dr. Forgerson, bitte benehmen Sie sich nicht wie ein kleines Kind. Ein Blick in den Spiegel sollte genügen, Ihnen zu zeigen, dass Ihr Zustand inakzeptabel ist. Essen Sie Ihr Frühstück. Es ist ohnehin nicht viel." Peter schnappte nach Luft. Seine Wangen

„Dann sollte ich ihn besser nicht kaufen", entgegentrete Peter und nahm ihn vom Kopf. „Guten Tag, Dr. Ruthland." Peter reichte ihr die Hand. Sie lächelte und schüttelte sie.

„Ich habe Sie vom Schaufenster aus bemerkt. Wie geht es Ihnen?"

„Danke. Sehr gut", antwortete er. Ihre Gesichtszüge zeigten deutlich, dass sie ihm nicht glaubte. „Ich hatte nur eine schlechte Nacht", erwiderte er. Sie nickte. Peter wandte sich an den Verkäufer. „Ich nehme die beiden." Er deutete auf die Theke und reichte ihm den Hut zurück.

„Sehr wohl, Sir." Der Verkäufer strahlte. Der Umsatz für den Tag war gerettet. „Wenn Sie etwas Zeit erübrigen können, wäre es uns eine Freude, Ihre Initialen in das Hutband einzuprägen", bot er ihm an.

„Ich bin mir nicht sicher...", begann Peter.

„Wie wäre es mit einer Tasse Tee?", schlug Dr. Ruthland vor. Seine Gesichtszüge hellten sich auf.

„Gerne", nahm er das Angebot an.

„In einer Stunde können Sie die Hüte abholen", erklärte der Verkäufer. Peter bezahlte und verließ mit Dr. Ruthland gutgelaunt das Geschäft.

Draußen fegte ein scharfer, kalter Wind. Verwelkte Blätter, Papierfetzen und anderer Unrat der Zivilisation trieben den belebten Gehweg entlang. Peter fröstelte. Er wusste den Schutz eines Huts zu würdigen. Missmutig schlug er den Mantelkragen hoch.

„Ich kenne ein hübsches, kleines Café ganz in der Nähe", erklärte Dr. Ruthland, der das Wetter nichts auszumachen schien. Gemeinsam eilten sie den Gehweg entlang. „Sind Sie nur wegen der Hüte in die Stadt gekommen?", erkundigte sie sich wie nebenbei. Peter musterte sie skeptisch.

„Weshalb fragen Sie?"

„Ups. Englisches Misstrauen?", witzelte sie lächelnd.

„Nun, ich...", stammelte Peter verlegen. Warum ging er denn ständig auf Konfrontationskurs? Es war eine völlig unschuldige Frage. „Ich habe einige Dinge zu erledigen und ich wünschte etwas Luftveränderung", antwortete er entschuldigend.

„Nun ja, Garrison ist nicht der High Court", bestätigte Dr. Ruthland. Sie bogen um die Ecke. Peter hatte noch keine zwei Yards zurückgelegt, als ihn ein großer, stattlicher Mann umrannte. Durch die Wucht des Aufpralls verlor er das Gleichgewicht und landete unsanft auf dem Bürgersteig. Erschreckt bückte sich Dr. Ruthland zu ihm herunter.

„Können Sie nicht aufpassen?!", fegte ihn der große Mann an. Wütend richtete er sich auf, zog die Tweedmütze tiefer ins Gesicht.

„Wie?", fragte Peter und rieb sich den Hinterkopf.

„Engländer!", zischte der Mann drehte sich um und tauchte in der Menge unter.

„Was war denn das?" Suchend sah sich Dr. Ruthland in der Menge um. Der Mann blieb verschwunden. Hilfsbereit streckte sie Peter die Hand entgegen. Peter nahm sie und ließ sich auf die Beine ziehen.

„Keine Ahnung. Ungehobeltes Volk", knurrte er und rieb sich die Stelle am Kopf und Hintern, wo er am Gehsteig aufgeschlagen war. Dann klopfte er die Taschen ab. Alles war an Ort und Stelle.

„Haben Sie sich verletzt?", erkundigte sich Dr. Ruthland und ließ ihren geschulten Blick an ihm herunter gleiten.

„Nein", brummte er zwischen zusammengebissenen Zähnen hindurch und sah sich in der Menge um. Der Mann war verschwunden. Engländer nannte er ihn. Woher wusste er, dass er Engländer war? Dr. Ruthland folgte seinem Blick. „Steißbein", bemerkte sie schließlich. „Das tut wirklich weh."

„Gehen wir ins Café", ignorierte er ihre Bemerkung und wischte sich den Staub von der Kleidung. Sein nachdenklicher Gesichtsausdruck war ihr nicht entgangen.

„Ja, gehen wir." Peters Hand wanderte zu seinem Hintern, hielt jedoch mitten in der Bewegung inne. Röte schoss ihm in die Wangen. „Manchmal hilft schon das Reiben der schmerzenden Stelle.", lachte Dr. Ruthland. Peter wurde noch röter.

„Ich…", stotterte er beschämt. Sie schüttelte gut gelaunt den Kopf.

„Gehen wir, bevor Ihnen noch ein Missgeschick zustößt", forderte sie ihn auf.

Ohne noch weitere Vorkommnisse erreichten sie das Café und ergatterten einen kleinen Tisch in der Ecke. Es roch nach frischem Kaffee, Kartoffelsuppe und Kuchen. Peter legte seinen Mantel in die Ecke der Eckbank und nahm behutsam Platz. Seine Augenbrauen zogen sich zusammen.

„Alles in Ordnung?", fragte Dr. Ruthland, legte ihre Jacke dazu und setzte sich zu ihm.

„Ja, natürlich", zischte er ungehalten und entschuldigte sich sofort für seinen rüden Ton. Ein Kellner kam zu ihren Tisch.

„Schön Sie zusehen, Dr. Ruthland", begrüßte er sie und musterte Peter kritisch. „Wie immer?", fragte er und schenkte ihr ein Lächeln.

„Gerne. Dr. Forgerson?"

„Einen Cappuccino bitte", antwortete Peter. Der Kellner spitzte abschätzend die Lippen, lächelte Dr. Ruthland nochmals mit strahlend weißen Zähnen an und verließ sie.

„Stören Sie sich bitte nicht an Josh' Benehmen. Er…"

„…hat einen Narren an Ihnen gefressen?", beendete Peter den Satz. Sie nickte. Schon war Josh wieder an ihrem Tisch.

„Die Karte." Er reichte beiden die Menükarte. Ein Grübchen erschien auf Peters Stirn.

„Wir haben soeben bestellt", erinnerte er den Kellner.

„Sie könnten es sich ja anders überlegt haben", stieß der Kellner an und stellte sich zu Dr. Ruthland. Peter hob unmissverständlich den Blick zur Decke.

„Dr. Ruthland?", fragte er.

„Danke Josh. Vielleicht später." Josh warf Peter einen eifersüchtigen Blick zu, nahm die Karten an sich und bewegte sich zu einem anderen Tisch.

„Er ist noch jung", entschuldigte sie sich bestens gelaunt.

„Und Sie genießen es, von ihm hofiert zu werden", schloss Peter und versuchte sich bequemer hinzusetzen. Peter sah sich um. Das Café glich Miss McAlisters Küche. Verspieltes, zusammengewürfeltes Mobiliar, freundlich und einladend.

„Mrs Negley wurde vor zwei Tagen entlassen", berichtete Dr. Ruthland. Peter zog die Stirn in Falten.

„Ist dies bei ihren Verletzungen nicht etwas verfrüht?" Dr. Ruthland zuckte mit den Schultern.

„Wir haben dies nicht entschieden. Mrs Negley hat sich selbst entlassen."

„Halten Sie das für klug?"

„Dr. Forgerson", mahnte sie ihn. „Wir sind eine Klinik, kein Gefängnis. Wenn sich der Patient entscheidet, das Krankenhaus zu verlassen, ist es seine Entscheidung." Sein Mienenspiel zeigte deutlich sein Misstrauen.

„Als ich mit ihr sprach, hatte sie große Angst. Ich bin mir sicher, dass sie bedroht wird. Allein zu Hause…" Er ließ den Satz offen.

„Sie denken, dass es kein gewöhnlicher Überfall war?"

„Richtig. In Garrison gibt es eine ungewöhnlich hohe Anzahl von Kindersterblichkeit. Mrs Negley war schwanger", fügte er hinzu. „Ich gehe nicht davon aus, dass an dem Kind eine Autopsie vorgenommen wurde."

„Es gab keinen Anlass dafür. Der Abgang wurde durch die schweren Verletzungen herbei geführt." Ihre gute Laune war verschwunden. Peters Blick wurde leer.

„Begründen Sie das Attentat mit der hohen Kindersterblichkeit?" Eine Gänsehaut bildete sich auf ihren Oberarmen. Was hatte sie soeben gesagt?

„Wir leben im zwanzigsten Jahrhundert. Ich stamme aus einer Medizinerfamilie. Mir ist es unmöglich es einfach abtun. Es gibt zu viele Kindergräber in Garrison. Das kann kein Zufall sein. Es geht etwas Schlimmes in dem Dorf vor. Gestern fand man eine vermisste Frau tot im See. Sie war Hebamme von Beruf."

„Hebamme", wiederholte Dr. Ruthland. Ihre Gedanken begannen sich zu drehen. Ihr Blick traf seine entschlossenen Augen. „Sie wissen, Dr. Forgerson, dass Sie mit dem Feuer spielen. Falls es stimmt, was Sie sagen, wird man nicht zusehen, wie Sie Ihre Nase in diese Angelegenheit stecken." Seine Augen begannen zu funkeln. „Sie sollten Ihre Vermutungen der Polizei mitteilen und sie ihre Arbeit machen lassen."

„Weiß ich, wem ich trauen kann?", erwiderte er herausfordernd.

„Dr. Forgerson…", ermahnte sie ihn. Der Kellner kam mit ihrer Bestellung an den Tisch. Das Gespräch war unterbrochen.

„Wie wäre es mit einem Stück Schokoladenkuchen?", schlug er vor.

„Ein Scone wäre schön", wandte sich Peter an den Kellner. Josh würdigte ihn mit einem missbilligenden Blick.

„Dr. Ruthland?", fragte er und warf seinen ganzen Charme in die Waagschale.

„Danke, Josh, aber ich bin zufrieden."

„Also nichts zu essen", schloss er, nickte und verließ sie. Peter hob die Hände zum Himmel.

„Bin ich kein Gast?", monierte er.

„Sie sind Engländer", antwortete Dr. Ruthland lachend.

„Danke für den Hinweis", bedankte er sich sarkastisch und ließ braunen Zucker in die Tasse rieseln.

„Ich meine es ernst, Dr. Forgerson, Sie sollten die Ermittlungen der Polizei überlassen."

„Lassen Sie uns das Thema wechseln", schlug er vor und trank von seinem Kaffee. Er schmeckte ausgezeichnet.

„Ich denke…"

„Dr. Ruthland", unterbrach er sie und fuhr eilig fort: „Sie besitzen eine Katze. Eine mitteleuropäische Kurzhaarkatze. Sie gehen gern schwimmen und sind Anhänger vom Enniskillen Hurlingclub. Wäre das nicht ein besseres Thema?" Überraschung stand in ihrem Gesicht.

„Woher wissen Sie das alles?", fragte sie, sofort argwöhnisch geworden. Sie richtete sich auf ihrem Stuhl auf. Ihre Stimme klang abweisend. Beim Zeus! Wie konnte er nur so unvorsichtig sein!

„Ich...Beobachtung und Schlussfolgerung", antwortete er entschuldigend. „Ich hatte keinesfalls vor Ihnen zu nahe zu treten." Er deutete auf den Ärmelrand. „Es ist kaum zu sehen, doch befinden sich wenige Katzenhaare an Ihrem Ärmelrand."

„Es könnte die Katze der Nachbarschaft sein", gab sie ihm zu denken.

„Nein, das glaube ich nicht. Sie sind Ärztin. Sie würden keine fremden Katzen anfassen."

„Weshalb sind Sie sich so sicher?" Dr. Ruthland ließ nicht locker.

„Das Hygienegespenst ist immer gegenwärtig. Es ist Ihnen in Fleisch und Blut übergegangen." Peter deutete auf den Kaffeelöffel. „Bevor Sie den Löffel benutzten, wischten Sie ihn mit einer Serviette ab. Eine Phobie? Sicherlich nicht. Hygienisch korrekt."

„Und meine Vorliebe für das Schwimmen?", fuhr sie fort. Peter zuckte mit den Schultern.

„Ihr agiler Körper. Es wäre natürlich möglich, dass Sie Fitness betreiben, aber die Tönung Ihrer Haut am Dekolletee zeigt noch verblasste Schatten eines Bikinis." Bei dieser Erklärung färbten sich seine Wangen rot. Seine Verlegenheit brachte ein Lächeln auf ihre Lippen. Allmählich entspannte sie sich.

„Und Hurling?", bohrte sie neugierig weiter. Peter hob unschuldig die Hände.

„Als Sie mich in der Klinik untersuchten, fiel mein Blick auf Ihren Schreibtisch. Zwischen dem Stifthalter und dem Stapel Bücher steckte die Eintrittskarte des letzten Spiels", erklärte er. Dr. Ruthland hob die Tasse an ihre Lippen, trank schweigend ein paar Schlucke und ließ ihn nicht aus den Augen.

„Wo haben Sie das gelernt?", fragte sie schließlich. Peter schenkte ihr ein verlegenes Lächeln.

„Aus Büchern", gestand er. „Ich habe als Kind viel gelesen."

„Nun, wenn Sie schon so vieles über mich wissen, ist es nur fair, wenn ich etwas über Sie erfahre, außer, dass Sie eine Heidenangst vor Ärzten haben, als Kind eine böse Rückenverletzung davontrugen und Ihr Vater Großindustrieller ist." Bei ihren Worten spannten sich seine Gesichtsmuskeln.

„Mein Ruf ist mir wohl vorausgeeilt", brummte er.

„Nun, der Name Forgerson ist in Medizinerkreisen bestens bekannt. Auch wir benützen Medikamente, die Forgerson Industries herstellt."

„Und die von Corrigan Company", fügte Peter hinzu. Ihre Augen blitzten schelmisch.

„Sieh an, Sie haben die Konkurrenz ausgemacht", witzelte sie amüsiert.

„Corrigan Company ist nicht wirklich eine Konkurrenz zur Firma meines…" Peter zögerte für einen Moment. „Vaters." Es klang immer noch fremd in seinen Ohren. Ihre Augenbrauen wanderten nach oben.

„Der Earl of Tubor ist doch Ihr Vater, nicht?"

„Ja. Es ist wissenschaftlich bewiesen", antwortete Peter kurz angebunden. Sein Gesicht wurde zur Maske. Sie hatte einen Nerv getroffen.

„Es ist keine Schande ein Forgerson zu sein", versuchte sie ihn zu beschwichtigen.

„Nein. Es ist eine Verpflichtung", bekräftigte Peter mit messerscharfer Stimme. Dr. Ruthland öffnete den Mund, doch er kam ihr zuvor. „Wenn es Ihnen nichts ausmacht, würde ich gerne nicht weiter darüber sprechen." Sein Brustkorb hob und senkte sich deutlich. Dr. Ruthland legte den Kopf leicht schief und beäugte ihn neugierig.

„Weshalb ist es Ihnen unangenehm?"

„Weil genau dies der Grund ist, weshalb ich in einem gottverlassenen Ort sitze und Akten eines verstorbenen Richters archiviere!", brauste er auf. Im Lokal wurde es im selben Moment still. Alle Augen waren auf ihn gerichtet. Seine Wangen glühten. Fahrig fuhr er sich durch die dunklen Locken. „Entschuldigen Sie meinen Ausbruch. Es tut mir leid", stammelte er und schlug den Blick nieder.

„Kein Problem", versicherte Dr. Ruthland. Ihr Mobiltelefon klingelte in ihrer Handtasche. „Ach, das muss ich auch noch besorgen", fiel es ihm wieder ein, zog die Taschenuhr aus seiner Westentasche und klappte sie auf.

„Ein Mobiltelefon?", wunderte sich Dr. Ruthland und checkte das Display.

„Meins ging baden. Ich denke, es hat den Waschgang nicht überlebt." Peter zuckte leichthin mit den Schultern und steckte seine Uhr zurück.

„Baden?", wiederholte Dr. Ruthland.

„Baden", bestätigte Peter.

„Es gibt hier um die Ecke einen Telefonladen. Ich muss ohnehin gehen. Ich zeige Ihnen, wo er ist."

„Danke." Peter winkte dem Kellner, griff sich seinen Mantel und suchte nach seiner Geldbörse. Stutzend zog er einen gefalteten Bogen Papier aus der Tasche. Ein Grübchen erschien zwischen seinen Augenbrauen.

„Ist etwas nicht in Ordnung?", fragte Dr. Ruthland.

„Der Bogen stammt nicht von mir", murmelte Peter und hielt ihn sich an die Nase. Er roch nach Nikotin. Ansonsten gab es keine Spuren. Skeptisch faltete er ihn auf. Er begann zu lesen, dabei verlor sein Gesicht an Farbe.

Kleine, kahle Steine zeigen ihr kaltes Grau
Im Lough Melvin liegt eine tote Frau
Ihr Gesicht ist aufgeschwollen, ihre Augen sind fort,
Ihre Seele flüstert, es war Mord!
Die Gestalten zeigen nun ihre Macht
Und folgen Deinen Schritten mit Bedacht
Blut wird fließen und schwellen zu einem Meer
Man wird Tränen vergießen ohne Wiederkehr.
Das Leid wird seine Straßen bauen
Und neue Lettern in graue Steine hauen.
Bei der Ruhestätte wird man die Erde zu Haufen fassen
Es wird ein neuer, teurer Sarg in die Grube gelassen.
Über dem neuen Stein ein kalter Wind jetzt weht,
auf dessen der Name Sir Peter George Forgerson steht.
Man denkt an seine Neugier und anderer Tadel,
der Herr vom englischen Adel.

Peter hob den Kopf. Die Augen waren ängstlich geweitet. Sein Blick war leer. Seine Hände, die den Bogen hielten, zitterten leicht.

„Was ist passiert?", hörte er sie durch Watte fragen. In seinem Kopf schwirrte es. Er schloss die Augen, versuchte ruhig zu atmen. Er musste sich sammeln. „Dr. Forgerson." Besorgt berührte sie seine rechte Hand.

„Ich…" Seine Stimme krächzte. Peter schluckte, blinzelte und setzte erneut an. „Es ist nichts. Ein dummer Streich." Dr. Ruthland streckte ihre Finger nach dem Brief aus, und zog ihn ihm aus den Fingern. Ihre Augen flogen über die Zeilen. Eine Furche zwischen ihren Augenbrauen vertiefte sich mit jeder Zeile. „Es ist nichts, wirklich. Ein dummer Jungenstreich", versicherte er. Seine Stimme klang wieder normal.

„Ein dummer Jungenstreich!", ereiferte sich Dr. Ruthland. Peter winkte dem Kellner, nahm das Gedicht wieder an sich, faltete das Papier zusammen und verstaute es in seiner Brusttasche. Sofort kam Josh zu ihnen. „Ich möchte gerne bezahlen", erklärte er schnell. Peter beglich die Rechnung und gemeinsam verließen sie das Café.

Sie waren noch keine fünf Schritte gekommen, da prasselten ihre Fragen auf ihn ein.

„Wer hat das geschrieben? Haben Sie die Tote im See entdeckt?" Mit einem Blick auf ihn schüttelte sie ärgerlich den Kopf. „Ich hätte es mir denken können. Habe ich Sie nicht gewarnt?" Ungestüm packte er ihr Handgelenk.

„Es genügt. Dieser Brief ist dummes Zeug. Wieder einer dieser irischen Scherze."

„Das bezweifle ich doch sehr. In welches Nest haben Sie dieses Mal gestochen? Ich bot Ihnen meine Hilfe an und jetzt gebe ich Ihnen den Rat, mit der Polizei zu sprechen. Jetzt sofort!"

„Und was soll ich ihnen sagen? Dass man mir ein Gedicht geschrieben hat? Mir mit dem Tod auf theatralische Weise droht? Kommen Sie, Dr. Ruthland, das kann nicht Ihr Ernst sein. Ich habe nicht den Eindruck, dass man mich hier wirklich ernst nimmt. Einen Engländer, einen Junge." Seine Augen spuckten Feuer.

„Würden Sie mich bitte los lassen. Sie tun mir weh." Peter starrte auf seine Hand. Sofort ließ er sie los.

„Entschuldigen Sie", murmelte er verlegen.

„Was gedenken Sie zu tun?" Sie erhielt ein Schulterzucken zur Antwort.

„Ich weiß es nicht. Möglicherweise rede ich nochmals mit Mrs Negley. Eine der Freundinnen der Verstorbenen lebt im Dorf. Vielleicht kann ich mit ihr sprechen." Dr. Ruthland musterte ihn.

„Sie werden sich genau überlegen, was Sie tun", verlangte sie. Die Sorge in ihrer Stimme klang deutlich mit. Überrascht wanderten

Peters Augenbrauen nach oben. „Haben Sie meine Nummer?" Seine Mundwinkel zogen sich nach oben.

„Ja, mir fehlt nur noch das Telefon dazu." Dr. Ruthland deutete auf ein Geschäft gegenüber.

„Dort können Sie eines erstehen." Ihr Mobiltelefon klingelte erneut. Ein Seufzen entrang sich ihrer Kehle. „Rufen Sie mich an." Ihre Hand verschwand in der Tasche und brachte das Telefon zum Vorschein.

„Werde ich, wenn es Sie beruhigt", bestätigte Peter leicht hin.

„Je nach dem", antwortete Dr. Ruthland ernst. „Ich muss gehen", wiederholte sie nach einem Blick auf das Display. Peter nickte und verabschiedete sich gebührlich. Danach kaufte er sich ein Telefon mit Ladegerät und holte seine Hüte ab. Er musste zurück. Miss McAlister wäre sehr ungehalten, wenn er zu spät zum Abendessen erscheinen würde.

Der Wagen schnurrte wie ein Uhrwerk, als er die Landstraße dahin fuhr. Es war bereits dunkel. Seine Gedanken wanderten wieder zu Mrs Negley. Wusste sie etwas über den Tod der Hebamme? Wie gut kannte sie Mary Holder? Vorausgesetzt, dass die Tote Mary Holder war. Peter grübelte weiter. Wer schrieb ihm dieses Gedicht? War es jemand aus dem Dorf? Ihm wurde kalt. Peter versuchte sich an die Person, die ihn umrannte, zu erinnern. Er war beinahe sechs Fuß groß, drei Tage Bart. Der obere Teil seines Gesichtes war durch die Mütze verdeckt. Er roch nach Zigaretten. Die Kleidung war nichts Besonderes. Seine Schuhe. Peter überlegte. Trekkingschuhe, solide, Massenware, schon sehr viel getragen. Er versuchte sich an irgendein Merkmal zu erinnern. Ihm fiel nichts ein. Hände. Wie sahen seine Hände aus? Frustriert fuhr er sich durch seine dunklen Locken. Beim besten Willen konnte er sich nicht an die Hände erinnern. Beim Zeus! Wie konnte er so unaufmerksam sein! Nun, möglicherweise würde er ihn wiedererkennen, falls er ihn traf. Jedenfalls war es keiner aus dem Dorf, da war er sich sicher. Er spann seine Gedanken weiter. Wer profitierte vom Tod der Kinder? Er konnte sich nicht vorstellen, dass man überhaupt vom Tod der Kinder profitieren konnte.

Im Scheinwerferlicht tauchte plötzlich eine Gestalt auf. Entsetzt trat Peter mit voller Wucht auf die Bremse. Der Wagen schlingerte und kam nach einigen Yards zum Stehen. Die Gestalt stand da und stierte das Auto an. Der Schreck fuhr Peter durch Mark und Bein. Wie konnte man mitten in der Nacht einfach auf einer Straße stehen?!

Waren hier denn alle lebensmüde?! Sein Herz hämmerte in seinem Brustkorb. Schweißperlen glitzerten auf seiner Stirn.

„Teufel!", fluchte er, zog automatisch die Autoschlüssel ab und stieß die Wagentür auf. Die Person ließ ein schweres Bündel vor dem Auto fallen, drehte sich auf dem Absatz um und rannte los. „Hey Sie!", schrie Peter und sprang aus dem Auto. Die Nacht war pechschwarz und der Regen fiel in dicken Fäden vom Himmel. Im Licht des Scheinwerfers sah Peter, wie sie zu dem Gatter am Rande der Straße lief. „Stehen bleiben!", schrie Peter und setzte ihr nach. Die Gestalt sprang auf die dritte Latte des Gatters und setzte mit einem Satz über das Tor. „Damn it!", fluchte Peter. So schnell wie möglich kletterte er das hohe Gatter hoch und sprang herunter. Sofort nahm er die Verfolgung auf, doch es war zwecklos. Vor ihm lag Dunkelheit. Der Boden wurde weich und gab nach. Entsetzt blieb er stehen. Seine Füße versanken knöcheltief im Morast. Wie versteinert starrte auf seine, vom Schlamm begrabenen Füße. Es hatte keinen Sinn die Gestalt weiter zu verfolgen, wenn er nicht im Sumpf verenden wollte. Angestrengt lauschte er in die Dunkelheit. Nichts, nur noch der Regen. Wo konnte sie hin sein? Es gab nichts da draußen, außer Sumpf.

„Kommen Sie zurück! Da draußen wartet der sichere Tod!", schrie er und spähte in die Dunkelheit, wartete auf eine Reaktion. Nichts, kein Licht einer Taschenlampe, kein verräterisches Geräusch. Nur der Regen. Was sollte denn dies wieder? Es hatte keinen Sinn hier weiter zu verweilen. Also drehte er um, lief zurück und kletterte wieder das Gatter hoch. Ein zweites Auto hatte sich hinter seinem dazu gesellt.

„Hallo!", rief eine männliche Stimme. Peter sprang grummelnd herunter. Seine vollgelaufenen Schuhe gaben schmatzende Geräusche von sich.

„Ja, doch", fauchte Peter ärgerlich. Er erkannte die Silhouette eines großgewachsenen Mannes, der vor den Scheinwerfern des zweiten Autos stand.

„Ist etwas passiert?", rief jener mit unsteter Stimme. Nun, diese Frage konnte ihm Peter nicht beantworten.

„Das weiß ich nicht", brummte er und ging auf den Mann zu. Der Scheinwerfer blendete ihn. Peter hob seine rechte Hand schützend, wie ein Schild an die Stirn.

„Was ist geschehen?", fragte der Herr mit leicht zitternder Stimme erneut.

„Geschehen?", wiederholte er und kam vor ihm zu Stehen. Seine Hosen waren bis zu den Knien mit Schlamm beschmutzt. Das Gesicht glühte, die Augen waren so dunkel und groß, dass er einer Raubkatze glich. Unwillkürlich lief ein Schauer über den Rücken seines Gegenübers.

„Ist Ihnen etwas passiert?", stammelte er. Peter hörte wie die Wagentür geöffnet wurde. Eine Person entstieg dem Auto. Er konnte jedoch durch die blendenden Scheinwerfer nur eine unförmige Silhouette erkennen.

„Graham, fehlt dem jungen Mann etwas?" Peter blinzelte. Seine Augen passten sich nur schwer dem grellen Licht an. Die Stimme der Frau klang fest und selbstbewusst. Sie kam entschlossen auf die beiden Männer zu. Ein leichter Duft eines fruchtigen Parfüms stieg Peter in die Nase. Sie war mindestens einen Kopf größer wie er. Korpulent, aber nicht dick. Die Haare unter einem Hut verborgen. In der rechten hielt sie einen Klappschirm. „Graham, was ist geschehen?", verlangte sie zu wissen.

„Eine Person hat ein großes Bündel auf der Straße zurückgelassen", erklärte Peter kurz.

„Ein Bündel?", fragte sie verdutzt und begutachtete ihn missbilligend. Peters Augen begannen zornig zu funkeln.

„Ich habe sie verfolgt, leider mit wenig Erfolg", erwiderte er schnippisch und fragte sich, weshalb er sich überhaupt vor dieser Matrone rechtfertigte.

„Sie sind Engländer", bemerkte sie spitz, als galt dies als Begründung für sein Aussehen. Peter spürte, wie ihm die Röte ins Gesicht schoss.

„Zumindest ist niemand verletzt", schaltete sich der Herr ein.

„Ist Ihnen bewusst, an welchem Platz Sie sich befinden?", fuhr die Dame unbeirrt fort.

„Sollte ich das?", zischte Peter, der dieses arrogante Gehabe mächtig leid war.

„Zu der Zeit, als die Engländer sich unseres Landes bemächtigten, überfielen sie hier eine Gruppe betender Frauen. Sie schändeten sie und töteten sie danach. Alle sieben. Doch diese Gräueltat blieb nicht ungesühnt. Die drei englischen Soldaten wurden von den Dorfbewohnern gestellt. Sie entstellten ihre Gesichter, entmannten sie, warfen ihre Genitalien den Füchsen zum Fraß vor und hingen ihre Leiber lebendig an den Eichen auf." Sie deutete zu einer Reihe aufgestellter Steine. „Dies ist das Mahnmal." Peter verdrehte genervt die Augen. Er war nass, ihm war kalt, seine Füße steckten im Schlamm. Musste er sich jetzt Schauergeschichten anhören?!

„Gibt es auch eine Pointe dabei?" Ihr Gesicht verzog sich zu einer verachtenden Grimasse.

„Dieser Ort ist verflucht. Drei weitere Engländer sind hier zu Tode gekommen."

„In welchem Zeitraum? Zwei Jahrhunderte? Bei mysteriösen Unfällen?", wollte Peter wissen. Wütend presste die Dame ihre Lippen aufeinander. Bevor sie ihm jedoch etwas entgegenschleudern konnte, erhob Peter erneut die Stimme. „Hören Sie, Mrs…"

„Harding", antwortete sie barsch.

„Es tut mir leid. Aber Sie werden verstehen, dass ich von diesen Mythen zu Genüge gehört habe. Es ist kalt, es regnet. Ich werde jetzt dieses Bündel von der Straße nehmen und wir können alle unseres Weges gehen. Ist das in Ordnung?"

„Ich wollte Sie warnen", erklärte sie verstimmt.

„Und ich bin Ihnen dankbar dafür", antwortete Peter und trat zu dem Bündel. Das Pärchen folgte ihm. Peter ging in die Hocke und begutachtete es. Etwas Unförmiges war in ein großes, grobes Tuch gewickelt. Es roch nach Hund und Blut.

„Öffnen Sie es", forderte Mrs Harding ihn auf. Peter sah hoch. Ihr Gesicht wurde von dem Scheinwerfer erhellt. Sie war geschmackvoll geschminkt, ihre Augenbrauen sorgfältig gezupft. Er schätzte sie Ende fünfzig. Peter beugte sich über das Bündel und zog den Kabelbinder, der die Ecken zusammen hielt, herunter. Seine Hände klebten von der dunklen Flüssigkeit, die das Tuch benetzte. Vorsichtig nahm er die Enden und zog sie zurück. Beim Anblick des Bündels blieb ihm für einen Moment die Luft weg. Das Scheinwerferlicht reichte aus, um die Ausmaße der Tat zu erkennen. Peter gelang es mit eisiger Disziplin den Brechreiz zu unterdrücken. Er wandte sich ab, atmete langsam tief ein und aus. Leicht benommen stand er auf.

„Schrecklich!", murmelte Mrs Harding und starrte auf den Kadaver eines Deutschen Schäferhundes, der zu ihren Füßen lag. Er trug noch das Halsband mit Hundemarke. Sein Unterleib wurde aufgeschlitzt. Ein Teil der Därme war herausgeflossen. Die Augenhöhlen waren leer. Der Kadaver war bereits kalt. Mrs Harding griff stützend nach Peters Oberarm. Ihr Mann hatte sich hinter das Auto begeben. Man hörte ihn sich erbrechen.

Peter hatte sich bereits gefangen und studierte den toten Hund. Sein rechtes Ohr war tätowiert. Das Fell gepflegt. Peter beugte sich wieder herunter und las die Nummer der Hundemarke laut vor.

„Es ist der Hund meiner Tochter", murmelte Mrs Harding bestürzt.

„Der Hund Ihrer Tochter?", erstaunt sah er zu ihr hoch. Sie nickte. Das Grauen stand in ihren Augen.

„Aber…" Peters Blick durchforschte sie. Was hatte denn dieses Pärchen angestellt, dass man den Hund ihrer Tochter tötete und ihnen auf bestialische Weise präsentierte? Im Hintergrund hörte man Mr Harding winseln: „Das ist der Hund von Miss Holder." Mrs Harding sprach wie in Trance.

„Tilly nahm ihn in Obhut, als sie ihn nach ihrem plötzlichen Aufbruch nach Dublin zurück gelassen hatte."

„Miss Holders Hund?" Peter stand auf und sah sie ungläubig an. „Der Hund gehörte Miss Holder und sie ließ ihn zurück?"

„Ja, das sagte ich doch."

„Wie? Ich meine, gab sie ihn persönlich bei Ihrer Tochter ab?" Mrs Harding schüttelte ungeduldig den Kopf.

„Nein, sie hinterließ ein Schreiben."

„Ist das nicht sehr sonderbar? Ich ziehe weg und hinterlasse meinen Hund meiner Freundin, den ich nicht persönlich abgebe, sondern nur durch ein Schreiben meine Bitte kundtue? Das war doch mehr als verdächtig!"

„Sie kennen Miss Holder nicht, wenn sie sich etwas in den Kopf setzte, zog sie es durch. Sie war sehr spontan und manchmal auch sehr egoistisch", fauchte Mrs Harding, die sich von ihm persönlich angegriffen fühlte. „Wir sollten die Polizei rufen", erklärte sie dann nach einem weiteren Blick auf den toten Hund.

„Haben Sie ein Telefon? Ich muss meines erst laden."

„Mein Telefon befindet sich in meiner Handtasche im Auto." Sie drehte sich um und ging ein paar Schritte, als sie ungestüm zu Boden gezogen wurde.

„Was erlauben Sie sich…!", fuhr sie Peter erschreckt an.

„Still, da ist jemand!", befahl Peter mit gedämpfter Stimme und kauerte sich, Mrs Harding mit sich ziehend, an sein Auto. Er schwitzte trotz der Kälte. ‚Eine Falle!', schoss es ihm durch den Kopf. Beim Zeus! Er hätte es sich denken können.

„Abigail!", hörten sie ihren Mann ängstlich rufen. Teufel! Konnte dieser Mann nicht für einen Moment still sein?! Mrs Harding öffnete ihren Mund. Sogleich legte Peter seine Hand auf ihn.

„Das ist eine Falle", zischte er ihr ins Ohr. „Verhalten Sie sich ruhig, wenn Sie möchten, dass niemandem etwas geschieht", befahl er ihr. Mrs Harding schlug seine Hand beiseite. Schritte kamen näher.

„Abigail!", rief er wieder. Mrs Harding war im Begriff sich zu erheben, doch Peter hielt sie zurück. Wütend zischte er ihren Namen. Sein Blick war auf das Heck des Wagens gerichtet.

„Was erlauben Sie sich?!", ereiferte sich Mrs Harding. Doch ihre Stimme war leise, ihre Selbstsicherheit gebrochen. Mr Harding kam um das Heck herum.

„Abigail", sagte er erleichtert ihren Namen. Er wollte gerade einen Schritt auf sie zu tun, als er von einem schweren Prügel getroffen wurde und wie ein Sack Mehl zu Boden fiel. Entsetzt schrie Mrs Harding auf. Sofort war Peter auf den Beinen. Eine große Gestalt baute sich hinter dem bewusstlosen Mr Harding auf.

„Rufen Sie die Polizei!", schrie er Mrs Harding zu und schob sie zur Front seines Autos. Es gab nur eine Devise: Angriff. Die Gestalt schwang den Prügel in ihrer Hand. Ohne Waffe schien das Ganze aussichtslos. Peter bückte sich. Sofort war sein Angreifer über ihm. Blitzschnell schoss er hoch und rammte seinen Kopf in die Magengrube der Gestalt. Schmerzhaft schrie sie auf, taumelte einen Schritt zurück. Peter sprang auf sie zu, doch der Angreifer hatte sich schnell im Griff. Wütend packte er Peter an den Schultern und schleuderte ihn zu Boden. Im Licht der Scheinwerfer konnte er den Knüppel erkennen, den er über sich schwang. Das war das Ende. Hier in Nordirland, am Platz, wo man englische Schänder hingerichtet hatte. Würde sein Geist mit ihnen hier umher streichen?

„Ich bring dich um, Engländer!", brüllte er und ließ den Knüppel herunter sausen. Im letzten Moment drehte sich Peter zur Seite. Der Knüppel landete zwei Inch neben seinen Kopf auf dem Asphalt Der Aufprall war so hart, das das Holzstück zersplitterte. Glück gehabt. Zornig stürzte sich der Mann auf ihn. Peter rollte sich zu einem Fötus zusammen, schützte seinen Kopf mit den Händen. Schläge prasselten auf ihn ein. Peter betete, dass es schnell zu Ende ging. Ein Fußtritt traf ihn am Solarplexus. Ihm blieb die Luft weg. Der Schmerz war unbeschreiblich. Alle Kraft, die ihm verblieben war, schien verloren. Scheinwerferlicht blitzte auf. Ein Auto kam schnell näher. Die Schläge hörten plötzlich auf. In seinem Kopf dröhnte es. Vor seinen Augen blitzen funkelnde Sterne. Eine Autotür wurde aufgerissen.

„Graham?", hörte er Mrs Harding rufen. Peter rührte sich nicht. Die Schmerzen waren zu stark. ‚Springerstiefel', kam ihm der absurde Gedanke. Er hatte ihn mit Springerstiefeln getreten. Mehrere Schritte waren auf dem Asphalt zu vernehmen.

„Abigail", hörte er Mr Hardings weinerliche Stimme. Er lebte. Immerhin. Die Schritte kamen näher. Viele Schritte. Hohe Absätze. Zwei Personen knieten sich neben ihn. Peter rührte sich keinen Millimeter. Der Regen hatte seine Kleidung durchdrungen. Jeder Atemzug schmerzte. Jemand beugte sich über ihn. Deutlich spürte er den warmen Atem auf seinem nassen Gesicht. Eine warme, trockene Hand legte sich an die Seite seines Halses.

„Er ist tot", jammerte Mr Harding. Peter überlegte, wen Mr Harding meinte. Den Hund. Richtig, der tote Hund. Die warme Hand glitt tiefer, öffnete seinen oberen Mantelknopf. Peter wollte protestieren, aber ihm fehlte die Kraft. Es wurde an seiner Krawatte hantiert. Was hatten sie vor? Beabsichtigten sie ihn zu entkleiden? Es regnete, war ihnen das nicht bewusst?

„Dr. Forgerson?", sprach ihn eine bekannte, weibliche Stimme äußerst besorgt an. Zwei Hände umgriffen seine Schultern. Sie schüttelten ihn. „Dr. Forgerson?!"

Das war doch…

„Rufen Sie einen Krankenwagen", befahl die Stimme. Dieser Satz genügte. Sofort öffnete Peter die Augen. Nadelstiche malträtierten seine Stirn. Er konnte ein Stöhnen nicht unterdrücken.

„Miss Artkinson", murmelte er und versuchte sich aufzusetzen.

„Dr. Forgerson, bleiben Sie liegen. Der Krankenwagen wird bald hier sein." Peter stemmte sich unter Schmerzen hoch in eine sitzende Position. Allein schon der Gedanke an ein Krankenhaus ließ ihm das Blut in den Adern gefrieren.

„Ich bin in Ordnung. Nur etwas durchgeschüttelt", versicherte er durch zusammengebissene Zähne.

„Ich glaube nicht…"

„Bitte helfen Sie mir beim Aufstehen. Ich bin klitschnass. Wenn ich noch länger am Boden liege, bekomme ich eine Lungenentzündung", erklärte er und streckte ihr seine Hand hin. Zweifelnd ergriff sie sie und zog ihn auf die Beine. Peter stöhnte, beugte sich sogleich nach unten und hielt sein Gesicht in den Händen.

„Dr. Forgerson!", japste Mrs Harding und legte ihm eine Picknickdecke, die sie aus ihrem Auto geholt hatte, um die Schultern.

„Ich werde jetzt einen Krankenwagen rufen." Sofort hob er den Kopf.

„Mrs Harding, das ist wirklich nicht nötig. Wirklich. Geben Sie mir ein paar Minuten und ich bin wie neu. Wie geht es Ihrem Mann?" Zweifelnd studierte sie Peters bleiches Gesicht.

„Etwas Kopfschmerzen. Seine Schulter schmerzt. Er benötigt einen Arzt."

„Haben Sie die Polizei benachrichtigt?", fragte er weiter.

„Ja, sie wird bald hier sein", erwiderte Mrs Harding.

„Vielleicht möchte sich Mr Harding bis dahin ins Auto setzen", schlug Peter vor. Er bekam ein Nicken zur Antwort.

„Was befindet sich vor der Front Ihres Autos?", wollte Miss Artkinson wissen. Der Regen tropfte an ihrer Wachsjacke herunter. Peter schloss die Augen. Ihm war schwindlig. Die Schmerzen waren immer noch immens.

„Sehen Sie nicht hin. Es würde Sie nur erschrecken", antwortete Peter, stützte sich an seinen Wagen und schloss wieder die Augen. Erneut hörte er ein Wagengeräusch. Die Polizei war ja wirklich schnell.

„Ich seh es mir trotzdem an", hörte er Miss Artkinson sagen.

„Tun Sie, was Sie nicht lassen können. Aber machen Sie mir hinterher keinen Vorwurf", knurrte Peter. Ihm war kalt. Er wünschte sich nur noch trockene Kleidung und ein Bett, aber vor allen Dingen, dass die Schmerzen nachließen. Weitere Wagentüren wurden geöffnet.

Ein schriller Entsetzensschrei kam von der Front seines Autos. Er hatte sie gewarnt.

„Was ist hier geschehen?", hörte er die alarmierte Stimme von Inspektor Hardcourt. Peters Körper begann stark zu zittern. Die Schritte kamen näher. „Geht es Ihnen gut?" fragte er die Damen. Er bekam ein zögerndes Nicken zur Antwort.

„Mein Mann wurde niedergeschlagen. Er sitzt im Auto und der junge Mann dort…" Mrs Harding zeigte auf Peter. „…benötigt sicher einen Krankenwagen. Wenn es Ihnen nichts ausmacht, gehe ich jetzt zu meinem Mann."

„Wie geht es ihm?"

„Graham hat Kopfschmerzen. Ansonsten scheint ihm nichts passiert zu sein." Inspektor Hardcourt nickte und bewegte sich in Richtung Auto, doch Mrs Harding hielt ihn davon ab.

„Ich kümmere mich um meinen Mann. Es ist wohl besser, Sie sehen nach diesem Jungen. Mir scheint, es geht ihm wirklich schlecht." Inspektor Hardcourt zögerte und nickte dann zustimmend. Sein Blick wanderte zu Peter. Überraschtes Erkennen trat in seine Augen. Schnell trat er zu ihm.

„Dr. Forgerson!", stieß er erschrocken aus und starrte auf die wankende, nasse Gestalt vor ihm. Sofort griff er nach seinen Oberarmen und bewahrte ihn vor einem Sturz.

„Inspektor Hardcourt, Sie sind aber schnell eingetroffen", grummelte Peter, spannte seine Muskeln und versuchte sich aufzurappeln.

„Sie brauchen einen Arzt", stellte der Inspektor besorgt fest. Peter schüttelte vehement den Kopf.

„Nein, ich bin nur etwas entkräftet. Es ist alles in Ordnung. Sie können mich jetzt los lassen."

„Da bin ich anderer Meinung. Was ist geschehen? Was ist das für ein Bündel vor Ihrem Auto, Dr. Forgerson?" Peter zuckte mit den Schultern. Inspektor Hardcourt musterte ihn für einen Moment. Er schien sich tatsächlich erholt zu haben. Als er sicher war, dass Peter wieder fest auf seinen eigenen Beinen stand, trat er zur Front des Autos. Der Schauplatz wurde von den Scheinwerfern seines und Peters Wagen beleuchtet. Neugierig bückte er sich herunter und betrachtete den Kadaver. „Ein toter Hund, ziemlich übel zugerichtet", brummte er und stand auf.

„Na, dann erzählen Sie mal, was geschehen ist.", forderte er die kleine Gesellschaft auf. Frustriert hob Peter den Kopf. Dabei begegnete er Helenas Blick. Ihre Augen schienen ihn zu röntgen. Er hüstelte und begann kurz und sachlich die Abfolge des Geschehens zu schildern.

„Man hat den Unterleib des Hundes mit einem scharfen Gegenstand aufgeschnitten. Der Darm scheint dabei leicht verletzt worden zu sein. Die Augen wurden wohl mit einem stumpfen Gegenstand entfernt. Das Tier muss wohl vorher schon tot gewesen sein. Nach dieser Gräueltat wurde es hierher gebracht.

„Wer wusste, wo Sie sich aufhielten, Dr. Forgerson?", verlangte Inspektor Hardcourt zu wissen. Peter zuckte mit den Schultern.

„Miss McAlister. Und ich gehe wirklich nicht davon aus, dass es ihr Werk war."

„Nein, das tue ich ebenso nicht. Nun, wer kommt noch in Frage?"

„Ich weiß es nicht", antwortete Peter gequält. Blaulicht durchzuckte die Nacht.

„Kavallerie", bemerkte der Inspektor. Peter zitterte wie Espenlaub.

„Dieser Platz wurde mit Bedacht ausgewählt." Er richtete seine Aufmerksamkeit wieder auf Peter.

„Oh, kommen Sie Inspektor, nicht schon wieder dieses Ammenmärchen!", stöhnte er. „Ich bin es leid."

„Es ist nicht von der Hand zu weisen", entgegnete Inspektor Hardcourt, „dass Sie mit diesem Präsent bedacht wurden."

„Es ist ein verwunschener Platz", bestätigte Helena, der bei diesem Gedanken alle Haare zu Berge standen.

„Na und? Was besagt das? Dass der Täter sich einen Spaß daraus machte?", zischte Peter aufgebracht.

„Es ist wohl offensichtlich, dass es jemand übel auf Sie abgesehen hat", ereiferte sich Helena. Peter fuhr zu ihr herum.

„Was möchten Sie damit andeuten, Miss Artkinson?"

„Denken Sie an Mrs Negley. Es gibt wohl eine Person, die Sie als wirkliche Bedrohung empfindet und dies auf originelle Art zum Ausdruck bringt."

„Engländer sind hier unerwünscht", keifte er.

„Sehr richtig", stimmte ihm Helena tollkühn zu. Peters Augen spuckten Feuer. Zwei Polizisten gesellten sich zu ihnen. Inspektor Hardcourt erklärte ihnen die Sachlage.

„Möchten Sie die Spurensicherung anfordern?", fragte der ältere der Beiden. Inspektor Hardcourt hob vielsagend die Hände zum Himmel.

„Packen Sie den Leichnam ein und bringen sie ihn nach Enniskillen. Sie sollen sich dort um die verbliebenen Spuren kümmern. Im Wagen hinter Dr. Forgersons Bentley sitzt ein Ehepaar. Der Mann erlitt eine Verletzung am Kopf. Stellen Sie bitte sicher, dass sich ein Arzt die Verletzung ansieht und nehmen Sie dann das Protokoll auf. Wir benötigen seine Oberkleidung. Möglicherweise finden wir noch ein paar Spuren seines Angreifers. Am besten bringen sie beide ebenfalls nach Enniskillen. Dem Autokennzeichen nach liegt ihr zu Hause in dieser Richtung."

„Was machen wir mit dem Wagen des Ehepaars, Sir?"

„Lassen Sie jemanden kommen und ihn abholen. Wir benötigen auch einen Fahrer, der das Auto von Dr. Forgerson nach Hause bringt. Um Dr. Forgerson kümmere ich mich selbst. Ich notiere Ihnen die genaue Adresse." Der Polizist nickte und schritt zur Tat. Er telefonierte, sprach kurz mit der Familie Harding und packte das Bündel, ohne es weiter zu kontaminieren, mit seinem Kollegen in den Kofferraum des Polizeiwagens. Inspektor Hardcourt wandte sich desweilen wieder Helena und Peter zu.

„Dr. Forgerson fährt mit mir nach Garrison. Ich wäre Ihnen dankbar, Miss Artkinson, wenn Sie uns folgen würden, so dass wir noch ein

Protokoll aufnehmen können. Danach schaffe ich den Jungen besser ins Bett", fügte er mit einem besorgten Blick auf Peter hinzu. Grimmig funkelte ihn Peter an, doch für eine Gegenwehr fühlte er sich zu schwach.

Inspektor Hardcourt bestellte Dr. Penell ins Revier, der Peter kurz untersuchte. Er diagnostizierte Prellungen. Nichts Gefährliches. Eine Tasse heißen Tee, ein warmes Bett und die nächsten Tage etwas Ruhe würden ihn wieder auf die Beine bringen. Mit dieser Diagnose zufrieden ließ Inspektor Hardcourt das Protokoll aufnehmen und brachte ihn selbst zu Miss McAlister zurück. Er konfiszierte seine Kleidung, verabschiedete sich kurz und ließ ihn mit seinem Schicksal allein.

Ein verführerischer Duft stieg ihm in die Nase, als er geduscht, in frischer Kleidung die Treppe herunter kam. Er fühlte sich wesentlich besser. Seine Prellungen schmerzten, doch ein Jockey zählte seine Heilung in Stunden. Peter kalkulierte kurz, ließ es jedoch schnell auf sich beruhen, als er bei Sechsundneunzig ankam.
„Was haben Sie da draußen in der Kälte getrieben?", verlangte Miss McAlister zu wissen. Ihre Augen glitzerten angriffslustig. „Sprach ich mit der Wand? Ich habe Ihnen vertraut und was ist geschehen? Die Polizei bringt den Wagen und Sie nach Hause", echauffierte sie sich. Peter seufzte abgrundtief. „Setzen Sie sich", befahl sie streng und deutete zur Eckbank. Eine Tasse heißen Tees und ein gefüllter Teller standen bereits auf dem Tisch. Die Uhr zeigte kurz vor Elf. Peter kam ihrer Aufforderung nach. „Ich erwarte eine Erklärung", forderte sie und stemmte ihre Hände in die Hüften. Peter hob die Tasse an die Lippen und trank. Dabei überlegte er fieberhaft, was er ihr sagen konnte. „Nun?"
„Es hat sich jemand einen Spaß erlaubt", erklärte er dann schlicht.
„Einen Spaß?!", ereiferte sich Miss McAlister. „Nennen Sie es einen Spaß auf offener Straße überfallen zu werden?!"
„Überfallen ist wohl etwas hoch gegriffen", lenkte Peter ein.
„Bitte?!" Miss McAlister trat zu ihm und beugte sich leicht herunter. „Sie sind attackiert worden. Sie sind niedergeschlagen worden. Wie bezeichnet man diese Gewalttätigkeit in England?" Peter seufzte.
„Nun…"
„Ich habe Sie gewarnt, Dr. Forgerson. Sie sind hier nicht erwünscht. Weshalb stecken Sie Ihre Nase in Dinge, die Sie nichts angehen? Nur

um zu zeigen, wie schlau Sie sind? Welch ein toller Ermittler in Ihnen steckt?"

„Miss McAlister!", fuhr Peter zornig dazwischen.

„Ich bin noch nicht fertig. Sie kommen hierher, spielen den großen Sherlock Holmes und sehen nicht, was Sie anrichten…"

„Miss McAlister!" Peter wurde nun ebenso laut. Ihre Augen spuckten Feuer.

„Vielleicht hat Ihr Vater wirklich Recht. Wenn Sie wieder verheiratet sind, müssen Sie gegenüber Ihrer Frau Verantwortung tragen", fauchte sie wütend. Peters Mund öffnete sich, ohne dass er ein Wort zu Stande brachte.

„Bitte?", stammelte er entgeistert.

„Ich habe Ihr Arbeitszimmer gelüftet und etwas aufgeräumt. Der Brief lag am Boden. Er muss Ihnen wohl heruntergefallen sein."

„Sie haben ihn gelesen", hauchte Peter. Ihm wurde kalt. Er spürte, wie das Blut den Weg nach unten suchte. Tränen stiegen ihm in die Augen. Erst jetzt wurde ihr klar, was sie in ihrem Wutausbruch gesagt hatte. Betroffen zog sie den Stuhl heraus und setzte sich zu ihm. Peter hatte den Kopf gesenkt. Sein Blick auf das Essen gerichtet.

„Es tut mir leid, Dr. Forgerson. So etwas hätte ich nicht sagen dürfen. Ich war nur wütend. Ich kann Sie gut leiden und ich mache mir eben Sorgen um Sie. Als Richter Dixon starb…" Sie brach ab. Mit einer fürsorglichen Geste legte sie eine Hand auf die seine. „Ich möchte nicht, dass Ihnen etwas zustößt. Es war sehr schwer für mich", versuchte sie sich zu erklären. Peter hob den Kopf. Er versuchte die Tränen beiseite zu blinzeln. „Es ist schon so viel passiert, seit Sie hier sind. Mrs Negley, Miss Holder und jetzt der Überfall auf Sie. Wie soll es denn nur weitergehen?" Peter schluckte. Ein dicker Kloß hatte sich in seinem Hals gebildet. Seit den Erhalt des Briefes hatte er versucht dieses Thema von sich wegzuschieben. Es zu ignorieren. Doch er wusste nur zu gut, dass die Schonfrist verstrichen war. Egal, ob Miss McAlister davon wusste oder nicht. Er musste seinem Vater Rede und Antwort stehen.

„Ich werde morgen mit meinem Vater sprechen", erklärte er tonlos. Miss McAlister nickte.

„Tun Sie das und jetzt essen Sie etwas." Sie tätschelte seine Hand und stand auf. Peter war nicht hungrig. Aber er wusste selbst, dass er für dieses Gespräch Kraft benötigte. Also zwang er sich zu essen. Miss McAlister lächelte zufrieden. Es würde sich doch alles zum Guten fügen.

Telefone klingelten unaufhörlich und das Stimmengewirr zerrte merklich an seinen Nerven. Am Morgen hatte Peter allen Mut zusammengenommen und seinen Vater angerufen, doch das Gespräch verlief nicht so, wie er es sich wünschte. Sir Julian berichtete, dass die Medien immer noch an ihm interessiert seien und sich weiter Nachforschungen über seine Abenteuer in den Vereinigten Staaten zu Gemüte führten.

„Was hast du dir dabei nur gedacht, Peter? Wahrscheinlich überhaupt nichts!", schimpfte Sir Julian.

„Ich bin Anwalt und war der Polizei oder der Regierung keine Rechenschaft schuldig", verteidigte sich Peter.

„Mich wundert es absolut nicht, dass sie dir die Aufenthaltsgenehmigung nicht verlängerten. Wie steht es mit Diplomatie? Habe ich dir nichts beigebracht? Wir werden daran wohl noch ernstlich arbeiten müssen."

„Es ging um die Wahrheit. Um Steuerbetrug am Volk", ereiferte sich Peter. Er hörte förmlich wie sein Vater ärgerlich den Kopf schüttelte.

„Ich sage nicht, dass du zu Unrecht handeltest, aber wie du die Dinge geregelt hast, war völlig unzureichend. Das einzige, was du erreichtest, war der Buhmann der Nation zu werden, nicht jene, die betrogen haben. Dein Ruf wird wieder in Frage gestellt. Deine Beweise waren erschlichen."

„Sie waren nicht erschlichen. Ich habe sie nur nicht über den offiziellen Weg erhalten. Die Beweise waren absolut stichhaltig. Daran gab es nichts zu deuten." Seine Wangen glühten, sein Puls raste, seine Augen waren tiefschwarz.

„Und vor Gericht nicht haltbar. Es wird wirklich Zeit, dass dein Leben in ruhigeren Bahnen verläuft. Hast du dir über meinen Vorschlag Gedanken gemacht?", brachte sein Vater das Thema direkt auf den Punkt. Peters Herz hörte für einen Moment auf zu schlagen. Jetzt, jetzt war der Moment. ‚Sag es!', forderte sein inneres Ich, ‚Sag, dass du die Ehe mit ihr nicht eingehen wirst.'

„Ich…", stammelte Peter hilflos.

„Du verstehst meine Ausführung?" Der drohende Ton war unverkennbar. Ein Nein wurde nicht akzeptiert.

„Ich…Meine Verbindung ist schlecht. Das Netz", stotterte Peter.

„Du kannst mir die Antwort schreiben", antwortete sein Vater, der genau wusste, dass es nicht an der Telefonverbindung scheiterte. „Pass auf dich auf."

„Ich…“, murmelte Peter.

„Wiederhören“, hörte er seinen Vater sagen, dann vernahm er nur noch einen durchgehender Ton. Mit zitternden Fingern drückte er den roten Hörerknopf. Sein Mund war ausgedörrt. Weshalb hatte er nicht Nein gesagt? Ein einfaches Nein. Ein Wort.

„Dr. Forgerson, haben Sie mir zugehört?“

„Wie?“ Seine Augen klärten sich. Inspektor Hardcourt stellte vor ihm eine große Tasse schwarzen Kaffees auf den Schreibtisch und nahm dahinter Platz. Peters Augenbrauen zogen sich zusammen.

„Ich…war abgelenkt. Entschuldigung“, murmelte er und griff dankbar nach der Tasse.

„Sie haben wohl eine schlechte Nacht hinter sich?“, schloss Inspektor Hardcourt. Peter trank von dem starken Kaffee, ohne seine Bemerkung zu kommentieren. Inspektor Hardcourt griff sich einen Ordner, entnahm ihn zwei zusammengeheftete Bogen und reichte sie ihm.

„Das ist das Protokoll von gestern. Lesen Sie es genau durch und dann ergänzen Sie bitte die fehlenden Punkte.“ Er deutete auf die Platzhalter, die er mit einem grünen Stift gekennzeichnet hatte. Peters Augenbrauen wanderten fragend nach oben.

„Ich habe Ihnen gestern alle Vorkommnisse geschildert.“

„Lesen Sie das Protokoll“, drängte ihn der Inspektor unnachgiebig. Peter nahm es ihm aus der Hand und studierte es. Er hob forschend den Blick.

„Ich kann keine Lücken in meiner Ausführung erkennen“, antwortete er ruhig.

„Ist Ihnen ein Fahrzeug in der Nähe des Tatorts begegnet? Haben Sie etwas Ungewöhnliches bemerkt? Jemand musste gewusst haben, dass Sie diese Strecke fahren würden. Er kann nicht nur auf gut Glück so gehandelt haben. Wurden Sie verfolgt?“ Peters Miene wurde grimmig. Nachdenklich starrte er das Papier an.

„Ich kann mich ehrlich gestanden an nichts der Gleichen erinnern.“

„An gar nichts?“ Inspektor Hardcourt ließ nicht locker. Resigniertes Kopfschütteln war die Antwort. „Ich möchte, dass Sie das Protokoll nochmals durchlesen und unterzeichnen.“ Er winkte Sergeant Quaritsh zu sich und bat ihn um ein Duplikat

„Wie geht es Ihren Verletzungen?“, fragte er Peter freundlich und setzte sich hinter einen der Computer. Wie fühlte man sich nach einem Sturz eines, vierzig Meilen in der Stunde laufenden Vollblüters? Peter versuchte die Schmerzen zu ignorieren.

„Mir geht es gut", knurrte er, „danke der Nachfrage." Die Mundwinkel des Sergeanten wanderten nach oben. Seine Augen blitzten spitzbübisch. Natürlich wusste er, wie man sich fühlte. . Mit ein paar Tastendrucke brachte er den Drucker in Bewegung.
Inspektor Hardcourt reichte ihm einen blauen Ordner.
„Die Autopsie-Ergebnisse der Wasserleiche sind eingetroffen." Peter zog sein Brillenetui aus der Innentasche seines Jacketts, setzte sich die Brille auf und begann neugierig zu lesen. Der Inspektor beobachtete ihn dabei genau. Nachdem er Bericht und Photos gründlich studiert hatte, wandte er sich dem Inspektor zu: „Sie wurde mit einem Tuch erwürgt, bevor sie im See versenkt wurde."
„Richtig, soweit man es nach diesem langen Zeitraum noch feststellen kann. Wäre sie begraben worden, wäre es wohl nicht mehr ersichtlich gewesen."
„Und wäre Dr. Forgerson nicht baden gegangen, läge sie wohl immer noch auf dem Grund des Sees", fügte DS Ridway schelmisch hinzu. Peters Augen funkelten gefährlich.
„Es wurden keine Gegenstände bei ihr gefunden?", fragte er weiter und versuchte seinen Zorn im Zaun zu halten. DS Ridway verneinte.
„Möglicherweise befinden sie sich noch auf dem Grund des Sees. Wir haben Taucher angefordert. Eigentlich sollten sie schon den Grund abgesucht haben, jedoch haben sich Verzögerungen gegeben. Es liegen uns somit noch keine Ergebnisse vor. Ich denke ohnehin, dass Sie sich nicht allzu viele Hoffnungen machen brauchen."
„Und ihre Identität?" Peter ließ nicht locker.
„Aller Wahrscheinlichkeit ist es Miss Mary Holder. Wir baten Mrs Juvet sie zu identifizieren."
„Weshalb aller Wahrscheinlichkeit nach?", bohrte Peter weiter.
„Mrs Juvet…Nun es macht keinen Spaß eine Wasserleiche zu identifizieren. Sie erkannte Miss Holder. Ihre Worte lauteten: Sie sehe aus wie Miss Holder. Der Schock stand ihr ins Gesicht geschrieben. Sie wurde leichenblass und musste sich erbrechen. Wir lassen uns das Zahnschema von Miss Holders Zahnarzt geben, danach ist sie hundert Prozent identifiziert."
„Verstehe", murmelte Peter und schloss die Akte. „Gibt es einen Bericht über den Hund?", fuhr er fort, legte den Ordner zurück auf den Schreibtisch und sah Inspektor Hardcourt ins Gesicht. Eine kleine Schnittverletzung an der linken Wange zeigte ihm, dass seine Nacht auch nicht die Beste war.

„Der Hund war mindestens drei Stunden tot, bevor man ihn vor ihrem Auto platzierte. Die Schädeldecke war gesplittert. Jedoch starb er durch Gift."

„Wissen Sie durch welches?", fragte Peter dazwischen.

„Akonit. Durch ein Hundeleckerli beigebracht. Er starb sehr schnell", antwortete Inspektor Hardcourt und stand auf. Er ging zur Kaffeemaschine und schenkte sich noch eine Tasse ein. Einladend hob er die Glaskanne in Peters Richtung in die Höhe. „Möchten Sie noch einen?"

„Danke nein", lehnte Peter freundlich ab. Inspektor Hardcourt nahm die Tasse von DS Ridway und DS Quaritsh und füllte alle drei.

„Was ist das eigentlich für eine Sache mit dem Hund?", erkundigte sich DS Quaritsh. Inspektor Hardcourt umriss ihm kurz den Sachverhalt. Sergeant Quaritsh Blick glitt beunruhigt zu Peter.

„Weshalb erschlage ich einen Hund, wenn ich ihn zuvor schon mit Gift töte?", überlegte Peter laut.

„Möglicherweise war es als Symbol gedacht?", schlug DS Quaritsh vor und nahm dankend die Tasse entgegen. Der Kaffeeduft füllte den Raum.

„Möchten Sie den Bericht lesen?", bot ihm Inspektor Hardcourt bereitwillig an, reichte DS Ridway die volle Tasse und setzte sich mit seiner Peter gegenüber.

„Ja, bitte." Inspektor Hardcourt fischte die Akte unter einem Stoß hervor und reichte sie ihm. Peter überflog den Aktendeckel, schlug sie auf und las.

„Die Augen wurden mit einem gebogenen Gegenstand entfernt", bemerkte er und sah auf.

„Wir gehen davon aus, dass er dafür einen Löffel benutzte. Der Täter war geschickt. Die Verletzungen, die dem Hund beigebracht wurden, waren präzise ausgeführt worden. Sogar der Schlag auf den Kopf. Bis auf den punktierten Darm natürlich. Wahrscheinlich musste sich der Täter beeilen", fügte Inspektor Hardcourt an und nippte genüsslich an seinem Kaffee.

„Wer wusste, dass Sie zu dieser Zeit diese Strecke benutzten?", schaltete sich Sergeant Quaritsh ein.

„Die Frage habe ich ihm bereits gestellt", brummte Inspektor Hardcourt und fügte spöttisch hinzu: „Dr. Forgerson konnte keine zufriedenstellende Antwort liefern."

„Derjenige, der diese Gräueltat verübte, muss gewusst haben, was er tat. Ebenfalls, zu welchem Zeitpunkt er die Tat durchführen musste", gab DS Quaritsh zu denken und durchbohrte Peter mit stählernem Blick.

„Da stimme ich Ihnen zu, Sergeant. Nun, Dr. Forgerson, haben Sie nochmals darüber nachgedacht?"

„Außer Miss McAlister wusste keiner, dass ich in die Stadt wollte. Sie glauben doch wirklich nicht…", ereiferte er sich aufgebracht. Inspektor Hardcourt hob abwehrend die Hände.

„Besitzt Miss McAlister ein Telefon? Im Verzeichnis ist sie nicht vertreten."

Peter verneinte. Seine Gedanken begannen zu wandern. Er erinnerte sich, als Inspektor Hardcourt und DS Ridway bei ihm waren, jemanden draußen bei der Wassertonne bemerkt zu haben. Die Fußabdrücke, seine beiden Hüte…

„Der zugerichtete Hund war eindeutig eine Warnung an Dr. Forgerson", schloss DS Quaritsh und trank seinen Kaffee aus.

„Gut möglich", pflichtete ihm DS Ridway bei. „Der gute Junge hat in ein Wespennest gestochen. Zuerst tauche er bei Mrs Negley auf. Danach entdeckte er die Leiche im See und dies innerhalb von wenigen Tagen. Er hat den Täter aufgeschreckt. Weshalb sollte man sich sonst diese Mühe machen?", fuhr er fort und ließ Peter nicht aus den Augen.

„Ich habe eher den Eindruck, er sollte mit dem massakrierten Hund in die Schranken gewiesen werden. Sie legten ihn ihm an dem Ort vor das Auto, wo diese englischen Soldaten hingerichtet wurden", spann DS Ridway den Faden weiter.

„Möglich. Vielleicht ist ihm sein Ruf vorausgeeilt", stimmte Sergeant Quaritsh zu.

„Er wurde vom Täter verprügelt und wäre nicht die Dame am Tatort eingetroffen…" DS Ridway hob vielsagend die Hände.

„Es hätte auch seinen Tod bedeuten können", bestätigte DS Ridway. Peter hatte bis dahin ruhig zugehört, aber jetzt war er dem ganzen Theaters müde.

„Sprechen Sie über mich?", fragte er spitz. Seine Augen färbten sich schwarz.

„Wie deuten Sie diese Angelegenheit?", forderte ihn Sergeant Quaritsh auf zu antworten.

„Ich?" Sofort dachte er an den Brief, den er im Café entdeckte. War es der gleiche Mann, der ihm den toten Hund vors Auto platzierte, wie derjenige, der ihn auf der Straße umgerannt hatte? Er erinnerte sich nicht an den Zigarettengeruch.

„Gibt es noch etwas, was wir wissen sollten?", fragte Inspektor Hardcourt, dem Peters Gesichtsausdruck nicht entgangen war.

„Was hat Mrs Negley zu Ihnen gesagt, als Sie bei ihr waren?", verlangte Inspektor Hardcourt auf sein Schweigen hin zu erfahren.

„Wie?" Überrascht über den Richtungswechsel riss Peter die Augen auf.

„In der Nacht des Überfalls haben Sie Mrs Negley noch im Krankenzimmer aufgesucht. Was hat sie Ihnen erzählt?"

„Nichts. Sie hat mir nichts erzählt", wehrte Peter ab. „Sie konnte mir nichts sagen. Keine Täterbeschreibung, keinen Grund, weshalb sie überfallen wurde. Nichts."

„Weshalb hat sie Sie dann zu sich gerufen?" Inspektor Hardcourt gab sich mit der Erklärung nicht zufrieden. Peter hob die Hände.

„Ich weiß es nicht", wiederholte er. „Sie war sehr verzweifelt. Möglicherweise ließ sie mich rufen, weil ich der Einzige war, der ihr im Krankenhaus bekannt war." Für diese Erklärung erntete er einen äußerst skeptischen Blick des Inspektors. Peter nahm die Brille ab. DS Ridway ging zum Drucker, entnahm ihm das ausgedruckte Protokoll und legte es Peter zur Unterschrift vor.

„Lesen Sie den Bericht bitte durch und unterzeichnen Sie ihn unten rechts mit Datum", bat er ihn. So setzte sich Peter die Brille wieder auf, las das Schriftstück durch und unterzeichnete es schließlich.

„Haben Sie meinen Hut gefunden?", fragte er, und reichte den Bericht an DS Ridway zurück. Er bekam ein Kopfschütteln zur Antwort.

„Nein, tut mir leid."

„Aber er muss doch beim Steg sein", beharrte er. DS Ridway zuckte mit den Schultern.

„Es war kein Hut vorhanden."

„Und wie sieht es mit Spuren aus? Es muss doch einen Hinweis geben", Peter ließ nicht locker.

„Haben Sie eine Person am See gesehen?", fragte Inspektor Hardcourt und kontrollierte Peters Unterschrift.

„Mir ist niemand aufgefallen", bekannte er. Alle Augenpaare waren auf ihn gerichtet. „Sehen Sie mich nicht so an. Ich war in Gedanken. Und nachdem ich mit der Leiche aus dem Wasser auftauchte, verschwendete ich keinen Blick mehr an meine Umgebung", knurrte er. Das Schweigen hielt an. Peter nahm die Brille ab, verstaute sie in seinem Etui, steckte es ein und stand auf. „Wenn es nichts weiter gibt, verabschiede ich mich. Auf mich wartet Arbeit." Inspektor

Hardcourt nickte und stand ebenfalls auf. Peter schlüpfte in den Ärmel, dabei verzog er schmerzhaft das Gesicht. Sogleich kam ihm der Inspektor zur Hilfe.
„Sie melden sich, wenn Ihnen noch etwas einfällt."
„Tue ich", antwortete Peter, der daran zweifelte. Er verabschiedete sich und verließ die Station.

Die klare Oktobersonne ließ die gelben und roten Blätter nochmals in ihren schönsten Farben leuchten. Peter stand auf den Stufen der Polizeistation und sog genussvoll die kalte Luft ein. Sein Blick glitt über den Marktplatz. Einige Dorfbewohner hielten sich auf den Gehsteigen auf. Sein Blick blieb bei der Gasse zu Mrs Negleys Haus hängen. Er wünschte nochmals mit ihr zu sprechen. Möglicherweise würde sie ihm doch etwas über ihren Angreifer sagen oder vor wem sie solche Angst hatte. Manchmal war es leichter sich einem Fremden anzuvertrauen.

Entschlossen überquerte er den Platz, grüßte freundlich die Passanten, die ihn neugierig musterten. Seine Prellungen machten sich bei jedem Schritt bemerkbar. Vorsichtig berührte er seine Seite und verfluchte seinen Angreifer. Peter bog in die Gasse ein. Bei Tageslicht sah die Straße viel freundlicher aus. In den Vorgärten blühten trotz der kalten Nächte noch Blumen in Töpfen, der Rasen war immer noch grün. Die meisten Gartenzäune hatten einen frischen Anstrich erhalten. Vor dem Gartentor blieb er stehen. Die Post steckte noch im Briefkasten. Ein Grübchen bildete sich zwischen seinen Augenbrauen. Vielleicht war sie nicht zu Haus. Er öffnete die quietschende Gartentür und schritt den Kiesweg entlang. Dabei sah er sich um, konnte nichts Außergewöhnliches entdecken. Alles war sauber und ansprechend. Peter drückte den Klingelknopf und wartete. Die Schelle war im Hausgang zu hören. Nichts rührte sich. Er klingelte abermals, wartete. Keiner zu Haus. Sein Blick glitt zu den Nachbarhäusern. Keine Gardine bewegte sich in den Fenstern. Niemand, der ihn neugierig beobachtete. Nun ja. Er wandte sich ab. Während er sich halb umdrehte, streckte sich seine rechte Hand automatisch nach der Türklinke aus. Er drückte sie herunter. Sofort sprang die Türe auf. Peter sah sich wieder um. Sein Herz begann schneller zu schlagen. Vorsichtig steckte er den Kopf herein und rief Mrs Negleys Namen. Nichts rührte sich. Peter lauschte, dann schrie er wieder.

„Mrs Negley, sind Sie da?" Peter fühlte sich in seiner Haut nicht wohl. Zögernd trat er ein. „Mrs Negley!" Sein Ruf hallte durch das Haus. Er stand im dunklen Flur und lauschte. Nichts. Mit einem unguten Gefühl trat er an die nächstgelegene Tür und klopfte. Auf der Kommode, wo er das letzte Mal die Briefe fand, lag eine Illustrierte der letzten Woche. „Mrs Negley?" Sein Rufen war bedeutend leiser. Weshalb war er nur so nervös? Er tat nichts Verwerfliches. Peter atmete tief ein und öffnete die Tür. Vielleicht schlief sie nur. Die Küche war leer. Keine Mrs Negley, die auf dem Boden lag und sich in Schmerzen wand. Idiotisch, was er sich immer einbildete. Erleichtert atmete er aus. Ein Topf stand auf dem Holzherd. Peter trat zu ihm und hob den Deckel an. Kartoffeln. Heißer Wasserdampf stieg hoch. Schimpfend ließ er ihn klappernd fallen und blies sich seine verbrannten Finger. Zielstrebig öffnete er das Türchen des Ofens. Halbverglühte Kohlen lagen darin. Sie konnte nicht weit sein. Ein mulmiges Gefühl machte sich in ihm breit. Sein Puls erhöhte sich abermals. Er schloss das Türchen und trat wieder in den Flur. Rief wieder ihren Namen. Seine Stimme bebte leicht. ‚Das Badezimmer', schoss es ihn durch den Kopf. Schnell eilte er zum Ende des Gangs, ergriff die Klinke und drückte sie herunter. Die Tür war verschlossen. Peter legte den Kopf an die Tür und lauschte angestrengt. Dabei hielt er den Atem an. Undeutlich waren Wassertropfen, die ins Wasser fielen auszumachen.

„Mrs Negley!", schrie er panisch und rüttelte an der Türklinke. Sein Herz hämmerte. Schweiß trat aus allen seinen Poren. „Mrs Negley!", brüllte er. Keine Antwort. Er bückte sich und schaute durch das Schlüsselloch. Der Schlüssel steckte von innen. Peter hämmerte mit den Fäusten dagegen. Keine Reaktion. „Herr Jesus!", flehte er. Nach einem Draht zu suchen konnte er sich sparen. Seine Hände zitterten. „Beim Zeus!", fluchte er, trat an die gegenüberliegende Wand, sog nochmals tief die Luft ein, nahm Schwung und warf sich mit aller Kraft gegen die Tür. Der Aufprall war enorm. Peter stöhnte, fühlte sich, als hätte er sich soeben das Schlüsselbein gebrochen, doch die Tür befand sich immer noch an Ort und Stelle. „Damn it!", fluchte er durch zusammengebissene Zähne und trat wieder zur gegenüberliegenden Wand. Zweiter Versuch. Ächzend gab das Schloss nach. Die Tür sprang krachend auf. Peter verlor das Gleichgewicht und landete unsanft auf dem gefliesten Fußboden. Wasserdampf hüllte das Bad ein. Das Tropfen war immer noch zu hören. Sofort klebte die Feuchtigkeit in seinem Gesicht. Sein Blick wandte sich der Wanne zu. Ein rotes Rinnsal bewegte sich langsam auf ihn zu. Entsetzt hob er den Kopf. Ein nackter Arm hing kraftlos über den Badewannenrand. Für einen Moment erstarrte er zu Eis.

„Nein", wisperte er. Schmerzhaft rappelte er sich auf. Die Wanne war bis zum Rand mit Wasser gefüllt. Bebend machte er einen Schritt auf die Wanne zu. Das Wasser hatte sich scharlachrot gefärbt. „Mrs Negley!" Ihr Gesicht war aschfahl, die Augen geschlossen. Ihr langes, braunes, nasses Haar klebte an ihrer Stirn und schwamm wie Tentakeln im Wasser. Endlich konnte er sich aus der Starre befreien. Ohne noch lange zu überlegen griff er unter ihre Arme, umfasste sie und zog sie aus der Wanne. Das Wasser platschte, ergoss sich über seinen Mantel, Hose und sickerte in seine Schuhe. Adrenalin ließ ihn ihr Gewicht nicht spüren. So vorsichtig wie möglich legte er sie auf den Boden, riss ein Handtuch vom Ständer und stopfte es ihr unter den Kopf. Ihre Lippen waren bereits blau. Er zog ein weiteres Badehandtuch herunter und bedeckte ihren nackten Unterleib. Panisch suchte er nach dem Puls. Nichts. Er bückte sich tief zu ihrem Gesicht, hielt sein Ohr ganz nah an ihre Nase. Kein Luftzug war zu spüren. Keine Atmung zu hören. Blut sickerte aus ihren offenen Pulsadern. „Mrs Negley", wisperte er und begann mit den Wiederbelebungsmaßnahmen. Er kniete sich neben sie, legte seine flache, linke Hand unter ihre weiße, runde Brust, richtete sich auf, legte die rechte darüber und drückte im schnellen Rhythmus. Leise zählte er bis dreißig und ging dann zum Beatmen über. Die Hutkrempe stieß an ihre Stirn und rutschte ihm ins Genick. Zornig riss er ihn vom Kopf und schleuderte ihn in die Ecke. Seine Hände zitterten. Schweiß rann ihm über das Gesicht. Ohne viel zu überlegen, riss er das Handtuch unter ihrem Kopf weg, überstreckte er ihren Kopf, hielt ihr die Nase zu, öffnete den Mund und beatmete sie. Nach vier Atemstößen hielt er sein Ohr wieder an ihre Nase. Nichts. Kein Hauch. „Jesus!", flehte er und fuhr mit der Herzrhythmusmassage fort, beatmete wieder und startete von vorn. „Mrs Negley, atmen Sie!", befahl er ihr den Tränen nahe und schüttelte sie leicht in seiner Verzweiflung. Er brauchte einen Notarzt. Sofort! Aber er konnte noch nicht aufhören, noch nicht. Schweißgebadet arbeitete er weiter. Kontrollierte ihren Puls und wirklich, da war er. Peter war sich völlig sicher. Schwach und unregelmäßig. Hektisch zog er sein Telefon aus der Tasche, schaltete es ein und wählte die Nummer des Notdienstes. Eine Frau meldete sich in der Leitstelle. Peter beschrieb seine Notlage, gab ihr Name und Wohnort. „Ich weiß die Straße nicht. Beim Zeus!" Wieder war er den Tränen nahe. „Gott!" Beruhigend redete die Frau auf ihn ein. „Wir finden das Haus, Mr. Forgerson. Machen Sie sich keine Sorgen.

In wenigen Minuten ist jemand bei Ihnen. Legen Sie nicht auf." Peter bejahte und legte das Telefon zur Seite. Wieder kontrollierte er den Puls. Fand ihn nicht mehr. „Oh Gott nein!", stöhnte er und begann wieder mit den Überlebensmaßnahmen.

Es dauerte nicht lange, da waren die Sirenen des Notarztwagens zu hören. Peter beatmete sie wieder. Seine Kraft war dahingeschwunden. Er konnte sich kaum noch selbst aufrecht halten. Immer wieder murmelte er ihren Namen. Das Quietschen des Gartentürchens war zu hören, dann Schritte im Flur. Jemand schrie.
„Hier!", antwortete er krächzend. Drei Männer in Sanitätsoutfit drängten sich ins Bad. Sofort stellten sie ihre Sachen auf den Boden und knieten sich zu ihm. Einer von ihnen legte seine Hände auf Peters Schultern.
„Wir machen jetzt weiter." Behutsam half er ihn auf und führte ihn zur Toilette, worauf er sich setzen konnte. Währenddessen prüfte der Arzt ihre Lebensfunktionen.
„Defibrillator", wies er seinen Kollegen an. Schon wurde gehandelt. In Windeseile war das Gerät ausgepackt und angeschlossen. Wie in Trance beobachtete Peter das Geschehen. Er fühlte nichts, sah nur die Männer, wie sie um das Leben von Mrs Negley kämpften.

Nach einer halben Stunde beendeten sie ihre Maßnahmen. Sie hatten den Kampf verloren. Peter wollte das traurige Kopfschütteln des Arztes nicht wahr haben. Er hatte ihren Puls, ihren Atem gespürt. Sie konnte nicht…
„Nein!", stieß er hysterisch aus. „Sie können jetzt nicht aufhören. Mrs Negley lebt!", schrie er und stand wankend auf. „Sie müssen weitermachen, bitte!", flehte er. Tränen rannen über seine schweißnassen Wangen. Verzweifelt ließ er sich vor ihnen auf die Knie fallen „Bitte!", beschwor er das Ärzteteam. Sofort wandte sich der Arzt Peter zu.. Hemmungslos begann Peter zu heulen.
„Der Junge hat einen Schock. Wir bringen ihn rüber in die Küche", beschloss der Arzt umgehend und gemeinsam mit den Sanitätern stellten sie ihn auf die Beine. Gemeinsam buxierten sie ihn aus dem Bad in die Küche. Peter wehrte sich vehement, hatte jedoch gegen die drei kräftigen Männer keine Chance.
Weitere Schritte hallten durch den Flur. Stimmen im Bad und im Hausgang waren zu hören.. Verschwommen, verzerrt. Peters sah nur

noch das bleiche Gesicht von Mrs Negley vor ihm. Um ihn herum war alles voller Blut. Dann wurde es schwarz vor seinen Augen. Er merkte nicht mehr, wie sie ihn von seinen Jackett befreiten und auf das Sofa legten.

Der graue Nebel lichtete sich allmählich. Stimmen drangen langsam in sein Bewusstsein vor. In seinen Ohren pfiff ein greller Ton.
„Wie geht es Ihnen?", fragte der Arzt. Peters Augenlider flackerten, blieben dann offen. Im Raum roch es nach Kartoffeln. Sein Blick klärte sich. Der Arzt saß neben ihm und beobachtete genau seine Regungen. Ein leises Lächeln erschien auf seinen Lippen. Die Erinnerung kam zurück. Seine Augen weiteten sich ängstlich.
„Mrs Negley", murmelte er und wollte sich aufrichten, doch der Arzt hielt ihn zurück.
„Bleiben Sie noch liegen", riet er ihm. Einer der Sanitäter brachte ihnen ein Glas Wasser. Kurz überlegend griff sich der Arzt ein paar Kissen und schob sie hinter seinen Rücken, so dass er eine leicht sitzende Position einnehmen konnte und nahm dankend das Glas entgegen. Peter bemerkte erst jetzt seinen hochgeschobenen Ärmel und das Pflaster, das auf seinem Innenarm klebte.
„Keine Sorge. Es ist alles in Ordnung. Ihr Kreislauf war weggekippt. Kein Wunder nach so einem Schock. Ich gab Ihnen ein Medikament zur Stabilisierung", fügte er beruhigend hinzu.
„Mrs Negley", stammelte Peter, dem das ganze Ausmaß des Geschehens der vergangenen Stunde zu Bewusstsein kam. Der Sanitäter füllte das Glas erneut und reichte es ihm. „Trinken Sie." Peter nahm es, ohne es wirklich wahr zu nehmen. Skeptisch legte der Arzt ihm nochmals die Manschette um seinen Oberarm und prüfte seinen Blutdruck. „Besser. Wesentlich besser", informierte er ihn erleichtert. Peters Gesicht bekam langsam wieder Farbe. Ein Schatten füllte den Türrahmen. Dann stand Inspektor Hardcourt in der Küche. Besorgt musterte er Peter. „Wie geht es Ihnen?"
„Besser", murmelte Peter.
„Sie haben Mrs Negley gefunden?" Die Frage war mehr rhetorisch gemeint. Der Junge schien verflucht zu sein. Immer tauchte er auf, wo gestorben wurde. Peter nickte niedergeschlagen, senkte seinen Kopf und schaute auf einen imaginären Punkt. Ein dicker Kloß bildete sich in seinem Hals. Tränen schossen ihm in die Augen.
„Ich war zu spät", flüsterte er kaum hörbar. DS Ridway tauchte neben dem Inspektor auf. Alarmiert starrte er Peter an.

„Es war nicht Ihre Schuld, Dr. Forgerson“, entgegnete der Inspektor fest. Er kannte mittlerweile Peters Vergangenheit.

„Ich…“, stotterte Peter. Die Zeilen des Briefes kamen ihm zur Besinnung. „…und Blut wird fließen und schwellen zu einem Meer. Man wird Tränen vergießen ohne Wiederkehr“, wisperte er und brach wieder in Tränen aus. Der Gesichtsausdruck des Arztes verdunkelte sich. Fürsorglich legte er einen Arm um seine Schultern.

„Was meinten Sie?“ Irritiert starrte der Inspektor ihn an und trat näher.

„Man hat sie getötet und ich war zu spät“, schluchzte Peter. Die Miene des Arztes zeigte sich äußerst besorgt.

„Welche Zeilen haben Sie soeben rezitiert?“, verlangte Inspektor Hardcourt zu wissen.

„Sie wurde getötet“, entgegnete Peter gebrochen. Seine Nase rann. DS Ridway reichte ihm eine Packung Papiertaschentücher.

„Was haben Sie soeben gesagt, Dr. Forgerson?“, wiederholte Inspektor Hardcourt streng. Mit zitternden Fingern zog er ein Taschentuch aus der Packung.

„Man hat sie getötet“, nuschelte er und schnäuzte sich.

„Und welche Zeilen haben Sie soeben rezitiert?“ Peter hob den Blick. Seine Augen waren rotgeheult. Seine Lippen bebten.

„Ich…ich…“, stammelte er und erfasste den Bogen Papier, dass DS Ridway in einer Folie in der Hand hielt. „Was ist das?“, verlangte er zu wissen und schnäuzte sich erneut.

„Ein Abschiedsbrief“, kommentierte der Sergeant. Dafür erntete er einen giftigen Blick seines Vorgesetzten.

„Wie?“ Ungläubig glotzte er das Schriftstück an. „Das kann nicht sein“, murmelte Peter.

„Weshalb?“, wünschte Inspektor Hardcourt zu wissen. Peter schluckte.

„Ich erhielt einen Brief.“

„Einen Brief? Forgerson, verflucht!“, blaffte ihn der Inspektor an und machte einen drohenden Schritt auf ihn zu. Sogleich hob der Arzt warnend die Hand. Peters Augen wurden leer.

„In ihm standen diese Zeilen mit dem Blut.“ Peter rezitierte sie wie in Trance.

„Wann haben Sie diesen Brief erhalten?“, bohrte der Inspektor weiter.

„Gestern. In Enniskillen. Ich wurde auf der Straße umgerannt. Später fand ich diesen Brief in meiner Tasche.“ Mit fahriger Bewegung wischte er sich die Tränen vom Gesicht. „Ich dachte an den Hund…“ Seine Stimme brach. Die Polizisten tauschten Blicke.

„Ich möchte den Brief sehen, Dr. Forgerson.“ Peter blinzelte. Erneut liefen die Tränen über seine Wangen. „Ich habe ihn nicht bei mir.“ Mit zitternder Hand deutete er auf den Bogen. „Was steht darauf?“

„Ich kann nicht mehr. Verzeih mir, George. In ewiger Liebe Anne“, las ihn DS Quaritsh vor. Peter wollte es nicht glauben.

„Wir machen einen Schriftvergleich“, schlug Inspektor Hardcourt vor, um die Gemüter zu beruhigen. Eine Frau im weißen Overall, blauen Einweghandschuhen und Überzugschuhe steckte den Kopf herein.

„Wir sind fertig. Kann die Leiche in die Pathologie gebracht werden oder möchten Sie sie nochmals sehen?“ Entsetzt riss Peter die Augen auf.

„Sie können sie jetzt wegbringen lassen“, erwiderte der Inspektor. Peters Körper wurde immer schwerer und träge. Er konnte kaum noch die Augen offen halten.

„Was…“, nuschelte er und sank in die Kissen zurück. Alarmiert fuhr Inspektor Hardcourt zu ihm herum.

„Machen Sie sich keine Sorgen, Inspektor. Wir verabreichten ihn ein Schlafmittel. Es ist für ihn das Beste.“

„Ich hätte Dr. Forgerson gerne noch befragt“, knurrte er.

„Sicher“, stimmte der Arzt ihn zu. „Aber glauben Sie wirklich, Sie erhielten eine vernünftige Antwort?“ Inspektor Hardcourts Blick ruhte auf die schlafende, kleine Gestalt. Die Hosenbeine waren noch feucht und mit Blut besudelt. Ebenso sein Gesicht. „Wir bringen ihn jetzt nach Hause“, setzte der Arzt ihn in Kenntnis und erhob sich.

„Dürfen Sie das?“, wollte der Inspektor wissen.

„Ich denke, Inspektor, ich kann beurteilen, wo er am besten aufgehoben ist.“ Er machte eine Geste zu den beiden Sanitätern. „Ich denke, Sie haben noch zu tun“, bemerkte er kalt und begann Peter für den Transport zu richten. Knurrend ließ er ihn gewähren. Er würde den Brief von Peter schon noch erhalten.

Gegen halb Elf stieg Miss McAlister wohl schon zum vierten Mal vergebens die Treppe hoch und klopfte an die Tür des Arbeitszimmers. Peter war das Schlafmittel nicht bekommen und kämpfte am gestrigen Tag mit einer bösen Migräne. So verbrachte er den verbliebenen Tag im verdunkelten Schlafzimmer im Bett. Er hatte nichts gegessen und kaum getrunken. Am Morgen hörte sie seine Schritte im Bad. Erleichtert richtete sie das Frühstück, doch er war nicht herunter gekommen. Stattdessen fand sie die Arbeitszimmertür von innen verschlossen. Hartnäckig klopfte sie an die Tür.

„Sie müssen etwas essen, Dr. Forgerson. Wie möchten Sie zu Kräften kommen?" Angestrengt horchte sie, erhielt jedoch nur Schweigen zur Antwort. Wie die vorherigen Male auch. Resigniert seufzte sie. Tränen schimmerten ihn ihren Augen. „Dr. Forgerson", bat sie ihn inständig. Einige Minuten verstrichen. Keine Regung. Niedergeschlagen zog sie ein Taschentuch heraus und wischte sich die Tränen beiseite. Erneut klopfte sie. „Es macht nichts ungeschehen. Sie können sich doch nicht den ganzen Tag einsperren. Es geht mir sehr zu Herzen. Ich bitte Sie!", appellierte sie an sein Gewissen. Angestrengt lauschte sie. Keine Bewegung, kein Rascheln. „Dr. Forgerson!", erhob sie äußerst alarmiert ihre Stimme.

„Bitte gehen Sie", war die undeutliche, monotone Antwort. Immerhin, er lebte. Es war nur ein kleiner Trost.

Gegen den späten Nachmittag veränderte sich das Klopfen. Der Schlag war nicht mehr zaghaft, sondern energisch und laut.

„Dr. Forgerson, ich fordere Sie auf die Tür zu öffnen. Jetzt gleich!", befahl eine männliche Stimme. Nichts geschah. „Wenn Sie es nicht freiwillig tun, werden wir es für Sie erledigen. Gefahr in Vollzug." Zu dritt lauschten sie an der Tür. Es herrschte immer noch Stille. „Ich zähle bis drei", warnte Inspektor Hardcourt, der ängstlich von Miss McAlister beäugt wurde. „Eins", drohte er. Keine Reaktion. „Zwei." Er gab DS Ridway einen Wink. Gemeinsam traten sie zur Wand, um den Schwung zum Aufbrechen der Tür zu holen. Entsetzt schlug Miss McAlister die Hände vor den Mund. „Drei!", rief Inspektor Hardcourt und beide stürzten sich auf die Tür. Just in dem Moment, als ihre Schultern sie treffen sollten, öffnete sie sich und beide taumelten ins Zimmer. Nur mit Mühe vermieden sie einen Sturz.

„Verflucht, Forgerson!", blaffte ihn Inspektor Hardcourt an. Peter stand, als wäre nichts geschehen, an der Tür und begutachtete beide Polizisten, deren Anzüge bei der Aktion in Unordnung geraten waren. Peter trug einen Dreiteiler. Die dunkelblaue Krawatte saß korrekt in der Mitte unter der ärmellosen Weste. Beide Hemdkragen läppten sauber darüber.

„Guten Tag, Inspektor Hardcourt", begrüßte Peter ihn kalt und schenkte DS Ridway ein knappes Nicken.

„Ich hätte mir beinahe das Genick gebrochen!", zischte Inspektor Hardcourt ärgerlich und richtete sich seinen Anzug.

„Hätten Sie einen Moment Geduld bewiesen, wäre Ihnen diese Peinlichkeit erspart geblieben", antwortete Peter überheblich.

„Damn it, Forgerson!", brauste der Inspektor auf und trat vor ihm, so dass sich beinahe ihre Nasenspitzen berührten. Seine Augen spuckten Feuer.

„Sie glauben doch nicht, Inspektor Hardcourt, ich würde zulassen, dass Sie Miss McAlisters Eigentum zerstören", setzte er ihn in Kenntnis und drehte sich auf den Absatz um. Die Hände des Inspektors schossen vor.

„Meine Herren!", stieß Miss McAlister bestürzt aus. Beide drehten sich zu ihr um. Erst jetzt fielen Peter ihre roten, wässrigen Augen auf.

„Haben Sie geweint?", fragte er. Beschämt bedeckte sie ihre Augen mit einem Taschentuch. „Miss McAlister. Ich…" Verlegen machte er einen Schritt auf sie zu. „Ich hatte nicht vor Sie zu bekümmern." Sie ließ ihre Hand fallen. Ihre Augen flackerten zornig.

„Dann benehmen Sie sich mir gegenüber anders!", fuhr sie ihn an, machte auf dem Absatz kehrt und schlug die Tür krachend ins Schloss. Alle drei zuckten erschrocken zusammen.

„Das nenn ich Temperament", kommentierte Sergeant Ridway und holte sein Notizbuch aus der Innentasche.

„Wir benötigen einen Bericht über die Geschehnisse gestern im Hause der Negleys", brachte es Inspektor Hardcourt auf den Punkt. Sofort spannten sich Peters Gesichtsmuskeln an. Er schluckte schwer. Die Erinnerung erschlug ihn wie eine riesige Welle. Sein Gesicht wurde bleich.

„Ich kann nicht", antwortete er stockend.

„Entweder schildern Sie uns hier die Vorkommnisse von gestern in Mrs Negleys Haus, oder ich muss Sie ins Polizeipräsidium mitnehmen", klärte er ihn auf.

„Sie sagten, es war Selbstmord", krächzte Peter und hörte die Panik in seiner Stimme.

„Setzen Sie sich." Inspektor Hardcourt deutete zum Sessel hinter dem Schreibtisch. „DS Ridway, bitten Sie doch Miss McAlister um eine Tasse Tee." Der Sergeant nickte und machte sich sogleich auf den Weg. Peter nahm hinter dem Schreibtisch Platz. Inspektor Hardcourt packte einen Stapel Akten vom gegenüber stehenden Stuhl auf den Boden und setzte sich. „Ich höre", forderte er ihn auf und legte ein Diktiergerät auf den Schreibtisch. Peter warf ihm einen hilfesuchenden Blick zu und begann dann holprig zu erzählen, wie er Mrs Negley fand. Die Erinnerung daran ließ ihn erbleichen. Inspektor Hardcourt hörte ihm schweigend zu. Die Tür öffnete sich und DS Ridway kam mit einem Tablett zurück. Er reichte jedem eine Tasse und lehnte sich dann an den Kaminsims. Abschätzend durchforschte er Peter. Dunkle Schatten unter den Augen, Blässe, die hohen Wangenknochen, die hervorstachen. Die letzten Tage hatten ihre Spuren hinterlassen.

„Haben Sie mit Mrs Negleys Mann gesprochen?", fragte Peter, nachdem er geendet hatte. Mühevoll unterdrückte er die Tränen.

„Ja, aber er stand ebenso unter starkem Schock. Es war für ihn unvorstellbar, dass seine Frau Suizid begehen würde."

„Und die Autopsie?" Peters Hand, die die Tasse hielt, zitterte. Seine korrekte Kleidung konnte seinen Gemütszustand nicht verbergen.

„Es war eindeutig Selbsttötung. Ebenso kam die Spurensicherung zu keinem anderen Schluss", setzte er ihn vor vollendete Tatsachen. Inspektor Hardcourt trank von seinem Tee und ließ Peter nicht aus den Augen.

„Haben Sie nach anderen Spuren gesucht?" Peter ließ nicht locker. Er wollte es nicht akzeptieren. Es konnte nicht sein.

„Dr. Forgerson", nannte der Inspektor seinen Namen gedehnt. „Das Team ging genau vor. Es wurden alle Möglichkeiten in Betracht gezogen." Peter stellte die unberührte Tasse klappernd auf dem Unterteller ab. „Mir ist sehr bewusst, Dr. Forgerson, dass es schwer für Sie ist zu akzeptieren, dass Mrs Negley Suizid begangen hat, aber alles deutet darauf hin. Es befanden sich nur Fingerabdrücke von Ihnen, ihren Mann, ihr und einige wenige von zwei weiteren Damen im Haus. Wir fanden jene im Wohnzimmer. Mrs Juvet und Mrs Oxton. Beide besuchten sie, als sie vom Krankenhaus zurück war. Niemand in der Nachbarschaft hat eine fremde Person bemerkt, die sich in der Nähe des Hauses aufgehalten hat. Nach allem, was Mrs Negley zugestoßen war, der Verlust ihres Kindes… Sie wissen, wohin diese Trauer führen kann." Stille herrschte. Inspektor Hardcourt fixierte ihn mit einem ernsten Blick. Peters Augenbrauen zogen sich tief zusammen. Er kannte den Gedankengang des Inspektors nur zu gut. Peter blieb stur.

„Ich bin mir sicher, sie wurde unter Druck gesetzt. Als ich sie im Krankenhaus sah, war sie voller Angst."

„Was völlig verständlich ist", bestätigte Inspektor Hardcourt. „Und danach setzten Depressionen ein. Sie verlor ihr Kind."

„Aber es gab einen Mann an ihrer Seite, der sie liebte. Freundinnen. Ist es denn nicht seltsam, dass es so kurz nach dem Auftauchen von Miss Holders Leiche geschah? In welchem Monat war sie schwanger, im Siebten?" DS Ridway nickte bestätigend. Das Band lief ungeachtet weiter. „Es heißt noch lange nicht, dass bei einer Depression unweigerlich der Suizid folgt", entgegnete Peter kämpferisch. In Inspektor Hardcourts Gesicht konnte man deutlich seine Zweifel lesen.

„Nicht unweigerlich, wenn man bei Zeiten die richtige Hilfe erhält. Da stimme ich Ihnen zu, Dr. Forgerson. Aber im Falle Mrs Negley bestehen berechtigte Zweifel. Sie denken doch nicht wirklich, es gibt einen Zusammenhang zwischen beiden Fällen?" Skeptisch zog Inspektor Hardcourt die Augenbrauen nach oben.

„Möchten Sie es ausschließen?", erwiderte Peter angriffslustig.

„Hören Sie, Dr. Forgerson, ich kann sehr gut nachvollziehen, wie Sie sich fühlen. Es hilft Ihnen jedoch nicht weiter, etwas zu konstruieren, was nicht vorhanden ist."

„Das tue ich bestimmt nicht!", fuhr Peter scharf dazwischen. Sofort war er auf den Beinen. Seine Wangen glühten. „Ich bin nicht krank. Ich kann sehr wohl abschätzen, was vor sich geht! Weshalb schreibt man mir diese Briefe? Weshalb legt man mir einen toten Hund vors Auto und schlägt mich nieder? Weil ich vor Trauer krank bin? Glauben Sie das wirklich, Inspektor Hardcourt?!" Nach Peters Ausbruch herrschte Stille. Peter hörte seinen Pulsschlag in den Ohren. Schon bereute er das Gesagte. Die Augen der beiden Polizisten ruhten aufmerksam auf ihn. Peter leckte sich die trockenen Lippen. Seine verkrampften Muskeln schmerzten. Sein Brustkorb hob und senkte sich deutlich. Grimmig verschränkte er seine Arme vor der Brust.

„Darf ich den Brief sehen, den Sie in Enniskillen zugesteckt bekommen haben?", fragte Inspektor Hardcourt dann ruhig. Zögernd trat Peter an den Schreibtisch und zog die unterste Schublade heraus. Er nahm den gefalteten Bogen und reichte ihn ihm. Inspektor Hardcourt fasste ihn jedoch nicht an. Er gab DS Ridway einen Wink, der das Notizbuch in seiner Innentasche verschwinden ließ und ein paar Einweghandschuhe anzog. Dann nahm er eine Zellophantüte aus seiner Jackentasche, faltete den Brief auf und verstaute ihn darin. Erst jetzt nahm ihn Inspektor Hardcourt in die Hand und las ihn eingehend.

„Sie werden nichts an ihm finden, was den Schreiber identifizieren könnte. Die Schrift stammt von einem Computer. Ich bin ebenso davon überzeugt, dass der Nikotingeruch mich auf eine falsche Fährte locken soll."

„Es wird Ihr Tod prophezeit", hob Inspektor Hardcourt hervor, dem dies ganz und gar nicht gefiel. Peter tat es mit einem Schulterzucken ab. Er nahm das Diktiergerät und stellte es ab.

„Es wäre nicht das erste Mal."

„Sie sollten das sehr ernst nehmen", riet ihm Inspektor Hardcourt.

„Keine Sorge, Inspektor, dass tue ich."

„Was bedeuten diese grauen Steine?", fragte er weiter.

„Es gibt sieben Kindergräber auf dem Friedhof in Garrison. Diese Kinder verstarben alle im Zeitraum von zwei Jahren. Richter Dixon kam dies seltsam vor. Ich fand eine Mappe mit Aufzeichnungen unter einem Schrank. Die Todesursache der Kinder wurde nicht wirklich geklärt. Nun, Inspektor Hardcourt, finden Sie diese Zufälle nicht selbst bemerkenswert? Oder möchten Sie mir erläutern, dass kein Zusammenhang besteht? Dass es sich hier nicht um ein Verbrechen handelt?", fragte Peter und schaute ihn herausfordernd an.

„Gibt es einen Beweis?", wollte Inspektor Hardcourt wissen. Peter lächelte sarkastisch.

„Indizien. Richter Dixon war sehr beunruhigt, als er von der Abreise von Miss Holder hörte. Er starb bald darauf an Herzversagen. Ich fand in seinem Apothekerschrank eine halbleere Packung Herztabletten. Digitalis. Miss McAlister versicherte mir, der Richter sei stets gesund gewesen. Keine Spur einer Herzerkrankung." Inspektor Hardcourt lehnte sich bequem zurück, verschränkte die Arme vor der Brust und sah Peter erwartungsvoll an.

„Fahren Sie fort, Dr. Forgerson. Ich bin ganz Ohr."

„Es gibt nicht allzu viel, was ich hinzufügen könnte. Meine Nachforschungen stecken noch in den Kinderschuhen. Jedenfalls bin ich überzeugt, dass hier Verbrechen begangen wurden und alles in einem Zusammenhang steht."

„Falls Sie Recht haben, ist dieser Brief und der Anschlag auf Sie die kleinste Unannehmlichkeit, die Ihnen widerfahren ist." Inspektor Hardcourt stand auf und trat ihm gegenüber. Grimmig durchbohrte er Peter. „Sie werden die Finger von dem allen lassen. Wir werden das in die Hand nehmen. Wenn ein Verbrechen vorliegt, werden wir es aufdecken."

„Und was möchten Sie unternehmen?" Peters Blick glitt zu Sergeant Ridway, der ihm gekonnt auswich. Er wusste, wie die Polizei vorgehen würde. Er kannte ihre Möglichkeiten, ihr Budget.

„Das lassen Sie unsere Sache sein. Ich denke, es gab genug Ärger." Peters Gesicht wurde zur Maske.

„Sie werden nichts tun, was Sie in Gefahr bringt, verstanden?" Es herrschte eisiges Schweigen. ‚Sherlock Holmes', ging es Sergeant Ridway durch den Kopf.

„Dr. Forgerson!", drohte Inspektor Hardcourt.

„Ja, ich habe verstanden.", ereiferte sich Peter.

„Ich muss Sie auf Ihre Staatsbürgerschaft hinweisen und was damit verbunden ist", fuhr der Inspektor bissig fort.

„Das erübrigt sich", zischte Peter und konnte seinen Ärger kaum im Zaum halten.

„Ich verlasse mich darauf." Es klang eindeutig nach einer Drohung.

„Tun Sie das", gab Peter scharf zurück. Inspektor Hardcourt nahm das Diktiergerät, steckte es in seine Jacke und gab DS Ridway einen Wink zum Aufbruch. Peter brachte beide zur Tür. Er öffnete die Haustüre und ließ den Blick über den Garten schweifen.

„Ach ja, ich vergaß…" Er drehte sich zu Inspektor Hardcourt um. „Ich habe meinen Hut bei Mrs Negley liegen lassen." Inspektor Hardcourt konnte ein Seufzen nicht unterdrücken.

„Ich werde mich darum kümmern. Einen schönen Abend, Dr. Forgerson", verabschiedete sich Inspektor Hardcourt und streckte ihm die Hand hin. Überrascht sah Peter ihn an, ergriff und schüttelte sie. Das Gleiche galt für DS Ridway. Peter wartete, bis sie die Gartentür erreichten, dann schloss er die Haustür und verriegelte sie vorsorglich.

„Eigentlich kann ich den Jungen ganz gut leiden", bemerkte DS Ridway und sperrte das Auto auf. Inspektor Hardcourt warf einen Blick zurück.

„Ich denke, für einen Engländer und einen Adeligen ist er ganz in Ordnung. Etwas snobistisch vielleicht", entgegnete er und beide grinsten sich spitzbübisch an.

Lustlos stocherte Peter in seinem Abendessen herum. Miss McAlister goss heißen Tee in seine Tasse und setzte sich zu ihm. Sie hatte selbst nur wenig Appetit.

„Nehmen Sie sich das alles doch nicht so zu Herzen. Es ist nicht rückgängig zu machen. Warum quälen Sie sich selbst so?" Endgültig legte er die Gabel zur Seite.

„Ich war zu spät. Ich war wieder zu spät!", brach es aus ihm heraus. Resigniert fuhr er sich durch die dunklen Locken und vergrub dann sein Gesicht in seinen Händen.

„Wie können Sie so etwas Törichtes sagen? Sie haben Ihr Möglichstes getan. Es ist nicht Ihre Schuld, dass Mrs Negley starb. Sie hat sich selbst das Leben genommen", versuchte sie ihn zu beruhigen, was jedoch gehörig fehl schlug. Peter nahm sogleich die Hände vom Gesicht. Seine Augen spuckten Feuer. Ein Schauer lief Miss McAlister über den Rücken.

„Woher möchten Sie das wissen?!", blaffte er sie an. „Eine halbe Stunde früher. Wäre ich nur eine halbe Stunde früher aufgebrochen und zu ihr gegangen, hätte ich es verhindern können."

„Wenn ich mich nicht irre, mussten Sie Inspektor Hardcourt Rede und Antwort stehen. Wenn dies Ihre Ansicht ist, so verschuldete der Inspektor den Tod von Mrs Negley", entgegnete sie ihm scharf. Peter setzte an, doch sie ließ ihn nicht sprechen. „Mrs Negley wählte den Freitod, welche Beweggründe sie auch immer dazu veranlasste. Aber sie selbst hat sich das Leben genommen, niemand anders. Es ist schlimm. Trotzdem sollten Sie nicht die Verantwortung auf sich nehmen, die Sie nicht zu tragen haben."

„Wenn ich mit ihr gesprochen hätte. Rechtzeitig. Möglicherweise hätte sie mir ihren Kummer anvertraut", erwiderte Peter gequält.

„Dr. Forgerson." Miss McAlister schüttelte unwillig den Kopf. „Warum würde eine Nordirin sich einem Engländer anvertrauen? Einem wildfremden, der auch noch das britische Rechtssystem verkörpert? Verstehen Sie nicht, wie absurd das klingt?" Peter sog scharf die Luft ein. Versöhnlich legte Miss McAlister ihre Hand auf die Seine. „Denken Sie immer daran, Sie haben ihr das Leben gerettet."

„Das sie nach einer Woche weggeworfen hat", beendete er den Satz bitter und fügte hinzu: „Mrs Negley war voller Angst. Der Täter trieb sie in den Selbstmord. Es war bei weitem kein Freitod. Sie flüchtete vor ihm." Miss McAlister musterte ihn kritisch.

„Weiß die Polizei davon?"

„Ja, das tut sie", antwortete er beißend.

„Gut, dann wird sie sich darum kümmern."

„Was möchten Sie damit sagen?" Seine Stimme war schneidend.

„Dass Sie sich da besser raushalten. Gehen Sie Ihrer Arbeit nach und überlassen Sie den Profis das Feld."

„Wie?" Peter traute seinen Ohren nicht.

„Dr. Forgerson. Ich muss Ihnen doch nicht wieder erklären, welchen Stand Sie hier bekleiden. Wenn Ihnen Ihr Leben etwas wert ist, dann kümmern Sie sich um den Nachlass von Richter Dixon", wies sie ihn zurecht. Peters Augen sprühten Feuer.

„Wieviel wissen Sie?"

„Wissen? Ich weiß nichts."

„Ich glaube Ihnen kein Wort, Miss McAlister."

„Dr. Forgerson." Ihre Stimme wurde merklich lauter. „Im Dorf kursieren Gerüchte, man möge Ihnen etwas antun."

„Und wer hat dies gesagt? Nennen Sie mir einen Namen", forderte er sie heraus. Sie zuckte mit den Schultern.

„Das kann ich Ihnen nicht sagen."

„Tatsächlich? Ich denke, Sie möchten es mir nicht sagen", entgegnete er giftig.

„Das ist eine glatte Lüge!", fuhr sie ihn an. Peter zog geräuschvoll die Luft ein. Er durfte jetzt nicht die Kontrolle verlieren. Es würde keinen Sinn machen sich gegenseitig anzuschreien.

„Am besten Sie vergessen dieses Gespräch", erwiderte er und erhob sich. „Ich werde noch arbeiten." Peter konnte es nicht unterlassen, dies extra zu betonen. Er war gerade dabei die Küche zu verlassen, als ihn Miss McAlister nochmals ansprach: „Heute ist die Trauerfeier für Mrs Negley." Sofort drehte er sich zu ihr um.

„Wie?" Perplex sah er sie an.

„Heute Abend ist die Trauerfeier für Mrs Negley", wiederholte sie. Zwischen Peters Augenbrauen bildete sich eine Furche. Sein Blick wanderte zur Uhr. Halb Sieben.

„Ich dachte man beerdigt Menschen bei Tage, auch in Irland." Er konnte sich den Zusatz nicht verbeißen.

„Mrs Negley wird heute nicht beerdigt. Man nimmt an ihrem Sarg Abschied, wie es irische Tradition ist", erwiderte sie hochmütig. Auf Peters fragenden Blick fuhr sie fort. „Der Sarg wird im Haus aufgebahrt. Alle Bekannten und Verwandten treffen sich dort. Es wird musiziert, gegessen und getrunken, an all die schönen Zeiten erinnert, die man gemeinsam mit dem Verstorbenen verbrachte."

„Mrs Negley hat Selbstmord begangen!", stieß Peter schockiert aus, der es nicht glauben wollte.

„Wir lassen niemanden traurig und allein aus dieser Welt gehen",
stellte sie ihn vor vollendete Tatsachen. Peter war sprachlos. Es
übertraf seine Vorstellungskraft.
„Werden Sie auch zu dieser Feier gehen?", fragte er stockend.
„Das habe ich vor. Kann ich mich darauf verlassen, dass Sie heute
nicht mehr außer Haus gehen?" Peter öffnete den Mund, brachte
jedoch kein Wort zustande. Er schäumte vor Wut.
„Es wartet Arbeit auf mich, die mich wohl die ganze Nacht
beansprucht. Ich wünsche Ihnen einen schönen, erinnerungsreichen
Abend", fügte er sarkastisch hinzu, deutete eine leichte Verbeugung
an und ließ sie in der Küche zurück. Der Junge hatte wirklich keine
Manieren.
„Bastard!", zischte Miss McAlister. Sogleich bedeckte sie mit der
Hand ihren Mund.

Niedergeschlagen setzte er sich an den Schreibtisch und starrte eine
Schwarz-weiß Photographie hinter einem billigen Glasrahmen an. Ein
junger Mann stand in Siegerpose da, hob einen großen Fisch in die
Luft und lachte in die Kamera. Der Richter in seinen Jugendjahren.
Peter suchte seine Taschen ab und stellte die Tabletten, die er im
Medizinschrank gefunden hatte, auf den Schreibtisch. Er öffnete
eine Schublade, entnahm ihr das Notizbuch und zog zum Schluss die
Kopie des Gedichts, das ihm gewidmet wurde, aus der Innentasche
seiner ärmellosen Weste und legte sie daneben. Lange saß er so da
und betrachtete nachdenklich die Gegenstände. Vor dem Haus hielt
ein Wagen. Peters Neugierde trieb ihn zum Fenster. Die Autotür
wurde geöffnet und dem Wagen entstieg der gleiche Herr, der
damals Miss McAlister abholte. Leichtfüßig schritt er zur Tür und
klingelte. Ende Sechzig, alleinstehend, besaß einen Faibel für
Digitaluhren mit Metallbändern, las viel und war ein großer
Rosenliebhaber.
„Und höchstwahrscheinlich äußerst angetan von Miss McAlister",
fügte er seinen Folgerungen süffisant hinzu. Miss McAlister erschien
an der Tür. Galant begrüßte er sie mit einem Handkuss und führte
sie in bester Gentleman-Manier zum Auto. Peter nahm wieder hinter
dem Schreibtisch Platz und ließ seine Gedanken schweifen. Wer war
der Täter? Wenn seine Vermutungen stimmten, musste es jemand
sein, der das ganze Dorf kannte und die Möglichkeit besaß, alle
Aktivitäten zu überwachen und zu steuern. Er würde jeden Anlass
wahrnehmen, seine Spione gezielt einzusetzen, um auf bestimmte

Personen Druck auszuüben, seine Exempel zu statuieren und so jeglichen Nährboden der Gegenwehr zu unterdrücken. Wer also war der Drahtzieher? Ihm fielen nur zwei Menschen ein, die dieses Kriterium erfüllen konnten. Der Arzt und der Priester. Ihm war nur einer der beiden bekannt. Zu mindestens flüchtig. Eine Gänsehaut lief seinen Rücken herunter. Der Priester und der Arzt… Peter stand auf und wanderte unruhig im Zimmer auf und ab. Wenn einer von ihnen der Verbrecher wäre… Unwillig schüttelte er den Kopf. Soviel Böses wollte er ihnen nicht unterstellen. Keinem Priester und besonders nicht den Arzt. Sein Vater war Arzt. Sein Bruder war Arzt. Es bedeutete Leben retten, nicht nehmen. Und doch… Je länger er darüber nachsann, desto logischer kam ihm der Schluss vor. Peter nahm das Taschenbuch vom Tisch und blätterte darin herum. Irgendeinen Hinweis musste er doch finden. Wieder ging er die Eintragungen durch. Was bedeuteten all die Abkürzungen und Zahlen? Er brütete darüber, bis seine Augen vor Anstrengung schmerzten. Frustriert nahm er seine Brille ab und rieb sich die Augen. Peter ging zum Lichtschalter und knipste die Oberleuchte an. Dabei fiel sein Blick auf die braune Aktenmappe. Vielleicht könnte ein anderer aus all dem schlau werden, ihm blieb der Sinn verborgen. Ein neuer Gedanke kam ihm in den Sinn. Sein Blick wanderte zum Fenster. Müßig nahm er die Geige aus dem Kasten, stimmte sie und begann darauf einige bekannte Stücke von Bach zu spielen. Etwas Sherlock Holmes konnte nicht schaden. Denn heute war ihm nicht nach Kuchen backen.

Es war schon spät, als Miss McAlister zurückkam. Bereits draußen vernahm sie die klagenden Laute, die er der Geige entlockte. Seufzend wandte sie sich ihrem Begleiter zu.
„Der Junge ist so deprimiert." Ihre Augen wanderten zu dem beleuchteten Fenster.
„Er nimmt sich das alles wohl sehr zu Herzen", stimmte Mr Farley ihr zu und folgte ihrem Blick.
„Wenn man sich vorstellt, dass er sie gefunden hat…" Sie beendete den Satz nicht.
„Es scheint mir, als hat er das Gespür für den Hauch des Todes", bemerkte ihr Begleiter.
„Ihre Ironie ist nicht angebracht, Mr Farley", wies sie ihn scharf zurecht. Ihre Blicke begegneten sich. Mr Farley war ein ehemaliger Schullehrer der hiesigen Schule. Seit seiner Pensionierung leitete er

den monatlichen Salonnachmittag. Diese Nachmittage galten der Kultur, politischen Angelegenheiten des Dorfes und sozialer Nachbarschaftshilfe im Allgemeinen. Böse Zungen behaupteten jedoch, dass sie tatsächlich vor allem dem Dorfklatsch frönten.

„Er wird wohl morgen nicht zur Beerdigung von Mrs Negley erscheinen?", fragte Mr Farley, der den Burschen, von dem das ganze Dorf sprach, gerne kennenlernen würde. Miss McAlister äußerte sich nicht dazu. Stattdessen suchte sie nach den Haustürschlüsseln in ihrer Tasche. „Warum denken Sie, hat man den Hund von den Juvets getötet und ihm vors Auto gelegt?", fragte er in die Stille hinein.

„Wer hat denn das behauptet?" Erzürnt hob sie den Blick. Entwaffnend hob er die Hände und schenkte ihr ein Lächeln.

„Ich habe es vergessen. Man munkelt, die Ereignisse haben mit ihm zu tun und mit seiner Herkunft." Seine Hand deutete zum Fenster.

„Ach, tatsächlich", grummelte Miss McAlister und suchte immer noch ihren Schlüssel.

„Sie können nicht abstreiten, seit der Engländer hier ist, sind seltsame Dinge geschehen. Seltsame und schlimme Dinge", setzte er hinzu. Endlich hatte sie den Schlüssel gefunden. Ohne Kommentar sperrte sie die Tür auf. Was wünschte Mr Farley anzudeuten? Dass der Junge die Ursache allen Übels sei? Die schwermütige Musik durchdrang das ganze Haus. Schrecklich. Es wurde Zeit, dem ein Ende zu setzen. Er musste lernen, mit Verlusten umzugehen oder er würde daran zerbrechen.

„Ich verabschiede mich, Mr Farley. Danke fürs bringen." Der Lehrer nickte, verabschiedete sich gebührlich, warf nochmals einen Blick zum Fenster und verließ sie.

Peter vernahm ihr leises Klopfen an seiner Tür. Ohne sein Spiel zu unterbrechen, bat er sie herein.

„Sie sollten mit dieser traurigen Musik aufhören. Sie sind doch ein gottesfürchtiger Mensch", erklärte sie ohne jegliche Begrüßung. Verdutzt hielt er inne.

„Guten Abend, Miss McAlister", begrüßte er sie und nahm die Geige vom Kinn. „Ich hoffe Sie verbrachten einen netten Abend und haben sich gut amüsiert."

„Sie können Ihren Sarkasmus für sich behalten. Es gibt verschiedene Ansichten über den Tod, Dr. Forgerson. Vielleicht sollten Sie sich damit sorgfältiger auseinander setzen, bevor Sie mich weiter beleidigen. Wir Nordiren gehen anders mit dem Tod um. Dies liegt an unserer Vergangenheit und Religion. Selbstverständlich hat die englische Hochkirche darüber bereits ein Urteil gefällt."

„Natürlich", bestätigte er hochmütig. „Meiner Meinung nach sollten Gläubige, die der katholischen Kirche angehören, trotzdem so viel Anstand besitzen und zumindest den Anschein der Trauer zeigen."

„Ihre Meinung, Dr. Forgerson, ist wirklich belanglos", fauchte Miss McAlister aufgebracht. Ihr Mitleid war wie weggeblasen. „Das weltliche Leben ist unsere Prüfung und der Tod die Befreiung und nach diesen Prinzipen leben wir."

„Im Moment muss ich Ihnen dazu sogar zustimmen." Ihre Gesichtszüge entspannten sich merklich.

„Sie dürfen sich keine Vorwürfe machen. Wie ich bereits sagte, Sie haben Ihr Möglichstes gegeben. Mehr als manch anderer im Dorf."

„Es war nicht genug und das wissen Sie sehr wohl." Peters Augen färbten sich schwarz. Er legte die Geige zurück in den Kasten. „Sind viele Leute gekommen?", wechselte er das Thema. Vom Richtungswechsel irritiert legte sie den Kopf leicht schief und durchforschte sein Gesicht.

„Das ganze Dorf war anwesend", antwortete sie zögernd.

„Wie geht es Mr Negley?", fragte er weiter.

„Er wirkte sehr gefasst. Mrs Juvet hat sich bereit erklärt sich um ihn zu kümmern."

„Hat sie einen Hund erwähnt?" Miss McAlister antwortete nicht sofort. Sie beobachtete, wie er sorgfältig den Geigenkasten schloss und die Schnallen zuschnappen ließ. Sie blieb ihm eine Antwort schuldig. Sanft strich seine Hand über den Geigenkasten.

„Mr Farley hat mich soeben auf den Hund angesprochen", bemerkte sie letztendlich. Peters Augenbrauen wanderten nach oben.

„Mr Farley?"

„Unser Dorflehrer. Er deutete an, dass Sie mit all dem zu tun haben. Und je länger ich darüber nachdenke…" Sie ließ den Satz offen.

„Ja?", bohrte Peter weiter. Seine Wangen röteten sich.

„Was ist wirklich an dem Abend geschehen, als Sie so verschmutzt und zerschunden spät nachts nach Haus gekommen sind? Von wegen Autopanne und Wildunfall. Ich hätte es mir eigentlich denken können. Was hat es mit diesem toten Hund auf sich?" Da stand er nun wieder und musste ihr Rede und Antwort stehen. Wie zu Haus. Ihm schien die Geschichte mit dem Wildunfall plausibel. Wer wusste von dem Hund?

„Es war so, wie ich es Ihnen schilderte.“

„Den Teufel war es!“, fuhr sie auf. „Es ist alles gelogen! Welche Impertinenz! Wie können Sie es wagen, mich in meinem Haus zu belügen?! Meine Gastfreundschaft aufs schmählichste auszunutzen!“

„Dies tue ich sicherlich nicht“, erwiderte Peter scharf. Sein Puls raste, seine Augen waren nun tiefschwarz gefärbt.

„Tun Sie nicht?!“, wiederholte Miss McAlister halb schreiend. Ihre Wangen glühten. Ihre Hände bebten vor Zorn. „Sie geben vor besorgt, um die Menschen hier im Ort zu sein, Trauer für die Toten zu empfinden. Aber in Wirklichkeit leben Sie Ihre Detektivspielerein aus! Ich verabscheue Ihre Arroganz!“

„Sie sollten mit Ihren Äußerungen sehr vorsichtig sein. Das rate ich Ihnen im Guten, Miss McAlister“, entgegnete er in kalter Wut.

„Drohen Sie mir?!“, rief sie laut und schüttelte ihre Fäuste gegen ihn.

„Ich glaube kaum, dass ich dies nötig habe. Wenn Sie mich jetzt bitte entschuldigen.“ Mit einer bestimmenden Geste verwies er sie zur Tür, dann drehte er sich gelassen um. Miss McAlister explodierte endgültig.

„Sie Ausgeburt der Hölle!“, schrie sie aus vollem Halse. In blindem Zorn riss sie den Gehstock des Richters, der mit einem Messingkauf versehen war, aus dem Schirmständer, stürzte sich auf den ihr zugekehrten Rücken und schlug mit wilder Wut zu. Bevor Peter reagieren konnte, traf der zweite Schlag ihn am rechten Teil des Hinterkopfs. Bewusstlos brach er vor ihr zusammen. Zwei weitere Schläge folgten, bis Miss McAlister bewusst wurde, was sie tat. Gebannt starrte sie auf die reglose Gestalt am Boden. Ihr Herz raste, die Hände waren schweißnass. Sie atmete schwer. Als habe sie sich die Finger verbrannt, ließ sie den Stock fallen. „Dr. Forgerson?“, hauchte sie und starrte auf die Person zu ihren Füßen. Keine Regung. Langsam bückte sie sich zu ihm herunter. „Dr. Forgerson?“, wiederholte sie brüchig seinen Namen. Keine Reaktion. Vorsichtig berührte sie seinen Hinterkopf. Ihre Finger wurden nass. Sofort zog sie sie zurück. Blut klebte an ihnen. „Oh Gott!“, stöhnte sie. Er war tot. Sie hatte ihn im blinden Zorn getötet. Aschfahl wurde ihr Gesicht. Ihre Lippen zitterten. Sie hörte ihr Herz in den Ohren schlagen. „Oh Gott!“, wimmerte sie und brach in Tränen aus. Draußen fuhr ein Auto vor. Nur von weiter Ferne nahm sie die Geräusche wahr.

„Erbarme dich meiner“, begann sie zu beten. Eine Frauenstimme rief im unteren Hausflur ihren Namen. Sanft glitt ihre Hand über Peters dunkles Haar. „Gott gib ihm die ewige Ruhe", murmelte sie wie hypnotisiert. Wieder erklang ihr Name, doch sie vermochte nicht zu antworten. Ihre Augen hafteten auf dem blassen Gesicht des reglosen Anwalts. Polternde Schritte waren auf der Treppe zu hören. Ihr Name wurde wieder gerufen. Lauter, drängender. Krachend flog die Tür auf. Helena stand, direkt von ihrem Bruder gefolgt, im Türrahmen. Sie wollte den Namen ihrer Tante rufen, doch bei dem Anblick, der sich ihnen bot, blieben ihr die Worte im Halse stecken. Miss McAlister drehte den Kopf zu ihr.

„Ich habe ihn getötet", murmelte sie unter Tränen. Helena war zu Eis erstarrt. Sie konnte nicht fassen, was sie sah. Ian hatte sich schnell gefasst. Brüsk schob er seine Schwester zur Seite und kniete sich neben seine Tante. Sofort begann er Peters Puls und Atmung zu kontrollieren. Er unterließ es, seine Tante anzusehen und wandte sich stattdessen an seine Schwester: „Er ist bewusstlos. Fahr runter ins Dorf und hol Dr. Penell. Beeile dich!"

„Er ist nicht tot?", wisperte Miss McAlister ungläubig. Ian schüttelte den Kopf.

„Geh endlich!", fuhr er Helena an. Erschrocken zuckte sie zusammen. Dann riss sie sich aus ihrer Erstarrung los und verschwand. Ihre Absätze klapperten auf der Treppe und gleich darauf fiel die Tür laut ins Schloss. „Tante Clare, würdest du bitte das Verbandszeug und eine Decke holen?", bat Ian und kontrollierte wieder Peters Lebensfunktionen. Langsam erwachte sie aus ihrem Schock.

„Verbandszeug, Decke, natürlich", murmelte sie und richtete sich auf. „Ich..." Sie stand da und starrte auf die beiden am Boden. Ian drehte sich zu seiner Tante. Ihr Gesicht war immer noch aschfahl. Ihr Makeup von den Tränen verschmiert.

„Es wird alles gut", versicherte er ihr. Sie nickte tief traurig und schritt aus dem Zimmer. Als sie zurückkam, hatte Ian ihn in die stabile Seitenlage gebracht. Mit zitternden Händen reichte sie ihm Verbandszeug und eine Wolldecke. Ian nahm sie, legte die Decke über Peter, riss das Päckchen mit dem Verbandsmull auf und drückte es auf die Wunde am Kopf.

„Was ist passiert?", wollte Ian wissen. Miss McAlister kniete sich neben ihn. Sanft berührte sie Peter an der Schulter. Seine Augen waren geschlossen. Das Gesicht war bleich.

Wir haben uns gestritten. Er, er…" Miss McAlister schluckte. Ein großer Kloß hatte sich in ihrem Hals gebildet. „Er kann so provokant sein."

„Er ist Engländer", erwiderte Ian, als wäre damit alles gesagt.

„Er wird doch überleben?", fragte Miss McAlister ängstlich.

„Davon gehe ich aus", entgegnete Ian.

Es roch nach Staub. Undeutliche Stimmen waren zu hören. Seine Augenlider flatterten.

„Dr. Forgerson?", nannte Miss McAlister hoffnungsvoll seinen Namen. Peter schloss wieder die Augen. Ein Presslufthammer arbeitete in seinem Schädel. „Dr. Forgerson?" Erneut öffnete er die Augen, sah jedoch nur undeutlich das Muster des burgunderfarbenen Teppichs. Seltsam. Langsam kam die Orientierung zurück. Er lag auf dem Boden im Arbeitszimmer. Wie kam er hier hin und weshalb schmerzte sein Kopf so sehr? Peter bewegte sich. Nicht empfehlenswert. Ein Stöhnen entrang sich seiner Kehle.

„Bleiben Sie ruhig liegen, Dr. Forgerson, gleich wird Dr. Penell eintreffen", empfahl ihm Ian. Sogleich begannen die Alarmglocken in Peters Kopf zu schellen.

„Dr. Penell?" Seine Zunge wollte seinen Worten noch nicht folgen. Er hatte sicherlich nicht vor, wieder dem Arzt zu begegnen.

„Mir geht es gut. Es war nur…" Er brach ab. Die Erinnerung kehrte allmählich zurück. „…eine Schwäche", grummelte er.

„Bleiben Sie liegen", befahl Ian streng, der Peters fahrige Bewegungen richtig deutete. „Ich…" Ihm wurde übel. Peter schloss wieder die Augen. Versuchte ruhig zu atmen. ‚Beim Zeus!', fluchte er innerlich. Zwei Autos hielten vor dem Haus. Autotüren wurden geschlagen, dann Schritte auf der Treppe.

„Na, wo haben wir denn den Patienten?", fragte eine männliche Stimme.

„Hallo Dr. Forgerson, können Sie mich verstehen?", fragte Dr. Penell und kniete sich zu Ian. Sofort schlug er die Augen auf.

„Mir geht es gut. Nur eine kleine Unpässlichkeit", murmelte Peter und versuchte sich aufzurappeln.

„Das freut mich." Mit einem aufmunternden Lächeln wandte er sich an Ian. „Helfen Sie ihm bitte sich aufzusetzen." Verwundert sah ihn Ian an und kam seinem Wunsch nach. Dr. Penell zog eine kleine Taschenlampe aus seiner Brusttasche und leuchtete Peter in die

Augen. Peter zwinkerte und drehte seinen Kopf zur Seite. Schwindel setzte ein. ‚Einfach wieder hinlegen‘, wünschte er sich. Er schloss die Augen. „Was ist passiert?“, erkundigte sich Dr. Penell und knöpfte Peters linken Ärmel auf. Ian hatte sich hinter Peter platziert und stützte seinen Rücken.

„Ich hatte eine Schwäche und bin wohl dabei ohnmächtig geworden. Wie es scheint, bin ich gestürzt und habe mir den Kopf am Schreibtisch gestoßen“, murmelte Peter und wünschte einfach sich nur wieder hinlegen zu können. Er bekam eine Manschette um seinen Oberarm gelegt. Mit Druck des Blasebalgs wurde sie enger. Dr. Penell beobachtete die Anzeige, legte noch sein Stethoskop an die Innenseite des Unterarms und lauschte. Nach einer Minute nickte er zufrieden.

„Er blutet am Kopf“, erklärte Ian. Dr. Penell nickte gutmütig. Die beiden Frauen beobachteten ihn genau. Kurz und schmerzlos untersuchte er die Stelle.

„Es ist nicht schlimm. Die Stelle hat bereits aufgehört zu bluten. Dr. Forgerson hat sich eine kleine Gehirnerschütterung zugetragen. Kaum der Rede wert. Ich schlage vor, er legt sich ins Bett, schläft sich aus und ist bald wieder der Alte.“ Ian runzelte unwillkürlich die Stirn. Das konnte nicht alles gewesen sein. Dies war doch keine wirkliche Untersuchung.

„Wo ist sein Zimmer?“, fragte Dr. Penell.

„Gleich neben an“, antwortete Miss McAlister erleichtert.

„Gut“, nickte der Arzt. Er richtete sich an Ian. „Helfen Sie mir bitte, dann packen wir ihn ins Bett.“ Nach den Anordnungen von Dr. Penell schafften sie Peter ins Schlafzimmer, zogen ihm die Hosen aus und verfrachteten ihn ins Bett. Er reichte Ian eine Packung Tabletten. „Falls er etwas Kopfschmerzen hat, kann er drei Mal am Tag eine nehmen. Sie werden sehen, morgen ist er wie neu.“

„Sollte man ihn nicht sicherheitshalber ins Krankenhaus bringen lassen? Immerhin hat er eine Kopfverletzung erlitten“, fragte Ian, dem das alles suspekt vorkam.

„Ich bezweifle, dass Dr. Forgerson dies nötig hat. Meines Wissens ist seine Verletzung gering.“ Er klappte seine Arzttasche zu.

„Aber…“ Ians Blick glitt zu Helena. „Möglicherweise ist seine Verletzung nicht mit dem bloßen Auge zu erkennen. Ihm ist übel.“

„Mr Artkinson, möchten Sie meine Fachkompetenz in Frage stellen?“ Dr. Penell baute sich mit seinen sechs Fuß vor Ian auf. Ian hob den Kopf und erwiderte herausfordernd seinen Blick.

„Ich mache mir Sorgen", antwortete er kurz angebunden.

„Die nicht von Nöten sind." Er deutete zu Peter. „Der Junge wird sich schnell erholen. Von etwas Kopfschmerzen stirbt man nicht. Falls er morgen noch an seinen Blessuren leidet, können Sie mich anrufen." Ian öffnete den Mund, doch Dr. Penell kam ihm zuvor. „Wenn es Sie beruhigt, stellen Sie ihm einen Eimer neben das Bett, dann besudelt er nicht den teuren Teppich Ihrer Tante." Mit einem aufmunternden Lächeln verabschiedete er sich von ihnen und verließ leichtfüßig das Haus. Ungläubig starrte Ian den leeren Gang an und hörte wie das Auto weg fuhr.

„Was war das?", fragte er seine Schwester und fühlte sich, als wäre er soeben aus einem bösen Traum erwacht.

„Wie meinst du das?", fragte Helena irritiert.

„Das war keine Untersuchung, das war ein Witz!", ereiferte sich Ian.

„Ian", mahnte ihn Helena.

„Du hast es gesehen, du warst dabei!", brauste er auf.

„Bitte nicht so laut", nuschelte Peter. Seine Augen waren geschlossen. Sein Gesicht immer noch bleich.

„Dr. Penell ist unser Arzt. Er wird wissen, was er tut", erwiderte Helena und sah Peter zweifelnd an.

„Den Teufel weiß er! Sieh ihn dir an! So kann man doch niemanden liegen lassen. Was ist, wenn er innere Verletzungen hat und heute Nacht stirbt? Es wird eine Autopsie geben."

„Eine Autopsie?", wiederholte Miss McAlister und beäugte ängstlich die Gestalt im Bett.

„Ich sterbe nicht. Lassen Sie mich einfach nur allein", murmelte Peter kaum hörbar.

„Sie werden feststellen, an was er wirklich gestorben ist und was ist dann mit Tante Clare?"

Ian ließ nicht locker. Angst flackerte in Helenas Augen auf.

„Was schlägst du vor?"

„Wir packen ihn ins Auto und fahren ihn in die Klinik."

„Wie?", fragte Peter alarmiert. Seine Augen waren geöffnet. Der blanke Schrecken stand in seinem Gesicht.

„Ich werde nicht sterben. Wirklich. Lassen Sie mich einfach hier liegen", bat er inständig.

„Du hast Recht. Er muss ins Krankenhaus", stimmte ihm Helena, nachdem sie Peter intensiv gemustert hatte, zu. Wie konnte sie nur so blind sein! Es ging ihm wirklich schlecht. Ihre Tante schlug ihm einen schweren Messingknauf auf den Kopf. Wahrscheinlich hatte er es verdient, aber wenn er wirklich sterben würde… Sie wollte sich den Gedanken nicht weiter ausmalen. „Wir ziehen ihn an und packen ihn ins Auto", beschloss sie und trat zum Kleiderschrank.

„Wie?" Peters Stimme klang panisch. „Ich bitte Sie, lassen Sie mich einfach hier liegen. Morgen bin ich wieder in Ordnung", flehte er. Ihm war übel, ihm war schwindlig. Sein Kopf wurde von einem Presslufthammer zerschlagen. Konnte man ihn nicht einfach in Ruhe sterben lassen? Helena zog ein frisches Hemd und einen Pullover aus den Schrank und ging zu ihm ans Bett.

„Wir bringen Sie jetzt ins Krankenhaus", erklärte sie und zog entschlossen die Decke beiseite. Peter stöhnte auf. Seine Gegenwehr beim Anziehen war jedoch gering. Ihm fehlte einfach die Kraft. Nachdem sie ihn angezogen und in seinen Mantel gepackt hatten, brachten sie ihn ins Auto. Miss McAlister folgte ihnen zur Gartentür.

„Er wird wieder gesund, Tante Clare", versicherte ihr Ian und nahm sie in die Arme. „Glaub mir." Zweifelnd nickte sie. „Geh ins Bett. Wir kümmern uns um ihn. Er kommt wieder in Ordnung, okay?" Ian gab ihr einen Kuss auf die Stirn und setzte sich dann zu Peter auf den Rücksitz. Wehe, er unterstand sich und starb.

Helena fuhr los. Sie waren noch keine Meile gekommen, als Peter wieder zu betteln begann.

„Kehren Sie bitte um. Ich möchte mich wieder hinlegen. Mir ist schlecht. Ich muss mich übergeben. Ich werde Ihren Wagen besudeln." Tränen schimmerten in seinen dunklen Augen. Helena warf einen sehr besorgten Blick in den Rückspiegel.

„Wovor haben Sie Angst?", fragte Ian und legte ihm eine Decke über die Beine. Peter begann stark zu zittern.

„Ich…" Er brachte keinen Ton mehr heraus. Schwindel packte ihn. Um ihn herum begann sich alles zu drehen. Sein Mageninhalt bewegte sich nach oben. „Ich muss mich übergeben!", stieß er panisch aus. Sofort hielt Helena am Straßenrand. Ian sprang heraus, kam ums Auto herum und riss die Tür auf. Peter beugte sich heraus und übergab sich. Ian hielt ihn fest, bis er fertig war. Er reichte ihm ein paar Taschentücher. Vor ihm saß nur noch ein Häufchen Elend. Behutsam bettete er ihn ins Auto.

„Können wir fahren?", drängte ihn Helena.

„Ja", knurrte Ian. Peter hatte die Augen geschlossen.

„Ich möchte sterben", jammerte er halblaut.

„Das würde Ihnen so passen", zischte Ian ärgerlich und gab seiner Schwester ein Zeichen. Sie setzten sich wieder in Bewegung. Es bedurfte zwei weiterer Stopps, bis sie endlich das Krankenhaus erreichten.

„Wir sind da", bekundete Helena, als sie den Wagen vor der Notaufnahme zum Stehen brachte. Ihre Worte klangen für Peter kaum erlösend.
„Lassen Sie mich hier und ich kann in Ruhe sterben", wimmerte er. Ian schnaubte etwas Verächtliches und stieg aus.
„Sollen wir einen Pfleger suchen?", fragte sie und stieg ebenso aus. Sie erhielt ein Kopfschütteln zur Antwort.
„Das dauert zu lange."
„Aber…"
„Hilf mir lieber", befahl er und kam um das Fahrzeug herum. Geschickt griff er Peter unter die Arme und holte ihn aus dem Wagen. Sofort war Helena zur Stelle. Peter murmelte etwas Unverständliches.
„Es geht ihm wesentlich schlechter", stellte sie ängstlich fest.
„Das ist mir nicht entgangen", knurrte Ian und deutete auf den Rollstuhl am Eingang. Gemeinsam trugen sie ihn die Stufen hoch und setzten ihn hinein. Die Automatiktür öffnete sich und sie fuhren ihn zur Anmeldung.
„Wir haben einen Notfall…", begann Ian. Der Angestellte hinter der Theke nickte und griff sofort zum Telefon. Nach einem kurzen Gespräch wandte er sich wieder an Ian: „Es kommt sofort jemand, der Ihnen helfen wird." Peter saß völlig zusammengesunken im Stuhl und hielt sich den Kopf. Einige Passanten beäugten sie neugierig. Es dauerte keine zwei Minuten, da näherten sich schon zwei Pfleger mit einer mobilen Trage.
„Was ist passiert?", fragte einer der Pfleger und gab seinem Kollegen ein Zeichen. Zusammen legten sie Peter ohne großes Aufhebens auf die Trage.
„Er wurde niedergeschlagen", antwortete Ian abrupt.
„Ian", mahnte ihn Helena und berührte Ians Oberarm, der sie grob abschüttelte.
„Und wann ist es geschehen?", fuhr der Pfleger fort, während dessen sie schon auf dem Weg zur Notaufnahme waren.
„Vor etwa zwei Stunden."

„Kommen Sie mit", forderte er beide auf und winkte sie durch zwei elektronisch öffnende Flügeltüren, durch die sie Peter fuhren. Helena hielt ihren Bruder am Ärmel fest.

„Ich weiß nicht, Ian, denk an Tante Clare. Du sagtest doch selbst…"

„Helena!" Er duldete keinen Widerspruch. Wütend umschloss er ihr Handgelenk und zog sie hinter sich her.

Das Untersuchungszimmer glich jenen, in dem er das letzte Mal, als Mrs Negley eingewiesen wurde, gelandet war. Es wirkte vorwiegend steril und abweisend. Der dunkelhaarige Pfleger verschwand in dem angrenzenden Raum. Stimmengewirr war zu vernehmen. Ian zupfte nervös an dem locker gewordenen Knopf seines Mantels. Er vermied es tunlichst seine Schwester anzusehen. Der Pfleger kam mit einer Frau zurück. Sie trug über einem marineblauen Kostüm einen weißen Kittel. Aus der rechten Tasche hing ein Stethoskop. Sie warf den Beiden einen prüfenden Blick zu, sprach jedoch nicht. Der Pfleger deutete auf die Trage. Sie erstarrte augenblicklich.

„Was ist passiert?!", fuhr sie Ian an.

„Er wurde niedergeschlagen", stammelte Ian.

„Ich bin gestürzt", murmelte Peter. Alle Blicke richteten sich plötzlich auf ihn. Er hatte seine Augen geöffnet und sah sie an.

„Mein guter Dr. Forgerson…"

„Sie kennen ihn?" Helena starrte sie entgeistert an.

„Ja, wir sind uns schon begegnet." Ihr Blick ruhte auf ihm. Sein Gesicht war immer noch kreidebleich. Peter begann wieder leise zu sprechen: „Ich bin unglücklich gefallen und habe mir dabei den Kopf gestoßen. Mir wurde übel und Mr Artkinson bestand darauf mich ins Krankenhaus zu bringen." Peter schloss die Augen, sammelte seine Kräfte. „Ich bin in Ordnung", fügte er hinzu. Seine Stimme klang jedoch nicht überzeugend.

„Natürlich." Ein feines Lächeln erschien auf ihren Lippen. Sie wies einen der Pfleger an den Röntgenraum vorzubereiten. „Sie sind also gestürzt und haben sich den Kopf angestoßen", fuhr sie fort, als sie ihn zum Röntgenraum schoben

„Richtig", murmelte Peter.

„Und wer hat Ihren Kopf bandagiert?"

„Dr. Penell", antwortete Helena an seiner Stelle.

„Dr. Penell?" Sie hob fragend die Augenbrauen. „Ist er praktizierender Arzt?" Helena nickte.

„Und weshalb haben Sie ihn her gebracht?" Sie warf Ian einen forschenden Blick zu. Der Röntgenraum war kühl. Helena fröstelte. Behutsam legten sie Peter auf den Behandlungstisch. Dr. Ruthland nahm einen Bleiumhang vom Ständer und legte ihm Peter um den Hals.

„Wann wurden Sie zum letzten Mal geröntgt?" Ihre Frage klang mechanisch.

„Vor einem Jahr, ungefähr", antwortete Peter. Sie nahm einen Bogen aus einem Fach und füllte ihn aus, dann befestigte sie ihn an einer Kladde. Danach ging sie rüber zum Röntgenapparat und stellte ihn ein. Beruhigend legte sie Peter eine Hand auf die Schulter. „Sie bleiben jetzt brav liegen, halten die Augen geschlossen, bis ich Ihnen sage, Sie können sie öffnen, und bewegen sich nicht. Wir sind gleich wieder zurück." Sie gab den Geschwistern einen Wink und sie betraten gemeinsam den Nebenraum. Dr. Ruthland betätigte ein paar Knöpfe und wandte sich den Geschwistern wieder zu. Das Gerät brummte und setzte sich in Bewegung.

„Was ist wirklich geschehen? Was bedeutet dieses ganze Wirrwarr von niedergeschlagen worden und gefallen zu sein? Ich möchte die Wahrheit erfahren." Helena fuhr nervös mit den Schuhen die Linien der Fliesen nach. Ian beobachtete seine Schwester, hob unverwandt den Kopf und sah Dr. Ruthland geradeheraus an.

„Woher kennen Sie Dr. Forgerson?"

„Ich war der behandelnde Arzt, als er mit Mrs Negley eingewiesen wurde", antwortete sie. „Und möglicherweise kenne ich ihn noch ein wenig mehr."

„Ärztliche Schweigepflicht?", fragte Helena.

„Die bin ich nur dem Patienten schuldig, aber ich kann nach den Verletzungen, die ich bei Dr. Forgerson feststelle, mein Urteil abgeben und eine Untersuchung in Gang setzen." Ihre Drohung war unverkennbar.

„Also gut."

„Ian", mahnte ihn Helena, doch er wischte ihren Einspruch mit einer Handbewegung beiseite. Er schilderte Dr. Ruthland, was im Hause seiner Tante vorgefallen war. Ebenso das Benehmen von Dr. Penell.

„Verflucht, das war doch keine Behandlung!", wütend ballte Ian seine Hand zur Faust. „Falls er heute Nacht gestorben wäre..." Dr. Ruthland schenkte ihm ein feines Lächeln, steckte den Kopf zur Tür raus und sagte: „Sie dürfen die Augen öffnen. Ich hole die Bilder und bin gleich bei Ihnen. Bleiben Sie liegen." Mit ernstem Gesicht drehte sie sich zu Ian um. „Sie haben Recht. Es war keine korrekte Behandlung." Sie ging zu einem Apparat und entnahm ihm drei große, dunkle Negative. „Es scheint mir, Ihr Dorf kann Dr. Forgerson nicht besonders leiden."

„Er macht es einem auch nicht leicht", bestätigte Helena grimmig.

„Das glaube ich gerne." Dr. Ruthland befestigte die Bilder in dem Lichtbilderkasten und studierte sie eingehend. Danach nahm sie das Telefon und wählte eine Nummer. „Mr Newton, bitte bereiten Sie ein Bett für Dr. Forgerson und bringen Sie ihn in das Behandlungszimmer zurück." Sie hörte die Antwort und legte auf.

„Sie werden ihn hierbehalten", schloss Ian.

„Richtig. Ich erkläre es Ihnen im Beisein von Dr. Forgerson." Unbewusst steckte sie ihr Stethoskop tiefer in die Tasche.

„Hat er innere Verletzungen?" Helenas Augen spiegelten deutlich ihre Angst wieder. Dr. Ruthland verneinte.

„Ihr Arzt hat Recht. Dr. Forgerson erlitt eine Gehirnerschütterung. Ich möchte sicher gehen, dass es nichts weiter ist. Es könnte sich ein Hämatom bilden. Immerhin war er für einige Zeit bewusstlos und fühlt Schwindel und Übelkeit. Ich möchte auf Nummer sicher gehen."

„Wie lange möchten Sie ihn hierbehalten?", fragte Ian.

„Zwei Nächte bestimmt, dann sehen wir weiter. Ihre Tante besitzt einen harten Schlag." Sie konnte sich ein Grinsen nicht verkneifen.

Peter lag auf dem Behandlungstisch. Die Hände umschlangen schützend seine Schultern. Der Pfleger hatte ihn mit einer Decke zugedeckt und wartete geduldig.

„Ist es üblich, dass Sie Ihre Patienten Stunden allein herumliegen lassen?", beschwerte er sich und konnte seine Angst mit dem bissigen Ausdruck in seiner Stimme nicht kaschieren. Dr. Ruthland steckte die Bilder wieder in den Lichtbilderkasten und studierte sie demonstrativ. Peter betrachtete die Bilder ebenfalls. Seine Augenbrauen zogen sich merklich zusammen. Sie wartete auf eine Reaktion. Peter durchforschte ihren entschlossenen Blick. Ihm wurde kalt.

„Ich werde nicht hier bleiben", war sein erster Kommentar.

„Wie viele Gehirnerschütterungen haben Sie schon erlitten, Dr Forgerson?"

„Einige. Und die Erfahrung hat mich gelehrt, dass man davon nicht stirbt. Es gibt für Gehirnerschütterungen keine spezielle Behandlungsmethode. Es erübrigt sich daher, dass ich hier bleibe. Ich kann mich genauso gut zu Hause ins Bett legen und Ruhe halten." Seine Augen funkelten angriffslustig.

„Ihr Vater wird Ihnen gelehrt haben, dass sich nach so einem Schlag immer noch ein Hämatom bilden kann. Und sollte dies der Fall sein, können wir sofort handeln. Sie bleiben hier und werden unsere Gastfreundschaft in Anspruch nehmen."

„Das werde ich sicherlich nicht." Peter stützte sich auf die Ellbogen.

„Dr. Forgerson, möchten Sie sich jetzt wirklich unbeliebt machen? Haben Sie dies heute nicht schon hinter sich gebracht?" Überrascht riss er die Augen auf. Seine Wangen bekamen wieder etwas Farbe.

„Ich…", stammelte er völlig überrumpelt.

„Machen Sie bitte Ihren Oberkörper frei, damit ich Sie untersuchen kann. Und dann möchte ich mir noch Ihre Kopfwunde ansehen. Möglicherweise müssen wir sie nähen." Peter wurde bei dem Gedanken wieder kreidebleich. Dr. Ruthland wandte sich an die Geschwister: „Sie können Dr. Forgerson jetzt ruhig meiner Obhut überlassen. Er ist in besten Händen." Ians Blick wanderte von ihr zu Peter und zurück.

„In Ordnung", stimmte er dann zu. Dr. Ruthland begleitete beide zur Tür.

„Machen Sie sich keine Sorgen, er kommt schon wieder auf die Beine."

„Ja. Vielen Dank." Helena lächelte sie an. Ihre Erleichterung war deutlich zu sehen. Ians Blick folgte dem Gang, dann sah er Dr. Ruthland an.

„Ich habe gegen den Rat meines langjährigen Hausarztes verstoßen. Ich misstraue ihn jetzt. Ich misstraue einen Menschen, den ich beinahe ein Leben lang kenne. Und dies nur wegen eines Engländers, den er nicht fachgerecht behandelte." Ohne auf eine Erwiderung zu warten, nickte er ihr zu, nahm seine Schwester an der Hand und verließ sie. Nachdenklich sah sie den Beiden nach. Der junge Mann hatte Recht. Der Engländer veränderte vieles.

Peter verschlief beinahe den folgenden Tag, bis auf die Untersuchungen, die die Ärzte an ihm durchführte. Sein Kopf brummte immer noch und die Übelkeit hatte nur wenig abgenommen. Er zwang sich an nichts zu denken und die Zeit mit Ruhe zu verbringen.

Tags darauf fühlte er sich weitgehend besser. Die Kopfschmerzen meldeten sich bei heftigen, ruckartigen Bewegungsabläufen und Übelkeit überkam ihn , wenn er aufstand. Nur das flaue Gefühl in seiner Magengegend ließ ihn nicht in Ruhe. Während eine Schwester den Puls kontrollierte und die Temperatur maß, klopfte es an der Türe. Peter hob den Kopf. Es klopfte wieder, dann öffnete sich die Tür und Inspektor Hardcourt stand auf der Schwelle.
„Guten Tag, Dr. Forgerson", begrüßte er ihn kurz und warf der Schwester einen scharfen Blick zu. „Lassen Sie uns bitte allein, Schwester", befahl er ihr während er seinen Hut abnahm.
„Ich bin noch nicht fertig", gab sie herausfordernd zurück und griff demonstrativ eine leere Spritze vom Tablett.
„Aber jetzt sind Sie es, meine Dame." Der Inspektor zog den Dienstausweis aus der Jackentasche und hielt ihn ihr hin. Ungerührt zuckte sie mit den Schultern.
„Wenn Sie es wünschen", erklärte sie kalt, legte die Spritze zurück, nahm das Tablett und schloss hinter sich die Türe.
„Danke für die schnelle Rettung", murmelte Peter erleichtert. Inspektor Hardcourt konnte bei seinem ängstlichen Gesicht ein Grinsen nicht unterdrücken.
„Gestern fand die Beerdigung von Mrs Negley statt", setzte er ihn in Kenntnis und zog sich einen Stuhl ans Bett. Ihre Blicke trafen sich. Inspektor Hardcourt legte seinen Hut auf dem Tischchen ab und setzte sich. Peter wartete gespannt auf seinen Bericht. „Ich besuchte mit DS Ridway die Beisetzung. Nur das Dorf war anwesend. Kein Fremder hatte sich zu der kleinen Trauergesellschaft begeben."
„Und das stört Sie", schloss Peter, drückte auf einen Knopf und ließ das Rückenteil hochfahren, so dass er eine sitzende Position einnehmen konnte.

„Ich hatte mir etwas mehr erhofft", gestand er und verschränkte seine Arme vor der Brust.

„Sie zweifeln den Suizid an?"

„Nein, keinesfalls."

„Und weshalb sind Sie dann so verstimmt?"

„Ich bin durchaus nicht verstimmt. Ich hielt es für sinnvoll, Ihre Theorie zu überprüfen", brummte Inspektor Hardcourt und stierte ihn an. „Ich möchte wissen, weshalb Sie hier gelandet sind."

„Eine dumme Geschichte. Ein kleiner, nicht nennenswerter Unfall", entgegnete Peter leichthin.

„Tatsächlich?", bemerkte der Inspektor und sah ihm in die Augen.

„Ja, sicher. Kann ich Ihnen etwas zu trinken anbieten? Ich habe hier einen außergewöhnlich elend schmeckenden Kräutertee", wechselte Peter schnell die Richtung und hob die Teekanne hoch. Inspektor Hardcourt hob abwehrend die Hände.

„Kein Bedarf, danke. Also ein kleiner Unfall." Seine Gestik zeigte unmissverständlich, dass er Peter nicht glaubte. Spuren von Übermüdung und Stress waren deutlich in dessen Gesicht zu lesen.

„Wirklich. Ich bin unglücklich gestürzt. Es war töricht von mir."

„In der Tat", merkte Inspektor Hardcourt unzufrieden an. Peter hob verlegen die Hände.

„Ich habe nicht aufgepasst, bin unglücklich gefallen, so dass ich mir eine Gehirnerschütterung zugezogen habe." Seine Wangen färbten sich rot.

„Und dabei sind Sie noch gegen eine Tür gelaufen", setzte Inspektor Hardcourt missgestimmt hinzu und schüttelte unwillig den Kopf. Die grimmige Miene ließ nicht zweifeln, was er von seiner Aussage hielt. Peter spürte, wie seine Wangen zu glühen begannen. Er schluckte und fuhr sich durch seine dunklen Locken, spürte den Verband auf seinem Kopf.

„Es ist nichts Schlimmes passiert. Eine kleine Dummheit, die nicht wieder vorkommen wird", versicherte er und beeilte sich, den Inspektor nicht zu Wort kommen zu lassen. „Aber Sie sind bestimmt nicht hier, um mir einen Krankenbesuch abzustatten. Was ist geschehen?", wollte er wissen und lenkte das Gespräch in eine andere Richtung. Inspektor Hardcourts Blick ruhte lange auf ihm, bis er endlich sagte: „Wir haben die Waffe, mit dem der Hund von Miss Holder getötet und verunstaltet wurde gefunden."

Überrascht starrte er den Inspektor an.

„Das Messer befand sich in Mrs Negleys Badezimmer. Die Kriminaltechnik bestätigte, dass es sich um die Tatwaffe handelte“ Peters Gedanken rasten.

„Mrs Negley hat doch wohl kaum dieses Messer, mit dem man den Hund getötet hat, ihre Pulsadern...“ Er brach mitten im Satz ab. Ungläubig hob er seine Hände.

„Nein.“

„Nein“, murmelte er und schien sehr erleichtert. Inspektor Hardcourt ließ ihn nicht aus den Augen.

„Mrs Negley schnitt sich die Pulsadern mit der Rasierklinge ihres Mannes auf.“

„Aber das Messer...“, erwiderte Peter abwesend, mit den Gedanken bereits weit weg.

„Wir fanden es unter der Wickelkommode.“

„Wann haben Sie erfahren, dass es sich um die Tatwaffe handelt?“

„Gestern am späten Nachmittag kam der Bericht. Die Frage ist: Wie kam das Küchenmesser gerade in ihr Bad? Und was hatte es dort zu suchen?“ Inspektor Hardcourt entnahm seiner Jackentasche ein Pfefferminzbonbon und entwickelte es mit großer Sorgfalt.

„Weshalb ließ man es nicht einfach verschwinden?“, grübelte Peter halblaut und beobachtete die Finger das Bonbon auswickelten. Inspektor Hardcourt hob endlich den Blick.

„Vielleicht können Sie mir all diese Fragen beantworten, Dr. Forgerson.“

„Ich?“ Peter richtete sich überrascht in seinem Bett auf. „Warum gerade ich?“

„Sherlock Holmes?“, schlug der Inspektor ironisch vor. Peters Miene verdunkelte sich sofort..

„Was soll diese dumme Bemerkung?“, zischte er aufgebracht. Inspektor Hardcourt beugte sich leicht vor.

„Sie wissen wesentlich mehr, als Sie mir erzählten. Diese Briefe, die Sie erhielten, deuten darauf hin, dass auch andere davon ausgehen.“

„Ich habe Ihnen alles gesagt, was ich weiß“, konterte er barsch. Seine Gedanken schweiften zu dem Messer.

Nachdenklich zupfte er einen Fussel von der Bettdecke. „Mir ist das Messer damals überhaupt nicht aufgefallen“, murmelte er kaum hörbar.

„Ich kann mir nicht vorstellen, dass Sie unter der Wickelkommode herumstöberten.“ Inspektor Hardcourt schob sich das Bonbon in den Mund.

„Wer profitiert davon?" fragte sich Peter laut.

„Dies ist eine gute Frage", pflichtete Inspektor Hardcourt ihm bei, der sich mit diesem Gedanke bereits selbst beschäftigte.

„Mr Negley versicherte mir, dass sie in ihrem Haushalt kein Messer dieser Art führen", bemerkte er dann wie nebenbei. Peters Blick klärte sich sogleich.

„Glauben Sie ihm?"

„Ja, das tue ich", bestätigte Inspektor Hardcourt. Peter zog seine Knie an, legte die Arme um sie und stützte sein Kinn darauf. Geistesabwesend begann der Inspektor das Bonbonpapier zu einem Fächer zu falten.

„Welchen Eindruck machte Mr Negley auf Sie?" Der Inspektor hielt mit seiner Bewegung inne.

„Er wirkte wie ein gebrochener Mann. Es gibt auch keinen Grund, ihm nicht zu glauben. Mr Negley besitzt kein Motiv. Und er hat ein Alibi für den Abend, als man Ihnen den Hund vors Auto legte."

„Mhm", nuschelte Peter und starrte auf einen imaginären Punkt auf seiner Decke.

„Also, wer legte ihm das Messer ins Haus?" Inspektor Hardcourt sah Peter herausfordernd an, erhielt jedoch keine Antwort. „Sie sind immer noch der Meinung, die zwei Sterbefälle stehen zueinander in Verbindung. Erklären Sie sich", forderte Inspektor Hardcourt ihn auf und warf ihm einen provokativen Blick zu. Peter antwortete nicht. „Machen Sie mir nichts vor, Dr. Forgerson, Sie haben schon lange eine Theorie für das Sterben der beiden Frauen entwickelt. Ich wette, für Sie stand das Motiv an dem Abend, als Sie Mrs Negley zusammengeschlagen vorgefunden hatten, fest."

Peter schwieg.

„Hüllt sich der große Sherlock Holmes wieder mal in Schweigen?", fragte Inspektor Hardcourt spöttisch und steckte das Bonbonpapier in seine Tasche. „Spielen Sie nicht mit mir, Dr. Forgerson. Erzählen Sie mir, was Sie wissen." Peters Augen funkelten zornig.

„ Ich habe Ihnen alles gesagt, was ich weiß. "

„Das haben Sie nicht, mein Guter. Sie haben mir nur erzählt, was Sie Preis zu geben wünschen." Inspektor Hardcourt stand auf. Verärgert stierte er ihn an. „Ich warne Sie, Dr. Forgerson. Das hier ist keines Ihrer Sherlock Holmes-Spiele." Wütend richtete Peter seinen Blick auf das Bettende.

„Ich habe Ihnen nichts mehr zu sagen, Inspektor Hardcourt“, erwiderte er schneidend. Inspektor Hardcourt nahm den Hut, setzte ihn auf und beugte sich zu ihm.

„Sie besitzen hier nicht viele Freunde, aber der Stamm der Feinde wächst kontinuierlich. Sie sollten beginnen Bande zu knüpfen, denn das haben Sie wirklich nötig.“ Peter rührte sich nicht. Als würde er das nicht selbst wissen. Irgendjemand wollte seinen Kopf. Verstimmt dachte er an den Friedhof mit den vielen Kindergräbern. An Mrs Negleys bleiches Gesicht. Mit einem kalten Schauder erinnerte er sich widerwillig an die Leiche von Miss Holder. Und da gab es noch den Hund... Inspektor Hardcourt wartete noch einen Moment auf eine Reaktion. Er erhielt keine.

„In Ordnung, Dr. Forgerson, wenn Sie wieder auf dem Damm sind, möchte ich Sie auf dem Revier sehen. Sollten Sie nicht selbst kommen, lasse ich Sie abholen, verstanden?“ Ihre Blicke begegneten sich. Peter schlug schließlich die Augen nieder. Der Inspektor ging zu Tür und griff nach der Klinke, drehte sich nochmals zu ihm um. „Ach ja, ich hätte es beinahe vergessen. Wir fanden keinen Hut von Ihnen in Mr Negleys Haus. Nicht im Bad, nicht in der Küche und auch nicht im Flur. Nirgends.“ Überrascht fuhr Peter zu ihm herum.

„Aber ich habe ihn mir im Bad vom Kopf gerissen, als ich die lebenserhaltenden Maßnahmen durchführte.“ Seine Stimme klang verzweifelt. Inspektor Hardcourt hob die Hände.

„Er ist nicht da. Wir haben Mr Negley gefragt, aber er kann sich an keinen Hut erinnern.“ „Wann haben Sie danach gesucht?“ Peters Puls ging schnell.

„Am nächsten Tag“, antwortete Inspektor Hardcourt.

„Gibt es Fotos vom Badezimmer?“, fragte Peter hoffnungsvoll. Inspektor Hardcourt nickte leicht.

„Das sollte es. Ich werde mich darum kümmern. Aber machen Sie sich nicht zu viele Hoffnungen. Der Tod von Mrs Negley war eindeutig Suizid. Es gab einen Abschiedsbrief. Keinerlei Male an ihr, lassen auf Fremdeinwirkung schließen. Es war vom ersten Moment an eindeutig, dass es sich um Selbstmord handelte. Und Sie kennen die Vorgehensweise bei einem Suizid.“

„Wer hat das Messer gefunden?“, wollte Peter wissen. Sein Gesicht hatte an Farbe verloren

„Mrs Juvet, als sie das Badezimmer säuberte. Es war mehr durch Zufall, dass sie das Werkzeug fand. Ebenso dass es untersucht wurde. Ein abgebrochenes Hundehaar hatte sich zwischen Griff und

Schneide verfangen. Ansonsten gab es keine Spuren. Dieses Messer ist handelsübliche Ware und kann tausendfach in jedem Supermarkt um die Ecke erstanden werden. Der einzige Beweis ist dieses Hundehaar. Ein Indiz, nicht mehr."

„Aber Sie haben zu Beginn gesagt…"

„Ja, das habe ich", schnitt ihm der Inspektor das Wort ab. „Es war nicht ganz korrekt."

„Aber…"

„Dr. Forgerson, denken Sie an meine Worte. Wir sehen uns." Er deutete eine leichte Verbeugung an und verließ das Zimmer. Peter saß wie vom Donner gerührt da und starrte, ohne etwas wirklich zu sehen seine Bettdecke an. In seinem Kopf herrschte ein Tumult an Gedanken. Jemand war im Badezimmer gewesen, nachdem sie Mrs Negley zur Pathologie gebracht hatten… Ihm wurde eiskalt. Übelkeit setzte ein. Peter ließ sich in die Kissen sinken und schloss die Augen. Diese Dreistigkeit! Was würde der Täter als nächstes tun? Sollte er hier liegen und warten? Sicherlich nicht. Er hatte ihn den Fehdehandschuh hingeworfen und Peter würde ihn aufheben. So schnell ließ er sich keine Angst einjagen. Das hätte der wohl gerne! Entschlossen schlug er die Decke zurück und holte seine Sachen aus dem Schrank. Die Kopfschmerzen verschlimmerten sich wieder. Am Kragen seines weißen Hemdes waren braune Flecken getrockneten Blutes. Ärgerlich rieb er mit seinem rechten Zeigefinger darüber. Er konnte sich nicht einmal mehr richtig daran erinnern, wie sie ihm das Hemd angezogen hatten.

Auf dem Gang begegnete er einer Schwester, zu deren Zuständigkeitsbereich er gehörte.

„Dr. Forgerson! Wo wollen Sie denn hin?"

Peter seufzte lautlos. „Ich gehe nach Haus."

„Es ist Ihnen nicht gestattet, das Krankenhaus ohne die Zustimmung des diensthabenden Arztes zu verlassen. Ich werde sofort…" Peter hob die Hand, um den Redefluss zu beenden.

„Bitte richten Sie Dr. Ruthland meinen Dank für ihre Gastfreundschaft aus. Ich weiß es sehr zu schätzen. Zur gegebener Zeit werde ich mich natürlich revanchieren." Mit diesen Worten ließ er sie stehen.

Er nahm das nächstbeste Taxi und ließ sich zurück zu Miss McAlisters Haus bringen. Ein kalter, schneidender Wind trieb graue, mit Regen vollbepackte Wolken über das grüne Land. Peter bezahlte den mürrischen Taxifahrer und stieg aus. Fröstelnd schaute er zum Haus hinüber. Wie sollte er ihr nur begegnen? Die Kälte kroch durch sein Jackett. Er konnte hier nicht ewig verweilen oder er würde erfrieren. So gab er sich einen Ruck und ging auf das Haus zu. Der Kies knirschte unter seinen Schritten. Peter suchte seine Taschen nach dem Türschlüssel ab, konnte ihn jedoch nicht finden. Warum war er nur so nervös? Er holte tief Luft, nahm Haltung an und schlug den Türklopfer zweimal gegen die Tür. Schritte warn vom Inneren des Hauses zu hören. Ein Schlüssel wurde im Schloss gedreht. Dann schwang die Tür auf. Sprachlos starrte Miss McAlister ihn an. Die letzten zwei Tage schienen ihre Lebensgeister ausgehaucht zu haben. Sie war blass, wirkte unausgeschlafen und ihre Augen sahen ihn halb ängstlich, halb verstört an.

„Dr. Forgerson!", stieß sie überrascht aus.

„Guten Tag, Miss McAlister. Ich hatte meine Schlüssel nicht dabei." Mit einer entschuldigenden Geste klopfte er auf seine Jackentasche. Sie starrte ihn noch für einen Moment an, trat zur Seite und öffnete die Tür weit.

„Kommen Sie doch herein", bat sie. Es war mollig warm und alles glänzte wie immer. Peter drehte sich zu ihr um, doch bevor er sprechen konnte, gebot sie ihm mit einer Handbewegung Einhalt.

„Ich wusste nicht, dass Sie heute entlassen werden sollten. Eigentlich hatte ich vor..." Erst jetzt bemerkte er die Handtasche, die auf dem kleinen Tischlein neben der Garderobe lag.

„Hören Sie Miss McAlister, es tut mir schrecklich leid, was zwischen uns vorgefallen ist. Ich hätte es nie zu dieser Eskalation kommen lassen dürfen." Sie schüttelte energisch den Kopf.

„Es war nicht Ihre Schuld, Dr. Forgerson. Mein Benehmen war unverantwortlich. Skandalös." Peter knöpfte sich das Jackett auf.

„Nein, ich habe Sie provoziert. Mein Verhalten war unakzeptabel. Wir waren wohl beide emotional aufgewühlt", begründete er mit Bedauern in der Stimme. „Ich sollte mich nicht so von meinen

Gefühlen hinreißen lassen. Ich werde mich bessern. Wirklich", versicherte er und schenkte ihr ein scheues Lächeln. Miss McAlisters Gesicht hellte sich auf. Die Erleichterung war nun unmittelbar greifbar und die Spannung zwischen den beiden löste sich. Peter zog seine silberne Taschenuhr aus seiner Westentasche und zog das Uhrwerk auf. „Ist in meiner Abwesenheit irgendetwas vorgefallen?", wünschte er zu erfahren. Sein Augen ruhten immer noch auf dem Zifferblatt. Als Miss McAlister nicht antwortete, sah er sie an. Ihr Gesicht war noch eine Spur blasser geworden. „Miss McAlister?" Beunruhigt hob er den Kopf. Ihre Wangen röteten sich, als wäre sie bei einer Unschicklichkeit ertappt worden. Sofort machte sie auf dem Absatz kehrt und ging in die Küche. Peter folgte ihr auf den Fuß. „Miss McAlister?" Ihre Finger glitten liebevoll über das bestickte Tischtuch, dann ließ sie sich auf die Eckbank nieder. Ihr Blick war von Peter abgewandt. „Was ist passiert?", verlangte er zu erfahren. Ihr Brustkorb hob und senkte sich deutlich. Miss McAlisters Finger fuhren das Blümchenmuster nach.

„Ich weiß nicht, wie ich es Ihnen sagen soll."

„Sagen Sie's einfach", forderte er sie auf.

Nach einer kurzen Weile hob sie den Blick und schaute ihm in die Augen. Nur zögernd, als focht sie einen inneren Kampf mit ihrem Gewissen aus, kam sie seiner Aufforderung nach.

„Er war hier."

Peter verstand kein Wort. „Wer war hier?"

„Er."

„Ich verstehe nicht..." Sie sah ihn unvermittelt an.

„Der Tod." Ihre Stimme hatte einen dumpfen Unterton angenommen.

„Der Tod?" Seine Augen weiteten sich. Peter kam näher. Sie nickte bestätigend.

„Wann?"

„Gestern." Nervös zupfte sie an der Tischdecke.

„Wie haben Sie bemerkt, dass der Tod hier war? Hat er sich zu erkennen gegeben?"

„Durchaus", entgegnete Miss McAlister entschieden. „Ich hatte den ganzen Nachmittag in der Küche zu tun. Als die Dunkelheit hereinbrach, wollte ich die Vorhänge zuziehen und da stand er und grinste mich frech an." Sie erschauderte bei dem Gedanken aufs Neue. Ihre Augen huschten ängstlich umher, in der Erwartung, der

Tod möge jeden Moment wieder erscheinen. Beruhigend legte Peter seine Hand auf die ihre.

„Und weiter?"

„Ich, ich ging hinaus. Doch er war verschwunden. Ich lief einmal um das Haus. Kein Anzeichen vom ihm war geblieben."

„Sie verließen das Haus?" Ungläubig hob er die Augenbrauen.

„Ja. Meine Gedanken richteten sich auf Richter Dixon. Ich wollte nicht, dass Ihnen das gleiche widerfährt." Nachdenklich lehnte sich Peter zurück.

„Das war äußerst aufmerksam von Ihnen, Miss McAlister..." Sein Blick glitt zum Küchenschrank. Plötzlich durchfuhr es ihn wie ein Blitz. „Sie haben das Haus verlassen?", wiederholte er drängend.

„Ich habe Ihnen doch so eben erklärt..." Peter ließ sie den Satz nicht vollenden.

„Wie lange waren Sie außer Haus?"

„Keine Ahnung. Möglicherweise fünf Minuten", antwortete sie, verwirrt von seinen harschen Tonfall.

„Fünf Minuten! Haben Sie das Haus abgesperrt, als Sie es verlassen haben?"

„Nein, weshalb sollte ich?" Ihre vormalige Verwirrung verwandelte sich langsam in Ärger.

„Beim Zeus!" Peter sprang auf die Beine und rannte aus der Küche. Er stürmte die Treppe hoch und riss die Tür des Arbeitszimmers auf, so dass sie krachend an die Wand schlug. Sofort knipste er das Licht an. Das Zimmer wirkte unverändert. Er versuchte wieder zu Atem zu gelangen. Welch ein Trottel er doch sein konnte! Vielleicht war das der Anfang von einer Paranoia. Erleichtert ließ er sich in den Schreibtischsessel fallen. Sein Blick schweifte durchs erleuchtete Zimmer. Er konnte sich beruhigen. Alles war an seinem Platz. Lässig zog er die zweite Schublade auf und entnahm ihr einen Stoß Papier. Das Licht der Schreibtischlampe blendete ihn und rief erneute Kopfschmerzen hervor. Draußen begann es zu regnen. Nachdem er alle seine Taschen nach seiner Lesebrille abgesucht hatte, wühlte er den Schreibtisch durch.

„Alles in Ordnung?" Miss McAlister stand im Türrahmen und beobachtete ihn.

„Ich suche meine Brille", murmelte er und drehte weiter die Unterlagen um.

„Sie liegt auf dem Aktenschrank." Majestätisch schritt sie hinüber, nahm das Etui und reichte es ihm. Dabei sah sie ihn herausfordernd an. Demonstrativ gleichgültig nahm er es ihr aus der Hand und öffnete es. Die blank geputzten Gläser spiegelten das sanfte Licht darin.

„Wir essen um sieben", verkündete sie erhaben und verließ das Zimmer. Nachdenklich stand er da und betrachtete die Stapel um ihn herum. Er konnte heute nicht mehr viel tun. Das Haus verlassen stand außer Frage. Das sinnvollste war wohl zu arbeiten. Wohlmöglich traf er auf etwas Interessantes. Er schrieb, blätterte in verschiedenen Büchern, markierte Akten und kontrollierte Urkunden. Als er eine bestimmte Aufzeichnung suchte, stieß er ungünstig an zwei dicke Wälzer, die krachend zu Boden fielen. Seufzend beugte er sich hinunter um die Bücher aufzuheben. Dabei glitt sein Blick zu dem alten Schrank. Es traf ihn wie ein Schlag. Ungläubig stierte er unter den Schrank. Sein Körper erstarrte zu Stein.

„Die braune Aktentasche", murmelte er. Das Blut wich ihm aus den Wangen. Peter eilte hinüber, bückte sich um gründlicher nachsehen zu können. Doch die Tasche war verschwunden. Betäubt ging er zurück zum Schreibtisch und ließ sich in den Sessel plumpsen. Er zog die erste Schublade auf. Zuerst suchte er, dann begann er darin zu wühlen und später warf er all die Dinge, die sich in ihr befanden hektisch heraus. Schweißperlen bildeten sich auf seiner Stirn.

„Miss McAlister!", schrie er heißer. „Miss McAlister!" Er hörte, ihre Schritte auf der Treppe. Mittlerweile war die Schublade leer und Papiere, Kuverts und Stifte lagen überall verstreut um ihn herum. Grimmig besah sie sich die Bescherung, bevor sie ihn anherrschte: „Was soll diese Unordnung? In Ihrem Alter sollte man fähig sein, seinen Ärger im Zaum zu halten. Wieviel ist Ihr Versprechen wert?"

„Hatten Sie gestern Besuch?" Peters Augen waren tiefschwarz.

„Nein." Sie kam ins Zimmer.

„Die braune Aktentasche und das schwarze Notizbuch des Richters sind verschwunden." Ein Grübchen erschien zwischen ihren Brauen.

„Vielleicht liegt es irgendwo zwischen all den Dingen", schlug sie mit einer ausholenden Geste vor.

„Nein", zerstörte Peter ihre Hoffnung. „Ich verwahrte das Notizbuch in dieser Schublade und die braune Aktentasche lag unter dem Schrank." Er deutete auf die leere Fläche. Miss McAlister folgte seinem Blick. „Die besagten fünf Minuten!", stöhnte Peter. „Beim Zeus! Beim Zeus!" Wütend fegte er einen weiteren Wälzer vom

Tisch, der mit lauten Krach neben den anderen Utensilien landete. Miss McAlister zuckte erschrocken zusammen.

„Dr. Forgerson!“, echauffierte sie sich. Peter stand ruckartig auf. Sein Gesicht glühte. Wortlos trat er zum Fenster und starrte sein Spiegelbild an. Ein zorniges Ebenbild schaute zurück. Peter holte tief Atem. Ein weiterer Ausbruch würde ihn nicht weiterbringen. Langsam und tief begann er zu atmen. „Was sind das für Sachen?“, fragte Miss McAlister auf einen neuen Wutanfall von ihm gefasst. Peter schluckte und drehte sich zu ihr um.

„Es ist das Eigentum des Richters. Jemand hat es, als sie außer Haus waren, gestohlen.“

„Eine Aktentasche und ein Notizbuch?“ Verständnislos sah sie ihn an. „Weshalb sollte jemand diese Dinge stehlen?“

„Weil sie wohl für ihn von Belang sind“, zischte er. Die wenigen Beweise, die er besaß, waren nun ebenfalls weg.

„Wer sollte so etwas tun? Und wer wusste von diesen Dingen?“

„Wer? Der oder die Täterin. Wie mir scheint, wusste derjenige genau, wo er zu suchen hatte“, fauchte Peter ungehalten.

„Und ich habe es ihm natürlich gesagt. Damit er sich nicht so anstrengen musste. Ich lud den Verbrecher ins Haus ein und sagte, dass der Herr Staatsanwalt am Dienstag nicht zu Hause sei. Er könne gleich den Tod mitnehmen, so dass er nicht ohne Gesellschaft wäre und ich ein Alibi vorzuweisen habe, falls der Herr Staatsanwalt eines verlangen sollte.“ Seine Augen leuchteten wie zwei Fixsterne.

„Jemand musste ihm gesagt haben, wo er die Dinge finden würde, da führt kein Weg vorbei.“

„Und die einzige, die in Frage kommt bin ich, da ich seit ewigen Zeiten in diesem Haus lebe und...“ Ihre Stimme versagte ihr. Das Gesicht glühte rot vor Empörung. Entrüstet schnappte sie nach Luft.

„Ich wusste, Dr. Forgerson, dass Sie ein kapriziöser Mensch sind, aber dass Sie mir so etwas unterstellen, ist wohl an Unverschämtheit nicht zu überbieten!“ Mit vor Aufregung zitternden Händen packte sie einen weiteren Wälzer und schleuderte ihn mit ohrenbetäubendem Lärm vor seine Füße. Entsetzt fuhr er zusammen. Beim Aufprall hatte sich das Buch geöffnet. Ein Zettel steckte in dem Bug des Buches. Er war zweimal feinsäuberlich gefaltet worden, bevor man ihn dort verwahrte. Nur ein Name und einige Ziffern standen darauf: Strabane 17/07. Peter nahm den Zettel aus dem Buch, besah ihn sich eingehend, roch daran und reichte ihn ihr.

„Ist Ihnen diese Schrift bekannt?" Sie nickte bestätigend.

„Das ist die Schrift von Richter Dixon. Was bedeutet das?" Sie gab den Zettel zurück.

„Sagt Ihnen der Name Strabane etwas?"

„Das ist eine kleine Stadt, einige Meilen von hier entfernt." Nachdenklich strich er mit dem Daumen über das Papier.

„Dieser Zettel ist folglich eine terminliche Abmachung, die Richter Dixon schriftlich festgehalten hat." Miss McAlister wurde blass.

„Das Treffen wäre einen Tag nach dem Tod des Richters gewesen. Mit wem hat er sich verabredet und weshalb wollte er sich dort mit dieser Person treffen? Oh Gott!", stöhnte sie bei der Erinnerung. Ihre Knie gaben nach und sie sank auf den Teppich, wo das Buch immer noch aufgeschlagen dalag. Peter beugte sich sofort zu ihr.

„Miss McAlister?", fragte er besorgt und griff an ihre Schultern.

„Glauben Sie, dieses Date hat mit der Aktentasche und dem Notizbuch zu tun?" Sie klang, als spräche sie aus weiter Entfernung.

„Könnte sein."

„Er sagte nicht, dass er nach Strabane wollte..." Sie drehte sich zu ihm um. „Richter Dixon gab mir immer Bescheid, wenn er vorhatte wegzufahren...Ich kann mich an kein einziges Mal erinnern, bei dem er dies nicht getan hätte", stammelte sie. Ihre Hand berührte eine kleine, unscheinbare Brosche, die ihre weiße Bluse schmückte. Warum war ihm das nicht schon vorher aufgefallen?! Was war nur los mit ihm?

„Ihm lag sicher daran, Sie nicht in diese Angelegenheit hinein zuziehen. Deshalb teilte er Ihnen sein Vorhaben nach Stabane zur reisen nicht mit." Er nahm das Buch, in dem der Zettel gesteckt hatte und klappte es zu. Britisches Strafrecht stand auf dem Buchrücken. Wenn das keine Ironie war! Er wog den schweren Wälzer abwesend in seiner Hand. Der Inhalt dieses Werkes war ihn bestens bekannt. Tränen schimmerten in den Augen von Miss McAlister. Peter stand auf und reichte ihr hilfsbereit seine Hände. Diese Frau war vor ein paar Jahren sicher eine Sünde wert gewesen. Mit einem feinen Lächeln half er ihr auf die Füße. Vergessen schien der Zorn der vergangen Minuten. Gemeinsam begutachteten sie die entstandene Unordnung.

„Was steckte in der braunen Aktentasche?"

Sein Kopf bewegte sich in ihre Richtung. Ihre Hand ruhte immer noch auf dem Medaillon. Er gab keine Antwort und legte stattdessen das Buch auf den Schreibtisch zurück.

„Richter Dixon ging einer schlimmen Sache nach, nicht wahr?" Peter spürte ihren forschenden Blick auf seinen Rücken. Statt zu antworten fragte er: „Kannte der Richter jemanden in Strabane?"
„Das wäre mir neu", erwiderte sie. Schweigend sortierte er die Papiere, die noch auf dem Schreibtisch verblieben waren. Er hörte ihr Kleid rascheln. Sie wollte also das Zimmer verlassen, doch bevor sie über die Schwelle schritt, wandte sie sich nochmals an ihn: „Sie haben mir keine meiner Fragen beantwortet, Dr. Forgerson." Peter drehte sich zu ihr um. Ihre Blicke hingen aneinander fest. „Richter Dixon vertraute mir."
‚Aber wohl nicht genug', fügte Peter im Stillen hinzu. Er versuchte ein entschuldigendes Lächeln. Sie wandte sich von ihm ab. Kurz darauf waren ihre Schritte auf der Treppe zu hören. Kein guter Neubeginn. Warum konnte er nicht klüger handeln? Ärgerlich über sich selbst ging er hinüber zu einem der Aktenschränke und öffnete ihn. Grimmig studierte er die Rücken der Ordner und blieb bei einem überquellenden hängen. CO/TRANSFER stand darauf. Peter verstand die Ordnung des Richters immer noch nicht, doch schien dieser Ordner, obwohl er sich in das Alphabet fügte, fehl am Platz. Neugierig zog er ihn heraus und schlug ihn auf. Er war prall gefüllt mit Zeitungsartikeln und selbstgeschriebenen Berichten über Corrigan Company und dessen Besitzer. Peter las die ersten Artikel, dabei erhöhte sich sein Puls merklich. Abwesend schloss er den Schrank und nahm den Ordner zum Schreibtisch.

Die Stunden schlichen dahin. Je mehr er las, umso klarer wurde sein Bild. Richter Dixons Interesse galt dem mysteriösen Kindersterben. Wie er gelangte er zu den gleichen Schlussfolgerungen, die ihm wohl das Leben kostete. Sein Augenmerk galt Corrigan Company, ein Pharmakonzern, der hauptsächlich Medikamente für Herzerkrankungen und für Transplantationen produzierte. Ein weiterer Schwerpunkt galt der Forschung nach Techniken, die sicherstellten, das die Spenderorgane so schnell und sicher als möglich den Patienten erreichten. Neunzig Prozent des Dorfes arbeitete bei Corrigan Company. Die Firma war der Brötchengeber der Region, die das Dorf am Leben hielt. Die Dokumente und Aufzeichnungen zeigten, dass Richter Dixon seit mehr als einem Jahr sich in dieser Sache engagierte. Seine Recherche besaßen bei weitem eine größere Tragweite, als Peters Ergebnisse. Mit diesen Wissen, schien es ihm unmöglich noch an einen natürlichen Tod des Richters zu glauben. Zuviel stand für manchen auf dem Spiel.

Peter beschäftigte sich beinahe die ganze Nacht und den folgenden Tag damit. Durchsuchte weiter das Arbeitszimmer, stöberte in den Ordnern und Akten. Zum Nachmittag musste er einsehen, dass er zwar seine Indizien bestätigt fand, vielleicht auch ein Motiv liefern konnte, aber von einem Beweis noch weit entfernt lag. Er kannte nun den Täter. Aber das war auch schon alles. Die agile Spinne, die im Netz saß und ihre Insekten beobachtete. Was sollte er machen? Alles auf sich beruhen lassen? Immerhin gehörte er nicht zu diesem Dorf. Diese Angelegenheit hatte nichts mit ihm zu tun. In ein paar Wochen kehrte er zurück nach England. Er war der Alien hier. Niemand legte Wert auf seine Person und sein Tun. Und der Richter? Ein Engländer wie er, der Niemanden unterstand und Rechenschaft abzulegen hatte. Der seinen Ruhestand genießen konnte. Und trotzdem nahm er sich der Sache an, ohne Rücksicht auf die Konsequenzen. Seine Gedanken wanderten von den Gräbern zu Mrs Negley. Das Bild von Miss Holder tauchte auf. All das Leid….Er stand auf, ging zum Geigenkasten, öffnete ihn holte die Geige heraus, stimmte sie und begann zu spielen. Er musste dringend seine Gedanken ordnen.

Draußen war es stockfinster. Es regnete in Strömen und der kalte Wind ließ das Wetter einem noch abscheulicher empfinden. In einem kleinen Raum, der irgendwie einer Höhle ähnelte, befanden sich acht Personen. Alle im Alter zwischen fünfundzwanzig und dreißig. Man erwartete bei Menschen jener Altersgruppe, sie in Feierstimmung anzutreffen, doch es herrschte mehr eine bedrückende Atmosphäre. Ein junger Mann legte sprachlos ein Scheit in den kleinen gusseisernen Ofen und setzte sich auf einen der spartanisch aussehenden Stühle. Es wurde nur im gedämpften Tonfall gesprochen. Etwas knarzte draußen verräterisch. Ein Mädchen mit blonden Haaren fuhr hoch.

„Habt ihr dieses Geräusch auch gehört?!", wisperte sie ängstlich.

„Unsinn, Ellen, das ist der Wind", versuchte sie ein anderer der jungen Gruppe zu beruhigen. Sie sah von einem zum anderem, doch keiner reagierte auf ihre Äußerung. Ein dumpfes Gespräch kam wieder in Gang. Nicht einer achtete weiter auf die Geräusche, die der Wind vor der Tür machte. Plötzlich fuhr ein kalter Luftzug durch den kleinen Raum. Alle Gesichter drehten sich im selben Moment zur Tür. Eine schwarze Silhouette stand mit wehendem Mantel im

Türrahmen. Ein breitkrempiger Hut verdeckte das Gesicht der fremden Erscheinung. Totenstille beherrschte den Raum. Niemand wagte sich zu bewegen. Langsam hob die Gestalt den Kopf. Es schien, als hielten alle zur gleichen Zeit den Atem an.

„Guten Abend, Ladys and Gentlemen. Ich hoffe, ich störe nicht." Zwei der jungen Leute erkannten die Stimme. Ungläubig starrten sie die schwarze Gestalt, die nun zwei Schritte in den Raum trat, und die Tür hinter sich schloss, an. Ungerührt nahm sie den Hut vom Kopf und schüttelte die dunklen, widerspenstigen Locken durch. Wie hypnotisiert starrten alle Anwesenden ihn an. Endlich löste sich Ian aus seiner Ohnmacht und brachte ein paar Worte zu Stande.

„Forgerson, was machen Sie denn hier?"

„Nun, Mr Artkinson, ich dachte, etwas Gesellschaft würde mir ganz gut tun." Peter studierte alle Anwesenden der Reihe nach. Da waren Helena und Ian Artkinson. Neben ihnen saß eine junge etwas schüchtern wirkende Dame mit blonden, langen Haar. Ein ca. dreißig Jahre alter, dunkelhaariger Mann mit dunklen Oberlippenbart schloss sich ihr an. Auf einer Holzbank, die sich gegenüber der Tür befand, saß ein Pärchen. Das Mädchen musterte ihn mit ihren kastanienbraunen Augen misstrauisch. Ihre Hand ruhte in der eines breitschultrigen, brummig aussehenden Burschen, der ihn herausfordernd anstarrte. An der Wand lehnte müßig dreinblickend der junge Kerl, der Ian Artkinson als Sekundant begleitet hatte. Den Abschluss bildete ein Mädchen, dessen blasses Gesicht ihn an die Portraits des achtzehnten Jahrhunderts erinnerte.

„Ich glaube nicht, dass dies die passende Zerstreuung für Engländer ist", knurrte der dunkelhaarige Mann.

„Nein?" Peter hob erstaunt die rechte Augenbraue. „Ich dachte, ich könnte hier etwas mehr über die Gewohnheiten der irischen Bevölkerung erfahren. Vielleicht etwas über Musik?"

„Musik?", fragte das Mädchen auf der Bank verwirrt und drückte die Hand ihres Freundes stärker.

„Ja, Ich hörte, Iren singen gerne. Möchten sie ein kleines Ständchen hören?" Wie aus dem Nichts zog er aus seinem weiten Mantel den Geigenkasten hervor. Beunruhigt sah Helena ihren Bruder an. Er zuckte jedoch nur mit den Schultern und bedeutete ihr abzuwarten, welcher Darbietung sie sich erfreuen könnten. Peter stimmte kurz das Instrument und schlug einige traurige, schauerliche Akkorde an. Danach sang er mit seiner melodischen Stimme:

„Ein Weg führt durch das grüne Land.
Vorbei an grauem Stein.
Vorbei am See Lough Melvin dessen Wasser so tief und blau,
schlummernd die Gebeine lagen einer toten Frau."

Seine Stimme senkte sich.

„Und Fuchsien blühten und trugen ein rotes Kleid,
der Wind weht herüber den Hauch der Einsamkeit.
Kinderstimmen singen und werden für ewig verklingen.
Welch Leben ist..."

„Hören Sie auf!" Der breitschultrige Mann war aufgesprungen. Das Gesicht vor Zorn gerötet. Seine Hand, mit der er auf ihn zeigte, zitterte.
„Ihnen gefällt das Lied wohl nicht?", fragte Peter ironisch. Der Mann erwiderte nichts. Peter wusste, dass er den Köder richtig ausgeworfen hatte.
„Was soll dieses Lied?", fauchte ihn die blonde, langhaarige Dame an. Nervös strich sie sich über ihren grünen Rock.
„Ich glaube, es ist nicht nötig, die Frage zu beantworten, denn..." Peter deutete mit dem Bogen auf alle Anwesenden. „...Sie alle kennen sie besser als ich." Es herrschte Totenstille. Niemand sagte ein Wort. Nachdem er die Runde beobachtet hatte, ließ er den ironischen Klang seiner Stimme fallen. „Ich bin aus dem gleichen Grund hier, wie Sie, Ladys and Gentlemen. Der Tod von sieben Kindern und drei Erwachsenen. Mysteriöses Dahinsterben und die Angst, jeder hier könnte der Nächste sein."
„Unsinn!", schnaubte der Bursche an der Wand.
„Tatsächlich, Sir? Und was ist der Grund, weshalb Sie sich alle hier zusammen gefunden haben? Um möglicherweise um etwas Zerstreuung zu finden? Oder liegt es vielleicht daran, dass Sie sich nicht sicher sind, wem Sie im Ort noch trauen können und wem nicht?"
„Quatsch! Sie haben eine rege Phantasie, Engländer." Ein Raunen ging durch die Anwesenden. Zustimmendes Gemurmel wurde lauter. Peter nahm einen leichten Tonfall an: „Vielleicht ist es aber auch Corrigan Company..." Das genügte, um alle wieder zum Schweigen zu bringen. Die Aufmerksamkeit schlug plötzlich um und gehörte Ian. Mehrere Blicke waren ihm nicht freundlich gesinnt.

„Forgerson weiß es schon lange."

„Wie konntest du...?", fuhr ihn die Rothaarige an.

„Er konnte gar nichts", unterbrach Peter sie. „Es bedurfte nur ein paar Nachforschungen, um herauszufinden, dass neunzig Prozent des Dorfes dort beschäftigt sind. Wahrscheinlich hätte man schon lange über das Verschwinden von Miss Holder nachgeforscht, wenn nicht irgendetwas an der Sache die Dorfbewohner inne halten ließ."

„Und was war das? Corrigan?"

„Schlichte Angst. Angst vor neuen Toten, die durch die große, unbekannte Macht verursacht wird. Mit Menschen, die in Bedrängnis sind, kann man vieles erreichen."

„Warum sollte Corrigan das tun? Geld hat er bestimmt genug." Peter nickte ernst.

„Ich habe Fälle erlebt, da machte es keinen Unterschied, wieviel Geld im Spiel war."

„Wie kommen Sie überhaupt auf den Namen Corrigan?"

„Ich gestehe, es dauerte und tatsächlich half mir der Zufall, der ihn in meine Hände spielte. Schon lange grübelte ich, nachdem ich von den vielen Kindergräbern auf dem Friedhof und über die Geschehnisse in diesem Dorf erfahren habe nach. Ebenso wollte ich nicht an den Sensenmann glauben, der er hier sein Unwesen treibt. Auch wenn Miss McAlister mit Bestimmtheit daran glaubt, dass er für den Tod von Richter Dixon verantwortlich sei. Richter Dixon starb an einem plötzlichen Herztod. Ich fand im Haus ein mögliches Beweisstück, das einen natürlichen und einen übersinnlichen Tod in Frage stellt. Doch damit nicht genug. Es tauchten die verblichenen Überreste von Miss Holder im See auf, wo doch alle wussten, dass sie ganz spontan nach Dublin gezogen war und sie auf skrupellose Weise ihren Hund den Juvets überlassen hatte. Und zuletzt Mrs Negley. Lange zermarterte ich mir den Kopf und suchte die Zusammenhänge, denn für mich bestand kein Zweifel daran, dass all dies im Zusammenhang stand. Ich gestehe, ich war mit meinen Ermittlungen noch nicht allzu weit gekommen. Hingegen Richter Dixon, der mir dankbarer Weise mit all seinen monströsen Aufzeichnungen auch seine Ermittlungen in schriftlicher Form zu Gute kommen ließ. Die Indizienbeweise zeigen eindeutig auf Corrigan."

„Sie denken wirklich Corrigan steckt hinter diesen Verbrechen? Es hört sich doch alles sehr an den Haaren herbeigezogen an, nicht?" Der Bursche neben der blonden Dame hatte sich erhoben und trat ihm gegenüber. „Und all Ihre Erkenntnisse erhielten Sie im

Arbeitszimmer des Richters?", höhnte er unverkennbar. Peter sah ihn geradeheraus an.

„Mitunter", bestätigte er schlicht und dachte an all die Informationen und Hinweise. Alles wies auf den Pharmazeuten hin. Das einzige, was fehlte, waren Beweise. Es gab nicht einmal wirklich Indizienbeweise. Richter Dixon kam hinter das mysteriöse Kindersterben, aber er hatte außer seinen Vermutungen nichts in der Hand. Es fühlte sich an, als stünde man vor dem Ziel, doch eine unüberwindbare Spalte schnitt den Weg ab. „Ich bin überzeugt, dass Ihre Gruppe diese Vermutung schon lange mit mir teilt." Die rothaarige Dame schüttelte erzürnt den Kopf.

„Sie vermuten es. Aber Sie haben keine Ahnung. Herr Staatsanwalt, Sie bewegen sich auf sehr dünnem Eis, denn zu wissen bedeutet nichts."

„Wissen ist zumindest ein Anfang. Der erste Schritt ist gemacht", erwiderte Peter.

„Es gibt nichts, was wir Corrigan entgegen setzen können. Sehen Sie sich doch um. Beinahe das ganze Dorf arbeitet für diese Firma. Wir sind absolut von ihm abhängig. Corrigan hat das Geld, so besitzt er die Macht, Dinge nach seinen Willen geschehen zu lassen, und ich gebe Ihnen einen guten Rat, Engländer: sprechen Sie seinen Namen in diesen Kontext nie wieder laut aus, denn das könnte fatal für Sie enden."

„Er ist der Herrscher", bestätigte der Bursche auf der Bank, ließ die Hand seiner Freundin los, stand auf und schritt auf Peter zu.

„Und Sie möchten diesen Zustand nicht verändern? Wir befinden uns im zwanzigsten Jahrhundert. Die Zeit der Leibeigenen ist vorbei."

„Sie haben absolut keine Ahnung, Engländer", fuhr ihn der Mann mit dem Oberlippenbart an. Ian und Helena beobachteten gespannt den Schlagabtausch. Peter ließ nicht locker.

„Sie können so nicht weitermachen. Welches Unheil soll noch über Sie kommen?"

„Hören Sie nicht zu? Er besitzt die vollkommene Macht. Sobald wir etwas unternehmen, reagiert er mit Zerstörung. Wir sind in seiner Hand und wenn wir überleben möchten, tun wir, was verlangt wird." Peter wusste, dass dies hier kein Zuckerschlecken sein würde.

„Es gibt einen Ausweg", erklärte er ernst.

„Und wie lautet der? Sollen wir auf die Straße gehen und eine Revolution heraufbeschwören?" Demonstrativ ging der Bursche um Peter herum und musterte ihn missbilligend von oben bis unten.

„Wir benötigen Beweise", antwortete Peter ruhig.

„Ha!" Angewidert schüttelte er den Kopf. „Beweise", spie er ihm entgegen. „Na, dann mal los, schlauer Engländer, bring uns deine Beweise!" Er schubste Peter. „Aber das kannst du nicht, Engländer! Sie sind nicht einmal fähig dich mit' nem Holzstock zu verteidigen. Sie bringen nur Unfrieden, Engländer." Wieder schubste er ihn, dieses Mal so fest, dass Peter taumelnd das Gleichgewicht verlor, und auf die Holzplanken fiel.

„John!", rief Helena warnend aus. Peter hob den Kopf und sah zu seinem Widersacher auf. Seine Augen funkelten wie Fixsterne.

„Ich stimme Ihnen zu, Sir. Ich kann mit Ihren Kampfmethoden nicht konkurrieren. Ebenso bin ich noch nicht in der Lage Beweise für meine Unterstellung zu liefern. Wie Sie schon sagten, ich bin Engländer." Seine Stimme war kalt und ruhig. Eine Gänsehaut lief ihnen über den Rücken. John trat unwillkürlich einen Schritt zurück. „Im Moment ist mir nichts desgleichen möglich, aber ich bin bereit dafür zu kämpfen. Ich, ein Engländer! Diese Geschichte ist nicht mein Problem, wie ebenfalls schon bemerkt wurde. Ich packe in ein paar Wochen meine Koffer und lebe wohl! Aber Ihnen alle..." Peter sah sie alle nach der Reihe an. „ist dies nicht gegönnt, nicht wahr? Schaffen Sie es weiter die Augen vor den Kindern, die in einem Bett aus Erde liegen, zu verschließen? Ist es Ihnen möglich Mr Negley, der vor kurzen Frau und Kind verloren hat, in die Augen zu sehen? Ich muss nicht bei dem Krämer einkaufen, dessen Herz an dem kleinen Toby zerbrochen ist. Ich kann gehen, so wie ich gekommen bin." Keiner sagte etwas. Beschämt und schuldbewusst sahen sie sich an. Jeder in diesem Raum wusste, von wem er redete.

„Und warum setzen Sie sich für uns ein?", fragte John tonlos.

„Weil ich nicht mit ansehen will, wie viele noch durch Widerwärtigkeit und Kummer ihr Leben in Scherben sehen. Ich ertrage es nicht mehr! Ich will diese Kreaturen hinter Schloss und Riegel wissen. Sie sollen ihre Strafe erhalten."

„Und das Gefängnis ist eine gerechte Strafe?", fragte der Bursche an der Wand herausfordernd.

„Ich bin nicht auf dieser Welt um Menschen zu richten, ich bin nicht Gott. Ich habe nicht das Recht dazu. Aber ich will diese Menschen nicht frei herumlaufen und weitere Verbrechen geschehen lassen." Peter stand vom Boden auf und wischte sich den Staub von den Hosenbeinen.

„Was benötigen Sie für Ihre Nachforschungen?", wollte die blonde Dame wissen. Alle starrten sie an. „Er hat Recht, nicht? Wir treffen uns hier, debattieren, aber es geschieht nichts. Der Punkt ist erreicht. Er ist zu weit gegangen. Jetzt ist Schluss." Was sollten sie tun? Wieder wurde diskutiert, bis Ian sich an Peter wandte.

„Was schlagen Sie vor, Forgerson?" Die anderen verstummten.

„Zu Beginn würde es mir schon helfen, wenn ich Ihre Namen erfahren würde", schlug Peter vor. Die Spannung löste sich in seiner Stimme. Er hatte sie tatsächlich überzeugt!

„Nichts einfacher als das!" Helena war aufgestanden. „Ihnen gegenüber ist John Downey." Sie unterließen es, sich die Hände zu schütteln. Helena deutete auf die langhaarige, blonde Frau. „Ellen Devlin." Sie nickte Peter flüchtig zu.

Der dunkelhaarige Mann mit dem Oberlippenbart nahm Helena die Begrüßung ab. „Ich bin Rodney Killduff."

„Mein Name ist Alexander Hawkes", erklärte der Bursche an der Wand. Danach folgte noch Evelyn Nicols, die Freundin von John Downey, und Amilia Lovery, die Rothaarige.

„Wenn das alles ist, was Sie brauchen...", begann Alexander Hawkes, dem diese Vorstellungsrunde ziemlich auf die Nerven ging. Peter kam ihm jedoch zuvor, bevor er fortfahren konnte.

„Ich muss wissen, an was die Kinder gestorben sind und wer den Totenschein ausgestellt hat." Er zog einen fein, säuberlich gefalteten Zettel aus seiner Manteltasche und reichte ihn Helena. „Es wäre von Vorteil, die Nachforschungen ohne großes Aufsehen angestellt werden", fügte er hinzu.

„Und wenn Sie auf dem Holzweg sind?" Miss Lovery sah ihn skeptisch an.

„Und falls ich das nicht bin?", fragte Peter zurück.

„Bis wann benötigen Sie diese Ergebnisse?", wollte Ian wissen.

„Je früher, desto besser. Aber gehen Sie auf keinen Fall ein Risiko ein. Es gibt genug Tote zu beklagen." Ohne noch ein weiteres Wort zu verlieren, hob er die Geige vom Boden auf, wischte den Staub ab und verstaute sie wieder im Geigenkasten.

„Wir müssen los", erklärte Evelyn Nicols nach einem Blick auf ihre Armbanduhr und stand auf. Die anderen folgten ihrem Beispiel. Innerhalb von fünf Minuten war der Raum leer und abgeriegelt. Peter warf einen Blick auf den pechschwarzen Himmel. Der Wind peitschte den Regen ins Gesicht und drang durch den dicken Mantel. „Höllisch", schimpfte er und zog sich seinen Hut tiefer ins Gesicht.

„Wie haben Sie uns entdeckt?" Miss Artkinson war plötzlich neben ihm aufgetaucht. Peter zuckte gleichgültig mit den Schultern.

„Zufall", gestand er ein.

„Und woher wussten Sie, dass wir uns heute hier aufhalten würden?"

„Das war ebenso Zufall."

„Ich glaube Ihnen kein Wort." Sie zog sich ihre Wildlederhandschuhe an. „Oder wollen Sie mir weismachen, Sie haben hier Tag für Tag gewartet, um uns aufzuspüren."

„Es war eine simple Theorie. Jeder würde früher oder später auf Ihre geheimen Versammlungen stoßen."

„Und wie sind Sie zu dieser einfachen Schlussfolgerung gelangt?" Schwungvoll warf sie ihren Schal nach hinten, doch er verfing sich an Peters Mantel. Gern kam er ihr zu Hilfe, löste den Wollfaden von seinem Knopf und legte ihr den Schal über die Schulter.

„Es war das einzig Sinnvolle. Diese Schäferhütte wurde seit jeher für Geheimtreffen genutzt. Wahrscheinlich schon seit Ihrer Schulzeit. Es gibt kein Dorf, indem sich nicht eine Gruppe des Widerstands bildet. Das liegt in der Natur der Dinge. Ich kann sicherlich nicht sagen, wie oft und wie lange sich Ihre Gruppe hier trifft, Miss Artkinson. Jedoch ging ich davon aus, dass nach dem Tod von Mrs Negley unweigerlich ein Treffen folgen musste. Die Lage spitzt sich zu. Sie konnten und wollten die Augen nicht weiter über dem Geschehenen verschließen."

„Wir hätten uns an jedem x-beliebigen Ort treffen können. Um eine x-beliebige Zeit", gab sie ihn zu bedenken.

„Das ist völlig richtig", stimmte er ihr zu. „Die Chance stand fünfzig zu fünfzig. Aber ich hatte ja nichts zu verlieren."

„Außer Ihr Leben", endete sie nachdrücklich. Peter sah ihr ins Gesicht. Wie Whiskey stieg eine Woge von Hitze in ihm auf und breitete sich balsamartig in seinen ganzen Körper aus.

„Sie machen sich Sorgen um mich?" Er wollte seine Worte ironisch klingen lassen, was ihm aber nicht wirklich gelang.

„Die sind ja wohl auch begründet." Helena hob den Kopf, um sich die Wolken anzusehen. „Denken Sie nur an Tante Clare", fuhr sie fort. „Was hätten Sie ihr angetan, falls Sie gestorben wären! Ich möchte gar nicht daran denken."

„Dann sollten Sie dies vermeiden." Peter schob sich den Hut aus der Stirn. „Wie viele waren bei der Beerdigung von Mrs Negley anwesend?" Helena blieb abrupt stehen.

„Wie kommen Sie denn jetzt auf die Beerdigung?"

„War das ganze Dorf anwesend? Fremde? Verwandte?" Er ließ nicht locker.

„Sicherlich. Das ganze Dorf war da. Auch einige Verwandte aus der Umgebung. Aber Fremde?" Sie überlegte einen Moment. „Außer diese Polizisten aus Belfast, die hier noch umhergeistern, war niemand da. Auf was zielen diese Fragen ab?"

„Neugierde." Peter schob seine kalte Hand tiefer in die Tasche, die andere hielt den Geigenkasten.

„Schlichte Neugierde?", fragte sie argwöhnisch.

„Ich habe Ihre Cousine gar nicht gesehen." Peter bekam für den Themenwechsel einen strafenden Blick zur Antwort.

„Sie ist in diese Sache nicht involviert und so soll es auch bleiben. Zur Zeit ist sie mit mehr als genug Problemen belastet. Es ist nicht notwendig, ihr noch mehr zu beschaffen."

„Gut möglich", murmelte Peter abwesend. „Kannte Miss Holder Mrs Negley näher?" Helena zuckte mit den Schultern.

„Sie trafen sich dann und wann zum Tee. Man hat sie nicht allzu oft miteinander gesehen."

„Und wie war das bei Clara Smith?" Helena hielt inne. Misstrauisch drehte sie sich zu ihm um.

„Woher kennen Sie diesen Namen?"

„Miss McAlister hat ihn erwähnt. Also kannte Mrs Negley Mrs oder Miss Smith?" Helena ging zügig weiter, doch bevor sie ihn hinter sich stehen lassen konnte, packte er sie am Arm. „Warum beantworten Sie mir meine Frage nicht?"

„Ich kann es nicht!", fuhr sie ihn plötzlich an. Tiefes Misstrauen stand in ihrem Gesicht. Sie riss sich von ihm los.

„Was möchten Sie verheimlichen, Miss Artkinson?"

„Ich verheimliche Ihnen gar nichts. Lassen Sie mich in Frieden!" Sie begann zu rennen. Peter hetzte ihr nach. Seine Blessuren waren deutlich zu spüren. Er fürchtete schon, sie nicht mehr einzuholen. Nach einer längeren Strecke wurde die Distanz jedoch kürzer und bald darauf bekam er sie am Mantel zu fassen. Sie strauchelte und fiel auf den durchweichten Boden. Außer Atem blieb er stehen.

„Was ist passiert?"

„Das ist nicht Ihre Sache, Dr. Forgerson. Je mehr ich darüber nachdenke, desto sicherer bin ich, dass es ein großer Fehler ist, Ihnen zu trauen. Alles, was Sie wissen… Wie lange sind Sie jetzt hier? Und weshalb sollten gerade Sie uns helfen? Ein Engländer? Wer weiß, ob Sie nicht der Gegenseite angehören und uns nur in die Falle locken? Wir haben schon viel zu viel gesagt", zischte sie und stand auf. Ihre Wangen glühten.

„Möchten Sie ein Versprechen von mir, dass ich nicht der Gegenseite angehöre?"

„Was wäre Ihr Versprechen wert?", fragte Helena barsch.

„Ein Forgerson bricht nie sein Wort", sprudelte es aus ihm heraus. Im gleichen Moment wunderte er sich selbst über seine Aussage. Wie von selbst benutzte er den Namen Forgerson und meinte das, was er sagte, mit tausendprozentiger Überzeugung.

„Und das soll mir etwas bedeuten?", fragte sie angriffslustig.

„Nun, ich weiß, dass es Ihnen wenig bedeutet werteste, aber mir bedeutet es viel", antwortete Peter. Helena trat auf ihn zu. Sie kam seinem Gesicht ganz nah.

„Gibt es noch einen Grund, weshalb ich Ihnen vertrauen soll?" Peter wurde allmählich ärgerlich. Er dachte, er hätte es geschafft, aber mit ihrem Widerwillen wäre alles zunichte.

„Sie werden dieses Problem alleine nicht lösen. Sehen Sie sich um!" Er deutete mit einer weit ausholenden Bewegung in die Nacht.

„Aber Sie schaffen das? Mit Verlaub, Sie haben keine Ahnung, Dr. Forgerson! Sie kommen hierher und spielen Detektiv. Aber das ist kein Spiel! Was passiert, wenn sich durch Ihre Ermittlungen alles verschlimmert? Sie selbst sagten, dass Sie nichts in der Hand hielten!" Helena stieß ihn von sich weg und stapfte weiter. Peter sah ihr nach.

„Ist Ihre Reaktion so vehement, weil ich auf einen wunden Punkt gestoßen bin? Oder hat es damit zu tun, dass ich an der Sache einen Schritt näher kam?", rief er ihr zornig nach. „Miss Smith lebte in Strabane! Welchen Beruf übte sie aus? Krankenschwester?!"Helena blieb wie angewurzelt stehen. „Es stimmt, nicht wahr?" Er bekam keine Antwort. Ihr Gesicht versteinerte sich. Peter ging mit gemessenen Schritten auf sie zu. „Miss Holder und Miss Smith kannten sich durch ihre Arbeit. Es gibt zwei Möglichkeiten. Entweder arbeiteten sie für die Firma Corrigan oder nicht. Beides brachte sie in Gefahr. Und beides stellte ein Verbindungsglied zwischen ihnen dar. Egal, wie man es auslegt, sie waren in die Angelegenheit verstrickt. Miss Holder unterhielt eine Freundschaft mit Mrs Negley. Sie wusste, dass Mrs Negley unter Druck gesetzt wurde. Wahrscheinlich hatte sich Mrs Negley ihr anvertraut. Miss Holder sprach mit dem Richter. Je nachdem, was sie bezweckte, wünschte sie entweder seine Hilfe, denn er war ein Mann des Gesetzes und ihr Freund. Oder sie versuchte herauszufinden, wieviel Richter Dixon bereits wusste. Jeder in diesem Dorf war bekannt, dass er sich um die Belange der Menschen hier kümmerte. Bald darauf verschwand sie, wie ihre Kollegin Clara Smith. Ich gehe davon aus, Richter Dixon vermutete, dass sich beide in Sicherheit brachten. Er wartete geduldig auf eine Nachricht von beiden und unternahm in den nächsten Monaten nichts."

„Sie glauben, der Richter war ein Feigling!", zornig funkelte sie ihn an.

„Es gab in dem Haus, in dem er lebte, eine Frau, die es wert war, vor allen Gefahren bewahrt zu werden. Er musste darauf Rücksicht nehmen. Als nach einigen Monaten nichts geschah", fuhr Peter fort, „begann er die Sache weiter zu verfolgen. Er versuchte Miss Clara Smith ausfindig zu machen, was ihm wohl gelang. Er wünschte von ihr mehr über das plötzliche Verschwinden von Miss Holder zu erfahren. Sie legten ein Datum fest, doch es kam nicht zu diesen Treffen. Richter Dixon verstarb einen Tag zuvor", beendete Peter seinen Vortrag und sah sie erwartungsvoll an.

„Ihre Geschichte klingt ja höchst interessant, aber es scheint mir doch alles sehr weit hergeholt, wenn es sich nicht schon phantastisch anhört."

„Ich gebe zu, dass es sich um eine Hypothese handelt und ich diese Theorie aus dem Material schließe, dass mir zur Verfügung steht. Mehr habe ich im Moment noch nicht zu bieten. Trotzdem bin ich sicher, es kommt der Wahrheit ziemlich nahe. Sie können dieser Geschichte Glauben schenken oder nicht. Das überlasse ich einzig Ihnen." Peter setzte seinen Weg fort. So blieb Helena nichts anderes übrig, als ihm zu folgen.

„Und wie passt Corrigan in Ihre Geschichte hinein?"

„Meiner Meinung nach hat Corrigan die Kinder des Dorfes für seine kriminellen Machenschaften missbraucht. Organhandel ist ein sehr lukratives Geschäft und wenn es um Kinder geht..." Peter hielt den Satz offen. Nun hielt sie ihn am Ärmel fest. Ihre Blicke begegneten sich.

„Ist das Ihr Ernst?" Peter erwiderte ihren Blick, zuckte mit keiner Wimper. Ein Schatten huschte über ihr angespanntes Gesicht. „Und wie soll Corrigan das bewerkstelligt haben? Er benötigte dazu mindestens einen Gefolgsmann", stellte sie fest. Ihre Hand ruhte immer noch auf seinem Arm. Sie fixierte seine Augen.

„Dazu gibt es keine Bedenken. Ein Mann mit seinem Status hat mehr als genug Gefolgsleute. Geld und Macht verdirbt den Charakter. Sprachen Sie nicht selbst alle von seiner absoluten Macht?"

„Und wie steht es mit Ihnen, Lord Cunningham? Sohn eines äußerst reichen Pharmazeuten?" Seine Augen begannen schelmisch zu funkeln. Ein Lächeln erschien auf seinen Lippen.

„Ich denke, ich bin das beste Beispiel dafür. Ein verzogener Snob."

„Da haben Sie völlig Recht", grinste Helena. „Wen haben Sie im Verdacht?"

„Dazu kann ich noch nicht Stellung nehmen", gestand er reuig. „Es fehlen mir die Beweise."

„Aber Sie hegen einen bestimmten Verdacht", bohrte Helena.

„Sicherlich."

„Ist es jemand aus dem Dorf?" Ihre Stimme schwankte. „Jeder könnte es sein, nicht? Unser Dorf ist total von Corrigan abhängig. Er hat uns alle in der Hand und wenn wir nicht kuschen..." Sie beendete den Satz nicht. Langsam setzten sie ihren Weg fort. „Wir werden Corrigan stellen, nicht wahr?", fragte sie und sah ihn entschlossen an.

„Ich werde mein Möglichstes tun", antwortete Peter ernst.

„Und wenn das nicht genügt?" Deutlich spürte er ihre Angst und es gab keinen Weg, sie ihr zu nehmen. Er wollte nicht daran denken, was geschehen würde, falls er versagen würde. Peter beschleunigte seine Schritte.

„Dann werden das nicht die letzten Gräber sein, die durch seine Hand gefüllt wurden. Vielleicht steht dann ein weiterer Name eines Engländers auf dem Runenstein am Eingang des Dorfes", murmelte Peter tonlos und umschloss den Griff des Geigenkastens fester. Schweigend setzten sie ihre Weg fort.

Zu gerne hätte er ihr einen Arm um die Schultern gelegt, versprochen das alles wieder gut werden würde. Das dunkle Haar berührt und ihr Geborgenheit gegeben. Doch nichts Desgleichen konnte er tun. Absolut nichts. Ein dicker Kloß bildete sich in seinem Hals. Er wollte über seine Unfähigkeit und Feigheit schreien, toben und weinen. Stattdessen mahnte er sie nochmals eindringlich kein Risiko einzugehen und auf der Hut zu sein. Danach verließ er sie. Wieder war er allein.

Peters Telefon klingelte am frühen Morgen. Als er die Nummer am Display sah, lief ein kalter Schauer seinen Rücken herunter. Sein Mund wurde trocken. Er drückte den grünen Knopf und meldete sich mit seinem Namen.

„Guten Morgen, Peter", vernahm er die missgestimmte Stimme seines Vaters.

„Guten Morgen", grüßte Peter angespannt und wartete.

„Wie ich sehe, hast du ein neues Telefon."

„Ja, mein altes ist leider ins Wasser gefallen", erklärte er.

„Aber du haltest es nicht für nötig mich darüber zu informieren? Stattdessen lässt du mich den lieben langen Tag versuchen, dein vorhergehendes anzurufen, das du wohl nie aufgeladen hast, und mir Sorgen zu machen, so dass ich am Schluss bei der Polizei in Garrison lande", erwiderte sein Vater grimmig. Bei der Erwähnung der Polizei blieb Peter fast das Herz stehen. Falls sie seinem Vater erzählt hatten, was seither geschehen war… Er schluckte trocken. Ihm war heiß und kalt zugleich.

„Ich", stammelte er und setzte von vorn an. „Was haben sie dir denn gesagt?"

„Das es dir gut ginge", knurrte Sir Julian. „Ich kenne dich gut genug, Peter. Falls du irgendwelche Dummheiten anstellst…"

„Ich arbeite", unterbrach ihn Peter schnell. „Wirklich, es gibt hier nichts, was von Interesse sein könnte. Garrison ist ein tausend Seelen Ort und, wie du weißt, sind sie nicht an mir interessiert. Wie geht es euch?"

„Peter, dein Themenwechsel ist erfolglos. Ich würde dich sofort nach Hause holen, wenn endlich Ruhe einkehren würde. Immerhin wandern die Artikel langsam in den Regionalteil der Zeitungen. Das Interesse flaut ab. Ich möchte, dass es dabei bleibt." Seine Drohung war unverkennbar. „Du wirst deiner Arbeit nachgehen und nichts anderes, verstanden?"

„Ich habe verstanden", murmelte Peter.

„Gut." Sein Vater schien sich zu entspannen. „Wie weit bist du mit deiner Entscheidung gediehen?" Ein Stich traf ihn ins Herz. Sofort dachte er an Helena. Ihre grünen Augen, ihre vollen Lippen, ihr schelmisches Lächeln.

„Ich…" Peter schluckte. „Ich benötige noch ein paar Tage."

„Ich muss Charles Bescheid geben, Peter", erinnerte Sir Julian ihn. Peter wurde heiß. Sein Herz begann zu rasen. Schweiß trat aus allen seinen Poren. „Mir ist klar, dass es wohl überlegt sein soll, aber du musst zu einer Entscheidung kommen. Die Zeit rinnt. Es geht nicht nur um Charles, wie du weißt. Vier Tage, Peter. Ich gebe dir vier Tage Zeit, dann wünsche ich eine Antwort."

„Vier Tage", murmelte Peter halblaut. Sein Vater wartete auf eine Reaktion. Als nur Schweigen folgte, fuhr Sir Julian fort: „Ich habe in sieben Minuten ein Meeting, Peter, ich melde mich. Du wirst dich an das halten, was ich dir sagte," befahl sein Vater streng.

„Meine Verbindung wird schlecht", bemerkte Peter und knisterte wieder mit der Folie, die er auf seinem Schreibtisch gefunden hatte. Deutlich hörte er das schwere Seufzen seines Vaters am anderen Ende der Leitung.

„Ich rufe dich wieder an. Pass auf dich auf", verabschiedete er sich. Peter tat es ihm nach, knisterte nochmals mit der Folie, dann drückte er mit zitternden Fingern den roten Knopf. Sofort legte er das Telefon auf seinen Schreibtisch. Beim Zeus! Wie hypnotisiert starrte er es an. Was sollte er nur tun? Fahrig fuhr er sich durch das Haar und zermarterte sich sein Hirn. Vier Tage. Immerhin. Nach kurzer Überlegung griff er sich erneut das Telefon und schaltete es aus. Besser. Er würde sich später über die Worte seines Vaters Gedanken machen. Jetzt hatte er anderes zu tun.

Lässig an den Türrahmen gelehnt und mit einr Tasse Kaffee in der Hand begrüßte ihn DS Quaritsh. Peter gab den Gruß mürrisch zurück und nahm seinen Hut ab.

„Inspektor Hardcourt ist schon ganz versessen darauf, Sie zu sehen, Dr. Forgerson."

„So, ist er das?", knurrte Peter und quetschte sich an DS Quaritsh vorbei.

„Wohl etwas missgestimmt, wie?", rief ihn DS Quaritsh ärgerlich nach, der beinahe seinen Kaffee verschüttete.

Peter fand den Inspektor in dem kleinen Büro, als er an den Abend der Entdeckung von Miss Holders Leiche, nach dem denkwürdigen Tee wieder zu sich kam. Inspektor Hardcourt war gerade in einen Stapel Papiere vertieft, als Peter das Büro betrat. Er beobachtete ihn und wartete geduldig auf eine Reaktion des Polizisten, der sich jedoch nicht stören ließ.

„Sollte meine Anwesenheit jetzt ungelegen sein, kann ich auch später wieder vorbeischauen." Beim Klang der bekannten Stimme hob Inspektor Hardcourt den Kopf und lächelte ihn munter an.

„Schön, Sie haben Zeit gefunden, Dr. Forgerson", begrüßte ihn der Inspektor und bedeutete ihm sich zu setzen.

„Guten Morgen. Man sagte mir eben, Sie erwarteten mich?" Peter zog seinen Mantel aus und legte seinen Hut auf den Aktenschrank ab. Inspektor Hardcourt ließ den Blick über das grimmig dreinblickende Gesicht von Peter gleiten.

„Richtig und dies ist Ihnen bekannt. Wie ich sehe, ist Ihnen heute wohl schon eine Laus über die Leber gelaufen", bemerkte er und schlug den Deckel seiner Akte zu.

„Ich muss nicht jeden Tag fröhlich sein, nicht?", gab Peter gereizt zurück.

„Ich wurde vom Krankenhaus unterrichtet, dass Sie es ohne Zustimmung des Arztes verlassen haben."

„Hat Dr. Ruthland angerufen?" Seine Laune wurde dadurch nicht gesteigert.

„Sie wissen, wie gefährlich das sein kann."

„Wünschten Sie mich deshalb zu sprechen? Ich dachte, es ging um das Messer, welches in Mr Negleys Badezimmer gefunden wurde."

„Sie möchten sich also nicht helfen lassen."

Peter hob die Augen zum Himmel.

„Verschonen Sie mich bitte mit diesen Phrasen. Lassen Sie uns endlich über Miss Holder sprechen."

„Miss Holder?" Der Inspektor hob erstaunt seine Augenbrauen.

„Ja. Wo arbeitete sie zuletzt, bevor sie ums Leben kam?" Wieder glitt ein musternder Blick über ihn. Mal sehen, wohin seine Fragen führten. Inspektor Hardcourt hatte gelernt, ihn nicht zu unterschätzen. Seine Nachforschungen über Peter lehrten ihn einiges.

„Moment, dazu benötige ich erst einmal die Akte." Er stand von seinem Schreibtisch auf, sperrte den Schrank auf und ging die Karteien durch. Nach kurzen Suchen fand er die Gewünschte und zog sie heraus.

„Na, dann lassen Sie mal sehen." Behäbig ging er zum Schreibtisch zurück und brummte beim Durchblättern der Seiten etwas Unverständliches vor sich hin.

„Ah ja, da haben wir das Gesuchte. Miss Holder arbeitete als freiberufliche Hebamme. Sie machte Hausbesuche und arbeitete in verschiedenen Kliniken. Das letzte Mal war sie in Omagh beschäftigt."

„Ist es dasselbe Krankenhaus, in dem ich ebenfalls behandelt wurde?"

„Richtig. Sie wurden dort schon zweimal behandelt", berichtigte ihn Inspektor Hardcourt mit einem schelmischen Grinsen. „Miss Holder arbeitete in der Geburtenstation und half des Öfteren auf der Kinderstation aus." Er hob den Kopf und durchforschte ihn. Peter schien mit seinen Gedanken weit weg.

„Der Autopsiebericht von Mrs Negley ist gestern eingetroffen", bemerkte er wie nebenbei. Peter hob ruckartig den Kopf. Seine Augen klärten sich. Ihm war der Unterton des Inspektors nicht entgangen.

„Sie ließen eine Autopsie durchführen?"

„Bei einem ungeklärten Todesfall wird immer eine durchgeführt", entgegnete er schulmeisterlich.

„Aber Mrs Negley wurde bereits beerdigt."

„Richtig. Die Autopsie fand zuvor statt. Es stand fest, dass es keine äußerlichen Zeichen eines Mordes gab. Mr Negley wünschte eine Beerdigung, keine Einäscherung. So stimmten wir zu."

„Was haben Sie herausgefunden?" Statt einer Antwort reichte er ihm einen Hefter. Peter schlug ihn auf und las die Berichte gründlich durch. Als er endlich endete und sich wieder dem Inspektor zuwandte, hatte sich sein Gesichtsausdruck verdunkelt.

„LSD?" Ungläubig starrte Peter ihn an. Inspektor Hardcourt nickte bestätigend.

„LSD. Sie muss es vorher geschluckt haben, bevor sie sich das Leben nahm."

Peter lehnte sich auf seinem Stuhl zurück und brütete vor sich hin: „Warum nahm sie keine Überdosis, sondern schnitt sich die Pulsadern auf?", brach er schließlich das Schweigen. Inspektor Hardcourt stand auf und nahm zwei Tassen aus dem Schrank hinter seinem Schreibtisch.

„Sehr gut. Die Frage ist mir bereits durch den Kopf gegangen."

„Und, haben Sie auch eine Antwort darauf?" Der Inspektor schenkte ihm ein zwielichtiges Lächeln.

„Ich bin mir sicher, Sie besitzen eine darauf, Dr. Forgerson."

„Sie ziehen Ihren Kopf doch immer aus der Schlinge, bevor es wirklich gefährlich wird", knurrte Peter. Erneut las er den Befund durch. Inspektor Hardcourt machte sich derweilen an der Kaffeemaschine zu schaffen.

„Nun, eine Frau will also Selbstmord begehen. Wie stellt sie so etwas an? Sie schreibt einen Abschiedsbrief, der tiefe Verzweiflung ausdrückt, stellt noch einen Topf mit Kartoffeln auf den Herd, legt Kohle nach, nimmt ein Aufputschmittel, begibt sich ins Bad und klebt den Brief an den Spiegel. Sie lässt das Wasser einlaufen, zieht sich aus, setzt sich in die Wanne und schneidet sich die Pulsadern auf. Ich muss zugeben, es ist wirklich eine außergewöhnliche Art für einen Selbstmord", gab Peter ihm zu bedenken.

„Da stimme ich Ihnen voll zu. Doch ist da immer noch der Faktor, dass das Badezimmer von innen verriegelt war und der Brief aus ihrer Feder stammte", erwiderte er und stellte die Tasse vor Peter auf den Schreibtisch. „Sie könnte die Droge genommen haben, um in der Lage zu sein, den Mut aufzubringen, um sich selbst zu töten", schlug Inspektor Hardcourt vor. Peter schüttelte entschieden den Kopf und warf angewidert den Hefter auf den Tisch.

„Sie schenken dieser Theorie genauso wenig Glauben wie ich selbst. Wie ist sie zu diese Drogen gekommen?" Inspektor Hardcourt kramte in einer Schublade und förderte ein paar Kekse zu Tage.

„Greifen Sie zu!", forderte er ihn auf. Peter lehnte dankend ab. „LSD bekommen Sie doch mittlerweile überall her. Es dürfte kein Problem darstellen. Ein weiteres ist, dass sie es freiwillig genommen hat. Es gab keinerlei Spuren von Gewalteinwirkung, die beweisen könnte, sie habe sie unter Zwang geschluckt." Schweigend nahm Peter die Tasse vom Tisch.

„Ich bin nicht überzeugt, dass dazu physische Gewalt notwendig war." Bei dieser Andeutung blitzten Inspektor Hardcourts Augen plötzlich auf.

„Sie hegen also einen Verdacht?", fragte er ihn kalt.

„Ich?" Peter nippte an seinem Kaffee.

„Den haben Sie doch schon seit langem. Gegen eine ganz bestimmte Person oder Gesellschaft." Peter spürte, wie Unbehagen in ihm hochstieg und sich seine Wangen röteten.

„Ich habe keine Ahnung wovon Sie sprechen", murmelte er.

„Von Corrigan Company und deren Herztabletten." Instinktiv fasste Peter sich an seine Brusttasche und gleichzeitig wusste er, dass er sich verraten hatte. Triumphierend nahm der Inspektor einen Keks aus der angebrochenen Packung.

„Woher wussten Sie von den Tabletten?" Peters Stimme war kaum hörbar. Inspektor Hardcourt schien sich voll bewusst, dass er nun die Oberhand besaß. Und das genoss er in vollen Zügen. Theatralisch öffnete er eine Schreibtischschublade, entnahm ihr einen Ordner und eine braune Ledertasche und ließ sie krachend auf den Schreibtisch fallen. Ein Blick genügte. Peter erstarrte zu Eis. Seine Augen funkelten im wilden Zorn.

„Wie kommen Sie dazu?", fauchte er den Inspektor an, der nur gleichgültig mit den Schultern zuckte.

„Das zu erklären, wäre jetzt viel zu kompliziert. Aber eines versichere ich Ihnen, besäße ich nicht so gute Freunde bei Scotland Yard, ich hätte keinen blassen Schimmer, wen ich vor mir habe."

„Ich werde Maßnahmen ergreifen, die Ihre Bekanntschaft im Yard erheblich einschränken wird."

„Wie Sie wünschen, Dr. Forgerson. Aber seien Sie vorsichtig! Nicht das Sie Gefahr laufen, Ihren Freundeskreis zu verkleinern."

„Das, was Ihre besagten Freunde getan haben, verstößt gegen den Datenschutz."

„Nun, Dr. Forgerson, damit kennen Sie sich ja bestens aus", stimmte ihm Inspektor Hardcourt ironisch zu. „Ich werde Ihnen sagen, warum ich Ihre Akte anfordern ließ: Der Grund waren die Tabletten, die sich in Ihrer Brusttasche befanden. Herztabletten von Corrigan Company. Erinnern Sie sich noch, als Sie die Leiche von Miss Holder fanden? Sie waren völlig durchnässt. Als wir Sie umzogen, fand ich in Ihrer Brusttasche die besagten Pillen. Sie können sich vorstellen, wie erstaunt ich war. Ein so junger Mann hat Herzbeschwerden und nimmt die Tabletten der Konkurrenz!" Er trank einen Schluck Kaffee, bevor er fortfuhr: „Ich wollte also wissen, warum Sie diese Tabletten mit sich herumtrugen. So befragte ich Mrs McAlister, die mir nur berichten konnte, dass sie selbst nicht am Herzen litt und es ihr nie aufgefallen war, dass Sie jene Beschwerden hatten. Ich wollte auf Nummer sicher gehen und forderte Ihre Krankenakte an, die zwar Bände sprach, aber nichts von einer Herzerkrankung erwähnte. Eher das Gegenteil käme in Frage. Also, warum tragen Sie eine Dose Herztabletten in Ihrer Brusttasche, wenn Sie diese nicht benötigen? Und natürlich wollte ich wissen, welchen Charakter ich vor mir habe."

„Und diese braune Tasche?" Peters Augen spuckten Feuer. Inspektor Hardcourt hob unschuldig die Hände. „Nachdem ich hörte, dass Sie sich wieder im Krankenhaus befanden, wollte ich wissen warum. Ich fuhr zu Mrs McAlister, sprach mit ihr und schaute mich im Richterzimmer um. Ich fand einen Stapel Papiere, die sich mit Corrigan Company befassten und diese braune Aktentasche." Er deutete mit seiner Kaffeetasse auf die Tasche. „Es gab eindeutig Spuren, dass sie vor kurzem des Öfteren geöffnet wurde. Ich musste nur noch eins und eins zusammenzählen." Inspektor Hardcourt nahm den Ordner zur Hand und blätterte darin. „Es ist natürlich alles reine Spekulation", bemerkte er. „Sie fanden die Tabletten im Hause des Richters. Nachdem Sie von Miss McAlister erfuhren, dass niemand im Hause mit Herzproblemen zu tun hatte, kamen Ihnen ernste Zweifel am Tod des Richters, der angeblich an einem Herzanfall starb. Und wieder stecken Sie im selben Dilemma, wie bei Mrs Negleys Tod. An dem Tag, als der Richter diese Erde verließ, war kein Fremder im Haus oder im Umkreis von fünf Meilen gesehen worden. Also gibt es nur eine Person, die in Verdacht stehen könnte. Und das würde Miss McAlister in üble Schwierigkeiten bringen." Peters Muskeln spannten sich. Inspektor Hardcourt betrachtete ihn eingehend.

„Man sah ein paar Tage zuvor den Tod vor seinem Haus", bemerkte Peter.

„Den Tod?" Der Inspektor hob ungläubig die Augenbrauen.

„Den Tod", bestätigte Peter ernsthaft und setzte hinzu, „eine angsteinflößende Gestalt."

„Und wer hat ihn gesehen?"

„Miss McAlister", antwortete Peter.

„Da sehen Sie es, Dr. Forgerson, alle Fäden führen zu ein- und derselben Person. Ein Giftmord ist nicht allzu schwer zu bewerkstelligen. Und statistisch gesehen ist das das häufigste Tötungsmittel der Frauen." Ungehalten sprang Peter von seinem Stuhl auf. Er wollte dem Inspektor scharf erwidern, besann sich doch eines Besseren und unterließ es. Stattdessen begann er im Zimmer auf und ab zu laufen.

„Sie hat es nicht getan", sagte er dann laut. „Sie ist nur ein weiterer Bauer in diesem heimtückischen Schachspiel." Inspektor Hardcourt lächelte ihm gutmütig zu.

„Miss McAlister griff Sie mit einem Messingknauf an. Sie hätte Ihren Kopf zerschmettern können."

„Aber Sie tat es nicht, richtig?", fuhr Peter ihn an.

„Wie mir scheint, hat sie Ihre sentimentale Seite berührt, zog Sie ins Vertrauen und gaukelt Ihnen immer noch etwas vor."

„Wissen Sie, Inspektor Hardcourt, Sie widern mich an." Ungestüm riss er den Mantel von der Stuhllehne. Krachend fiel der Stuhl zu Boden. Mit der anderen Hand packte er seinen Hut und marschierte zur Tür.

„Forgerson!", rief ihn Inspektor Hardcourt nach. Peter drehte sich auf dem Absatz um. „Frauen, mein Lieber, haben Ihnen schon des Öfteren beinahe das Genick gebrochen. Lassen Sie nicht zu, dass es dieses Mal endgültig ist." Mit ohrenbetäubenden Lärm fiel die Tür ins Schloss. Inspektor Hardcourts Blick glitt über die Seiten von Peters Akten. „Ich mache mir wirklich Sorgen um dich, mein Junge", murmelte er halblaut.

„Wahrscheinlich mit gutem Recht." DS Quaritsh stand im Türrahmen. In der Hand hielt er eine frische Tasse Kaffee. „Ich könnte ihn von meinen Jungs beobachten lassen. Für seine eigene Sicherheit", schlug er vor. Inspektor Hardcourt schüttelte den Kopf.

„Nein. Er würde es bemerken und noch unzugänglicher werden. Immer, wenn ich glaube, er rückt mit etwas heraus, wird er im selben Moment verstockt. Die einzige Möglichkeit ihn dazu zu bringen mit uns zusammen zu arbeiten besteht darin, sein Misstrauen uns gegenüber abzubauen und das kostet leider Zeit."

„Falls er diese noch besitzt." DS Quaritsh drehte sich um und ging.

Peter saß hinter dem großen Schreibtisch und blätterte in einem Wust von Papieren. Er hatte sich geweigert der Theorie von Inspektor Hardcourt nachzugehen. Er wollte nicht daran denken, dass Miss McAlister irgendetwas mit der Sache zu tun hatte. Unten im Flur hörte man zwei Personen miteinander reden. Peter warf einen Blick auf seine Taschenuhr, die ebenfalls geöffnet auf dem Schreibtisch lag. Es war kurz nach neun. Er fuhr fort weiter in seinen Papierstößen zu wühlen, als es leise klopfte. Angespannt hielt er inne und starrte auf den Türgriff. Seit dem Gespräch mit Inspektor Hardcourt vermied er es, sich in Miss McAlister Gegenwart aufzuhalten. Ansonsten würde er ihr unweigerlich die Fragen stellen, die ihn selbst abstießen. Jetzt aber wäre ihre Geduld erschöpft und sie würde von ihm eine Stellungnahme für sein distanziertes Verhalten ihr gegenüber verlangen. Was sollte er ihr nur entgegnen? Sein Blick fiel auf das Telefon. Das Gespräch, das er mit seinem Vater geführt hatte… Vielleicht wäre das eine passende Erklärung… Es klopfte von neuem. Dieses Mal jedoch deutlich energischer. Die Tür öffnete sich und zu seiner Überraschung stand nicht Miss McAlister vor ihm.

„Tante Clare sagte mir, dass Sie mit ihr kaum ein Wort wechseln. Nehmen Sie ihr diesen Streit immer noch übel?“ Peter schüttelte perplex den Kopf und stand auf.

„Guten Tag, Miss Artkinson. Nein, ich nehme es ihr nicht übel. Das ist längst vergessen und verziehen.“

„Und trotzdem sprechen Sie nicht mit ihr.“ Herausfordernd stemmte Helena ihre Hände in die Hüfte.

„Ich glaube nicht, meine Differenzen zwischen mir und Miss McAlister mit Ihnen teilen zu müssen“, antwortete er pikiert.

„Das denke ich sehr wohl. Sie ist meine Tante. Ich werde nicht zulassen, dass Sie ihr…“ Peter unterbrach sie mit einer ungeduldigen Geste.

„Haben Sie die Sterbeurkunden dabei?“ Er deutete mit einer Kopfbewegung auf den großen Umschlag in ihrer Hand. Ihr war klar, dass er den Themawechsel unbedingt wünschte, aber sie würde nicht so schnell aufgeben. Entschlossen trat sie ins Zimmer und schloss die Tür hinter sich, bevor sie sich wieder auf ihn stürzte.

„Wissen Sie nicht, wieviel Kummer Sie ihr bereiten?“

„Glauben Sie mir, Miss Artkinson, Ihre Tante ist nicht die einzige, die Kummer hat.“

„Was möchten Sie damit sagen?“ Mit ihrer freien Hand warf sie ihr schwarzes, langes Haar nach hinten. Ihre grünen Augen blitzten gefährlich.

„Ihre Tante verursacht mir Kummer.“

„Wie bitte?“ Ungläubig starrte sie ihn an. „Wie soll ich das verstehen? Werden Sie bitte deutlicher, Dr. Forgerson!“

„Inspektor Hardcourt hat mich auf einiges hingewiesen, was einen bestimmten Schluss nahe legt.“ Er bereute bereits seine Worte. Helena zog einen Stuhl heran und setzte sich ihm gegenüber.

„Welcher Schluss sollte das sein?“ Ihre Stimme war beißend.

„Es wird Ihnen nicht gefallen“, warnte er sie.

„Das lassen Sie mal schön meine Sorge sein“, entgegnete sie ihm barsch. „Sagen Sie mir endlich, was los ist!“ Peter suchte seine Taschen ab und brachte das Döschen mit den Herztabletten zu Tage.

„Haben Sie die schon mal hier gesehen?", fragte er dann und stellte sie ihr auf den Schreibtisch. Helena nahm sie in die Hand und betrachtete sie eingehend, dann schüttelte sie den Kopf.

„Nein. Was sind das für Tabletten?"

„Es sind Herztabletten in einer äußerst hohen Dosierung. Bei gesunden Menschen können solche Tabletten das Gegenteil bewirken", erklärte er und nahm sie wieder an sich. „Und nun raten Sie mal, wo ich diese gefunden habe." Ihre Muskeln spannten sich. Das Gesicht wurde zur Maske. Trotzdem versuchte sie gleichgültig zu antworten.

„Ich habe keine Ahnung."

„Diese Arznei befand sich in der Hausapotheke von Miss McAlister. Nun frage ich Sie: Was haben diese Tabletten hier verloren, wenn keiner der Beiden an einer Herzerkrankung litt?" Ihre Blicke trafen sich. Wutentbrannt schüttelte Helena ihre Fäuste.

„Warum sollte Tante Clare das tun sollen? Sie hat ihn geliebt! Verstehen Sie? Geliebt! Und wenn sie vorsätzlich diese Tabletten benutzt hätte, wie Sie annehmen, warum ließ sie diesen Beweis ihrer Schuld nicht verschwinden?" Peter war die Ruhe in Person. Seine Stimme klang sachlich und kalt, als stünde er vor Gericht.

„Sie hat die Tabletten dort nach dem Stecknadelprinzip deponiert und später, als sie nicht mehr von Nutzen waren, hat sie sie vergessen zu vernichten. Gelegenheitsmörder sind meist nicht sehr gewissenhaft bei ihrer Ausführung." Wie eine Raubkatze sprang Helena um den Schreibtisch herum, packte das nächste Stück, was ihr in die Hände fiel und ging auf ihn los. Ihm fehlte die nötige Zeit sich zur Wehr zu setzen. Peter zog den Kopf ein und das Buch traf seinen ohnehin verletzten Hinterkopf. Schmerzhaft schrie er auf. Helena verlor das Gleichgewicht. Rücklings fiel sie auf Peter. Der Sessel kippte und krachend landeten sie auf dem Boden. Helena japste nach Luft und Peter stöhnte schmerzhaft. Mit dem Buch in der Hand lag sie immer noch auf Peter, der in dem Sessel gefangen war, als die Tür aufflog und Miss McAlister entsetzt herein stürmte. Ungläubig blieb sie hinter dem Schreibtisch stehen. Ihr hatte es beim Anblick der Beiden die Sprache verschlagen. Erst jetzt wurde Helena bewusst, was sie getan hatte. Tiefe Röte überzog ihr Gesicht.

„Was ist passiert?", stieß Miss McAlister atemlos aus.

„Wir hatten eine kleine Meinungsverschiedenheit", begann Peter im ruhigen Ton zu erklären.

„Eine kleine Meinungsverschiedenheit?!", rief Miss McAlister aus. Helena kletterte von Peter herunter und stand auf.

„Nichts Außergewöhnliches in diesem Land", beteuerte er und betastete vorsichtig seine Brille, die recht schief auf seiner Nase saß.

„Nichts Außergewöhnliches?", ereiferte sich Miss McAlister. „Ich dachte, das ganze Haus würde in sich zusammenstürzen! Und Sie behaupten, es sei nichts Außergewöhnliches vorgefallen? Ich verlange eine Erklärung!" Peter rollte sich vom Sessel und rappelte sich mühsam hoch. Er berührte vorsichtig die Stelle seines Kopfes, die bereits anzuschwellen begann. „Nun, ich warte." Peter erwiderte den Blick der beiden Frauen.

„Also, gut, also gut. Auf Ihre eigene Verantwortung." Er nahm seine Brille ab und zog ein Taschentuch aus seiner rechten Brusttasche.

„Ich fand vor einiger Zeit eine Dose Herztabletten in Ihrem Arzneischrank, Miss McAlister."

„Herztabletten?" Sie runzelte die Stirn.

„Korrekt. Und seither beschäftigt mich die Frage, weshalb sie sich dort befanden. Da es doch keinen Grund für die Anwesenheit der Medikamente in diesem Haushalt gab. Warum, besitzen Sie diese Dose Tabletten, Miss McAlister?"

„Ich verstehe Ihre Fragen nicht, Dr. Forgerson. Von welchen Herztabletten sprechen Sie?" Sie sah ihre Nichte verstört an. Peter verstaute das Taschentuch wieder an seinem ursprünglichen Platz und legte die Brille behutsam in sein Etui.

„Richter Dixon starb, wie Sie es mir berichteten, an einem Herzanfall. Ein völlig gesunder Mann, in dessen Haus man eine Packung Herztabletten findet. Welchen Schluss würden Sie daraus ziehen, Miss McAlister?" Ihr Gesicht wurde blass.

„Sie glauben doch nicht ernsthaft…?" Die Erkenntnis durchlief sie wie ein Schauer. „Nein, das ist nicht möglich!" Sie schüttelte langsam den Kopf. Peter hob das Buch auf.

„Wer sah den Tod noch, Miss McAlister?"

„Den Tod?" Verwirrt schaute sie von einem zum anderen, dann ließ sie sich auf den Stuhl, den Helena vorher benutzt hatte, fallen. „Ich weiß nicht, ob der Tod von anderen gesehen wurde", gestand sie dann leise. Ihr Gesicht war blutleer. Peter befürchtete, dass sie jeden Moment ohnmächtig würde.

„Wie sah der Tod aus? Können Sie ihn mir beschreiben?"

„Es ist so schwierig", stammelte Miss McAlister hilflos und umklammerte ein Taschentuch, das sie aus ihrer Tasche gezogen hatte.

„Bitte, es ist von großer Bedeutung. Versuchen Sie sich zu erinnern", drängte Peter sie. „War er groß, klein? Schwarz oder weiß? Trug er eine Kutte an oder kam er als Skelett? Trug er eine Sense bei sich? Miss McAlister, ich muss es wissen!"

Sie holte tief Luft, bevor sie sprach: „Er war wohl etwas größer als ich und er trug eine schwarze Mönchskutte mit einer weißen Kordel um den Bauch geschlungen."

„Konnten Sie sein Gesicht erkennen können?" Niedergeschlagen ließ sie den Kopf hängen.

„Sie schenken mir keinen Glauben, nicht wahr, Dr. Forgerson? Sie denken, ich habe..." Sie verstummte und wandte ihr Gesicht von ihm ab.

„Wie können Sie sich erdreisten..." Bevor Helena wieder loslegen konnte, bremste er sie mit einer scharfen Handbewegung.

„Haben Sie das Haus verlassen, als Sie den Tod sahen, Miss McAlister?" Sie verneinte entschieden.

„Und der Richter?", bohrte Peter weiter. Bevor sie antwortete, zögerte sie einen Moment. „Ja", bestätigte sie langsam. „Ja, Richter Dixon wollte sehen, wer mich so erschreckt hatte."

„Wie lange war der Richter außer Haus?" Peter hob den Sessel wieder vom Boden auf und nahm hinter dem Schreibtisch Platz.

„Das kann ich Ihnen beim besten Willen nicht sagen. Ich glaube, ich war schon zu Bett gegangen."

„Hatten Sie nach diesem Ereignis denn keine Angst so allein zu Haus?" Er beobachtete ihr Mienenspiel genau. Ihre Augen weiteten sich, als die Erinnerung zurückkehrte.

„Doch", murmelte sie apathisch. „Ich ging hoch in mein Zimmer. Mir war kalt. Müde setzte ich mich auf das Bett. Stunden vergingen. Gegen halb Zwei Uhr habe ich mich hingelegt und bin dann wohl eingeschlafen.

„Verriegelten Sie die Haustür, als Sie nach oben gingen?" Helena schritt unruhig im Zimmer auf und ab. Ihr gefiel diese Befragung nicht. Miss McAlister verneinte.

„Richter Dixon wollte doch gleich wieder zurück sein."

„Aber nach einiger Zeit muss Ihnen doch aufgefallen sein, dass dies nicht der Fall war. Warum sind Sie nicht herunter gekommen und haben abgeschlossen?"

„Richter Dixons Schlüssel hingen am Schlüsselbrett. Verschloss ich die Tür, wäre er ausgesperrt gewesen", erklärte sie nachdrücklich.

„Hätten Sie gehört, wenn jemand ins Haus gekommen wäre?" Sie überlegte kurze Zeit. „Er müsste schon sehr leise gewesen sein."

„Ist Ihr Schlaf eher leicht oder tief?" Peter sah sie direkt an. Ihre Wangen bekamen wieder einen rosigen Teint.

„Ich habe höchst selten Schlafstörungen." Nun leuchtete ihr Gesicht. Peter lehnte sich im Sessel zurück und machte ein zufriedenes Gesicht.

„Was ist los?", fauchte Helena und blieb hinter ihrer Tante stehen. Nachdenklich zog Peter die Tablettendose aus der Tasche, öffnete sie und ließ einige davon auf seine flache Hand rieseln.

„Wissen Sie, wie seine Magentabletten aussahen?", wandte er sich an Miss McAlister. Er bekam ein Schulterzucken zur Antwort.

„Sie sahen so aus, wie jene die Sie in der Hand haben." Alle starrten auf die Tabletten in seiner Hand.

„Sie denken…", begann Helena.

„Ich weiß es nicht", unterbrach er sie und füllte die Tabletten wieder in die Dose. „Es wäre eine Möglichkeit."

„Und die Gestalt brachte die Tabletten ins Haus und vertauschte sie mit jenen des Richters", schloss Helena und legte eine Hand beschützend auf die Schulter von Miss McAlister.

„Es gab die Gelegenheit dazu", bestätigte er. „Vorausgesetzt der Täter kannte sich aus und wusste, wo er was finden würde."

„Und warum sollte er diese Herztabletten hier gelassen haben?" Sie gab sich noch nicht zufrieden. Verwundert beobachtete Miss McAlister das Frage- und Antwortspiel.

„Weil der Beweis, falls man des Richters Tod nicht auf eine natürliche Ursache zurückführen sollte, in diesem Haus zu finden war."

„Hört sich vernünftig an", bemerkte Helena.

„Was bezwecken all diese Fragen?" Miss McAlister hatte sich wieder gefasst.

„Ich überlege", erklärte Peter und legte seine Hand auf den schmerzenden Hinterkopf.

„Ich verstehe kein Wort." Peter schwieg.

„Dr. Forgerson...", begann Miss McAlister.

„Wären Sie so nett und würden mir einen Eisbeutel zurecht machen, Miss McAlister?"

„Aber..."

„Bitte, Madame, ich wäre Ihnen zutiefst verbunden." Widerstrebend stand sie auf. Ihr Blick wanderte zu ihrer Nichte und dann zu ihm. Er wollte also mit Helena ungestört sein. Sie verbargen etwas vor ihr. Langsam, mit erhobenem Haupt verließ sie das Zimmer. Helena trat zum Schreibtisch.

„Wie stehen Sie jetzt zu der Geschichte?", fragte sie herausfordernd.

„Welche Antwort möchten Sie denn hören?"

Wütend stemmte sie ihre Hände auf den Schreibtisch und kam mit ihren hübschen Gesicht seinem bedrohlich nahe. Peter spürte ihren Atem auf seinem Gesicht. Sein Herz begann plötzlich zu rasen. Das Blut schoss ihn durch die Adern. Ihre grünen Augen funkelten wie zwei Smaragde. Die vollen roten Lippen waren schmollend vorgeschoben. Einmal diese wundervollen Lippen zu berühren. Diesen Körper in seine Arme zu schließen... Ein einziges Mal nur... Peter holte tief Luft. War er denn völlig verrückt geworden?! Er stand davor, eine Frau zu heiraten, stattdessen träumte er von Helena. Und welche Bedeutung hatte April? Er konnte doch nicht... Nein, schlicht der Gedanke daran... Unmöglich! Peter schluckte, nahm Haltung an und entgegnete ihr kühl: „Es gibt noch keine Beweise, die das eine oder andere ausschließen, Miss Artkinson."

„Diese Antwort erwartete ich beinahe von Ihnen, Sir. Sie sind ein misstrauischer, übellauniger Mensch, der seine Paragraphen mehr liebt, als alles andere. Etwas Vertrauen in die Menschheit wäre von Ihnen auch zu viel verlangt. Tante Clare kann es nicht gewesen sein."

„Sie war allein zu Haus. Und es gibt keinen Beweis, dass jemand dieses Refugium ungesehen betrat. Jedoch auch keinen Beweis für das Gegenteil. In Ihrem, wie in meinem Lande gilt die Unschuldsvermutung. Es gilt jeder als unschuldig, dem keine Schuld nachzuweisen ist. So verhält es sich ebenfalls bei Miss McAlister, Miss Artkinson."

„Was Sie da sagen, ist abscheulich!" Verächtlich drehte sie ihm den Rücken zu.

„Ich verstehe Ihr Verständnis für meine Situation", entgegnete er ihr zynisch.

„Sie sind wirklich das Letzte! Meine Tante würde nie jemanden etwas zu leide tun, was man von Ihnen wohl nicht behaupten kann!" Zornig warf sie ihm das Kuvert auf den Schreibtisch.

„Das sind all die Dokumente, die Sie wünschten. Ich hoffe, Sie können damit etwas anfangen." Miss McAlister kam mit dem

Eisbeutel zurück. Unruhig glitt ihr Blick zwischen den beiden Kampfhähnen umher.

„Ich werde jetzt das Abendbrot zubereiten", erklärte sie spitz und platzierte den Eisbeutel auf den Schreibtisch. Helena legte demonstrativ den Arm um ihre Schulter.

„Eine gute Idee. Lass uns gehen, Tante Clare." Sie warf ihm noch einen vernichtenden Blick zu und führte sie zur Tür. Peter rief Miss McAlister einen Dank nach, was mit einem lauten Türeschlagen von Helena beantwortet wurde. Seufzend öffnete er das Kuvert.

Eine Stunde später saßen sie alle beim Abendessen in der kleinen Küche. Es wurde nur wenig gesprochen. Peter spürte den misstrauischen Blick von Miss McAlister nur all zu deutlich. Er konnte es ihr nicht verdenken. Allmählich gestand er sich ein, dass auch sein Misstrauen ihr gegenüber keinesfalls geschwunden war. Es gab einfach keinen schlüssigen Grund, der sie von der Beweiskette ausschloss. Obwohl er doch wusste… All die Indizien, die auf ihre Liebe zum Richter hinwiesen. Nachdenklich kaute er an einer Scheibe Brot herum. Von dem Gespräch, das beide Frauen führten, drang nichts in sein Bewusstsein.

Gegen neun Uhr verabschiedete Helena sich. Peter begleitete sie zur Tür. Als sie ins Freie traten und der Regen verhangene Himmel sie in Finsternis hüllte, wandte sich Helena an ihn. „Haben Sie etwas herausgefunden?", fragte sie ruhig und gefasst.

„Diese Urkunden haben meinen Verdacht erhärtet. Ich denke, der Tod der Kinder war nicht zufällig. Wann treffen Sie Ihre Freunde wieder?"

„Wenn Sie möchten, kann ich das morgen einrichten. Darf ich erfahren, welchen Verdacht Sie hegen?" Peter öffnete ihr die Autotür.

„Morgen, Miss Artkinson."

„Ich–" Peter hob die Hand.

„Bitte. Ich werde Sie alle rechtzeitig ins Bild setzen. Versprochen." Schmollend nahm sie auf dem Fahrersitz des Land Rovers Platz.

„Kommen Sie gut nach Haus, Miss Artkinson." Sie nickte ihm kurz zu und schloss die Autotür mit einem lauten Knall. Er wartete, bis der Wagen außer Sicht war, bevor er sich wieder ins Haus begab.

Miss McAlister war dabei die Teller abzuwaschen, als sie hörte, wie er die Haustür schloss. Sie riss das Spültuch vom Hacken und trat entschlossen in den Flur. Nachdem er die Tür verriegelt hatte, stieg er die ersten Stufen hoch. Doch eine Bewegung im Hausflur ließ ihn inne halten.

„Glauben Sie wirklich, ich habe Richter Dixon getötet?" Peter wusste, dass sie ihn damit attackieren würde, trotzdem war er völlig unvorbereitet. Herausfordernd streckte sie ihm ihr Kinn entgegen. Er vermied es tunlichst zu seufzen.

„Miss McAlister, ich -"

„Ich möchte keine Ausflüchte hören, Dr. Forgerson. Sagen Sie mir einfach nur die Wahrheit, damit ich weiß, wie ich mich Ihnen gegenüber verhalten kann." Er fuhr sich mit der Hand durch die dunklen Locken. Warum passierten immer ihm solche Sachen?

„Miss McAlister, bitte verstehen Sie mich nicht falsch. Es ist für mich ebenso schwierig. Die Angelegenheit sollte mit Bedacht gehandhabt werden. Voreilige Schlüsse zu ziehen, kann nur schaden."

„Sie möchten sich also nicht festlegen. Ich habe schon verstanden, Sir." Sie machte ein paar Schritte auf ihn zu. „Mir ist bewusst, dass Sie meinen Worten keinen Glauben schenken, da es mir nicht möglich ist ein Alibi in Ihrem Sinne vor zuweisen, doch hoffte ich auf Ihre Menschenkenntnis." Peter nahm resigniert auf den Stufen Platz.

„Menschenkenntnis gehört leider in der Welt die Justiz. Und meine Menschenkenntnis hat mich des Öfteren schon an den Rand des Todes geführt. Darauf kann ich mich beim besten Willen nicht verlassen, Miss McAlister."

„Und wie steht es mit Ihrem gesunden Menschenverstand?" Allmählich wurde sie ärgerlich. „Richter Dixon besaß eine ganze Menge davon", fügte sie barsch hinzu.

„Den er auch bis zu seinem Ableben voll ausnutzte", entgegnete Peter ironisch.

„Wissen Sie, Dr. Forgerson, als Sie an dem Abend halb erfroren vor meiner Haustür standen, dachte ich wirklich, welch ein netter Mensch Sie wären. Ich wollte nichts auf das Gerede der Dorfbewohner geben. Mittlerweile aber muss ich jedoch gestehen, dass Sie genau dem Bild entsprechen. Gute Nacht, Sir!" Sie drehte sich auf dem Absatz um und verschwand wieder in der Küche.

So viel zur gekränkten Eitelkeit. Nun ja, er konnte es verstehen. Peter stand auf und ging ins Arbeitszimmer zurück.

Die Nacht war bitterkalt. Das Feuer im Ofen in der kleinen Hütte kämpfte tapfer dagegen an. Nach einem theatralischen Blick auf die

Uhr, wandte sich John Downey an Helena: „Es sieht nicht so aus, als würde sich der Engländer blicken lassen."

„Er kommt bestimmt", entgegnete sie gereizt.

„Na klar. Du kennst ihn ja so gut. Du musst wissen, was er tut." Helena schoss das Blut in den Kopf. Sie fuhr von ihrem Stuhl auf. Ian packte sie hart am Armgelenk. Ein kalter Luftzug fuhr durch die Kammer und ließ alle Anwesenden frösteln. Peter stand im Türrahmen. Er trug denselben Mantel und Hut, wie bei seinem ersten Besuch.

„Ich bitte für mein spätes Erscheinen vielmals um Entschuldigung." Schnell schloss er die Tür hinter sich.

„Wir dachten schon, Sie kommen überhaupt nicht mehr!", erklärte Amilia Lovery und goss heißen Kaffee in eine blecherne Tasse.

„Leider wurde ich aufgehalten." Peter nahm seinen Hut ab. Helena ließ ihn nicht aus den Augen, was den anderen nicht entging.

„Vielen Dank für das Besorgen der Unterlagen." Erwartungsvoll sahen sie ihn alle an. Er knöpfte seinen Mantel auf und hing ihn an einen Nagel an der Wand. „Die Totenscheine aller Kinder wurden von dem hiesigen Dorfarzt ausgestellt", begann er und wartete auf eine Reaktion. Doch dies waren für die Anwesenden keine neuen Erkenntnisse.

„Ja und?", fragte Rodney Killduff ungeduldig. Peter zog den Umschlag aus seinem Mantel, wie ein Zauberer das Kaninchen aus seinem Hut. Er entnahm ihm die Papiere und legte sie sorgfältig auf den Tisch.

„Alle Kinder", fuhr er fort, „die der oberen Reihe angehören, sind an einer Krankheit gestorben. Einer plötzlichen, tödlichen Krankheit." Er zählte sie der Reihe nach auf. „Jedes Kind wurden einen Tag bei dem hiesigen Arzt in Obhut gegeben und am nächsten Tag erhielten ihre Eltern die Nachricht des Todes ihres Kindes." Er fischte eine Urkunde heraus und hob sie demonstrativ hoch. „Tobias Darson, der Enkel von Mr Patterson, verstarb vor drei Monaten, wie Sie natürlich alle wissen. Er wurde in das Haus des Dorfarztes gebracht und zur Untersuchung dort gelassen. Mr Patterson erzählte mir vor einiger Zeit, dass er etwas hustete. Laut Urkunde verstarb er im Laufe der Nacht. Der Arzt selbst nahm die Autopsie vor und stellte fest, die akute Lungenentzündung des Jungen habe den schnellen Tod verursacht. Er kollabierte." Peter sah alle der Reihe nach an. Niemand sagte ein Wort. „Wenn der Junge also so schwer erkrankt war, warum wurde er nicht unverzüglich in ein Krankenhaus eingewiesen?" Schweigend starrten sie sich an und redeten dann plötzlich alle wild durcheinander. Peter wartete, bis sie sich wieder etwas beruhigt hatten, bevor er fortfuhr: „Eine weitere, nicht unwichtige Frage ist: Weshalb gab es keine gerichtliche Untersuchung?"

„Sie glauben, es handelte sich um Dr. Penells Werk?", fragte Miss Eveline Nichols entsetzt.

„Wie denken Sie darüber, Miss Artkinson?", wandte sich Peter ihr zu. Ihr Gesicht zeigte deutlich, wie wütend sie war.

„Interessiert Sie das überhaupt?", gab sie brüsk zurück.

„Natürlich! Das interessiert jeden von uns, richtig?", entgegnete er zuckersüß.

„Ich denke das Gleiche, wie Sie, Dr. Forgerson. Unser Hausarzt führt etwas im Schilde und dazu benützt er unsere Kinder, was für uns wohl nichts Neues ist. Doch was sollen wir tun? Woher bekommen wir Beweise? Nun Engländer?" Peter legte das Dokument auf den Tisch.

„Wir müssen feststellen, was er den Kindern angetan hat. Dies soll unser Ausgangspunkt sein."

„So, und wie wollen Sie das anstellen? Ohne Beweise erlangen Sie keine Exhumierung", gab ihm Ian zu bedenken. Peter musterte ihn ernst.

„Das ist mir bekannt." Seine Stimme hatte einen unheilvollen Klang angenommen. Langsam dämmerte es den anderen, was er wohl beabsichtigte zu tun.

„Sie wollen doch nicht etwa...?" Miss Nichols hielt inne. Ihre Augen weiteten sich so groß wie Äpfel.

„Ich könnte einen Arzt organisieren."

„Das ist strafbar!", rief Evelyn entsetzt aus. Tumultartiger Aufruhr entstand. Peter beobachtete ungerührt die streitenden Parteien. Helena kam auf ihn zu.

„Wie wollen Sie das bewerkstelligen?"

„Ich gestehe, dass dies nicht ganz einfach sein wird", bekannte Peter „Am besten wäre es, wenn im Dorf irgendein Fest oder eine Versammlung stattfinden würde. So würde wohl die Aufmerksamkeit auf jenes Ereignis gerichtet und niemand käme auf die absurde Idee, sich in der Kälte herum zu schleichen. Weiter wäre es von Vorteil, wenn die Eltern des kleinen Tobias anwesend sein könnten, um seine Identität zu bestätigen."

„Wissen Sie, was Sie da von den Eltern verlangen?"

„Das ist mir klar. Aber es ist von äußerster Notwendigkeit. Wir müssen irgendwo beginnen, wenn wir diesen Wahnsinn endlich stoppen möchten." Helena sah ihn grüblerisch an.

„Ich denke, ich kann das organisieren." Sie nahm einen Becher, der herum stand, und schlug ihn gegen die Tischkante. Schnell herrschte Ruhe. Im Befehlton umriss sie kurz das Abgesprochene.

„Sie wollen die Leiche tatsächlich ausgraben?!" Ungläubig starrte John Peter an.

„Ich benötige eine einstimmige Zusage oder ich kann dieses Vorhaben nicht durchziehen", antwortete Peter. „Meine Zeit hier ist begrenzt. Ich werde Sie hier mit der Misere allein zurücklassen müssen, wenn wir nicht endlich mit den Ermittlungen beginnen."

„Sie benötigen einen richterlichen Beschluss, ansonsten ist es Leichenschändung", belehrte ihn John mit einem Ton, als hätte er ein dummes Kind vor sich. Peters Muskeln spannten sich deutlich. Als wüsste er nicht selbst, in welchem Dilemma er steckte.

„Zu allererst ist eine Einwilligung der Eltern nötig, denn ich benötige sie zur Identifizierung."

„Wissen Sie wirklich, was Sie da vorhaben? Ist Ihnen klar, was Sie da verlangen?!", brauste Rodney auf, dessen Haare bei dem Gedanken zu Berge standen.

„Ich bin mir bewusst, welches Risiko ich eingehe und mir ist sehr wohl klar, was ich verlange. Und glauben Sie mir, ich weiß, welche Verantwortung ich trage", erwiderte Peter. Entschlossenheit stand in seinen Augen. Wieder wurde hitzig diskutiert, doch zum Schluss stimmten sie seinem Plan einstimmig zu. Wenn sie jetzt nicht handeln würden, wann dann?

Bodennebel verschluckte die verräterischen Schatten, die sich in dieser frostigen Nacht umhertrieben.

„Ich könnte mir heute etwas Besseres vorstellen, als diese Nachtwanderung", nörgelte Downey und zog die Mütze tiefer ins Gesicht.

„Wer passt auf, dass keine ungebetenen Gäste zu uns stoßen?", wollte Peter wissen. Amilia antwortete ihm: „Elli Devlin hat sich unter die Leute gemischt. Ihre Sinne sind Alarmbereitschaft. Ihr entgeht so schnell nichts." Ian zog seinen Rucksack zurecht. Niemand sonst sagte ein Wort. Es herrschte eine bedrückende Stille. Die Turmuhr schlug Viertel nach Zwölf, als die kleine Gruppe den Friedhof erreichte.

„Glaubt ihr wirklich, diese Aktion ist richtig? Denkt an die Geister. Es ist bestimmt nicht in Ihrem Sinne, ihre Ruhe zu stören und schon gar nicht indessen des Kindes", äußerte Amilia plötzlich ihre Bedenken. Die anderen sahen sich zweifelnd an. Das fehlte jetzt noch, dass sie alle Gewissensbisse bekämen und kneiften. Allein konnte Peter es kaum bewerkstelligen. Er sah sich suchend um. Der warme Atem stieg in kleinen Wölkchen hoch. Seine Finger schmerzten vor Kälte. Der Kies knirschte plötzlich verdächtig in der Nähe eines alten Sanddorns. Wie versteinert standen alle da und spähten ängstlich in die Richtung, aus der das Geräusch kam. Eine leichte Bewegung im Nebel. Peter hatte seinen Rücken den Anderen zugewandt, doch entging ihm nicht, wie sie enger zusammen rückten. Angestrengt starrte er in die dicke Suppe. Die Schritte kamen langsam näher. Die Gestalt bewegte sich direkt auf ihn zu. Im gedämpften Ton begrüßte er sie: „Ich befürchtete schon, Sie würden nicht kommen, Dr. Ruthland."

„Das wäre mir bei diesen außergewöhnlichen Umständen wohl nicht zu verübeln", antwortete sie und sah kurz auf die kleine Gruppe, die sich hinter Peter scharte. Sie widmete ihre Aufmerksamkeit wieder Peter. „Warum haben Sie mich nicht angerufen oder eine SMS geschickt, sondern diesen Brief verfasst?"

„Es erschien mir die beste Möglichkeit. So gab es keine Gelegenheit Nein zu sagen, richtig?" Ian zog hörbar die Luft ein. Wie konnte Peter nur spekulieren, wo es doch um alles ging?!

„Ihnen mangelt es nicht san Selbstbewusstsein, Dr. Forgerson", entgegnete sie ihm. Peter schenkte ihr ein kurzes Lächeln und wandte sich an die anderen.

„Wir sollten beginnen, bevor uns der Kältetod heimsucht." Entschlossen ging er zum Tor, stellte die Lampe sachte auf den Boden und umschloss den eiskalten Eisengriff mit beiden Händen. Behutsam drückte er die Klinke herunter und schob das Tor auf. Ein leises Quietschen begleitete seine Bewegung. Die anderen erschauerten. Peter hob die Lampe auf und trat ein. Das gefrorene Gras knirschte unter seinen Füßen. Wie ein dunkler Geist ragte die Kirche neben ihm auf und starrte ihn drohend an. Peter fröstelte. Er war schon einige Yards gegangen, als er bemerkte, dass die anderen ihm nicht gefolgt waren. „Der Teufel soll sie holen!", zischte er wütend. Alle standen sie vor dem Eisentor und rührten sich nicht. Mit mutigen Schritten kam er zurück.

„Wir können das nicht tun", murmelte Rodney kleinlaut. Er war kalkweiß. Peter holte tief Luft.

„Es ist nicht recht", stimmte Amilia zu.

„Was soll das heißen?", fauchte Peter aufgebracht. In fünfzehn Minuten würde Helena mit den Eltern des kleinen Tobias kommen. Die Sache war schon schwer genug. Natürlich war es unheimlich. Ihm ging es nicht besser, trotzdem mussten sie die Sache durchziehen. Sie benahmen sich wie Kinder!

„Die Geister werden uns verfluchen!", flüsterte John angsterfüllt. Er zitterte am ganzen Leibe. Peter riss ihm ungeduldig die Schaufel aus der Hand.

„Verflucht seid ihr, ihr Angsthasen! Verkriecht euch in eure Betten und weint heimlich vor euch hin, wenn weitere Kinder sterben. Und jetzt verschwindet alle!", schrie er und packte gleichzeitig den Spaten, den Killduff in beiden Händen hielt. Er drehte sich auf der Stelle um und marschierte schnurstracks in den Friedhof.

Geisterhaft umgaben ihn die knorrigen Eichen. Ein erschrecktes Käuzchen flog aus den Zweigen. Peter fuhr zusammen. Sein Herz schlug ihm bis zum Halse. Er musste sich zusammen nehmen. Am Rand der Mauer ging er die Kindergräber ab. Jeder Schritt jagte ihm eine Gänsehaut über den Rücken. Worauf hatte er sich da eigentlich eingelassen? Vielleicht war es wirklich nicht rechtens. Er wagte nicht sich umzudrehen. Eine Kerze flackerte halb niedergebrannt am Grab von Tobias Darson. Peter sah sich kurz um. Er ließ die Geräte ungeachtet des Lärms fallen und nahm die Kerze beiseite.

„Sie haben die Plane vergessen." Peter blieb beinahe das Herz stehen. Ian und Dr. Ruthland standen nur zwei Fuß von ihm entfernt da. „Amilia und Killduff halten am Tor Wache", setzte ihn Ian in Kenntnis und ließ die Plane zu Boden gleiten. Ein leises Rascheln war zu hören und aus dem Nebel tauchte eine weitere Gestalt auf.

„Ich vergaß Hammer und Meißel", stotterte John. Seine Hände hatten Mühe die Geräte nicht fallen zu lassen. Peter nickte ihm zu. Im geheimen war er heilfroh, sie hier zu sehen und seinen Worten nicht Folge geleistet zu haben. Dr. Ruthland und John breiteten die Plane aus, auf die sie die Erde werfen wollten. Peter zündete die Öllampe an, deren Licht die gesamte Aktion noch unheimlicher machte. Danach nahm er die Schaufel zu Hand. Ian sah zu, wie Peter vorsichtig die zwei Fuchsien ausgrub, dann griff er sich selbst eine und kam ihm zur Hilfe. Der Boden war hartgefroren. Es kam ihnen vor, als würde der Lärm bei jedem Stich durchs ganze Dorf hallen. Peter zog sich nach einer kurzen Zeit den schweren Mantel aus. Auf seiner Stirn glitzerten Schweißperlen. Schnell wurde die Grube tiefer. Unruhig beobachtete Dr. Ruthland die schaufelnden Männer. Sie fühlte sich nicht wohl bei dem Gedanken. Plötzlich veränderte sich das Geräusch. Die Schaufeln trafen auf Holz. Gleichzeitig hielten beide inne. Ian schluckte trocken. Es war eines, ein Grab zu schaufeln, doch es galt etwas ganz anderes, den Sarg zu bergen. Dr. Ruthland wollte soeben etwas sagen, doch sie drehte sich um und lauschte angestrengt. Erneutes Rascheln war zu hören. Ihr Herz hämmerte gegen ihren Brustkorb.

„Miss Artkinson und die Darsons", erklärte Peter leise und sah Ian an.

„Sollen wir wirklich...?", flüsterte er und stierte auf den halb mit Erde bedeckten Kindersarg. Peter tat es ihm nach. Er wusste, wie grausam es war, trotzdem. Er holte tief Luft.

„Ja." Er warf abermals etwas Erde auf den Haufen. Helena beugte sich vorsichtig über das Grab. Die Darsons standen ehrfürchtig einige Yards vom Grab entfernt und starrten entsetzt auf den schemenhaften Erdhügel. Nochmals all dies durchmachen...

Peters Kopf ragte aus der Grube.

„Ich habe Rodney mitgebracht", berichtete Helena. Peter warf beiden einen kurzen Blick zu.

„In welcher Verfassung befinden sich die Darsons?"

„Den Umständen entsprechend. Fragen Sie mich aber bitte nicht, wie ich es anstellte, Sie hierher zu bringen. Mir sträuben sich jetzt noch die Nackenhaare."

„Ich stehe tief in Ihrer Schuld, Miss Artkinson", bekannte Peter und bedeutete Ian mit einer Kopfbewegung, dass er nun den Sarg bergen wollte. Ian schnappte nochmals nach Luft und beugte sich langsam über den Sarg. Seine kräftigen Hände zitterten, als sie den kalten Messingriff umschloss. Peter zählte bis drei und der Sarg hob sich von dem Erdreich. Rodney und John nahmen den Sarg entgegen und stellten ihn neben dem Grab ab. Mrs Darson drückte sich enger an ihren Gatten. Peter und Ian kletterten aus der Grube. Ian trat zu seiner Schwester und legte ihr schützend einen Arm um die Schulter. Die Flammen flackerten unruhig und zischten, als Feuchtigkeit auf den Docht fiel. Peter nahm einen Lappen und reinigte den Sarg vom Erdreich, dann ging er zu den Darsons.

„Mrs und Mr Darson, ich bin Peter Forgerson. Mir ist bewusst, welche Last ich Ihnen aufbürde." Seine Stimme klang beruhigend.

„Einen geliebten Menschen auf so heimtückische Weise zu verlieren, ist wohl eines der schlimmsten Dinge, die einem widerfahren können. Wäre es nicht von größter Bedeutung, so würde ich Ihnen dies gern ersparen. Sie können uns jetzt immer noch veranlassen, den Sarg ungeöffnet zurück in das Grab zu legen. Ich werde nicht gegen Ihren Wunsch handeln, Madame, Sir?" Peter sah beide erwartungsvoll an.

„Tun Sie, was getan werden muss", murmelte Mr Darson und legte seinen Arm um seine Frau.

„Wenn Sie sich nicht in der Verfassung fühlen, Mrs Darson...", wandte sich Peter an Mrs Darson. Sie schüttelte energisch den Kopf.

„Wir möchten wissen, was Dr. Penell unserem Kind angetan hat", entgegnete sie mit erstickter Stimme. Peter führte sie zu der kleinen Gruppe am Grab. Ian holte die Taschenlampe aus seinem Rucksack. Alle starrten ihn an. Peter hob Hammer und Meißel vom Boden auf. Noch nie in seinem Leben hatte er eigenhändig einen Sarg geöffnet. Er wog die beiden Geräte in seinen Händen, als John sie ihm aus der Hand nahm.

„Ich finde, das sollte ein Ire tun." Er kniete nieder und schob den Meißel zwischen den Deckel des Sarges. Jeder Schlag durchfuhr sie. Mrs Darson umschlang den Rumpf ihres Mannes und verbarg ihr Gesicht an seiner Brust. Sie bebte bei jedem Hammerschlag, als durchdrang Mal für Mal ein Pfeil ihr Herz. Dr. Ruthland rückte näher zu Peter. Ebenso tat es Helena. Peter nahm jedoch keine Notiz von den beiden Frauen. Seine Augen hingen an dem Sarg.

Nachdem John mit seiner Arbeit fertig war, erhob er sich. Ihre Augen ruhten auf dem weißen Kindersarg. Peter sah einem nach dem anderen an. Alle waren kreidebleich. Angst und Faszination zugleich spiegelte sich in ihren Gesichtern. Peter verbarg seine Furcht vor dem, was nun folgen sollte. Mit weichen Knien trat er zum Sarg und bückte sich. Seine Finger zitterten. Nochmals warf er einen Blick auf die Anwesenden, bevor er den Deckel hob. Das Holz war feucht. Peter schwitzte. Der Deckel knarrte verräterisch. Die Nägel lösten sich. Mit einem Ruck hob er den Deckel an und nahm ihn ab. Alle hielten die Luft an. Langsam glitt der Strahl Ians Taschenlampe hoch und beschienn den Leichnam. Das kalte Licht beleuchtete das weiße Gesicht des kleinen Jungen, der auf Samt gebettet lag. Sein Gesicht war bereits eingefallen und doch konnte man noch die Schönheit seiner Unschuld erkennen.

Helena hatte sich sofort umgedreht. Sie konnte den Anblick des toten Jungen nicht ertragen. Verwesungsgeruch stieg Peter in die Nase. Sogleich erhob er sich. Mrs Darson hatte ihr Gesicht im Mantel ihres Gatten vergraben. Peter riss seine Aufmerksamkeit von der kleinen Leiche los und drehte sich zu den Darsons um. Versteinert fixierte Mr Darson das Kindergesicht, dass Ian zitternd beleuchtete.

„Das, das ist nicht Tobias", stammelte er mit halb erstickter Stimme.

„Wie?" Peter glotzte ihn entgeistert an.

„Das ist nicht Tobias." Seine Stimme wurde nun fester. Jetzt drehte sich auch Mrs Darson um. Gebannt starrte sie in den Kindersarg.

„Das ist nicht Tobias", flüsterte sie, der Ohnmacht nahe. Niemand war eines Wortes fähig. Peter runzelte die Stirn. Er verstand die Welt nicht mehr. Wenn Dr. Penell dem Kind nichts angetan hatte und in dem Sarg nicht dieses Kind lag, welches sie vermuteten, wo war es dann abgeblieben? Es durchzuckte ihn wie ein Blitz.

„Was hat Dr. Penell Tobias angetan?", wimmerte Mrs Darson.

„Wo steckt mein Junge?" Mr Darson hielt seine Frau fest in den Armen, doch seine Augen fixierten Peter. „Wo ist mein Sohn?" Seine Stimme klang hart und Unheil drohend.

„Ich weiß es nicht", murmelte Peter noch benommen.

„Ich werde dieses Schwein Penell kriegen!" Mr Darson wollte sich abwenden, doch Peter hielt ihn am Ärmel fest.

„Bei Dr. Penell ist das Kind sicherlich nicht", entgegnete er ihm eindringlich.

„Wenn Sie jetzt etwas Unbesonnenes unternehmen, dann kann ich absolut für nichts garantieren. Nicht einmal für das Leben Ihrer Frau." Mr Darson blieb stehen und nahm seine weinende Frau in die Arme.

„Er hat meinem Sohn etwas angetan! Ich lasse ihn nicht davon kommen!", schrie er Peter an.

„Das werde ich auch nicht, Sir. Aber es soll keine weiteren Opfer geben. Ersparen Sie das Ihrer Frau bitte!"

Tränen liefen über sein gemartertes Gesicht.

„Gehen Sie nach Haus und erzählen Sie niemanden davon. Überlassen Sie die Sache mir", verlangte Peter eindringlich.

„Ihnen? Einem Engländer?! Penell hat meinen Jungen!"

„Und es wird ihm schlecht ergehen!", erwiderte Peter scharf. Sofort wurde Mr Darson ruhig. Seine wachen Augen durchdrangen Peter.

„Glauben Sie, dass Tobias noch am Leben ist?" Eine riesige Welle der Hoffnung breitete sich über Mr Darson aus. Peter verfluchte sich innerlich für seine letzten Worte.

„Das kann ich Ihnen nicht versprechen, Sir", wich er aus.

„Aber es wäre möglich?", beharrte Mr Darson. Peters Blick wandte sich gegen den Himmel. Mr Darson packte ihn an den Oberarmen und schüttelte ihn ungestüm. „Sagen Sie mir, ob es möglich ist, das Toby noch am Leben ist!", brüllte er ihn an.

„Es ist nicht ausgeschlossen", murmelte Peter leise.

„Was?" Mr Darson schüttelte ihn weiter.

„Möglicherweise", wiederholte Peter etwas lauter. Mr Darson ließ ihn los. Mrs Darson hob ihren Kopf.

„Toby lebt?", flüsterte sie.

„Vielleicht." Peter rieb sich seine schmerzenden Oberarme. „Aber wenn Sie nicht auf mich hören, werden Sie ihn bestimmt nie wieder sehen. Dr. Penell lässt nicht mit sich spielen. Und schon gar nicht, wenn er die Trümpfe in der Hand hält." Mr Darson schaute zu den anderen, die zustimmend nickten.

„Was verlangen Sie?", knurrte er dann.

„Nicht ein Wort zu niemanden! Schwören Sie, dass Sie keiner Menschenseele etwas von heute Nacht erzählen!", zögernd drehte sich Mr Darson zu den anderen um. Sie schienen dem Engländer wirklich zu vertrauen.

„Also, gut." Er räusperte sich. „Ich schwöre bei Gott, dem Vater, dass ich nichts über diese Nacht sagen werde."

„Ihre Frau auch nicht", erinnerte ihn Peter brüsk. Sie nickte, immer noch Tränen überströmt. „Versuchen Sie Ihren Alltag aufrecht zu halten. Das ist die einzige Chance, die wir haben, die Geschichte aufzuklären." Mr Darson nickte.

„Versprechen Sie mir auch etwas, Forgerson." Peter hob erstaunt den Kopf.

„Ich?", fragte er ungläubig.

„Ja. Schwören Sie, dass Sie Penell fertig machen!"

„Das kann ich nicht." Die anderen warfen sich unruhige Blicke zu.

„Was?!" Peter hob abwehrend die Hand.

„Ich verspreche Ihnen, dass ich alles, was in meiner Macht steht, tun werde, ihn hinter Schloss und Riegel zu bringen. Doch zu mehr bin ich momentan nicht in der Lage." Mr Darson schnaubte verächtlich.

„Nun gut, Engländer. Ich halte mich an mein Versprechen. Tun Sie das auch!" Er und seine Frau wandten sich von der Gruppe ab.

„Miss Artkinson, würden Sie die Beiden bitte nach Haus begleiten?", richtete er sich fragend an Helena. Sie zögerte kurz und lief dann doch hinter ihnen her.

Wortlos schloss Peter den Sargdeckel. Die Anderen redeten wild durcheinander.

Zornig über sich selbst, schlug er einen Nagel nach dem anderen wieder in den Sarg.

„Mr Artkinson, würden Sie mir bitte helfen, den Sarg ins Grab zu lassen?" Sein Ton klang schärfer, als beabsichtigt.

„Natürlich", versicherte Ian und kam ihm zur Hilfe. Auch die Anderen griffen jetzt zu. Und bald waren alle Spuren der nächtlichen Ausgrabung beseitigt. Die Turmuhr schlug schaurig die zweite Stunde des Tages, als sie durchgefroren den Friedhof verließen. Peter hatte seither noch kein weiteres Wort gesprochen. Dr. Ruthland ging einige Zeit schweigend neben ihm her, bis sie sich durchrang und ihn ansprach: „Was ist eigentlich genau passiert? Ich verstehe das Ganze nur teilweise." Peter schlüpfte schweigend in seinen Mantel.

„Tun Sie mir einen Gefallen, Dr. Ruthland. Stellen Sie bitte fest, ob und wie viele tote Kinder in den letzten zwei Jahren in Ihrem und anderen Krankenhäusern in der näheren Umgebung verschwunden sind."

„Ich..." Peter ließ sie nicht zu Wort kommen.

„Wo haben Sie geparkt?"

„Ein Stück hinter der Kirche. Ich-", setzte sie an, doch er gab ihr keine Chance.

„Gut. Mr Artkinson!" Peter winkte Ian zu, der in Nähe der Beiden gewartet hatte.

„Bringen Sie bitte Dr. Ruthland zu Ihrem Auto. Danke." Bevor sie weitere Fragen an ihn richten konnte, war er in den Nebelschwaden verschwunden und ließ die zwei verwirrten Gestalten im Dunkeln stehen.

Der Nebel kroch in kalten Schwaden über das Land. Frierend vergrub er seine Hände tiefer im Mantel. Sein Kopf schmerzte. Er plagte sich mit stummen Vorwürfen. Er hätte wissen müssen, dass es Dr. Penell nicht auf Versuche abgesehen hatte. Nie hätte er die Darsons mit hineinziehen dürfen! Alles was er anpackte, machte er falsch! Das Gras knirschte unter seinen Füßen. Der Frost hatte alles weiß überzuckert. Peter war der Verzweiflung nahe. Tränen liefen über seine von der Kälte geröteten Wangen. Das kleine wächserne Gesicht des kleinen Kindes tauchte vor seinen Augen auf. Es musste wohl im gleichen Alter von Tobias Darson gewesen sein. Er wusste, was Dr. Penell getan hatte. Es war nach all dem nicht mehr schwer zu erraten. Kinderhandel. Doch welcher Art? Es gab viele, die kleine Kinder für ihre schmutzigen Phantasien kauften. Seine Nackenhaare sträubten sich bei diesem Gedanken. Wenn Dr. Penell... Peter wollte den Gedanken nicht zu Ende führen.

„Dieses elende Schwein!", zischte er hasserfüllt. Er wollte seinen Abscheu in die ganze Welt hinausschreien. Er wollte Dr. Penell packen, aus seinem Haus ziehen und ihn verstümmeln. Wütend schlug er auf einen Busch ein, der sein Gesicht gestreift hatte. Er beschimpfte ihn wüst. Die Zweige knickten ab und er riss sich die kalten Hände auf. Der Schmerz tat ihm gut. Als seine Kraft nachließ, sank er auf die Erde und heulte hemmungslos über seine Hilflosigkeit.

Nachdem er sich etwas beruhigte, stand er auf und machte sich bedrückt auf den Heimweg.

Das Haus lag dunkel und ruhig da. Als Peter den Gartenzaun erreichte war ihm, als hätte sich etwas an der Haustür bewegt. Wie angewurzelt blieb er stehen. In der Tat. Er war sich völlig sicher eine schemenhafte Bewegung wahrgenommen zu haben. Wut stieg in ihm auf. ‚Na warte, mit dir rechne ich ab!'

Vorsichtig öffnete er das Gartentor. Sein Herz hämmerte in seinem Brustkorb. Sorgsam setzte er einen Fuß vor dem anderen. Gebückt tastete er sich langsam zu dem Rhododendronbusch in der Nähe der Haustür vor. Durch den Nebel konnte er jedoch nichts Genaues erkennen. Die Gestalt war größer als er. Ein weiter, langen Umhang umhüllte seinen Körper. Auf dem Kopf trug sie einen großen Schlapphut. Er leckte sich die spröden Lippen. Sollte Sie versuchen in das Haus zu gelangen, so würde er sie aufhalten müssen. Nur wie? Peter suchte das Gebüsch nach einer brauchbaren Waffe ab. Leider war Miss McAlister so sorgfältig, dass nicht einmal ein Stöckchen in Reichweite lag. Peter verlagerte sein Gewicht, dabei stieß er an eine Blumenschale, die klirrend umfiel. Sofort hielt die Gestalt an der Tür inne. Peter schwitzte. Seine Finger waren feucht. Die Gestalt machte ein paar Schritte auf den Rhododendronbusch zu, hinter dem sich Peter verborgen hielt. Unwillkürlich hielt er den Atem an. Sie blieb stehen und lauschte. Ihm kam es vor wie Stunden. Endlich drehte sie sich von ihm weg und ging zurück zur Tür. Ein Geräusch erklang. Kratzend und schabend. Vorsichtig schob er ein paar Zweige beiseite und lugte hindurch. Das Kratzen hielt inne. Wieder verharrte die Gestalt reglos, dann löste sie sich vom Haus. Mit geschmeidigen Schritten kam sie auf ihn zu.

Behutsam erhob sich Peter. Sein Mund war ausgedörrt. Seine einzige Chance bestand darin, sie von hinten anzugreifen und ihn bewegungsunfähig zu machen. Leider hatte er keine Ahnung, wie er das bewerkstelligen sollte. Peter spürte, wie er näher kam. Er sandte ein Stoßgebet zum Himmel und drückte sich tiefer in den Schutz des Busches. Noch einmal holte er tief Atem, dann, als sie einen Schritt von ihm entfernt war, warf er sich auf ihn. Ein entsetzter Laut entrang sich aus der Kehle der Gestalt. Schwer fielen beide zu Boden. Peter schlug wie wild auf alles, was seine Fäuste berührten. Doch waren seine Schläge für den zu Boden gerissenen niemals ernsthaft gefährlich. Kaum hatte sich der Angegriffene von seiner Überraschung erholt, schlug er hart zurück. Peter landete unsanft auf dem Rücken. Keuchend rappelte sich die Gestalt auf und schlug ihn mit dem Fuß in die Seite. Peter stöhnte auf. Als sich die Gestalt umdrehte, bekam er einen der Lumpen, die sie sich um die Füße gebunden hatte zu fassen. Die Gestalt torkelte, riss sich dann von ihm los und rannte ihres Weges.

Peter blieb am Boden liegen. Das Ein- und Ausatmen bereitete ihm große Schmerzen. Verdrossen musste er Philip, seinen Bruder Recht geben. Mit seiner Kampftechnik würde er niemandem gefährlich werden. Er konnte sich nicht einmal selbst richtig verteidigen. Und nur, weil er es seit jeher vermied, sich wirklich einmal mit Selbstverteidigung auseinander zu setzen. Er hielt sich immer für so schlau, dass er das einfach nicht nötig hätte. Er war ein Idiot! Sein warmer Atem stieg in kleinen Wölkchen hoch. Die Kälte kroch durch seinen Mantel. Er fröstelte. Zögernd rappelte er sich auf. Schmerzhaft stach seine linke Seite. Peter schnappte nach Luft. Das nächste Mal würde er diesen Mistkerl stellen! Er versuchte ruhig zu atmen und seine Schmerzen unter Kontrolle zu bringen. Dabei fiel sein Blick auf den Lumpen, den er dem Fliehenden von den Füßen gerissen hatte. Sachte bückte er sich und hob ihn auf. Immerhin etwas. Humpelnd machte er sich auf den Weg zum Haus. Die Türklinke besah er sich mit aller Sorgfalt. Dann nahm er den Lumpen und wickelte ihn um den Türgriff. Ein metallisches Schnalzen war zu hören. Erschreckt ließ er den Lappen los, der mit irgendeinem Gegenstand herunterfiel. Peter hob den Lumpen an einem Ende hoch. Eine Mausefalle klemmte baumelnd an dem Tuch. Das war es also!

„Mistkerl!", schimpfte er in sich hinein und sah nochmals zur Gartentür. Seufzend öffnete er die Haustür. Für heute hatte er Abenteuer genug gehabt. Im Hausgang zog er die Schuhe aus, nahm sie mit dem Hut und dem Lumpen, an dem die Mausefalle hing, nach oben. Nachdem er sich ausgezogen hatte, besah er sich skeptisch seine Schrammen und Kratzer, die er sich bei dem Kampf zugezogen hatte. An seiner linken Seite bildete sich bereits ein hässlicher roter Fleck. Er sollte Eis darauf legen. Das milderte wenigstens die Schmerzen. Doch graute ihm davor, wieder in die Küche zu gehen, das war heute zu viel des Guten. Er nahm ein Gästehandtuch aus dem Schrank, hielt es unter das kalte Wasser, presste es auf seine linke Seite, bis der Schmerz nachließ. Bevor er ins Bett ging, wiederholte er die Prozedur. Wenigstens zwei Stunden Schlaf sollten ihm gegönnt sein.

Peter war gerade dabei sich die Krawatte zu binden, als Miss McAlister das Zimmer betrat. Sie grüßte ihn höflich und begann das Bett zu machen. Seit seinem ausgesprochenen Verdacht schien die entstandene Mauer unüberwindlich. Er bedauerte zutiefst, dass es so weit gekommen war. Er öffnete das Fenster und sah hinaus. An einem stahlblauen Himmel stand eine über alles strahlende Sonne. Der Herbsttag konnte nicht schöner sein. Von draußen drangen Geräusche eines haltenden Wagens zu ihnen herauf. Gleich darauf war der Türklopfer zu hören. Peter drehte sich zu Miss McAlister um.

„Ich öffne", erklärte sie kalt und verließ das Zimmer. Peter verspürte kein Verlangen nach einer frühen Konversation. Gemächlich schlenderte er zum Schreibtisch hinüber, auf dem aller mögliche Wirrwarr lag. Sein Blick blieb bei dem Lumpen, den er in der vergangenen Nacht dem Ruhestörer abgenommen hatte, haften. Mit zwei Fingern hob er ihn hoch. Die Mausefalle baumelte wie ein Pendel hin und her. Mit seinen Augen folgte er dem Schwung. Erst jetzt fiel ihm das braune Packpapier auf, das gefaltet am Boden der Mausefalle klebte. Eine Falte bildete sich zwischen seinen Augenbrauen. Vorsichtig zog er das Klebeband ab und entfaltete das Papier. Peter erkannte die Schrift als die gleiche, wie bei den vorhergehenden anonymen Briefen, die an ihn adressiert waren.

Hallo Forgerson,

Ihre nächtlichen Streifzüge sind mir wohl bekannt.
Wenn Sie an Ihrem Leben hängen, dann sollten
Sie Ihrer Arbeit nachgehen und nicht anderer
Unglück schüren.
Ich werde nicht länger tatenlos zusehen, wie Sie weiter
Unfrieden stiften.
Das nächste Mal, Forgerson, dass verspreche ich Ihnen,
werden nicht nur Ihre Finger leiden!
Das nächste Mal...
Lassen Sie sich das gesagt sein!
The Death

Peter verlor all seine Gesichtsfarbe. Seine Gedanken drehten sich im Kopf. Wer ließ ihn beobachten? Hatte er die anderen auch in Gefahr gebracht?
„Dr. Forgerson?", rief man seinen Namen vom Flur. Wie betäubt starrte er auf das beschriebene Packpapier. Sein Gesicht war bleich geworden. Aus dem Treppenhaus vernahm er Gepolter. Dann standen Miss McAlister und Inspektor Hardcourt im Schlafzimmer. Erschreckt berührte Miss McAlister Inspektor Hardcourts Arm.
„Dr. Forgerson?", wiederholte der Inspektor äußerst besorgt, als er Peter in diesem Zustand vorfand. Peter reagierte nicht. Zur Salzsäule erstarrt, stierte er mit geweiteten Augen den Zettel an. Die Hände, die das Papier umklammerten, waren an den Knöcheln weiß geworden. Leise ging Inspektor Hardcourt auf ihn zu und berührte

ihn sachte an den Schultern. Wie vom Blitz getroffen, fuhr Peter zusammen. Er zitterte am ganzen Körper.

„Dr. Forgerson."

„Nein. April", stammelte er wirr. „Nein. Sie hat doch nichts getan. April!" Er hob den Kopf und sah dem Inspektor ins Gesicht. Entsetzt bemerkte er den apathischen Blick von Peter. „Sie ist meinetwegen gestorben", wisperte Peter. Tränen glitzerten in seinen Augen. Inspektor Hardcourt reagierte sogleich. Grob packte er ihn an den Schultern und schüttelte ihn.

„Dr. Forgerson, hören Sie!", schrie er Peter an. Es gab keine Reaktion. Peter brabbelte Unverständliches vor sich hin. „Holen Sie Essigessenz. Schnell!", befahl er Miss McAlister barsch, die ihn verständnislos anstarrte. „Na, machen Sie schon!" Erschreckt fuhr sie zusammen, drehte sich auf dem Absatz um und eilte die Treppe herunter.

„Dr. Forgerson, kommen Sie endlich zu sich!" Er schüttelte ihn weiter.

„Ich habe sie ermordet!", wimmerte Peter. „Ich habe sie getötet!"

„Sie haben nichts dergleichen getan. Reißen Sie sich zusammen!" Noch immer hielt er den Zettel in der Hand. Tränen tropften darauf und verwischten die Schrift.

„Sie starb durch meine Schuld", jammerte er weiter. „Ich war zu spät! Wie immer war ich zu spät!"

Miss McAlister kam mit einer Flasche zurück. Sie war ebenfalls bleich. Angst stand in ihren Augen. Zögernd reichte sie es dem Inspektor, der Peter nun nur noch mit einer Hand umfassen konnte. Behände schraubte er den Deckel ab und ließ ihn auf den Boden fallen. Dann hielt er die Flasche unter Peters Nase. Er atmete stoßweise. Nach einigen tiefen Atemzügen rümpfte er die Nase. Seine Augen wurden klar. Langsam kam er wieder zu sich. Entgeistert starrte er den Inspektor an, der ihn immer noch an einem Arm festhielt.

„Inspektor Hardcourt", murmelte er verwirrt. Peter fühlte sich, als erwachte er aus einem Alptraum. „Ich", stammelte er. Seine Stimme hörte sich schrecklich an. Er räusperte sich, begann von Neuem. „Ich bin in Ordnung. Wirklich. Es ist nichts. Sie dürfen mich gern loslassen." Skeptisch musterte ihn der Inspektor und gab ihn schließlich frei. Peter hüstelte und fuhr sich verlegen durchs Haar. „Eine Unpässlichkeit nichts weiter. Zu wenig Schlaf." Er zuckte mit der Schulter und lächelte entschuldigend. Miss McAlister durchbohrte ihn mit sorgenvollem Blick, bückte sich dann und hob den Stöpsel auf. Der Inspektor ließ seine Hand sinken.

„Setzen Sie sich, Dr. Forgerson." Er deutete auf einen Stuhl an der Wand.

„Danke, Inspektor Hardcourt, aber das ist nicht nötig. Mir geht es gut. Es tut mir leid. Ich.... Es wird nicht wieder vorkommen."

„Nun", Inspektor Hardcourt musterte ihn skeptisch. „ Sie sollten sich setzen. Tee wäre sicher gut, Miss McAlister."

„Ich bin in Ordnung. Wirklich. Machen Sie sich keine Sorgen. Es geht mir gut. Kein Grund zu Sorge." Peter spannte seine Muskeln und nahm Haltung an. Unbewusst schob er sich die Krawatte zurecht.

„Dürfte ich den Grund für Ihr frühes Erscheinen erfahren?"

„Ich möchte wissen, was auf diesem Papier steht, das Sie so entgleisen ließ", verlangte Inspektor Hardcourt und streckte seine Hand danach aus.

„Das ist eine Privatangelegenheit", erwiderte Peter schnell und drückte hastig die Hand an sein Brustbein.

„Dr. Forgerson!", drohte der Inspektor. „Sie werden mir jetzt sagen, was auf diesem verfluchten Zettel steht!" Erschrocken über die Heftigkeit des Inspektors trat Peter einen Schritt zurück.

„Ich habe es Ihnen doch erklärt, dass es sich um eine persönliche Nachricht handelt."

„Sie hat Sie zu Tode erschreckt!" Inspektor Hardcourt trat noch einen Schritt auf ihn zu und streckte ihm seine Hand entgegen. Peters Augen färbten sich schwarz.

„Das ist meine Angelegenheit. Wir können gern über den Grund sprechen, der Sie hier her gebracht hat." Seine Stimme war wieder selbstbewusst und fest.

„Also, gut, aber das war noch nicht das letzte Wort, das wir darüber verloren haben. Heute Morgen gegen sechs Uhr bekam ich einen anonymen Anruf." Peter täuschte Desinteresse vor. Gelangweilt faltete er das Stück Packpapier zusammen und schob es in seine Brusttasche.

„Interessiert Sie der Inhalt des Gesprächs?"

„Ist es denn von Wichtigkeit?" Es konnte sich nur um eine Angelegenheit handeln, weshalb jemand die Polizei verständigt hatte. Mit gespielter Lässigkeit nahm er seine Lesebrille vom Schreibtisch. Peters Gedanken begannen zu rasen. Er brauchte einen Plan und das ziemlich schnell.

„Ich denke, ja. Es ist von Wichtigkeit", erwiderte Inspektor
Hardcourt.
„Aber doch nicht so wichtig, dass es vor dem Frühstück geregelt
werden muss. Sehen Sie, mir ist noch etwas flau im Magen. Eine
Tasse Tee würde mir sicher gut tun." Inspektor Hardcourt knurrte
etwas Unverständliches, durchbohrte ihn mit Argusaugen, dann
lenkte er ein. Sein Frühstück war heute ausgefallen. Eine Tasse Tee
konnte nicht schaden und der Bursche würde ihm nicht entkommen.
Etwas früher oder später würde keinen Unterschied machen.
Miss McAlister bereitete Kaffee statt Tee, was dem ganzen keinen
Abbruch tat. Und gegen ihre Rühreier gab es nichts einzuwenden.
Sein und Peters Blick trafen sich und er konnte deutlich die
Gedanken des Inspektors lesen.

Nachdem er die zweite Tasse Kaffee getrunken hatte, griff er das
Thema abermals auf. „Ich dachte, Sie interessieren sich für den
Anruf, den ich heute Morgen erhalten habe." Peter kaute an einem
Stück Toast herum. Er hatte von Speck und von den Eiern nichts
angerührt.
„Ist es denn von Interesse? Oft genug rufen irgendwelche Personen
bei der Polizei an, um sich ihre Langeweile zu vertreiben."
„Ja, natürlich. Und deshalb habe ich mich auf den Weg zu Ihnen
begeben", entgegnete Inspektor Hardcourt sarkastisch. Peter
schwieg und schenkte Miss McAlister und sich Kaffee nach. „Es ging
um ein Kindergrab", erläuterte der Inspektor und ließ ihn nicht mehr
aus den Augen.
„Um ein Kindergrab? "fragte Peter mit gespielter Verwunderung.
Sein Puls erhöhte sich rasant. Er bemerkte, wie zwischen Inspektor
Hardcourts Augenbrauen eine unschöne Furche entstand. Nun
musste er auf der Hut sein.
„Richtig", bestätigte dieser.
„Und was ist damit?" Peter schob wieder ein Stück Toast in den
Mund.
„Man hat es heute Nacht geöffnet." Miss McAlister fiel die Gabel aus
der Hand. Entsetzt starrte sie Peter an.
„Der Tod!", flüsterte sie kaum hörbar. Peter hielt mit dem Kauen
inne.
„Wie? Habe ich Sie richtig verstanden? Ein Kindergrab wurde geöff-
net? Weshalb sollte jemand so etwas tun?"

„Interessant, nicht wahr?" Inspektor Hardcourt nahm die Tasse zur Hand und lehnte sich gemütlich zurück. Seine Augen ruhten auf Peter.

„Haben Sie irgendeinen Anhaltspunkt?"

„Nein, noch nicht. Im Dorf fand gestern zufällig eine Versammlung statt. Jeder konnte sich unbemerkt davon machen und das Grab öffnen."

„Mir kommt diese Handlung völlig absurd vor. Ist es vielleicht möglich, dass das Grab nur geschändet wurde und nicht geöffnet?"

„Halten Sie mich nicht für dumm, Dr. Forgerson. Ich kenne den Unterschied zwischen einer Schändung und einer Öffnung. Und ich versichere ihnen, dieses Grab wurde geöffnet."

„Aber warum sollte jemand so etwas abscheuliches tun?", warf Miss McAlister ein. Ihre Finger zitterten leicht, als sie Inspektor Hardcourt nachgoss.

„Vielleicht ist etwas im Sarg verborgen, was nicht hinein gehört", begründete der Inspektor und fixierte Peter mit einem stählernen Blick. Peter spürte, wie sich seine Nackenhaare sträubten. Er nahm einen Schluck Kaffee, um etwas Zeit zu gewinnen.

„Worauf möchten Sie hinaus, Inspektor Hardcourt? Ich bin dieses Katz und Mausspiel leid", erklärte er verstimmt und versuchte so ruhig wie möglich zu atmen.

„Gut, dann eben anders, Dr. Forgerson. Wo hielten Sie sich gestern gegen halb Zwölf und halb Drei Uhr morgens auf?" Ihm war nur zu klar, dass er in der Falle saß. Wenn er in letzter Zeit von jemanden beschattet wurde, dann wusste man auch, wo er sich um diese Zeit aufgehalten hatte. Wahrscheinlich verständigte auch diese Person die Polizei. Würde er gegen ihn aussagen?

„Nun, Dr. Forgerson, können Sie mir diese einfache Frage nicht beantworten?"

„Sie verdächtigen mich?!", fragte Peter spöttisch und funkelte ihn an. Inspektor Hardcourt beugte sich vor und sah ihm in die Augen.

„In der Tat, mein guter Dr. Forgerson, das tue ich. Und ich verlange eine Antwort." Peter sog scharf den Atem ein. Miss McAlister musterte ihn neugierig.

„Natürlich befand ich mich auf dem Friedhof! Ich habe mir eine Schaufel geschnappt und das Grab geöffnet, damit ich sicher sein konnte, dass das Kind auch tatsächlich tot war. Vielleicht hätte ich auch eine Antwort über den Tod von Miss Holder erhalten. Leider lag nur ein totes Kind darin. Nichts Mystisches oder Geheimnisvolles."

„Das genügt nun wirklich, Forgerson!", fuhr Inspektor Hardcourt ihn an. „Ich verabscheue Ihren Sarkasmus. Dieses widerliche Gerede! Sie haben keine Skrupel!" Peter legte das Brot zurück auf den Teller.

„Ich habe Ihnen geantwortet. Glauben Sie, Inspektor Hardcourt, ich lasse mich von Ihnen so behandeln? Das kann nicht Ihr Ernst sein. Sie haben hier keinen kleinen Straßenjungen vor sich sitzen. Vergessen Sie das nicht!"

„Es handelte sich um eine harmlose Frage. Sie kann ohne jede Gefahr beantwortet werden, falls man sich nicht strafbar gemacht hat", setzte er scharf hinzu.

„Wo haben Sie sich denn zur besagten Zeit aufgehalten, Inspektor?"

„Stempeln Sie mich nicht zum Idioten, Dr. Forgerson! Ich warne Sie, Sie könnten dies bitter bereuen." Ungerührt warf Peter einen Blick auf die Uhr.

„In Ordnung. Dann lassen Sie uns vernünftig miteinander reden." Seine Stimme hatte den typisch ruhigen Klang angenommen. Der Inspektor atmete tief durch.

„Okay. Vernünftig." Miss McAlister begann den Tisch abzuräumen.

„Gehen wir in Ihr Büro", schlug er vor. Peters Blick traf sich mit dem von Miss McAlister, die ihm genau zeigte, was sie davon hielt. Er zuckte gleichgültig mit den Schultern. Inspektor Hardcourt stand auf.

„Das Frühstück war wirklich ausgezeichnet, Miss McAlister. Es gibt nur wenige Menschen auf dieser Erde, die Eier so zubereiten können." Ihre Wangen färbten sich vor Freude.

Nachdem sie oben im Büro saßen, nahm Peter die Unterhaltung wieder auf.

„Haben Sie etwas über das LSD erfahren?" Inspektor Hardcourt lehnte sich in seinen Sessel zurück. Er schüttelte ernst den Kopf.

„Nein, leider hat sich nicht Neues ergeben. Niemand weiß, wer als letztes mit Mrs Negley gesprochen hat, bevor sie in den Tod ging."

„Irgendjemand muss sie zum Selbstmord gezwungen haben", beharrte Peter stur.

„Die Beweise sprechen eindeutig dagegen, Dr. Forgerson, und das wissen Sie nur all zu gut. Warum machen Sie aus jedem Fall einen Mord? Es gibt auch in diesem Lande Menschen, die sich für den Freitod entscheiden. Es ist traurig, aber es gehört zur Realität." Der Inspektor zog einen Kugelschreiber aus dem Stiftehalter und drehte ihn spielerisch mit seinen Fingern.

„Ich verändere keinen Fall", erwiderte Peter kampflustig. „Aber es gibt Dinge, die man nicht außer Acht lassen darf. Ich bin immer noch davon überzeugt, dass die beiden Fälle in enger Verbindung stehen." Inspektor Hardcourt seufzte abgrundtief.

„Ich weiß, der Herr Anwalt hat sich an seinen Mordtheorien festgebissen und kann nicht mehr loslassen. Aber ich habe hier Arbeit zu erledigen und mir fehlt die Zeit und das Geld, es in sinnlose Untersuchungen zu stecken."

„Wer behauptet denn, diese Untersuchungen seien sinnlos? Mir wurde eben erst angedeutet, dass ich mich auf der richtigen Spur befinde."

„Dieser Zettel", knurrte Inspektor Hardcourt. Peter machte ein unschuldiges Gesicht.

„Ich werde nicht von meinem Weg abweichen, koste es was es wolle."

„Na, dann weihen Sie mich doch bitte in Ihre Theorien ein, damit ich Sie unterstützen kann."

„Sie kennen Sie bereits. Ich bin davon nicht abgerückt."

„Warum haben Sie dieses Grab geöffnet?" Peter hob resigniert seine Hände gegen den Himmel.

„Warum glauben Sie immer noch, ich hätte dieses Grab geöffnet? Halten Sie mich für so abgebrüht?" Inspektor Hardcourt drückte auf den Knopf des Kugelschreibers, so dass er ständig klickende Geräusche von sich gab.

„Ja, ich halte Sie für so abgebrüht. Sie scheuen kein Risiko, um an Ihr Ziel zu gelangen."

„Aber ein Grab zu öffnen... Dazu gehört schon eine ganze Packung Verwegenheit", gab ihm Peter zu bedenken.

„Und die besitzen Sie nicht? Ach, kommen Sie schon, Dr. Forgerson. Ich bin des Spiels leid." Inspektor Hardcourt richtete sich in seinem Sessel auf. Sein Gesicht zeigte ein dunkles Mienenspiel.

„Dem stimme ich Ihnen zu. Sie bewegen sich ohnehin auf dünnem Eis. So eine ernste Anschuldigung ohne einen Beweis auszusprechen, kann für Sie sehr unangenehm werden." Inspektor Hardcourt betrachtete ihn mit einem Röntgenblick. Jede kleinste Regung, eine verräterische Handbewegung, Schweißperlen auf der Oberlippe. Nur ein Indiz genügte, ihm zu versichern, dass er Recht besaß. Und er war sich tausendprozentig sicher, dass Peter Forgerson dahinter steckte.

„Sie sind keineswegs unschuldig, Dr. Forgerson, und Sie können nur beten, dass ich keine weiteren Nachforschungen darüber anstelle." Es herrschte eisiges Schweigen. Die Minuten tickten dahin, keiner ließ den anderen aus den Augen.

„Wir befinden uns wohl in einer Pattsituation", schloss Peter, der sich sehr mühte, ihm keine Reaktion zu zeigen. Er fühlte sich bei weitem nicht ruhig und souverän. „Können wir über die Tatwaffe, die bei Mr Negley gefunden wurde, sprechen?", fragte er und fuhr schnell fort, bevor es sich der Inspektor wieder anders überlegen konnte, „haben Sie erfahren, woher das Messer stammte?"

„Ich dachte, wir hatten dieses Thema bereits abgehandelt. Darüber weiter nachzuforschen ist vergebene Liebesmüh. Ebenso gut könnten Sie mich fragen, woher dieser Kugelschreiber stammt." Peter nahm ihm den Kugelschreiber aus der Hand und betrachtete ihn eingehend. Inspektor Hardcourt sah ihm amüsiert zu. Nach einer Weile räusperte sich Peter.

„In Ordnung. Hergestellt wurde dieser Kugelschreiber in Polen, gekauft hatte man ihn in Belfast in einem renommierten Schreibwarengeschäft. Ich denke, es war ein Geschenk an den Richter." Peter besah ihn sich nochmals. „Ja, ich bin sicher, der Kugelschreiber war ein Geburtstagsgeschenk von Miss McAlister." Inspektor Hardcourt warf ihm einen vernichtenden Blick zu. Peter zuckte entschuldigend die Schultern. „Dies war nicht besonders schwierig. Es gab genug Anhaltspunkte. Der Aufdruck des Geschäfts auf der Klammer des Stifts und die eingravierten Initialen des Richters. Ebenso wie die eingestanzte Nummer im unteren Teil des Kugelschreibers, die die Herkunft des Stiftes markietren. Geben Sie mir einen anderen Schreiber, damit ich etwas Kopfarbeit leisten kann."

„Dummes Sherlock Holmes-Gehabe", brummte Inspektor Hardcourt und steckte den Kugelschreiber zurück in den Stiftehalter. Peter konnte sich ein spitzbübisches Grinsen nicht verkneifen. „Ist Ihnen zu dem Täter, der Mrs Negley überfallen hat, noch etwas eingefallen?" Peter schüttelte verneinend den Kopf.

„Leider nicht."

„Und zu dem Täter, der Ihnen den Hund vor das Auto legte?" Wieder erhielt der Inspektor ein Kopfschütteln. „Sie sollten Ihre Aufmerksamkeit auf diese Dinge richten und sich nicht mit nutzlosen Kugelschreibern beschäftigen", belehrte ihn Inspektor Hardcourt brüsk und stand auf. Peters Wangen färbten sich rot. „Außerdem rate ich Ihnen, Ihre Vorgehensweise genau zu bedenken, Dr. Forgerson.“

„Ist das eine Drohung?“, wollte Peter wissen und war ebenso aufgestanden.

„Warum sollte ich Ihnen drohen? Es gibt genug Leute, die Ihren Kopf fordern. Ich gebe Ihnen einen wohlgemeinten Rat und hoffe, Sie nehmen ihn an. Wir sehen uns“, verabschiedete sich Inspektor Hardcourt. Peter begleitete ihn zur Tür.

„Ich werde Ihren Rat ernst nehmen, Inspektor“, versicherte er ihm, als er die Haustür öffnete.

„Das hoffe ich wirklich“, entgegnete der Inspektor und setzte sich seinen Hut auf. „Wir sehen uns.“ Er verabschiedete sich nochmals und ging den Kiesweg entlang. Peter sah ihm nach, bis er ins Auto stieg und davon fuhr. Wer war der anonyme Anrufer? Wer wusste von ihrer nächtlichen Aktion? Handelte es sich um seinen Beschatter? Peter suchte das Grundstück nach Spuren ab, konnte jedoch nichts finden. Mit einem unguten Gefühl ging er ins Haus zurück. Nun gut, er würde sehen, ob sich heute etwas auf dem Weg nach oder in Belfast ereignete.

Es war gegen Mittag, als Peter die Stadt erreichte. Sie bot den typischen Eindruck einer Industriestadt mit ein paar, hübschen Plätzen, die in den Reiseführern hervorgehoben wurden. Er parkte den Wagen auf einem Polizeiparkplatz des Hauptquartiers. Missbilligend sah er zu dem mehrstöckigen Gebäude auf. Ein funktioneller, rechteckiger Bau mit vergitterten Fenstern. Ein Monument aus Glas und Beton, dem die Male des Terrors der letzten Jahrzehnte noch anzusehen waren. Er schlüpfte in den Mantel und machte sich auf den Weg ins Innere des Gebäudes. An der Pforte zog er seinen Ausweis aus der Tasche. Der Pförtner überprüfte seine Personalien.

„Um welche Angelegenheit handelt es sich?", fragte er mürrisch.

„Ich habe einige Personalien zu überprüfen." Er erntete einen skeptischen Blick.

„Wenn Sie uns Ihre Liste überlassen, können wir Sie Ihnen nach Garrison zuschicken."

„Mir fehlt die Zeit dafür. Ist es möglich, sie mir jetzt auszuhändigen?", fragte er gereizt. Dafür erhielt er einen weiteren mürrischen Blick zur Antwort. Der Pförtner griff zum Telefonhörer, wählte eine Nummer und sprach ein paar Worte. Schließlich wandte er sich an Peter: „Es kümmert sich gleich jemand um Sie. Tragen Sie eine Waffe bei sich?"

„Wie?" Peters Augenbrauen wanderten entgeistert nach oben. „Wie kommen Sie denn darauf? Ich bin Anwalt, kein Polizist. Zivilisten ist es nicht erlaubt in der Öffentlichkeit Waffen zu tragen."

„Bei Engländern weiß man nie", brummte der Pförtner.

„Wie bitte?!", ereiferte sich Peter. Der Pförtner ignorierte seine Empörung. Mit dem Zeigefinger deutete er auf einige Plastikstühle, die an der Wand aufgereiht standen.

„Sie können dort warten", erklärte er und wandte sich wieder seinen Listen zu, als existiere Peter nicht mehr. Verärgert entfernte er sich ein paar Schritte von der Theke, als ihm schon eine junge Dame in einem akkurat geschnittenen Hosenanzug zuwinkte.

„Dr. Forgerson?", rief sie mit melodischer Stimme. Peter nickte bestätigend und nahm sofort seinen Hut ab. Sie bewegte sich direkt auf ihn zu und reichte ihm die Hand. „Ich bin Sergeant O'Brien. Man sagte mir, Sie benötigen Informationen über zwei Personen, ist das richtig?" Sie streckte ihm die Hand hin. Erfreut ergriff er sie. Nach dem netten Empfang an der Pforte hatte er mit Freundlichkeit nicht gerechnet. Peter bejahte und musterte sie forschend. Ca. Ende zwanzig. Sehr diszipliniert. Ihr Freund übte den gleichen Beruf aus. Sie lebte in einem im Bau befindlichen Haus und fuhr mit dem Fahrrad zur Arbeit. „Ist etwas nicht in Ordnung?", fragte sie nach seinem grübelnden Gesichtsausdruck.

„Wie? Nein, entschuldigen Sie, ich war etwas abgelenkt"

„Sie kennen natürlich die Datenschutzrichtlinien, Dr. Forgerson. Es muss eine Begründung vorliegen, die es rechtfertigt, Ihnen die Daten zugänglich zu machen."

„Aber natürlich, DS O'Brien. Ich bin Anwalt", lächelte er sie an.

„Gut, dann folgen Sie mir bitte." Sie deutete zum Fahrstuhl. Erst als sie sich im geschlossenen Fahrstuhl befanden, begann sie wieder zu sprechen. „Die Lösung Ihres letzten Falls beeindruckte mich wirklich, Sir. Es gehört schon ziemlich viel Mut dazu den Staatssekretär des Premierministers des Betrugs zu bezichtigen." Verlegen röteten sich ihre Wangen. ‚Es gehört ziemlich viel Dummheit dazu', dachte Peter, der an diese unschöne Episode nicht mehr erinnert werden wollte. Man konnte sich auch anders Feinde machen.

„Es war eine diffizile Angelegenheit", stimmte er ihr zu. Der Lift hielt zu seiner Erleichterung und sie stiegen aus. Ein Lächeln umspielte ihre ungeschminkten Lippen.

„Diffizil ist wohl passend. In der Parteienlandschaft werden Sie wohl kaum allzu schnell Fuß fassen."

„Dieses Ziel verfolge ich auch nicht", antwortete Peter pikiert. Konnte sie nicht das Thema wechseln? Sie betraten einen großen, quadratischen Raum. Auf der rechten Seite erstreckte sich eine weite Fensterfront. Ein Großraumbüro mit mindestens zwanzig Plätzen. Geschäftiges Treiben beherrschte den Raum. Telefone klingelten unaufhörlich, Leute eilten hin und her und redeten durcheinander. Peter fragte sich ernsthaft, wie man bei einem solchen Getöse arbeiten konnte. Sie führte ihn zu einem unbesetzten Schreibtisch und umriss kurz, wie das Programm des Computers funktionierte, dann ließ sie ihn allein. Neugierig beobachtete er die Geschäftigkeit. Es war, als befände er sich im Zentrum eines Bienenstocks. Er zog seinen Mantel aus und machte sich an die Arbeit.

Nach einer halben Stunde nahm er völlig gefrustet seine Brille ab und rieb sich die Nasenflügel. Es musste doch möglich sein, an die Daten von Mr Corrigan und Corrigan Company zu gelangen. Immerhin saß er an einem Polizeicomputer. Er sehnte sich nach Nickolas, seinem Freund und ehemaligen Schulkameraden. Er wusste mit diesen Problemen umzugehen. Für ihn war das ein Klacks. Aber seine Telefonnummer steckte in Peters kaputten Telefon. Peter hatte bereits die alte SIM-Karte versucht, doch sie war genauso nutzlos, wie die des neuen Telefons. Er konnte natürlich bei seinem Vater anrufen, doch sobald er Nickolas Namen hörte, würden alle Alarmglocken schellen. Sein Blick glitt durch den Raum und blieb bei einer brünetten Dame hängen, die ihn aufmunternd anlächelte. Peter fuhr sich mit der Hand durch seine dunklen Locken und lächelte resigniert zurück. Griesgrämig wandte er sich wieder dem Computer zu.

„Haben Sie Schwierigkeiten? Kann ich Ihnen helfen?" Peter hob den Kopf. Die Dame stand neben ihm und sah ihn neugierig über die Schulter.

„Ich erhalte nicht die Informationen, die ich benötige", brummte er.

„Möchten Sie, dass ich es versuche?" Peter musterte ihr Gesicht eingehend. Er schätzte sie auf Ende vierzig. Ihr Haar war frisch geschnitten, kurz und keck. Das Makeup farbig, aber nicht aufdringlich. Der Ehering an ihrer Hand war neu. Zweite Ehe.

„Würden Sie es versuchen? Ich benötige Informationen über beide Personen." Peter deutete auf ein Dokument.

„Ich kann es probieren", bot sie ihm an. Bereitwillig stand er auf und machte ihr den Platz frei. Ihre Finger flogen über die Tastatur. Der Drucker ratterte. Informationen flossen. Doch nur jene, die Peter bereits hatte. Sie arbeitete, gab einen Code nach dem anderen ein, doch sie konnte nicht mehr als er zu Tage fördern. Nach zwanzig Minuten nahm sie ihre Hände von der Tastatur. „Tut mir leid Mr...."

„Forgerson. Peter Forgerson", stellte sich Peter vor und schaute frustriert auf den Bildschirm. „Anna Goodwill", erwiderte sie und sah ihn bedauernd an. „Es scheint, Ihre Person erhält einen besonderen Schutz."

„Das macht ganz den Anschein. Aber vielleicht glückt es uns bei Dr. Penell, wohnhaft in Garrison, Nordirland, an mehr Informationen zu gelangen."

„Bitte." Ihre Finger tanzten auf der Tastatur. Und tatsächlich spukte er etwas aus. Aufgeregt saugte Peter die Zeilen, die über den Bildschirm liefen, auf. Der Drucker reagierte.

„Ist er das?", wollte Mrs Goodwill wissen. Sie bekam ein Nicken zur Antwort

„Können Sie auch Vermögensanlagen und Immobilen überprüfen?" Sie grinste amüsiert.

„Wenn Sie das wünschen? Hinter was sind Sie her? Steuerbetrug?" Peter nickte vage. Erneut machte sie sich an der Tastatur zu schaffen. Peters Puls schlug ein paar Takte schneller. Wenn sein Verdacht sich bestätigte, dann musste er nur noch eine Verbindung zu Corrigan finden. Die Geschichte würde sich schneller entwickeln, als er es sich erhoffte. Die Maske auf dem Bildschirm öffnete sich und Text und Zahlenreihen folgten. Peter überflog die Seite.

„Yes!", jubelte er leise und unterstrich seine Freude mit einer Siegespose. Dr. Penell besaß ein erhebliches Guthaben, Aktien und eine Villa an der Riviera. Nach den Dokumenten handelte es sich um den Nachlass einer seiner Patienten. Sicher.

Soweit er es verfolgen konnte, wurden Steuern abgeführt. Es war alles legal.

„Gibt es auch Informationen über den Patienten, der Dr. Penell das Vermögen hinterlassen hat?", wollte Peter wissen. Mrs Goodwill ging wieder an die Arbeit. Neue Seiten öffneten sich.

„Eine Dame aus Amerika." Der Drucker lief.

„Natürlich. Dr. Penell behandelt sicher viele Amerikaner", knurrte er sarkastisch. Sie schenkte ihm ein wissendes Lächeln und nahm die Papiere aus dem Fach.

„Ein gutaussehender Arzt, der ihr wohl bei ihrem Urlaub das Leben rettete. Welche alleinstehende alte Dame würde dafür nicht ihr Vermögen geben? Besonders, nach ihrem Ableben?"

„Glauben Sie das?" fragte Peter argwöhnisch und ging die Papiere durch. Sie zuckte nur die Schultern. „Dies ist die offizielle Version." Sie zog die Schublade auf und reichte ihm eine Mappe.

„Danke." Grübelnd verstaute er die Papiere darin.

„Gehen Sie der Sache nach? Ich habe gelesen, dass Sie ein eifriger Verfechter des Steuerrechts sind, Dr. Forgerson." Peter Kopf fuhr hoch. Röte schoss in seine Wangen. Mrs Goodwill lachte.

„Nun, wenn jemand den Generalsekretär des Premier angreift, dann dringt das bis zu uns durch."

„Ich… Es war…, Ich meine…“, stammelte Peter äußerst verlegen, hüstelte, holte tief Atem und setzte neu an. „Ich war eindeutig im Recht. Leider haben die Beweise für eine härtere Strafe nicht ausgereicht.“

„Sie hatten Glück, nicht wegen Rufmords angeklagt zu werden“, entgegnete sie immer noch mit einem Lachen auf den Lippen. Peters Augen hatten sich schwarz gefärbt.

„Ist es das, was Ihre Zeitungen über mich geschrieben haben? Ich versichere Ihnen, dies war nicht der Fall. Es ging um einen Formfehler. Nicht mehr. Umso ärgerlicher ist die ganze Angelegenheit. Ein dummer Formfehler. Das Glück lag auf seiner Seite.“ Erst jetzt bemerkte er, dass im Raum Stille herrschte. Alle Blicke waren auf ihn gerichtet. Peter hüstelte verlegen, versuchte die anderen zu ignorieren. „Ich danke Ihnen für Ihre Arbeit, Mrs Goodwill.“

„Keine Ursache.“ Sie reichte ihm die Hand. Peter schüttelte sie. „Falls Sie wieder Hilfe benötigen, wissen Sie, wo Sie mich finden.“

„Danke“, murmelte er und schlüpfte in seinen Mantel. Mrs Goodwill fuhr den Computer herunter und stand auf. Gutgelaunt brachte sie Peter zur Tür. Mal sehen, ob sie von dem legendären Kronenanwalt erneut hören würden. Seine Jagd hatte bereits begonnen.

Sein nächstes Ziel galt seine Hausbank, die in einem alten, ehrwürdigen Gebäude angesiedelt war. Reges Treiben herrschte im Inneren. Gelder wurden ausbezahlt, Rechnungen beglichen und andere Geschäfte getätigt. Abwesend starrte Peter auf einen Bankangestellten, der gerade dabei war, einer alten Dame beim Ausfüllen einer Überweisung behilflich zu sein. Seine Gedanken drehten sich um Dr. Penell. Wie lange wünschte er dieses Spiel fortzuführen? Um wieviel Geld ging es? Mit jedem neuen Opfer stieg das Risiko entdeckt zu werden. Sie hatten die Spitze bereits erreicht.

„Hallo, möchten Sie hier Wurzeln schlagen?“, keifte ihn die alte Dame, die zuvor am Schalter gestanden hatte, an. Sie erntete einen verständnislosen Blick von ihm.

„Die Leute hinter Ihnen möchten auch bedient werden.“

„Leute?“, murmelte Peter begriffsstutzig. Sie hatte ihn aus einer völlig anderen Welt gerissen.

„Natürlich!“ Ungeduldig deutete sie auf die kleine Schlange, die sich hinter ihm gebildet hatte.

„Uns alte Menschen würde man beschimpfen, aber das junge Gemüse kann sich erlauben, die Zeit anderer zu stehlen!" Peter verstand immer noch nicht wovon die aufgebrachte Frau sprach. Doch fühlte er deutlich die Blicke der anderen auf seinem Rücken. Er räusperte sich verlegen, bat sie um Verzeihung und trat endlich zum Schalter. Der Angestellte grinste ihn amüsiert an.

„Machen Sie sich nichts daraus." Er zwinkerte ihm zu und fuhr im vertraulichen Ton fort. „Unsere Mrs Loban ist stets auf Ordnung bedacht."

„Eine nette Person", bemerkte Peter trocken und lud einen Wust an Papieren und Büchern auf den Tresen. Suchend klopfte er seine Taschen nach seinem Brillenetui ab. Nachdem er es endlich gefunden hatte, erledigte er zügig seine Bankangelegenheiten. Seine Gedanken schweiften wieder zu Dr. Penells Vermögen. Abwesend nahm er seinen Papierstapel an sich und drehte sich um. Dabei übersah er einen stattlichen, sympathisch wirkenden Herrn und stieß direkt mit ihm zusammen. Peter verlor augenblicklich das Gleichgewicht und sein ganzer Stapel an Büchern, Heftern und Papieren fiel zu Boden. Bestürzt kniete er nieder.

„Es tut mir außerordentlich Leid, Sir", entschuldigte er sich sogleich und hob die Brieftasche des Herrn auf. Sie war bei dem Aufprall auf dem Boden aufgesprungen. Sein Blick fiel auf das Foto des Ausweises. Ungewollt las er den Namen des Besitzers. Mit einem Ruck fuhr sein Kopf hoch. Ihre Blicke trafen sich. Ein Lächeln erschien auf dem Gesicht des Herrn. Er bückte sich zu Peter herunter. Wortlos nahm er seine Brieftasche an sich und begann den Papierkram aufzusammeln. „Verzeihen Sie bitte meine Unaufmerksamkeit, Mr Corrigan. Es ist nicht notwendig, dass Sie mir auch noch bei meiner Ungeschicklichkeit behilflich sind." Peter schnappte nach dem Hefter und sammelte so schnell wie möglich die zerstreuten Blätter ein. Mr Corrigan hob ein Buch auf und las den Buchrücken laut vor: „Das Steuergesetz." Er griff sich ein weiteres und las auch dieses. „Umschuldung verständlich erklärt" und ein drittes.

„Vermögen im In- und Ausland richtig anlegen. Interessant", bemerkte Mr Corrigan.

„Tatsächlich?" Ohne zu unterbrechen, raffte Peter weitere Papiere zusammen und murmelte: „Ich kann mir eigentlich nicht vorstellen, dass Gesetztestexte, die hauptsächlich von Zahlen handeln, eine spannende Lektüre darstellen."

„Nun, ich weiß, dass Sie Kapitalverbrechen der Wirtschaftskriminalität vorziehen, Dr. Forgerson, aber wie mir scheint, finden Sie daran immer mehr Gefallen." Peter stockte der Atem. Sein Herz hörte für einen Moment auf zu schlagen. Der Schreck fuhr ihm durch Mark und Bein. Woher kannte Mr Corrigan seinen Namen? Peter versuchte ruhig zu atmen. Er spannte seine Muskeln und schenkte Mr Corrigan ein kühles Lächeln.
„Kann ich bitte meine Bücher zurück haben?"
„Aber natürlich, Dr. Forgerson. Ich möchte Sie nicht von der Arbeit abhalten." Mit einem spitzbübischen Grinsen reichte er Peter die Bücher. Beide erhoben sich. Ihre Blicke hingen für einen Moment aneinander fest. Peter schluckte trocken. „Vielen Dank nochmal", dankte er und verließ ruhigen Schritts die Bank. Mit zitternden Fingern schloss er die Fahrertür auf, legte seinen Stapel auf den Beifahrersitz und ließ sich in den Sitz plumpsen. Sein Puls raste und sein Magen hatte sich zu einem schmerzhaften Klumpen zusammengezogen. Mr Corrigan wusste, wer er war und seine Aktivitäten waren ihm bestens bekannt. Man verfolgte, beziehungsweise überwachte ihn. Seine Augen fixierten den Rückspiegel. Nicht allzu viele Menschen befanden sich auf der Straße. Hatte er denjenigen, mit der ausgewaschenen Jeansjacke schon einmal gesehen? Gemächlich schritt dieser die Straße hinunter.
„Du bist ein solcher Idiot!", tadelte er sich selbst und brachte den Wagen in Gang.

Es war kurz nach Zehn, als er vor dem Krankenhaus in Omagh das Auto parkte. Drinnen sprach er einen Pfleger an: „Hat Dr. Ruthland heute Spätdienst?" Der Pfleger grinste ihn verschlagen an.
„Dr. Ruthland ist in der Ambulanz, Dr. Forgerson. Glauben Sie, Sie finden den Weg dorthin?" Wie Schuppen fiel es ihm von den Augen. Vor ihm stand der selbe Pfleger, der sich am Tag bei der Einlieferung von Mrs Negley um ihn gekümmert hatte. Nur zu gut erinnerte er sich an die missglückte Verfolgungsjagd, die sie sich beide geliefert hatten. Ihm blieb nichts übrig, als gute Miene zum bösen Spiel zu machen.
„Nun ich war etwas durcheinander", begann er zögernd.
„Ja, das kann man wohl so bezeichnen", stimmte er ihm mit einem hämischen Grinsen zu. „Und für einen, den man mit Fausthieben bearbeitet hatte, ziemlich schnell auf den Beinen." Peter spürte, wie

seine Wangen zu glühen begannen. Er würde sich doch nicht von diesem Pfleger aufziehen lassen! Bevor er etwas erwidern konnte, klopfte er ihn aufmunternd auf die Schulter. „Kommen Sie mit, ich zeige Ihnen den Weg. Sie müssen nicht einmal laufen!" Dabei lachte er schallend. Peter kam sich nun wirklich wie ein Trottel vor. Als sie die Ambulanz erreichten, ließ ihn der Pfleger mit ein paar ermutigenden Worten allein. In Peter kochte es. Musste er sich von jedem wie ein Idiot behandeln lassen?! Leise klopfte er an die Tür. Eine Schwester öffnete und musterte ihn von oben bis unten.

„Ich habe schreckliche Rückenschmerzen", winselte er und berührte seinen Rücken.

„Kommen Sie herein. Dr. Ruthland wird sich das ansehen." Man musste ihn dieses Mal nicht lange darum bitten. Ihm wurde flau im Magen. Sobald er ein Krankenhaus betrat, überfiel ihn immer eine Beklemmung. Das Herz schlug schneller und er wurde nervös. Sein Gesicht verlor an Farbe. „Machen Sie sich bitte oben frei. Ich werde Dr. Ruthland rufen", bat ihn die Schwester und deutete zu dem Behandlungstisch. Peter nickte, machte ein paar Schritte Richtung Tisch und hielt inne. Er holte tief Luft und schloss die Augen. Bewahre einen kühlen Kopf. Es kann dir nichts passieren. Mr Corrigan tauchte vor seinem inneren Auge auf. Schweiß trat aus allen seinen Poren. Ihm kamen die unzähligen Papiere in den Sinn, die ihm zu Boden gefallen waren. Er musste einige Auszüge daraus gelesen haben. Mr Corrigan wusste, hinter wem er her war.

„Was ist passiert?" Ihre Stimme klang besorgt und ungeduldig zugleich. Sofort schlug er die Augen auf.

„Ich war zufällig in der Nähe und dachte, ich mache einen Abstecher zu Ihnen. Wir hatten wenig Zeit zu reden", erwiderte er ihr so gelassen wie möglich.

„Tatsächlich." Sie zeigte deutlich, dass sie ihm nicht glaubte. Nachdem sie ein paar Flaschen zurechtrückte, nahm sie hinter dem Schreibtisch Platz. „Setzen Sie sich, Dr. Forgerson. Sie machen keinen gesunden Eindruck."

„Mir geht es gut", antwortete er fest.

„Bitte, dann kommen Sie zum Thema. Meine Zeit ist begrenzt." Peter war klar, dass er sie ziemlich verärgert hatte.

„Es tut mir leid. Mir fehlte leider die Zeit nach unserem Vorhaben in Ruhe mit Ihnen zu sprechen."

„Ich gebe zu, ich habe mir mehr erwartet", gab sie brüsk zurück. Seufzend nahm er seinen Hut ab und drehte ihn verlegen in seinen Händen.

„Es war ein Fehler. Sie haben recht, aber jetzt bin ich hier."

„In der Tat. Jetzt wo mir die Zeit fehlt", entgegnete sie ihm scharf.

„Zehn Minuten?", bat er. Sie musterte ihn, warf einen Blick auf ihre Armbanduhr und nickte.

„Zehn Minuten."

„Ich war im Polizeihauptquartier in Belfast."

„Dr. Forgerson, kommen Sie zur Sache", drängte sie ihn ungeduldig.

„Sicher", beeilte er sich, „ich habe mich über Dr. Penell informiert."

„Sind Sie weiter gekommen?"

„Es gibt Umstände, die ich für verdächtig erachte." Dr. Ruthland klappte eine Akte zu und stand auf.

„Vielleicht sollten wir das an einem anderen Ort erörtern." Peter erinnerte sich an die Drohung, die er erhalten hatte.

„Ich bin mir nicht sicher, ob dies eine gute Idee ist. Man deutete mir an, ich solle mich von der Sache fern halten." Dr. Ruthland Augen wurden groß.

„Wer hat Ihnen das mitgeteilt?" Peter zuckte mit den Schultern.

„Ich erhielt einen Drohbrief", antwortete er. Dr. Ruthland sah ihn überlegend an, dann ging sie ins angrenzende Zimmer und kam gleich darauf wieder zurück.

„Der EKG Raum ist frei, folgen Sie mir", forderte sie Peter auf.

„Der EKG-Raum?", fragte Peter verwirrt. Seine Alarmglocken begannen zu läuten. Die Schwester, die ihn herein gelassen hatte, kam zurück.

„Ellen, ich möchte ein EKG von Dr. Forgerson." Skeptisch musterte sie beide.

„Dr. Forgerson klagte über Rückenschmerzen."

„Richtig, aber beim Messen seines Pulses sind Unregelmäßigkeiten aufgetreten. Ich möchte sicher gehen." Die Schwester schaute Peter immer noch misstrauisch an. Nun ja, er wirkte nicht gerade wie das blühende Leben. Sie gab Dr. Ruthland ein bestätigendes Nicken und ging hinaus. Es klopfte und ein junger, gutaussehender Mann im weißen Kittel steckte den Kopf herein.

„Hallo." Sein Blick glitt an Peter herunter. „Du hast es für heute geschafft. Wenn du möchtest übernehme ich den Patienten", bot er an und schenkte ihr ein breites Lächeln. Entsetzt riss Peter die Augen auf.

„Sehr aufmerksam John, aber ich habe Dr. Forgerson bereits behandelt. Ich kenne seine Beschwerden. Es ist schneller erledigt, wenn ich mich darum kümmere", entgegnete sie ihm mit einem bezaubernden Lächeln zurück.

„Wie du willst. Einen hübschen Körper sieht man ja auch nicht jeden Tag", feixte er. Peter schoss die Röte ins Gesicht. „Dann einen schönen Abend." Er zwinkerte ihr nochmals keck zu, hob die Hand zum Gruß und verschwand wieder.

„Ich… Wie hat er das gemeint? Sicherlich möchte ich nicht…"

„Dr. Forgerson, beruhigen Sie sich. Ich bin sicher, Dr. Freeway meinte es nicht ernst."

„Aber, wenn er wirklich denkt,… Ich meine." Peters Gedanken rasten.

„Das denkt er nicht. Machen Sie sich keine Sorgen. Ich kenne ihn besser, als Sie es vermögen sich vorzustellen. Vor wenigen Tagen haben Dr. Freeway und ich das Aufgebot bestellt."

„Wie?" Peter starrte sie entgeistert an.

„Ich dachte… Unser Gespräch im Café…" Er wusste nicht wie er es formulieren sollte.

„Ich sagte Ihnen, ich interessiere mich nicht sonderlich für Männer. Der Grund ist, dass ich mit jenem sehr glücklich bin." Ein weiterer Gedanke ließ Peters Herz schneller schlagen.

„Haben Sie ihm von dem nächtlichen Ausflug erzählt?" Bei dieser Vorstellung suchte sich das Blut in seinem Kopf den Weg nach unten. Ihm wurde augenblicklich schlecht. Wenn sich seine schlimmsten Befürchtungen bewahrheiteten…

„Dr. Forgerson, wo denken Sie hin. Halten Sie mich wirklich für so einfältig?" Ihre Augen funkelten zornig. Peter griff sich mit zitternder Hand an seine Stirn.

„Nein, natürlich nicht", ruderte er mit stockender Stimme zurück. „Es tut mir leid. Ich bin etwas angespannt. Immerhin…"

„Immerhin haben Sie eine Straftat begangen", beendete Dr. Ruthland den Satz und führte ihn in den Raum. „Denken Sie, ich werde meinem zukünftigen Mann erzählen, dass ich dieser Straftat als Zeuge beigewohnt habe? Würden Sie das tun? Wäre das ein passender Vertrauensbeweis?" Grimmig schüttelte sie den Kopf, schaltete das EKG-Gerät ein und drehte sich zu ihm um.

„Nein, sicherlich nicht", murmelte Peter kleinlaut.

„Gut. Machen Sie Ihren Oberkörper frei", befahl sie in ihrer typisch herrschenden Art. „Wie?" Peter trat unwillkürlich einen Schritt

zurück. „Ich wollte mit Ihnen über Dr. Penell sprechen, nicht mehr."
Dr. Ruthland seufzte abgrundtief.
„Hören Sie, Dr. Forgerson. Wenn Sie wünschen, dass keiner erfährt, weshalb Sie hier sind, dann machen wir jetzt dieses EKG, verstanden?"
„Ja, aber…"
„Kein aber, ziehen Sie Ihr Hemd aus!", befahl sie ungeduldig. Peter zuckte bei ihrer Heftigkeit zusammen. Nervös entkleidete er seinen Oberkörper. Sein Körper war übersäht mit grünen Flecken.
„John hätte dies wohl nicht gesagt, wenn er Ihren Rumpf sehen könnte", bemerkte sie und deutete auf den Behandlungstisch. „Wir machen ein Ruhe-EKG. Nehmen Sie Platz." Peter zögerte. Schützend drückte er sich sein Hemd an die Brust. Dr. Ruthland holte tief Luft.
„Dr. Forgerson, ein EKG tut sicher nicht weh. Setzen Sie sich", forderte sie ihn auf. Widerwillig setzte er auf dem Behandlungstisch. Routiniert klebte sie ihm die Stöpsel, auf die Brust, steckte das Gerät an und reichte ihm sein Hemd, nachdem er wie Espenlaub zitterte. „Sie können es ruhig anziehen."
Beschämt nahm er es entgegen und schlüpfte hinein. Warum benahm er sich immer wie ein Kind? Er drehte seinen Kopf zur Wand und starrte auf einen imaginären Punkt. Das EKG-Gerät ratterte.
„Erzählen Sie mir, was Sie über Dr. Penell erfahren haben", ermunterte sie ihn und nahm hinter dem Schreibtisch Platz. Peter vermied es immer noch sie anzusehen. Er berichtete von dem Vermögen, dem Haus an der Riviera und wie Dr. Penell zu so einer Immobilie gelangt war. Dr. Ruthland hörte gespannt zu. Ihr Gesichtsausdruck verdunkelte sich. „Weshalb habe ich keinen reichen Amerikaner kennen gelernt?", fragte sie ironisch, stand auf und trat zum EKG-Gerät.
„Sie denken, er findet bald wieder eine reiche, ältere Dame, richtig?" Peter sah sie endlich an.
„Die Möglichkeit besteht. Er führt etwas im Schilde. Für meinen Geschmack liegt zu viel Geld auf dem Girokonto. Soviel flüssiges Geld behalte ich nur dort, wenn ich es schnell benötige." Mit einem Stirnrunzeln studierte sie den Streifen des EKGs. „Ihr Herzrhythmus ist etwas unregelmäßig und ihr Puls scheint mir im Vergleich zum letzten Mal sehr hoch."
„Es ist alles in Ordnung", widersprach Peter und riss mit einem Ruck die Stöpsel weg. Schmerzhaft verzog er das Gesicht. Dr. Ruthland drehte sich zu ihm um und streckte herausfordernd ihr Kinn vor.

„Sind Sie Arzt oder ich?" Peter verdrehte genervt die Augen.

„Ich bin angespannt, aufgewühlt und trotzdem ziemlich erledigt. Die letzten Tage gingen an mir nicht spurlos vorüber. Es ist ganz normal, in Ordnung?"

„Welche Medikamente nehmen Sie?" Dr. Ruthland ließ nicht locker. Peters Augen färbten sich tiefschwarz.

„Mit Verlaub, Dr. Ruthland, das ist ganz allein meine Angelegenheit", zischte er und knöpfte sich mit energischen Bewegungen sein Hemd zu. Er packte seine ärmellose Weste und zog sie an.

„Welche Psychopharmaka nehmen Sie?" Inmitten seiner Bewegungen erstarrte er zu Eis und wurde blass.

„Wie?..." Sein Brustkorb hob und senkte sich merklich im schnellen Rhythmus.

„Ich wäre ein schlechter Arzt, wenn ich es nicht wüsste. Nachdem, was Sie erlitten..." Sie ließ den Satz offen und hob die Hände. „Auch hier lesen wir die Zeitung." Peter schluckte trocken. Seine Augen füllten sich mit Tränen.

„Ich möchte nicht darüber sprechen. Mir geht es gut. Die Dosis wurde auf ein Minimum reduziert. Ich bin stabil. In ein paar Wochen werden sicherlich auch diese Medikamente abgesetzt." Er vermied es sie anzusehen. Mit leicht zitternder Hand griff er sich sein Jackett schlüpfte hinein und ging mit der Krawatte zum Fenster, in dem sich sein Ebenbild spiegelte. Ruhig schob er den Kragen nach oben, legte sich die Krawatte um den Hals und band sie. Dr. Ruthland ließ ihn nicht aus den Augen. „Ich habe heute Mr Corrigan getroffen", eröffnete er ihr mit fester Stimme. „Besser ausgedrückt, er mich."

„Wo haben Sie ihn getroffen?" Peter beobachtete ihr Spiegelbild.

„Ich habe meine Hausbank aufgesucht, um einige Dinge zu klären. Leider beschäftigten sich meine Gedanken, nachdem alles erledigt war, mit anderen Dingen. Durch eine Ungeschicktheit stolperte ich und bin ihm bildlich gesprochen in die Hände gefallen. All mein Material, das ich über ihn und Dr. Penell bei mir trug, fiel mit samt der Brieftasche von Mr Corrigan zu Boden. Sie war aufgesprungen und ich konnte seinen Namen lesen."

„Und Mr Corrigan?"

„Er zeigte keine wirkliche Reaktion. Bereitwillig half er mir beim Aufsammeln meiner Utensilien, was mir gar nicht gelegen kam. Und danach sprach er mich mit meinem Namen an." Ein Schauer lief ihn über den Rücken.

„Wäre es möglich, dass er Ihren Namen bei dem Gespräch mit dem Bankangestellten aufgeschnappt hatte?", schlug sie vor.

„Nein, gewiss nicht. Der Bankangestellte sprach mich nur mit Sir an. Er wusste, wen er vor sich hatte."

„Sie denken tatsächlich, Mr Corrigan hat etwas mit dieser Geschichte zu tun?", ungläubig schüttelte sie den Kopf. „Weshalb? Er hat Geld. Er hat Prestige. Warum sollte er so ein Risiko eingehen?"

„Vielleicht gibt es ihm den Kick? Herrscher über Leben und Tod. Er wäre nicht der Erste."

„Hört sich etwas theatralisch an", konterte Dr. Ruthland und warf die Stöpsel in den Mülleimer.

„Sie denken, ich phantasiere." Peters Ton klang ungewöhnlich ruhig. Dr. Ruthland drehte sich ihm wieder zu. Seine Augen waren tiefschwarz. Seine hohen Wangenknochen standen leicht vor. Die Lippen zu einem schmalen Strich zusammen gepresst.

„Dr. Forgerson", begann sie versöhnlich, doch Peter ließ sie nicht weiterreden: „Es ist genau wie immer. Der kleine Snob, der seine Sherlock Holmes-Phantasien ausleben will, der sich durch seinen Stand diese Spleens gönnt. Ist es nicht das, was Sie denken? Beim Zeus!" Peter warf frustriert die Arme in die Luft. „Wie konnte ich so dumm sein zu glauben, dass Sie anders über mich denken würden?" Peter packte seinen Hut und rauschte zur Tür.

„Hey, so können Sie nicht gehen!", rief ihm Dr. Ruthland nach. Peter drehte sich auf dem Absatz um.

„Nein? Sehen Sie nicht, dass er mich genau da hat, wo er mich haben will? Ich besitze keinerlei Beweise gegen ihn. Nicht den geringsten. Wir wissen, dass die Leiche im Sarg von Tobias Darson eine andere ist. Aber mir sind die Hände gebunden. Ohne eine schlüssige Begründung werde ich keinen Richter finden, der einer Exhumierung zustimmt. Beim Zeus, was helfen mir all die Indizien, wenn ich es nicht beweisen kann? Mir läuft die Zeit davon. In wenigen Wochen bin ich zurück in England und was geschieht danach? Ich möchte so nicht gehen. Ich habe die Büchse der Pandora geöffnet." In seinen Augen schimmerten Tränen.

„Vielleicht können wir an einem anderen Punkt ansetzen?", schlug Dr. Ruthland vor.

„Bitte?"

„In unserem Krankenhaus sind in den letzten zwei Jahren zwei Kinder verstorben, die vom Geschlecht, Alter und Zeitraum passen", setzte sie ihn in Kenntnis, drehte sich wieder zum Gerät und riss den Ausdruck ab. Peter kam zurück ins Zimmer.

„Zwei", wiederholte er.

„Ja", bestätigte sie und nahm mit dem Ausdruck hinter dem Schreibtisch Platz.

„An was sind Sie gestorben?"

„Herzversagen." Peters Augen weiteten sich.

„Sie stammten aus Omagh. Möchten Sie auch Ihre Gräber öffnen?" Im gleichen Moment bereute sie ihren Satz.

„Nein, das habe ich nicht vor. Können Sie herausfinden, wer der behandelnde Arzt war?"

„Das habe ich bereits." Sie reichte Peter den Computerausdruck. Als Peter die Namen las, wurden seine Augen groß. Sein Gesicht verlor an Farbe.

„Es ist kein Beweis. Dr. Ingham wird bestätigen, dass alles in ihrer Macht stehende getan wurde."

„Kann ich mit den Eltern sprechen?", fragte er aufgeregt.

„Möchten Sie ihnen das wirklich antun? Den Akten zu Folge ging alles mit rechten Dingen zu. Die Kinder sind tot. Möchten Sie wirklich erneutes Leid über die Eltern bringen?"

„Und Dr. Penell davon kommen lassen?", brauste er auf.

„Ich kenne das Dilemma. Trotzdem ist Vorsicht geboten. Ich werde mit den Eltern reden."

„Das bringt Sie unnötig in Gefahr. Ich wünsche keinesfalls, dass Sie sich dem Risiko aussetzen und schon gar nicht vor Ihrer Hochzeit."

„Ich bin Ärztin. Man wird kaum damit rechnen, dass ich mit Ihnen gemeinsame Sache mache. Ich werde äußerst vorsichtig sein. Glauben Sie mir, Dr. Forgerson, ich möchte den Tag meiner Ehe ebenso erleben und nicht im Lough Melvin landen." Sie lächelte ihn schelmisch an.

„Es ist zu gefährlich", konterte Peter.

„Ich habe bereits eine Idee. Lassen Sie das meine Sorge sein. Es wird ein paar Tage dauern. Ich melde mich bei Ihnen."

„Dr. Ruthland." Sie stoppte ihn mit einer Handbewegung.

„Wie war das mit Vertrauen, Dr. Forgerson? Wenn Sie wünschen, dass ich Ihnen vertraue, erwarte ich das Gleiche von Ihnen."

„Ich habe große Bedenken um Ihre Sicherheit." Peter ließ nicht locker.

„Denken Sie lieber an Ihre Sicherheit, Dr. Forgerson. Die ist bei weitem in größerer Gefahr als meine. Wie schon gesagt, ich habe eine Idee, wie ich mit den Eltern sprechen kann, ohne Verdacht zu erregen."

„Wie?" Sie zuckte mit den Schultern.

„Sherlock Holmes", antwortete sie neckisch. Peter versuchte, sie dazu zu bringen, ihm zu sagen, was sie vorhatte, doch vergebens. So musste er es auf sich beruhen lassen. Mit einem unguten Gefühl machte er sich auf den Weg zurück nach Garrison.

Peter beschäftigte sich gerade damit ein neues Register anzulegen, als es leise an der Tür klopfte. Sofort hob er die Augen von seiner Arbeit. Den ganzen Vormittag über hatte er erfolgreich versucht, den Fall aus seinen Gedanken zu verbannen. Am Morgen telefonierte er mit seinem Vater. Eine der schwierigsten Minuten seines Lebens. Wenn er daran dachte, brach ihm sogleich der kalte Schweiß aus. Wie hatte er es sich vorgenommen ihm zu sagen, dass er Miss Montgomery nicht ehelichen würde. Alle Wörter, die er sich zurechtlegte... Doch als er die Stimme seines Vaters vernahm, machte sich seine Zunge selbstständig. Ihm schien es, als spräche eine andere Person. Die Erleichterung seines Vaters war deutlich zu hören. Seine Stimmung stieg um hundert Prozent. Freudig versicherte er Peter sich um alles zu kümmern. Die Zeit drängte. Weihnachten sei ein gutes Datum. Urlaubszeit, die Leute wären romantisch gestimmt. Eine Bilderbuchhochzeit stand nichts mehr im Weg. Miss Montgomery könnte die ersten zwei Dezemberwochen bei ihnen verbringen. Natürlich war das alles sehr kurzfristig, aber man würde sich arrangieren. Alles werde sich zum Guten wenden. Da war sich Sir Julian völlig sicher.

Gleich nach dem Gespräch verließ Peter das Haus. Er benötigte Sauerstoff. Sehr viel Sauerstoff. Was war nur mit ihm geschehen? Er hatte zugestimmt! All seine Vorsätze über den Haufen geworfen. Es war geschehen und nicht mehr zu ändern. Irgendwie fühlte er sich erleichtert es endlich hinter sich gebracht zu haben und was weiter geschah, darüber wollte er im Moment nicht nachdenken. Nach seinem Spaziergang verkroch er sich ins Arbeitszimmer und machte sich wieder an den Nachlass des Richters. Das Nachlassgericht wurde allmählich ungeduldig.

„Die Tür ist offen", antwortete er beinahe ärgerlich. Langsam wurde sie geöffnet. Miss McAlister stand im Türrahmen. In der Hand hielt sie ein Geschirrtuch, das dunkle Flecken aufwies.

„Sie haben heute nicht gefrühstückt." Mit diesem Vorwurf hatte er nicht gerechnet. In der letzten Zeit versuchten sie sich aus dem Weg zu gehen.

„Ich empfand kein Bedürfnis zu frühstücken. Bitte verzeihen Sie mir." Sie nickte kaum wahrnehmbar. Unschlüssig drehte sie das Spültuch in ihren Händen.

„Es war gestern sehr spät, als Sie zurückkamen", bekundete Sie außerordentlich zurückhaltend. Peter zog die Stirn kraus, wartete schweigend ab. „Helena wollte gestern mit Ihnen sprechen." Da lag der Hase also im Pfeffer.

„Hat Miss Artkinson etwas ausrichten lassen?" Miss McAlister schüttelte den Kopf.

„Sie trank mit mir eine Tasse Tee und wir redeten über Belangloses." Zorn bebte in ihrer Stimme.

„Schien es wichtig zu sein?"

„Darüber verlor sie kein Wort."

„Tatsächlich", murmele Peter gedankenverloren und nahm seine Brille ab. „Ich danke Ihnen, Miss McAlister." Peter stand auf, verstaute die Brille im Etui, schob sie in die Innentasche seines Jacketts und schlüpfte hinein. Miss McAlister ließ ihn nicht aus den Augen. Sie machte keine Anstalten zu gehen.

„Mir scheint Helena hat Gefallen an Ihnen gefunden", bemerkte sie. Peter riss die Augen auf. Sein Mund öffnete sich, doch er brachte keinen Ton heraus. „Denken Sie, es ist mir entgangen, wie sie von Ihnen spricht? Ich bin nicht taub und blind."

„Miss McAlister…", stammelte Peter betroffen.

„Ich möchte wissen, ob Sie Gefühle für sie empfinden."

„Gefühle", stotterte er völlig überrumpelt. Schweißperlen traten auf seine Stirn. Unbewusst fuhr er sich mit fahriger Bewegung durch seine dunklen Locken. „Es ist sicher nicht so, wie Sie vermuten, Miss McAlister. Miss Artkinson ist eine attraktive, selbstbewusste, charmante, junge Frau und besitzt viel liebenswertes, aber ich wäre doch sicherlich nicht der passende Mann für sie."

„Das ist keine Antwort auf meine Frage", erwiderte Miss McAlister und verschränkte ihre Arme vor der Brust. Peter schluckte trocken. Er dachte an ihr Lachen, ihre funkelnden Augen, hörte ihre Stimme.

„Ich bin weit davon entfernt jene Gefühle, die Sie andeuten, für sie zu empfinden", erwiderte er hölzern. Seine Stimme hörte sich furchtbar an. Gott, was war das nur für ein Tag!

„Ich möchte dass Sie ihr keinesfalls falsche Hoffnungen machen, wenn Sie es nicht ernst meinen. Sie ist auch nicht als Seelentröster gedacht. Ich hoffe, Sie nehmen sich das zu Herzen." Die Bemerkung traf ihn wie ein Schlag ins Gesicht. Augenblicklich trat er einen

Schritt zurück. Seine Augen füllten sich mit Tränen. Sofort wandte er sich von Miss McAlister ab. Seine rechte Hand berührte die Tasche mit der Brieftasche, die Linke bedeckte seine Augen. Erst jetzt wurde ihr bewusst, was sie in ihrem Zorn gesagt hatte. Er hielt den Kopf gesenkt, die Schultern zuckten. Miss McAlister trat zu ihm und legte sachte eine Hand auf seine Schulter. „Es tut mir leid. Ich möchte nur nicht, dass Helena sich falsche Hoffnungen macht." Peter schniefte, zog ein Taschentuch aus seiner Tasche und schnäuzte sich.

„Das wünsche ich ebenso nicht", presste er hervor. Er versuchte ruhig zu atmen und Haltung anzunehmen. Schnell wischte er sich die Tränen beiseite und drehte sich zu ihr um. „Ich möchte noch ins Dorf. Es wird nicht lange dauern", erklärte er und knöpfte sich das Jackett zu. Ihr Gesichtsausdruck verfinsterte sich merklich. Ihre Nackenhaare sträubten sich. Immer wenn er diesen Satz benützte, passierte etwas Schreckliches.

Er holte das Fahrrad aus der Garage und stieg auf. Dicke Regen geschwängerte Wolken hingen so tief am Himmel, als wollten sie die Erde berühren. Die Kälte betäubte seine Wangen. Fröstelnd zog er den Hut tiefer in die Stirn. Zu gern hätte er gewusst, was Helena erfahren hatte. Sie musste etwas entdeckt haben, da war er sich sicher. Egal, was Miss McAlister dachte, der Grund ihres Kommens galt nicht ihrer Zuneigung zu ihm. Das wünschte er sich zumindest. Peter dachte unweigerlich an April. Nicht wieder schwermütig werden, keine weiteren Depressionen, nicht wieder das lange Weinen. Er war doch schon so weit gekommen. Es musste doch möglich sein an sie zu denken, ohne dass in ihm all diese zerstörerischen Gefühle hervorgerufen wurden. Nach all der Zeit, nach all dem Kampf, nach all den Therapien. Mit zitternden Händen bedeckte er seine Augen und atmete tief und ruhig. Langsam beruhigte er sich. Das Schluchzen versiegte. Besser. Er schnäuzte sich nochmals, wischte die Tränen beiseite, stieg aufs Fahrrad und machte sich auf ins Dorf.

Die ersten Häuser kamen zum Vorschein. So vieles war schon geschehen, seit seiner Ankunft. Es entwickelte sich langsam alles zu einem Alptraum. Ein paar Dorfbewohner nickten ihm grüßend zu, als er an ihnen vorüber fuhr. Peter erwiderte ihr Nicken. Sein Weg führte ihn zum Hof der Artkinsons.

Mr Artkinson stand im Türrahmen und schaute kritisch zum Himmel. Sein Gesicht zeigte Spuren von Müdigkeit.

„Guten Tag, Mr Artkinson", grüßte Peter freundlich und stieg ab. Erst jetzt schien er Peter zu bemerken. Er lächelte ihm erschöpft zu.

„Hallo Dr. Forgerson. Was treibt Sie denn bei so einem Wetter hier her?" Peter schob seinen Hut aus der Stirn und ließ seinen Blick über die Felder gleiten.

„Ich wollte mit Miss Artkinson sprechen. Ist sie hier?" Der Gesichtsausdruck von Mr Artkinson veränderte sich deutlich. Seine Augen glitzerten listig.

„Ich habe sie zu den Stallungen gehen sehen. Sie müsste bei Ian stecken. Aber ich weiß nicht, ob sie für Herrenbesuch schon bereit ist", grinste er ihn verschmitzt an. Peter sog merklich die Luft ein. Mr Artkinson lachte gut gelaunt. „Sehen Sie mal rüber." Er deutete mit der Hand zu den Stallungen. Peter bedankte sich und schob das Fahrrad rüber. Er spürte den Blick von Mr Artkinson auf sich ruhen. Nicht er auch noch! Der Geruch von Pferdemist mischte sich mit dem von Pferd, Heu und Stroh. Ian sattelte gerade einen Vollblüter.

„Hallo. Ich suche Miss Artkinson", begrüßte ihn Peter.

„Sie haben sie soeben verpasst. Vor fünf Minuten ist sie zur Südweide aufgebrochen."

„Wissen Sie, was sie mir gestern sagen wollte?" Er bekam ein Kopfschütteln zur Antwort. Peter vergrub seine kalten Hände in den Manteltaschen.

„Mir ist an der Straße zu Ihrem Haus ein neuer Mercedes aufgefallen. Gehört dieser nicht Dr. Penell?" Ian zerrte an dem Sattelgurt. An seinem Pullover hingen ein paar Strohhalme.

„Richtig." Ein ungutes Gefühl beschlich Peter. Ian sah von seiner Tätigkeit hoch. Als er Peters beunruhigten Gesichtsausdruck sah, richtete er sich auf.

„Ist jemand krank?", wollte Peter wissen.

„Nein. Dr. Penell hat meine Großmutter besucht. Er kommt regelmäßig vorbei." Peters Blick schweifte über den Hof.

„Wie regelmäßig?"

„Einmal im Monat. Was soll das Verhör?", verlangte Ian zu wissen und stockte unwillkürlich. War Dr. Penell nicht erst vor einer Woche hier gewesen? Ihre Blicke trafen sich.

„Wieviel Zeit verbrachte er auf dem Hof?", fuhr Peter unbeirrt fort. Seine Handflächen wurden feucht.

„Was ist los?" Peters Blick wanderte unruhig über den Hof, dann sah er Ian an.

„Eine gute halbe Stunde."

„War jemand bei ihm?" Ians Augen wurden zu Schlitzen.

„Als er kam, sprach er mit Helena, dann ging er ins Haus. Wen er noch gesprochen hat, außer meiner Großmutter, weiß ich nicht." Ian wischte sich seine Hände an der Reithose ab. Er nahm die Lederhandschuhe vom Tisch und streifte sie über seine Hände. „Ma ist in der Küche und Dad im Büro."

„Er kann sich hier frei bewegen, ohne dass man groß Notiz von ihm nimmt?"

„Natürlich, was soll diese Fragerei, Forgerson? Er ist Zeit meines Lebens unser Hausarzt." Peter ignorierte seine schroffe Bemerkung und fuhr fort: „War Miss Artkinson noch hier, als Dr. Penell den Hof verließ?"

„Ja, sie ist kurz nach ihm gefahren. Sein Auto parkte neben unserem Ranch Rover." Peters Gesichtsausdruck verriet nichts Gutes. Seine düsteren Gedanken waren deutlich zu sehen.

„Damn it!", fluchte er durch zusammengebissenen Zähne. „Wo ist die Südweide?" Ians Puls begann zu rasen. Sein Magen zog sich schmerzhaft zusammen. Er deutete mit dem Zeigefinger in südliche Richtung.

„Etwa drei Meilen von hier" Peter starrte in die ihm angegebene Richtung.

„Ist die Straße geteert?" Ian schüttelte den Kopf.

„Es ist ein einfacher Feldweg." Helena war vor ungefähr sieben Minuten aufgebrochen. Peter riss seinen Blick von den braungoldenen Hügeln los.

„Sieben Minuten! Beim Zeus!", stieß er aus und zog sich den Hut vom Kopf. „Sie gestatten?" Mit einer Handbewegung löste er die Zügel und schwang sich, bevor Ian noch ein Wort des Protests entgegen bringen konnte, auf das Pferd.

„Was soll das?!", rief er Peter wütend nach, der bereits über den Hof galoppierte.

„Rufen Sie Inspektor Hardcourt an, sofort!", schrie Peter über die Schultern und stieß seine Absätze in die Seiten des Pferdes. Das Tier wollte sich erschreckt aufbäumen, doch Peter ließ es nicht zu. Sie verfielen in einen gestreckten Galopp. Mit halsbrecherischer Geschwindigkeit preschten sie über das angrenzende Stoppelfeld. Ian starrte ihnen entgeistert nach.

„Ian!" Ruckartig drehte er sich um. Seine Cousine war zu ihm geeilt. Besorgt sah sie ihn an.

„Helena", murmelte er. „Sie ist in Gefahr." Ohne viel zu überlegen, zog sie ihr Telefon aus der Tasche und reichte es ihm.

„Ruf die Polizei." Er nickte, nahm es und wählte viermal die Neun.

Peter trieb das Pferd an. Er übersprang ein paar Steinmauern. Die Hände umklammerten die Zügel. Sein Mund war ausgedörrt.

„Gott, lass mich nicht zu spät kommen!", betete er inbrünstig. Tränen brannten in seinen Augen. „Bitte, ich flehe dich an!" Pferdegeruch stieg ihm in die Nase. Schweißflecken färbten das Fell des Pferde dunkel. Unablässig trieb er es an. Einige blökende Schafe grasten auf der angrenzenden Weide. „Beim Zeus!", fluchte er. Peter wollte das Tier nicht zügeln. „Na komm schon!" Er stieß seine Fersen hart in die Seiten. Die Schafe liefen aufgeschreckt wild umher und umringten sie innerhalb von wenigen Sekunden. Das Pferd wieherte erschreckt und bäumte sich auf. Peter verlor einen Steigbügel. Mit aller Kraft klammerte er sich mit der rechten Hand an den Sattelknauf und versuchte mit der Linken den Hengst unter Kontrolle zu bringen. Grasklumpen wirbelten hoch. Dreck spritzte. Sein Arm schmerzte. Lange konnte er sich nicht mehr halten.

„Helena!" Ihr Gesicht tauchte wie ein Blitz vor seinem inneren Auge auf. Mit einem heftigen Ruck riss er an den Zügeln. Der Hengst brach nach rechts aus, verlangsamte jedoch sein Tempo und schließlich blieb er tänzelnd stehen. Die Schafe waren mittlerweile zu einer Ecke an der Steinmauer geflohen, wo sie sich ängstlich aneinander drängten. Peter richtete sich schweratmend auf und schob seinen Fuß zurück in den Steigbügel. Sofort trieb er den Hengst an. Sie hatten zu viel Zeit eingebüßt. Schweiß rann ihn die Stirn herunter. Sie preschten voran. Er beugte sich über die Schultern des Pferdes, versuchte sich kleiner und leichter zu machen. Er merkte, wie das Pferd allmählich müde wurde. „Bitte halte durch", wisperte er in das Ohr des Hengstes. Sie ritten auf die nächste Mauer zu. Peter erhob sich leicht, gab ihm das Zeichen. Sie setzten über. Die Hinterhand berührte das Mauerwerk und riss Steine mit sich. Das Pferd strauchelte. Der Boden raste in schwindelnder Geschwindigkeit auf sie zu. Mit knapper Not kam es jedoch noch auf die Beine, rappelte sich hoch und galoppierte weiter. Peters Muskeln brannten. Sein Herz schlug wie ein Presslufthammer. Noch zwei Gräben, dann hatten sie den Feldweg erreicht. Ihm kam es wie eine Ewigkeit vor, bis der Ranch Rover vor ihnen auftauchte. Das Pferd wurde langsamer. „Komm schon!", flehte er verzweifelt und trieb es erneut an. Sie jagten weiter hinter den Auto her. Staub wirbelte hoch. Allmählich nurholten sie auf. Peter gestikulierte wild, gab es jedoch bald auf. Mit Müh und Not näherten sie sich langsam den Wagen. Schließlich schafften sie es das Auto einzuholen.

„Helena!", schrie er und schwenkte das Pferd auf die linke Seite. Sie galoppierten weiter. Eine Steinmauer tauchte vor ihnen auf. „Damn it!", fluchte Peter. Zwischen Mauer und Auto bestand nur ein Spielraum von zweieinhalb Fuß. „Halten Sie an!", schrie er so laut er vermochte Der Wagen reagierte nicht. Warum sah sie nicht in den Rückspiegel?! Peter brachte das Pferd neben sie. Die Steinmauer kam ihnen bedenklich nahe. Zwei Inch und sie rissen sich ihre Haut auf. Beide waren schweißnass. Peter holte mit der Hand aus und schlug auf das Wagendach. Der Schmerz zog sich seinen Arm hoch. Der Ranch Rover schoss vor, begann sogleich zu schlingern und zu rutschen, bis er endlich zum Stehen kam. Der Hengst wieherte erschreckt und stieg sogleich. „Dieses Mal nicht!", schrie er und brachte ihn tatsächlich schnell unter Kontrolle. Die Tür des Ranch Rovers flog auf.

„Sind Sie komplett wahnsinnig geworden, Engländer?!", schrie Helena ihn an. Peter ließ sich vom Pferd gleiten. Jede Minute war kostbar.

„Raus aus dem Auto!", stieß er atemlos aus.

„Wie bitte?" Sie begann soeben eine Flut von Beschimpfungen über ihm auszuschütten, doch Peter scherte sich keinen Deut um ihre Verachtung. Mit zitternden, schweißnassen Fingern umfasste er ihr Handgelenk und zog sie unwirsch aus dem Auto. Stolpernd fiel sie zu Boden. Wütend stieß sie einen Fluch aus. Peter hielt sie immer noch am Armgelenk fest.

„Kommen Sie endlich vom Auto weg!", rief er und schleifte sie auf die nicht eingezäunte Weide. Das Pferd hatte er bereits vertrieben. Sein Herz raste in seinem Brustkorb und seine Lunge rang nach Sauerstoff. Er schleppte sie hinter sich weiter stolpernd den Hügel hinauf.

„Sind Sie total wahnsinnig geworden?!", schimpfte Helena und schnappte nach Luft. Erst als Peter sicher war, dass sie sich außer Gefahr befanden, blieb er stehen. Er konnte sich kaum noch auf den Beinen halten. Schweiß rann ihm von der Stirn und tropfte auf seinen völlig durchgeschwitzten Mantel. Vor Wut schäumend riss sich Helena von ihm los. „Was soll dieser Unfug?! Welcher Teufel hat Sie geritten?!", schrie sie ihn an. Ihre Wangen glühten. Die Augen funkelten wie Fixsterne. Peter war so außer Atem, dass er ihr nichts erwidern konnte. Sein Brustkorb hob und senkte sich wie ein Blasebalg. „Was fällt Ihnen ein, sich wie ein Irrer aufzuführen?!" Peter schluckte. Seine Augen fingen das Auto ein, das mit laufendem Motor auf dem Weg stand. „Ich verlange sofort eine Erklärung!" tobte Helena. Kein Wort kam ihm über die Lippen. Sein Blick heftete auf den laufenden Wagen. Hatte er sich doch getäuscht? Reagierte er übereilt? Litt er wirklich an Verfolgungswahn? Er öffnete den Mund, als plötzlich ein ohrenbetäubender Lärm die Umgebung erschütterte. Sekundenschnell riss er Helena zu Boden und warf sich schützend über sie. Fetzen von Metall und Plastik flogen durch die Luft. Beißender schwarzer Rauch drang in ihre Nasen. Einige Minuten verstrichen, bevor sie es wagten sich zu bewegen. Der Rauch brannte in seinen Atemwegen. Erst jetzt bemerkte er, dass er am ganzen Leib zitterte. Sofort rollte er von Helena herunter. Vorsichtig hob Peter den Kopf.

„Miss Artkinson?", wisperte er angsterfüllt. Es folgte keine Antwort. „Miss Artkinson?" Seine Stimme bebte. Er vernahm ein leises Wimmern. Seine Armgelenke und Knie zitterten so, dass es ihm kaum gelang, sich aufzurichten. „Miss Artkinson?" Langsam drehte er sich zu ihr um. Sie lag immer noch auf dem Bauch. Ihr schönes, glänzendes Haar verhüllte ihr Gesicht.

„Oh Gott!", stöhnte sie und rappelte sich langsam auf. Felsen fielen ihm von der Seele. Eine Flut der Erleichterung brach über ihn herein. „Jesus!", wisperte sie, dann brach sie in Tränen aus. Peter nahm sie in die Arme und drückte sie fest an sich.

„Es ist nichts passiert. Alles ist in Ordnung.", beschwichtigte er sie. Es war verrückt, aber es fühlte sich so gut an, sie in den Armen zu halten. Peter lehnte seinen Kopf an den ihren und schloss die Augen. Roch seinen Schweiß und den kaum wahrnehmbaren Geruch ihres Shampoos. Er zitterte immer noch wie Espenlaub. „Ich hätte es mir nie verziehen, wenn dir etwas zugestoßen wäre", flüsterte er so leise, dass sie es nicht verstehen konnte. Umschlungen saßen sie noch einige Minuten da. Helena beruhigte sich allmählich.

Von weitem schallte Sirenengeheul zu ihnen herüber. Es wurde lauter und lauter. Widerstrebend löste er sich von ihr und starrte in die Richtung, woher das Geräusch zu hören war. Schwarze, stinkende Rauchschwaden stiegen immer noch von dem ausgebrannten Frack hoch und trieben zu ihnen herauf. Peter räusperte sich verlegen und stand auf. Er wischte sich mit dem Ärmel, Schweiß und Schmutz vom Gesicht und reichte ihr ein Papiertaschentuch. Schluchzer durchzuckten immer noch ihren Körper.

„Was wollten Sie mir gestern Abend mitteilen, Miss Artkinson?", fragte er mit ruhiger Stimme. Sie hielt inne. „Was ist gestern geschehen?", fragte er erneut und half ihr beim Aufstehen. Wie hypnotisiert blickten sie sich an. Ihre Hand berührte sein Revers. Sein Atem stockte. Peter schloss die Augen, spürte ihre Nähe, fühlte ihren Atem auf seinem Gesicht. In seinen Ohren rauschte es. Ihre Nase berührte die seine, glitt an ihr entlang, bis ihre weichen Lippen die seinen berührten.

„Bitte nicht", flüsterte er und sehnte sich doch so nach diesem Moment. Sein Körper schien wie elektrisiert. Plötzlich erstarrte er zu Eis. „Bitte, Miss Artkinson", wisperte er heißer. Sofort öffnete er die Augen. Seine Hände fuhren nach oben, packte sie an den Oberarmen und schob sie von sich. Völlig überrascht sah sie ihn an. Die Luft knisterte. Peter schluckte trocken. Sein Herz raste. Warum? Warum besaß er nicht die Courage seinem Vater entgegen zu treten? Er holte tief Atem und unterdrückte ein Stöhnen. „Es wäre nicht recht", stammelte er. Ihre Enttäuschung in den hübschen Gesicht zu lesen, traf ihn bis ins Mark.

„Lassen Sie mich bitte los, Dr. Forgerson", forderte sie ihn abweisend auf. Ihre Stimme war messerscharf. Sofort nahm er seine Hände von ihr.

„Es tut mir leid", murmelte er zerknirscht.

Der Polizeiwagen hielt mit quietschenden Reifen vor dem Frack. Das Blaulicht blitze. Drei Personen sprangen beinahe gleichzeitig heraus und rannten auf das qualmende Fahrzeug zu.

„Wir sollten nach unten gehen", schlug er vor. Seine Stimme hatte wieder den kühlen, gefassten Klang angenommen. Eine der drei Personen zog einen Feuerlöscher aus dem Polizeifahrzeug und begann die restlichen Flammen, die um die verschmorten Teile züngelten zu löschen. Rauch brannte in Augen und Rachen. Der Mann in Reitkleidung entdeckte die Beiden, die den Hügel herab kamen.

„Helena!", schrie Ian und rannte ihnen sofort entgegen. „Jesus, Helena!" Tränen der Erleichterung liefen ihm über die Wangen. Sie warf Peter einen vernichtenden Blick zu und stürmte ihrem Bruder entgegen. Peter hatte keine Eile den Polizeibeamten zu begegnen. Er zermarterte sich bereits das Hirn, welche Erklärung er ihnen präsentieren konnte. Ian schloss seine Schwester überglücklich in die Arme. Peter lächelte resigniert.

„Forgerson!" Inspektor Hardcourts Ton war nicht gerade freundlich. Peter blieb in sicherer Entfernung stehen. Er steckte seine Hände in die Manteltaschen und wartete.

„Ich fordere eine Erklärung!" Aufgebracht stapfte der Inspektor ihm entgegen. Nun kam wohl der unangenehme Teil. Wenn er nur wüsste, was Ian ihm zuvor erzählte. „Wie konnte das hier passieren?!", verlangte Inspektor Hardcourt zu wissen und blieb vor ihm stehen. Seine Wangen leuchteten rot, seine Augenbrauen wütend zusammengezogen.

„Ich bin mir nicht sicher", erwiderte Peter vorsichtig. ‚Nun lass dir schnell eine gute Erklärung einfallen!', drängte ihn sein inneres Ich. „Der Wagen ist wohl nicht mehr zu retten?", fragte er unschuldig. Inspektor Hardcourt drehte sich kurz zu dem Frack, das nun ein trauriges Bild bot. Die Grasnarbe um das Auto hatte sich kohlrabenschwarz gefärbt. Er wandte wieder seine Aufmerksamkeit Peter zu. Seine Augen spuckten Feuer.

„Ich erwarte eine Erklärung."

„Ich weiß es wirklich nicht. Das Auto fing plötzlich Feuer. Miss Artkinson hatte glücklicherweise bereits das Auto verlassen, so kam niemand zu Schaden." Inspektor Hardcourt zog hörbar die Luft ein. Er würde dieses Spiel nicht spielen.

„Ich will diesen Unsinn nicht hören. Verdammt, Forgerson, das hier ist kein Spiel! Jemand hat versucht Miss Artkinson zu töten und Sie haben es gewusst!"

„Wie?" Überrascht riss Peter die Augen auf. „Ich wusste nichts dergleichen, ich zog nur meine Schlüsse", verteidigte er sich.

„Wer war es?!", verlangte Inspektor Hardcourt schäumend vor Wut zu wissen. Seine Geduld hatte ein Ende gefunden. Peter zuckte unschuldig mit den Schultern.

„Ich kann es Ihnen nicht sagen. Es gibt keinen Beweis. Ich werde mich hüten, Ihnen einen Namen zu nennen, egal, was Mr Artkinson erzählte. Möglicherweise kann die Spurensicherung mehr herausfinden." Inspektor Hardcourt platzte der Kragen. Seine Hände packten ihn an den Oberarmen und schüttelten ihn grob.

„Ich möchte einen Namen!"

„Ohne jeglichen Beweis werde ich nichts sagen", erwiderte Peter kalt. „Und jetzt lassen Sie mich bitte los, Inspektor. Denn sonst werden Sie dies bitter bereuen", drohte er. Seine Augen funkelten wütend.

„Einen Namen!" Inspektor Hardcourt schüttelte ihn erneut. DS Ridway hatte den Brand gelöscht und beobachtete die Szene unheilvoll. Er ahnte böses. Ungeachtet ließ er den Feuerlöscher fallen und rannte so schnell wie möglich den Hügel zu den Protagonisten herauf.

„Ich bin Anwalt der Krone, Inspektor Hardcourt, falls Sie dies vergessen haben. Was Sie tun, ist Bedrohung eines Staatsbeamten und kann geahndet werden." Bevor sich Inspektor Hardcourt vergaß, packte ihn DS Ridway von hinten.

„Inspektor Hardcourt, Sir, er ist es nicht wert!", rief er ihm ins Ohr und versuchte ihn von Peter wegzuziehen. Mit Leichtigkeit schüttelte er DS Ridway ab und schubste Peter so fest von sich weg, dass er das Gleichgewicht verlor und zu Boden stürzte. Dabei schlug er sich den Hinterkopf an einem großen Stein. Vor seinen Augen wurde es augenblicklich schwarz. Entsetzt starrte der Inspektor auf die bewusstlose Gestalt zu seinen Füßen.

„Dr. Forgerson!", rief er. Der Schock fuhr ihm durch Mark und Bein. Sofort kniete er sich zu ihm. Helena und Ian kamen zu ihnen gelaufen.

„Was ist passiert?", fragte sie mit ängstlichen Augen.

„Dr. Forgerson ist gestürzt", erklärte der Inspektor und kontrollierte sogleich Peters Puls und Atmung. Mit Erleichterung stellte er fest, dass beides vorhanden war. „Wir bringen ihn am besten in die stabile Seitenlage", murmelte Inspektor Hardcourt immer noch leicht geschockt. DS Ridway kam ihm zu Hilfe.

„Wir brauchen einen Arzt", erklärte Helena und kniete sich ebenfalls neben Peter. Sein Gesicht war blass. Die Augen geschlossen. Helena bückte sich und überzeugte sich selbst, dass er noch lebte. Mit zitternden Händen suchte sie ihre Taschen nach dem Telefon ab. Seine Augenlider flackerten. Ein leises Stöhnen entrang sich seinen Lippen. Dann schlug er die Augen auf und schaute in vier Augenpaare, die auf ihn gerichtet waren. Sein Kopf brummte. Mühevoll versuchte er sich aufzusetzen.

„Bleiben Sie liegen", riet ihm DS Ridway, doch Peter wollte nicht hören. Er brachte sich in eine sitzende Position und hielt sich den

Kopf mit beiden Händen. Ihm war übel. Inspektor Hardcourt kniete neben ihm und hielt ihn an den Schultern.

„Mir ist schlecht", wimmerte Peter und schloss die Augen. Ian warf DS Ridway einen besorgten Blick zu, der ihn ebenso besorgt erwiderte. Ein Schauer durchlief Inspektor Hardcourts Körper.

„Ich werde Ihnen einen Arzt rufen", erklärte er und zog sein Telefon aus der Tasche. Sofort ließ Peter seine Hände fallen.

„Keinen Arzt!", rief er aufgeregt. „Ich bin völlig in Ordnung. Wirklich, mir fehlt nichts." Skeptisch wechselte Inspektor Hardcourt mit DS Ridway Blicke. „Bitte, Inspektor", flehte Peter und legte schützend seine rechte Hand auf den Hinterkopf.

„Wir bringen ihn nach Haus und rufen einen Arzt", beschloss Inspektor Hardcourt. „DS Ridway, kümmern Sie sich bitte um den Wagen." Peter schloss die Augen.

„Ich muss mich erbrechen", murmelte er. Sie halfen ihm sich aufzurichten und warteten. Das Erbrechen blieb aus.

„Wir bringen Sie jetzt nach Haus, Dr. Forgerson. Es wird Ihnen bald besser gehen." Die Gewissensbisse waren tief in das Gesicht des Inspektors geschrieben. Mit der Hilfe von Ian und Helena buxierten sie ihn ins Auto. So schnell wie möglich brachten sie ihn nach Haus.

Als Miss McAlister die Tür öffnete, war sie einem Herzinfarkt nahe. Blankes Entsetzen stand in ihrem Gesicht geschrieben. Man konnte den Jungen nicht außer Haus lassen. Niemand wollte ihr eine Erklärung für den Zustand ihres Untermieters geben. Ian und Helena brachten ihn hoch und betteten ihn sorgfältig. Peter stöhnte, hielt sich den Kopf und jammerte über seine Übelkeit. Miss McAlister beobachtete mit größter Besorgnis Peters Zustand.

„Er gehört ins Krankenhaus", bemerkte Inspektor Hardcourt und nahm sein Telefon aus der Manteltasche.

„Ich rufe Dr. Ruthland", kam ihm Ian zuvor. „Sie kennt ihn mittlerweile wie ihre Westentasche und wir wirbeln nicht so viel Staub auf. Falls ihre Diagnose ein Krankenhaus verlangt, kann er immer noch eingewiesen werden", schlug er vor und wählte bereits ihre Nummer. Inspektor Hardcourt nahm den Vorschlag an.

„Gut, machen wir das."

„Sie können ruhig Ihrer Arbeit nachgehen, Inspektor. Wir warten, bis sie hier ist", fügte Helena hinzu.

„Ich benötige Ihre Aussagen." Sein Argwohn erwachte bereits wieder.

„Sobald Dr. Forgerson in guten Händen ist, kommen wir zum Revier und machen unsere Aussagen", versicherte Ian nachdrücklich.

„Und wie geht es Ihnen, Miss Artkinson. Nach diesem Schock?", wandte er sich an Helena. Sie schenkte ihm ein feines Lächeln.

„Mir geht es gut, Inspektor, aber wenn Sie es wünschen, kann mich Dr. Ruthland ebenso untersuchen."

„Das wäre mir sehr lieb", stimmte der Inspektor ihr zu „Falls Sie möchten, lasse ich einen Wagen kommen", bot er an.

„Danke, aber das ist nicht nötig. Dr. Ruthland kann uns fahren", versicherte ihm Ian.

„Dr. Ruthland. Sicher", antwortete Inspektor Hardcourt mit deutlichem Misstrauen. Ian telefonierte bereits. Er gab dem Inspektor ein Daumen hoch Zeichen.

„Sie kommt, gleich."

„Drei Stunden, Mr Artkinson, ansonsten halte ich es für besser, Ihnen einen Wagen zu schicken." Der drohende Unterton des Inspektors war nicht zu verkennen. Er trat nochmals an Peter Bett und studierte ihn. „Wie geht es Ihnen?" Peter schlug die Augen auf.

„Kopfschmerzen und etwas Übelkeit, nicht mehr. Ich benötige wirklich kein Krankenhaus", beteuerte er und schloss wieder die Augen.

„Ich rufe Sie in einer Stunde an." Peter nickte. Unzufrieden verabschiedete sich Inspektor Hardcourt und verließ die kleine Gemeinde.

Nachdem sich Miss McAlister gesammelt hatte, richtete sie ihre Aufmerksamkeit auf Ian, der sie jedoch nicht zu Wort kommen ließ.

„Tante Clare, sei bitte so nett und bringe einen Eisbeutel und einen Eimer, falls sich Dr. Forgerson doch erbrechen muss. Ich setze mit Helena Tee auf. Das wird uns allen gut tun." Sanft griff er seine Tante am Arm und schob die beiden Frauen aus dem Zimmer.

Mit einem Eisbeutel und einem Eimer kam sie zurück. Leise, fast schüchtern klopfte sie an die Tür und lauschte. Kein Geräusch war zu vernehmen. Sie holte einmal tief Luft und drückte behutsam die Türklinke herunter. Die Tür öffnete sich einen Spalt breit. Ohne einen Laut von sich zu geben, stieß sie mit dem Fuß dagegen. Mit knarrendem Geräusch glitt sie zurück.

Das Bett war leer! Der Eimer entglitt ihren Fingern und fiel mit lautem Krach zu Boden. Die andere Hand umklammerte den Eisbeutel. Sie konnte den Blick nicht vom Bett wenden. Welcher höllische Geist trieb hier sein Unwesen? Wo steckte Dr. Forgerson?

Die Tür des Badezimmer öffnete sich und ein sehr lebendig, etwas ramponierter Dr. Forgerson stand im Schlafzimmer. Er trug nun frische Kleidung. Ruhig knöpfte er die Ärmel seines Hemdes zu. Um seinen Hals baumelte die noch ungebundene Krawatte.

„Danke, Miss McAlister, das ist sehr aufmerksam von Ihnen." Peter nahm ihr den Eisbeutel aus der Hand und drückte ihn sachte auf seinen Hinterkopf. „Der Eimer wird nicht nötig sein." Entgeistert sah sie ihm zu, wie er zum Eimer ging und ihn aufhob. Vor ein paar Minuten lag er doch noch krank im Bett!

„Aber ich dachte Sie wären schwer verletzt!", brachte sie dann zu Tage.

„Ich weiß Ihre Sorge sehr zu schätzen, aber ich denke, es ist nur eine unschöne Beule", erklärte er und stellte den Eimer neben der Tür ab.

„Vor ein paar Minuten sahen Sie wirklich krank aus", beharrte Miss McAlister verwirrt. Ein schelmischer Glanz trat in seine Augen.

„So fühlte ich mich auch." Schmerzhaft verzog er sein Gesicht und rückte den Eisbeutel zurecht.

„Darf ich fragen, was das zu bedeuten hat?" Ihre Sorge verschwand.

„Wenn Sie einstecken müssen, kontern Sie geschickt", lamentierte er mit verschwörerischer Miene.

„Bitte? Was ist an diesem Nachmittag um Himmelswillen vorgefallen? Man kann Sie keine zwei Minuten allein auf die Straße lassen, ohne das es in einem Desaster endet!"

„Ich hatte eine Meinungsverschiedenheit mit Inspektor Hardcourt. Nun, er war wirklich wütend auf mich und dominierte alsbald das Geschehen. Es kam zur einer Handgreiflichkeit gegen mich."

„Und wie ist es dazu gekommen? Ich dachte, Sie wollten mit Helena sprechen?" Miss McAlister griff sich den Eimer. Peter legte den Eisbeutel auf den Schreibtisch und band die Krawatte.

„Richtig. Ich kam zu einem ungünstigen Augenblick. Ich hatte nicht beabsichtigt, Inspektor Hardcourt zu treffen."

„Sie müssen sich wohl mit jedem streiten", brummte sie.

„Es scheint wohl eines meiner außergewöhnlichen Talente zu sein", stimmte er ihr ironisch zu und knöpfte sich die Weste. Miss McAlister warf ihm einen vernichtenden Blick zu. Stimmen klangen vom Flur zu ihnen hoch.

„Wenn das Inspektor Hardcourt ist, bin ich nicht zu sprechen." Missbilligend schüttelte sie den Kopf und verließ ihn. Schritte waren auf der Treppe zu hören. Schnell schlich er sich hinter die Tür und bezog Position. Die Tür wurde aufgestoßen und Ian stand im

Zimmer. Misstrauisch starrte er das Bett an. Er hatte ihn doch selbst ins Bett gebracht.

„Forgerson?!", rief er laut.

„Bitte etwas leiser, Mr Artkinson. Ich bin nicht schwerhörig." Ian drehte sich auf dem Absatz um.

„Verflucht, Forgerson!", fauchte er ihn an. Kritisch musterte er Peter von oben bis unten. „Ich dachte tatsächlich es gehe Ihnen schlecht." Ärger und Erleichterung kämpften in seinem Gesicht.

„Das glaubte ich zu Anfangs auch, aber zum Glück habe ich mich schnell erholt, was Inspektor Hardcourt nicht unbedingt wissen muss", setzte er eilig hinzu. „Ein paar Gewissensbisse können ihm nicht schaden. Wenn jeder, der in Rage gerät, gleich handgreiflich würde, wären unsere Krankenhäuser voll." Ian ließ sich müde aufs Bett fallen.

„Ich habe Dr. Ruthland verständigt, wie Sie wohl wissen. Sie müsste jeden Moment hier sein", erinnerte er ihn und sah sich im Zimmer um. Peters Blick wurde grimmig. Er nahm den Eisbeutel vom Tisch und kühlte seinen Hinterkopf. Besser.

„Ja, ich weiß. Es wird unmöglich sein, sie davon abzuhalten", brummte er.

„Woher wussten Sie, dass der Rover in die Luft fliegen würde?", verlangte Ian zu wissen. Ihre Blicke trafen sich.

„Wo ist Miss Artkinson?", fragte Peter stattdessen.

„Sie ist unten bei Tante Clare. Lenken Sie nicht vom Thema ab, Forgerson", rügte ihn Ian.

„Ich kann Ihnen darauf keine zufriedenstellende Antwort geben. Die treffendste Erklärung dafür ist, der siebte Sinn." Peter machte eine unschuldige Geste. „Meine Synapsen. Ich traf Dr. Penell an der Kreuzung und mein Gehirn reagierte."

„Welchen Grund hätte Dr. Penell Helena zu töten?", bohrte Ian nach.

„Ich denke nicht, dass Dr. Penell Helena an sich töten möchte. Es ging ihm nicht darum."

„Aber..." Ian ließ den Satz offen.

„Es wäre völlig unerheblich, wer in Ihrer Familie sterben würde, Mr Artkinson. Die Warnung war unverkennbar. Halten Sie sich fern oder es gibt einen weiteren Todesfall. Egal, wie Sie es drehen, das Ergebnis wäre immer das Gleiche", erörterte ihm Peter kühl. Ians Augen hatten sich vor Schreck geweitet. Allein der Gedanke ließ ihn frösteln. Sein Mund stand offen. Entsetzt starrte er Peter an.

„Er wird doch dafür ins Gefängnis wandern." Peter lachte spöttisch auf.

„Nur, wenn die Spurensicherung beweist, dass er die Tat beging und davon gehe ich nicht aus. Es gibt keinen Zeugen, der aussagen kann, dass Dr. Penell die Bombe an das Fahrzeug angebracht hat. Jeder hätte die Gelegenheit nützen können. Der Rover stand in der Einfahrt, wo er immer steht und für Jedermann frei zugängig ist. Jeder konnte Tag und Nacht die Sprengladung anbringen. Und so etwas dauert nicht allzu lange."

„Aber wenn wir wissen, dass es Dr. Penell war…"

„Ich vermute es, aber ich werde mich hüten, es in der Öffentlichkeit zu benennen, und Sie tun ein Gutes daran, es ebenfalls nicht zu tun. Wissen besagt absolut gar nichts. Zu all dem gibt es nicht den Hauch eines Motivs, das die Absicht eines Mordversuchs annehmen lässt."

„Aber der Täter besaß Kenntnis davon, wann das Fahrzeug von uns benutzt wurde. Er muss in der Gegend gewesen sein. Es müssen Spuren vorhanden sein", beharrte Ian stur. Peter verdrehte ungeduldig die Augen.

„Nein. Die Bombe war sicherlich mit einem Zeitzünder versehen, der, sobald das Fahrzeug gestartet wurde, sie scharf machte. Wenn die Einstellung lautete, dass sie nach zwanzig Minuten auslöste…" Peter hob vielsagend die Hände. Ian wurde bei dem Gedanken schlecht. „Sie hätte überall hochgehen können!", wisperte er entsetzt. Peter schwieg. Der Türklopfer hallte durchs Haus.

‚Inspektor Hardcourt', schoss es Peter durch den Kopf.

Sofort bezog er wieder Stellung hinter der Tür. Ian konnte sich ein schadenfrohes Grinsen nicht verkneifen.

„Das muss Dr. Ruthland sein", setzte er ihn in Kenntnis. ‚Auch nicht besser', dachte Peter. Man hörte leichtfüßige Schritte die Treppe herauf kommen. Gleich darauf klopfte es energisch an der Tür. Peter selbst öffnete. Überrascht schaute sie ihn mit weit aufgerissenen Augen an.

„Ich dachte, Sie sind schwer verletzt!", bemerkte sie vorwurfsvoll und zog ihre Nase kraus. Weitere Schritte waren zu hören. Helena gesellte sich zu ihnen. Verblüfft starrte sie Peter an. „Es tut mir leid, Sie enttäuschen zu müssen, Dr. Ruthland. Mir geht es gut. Vielleicht etwas Kopfschmerzen, nichts weiter. Lassen Sie uns doch ins Arbeitszimmer gehen, da ist es bequemer", schlug er vor und machte eine einladende Handbewegung zur Tür.

Das Kaminfeuer tauchte den Raum in ein warmes Licht. Peter befreite das Sofa von Stößen von Akten, die er auf den Boden zu den anderen stapelte, ging zum Lichtschalter und drückte ihn. Die schöne Stimmung war dahin. Er deutete zum Sofa und fragte: „Tee oder Kaffee? Ich kann gern welchen machen. Ich benötige ohnehin einen neuen Eisbeutel." Helena und Dr. Ruthland setzten sich auf das Sofa. „Kann mir vielleicht einer erklären, was hier gespielt wird?" Ihr Blick richtete sich auf Peter.

„Gleich. Ich kümmere mich zuerst um die Erfrischungen", antwortete er und verließ das Zimmer. Ian packte einen Stoß Papiere, die den Stuhl belagerten, auf Peters Schreibtisch und ließ sich darauf nieder.

„Was ist passiert?", richtete Dr. Ruthland ihre Frage an Ian. Ian umriss ihr kurz die Geschehnisse der vergangenen Stunden. „Und wie geht es Ihnen Miss Artkinson?", wandte sie sich Helena zu.

„Mir geht es gut. Ich war natürlich geschockt, aber ich bin in Ordnung."

Die Tür öffnete sich. Peter betrat mit einem Tablett das Zimmer. Sein Blick glitt suchend durch den Raum. Es gab keine Möglichkeit das Tablett abzustellen. Also ging er von einer Person zur anderen und bat sie sich selbst einzuschenken und von den Keksen zu nehmen. Ian goss sich und Peter eine Tasse Kaffee ein. Peter nahm dankend an, stellte das Tablett auf einen Aktenstapel und nahm hinter dem Schreibtisch Platz. Die Tasse quetschte er zwischen zwei Papiertürme und hielt sich wieder den Eisbeutel an den Hinterkopf. Er litt an pochenden Kopfschmerzen.

„Wie wäre es mit einer Erklärung?", schlug Dr. Ruthland vor.

„Hat Mr Artkinson Ihnen nicht eine bereits gegeben?", fragte Peter zurück.

„Mr Artkinson erläuterte, was sich heute Vormittag zutrug."

Peter sah einen nach dem anderen an.

„Ich kann Ihnen keine Erklärung geben. Zumindest keine, die Bestand hat", fügte er hinzu, nahm die Tasse und trank einen Schluck Kaffee. Dr. Ruthland verschränkte mürrisch ihre Arme vor der Brust.

„Wenn Sie uns keine geben möchten, dann erwarte ich zumindest eine Zusammenfassung von allem, was bisher geschah, und Ihre Schlüsse, damit wir uns wenigstens auf dem gleichen Nenner befinden."

„Da stimme ich Dr. Ruthland völlig zu", pflichtete ihr Helena bei und trank ihre Tasse aus. Seufzend gab Peter sich geschlagen.

„Bitte, wie Sie wünschen." Sein Blick wurde abwesend. „Beginnen wir mit dem Überfall auf Mrs Negley, die dabei ihr Kind verlor. Wir wissen bereits, dass sie nicht einem gängigen Überfall zum Opfer gefallen ist. Es handelte sich eindeutig um einen Einschüchterungsversuch. Ich gehe davon aus, dass die Täter damit beabsichtigten ihr Schweigen über das Wissen von Miss Holder zu erlangen ." Peter legte den Eisbeutel auf den Schreibtisch und nahm die Tasse, führte sie zu den Lippen und hielt inne. „Sie mussten von meinem Besuch in ihrem Krankenzimmer erfahren haben. Mrs Negley stellte immer noch eine Gefahr dar. Was teilte sie mir mit? Niemand konnte sicher sein, dass sie mir Auskunft gab. Somit setzten sie sie erneut unter Druck mit einem zufriedenstellenden Ergebnis. Ein Problem weniger." Sein Blick wurde leer. Abwesend trank er einen Schluck. Seine Hörer lauschten gespannt.

„Wenn Miss Holder nicht gefunden worden wäre, könnte Mrs Negley dann noch am Leben sein?", fragte Ian anklagend. Peters Augen klärten sich.

„Sie meinen, wenn Miss Holder noch leben würde", berichtigte er ihn kalt.

„Nein, ich meine, wenn ihre Gebeine weiterhin im See schlummern würden."

Peter überlegte, schüttelte dann jedoch den Kopf. „Ich glaube nicht, dass das Auffinden von Miss Holder ausschlaggebend für den Tod von Mrs Negley war."

„Nein? Und welchen Grund gab es sonst dafür?", mischte sich Helena ein.

„Forgerson", antwortete Ian kurz angebunden und richtete seine Worte direkt an Peter. „Und warum sind Sie noch am Leben, Forgerson? Immerhin stellen Sie eine reelle Bedrohung dar", verlangte Ian barsch zu wissen und stellte seine Tasse auf den Boden. Helena sog scharf die Luft ein.

„Diese Frage habe ich mir ebenso gestellt", antwortete Peter ruhig.

„Und kamen Sie zu einer Antwort?" Peter griff nach dem Eisbeutel. Elende Kopfschmerzen.

„Nicht wirklich", gestand er. „Möchten Sie, dass ich vorfahre?"

„Bitte tun Sie das", bat Dr. Ruthland spitz und warf Ian einen warnenden Blick zu. Ihr Interesse galt nicht dem Gehacke der beiden. Schmollend kreuzte Ian seine Arme.

„Miss Holders Leiche führte zu weiteren Fragen. In der Zeit fand ich die Aufzeichnungen des Richters. Er beschäftigte sich ebenfalls mit dem sonderbaren Kindersterben und pflegte Kontakt zu Miss Holder, die ihrerseits Kontakt mit Mrs Negley unterhielt. Mein Erscheinen forderte die Täter zur Tat. Ein Schuss vor den Bug sollte genügen, mich in die Schranken zu weisen. Der tote Hund von Miss Holder und im gleichen Zug der Überfall auf mich. Dazu ein paar Drohbriefe. Das sollte eigentlich genügen, einen Engländer in die Flucht zu schlagen."

„Wirklich? Sie zu töten wäre doch die einfachste Lösung", beharrte Ian. Helena nannte warnend seinen Namen.

„Nicht unbedingt. Tatsächlich glaube ich, dass die Wellen sehr hoch schlagen würden, falls der Sohn eines der größten Pharmaunternehmen in Europa gewaltsam zu Tode kommen würde." Ian konnte das kaum widerlegen. Peter fuhr fort: „Die Exhumierung blieb nicht unbemerkt. Wie mir scheint, verfolgen sie genau, was ich tue."

„Dann sollten Sie etwas dagegen unternehmen. Heute wollte man Helena töten und was kommt danach?", brauste Ian zornig auf. Sein Gesicht rötete sich. „Was haben wir bis dahin bewirkt? Nichts! Und was haben Sie bewirkt, Forgerson? Menschen in Todesgefahr zu bringen! Uns in Todesgefahr zu versetzen!", fuhr er ihn an und sprang auf. Peter senkte betroffen seinen Kopf. Natürlich war Ian im Recht. Was hatte er nur wieder angestellt?!

„Mr Artkinson", mahnte ihn Dr. Ruthland und begegnete Peters niedergeschlagenem Blick. „Das bringt uns wirklich nicht voran. Wir sind ohnehin an einem Punkt angelangt, wo es kein Zurück gibt. Vorhaltungen werden uns kaum helfen. Wir haben den Kampf aufgenommen und wir werden ihn auch fortführen." Überrascht weiteten sich Peters Augen. Er hätte sich nie zu wagen getraut, von Dr. Ruthland Rückendeckung zu erhalten.

„Die Frage lautet, wie werden wir in Zukunft verfahren, um Dr. Penell an den Wickel zu bekommen", fuhr sie unbeirrt fort. Peter fasste allmählich wieder Mut.

„Wir müssen herausfinden, was sie mit den Kindern, die sie entführen, unternehmen. Wichtig ist zu erfahren, mit wem Dr. Penell Kontakte hält."

„Was könnte denn an unseren Kindern so wertvoll sein?", wollte Ian von ihm wissen.

„Genau das ist der Punkt, an dem wir ansetzen müssen", entschlossen stand Peter auf.

„Was haben Sie vor?", fragte Dr. Ruthland argwöhnisch.

„Mir kam gerade eine Idee…“ Peters Stimme brach ab. Seine Augen glitzerten unternehmungslustig.

„Und die lautet?“, bohrte Helena nach.

„Ich möchte Sie nicht nochmals mit meinen Nachforschungen in Gefahr bringen. Die Ereignisse von heute sollten mir eine Lehre sein. Sobald ich weiß, wie die Dinge liegen, werde ich Sie in Kenntnis setzen.“ Das Telefon klingelte in seiner Jacketttasche. Peter zog es heraus und las die Nummer auf dem Display. Ein Schatten huschte über sein Gesicht. Dr. Ruthland stand auf, nahm es ihm aus der Hand, drückte den Knopf und meldete sich. Sie lauschte kurz, dabei ließ sie Peter nicht aus den Augen. Gespannt sah er sie an.

„Er schläft momentan, Inspektor.“ Ein Lächeln umspielte ihre Lippen. „Es geht ihm gut. Etwas Kopfschmerzen, nichts Schlimmes.“ Sie lauschte wieder. Ihre Augen funkelten spitzbübisch. „Ja, er besitzt einen harten Schädel im physischen, wie im psychischen. Miss Artkinson geht es gut.“ Sie hörte wieder zu. „Ja, Inspektor Hardcourt, ich setze sie an der Polizeistation in Garrison ab. Gut, danke für den Anruf. Schönen Tag noch.“ Sie drückte auf den roten Knopf und streckte Peter herausfordernd das Kinn entgegen. „Sie schulden mir etwas, Dr. Forgerson.“ Peter machte ein verdrießliches Gesicht.

„Ja, ich weiß“, knurrte er.

„Ich werde erst gehen, wenn Sie uns berichtet haben,, was Sie vorhaben, Forgerson“, beharrte Ian stur. Peter seufzte und überlegte, was er sagen könnte.

„Es gereicht mir zum Vorteil, wenn Dr. Penell sich zu einer bestimmten Uhrzeit nicht in seinem Haus aufhält.“ Ungläubig riss Helena die Augen auf.

„Sie möchten doch nicht allen Ernstes in sein Haus einbrechen?!“ Helena traute ihren Ohren nicht. Bei so viel Dreistigkeit blieb Ian die Luft weg.

„Gewiss nicht“, versuchte Peter die Gemüter zu beruhigen und schüttelte belustigt den Kopf.

„Weshalb sollte Dr. Penell irgendwohin gelockt werden? Forgerson, ich warne Sie! Spielen Sie nicht mit uns!“, drohte Ian.

„Ich möchte, dass wir uns heute Nacht in Ihrem Versteck treffen. Dem guten Doktor möchte ich keinen Millimeter mehr über den Weg trauen. Wenn er zu dieser Zeit verhindert ist, fällt es ihm schwer, etwas zu arrangieren.“ Peters Erklärung hörte sich schlüssig an.

„Und wie sieht Ihr Plan aus?“, wünschte Dr. Ruthland zu wissen.

„Sie sind Dr. Penell nicht persönlich bekannt. Ich möchte, dass Sie ihn gegen halb Elf Uhr abends anrufen und einen fingierten Notfall im Nachbarort melden. Bis er den Fehlalarm bemerkt, sind wir schon lange an unserem Treffpunkt eingetroffen und können über das weiteres Vorgehen beraten."

„Sie haben wirklich nichts anders vor?" Ihr Misstrauen war unerschütterlich.

„Glauben Sie ich bin völlig verrückt geworden? Ich bin Anwalt der Krone", konterte er echauffiert.

„Immerhin erlitten Sie einen kräftigen Schlag auf den Kopf. Zur Erschwernis kommt Ihre Herkunft noch hinzu. Sie sind Engländer. Verrückt?" Dr. Ruthland zuckte mit den Schultern. „wer weiß? Lebensmüde sind Sie jedoch allemal." Peter presste grimmig die Lippen zusammen.

„Werden Sie ihn anrufen?" Ihre Blicke begegneten sich. Dr. Ruthland hob ihre Tasche auf und hing sie über ihre Schultern.

„Ich werde anrufen." Seine Erleichterung war deutlich zu sehen. Sie gab Helena und Ian einen Wink. „Wir werden jetzt gehen. Machen Sie keine Dummheiten, verstanden?", wandte sie sich nochmals eindringlich an Peter.

„Ich werde sehr vorsichtig sein", versicherte Peter und brachte sie zur Tür.

„Ich hoffe, das genügt", bemerkte sie und trat mit den Beiden ins Freie. Was war er doch für ein Trottel?! Wie konnte er nur glauben, er konnte ihr etwas vormachen?!

Peter aß mit Miss McAlister zu Abend. Beide vermieden es tunlichst ein Gespräch über die vergangenen Ereignisse zu führen. Stattdessen sprachen sie über Musik und irische Literatur. Niemand wünschte eine erneute Konfrontation. So begnügten sie sich mit Belanglosem. Peter zog sich bald ins Arbeitszimmer zurück.

Der Wind frischte auf. Regenwolken zogen übers Land und verhießen nichts Gutes. Peter holte seinen braunen Handkoffer unter dem Bett hervor und öffnete ihn. Er nahm einen blauen Waschbeutel heraus, der nur noch ein paar verwaiste Rasierklingen und ein Päckchen Papiertaschentücher enthielt. Das Päckchen sah bereits etwas mitgenommen aus. An den Rändern waren die Ecken ausgefranst und der Klebestreifen zum Schließen und Öffnen klebte nutzlos auf der Packung. Er zog ein Taschentuch aus der Mitte des Päckchens heraus. Erst jetzt sah man den kleinen Gegenstand, der in dem Tuch eingewickelt war. Er schüttelte das Taschentuch und ein kleines Ledermäppchen fiel auf die Tischplatte. Peter hob es auf, öffnete den Reißverschluss und begutachtete die unterschiedlichen langen, dicken und dünnen, flachen und runden Metallstifte mit verschiedenen Einfräsungen, die alle an einem Metallring hingen. Profiwerkzeug. Ein feines Lächeln umspielte seine Lippen. Erinnerungen an die Schulzeit tauchten vor seinem inneren Auge auf. Er hatte damals sehr viel von seinen Freunden gelernt und das meiste hatte nichts mit Schule zu tun. E schob das Mäppchen in die rechte Westentasche und verstaute den Koffer wieder unter dem Bett. Wenn heute alles nach seinen Wünschen verlief, könnten sie Corrigan sehr bald den Prozess machen. Die Standuhr im Wohnzimmer schlug gerade zehn, da hörte er, wie Miss McAlister gewohnt die Treppe heraufsteigen. In einer Viertelstunde würde er das Haus verlassen. Er nahm hinter dem Schreibtisch Platz und versuchte zu arbeiten. Alle zwei Minuten sah er auf seine Taschenuhr. Als der große Zeiger endlich auf Drei stand, erhob er sich und zog geräuschlos den schwarzen Mantel und den breitkrempigen Hut an. Leise schlich er den Gang entlang. Reglos blieb er am Treppenabsatz stehen und lauschte. Nichts rührte sich.

Mit den Schuhen in der Hand stahl er sich leise die Treppe herunter. Er zog den Hausschlüssel ab und steckte den Ersatzschlüssel ein.

Der Wind hatte nachgelassen und es regnete. Peter schob das Fahrrad auf die Straße. Erst als er sich sicher war, dass er nicht beobachtet wurde, stieg er auf und fuhr ins Dorf.
Die Kirchturmuhr schlug dreimal. Viertel vor Elf. Dr. Penell musste das Haus bereits verlassen haben. Er stellte das Rad an der Post ab. Der Regen troff von der Krempe seines Huts. Das Geräusch von Schritten wurde lauter. Sofort zog er sich in die dunkelste Ecke des Hauseingangs zurück. Zwei Personen kamen verstohlen die Seitenstraße herauf. An der Post blieben sie stehen. Peter hielt den Atem an. ‚Geht doch endlich weiter!‘, flehte er tonlos. Sie tuschelten leise miteinander. Peter drückte sich tiefer in die Ecke. Einer der zwei zündete eine Zigarette an. Peter biss die Zähne zusammen. Er wagte kaum Luft zu holen. Die Turmuhr schlug die volle Stunde. Wenn diese beiden nicht bald verschwanden, war sein ganzer Plan hinfällig. Alles umsonst! Noch einmal würde sich Dr. Penell nicht aus seinem Haus locken lassen. Die beiden nahmen noch einen tiefen Zug und schritten dann die Straße Richtung Pub weiter. Ein Seufzen entrang sich Peters Kehle. ‚Jetzt aber los!‘ Vorsichtig trat er aus seinem Versteck hervor. Es regnete immer noch. Der Himmel war pechschwarz. Peter huschte um die Ecke in die angrenzende dunkle Seitenstraße.
Dr. Penells Haus befand sich nicht weit von dem der Negleys entfernt. Gebückt schlich er einmal um das Haus, um die Lage abzuklären. Eine alte Rosenhecke umzäunte den Garten. Ein Stacheldraht konnte nicht effektiver sein. Stille herrschte. Kein Licht brannte, kein Hund bellte. Peter pirschte zur Haustür, wartete. Nicht geschah. Sein Puls erhöhte sich. Er streifte sich die Lederhandschuhe über und zog sein Mäppchen und die Taschenuhr aus der Westentasche. Er klappte die Uhr auf. Das Licht war jedoch zu gering. Die Zeiger des Ziffernblatts waren nicht zu erkennen. Peter steckte die Uhr zurück an ihren Platz und öffnete das Ledermäppchen. Ohne groß nachzudenken wählte er einen Stift und steckte ihn ins Schloss. Es dauerte keine zwanzig Sekunden, bis man das verräterische Klicken hören. Übung macht den Meister. Das Mäppchen verschwand ebenfalls wieder in der Westentasche. Lautlos drückte er die Türklinke herunter und schob die Tür behutsam auf. Er schüttelte den Hut aus und trat ein. Im Haus war es

gemütlich warm. Nachdem er die Tür hinter sich geschlossen hatte, knipste er die Taschenlampe an. Es roch nach Tee und Desinfektionsmittel. Ein kalter Schauer lief ihm den Rücken herunter. ‚Reiß dich zusammen!', ermahnte er sich. Gleich neben der Eingangstür befand sich eine Nische mit der Garderobe. Ein dicker, langer Vorhang hing davor. Peter zog ihn zur Seite und beleuchtete die Garderobe. Einige Kleiderhaken waren leer. Peter ließ den Strahl der Taschenlampe durch den Flur gleiten. Eine steile Holztreppe führte in den ersten Stock. Im Flur gab es vier Türen. Er zog den Vorhang zurück, ging zur ersten Tür und drückte die Klinke herunter. Die Tür war offen. Behutsam öffnete er sie und sah in den Raum. Das Wartezimmer. Er schloss die Tür und ging eine weiter. Sie war verriegelt. Also kramte er sein Mäppchen erneut hervor und entsperrte sie problemlos. Angestrengt lauschte er. Nichts war zu hören. Langsam schob er die Tür auf und beleuchtete den Raum. Das Arbeitszimmer. Sehr gut! Schnell schlüpfte er hinein und schloss die Tür hinter sich. Der Raum sah aus wie jedes Arbeitszimmer einer typischen Landpraxis. Ein großer Schreibtisch stand vor dem Fenster, dessen schwere Vorhänge zugezogen waren. An der gegenüberliegenden Wand befand sich der Aktenschrank. Darüber hing ein Bücherregal vollgestopft mit Fachliteratur. Peter suchte den Raum nach einem Tresor ab, konnte jedoch keinen finden. Systematisch ging er den Medikamentenschrank durch. Auch dort wurde er nicht fündig. Er öffnete die verschlossenen Schubladen des Schreibtischs und wollte seine Suche auch schon aufgeben, als ihm plötzlich ein Stoß Kontoauszüge in die Finger fiel. Endlich wurde die Suche interessant! Er schlug den Hefter auf und ging sie im Schein der Taschenlampe durch. Auf diesem Konto herrschte rege Bewegung. Es waren hauptsächlich mittlere Beträge. Er blätterte einige Monate zurück. Ein normales Girokonto. Entmutigt legte er den Hefter wieder in die Schublade. Als ein Kreditkartenauszug seine Aufmerksamkeit erweckte. Peter zog ihn heraus und studierte ihn. Dieser enthielt ganz andere Werte. Hohe Werte. Sein Puls wurde schneller. Das Konto trug nicht den Namen von Dr. Penell. Wie viele dieser Konten gab es? Und welche Namen benutzte er noch? Jedenfalls zeigten diese Konten eindeutig, dass er sich mehr als eine Villa an der Riviera leisten konnte. Er hörte, wie ein Wagen vor dem Haus stehen blieb. Beim Zeus! Sein Zeitgefühl war miserabel! Schnell steckte er den Auszug zurück, verschloss die Schublade und knipste die Taschenlampe aus. Er hörte bereits den Schlüssel im

Haustürschloss drehen. Peter zog sich hinter die Tür zurück. Sein Herz schlug eine schnellere Gangart an. Gedämpfte Geräusche drangen durch die Tür. Peter lauschte gespannt. Es gab nur einen Weg in die Freiheit und der führte durch die Haustür. Jemand ging an den Praxisräumen vorbei. Sein Mund war trocken. Auf seiner Stirn bildeten sich kleine Schweißperlen. Er konnte nur abwarten. Ein Wasserhahn wurde kurz aufgedreht. Ihm kam der Gedanke, dass sich Dr. Penell wohl einen Tee bereiten wollte. Je länger er darüber nachdachte, umso plausibler kam ihm der Gedanke vor. Er wartete noch ein paar Sekunden, bevor er die Türklinke lautlos herunter drückte. Seine Hände waren schweißnass. Zeitlupenmäßig öffnete er die Tür einen Spalt und lauschte angestrengt. Das Licht der Flurlampe fiel durch den Spalt. Geschirr klapperte. Er hatte richtig vermutet. Dr. Penell machte sich Tee. Seine Augen gewöhnten sich langsam an die Helligkeit. Konzentriert lauschte er, hörte aber nur die Geräusche aus der Küche und seinen Atem. Vier Yards trennten ihn von der Sicherheit. Peter holte nochmals tief Luft und schlüpfte durch die Tür hinaus in den Flur. Mit zitternden Händen schloss er sie. Er behielt die Tür aus der die Geräusche kamen fest im Auge. Schritt für Schritt ging er rückwärts auf die Eingangstür zu.

‚Nur keinen Lärm machen!‘, schärfte er sich ein. Er zitterte am ganzen Leib. Noch ein Schritt. Wasser wurde in einen Behälter gegossen. ‚Du hast es gleich geschafft!‘ Ohne sich umzudrehen, streckte er seine Hand nach der Türklinke aus. Das Blut gefror ihm in den Adern. Seine Finger berührten statt einem kalten Türgriff den dicken Stoff eines Mantels.

Oh Gott! Peter fuhr herum und starrte in ein gemein grinsendes Gesicht über ihm. Er glaubte, den Kerl als jenen zu erkennen, der ihn damals überfallen hatte. Ihm wurde eiskalt. Das Blut suchte sich seinen Weg nach unten. Das Grinsen des Hünen, der ihm den Weg versperrte, wurde breiter. Peter trat unwillkürlich einen Schritt zurück.

„Na sowas, wir haben noch zu so später Stunde Besuch.“ Dr. Penell hatte die Küche verlassen. Er war verloren! „Ich wusste nicht, dass Sie vorhatten, bei mir vorbeizuschauen, Dr. Forgerson.“

Peter schluckte trocken und drehte sich zu ihm um. „Ich hielt es für eine gute Idee mit Ihnen zu sprechen“, murmelte er.

„Und ich war nicht zu Haus“, fügte der Arzt mit einem bedauernden Lächeln hinzu. In seiner Hand hielt er eine dampfende Tasse Tee.

„Bitte legen Sie doch ab, Dr. Forgerson. Hier ist es doch viel zu warm für einen Mantel." Peter verspürte keine Wärme. Im Gegenteil.

„Oh, ich war im Begriff zu gehen. Es tut mir leid, Sie so spät noch gestört zu haben." Er zerknautschte seinen Hut in den Händen.

„Tatsächlich", bestätigte Dr. Penell kalt. Peter hatte den drohenden Unterton nicht überhört. In seinem Brustkorb tobte es wild. Sachte blies Dr. Penell über den Rand der Teetasse und blickte Peter abschätzig an. „Dachten Sie wirklich, ich falle auf eine so billige Falle herein? Halten Sie mich tatsächlich für so einfältig?"

‚Beim Zeus, ja!', wünschte Peter ihm ins Gesicht zu schreien. Was war nur los mit ihm? Warum war er so naiv, so idiotisch zu glauben, Dr. Penell ginge diesem getürkten Anruf nach, nach all dem was passiert war?

„Mein lieber Junge, Sie haben einen bösen Fehler begangen." Schweißperlen bildeten sich auf Peters Oberlippe.

„Rufen Sie jetzt die Polizei?", fragte er hoffnungsvoll. Dr. Penell lachte höhnisch.

„Das würde Ihnen so gefallen, nicht wahr? Aber so einfach kommen Sie mir nicht davon." Peter wich zurück und spürte schon die großen Hände des Hünen auf seinen Schultern. Er zuckte zusammen.

„Bitte lassen Sie uns doch in das Arbeitszimmer gehen", lud er ihn ein und öffnete die Tür.

„Sie ist offen!" Mit gespielter Überraschung zog er die Augenbrauen kraus. „Ich war mir sicher, dass ich sie abgesperrt hatte." Seine Augen funkelten amüsiert. Mit einem Schubs öffnete er die Tür. Sein Blick ruhte auf Peter, dessen Gesicht sich mittlerweile kalkweiß gefärbt hatte. „Sie sehen wirklich krank aus, mein Guter, wenn ich mir das erlauben darf zu sagen. Bitte, treten Sie ein." Er knipste das Licht an.

„Danke, aber mir geht es bestens. Sie müssen sich nicht die Mühe machen", entgegnete Peter scharf.

„Sie wünschten mit mir zu sprechen, Dr. Forgerson. Jetzt habe ich Zeit."

„Es ist nicht wichtig. Wir können das Gespräch auf ein andermal verschieben", murmelte Peter. Dr. Penells Gesichtszüge wurden hart.

„Führ ihn herein", befahl er und betrat den Raum. Vergeblich wehrte sich Peter mit Händen und Füßen. Es roch penetrant nach Desinfektionsmittel. Dr. Penell setzte sich an seinen Schreibtisch.

Peter hörte, wie hinter ihm die Tür geschlossen wurde. Er saß in der Falle.

„Über was wünschten Sie mit mir zu sprechen?" Genüsslich nippte er an seiner Tasse Tee.

„Ich werde jetzt gehen", erwiderte Peter und drehte sich entschlossen um.

„Da irren Sie sich, Dr. Forgerson. Sie werden diesen Raum nicht verlassen", belehrte ihn Dr. Penell. Demonstrativ zog Peter seine Taschenuhr aus der Tasche und öffnete sie. Er hatte große Mühe seine Angst zu verbergen. Mit gespielter Gleichgültigkeit zuckte er mit den Schultern.

„Wenn ich innerhalb von zehn Minuten das Haus nicht verlassen habe, dringt eine Horde Polizisten hier ein. Das wäre für Sie sicher äußerst unangenehm", erklärte er und ließ den Deckel wieder zuschnappen.

„Wohl möglich", bestätigte Dr. Penell gelassen. Gutgelaunt bot er ihm einen Stuhl an. Er glaubte ihm nicht! Beim Zeus! Er kaufte ihm die Geschichte nicht ab!

„Ja, lassen Sie uns etwas die Zeit vertreiben", mimte Peter den Sorglosen. „Sprechen wir doch über das Ableben der sieben Dorfkinder.", schlug er vor.

„Das war wirklich tragisch", heuchelte Dr. Penell.

„Wie ist es dazu gekommen?" Langsam schritt Peter im Zimmer auf und ab. So unauffällig wie möglich, suchte er nach einer Fluchtmöglichkeit. Das Ungetüm blockierte die Tür. Sein Blick glitt durch den Raum. Es gab nur diese Tür, die in die Freiheit führte. Er musste irgendwie an dem Hünen vorbeikommen. Nur wie? „Alle Kinder waren bei Ihnen in Behandlung, bevor sie gestorben sind. Ein seltsamer Umstand, finden Sie nicht auch?"

„Es hatte alles seine Richtigkeit", erwiderte Dr. Penell gleichmütig.

„Wirklich?" Peter zog die Augenbrauen kraus.

„Natürlich. Denken Sie nicht, dass sich sonst jemand eingeschaltet hätte? Wir leben im zwanzigsten Jahrhundert."

„Auch im zwanzigsten Jahrhundert existiert das Verbrechen", belehrte ihn Peter. Seine Augen glommen zornig.

„Möchten Sie mich einen Verbrecher nennen, Dr. Forgerson?" Dr. Penell schmunzelte amüsiert.

„Sie halten mich hier fest", entgegnete er kalt. Dr. Penell grinste frech. Er warf einen Blick auf seine Rolex und bemerkte süffisant: „Wir haben noch zwei Minuten Zeit."

Peters Gedanken begannen zu rasen. Er benötigte dringend ein Ablenkungsmanöver. Sein Blick fiel auf eine Büste, die auf einer Säule, nicht unweit des Schreibtisches stand. Es könnte, nein, es musste klappen!

„Wer hat die Leichen abgeholt?", fuhr Peter fort. Dr. Penell lehnte sich entspannt in seinem Sessel zurück.

„Ein Bestattungsinstitut aus Belfast." Er ließ ihn nicht aus den Augen.

„Weshalb gab es keine Autopsie?", verlangte Peter zu wissen.

„Weshalb sollte man eine Autopsie durchführen? Die Kinder starben im Beisein eines Arztes."

„Das kann keine schlüssige Begründung sein. Ihre Berichte waren doch mehr als fragwürdig." Peter ließ nicht locker. Langsam näherte er sich der Büste.

„Nur weil Sie meine Protokolle in Zweifel ziehen, heißt es nicht, dass dies für die Betroffenen auch gilt. Mein Wort wird in diesem Ort sehr geschätzt." Dr. Penell warf wieder einen Blick auf die Uhr. „Ihre Truppe ist seit zwei Minuten überfällig", bemerkte er wie beiläufig. Peter begann wieder zu schwitzen.

„Schonfrist", erklärte Peter eisig. Er machte noch einen Schritt in die Richtung.

„Ich glaube, Dr. Forgerson, Ihre Kavallerie existiert gar nicht." Seine Augen glitzerten triumphierend.

„Sie sind sich Ihrer Sache wohl völlig sicher, Dr. Penell."

„In der Tat, Dr. Forgerson. Keiner meiner ausgestellten Totenscheine wurde angezweifelt. Sie sind die erste Person, die meine Kompetenz in Zweifel zieht. Obwohl gerade Sie wissen müssten, welche Kenntnisse ein Arzt besitzt."

„Sie halten sich wirklich für unfehlbar", erwiderte Peter mit Abscheu.

„Davon können Sie ausgehen, Dr. Forgerson", bestätigte Dr. Penell erhaben. Peter hatte die Büste erreicht. Er hob den Kopf und sah Peter ins Gesicht. „Und Sie halten mich für einen Mörder."

„Sind Sie das nicht?" Seine Stimme klang metallern. Dr. Penell lachte höhnisch. Blitzschnell schossen Peters Hände nach vorn. Die Büste kippte vornüber und fiel auf den guten Doktor. Ein Aufschrei war zu hören. Entsetzt stürzte der Hüne dem Doktor zur Hilfe. Die Büste fiel zu Boden und zerbrach in tausend Scherben. Im selben Moment machte Peter auf dem Absatz kehrt und stürmte auf die Tür zu.

„Lass ihn nicht entkommen!", schrie Dr. Penell und rappelte sich von seinem Sessel auf. Peters behandschuhte Hand berührte die Türklinke, doch bevor er sie herunterdrücken konnte, zog jemand an seinem Mantel. Panikerfüllt klammerte er sich an die Klinke. Schweißperlen glitzerten auf seiner Stirn. Sein Magen krampfte sich zu einem schmerzhaften Klumpen zusammen. Zwei Schraubstöcke umfassten seine Oberarme und zogen ihn von der Tür weg. Er konnte sich nicht mehr länger halten. Seine Finger lösten sich langsam von dem rettenden Griff.

„Gott, nein!", schrie er außer sich vor Angst, als sein letzter Finger sich löste, er sein Gleichgewicht verlor und mit dem Hünen plötzlich auf dem Boden landete. Peters Herz raste. Adrenalin schoss durch seine Adern. Zitternd versuchte er sich von dem Körper zu befreien, der schwer auf ihm lastete.

„Du entkommst mir nicht, Bürschchen!", rief der Hüne ärgerlich. Mit ganzer Kraft und Verzweiflung schlug Peter mit geballten Fäusten auf den Hünen ein. Er verlagerte sein Gewicht, schaffte es sich auf Peter zu setzen und klemmte dessen Handgelenke unter seine Knie. Peter schrie auf. Er war nur noch dazu fähig seinen Kopf zu bewegen. Dr. Penell stand nun neben den beiden Männern und grinste Peter schadenfroh an.

„Böser Junge." Er schüttelte missbilligend den Kopf. „Böser, böser Junge." Seine Hand glitt in die Brusttasche seines Jacketts und förderte eine Ampulle hervor. Entsetzt riss Peter die Augen auf.

„Das werden Sie nicht tun", flüsterte er panikerfüllt. „Bitte!" Ungerührt nahm Dr. Penell eine Spritze vom Tablett, stach demonstrativ vor Peters Augen durch das Gummi und zog sie auf.

„Schieb das Hemd seines linken Unterarms hoch", befahl er und beugte sich zu ihnen herunter.

„Nein! Bitte! Nein!", schrie Peter hysterisch. Er versuchte sich vergeblich mit aller Kraft zu wehren. Sein Gesicht war aschfahl, die Augen glänzten mörderisch. Eine Gänsehaut überzog seinen schweißbedeckten Körper.

„Sie werden doch vor so einer kleinen Spritze keine Angst haben, Dr. Forgerson?" Dr. Penell schnippte mit den Fingern an die Spritze. Die durchsichtige Flüssigkeit lief die Nadel herunter und tropfte auf seinen Mantel. „Ihr Gesicht ist ganz bleich", spottete er. Tränen schimmerten in Peters Augen. Mit einem Wattebausch desinfizierte Dr. Penell eine Stelle in der Armbeuge seines linken Arms.

„Sie werden das büßen, Dr. Penell!", gellte Peter panisch. „Man wird Sie vor Gericht stellen. Sie werden dafür bezahlen!" Ein teuflisches Lachen dröhnte durch den Behandlungsraum.

„Sie möchten mir drohen? Mir?" Er drückte leicht auf die Spritze. Die Flüssigkeit stieg nach oben und spritzte heraus.

„Gott, bitte hilf mir!", flehte Peter. Tränen rannen über seine blutleeren Wangen. Er zappelte nochmals vergeblich in dem lebenden Schraubstock, der ihn gefangen hielt. Ungerührt stach Dr. Penell die Nadel in die vorgesehene Stelle. Schmerzen breiteten sich strahlenförmig in dem bereits eingeschlafenen Arm aus.

„Fahren Sie zur Hölle, Dr. Penell!" Vor seinen Augen begann alles zu verschwimmen. Der Raum um ihn herum drehte sich wie ein wildes Karussell. Übelkeit stieg in ihm hoch. Sein Körper wurde zu Blei. Dann begann er zu fallen, tiefer und tiefer in den schwarzen Schlund, der sich unter ihm aufgetan hatte.

Ein ekelerregender Geschmack hatte sich in seinem Mund gebildet. Kopfschmerzen plagten ihn. Peter wollte seine Augen öffnen, war aber dazu nicht fähig. Er versuchte seine Arme zu bewegen. Vergebens.

„Na sieh an, der Engländer ist zum Leben erwacht!" Die Stimme kam von weit her. Sie dröhnte in seinem gemarterten Kopf. „Ich hoffe, Sie fühlen sich bei uns wohl, mein lieber Forgerson." Peter versuchte sich zu bewegen. Erst jetzt bemerkte er, dass seine Hände hinter dem Rücken gefesselt waren. Man hatte ihm die Augen verbunden. Peter öffnete den Mund, doch es wollten sich keine vernünftigen Wörter bilden. Stattdessen überkam ihn ein furchtbarer Hustenreiz.

„Kann ich etwas Wasser bekommen?", krächzte er.

„Natürlich. Ihr Wunsch ist mir Befehl." Er hörte, wie sich jemand im Raum bewegte. Schritte kamen näher. Seine Muskeln verkrampften. Als eine Hand seinen Rücken berührte fuhr er zusammen.

„Scht. Scht", raunte ihm eine Stimme ins Ohr. „Ich bringe Ihnen nur ein Glas Wasser. Sie haben nichts zu befürchten." Das kühle Glas berührte seine Lippen Peter öffnete den Mund und trank gierig das kalte Wasser. Dabei verschüttete er einen guten Teil davon. „Na, na, nicht so hastig! Sie werden sich verschlucken." Die Person nahm das Glas fort. Entkräftet ließ Peter den Kopf auf das staubige Kissen sinken. Er fühlte sich schwach und ausgebrannt.

„Wo bin ich?", flüsterte er matt.

„Warum fragen Sie Dinge, die ich Ihnen nicht beantworten werde."

„Sie werden mich töten, nicht wahr?" Peter lauschte. Die Person entfernte sich von ihm.

„Ruhen Sie sich aus, Dr. Forgerson. Wir können ein andermal darüber reden." Eine Tür quietschte in der Angel, dann hörte er wie ein Schlüssel im Schloss drehte. Sein Körper wurde schwer. Das Wasser. Man hatte ihm ein Schlafmittel verabreicht. Was sollte nur aus ihm werden? Ein Gesicht tauchte vor seinem inneren Auge auf.

„April", wisperte er schwach. Ihm wurde eiskalt. Die Stille und völlige Dunkelheit nahmen ihn wieder gefangen.

Nach einem schrecklichen Alptraum erwachte er schweißgebadet. Sein Herz trommelte. Sein Atem ging stoßweise. Durch einen Spalt an der Wand fiel ein fahler Lichtstrahl, der dem Zimmer dämmriges Licht spendete. Peter hatte seine Augen geöffnet. Er lag auf dem Rücken und starrte die Decke an. Die Hände ruhten fessellos auf dem flachen Bauch. Jegliches Gefühl für Zeit und Raum waren ihm abhandengekommen. In seinem Kopf arbeitete eine Schwerindustrie. Einige Zeit lag er so da und versuchte Erinnerungen wachzurufen. Er konnte sich nur noch daran erinnern, wie er bei Dr. Penell eingebrochen war und er das Arbeitszimmer betreten hatte. Danach herrschte völlige Leere. Ein tiefer Seufzer entrang sich seiner tiefsten Seele. Wahrscheinlich starb er hier in den nächsten Stunden. Jahre später würden sie seine zu Staub zerfallenen Gebeine finden. Böse Zungen würden überall herum erzählen, er hatte es nicht anders verdient. Er, ein Bastard, der nicht mehr konnte, als anderen Menschen Unglück zu bescheren. Niedergeschlagen schloss er die Augen. Gott sei seiner Seele gnädig.

Ein verräterisches Pfeifen beendete abrupt sein hoffnungsloses Selbstmitleid. Er riss die Augen weit auf, hielt den Atem an und lauschte angestrengt. Da war es wieder! Eine schemenhafte Bewegung auf dem groben, staubigen Bretterboden. Ratten! Das furchtbarste Tier, das die Hölle erschaffen hatte! Schweiß brach aus allen seinen Poren. Seine Migräne und das Selbstmitleid waren vergessen. Peter setzte sich auf und sah sich im Zimmer um. Der Raum war spärlich möbliert. In einer Ecke stand ein Tisch, der nur so von Dreck strotzte. Ein Stuhl mit drei Beinen lehnte an der Wand und eine kleine Kommode, deren Lack bereits abgesplittert war, vermochte den Raum nicht einladender zu gestalten. Der Lichtstrahl stammte von einem vernagelten Fenster. Vor der Tür kämpften ein paar Ratten um ein Stück Brot, das man wohl ihm zugedacht hatte. Ein Schauer lief ihm über den Rücken. Seine Nackenhaare sträubten sich. Er zitterte am ganzen Körper. Angst lähmte seine Muskeln. Peter wollte schreien, doch er brachte keinen Ton zu Stande. Wenn sie das Brot verschlungen hatten, würden sie eine neue Nahrungsquelle suchen. Mit seinen schweißnassen Händen schob er sich an die Wand und zog die Beine an. Seine Augen hafteten an den tobenden Ratten. Es waren wohl mehr als zehn. Seine Zähne schlugen klappernd aufeinander. Klack, klack, klack...

„Gott, nein!", schrie er plötzlich hysterisch aus. Erschreckt stoben die Ratten auseinander und verkrochen sich in ihren Schlupfwinkeln.

Seine Finger gruben sich in das alte, fleckige Betttuch. Die Knöchel wurden ebenso weiß wie sein Gesicht. „Ich muss hier raus!"
Stille herrschte. Peter schloss kurz die Augen, versuchte sich zu sammeln. Das Dröhnen und Pochen in seinem Kopf war unerträglich. ‚Wenn du dich jetzt nicht zusammen nimmst, wirst du in diesem Loch verenden. Zerfressen von Tausenden von Ratten! Sie werden dir die Augen ausfressen und an deinen Lippen nagen, während du schreist und dich windest. ‚Oh Gott, steh mir bei!', flehte er unter Tränen.
„Gib mir Kraft und Mut, um das hier zu überstehen", betete er inbrünstig und hörte seine krächzende Stimme. Vorsichtig öffnete er die Augen. Es war keine Ratte in Sicht. Langsam rutschte er zum Bettrand. Er horchte angestrengt. „Ich warne euch! Sollte nur eine von euch Biestern sich blicken lassen, werde ich sie wie eine Schmeißfliege zerquetschen!", drohte er mit bebender Stimme. Peter hoffte inständig, dass diese Kreaturen seine Warnung ernst nahmen. Behutsam setzte er sein zweites Bein auf den Boden, dann stampfte er zweimal laut auf. Der Weg zur Tür schien unendlich weit. Peter leckte sich über seine trockenen Lippen. Mit einem Ruck stand er auf. Seine Knie waren butterweich. Er ließ die Schüssel mit ein paar übrig gebliebenen Brotkrummen nicht aus den Augen. Schweißperlen glitzerten auf seiner Stirn. Schritt für Schritt arbeitete er sich zur Tür vor. Mit zitternder Hand griff er nach der verrosteten Türklinke. Sie quietschte, als er sie herunterdrückte. Eigentlich hätte er sich diese Mühe sparen können. Die Tür war verschlossen. Aber er musste hier raus, egal wie! Peter bückte sich und lugte durch das Schlüsselloch. Mit einem dicken Draht könnte man das Schloss knacken. Doch woher nehmen? Sein Blick fiel auf die Kommode. Kleiderbügel! Er rannte hinüber und zog an den Griffen. Die Türchen waren verzogen und ließen sich nicht öffnen. Peter schlug voller Zorn und Verzweiflung mit seinen Fäusten wild dagegen.
„Geh auf, du blödes Ding!", schimpfte er den Tränen nahe. Wieder packte er die Griffe und zog mit aller Kraft daran. Seine Hände waren schweißnass. „Komm schon, geh auf!", flehte er und riss weiter an den Griffen. Mit einem lauten Krach löste sich ein Türchen. Die oberste Angel war gebrochen und eine Wolke von Staub stieg auf. Peter nieste und blinzelte. Der Staub juckte in seiner Nase. Lumpen, eine Gartenhacke ohne Stiel, eine völlig verrostete Gartenschere und ein dickes Stück Draht lagen in dem muffigen Schrank. Sein Herz machte bei dem Anblick des groben Drahts einen Freudensprung.

Mit schneller Bewegung griff er ihn und drückte ihn fest an sich. Behände verbog er das Stück Metall, dann rannte er zur Tür zurück. Mit zitternden Fingern steckte er den Draht in das Schloss. Angestrengt bewegte er ihn hin und her. Aus den Augenwinkeln nahm er eine Bewegung in der Nähe seiner Füße wahr. Sofort hielt er inne. Eine mutige Ratte hatte sich der Schüssel genähert. Das Herz klopfte ihm bis zum Hals. Er konnte den Blick nicht von ihr nehmen. Eine weitere Ratte verließ ihr Schlupfloch. Ihr nackter, langer Schwanz hinterließ eine Spur auf dem staubigen Fußboden. Peter schluckte trocken. Das Zittern seiner Finger wurde schlimmer. Er versuchte langsam und ruhig zu atmen. Erneut zwang er sich, sich dem Schloss zu widmen. Er musste sich konzentrieren. Eine weitere Ratte kam aus ihrem Versteck. Sie erhob sich auf ihre Hinterbeine und schnupperte. „Ich will hier raus! Bitte!", schrie Peter und brach in Tränen aus. Mittlerweile bebte sein ganzer Körper. Immer, wenn er den Draht richtig verhakte, entglitt er ihm wieder. Peter biss sich auf die Unterlippe. „Ich will hier nicht sterben", wimmerte er. Wieder und immer wieder rutschte der Draht ab. Die Ratten pfiffen nun und kämpften um den kläglichen Rest. Hypnotisiert starrte er die Ratten an. ‚Beruhige dich!', redete sein inneres Ich auf ihn ein. ‚X-mal hast du schon so ein Schloss geöffnet. Du kannst es blind. Reiß dich zusammen!' Mit seinem Hemdsärmel wischte er sich die Tränen und Schweiß vom Gesicht. Die Tränen wollten nicht versiegen. Eines der Biester, das den Kampf für verloren erklärte, kam nun seinen Füßen bedrohlich nahe. Mit dem Mut des Verzweifelten schob er den Draht abermals in das Schloss und rührte darin herum. Er spürte, wie das Tier an seinen Schuhen schnupperte.

„Gott hilf mir!", stieß er panisch aus. Und da ertönte das harte Knacken des Schlosses. Voller Wucht riss er die Tür auf, machte einen Satz in den dunklen Gang und schlug sie mit ohrenbetäubendem Lärm hinter sich zu. Seine Knie zitterten. Entkräftet lehnte er sich gegen die Tür, atmete stoßweise. Sein Herz schlug ihm bis zum Hals. Die staubige Luft kratzte in seinem Rachen. Es war vorüber. Er hatte es geschafft. Seine Augen gewöhnten sich schnell an die Dunkelheit. Auf einem wurmstichigen Stuhl lag sein Mantel. Peter stieß sich mit den Händen ab und torkelte auf den Stuhl zu. Was war nur los mit ihm? Erst jetzt bemerkte er, dass er das Stück Draht immer noch in den Fingern hielt. Wie ein heißes Eisen ließ er es fallen und griff nach dem Mantel. Er zog ihn von der Lehne und schüttelte ihn vorsichtshalber aus. Trübes Licht fiel durch die Ritzen der Haustür. Lauschend stand er da. Kein Laut störte die Stille. Plötzlich preschte er vor und versuchte sie aufzureißen. Sie war verschlossen. Völlige Verzweiflung überkam ihn. Seine Knie kippten weg. Er sank auf den schmutzigen Fußboden und begann hemmungslos zu heulen. Schluchzer durchschüttelten seinen ganzen Körper. Es dauerte geraume Zeit bis er sich wieder unter Kontrolle bekam. Auf allen Vieren kroch er zurück, um das Stück Draht zu suchen. Seine Finger tasteten den Boden ab, bis er es endlich berührte. Wie einen Rettungsring umschlossen sie das Metall und hielten es so fest, dass sein Blut aus den Knöcheln wich. Mühevoll rappelte er sich auf und schleppte sich zur Tür. Das Schloss war neu. Es musste erst vor kurzem eingebaut worden sein. Es gab keine Möglichkeit es mit dem dicken Draht zu öffnen. Wütend warf er ihn durch den Raum, schlug wie ein Berserker gegen die massive Eichentür bis ihn die Kräfte verließen. Entmutigt sank er auf den Boden. Wieder brach er in Tränen aus ‚Wenn du so weiter machst, wirst du hier sterben!‘, ermahnte ihn seine innere Stimme streng. Peter suchte seine Taschen nach einem Taschentuch ab. Nichts, absolut nichts hatten sie ihm gelassen. Er erinnerte sich an das Bett, dessen Unterbau wohl ebenso aus Draht bestand. Lebensrettender Draht. Dünner Draht. Aber darin waren die Ratten. Ihm wurde bei dem Gedanken eiskalt. Nochmals in diesen Raum zu gehen, schien ihm unmöglich. Er stierte den Gang entlang. Eine weitere Tür befand sich rechts an der Wand. Möglicherweise... Peter stand auf und ging zu der Tür. Vielleicht sollte er versuchen... Aber was geschieht, wenn die Täter zurückkämen und ihn hier fanden? Wieviel Zeit blieb ihm noch? Unentschlossen stand er da und starrte auf die Tür. Er legte sein Ohr an und lauschte. Nichts war zu hören. Abermals suchte er den Draht, hob ihn auf und begann das Schloss zu bearbeiten. Es dauerte nur einen Bruchteil der Zeit, gegenüber der vorhergehenden Tür. Er drückte den Griff herunter und schob die völlig verzogene Tür auf. Der Raum war absolut dunkel. Irgendetwas huschte über seine Füße. Peter schrie auf und schlug die Tür zu. Also doch zurück. Zögernd trat er zur Tür seines Gefängnisses und drückte den Griff herunter. ‚Ich kann nicht!‘ Tränen stiegen wieder in ihm hoch. Sein Mund war ausgedörrt. Er öffnete sie einen Spalt breit. Ein kratzendes Geräusch kam von der Schüssel her. Sofort schloss er sie wieder. Das Pochen seines Pulses war in seinen Ohren zu hören. Er schlotterte am ganzen Leib. Mit der Hand wischte er sich über die nasse Stirn. Peter drehte sich um, nahm jetzt erst die Treppe, die in den oberen

Stock führte, wahr. Möglicherweise konnte er über das Dach entkommen. Entschlossen stieg er die Stufen hoch um festzustellen, dass die Luke, die auf den Dachboden führte, ebenfalls verriegelt war. Kein Weg führte an diesem schrecklichen Raum vorbei. Mutlos stieg er die Treppe wieder herunter, trat zur Tür und drückte erneut die Klinke herunter. Seine Muskeln verkrampften sich. Eine Ratte schlüpfte aus dem dunklen Raum und flitzte über seine Füße. Es war ein bedeutend größeres Tier. Peter stieß einen Schrei aus und machte einen Satz in den Raum. Durch sein Eintreten erschreckt suchten die Ratten das Weite. Doch dieses Mal würden sie nicht so lange warten. Schleunigst eilte er zu dem Bett und warf die schmutzige Matratze zu Boden. Genau wie er vermutete. Der Gitterrost befand sich in einem sehr guten Zustand. Es war schwierig den richtigen Draht heraus zu lösen. Peter stand kurz davor erneut seine Beherrschung zu verlieren. Verzagt fuhr er sich durch die dunklen, zotteligen Locken. Schon kamen die Ratten wieder aus ihren Löchern und schnupperten neugierig. Wütend stampfte er auf, schrie und klatschte in die Hände. Doch das schien ihnen nicht besonders zu imponieren. Sie wichen zurück, versteckten sich jedoch nicht mehr. Peter schluckte leer. Er hob den Gitterost aus dem Bettgestell und warf ihn mit lautem Krach zu Boden, dann zog er an verschiedene, kleine Drähte, verbog sie, riss an ihnen und drehte sie hin und her. Sein Mut hatte ihn schon verlassen, als sich endlich einer der Drähte zu lösen begann. Die Ratten kamen näher. Ein paar Blutstropfen waren auf den Boden gefallen, als er sich bei seiner mühevollen Arbeit die Finger aufgerissen hatte. Endlich hielt er den Schlüssel der Freiheit in den Händen. Sofort erhob er sich. Augenblicklich zogen sich die Ratten zurück. Peter stürmte zur Tür, riss sie auf und ließ sie krachend ins Schloss fallen. Mit ein paar Schritten erreichte er die massiven Eingangstür. Er wischte die schmutzigen Hände am Mantel ab und versuchte sich zu beruhigen. Umständlich verbog er den Draht und schob ihn in das Schloss. Mit zitternden Fingern versuchte er den richtigen Hebel zu finden. Schweiß tropfte von seinem Gesicht. Konzentriert arbeitete er weiter. Seine Lippen sprachen ein Gebet, ohne das es ihm wirklich bewusst war. Nach einiger Zeit geschah das Unmögliche. Ein feines Klicken erklang und die Tür war offen! Peter riss die Tür ungestüm auf und rannte los.

Einige Male stolperte er über Steine und Grasbüschel. Er hatte keine Ahnung, wohin er rannte. Es war ihm auch völlig egal. Er wollte nur weg von diesem Rattenloch. Die kalte, frische Luft stach ihm in den Lungen. Seine Beine rannten und rannten. Bald schrien seine Lungen nach mehr Luft und er musste sein halsbrecherisches Tempo verlangsamen. Auf einer kleinen Lichtung fiel er zu Boden und blieb dort schweratmend liegen. Die schmutzigen, schweißdurchtränkten Kleider klebten an seinem Körper. Erst, als sein Herz sich etwas beruhigte, begann sein Gehirn langsam wieder zu funktionieren. Das Dröhnen und Pochen in seinem Kopf machte es nicht einfacher. Er hatte keine Ahnung, wo er sich befand und wie er hierhergekommen war. Sicher war nur, dass Dr. Penell ihn in diesem verwahrlosten Cottage eingesperrt hatte. Wünschte er ihn darin wirklich sterben zu lassen? Ein kalter Wind strich über das braune stoppelige Gras und wippte es hin und her. Peter fröstelte. Entschlossen rappelte er sich auf. Als erstes musste er zu Miss McAlister. Er benötigte dringend eine heiße Dusche und etwas zu trinken. Dann würden auch die Kopfschmerzen nachlassen. Sein Körper schien völlig ausgezehrt zu sein. Die ganze Motorik wollte nur sehr unkontrolliert funktionieren. Krank zu werden war das Letzte, was er jetzt gebrauchen konnte. Seine Augen richteten sich auf den bleigrauen Himmel. Wenn er die Lichtverhältnisse richtig deutete, sollte es früher Nachmittag sein. Die frische Luft tat ihm wohl. Irgendwo musste sich hier doch eine Landstraße befinden. Ein kleiner Pfad führte durch den lichten Mischwald. Peter hatte keine Vorstellung, wie lange er dem Pfad folgte. Eine Stunde, drei oder vielleicht auch nur eine halbe, bis er tatsächlich auf eine Straße stieß. Seine Beine schmerzten und der Durst wurde stärker. Motorengeräusche kamen näher. Er war jedoch so tief in Gedanken versunken, dass er es nicht wahrnahm, bis eine Hupe ertönte. Der Lärm fuhr ihm durch Mark und Bein. Sein Herz machte einen Satz. Peter fuhr herum. Nackte Angst stand in seinem Gesicht. Wie gelähmt starrte er den Austin an, der neben ihm zum Stehen kam.

„Mann, Junge, bist du völlig verrückt geworden? Und wie siehst du aus?!", rief ihm ein korpulenter Mann, der schon aus dem Wagen gestiegen war, zu. Seine pausbackigen Wangen leuchteten wie zwei blankpolierte Äpfel.

„Ich?", fragte Peter völlig verwirrt.

„Glaubst du, ich führe Selbstgespräche?", lachte er schallend. Wie ein Wiesel schlich er um das Auto herum und öffnete die

Beifahrertür. Mit einer einladenden Handbewegung deutete er in das Auto. Peter bewegte sich keinen Inch von seinem Platz weg. Der Mann lachte wieder. „Na, na, keine Angst. Ich tu dir bestimmt nichts. Außer du bist dir zu schade mit einem Bauern in einem Auto zu sitzen. Obwohl…" Flink tänzelte er um Peter herum und rieb sich dabei seinen rechten Nasenflügel. „Dein Aufzug dürfte jedoch kaum mehr beanspruchen." Misstrauisch durchforschte Peter sein Gesicht, dann starrte er die Straße entlang. Wer wusste schon, wie weit er noch gehen musste? Zögernd setzte er sich in das Auto. Der Bauer schlug die Tür mit einem lauten Knall zu. Peter fuhr zusammen. Im Wagen roch es nach Kühen und Heu. Munter ließ sich der Bauer auf den Fahrersitz plumpsen. Er drehte den Zündschlüssel im Schloss und fuhr los.

„Mein Name ist Sam Young", plapperte er munter da rauf los. „Du bist nicht von hier, was?" Peter schüttelte langsam den Kopf.

„Wo befindet sich hier?" Es sollte spaßig klingen, was ihm jedoch misslang. Er spürte den forschenden Blick von Mr Young auf sich ruhen.

„Wohl verlaufen, was?" Peter nickte wiederum.

„Ein wenig." Mr Young musterte ihn.

„Wir sind in Derrygonelly." Peter konnte mit dieser Antwort nichts anfangen.

„Wo liegt Derrygonelly?", fragte er vorsichtig. Mr Young schüttelte verwundert den Kopf.

„Machen wir es anders. Wo willst du hin?"

„Garrison", antwortete Peter zögernd. Das Lächeln war zurück.

„Das ist nicht allzu weit von hier. Ich werde dich nach Haus bringen, mein Junge. Wo wohnst du denn?"

„Ich wohne bei Miss McAlister", antwortete Peter erschöpft.

„Kenn ich. Ich fahr dich hin." Die Kopfschmerzen ließen nicht nach. Das Adrenalin in seinem Blut war verebbt. Peter schloss die Augen. Mr Young begann von seinem älteren Sohn Toby zu erzählen, doch er bekam nur die ersten Sätze mit, dann schlief er ein.

„Wir sind da!" Mr Young schüttelte Peter an den Schultern. Schlaftrunken öffnete er die Augen. „Hier findet wohl eine Party statt, was?", fragte Mr Young gut gelaunt. In der Einfahrt standen vier Autos. Peter blinzelte irritiert. Eines der Autos kannte er. Es gehörte Inspektor Hardcourt. Die anderen drei waren ihm völlig unbekannt. Peter stöhnte. Er hatte jetzt wirklich nicht die Nerven, sich mit dem Inspektor herum zu schlagen. Alles was er sich wünschte, war eine heiße Dusche, etwas zu trinken und ein Bett.

„Vielen Dank, Mr Young. Ich weiß es sehr zu schätzen, dass Sie mich nach Haus brachten." Sie schüttelten sich die Hände.

„Keine Ursache mein Junge. Richte deiner Tante einen schönen Gruß von mir aus." Peter nickte, öffnete die Tür und stieg aus. Was hatten nur all diese Autos hier zu suchen? Mr Young wünschte ihm noch einen schönen Tag und fuhr davon. Peter winkte zum Abschied. Mit einem tiefen Seufzen drehte er sich zum Haus um. Er wusste nicht, ob er jetzt erleichtert sein sollte oder nicht.

Das Wohnzimmerfenster war beleuchtet. Miss McAlister hielt sich doch nur selten dort auf. Seltsam. Das sicherste war, die Lage erst einmal zu erkunden. Geräuschlos kletterte er über den Gartenzaun und huschte zur Hauswand. Gebückt schlich er sich zum Wohnzimmerfenster. Undeutliche Stimmen waren zu hören. Leise richtete er sich auf und spähte über die Fensterbank ins Innere. Inspektor Hardcourt lief unruhig mit den Armen gestikulierend im Zimmer auf und ab. Zwei Männer in schlichten, dunklen Anzügen beobachteten ihn aufmerksam. Peter schätzte beide um die fünfzig. Es mussten irgendwelche Beamte sein. Auf dem Sofa saßen Miss McAlister, Helena und Ian Artkinson und verfolgten den Inspektor. Peter schaute zum Bücherregal. Er blinzelte, traute seinen Augen nicht. Sie mussten ihm einen Streich spielen. Der Mann, der abwesend ein Buch in seinen Händen drehte, konnte nur eine Fata Morgana sein. Es konnte unmöglich...! Peter schüttelte seinen Kopf und schaute wieder in die Ecke. Doch seine Augen täuschten ihn nicht. Dort stand er tatsächlich. Dr. Franklin Barkley. Sein Freund und Kollege. Eine sorgenvolle Falte furchte die Stirn. Die Wohnzimmertür öffnete sich und eine weitere Person betrat den Raum. Stattlich, agil, attraktiv. Eine Aura von Autorität und Selbstbewusstsein umhüllte sie. Peters Herz wollte zu schlagen aufhören. Er spürte, wie das Blut aus seinen Wangen wich. Ihm wurde eiskalt. Wie magnetisiert starrte er die Person an. Und da war es auch schon passiert. Als hätte die Gestalt seinen Blick gespürt, sah sie zum Fenster. Erkennen blitzte in seinen dunklen, beinahe schwarzen Augen auf.

„Oh Gott!", hauchte Peter. Seine Muskeln zogen sich schmerzhaft krampfend zusammen. Sein Herz hämmerte gegen seinen Brustkorb. Mit einem Ruck löste er sich aus seiner Erstarrung und rannte los. Die Eingangstür flog auf. Peter hatte den Gartenzaun erreicht und kletterte darüber. Sein Mund war ausgedörrt. Er spürte, wie die

Gestalt schnell näher kam. Er wollte schneller laufen, doch kam es ihm vor, als hingen Bleigewichte an seinen Beinen. Er hatte gerade ein Stück der Wiese überquert, als er die Schritte und den Atem, der fast regelmäßig ging, hinter sich hörte. Schweiß rann ihm über die Schläfen. Seine Lungen brannten. Eine Hand packte ihn am Mantel. Er strauchelte, verlor das Gleichgewicht und fiel zu Boden. Schon spürte er das borstige Gras auf dem Gesicht. Sein Körper bebte vor Erschöpfung und Aufregung. Peter schnappte nach Luft. Mit dem Gesicht zum Boden gewandt, lag er da. Seine Finger umklammerten die Grasbüschel. Die Knöchel wurden bereits weiß. Der Verfolger stand über ihn. Schwere Blicke lasteten wie Eisengewichte auf ihm. Peter hielt die Augen fest geschlossen.

„Peter!", brach das Donnergrollen über ihn herein.

r bewegte sich nicht. Die Gestalt bückte sich zu ihm und berührte sanft seine dunklen Locken.

„Peter!" Die Stimme klang barsch und besorgt zugleich. Er kannte sie sehr wohl.

„Dad", flüsterte er ängstlich ertappt wie ein Kind, das wusste, dass die Strafe, die es erwartete, hart ausfallen würde.

„Beim Zeus, Peter!" Sir Julian stand auf und zog ihn auf die Beine. Ein paar dicke Regentropfen fielen vom Himmel.

„Ich wusste nicht, dass du kommen wolltest", murmelte Peter und wich seinem gestrengen Blick aus. Aus den Augenwinkeln sah er, wie sich die Haltung seines Vaters veränderte. Am liebsten hätte er wieder Reißaus genommen.

„Du begleitest mich jetzt zurück, Peter. Wir haben vieles zu klären. Und ich verspreche dir, mein Sohn, du wirst dieses Mal ganz schön Federn lassen." Mit eisernem Griff packte er Peter am Handgelenk und schleifte ihn mehr recht als schlecht zurück zum Haus. Jetzt wäre ein guter Zeitpunkt zum Sterben, entschied Peter, als ihn sein Vater ins Haus schob.

Sir Julian klopfte kurz an die Wohnzimmertür und trat forsch mit Peter im Schlepptau ein. Das Wohnzimmer wirkte wie eine Momentaufnahme. Kein Geräusch war zu hören. Niemand rührte sich von der Stelle. Ihre Gesichter sahen aus, als hätten sie soeben gesehen, wie ein Phönix der Asche entstiegen war. Peters Blick glitt forschend von einem zum anderen. Langsam verwandelte sich ihr Gesichtsausdruck von Schreck in Zorn. Inspektor Hardcourts Gesicht versteinerte zur Maske. Peter holte tief Luft. Ein Orkan würde nun über ihn hereinbrechen.

„Dr. Forgerson!", fauchte der Inspektor und deutete mit seinem Zeigefinger anklagend auf ihn. Peter versuchte sich aus dem Handgriff seines Vaters zu befreien.

„Guten Tag Inspektor Hardcourt. Es tut mir leid, Sie warten zu lassen. Sie hätten einen Termin mit mir vereinbaren können. Ihnen wäre diese Unannehmlichkeit erspart geblieben", erklärte Peter steif.

Inspektor Hardcourts Augen spuckten Feuer. Mit zwei Sätzen kam er ihm bedrohlich nahe. Sofort wich Peter zurück.

„Ersparen Sie mir Ihren ironischen Ton! Sie befinden sich momentan nicht im Vorteil herablassend zu sein. Ganz im Gegenteil!"

„Da stimme ich Ihnen völlig zu. Deine Bemerkungen sind deutlich fehl am Platz, Peter." Sir Julian machte keine Anstalten seinen Griff zu lockern. Langsam kroch ein ziehender Schmerz seinen Arm hoch.

„Ich habe viele Fragen und ich will sie alle beantwortet, ohne jeden dummen Kommentar, verstanden, Dr. Forgerson?!", herrschte ihn Inspektor Hardcourt an.

„Bevor ich nicht ein anständiges Bad genommen habe, werde ich keinerlei Aussagen machen. Egal, zu welchen Maßnahmen Sie greifen", erwiderte Peter mit gespielter Gleichgültigkeit. Er vermied es seinen Vater anzusehen. Inspektor Hardcourts Blick traf sich mit dem von Sir Julian. Der Starrsinn seines Sohnes war ihm zur Genüge bekannt.

„Sie können sich duschen. DS Ridway wird Sie nicht aus den Augen lassen."

„Wie bitte?", entsetzt riss Peter die Augen auf.

„Sie haben schon richtig gehört, Dr. Forgerson Ich möchte nicht, dass Sie wieder auf dumme Gedanken kommen." Er gab DS Ridway einen Wink, der sofort aufstand und eine Geste zur Tür machte.

„Bitte, Dr. Forgerson, nach Ihnen." Peter funkelte den Inspektor an, hielt es aber für besser, nichts zu erwidern. Endlich ließ sein Vater sein Armgelenk los. Mit erhobenem Haupt verließ er das Zimmer und rieb sich den schmerzenden Arm. DS Ridway blieb ihm dicht auf den Fersen. Was war in der Zwischenzeit hier nur vorgefallen? Unter ihren Augen fühlte er sich, als hätte er eine Todsünde begangen. Nachdenklich holte er Anzug, Krawatte, Hemd, Socken und Unterwäsche aus dem Schrank. DS Ridway hielt ihm drei große durchsichtige Tüten hin.

„Packen Sie alle Ihre Sachen in die Tüten hinein. Sie können sich im Badezimmer ausziehen. Die Tür bleibt offen", setzte er ihn in Kenntnis.

„Sergeant Ridway..."

„Hören Sie, Dr. Forgerson, tun Sie das, was man Ihnen sagt. Sie sind momentan nicht in der Situation Forderungen zu stellen." Ihre Blicke begegneten sich. Peter nahm ihm widerwillig die Tüten ab, ging ins Bad und schloss die Tür. Es dauerte keine halbe Minute, da stand sie offen.

„DS Ridway!", echauffierte sich Peter aufgeregt. Entsetzt starrte er auf die Einweghandschuhe, die der Sergeant mittlerweile trug. „Was…", stotterte er und wich zurück.

Ein Grinsen erschien auf den Lippen des Polizisten. „Ich weiß, wie ein Mann aussieht, Dr. Forgerson, machen Sie sich da mal keine Gedanken."

„Und Ihre Handschuhe?", stammelte Peter, dessen Herz ihm bis zum Hals schlug.

„Während Sie sich duschen, packe ich Ihren Mantel ein."

„Weshalb das alles?", verlangte Peter zu wissen und ließ den Sergeanten nicht aus den Augen.

„Sie wissen das besser als wir", antwortete ihm DS Ridway. „Bitte." Er deutete zur Dusche. Mit fahrigen Bewegungen zog sich Peter aus und verstaute seine Kleidung in den Tüten. Als er bei der Unterwäsche angelangt war, lächelte ihm DS Ridway gutmütig zu, reichte ihm ein Handtuch und drehte sich zum Schlafzimmer um. Dankbar befreite er sich von der Kleidung, wickelte schnell das Duschhandtuch um seine Hüfte und verpackte auch die Wäsche in eine der Tüten. Dann verschwand er in der Dusche. Erst als das warme, frische Wasser über seinen malträtierten Körper floss, konnten seine Muskeln und Nerven entspannen. Peter versuchte einen Reim auf die Delegation, die sich im Wohnzimmer zusammen gefunden hatte, um seinen Kopf rollen zu sehen, zu machen. Warum kamen Frank und sein Vater? Und wer waren die beiden unbekannten Herren? Weshalb schienen sie alle so wütend auf ihn zu sein? Hatte Mr Corrigan eine Beschwerde gegen ihn eingereicht? Oder noch schlimmer, zeigte ihn Dr. Penell wegen Einbruchs an? Beim Einseifen bemerkte er einige rötliche Stellen an seinem linken Unterarm. Vorsichtig berührte er die Stellen. Sofort durchfuhr ihn ein stechender Schmerz. Es waren eindeutig Einstiche von Injektionsnadeln, die sich entzündet hatten. Krampfhaft versuchte er sich zu erinnern, woher diese Einstiche stammten. Doch es war zwecklos. Entnervt seufzte er, drehte das Wasser aus und zog das Handtuch vom Haken.

„Dürfte ich erfahren, weshalb Inspektor Hardcourt so wütend auf mich ist?", fragte er, bekam jedoch keine Antwort. Ohne die Dusche zu verlassen, kleidete er sich an. Mit Socken und einem Handtuch bewaffnet, trat er aus der Dusche und fand DS Ridway mit verschränkten Armen auf der Toilette sitzen. Sein Blick durchbohrte ihn. Neben ihm befanden sich die vier gefüllten Tüten.

Er fühlte sich wesentlich besser. Peter schlüpfte in die Socken und rubbelte mit dem Handtuch die nassen Haare so gut als möglich trocken. Er wiederholte seine Fragen, ohne jeden Erfolg.

„Wenn Sie mir keine Antwort geben möchten, bitte. Ich werde Sie nicht weiter belästigen", knurrte er und griff nach dem Föhn. DS Ridway erhob sich.

„Ich denke, wir gehen jetzt nach unten, Dr. Forgerson. Sie werden erwartet." Beide tauschten herausfordernde Blicke.

„Sofort", erwiderte Peter und knöpfte die ärmellose Weste zu. Dabei glitt seine Hand zur Westentasche, wo sonst immer seine Taschenuhr steckte. Sogleich hielt er inne. Ein Stich traf ihn ins Herz. Sein Blick huschte zu dem Sergeanten, der ihn nicht aus den Augen ließ. Sogleich ließ er die Hand fallen und band sich mit gespielter Gelassenheit die Krawatte. Beim Zeus! Die Taschenuhr musste sich im Besitz von Dr. Penell befinden. Es wäre nicht so wichtig, doch diese Uhr hatte ihm sein Vater zu seiner bestandenen Doktorarbeit geschenkt.

„Gehen wir." DS Ridway hob die Tüten auf und deutete zur Tür. Peter trat ins Schlafzimmer, schlüpfte in ein paar schwarze Halbschuhe.

„Könnte ich nicht schnell meine Haare föhnen?" fragte er. Nur ein paar Minuten Aufschub, bevor er seinem Vater begegnen musste.

„Die trocknen sicher von allein, Lord Cunningham", erwiderte DS Ridway. Peters Gesichtsausdruck verdunkelte sich sogleich.

„Es ist nicht nötig, mich mit meinem Adelstitel anzusprechen", erwiderte er.

„Nun Mylord, dies wird nicht von allen Seiten so betrachtet." Hatte sein Vater dieses leidige Thema wieder auf den Tisch gebracht? Als wäre es nicht schon schwierig genug der Sohn eines Großindustriellen zu sein, nein, er musste auch noch seinen Adelstitel hervorheben, dem ihm die Queen vor einem halben Jahr verliehen hatte! Und das nur, weil er ein paar Menschen das Leben rettete. Es war reiner Zufall gewesen. Zur falschen Zeit am falschen Ort. Peter kam damals zu einem schweren Autounfall. Ein Bus brannte. Kinder befanden sich noch im Inneren des Fahrzeuges. Er hatte nicht lange überlegt. Sein Leben war ihm damals nicht allzu viel wert gewesen. Sollte er bei dem Rettungsversuch sterben, würde er es wenigstens in Würde tun. Und so kam es, dass wie durch ein Wunder alle überlebten. Die Presse schrie praktisch nach einem Helden und so gaben sie ihnen einem. Gute Publicity konnte das

Königshaus brauchen, besonders nach den Entgleisungen ihres dritten Prinzen. Und da die Forgersons über einige Ecken verwandt waren, nutzte man die Gunst der Stunde. Wie er diesen Titel verabscheute! All das Gerede über Vorbild für andere, Pflichten gegenüber dem Land, ein Aushängeschild der Nation. Waren das nicht Sir Paul McCartney oder Sir Anthony Hopkins? Und da gab es auch noch Sir Elton John. Sie konnten dieses Amt wesentlich besser bekleiden als er. Peter hatte inständig gehofft, dass über diese Angelegenheit Gras wachsen würde. Doch es machte wohl nicht den Eindruck. Mit einem bösen Funkeln in den Augen entgegnete er DS Ridway: „Ich lege keinen Wert auf diesen Titel und ich bin mir sicher, dass sich auch niemand hier in Nordirland dafür interessiert."

„Nun, Mylord, wie mir scheint, irren Sie sich dies bezüglich." Er machte eine tiefe Verbeugung und amüsierte sich dabei köstlich. Peter kochte vor Wut. Vom Gang her hörte man schon Stimmen, die sich angeregt unterhielten. DS Ridway ging die Treppe herunter und wartete so lange, bis Peter neben ihm stand. Dann erst klopfte er zweimal energisch an. Inspektor Hardcourt öffnete ihnen. Peters erster Blick fiel auf Helena. Sie trug ihre Haare hochgesteckt. Nun kam ihr schlanker Hals zur Geltung. Ihre grünen, klaren Augen blickten ihn sorgenvoll an. Peter durchlief ein Schauer. Sie war eine Schönheit. Neben ihr saßen immer noch Ian und Miss McAlister. Ian stierte ihn vorwurfsvoll an. Er hatte einen Arm um seine Tante gelegt, mit der anderen umschloss er fest Helenas Hand. Die beiden fremden Männer beobachteten ihn neugierig. Peters Blick wanderte zu seinem Freund Frank, der immer noch das Buch in seinen Händen hielt. Er musste sich nicht anstrengen, um in seinem Gesicht zu lesen. ‚Das Dümmste, was du tun konntest', stand darin. Und als würde er seine Gedanken lesen, schüttelte er resigniert den Kopf.

„Würdest du dich bitte setzen, Peter?" Erschrocken fuhr er herum. Sir Julian stand hinter der Tür und hatte seinen Sohn die ganze Zeit beobachtet. Peters Magen zog sich zu einem schmerzenden Klumpen zusammen. Sein Blick glitt durch das vollbesetzte Zimmer. Der Ohrensessel, der zuvor in der Nähe des Bücherregals stand, befand sich jetzt in der Nähe des Fensters. Das Licht der Deckenlampe fiel direkt darauf. Der einzige, unbesetzte Platz. Es gab kein Missverständnis, welche Position der Sessel darstellte: die Anklagebank. Peter schluckte trocken.

„Ich würde lieber...", setzte er an, doch wurde er sogleich von seinem Vater im Befehlston unterbrochen: „Setz dich, Peter."

Widerstrebend kam Peter seiner Aufforderung nach. Jetzt war er der Mittelpunkt des Geschehens. Inspektor Hardcourt schritt im Zimmer auf und ab. Niemand sagte ein Wort. Plötzlich blieb er stehen und fixierte ihn.

„Ich möchte wissen, was am Samstagabend vorgefallen ist." Drohend hob er den Zeigefinger. „Ich warne Sie, Dr. Forgerson, wagen Sie es nicht, mir wieder mit irgendwelchen Geschichten zu kommen!" Der Inspektor war auf das äußerste gereizt. Peter hatte jedoch nicht vor, etwas über seine Erlebnisse der vergangenen Stunden Preis zu geben. Er musste sich schnell eine glaubhafte Geschichte ausdenken. „Nun, dann beginnen Sie mal zu erzählen", forderte ihn DS Quaritsh auf, öffnete sein Notizbuch und zog einen Stift aus seiner Jacketttasche. Die Beamten folgten seinem Beispiel. Peter seufzte, dann begann er zu erzählen: „Ich hatte vor nach Belfast zu fahren."

„Mitten in der Nacht? Mit dem Fahrrad?", unterbrach ihn Inspektor Hardcourt ärgerlich.

„Hätte ich den Wagen genommen, wäre das Miss McAlister bestimmt aufgefallen und ich wollte sie keinesfalls beunruhigen."

„Peter", ermahnte ihn sein Vater.

„Darf ich jetzt die Ereignisse so schildern, wie sie sich zugetragen haben, die wohl zu diesem unglücklichen Missverständnis führten?", fragte er ungeduldig.

„Fahren Sie fort", knurrte der Inspektor.

„Gut." Peter sah jeden der Reihe nach an. Sie mussten seine Geschichte, die er ihnen aufzutischen gedachte, glauben. „Ich fuhr mit dem Rad ins Dorf. Dort habe ich ein Taxi hinbestellt, das mich nach Belfast bringen sollte."

„Kein Taxi der Welt kommt mitten in der Nacht von Omagh oder Enniskillen nach Garrison", belehrte ihn DS Ridway.

„Ich habe das Taxi auch nicht während der Nacht bestellt. Sondern schon am Nachmittag", konterte Peter verdrießlich.

„Weiter", forderte Inspektor Hardcourt ihn ungerührt auf. Er tauschte einen wissenden Blick mit DS Ridway. Peters Augenbrauen zogen sich kritisch zusammen.

„Sie glauben mir nicht", brummte er.

„Erzählen Sie weiter." Er stand nun am Schreibtisch, verschränkte seine Arme über der Brust und lehnte sich entspannt dagegen.

„Nun, es war ziemlich spät, als ich in Belfast ankam. Ich machte mich auf den Weg zum Polizeihauptquartier. Kurz vor dem Eingang bemerkte ich, dass ich das Dokument, weswegen ich den langen Weg machte, zu Haus liegen gelassen hatte. Der ganze Weg war umsonst."

„Ziemlich ungeschickt von Ihnen, Dr. Forgerson", warf DS Ridway spöttisch ein und sah ihn an. Frank verdrehte die Augen und richtete sie im stillen Gebet zur Decke.

„Was haben Sie nach Ihrer Entdeckung getan?", verlangte Inspektor Hardcourt zu wissen. Peter gestand kein Taxi mehr gefunden zu haben. Ihm blieben nur drei Möglichkeiten. Am Bahnhof auf den morgendlichen Zug zu warten oder sich in einer Disco die Zeit zu vertreiben. Und da gab es noch die Pension. Er wusste, dass sich seine Geschichte nicht besonders glaubhaft anhörte.

„Unentschlossen stand ich auf dieser Straße, mir gegenüber diese Pension, als mich ein Geistesblitz traf. Ich machte mich auf den Weg ins Krankenhaus." Peter spürte den forschenden Blick seines Vaters auf ihm lasten.

„Zum Krankenhaus?" Der Inspektor schüttelte ungläubig den Kopf.

„Aber sicher", fuhr er eifrig fort. „Erinnern Sie sich noch an die Hebamme Miss Holder?" Er wartete eine Antwort nicht ab. „Wir haben darüber gesprochen, wo sie zuletzt gearbeitet hatte. Ich hoffte, hier ein paar neue Aufschlüsse über einige noch ungestellten Fragen zu erlangen." Peter richtete seine Worte an Sergeant Ridway. „Mir ist etwas unwohl. Könnte ich wohl bitte ein Glas Wasser haben?" Schon war Miss McAlister auf den Beinen. Peter glaubte eine Veränderung auf den Gesichtern seiner Zuhörerschaft wahrgenommen zu haben. Die Geschichte erschien jetzt wesentlich glaubhafter. Miss McAlister kam zurück und reichte ihm wortlos das Glas. Danach gesellte sie sich zu Ian und Helena. Peter trank das halbe Glas leer. Verschwommene Bilder tauchten vor seinem inneren Auge auf. Dunkelheit umgab ihn, etwas Kühles, Glattes berührte seine Lippen... Einen Moment später war der Spuk vorbei und er fand sich in dem kleinen Wohnzimmer wieder. Irritiert blinzelte er ein paarmal.

„Wir sind ganz Ohr", erklärte Inspektor Hardcourt und setzte sich auf die Tischkante. Peter räusperte sich und fuhr mit seiner Geschichte fort: „Ich ging ins Krankenhaus und musste feststellen, dass das Büro und das Archiv nicht besetzt waren."

„Seltsam." DS Ridway konnte sich den Kommentar nicht verkneifen. Peter warf ihm einen vernichtenden Blick zu und fuhr unbeirrt fort. Er erinnerte sich von einer Demonstration am Samstagabend gegen den Oranierorden gelesen zu haben. Also probierte er einen Schuss ins Blaue.

„Nach der Demonstration am Abend herrschte im Krankenhaus Tumult. Es wäre ein Unding gewesen, in dieser Situation jemanden zu behelligen. Ein Taxi zu finden, war aussichtslos. So trampte ich. Ein junger Bursche nahm mich bis nach Enniskillen mit und dort habe ich mich zu Fuß auf den Weg gemacht. Bei einer Abkürzung, die ich nehmen wollte, verlief ich mich dann übel. Irgendwann traf ich auf eine Landstraße, wo mich ein Bauer aus der Gegend aufsammelte und herbrachte."

„Und warum sind Sie davongelaufen, als Sie durch das Fenster sahen?" Peter warf seinem Vater einen flüchtigen Blick zu, bevor er antwortete: „Ich erkannte meinen Vater."

„Ja, und?", verlangte Inspektor Hardcourt wissen.

„Ich wollte nicht gleich wieder eine Konfrontation mit ihm", gestand er kleinlaut. Sir Julian nickte bestätigend. Sergeant Ridway und der Beamte hatten derzeit fleißig mitgeschrieben. Jetzt, als die Geschichte beendet war, hob er den Kopf. Sergeant Ridway konnte sein spöttisches Grinsen nicht verbergen. Peter wusste nicht genau, wie er dieses Häme zu deuten hatte. Immer noch ruhten alle Augen auf ihm. Irgendetwas lief völlig falsch. Sir Julian fasste beiläufig in seine Jackentasche und fragte: „Peter, wo ist eigentlich deine Taschenuhr verblieben?" Peter wurde bleich. Ihm war es also nicht entgangen. Das Herz begann in seinem Brustkorb zu hämmern. Die Hände hatten sich zu Fäusten geballt.

„Ich glaube, ich habe sie verloren", antwortete er kleinlaut.

„Wo?", wollte Inspektor Hardcourt wissen.

„In Belfast, vermute ich. Möglicherweise ist sie mir auch im Krankenhaus abhandengekommen." Sir Julian war mittlerweile hinter den Ohrensessel getreten. Peters Körper verkrampfte sich. Die Wunden der Injektionen schmerzten. Unbewusst legte er seine leicht zitternde Hand schützend auf eine dieser Stellen.

„So, so", grummelte sein Vater. Er hörte, wie Stoff raschelte, doch wagte er sich nicht umzudrehen. „Verloren also." Sir Julian nahm seine Hand aus der Jackentasche. Er hatte sie zur Faust geballt. Frank richtete seinen Blick zur Zimmerdecke und schüttelte abermals den Kopf.

„Es tut mir schrecklich leid", murmelte Peter kaum hörbar. Sein Vater streckte die Faust über seinen Kopf und öffnete sie dann. Peter stockte der Atem. Vor seinen Augen baumelte, an einer silbernen Uhrkette die Taschenuhr.

„Nun, Peter, wie kannst du mir erklären, wie diese Uhr in meinen Besitz geraten ist?", fragte er mit zuckersüßer Stimme. Peters Körper wurde zur Salzsäule. Seine rechte Hand umklammerte immer noch die entzündete Stelle.

„Woher hast du sie?", wisperte er alarmiert.

„Sie wurde mir per Express zugesandt", erklärte Sir Julian gutgelaunt und kam um den Sessel herum. Er ging vor Peter in die Hocke. Peter wagte nicht ihn anzusehen. Er fixierte einen Punkt am Boden. Kalter Schweiß trat auf seine Stirn. Er fühlte sich elend. Eine warme, starke Hand schob sein Kinn hoch. „Sieh mich an, Peter!", befahl Sir Julian streng und schaute in das bleiche Gesicht seines Sohnes. Er ließ die Uhr an der Kette schwingen, ohne jedoch den Blick von Peter zu wenden. „Die ehrlichen Finder..." Sein Sarkasmus war unüberhörbar.

„...haben mir auch noch ein paar freundliche Zeilen zukommen lassen. Frank?" Frank hob frustriert die Schultern und nahm das Blatt Papier, das in eine Folie eingeschweißt auf dem Tisch lag. Er las laut vor:

„Wenn Sie Ihren Sohn lebend wiedersehen wollen, dann kommen Sie schleunigst nach Garrison. Das wird nicht billig. Weitere Instruktionen folgen. Sollten Sie sich nicht an unsere Spielregeln halten, können Sie eine wunderschöne Beerdigung arrangieren. Sie hören von uns."

Peter schluckte leer. „Aber, aber...", stotterte er verzweifelt.

„Jetzt überlege genau, mein Junge, was du sagst", warnte ihn Sir Julian. Er stand auf, stemmte seine Hände in die Hüften und sah ihn aus großen, schwarzen Augen an. Peter wurde in dem Sessel zu einem Häufchen Elend.

„Na, dann mal los, Dr. Forgerson!" Inspektor Hardcourt hatte sich drohend hinter Sir Julian aufgebaut. Peter sah sich hilfesuchend um. Frank schüttelte nur den Kopf. Ian hob die Schultern, Miss McAlister starrte den Boden an und Helena spielte abwesend mit einem Fussel auf ihrer Hose. Er konnte von ihm also keinen Beistand erwarten. Sein Blick fiel auf den Arztkoffer, der neben der Couch stand. Peter holte tief Luft. Was sollte er sagen? Dass er bei Dr. Penell eingedrungen war? Seine linke Hand presste sich fest auf die Wunde. Der Schmerz zog stechend den Arm hoch.

„In Ordnung", begann er ruhig. „Ich hatte vor Miss Artkinson zu treffen." Er klang alles andere als selbstbewusst. Inspektor Hardcourt schob die Hände in die Hosentaschen.

„Weiter." Die Stifte von Sergeant Ridway und des anderen Beamten im Nadelstreifenanzug kratzten über die Blöcke.

„Ich nahm das Fahrrad und fuhr ins Dorf. Es war schon ziemlich spät."

„Warum wurde das Rad an der Post abgestellt?", fragte Sergeant Ridway dazwischen.

„Nun…" Peter hob leicht den Kopf. Sir Julian hatte sich zum Fenster begeben. Er stand angelehnt am Fensterbrett, seine Arme über der Brust gekreuzt. Sein Blick ruhte mit Argusaugen warnend auf ihm. ‚Nur keine Lügen mehr!', schienen sie zu sagen. Eine Gänsehaut überzog seinen Rücken. Beim Zeus! Er war schon immer ein schlechter Lügner gewesen und das würde sich in diesem Moment nicht ändern. Nervös leckte er über seine trockenen Lippen.

„Als ich im Dorf ankam, war ich von meinem Vorhaben nicht mehr ganz überzeugt", fuhr er zögernd fort. Helena hielt mit ihrem Fusselspiel inne. Wenn sie jetzt etwas über das nächtliche Treffen, das er vereinbart hatte, fallen lässt, war er endgültig geliefert! Sie öffnete den Mund. Peter hörte zu atmen auf. Für einige lange Sekunden starrte sie ihn an, schloss den Mund wieder und wandte sich dem Fussel zu.

„Wollten Sie etwas sagen, Miss Artkinson?", fragte Inspektor Hardcourt, dem ihre Reaktion nicht entgangen war. Sie schüttelte ihr dunkles Haar.

„Nein, Inspektor." Dabei sah sie Peter in die Augen. Inspektor Hardcourt deutete mit einer Geste an, Peter solle fortfahren. Wo war er stehen geblieben? Fieberhaft versuchte er sich an seine letzten Worte zu erinnern.

„Weiter!", herrschte er ihn an.

„Weiter?" Seine Stimme schwankte.

„Als Sie ins Dorf kamen, waren Sie sich nicht mehr sicher, ob Sie mit Miss Artkinson sprechen wollten oder nicht", erinnerte ihn der Beamte gelangweilt.

„Ach ja." Peter spürte den Schweiß auf seiner Stirn. „Es war eben schon ziemlich spät. Ich stieg vom Rad und stellte es wohl abwesend bei der nächsten Gelegenheit ab. Unschlüssig ging ich ein paar Schritte hin und her, als mich plötzlich jemand grob von hinten packte. Mir wurde beinahe im gleichen Augenblick ein Lappen, der mit einer beißenden Flüssigkeit getränkt worden war, auf Mund und Nase gepresst. Daraufhin verlor ich sogleich die Besinnung. Jedenfalls kann ich mich an nichts weitere erinnern."

„Haben Sie jemanden gesehen? Irgendetwas Sonderbares bemerkt, bevor Sie bewusstlos wurden?", fragte ihn einer der Beamten. Resigniert schüttelte er den Kopf.

„Das Nächste, an das ich mich erinnern kann ist, dass ich in einem staubigen, verwahrlosten Raum mit spärlichen Mobiliar erwachte."

„Wer wusste, dass Sie zu so später Stunde das Haus verlassen wollten?" Ian hob ruckartig den Kopf.

„Ich habe es niemandem erzählt", log er.

„Und warum konnte man Ihnen dann auflauern?"

„Das kann ich Ihnen nicht sagen. Vielleicht wurde ich beschattet." Inspektor Hardcourts Gesichtsausdruck verfinsterte sich deutlich.

„Das ist das Dümmste, das Sie mir bis jetzt erzählt haben!", schnaubte er. Peter hob protestierend die rechte Hand.

„Wer sollte Sie denn beschatten lassen?", Inspektor Hardcourts Augen funkelten angriffslustig.

„Möglicherweise der Kerl, der Mrs Negley und mich zusammengeschlagen hat", entgegnete Peter scharf. „Oder vielleicht der Kerl, der diesen Brief an mich schrieb, mit dem er mich belasten wollte. Es könnte aber auch derjenige gewesen sein, der den Hund von Miss Holder vor mein Auto legte. Ich denke, diese Auswahl an Tätern sollte vorerst einmal genügen." Sir Julians Gesicht wurde zur eisernen Maske. Er wollte seinen Ohren nicht trauen. Konnte man den Jungen nicht einen Tag allein lassen, ohne dass er sich in das nächste Sherlock Holmes Abenteuer stürzte? Der Inspektor hob eine Mausefalle, an dem ein Lumpen hing, demonstrativ in die Höhe.

„Stammt dieses Ding auch von einem dieser Kerle?" Irritiert sah Peter ihn an. Wo hatte er dieses Ding wieder ausgegraben?

„Möglich", stimmte er murmelnd zu.

„Niemand hier in dieser Gegend hat in der letzten Zeit einen hochgewachsenen, starken Fremden gesehen."

„Also habe ich diese Entführung selbst inszeniert?", ereiferte sich Peter aufgebracht. Mit ein paar schnellen Schritten war er bei Peter. Er umfasste mit beiden Händen die Armlehnen des Sessels und beugte sich zu ihm vor. Sein Gesicht war nur noch Haaresbreite von Peters entfernt. Peter versank tiefer im Sessel.

„Sie kennen Ihren Entführer ganz genau, Dr. Forgerson! Ich weiß es und Sie wissen es. Also raus mit der Sprache oder ich verliere das letzte Fünkchen an Geduld, das ich noch besitze!", zischte er. Peter sah ihn ausdruckslos an.

„Ich habe ihn nicht gesehen", beteuerte er fest. „Es ging alles blitzschnell. Wie aus heiterem Himmel brach es über mich herein." Sein Puls ging schneller. Der Inspektor veränderte seine Position nicht.

„Sagen Sie mir seinen Namen", beharrte er stur. Peter hatte die Augen geschlossen. Er spürte den heißen Atem des Inspektors. Er öffnete den Mund, doch bevor er irgendetwas sagen konnte, wurde er von einem der Beamten unterbrochen.

„Ich würde mir gern Ihren linken Arm ansehen", erklärte er freundlich.

„Meinen Arm?", flüsterte Peter völlig verstört.

„Ja. Es dauert nicht lange", versprach er wohlwollend. Peter öffnete die Augen und sah hilfesuchend zu Frank hinüber, der nur mit den Schultern zuckte. Erst jetzt bemerkte er, dass seine rechte Hand wieder die Linke umklammerte.

„Darf ich fragen, wer Sie sind?"

„Dr. Foster. Ich arbeite für die Kripo Belfast", stellte er sich freundlich vor. Der Beamte kam mit der Arzttasche zu ihm herüber und ging vor ihm in die Knie.

„Ich weiß wirklich nicht, welchen Zweck dies erfüllen könnte", protestierte Peter vergeblich.

„Es ist von Bedeutung, Dr. Forgerson, glauben Sie mir. Sie brauchen keine Angst zu haben, es wird nicht wehtun." Er knöpfte Peters Hemdsärmel auf. Peters Hand, die immer noch auf einer der entzündeten Stellen lag, nahm er behutsam zur Seite. Er entblößte seinen Unterarm und die roten Flecken kamen zum Vorschein. Peter wich dem Blick seines Vaters aus.

„Es wurden Ihnen fünf Injektionen verabreicht", erklärte der Beamte fachkundig. „Ein Einstich liegt schon einige Zeit zurück, der letzte dürfte noch keine zwölf Stunden alt sein." Er strich mit dem Zeige- und Mittelfinger über die entsprechende Stelle. Peter verzog schmerzhaft das Gesicht. Er öffnete die Tasche und entnahm ihr eine Flasche mit klarer Lösung, eine Tüte mit Watte und ein Päckchen mit einer eingeschweißten Spritze. „Ich werde eine Blutprobe nehmen", bemerkte er und nahm einen Wattebausch aus der Tüte, den er dann mit dem Desinfektionsmittel tränkte.

„Wie bitte?", stieß Peter entsetzt aus. Sein Gesicht wurde aschgrau.

„Das ist vollkommen unnötig", versicherte er panisch. „Man wird das hier benutzte Beruhigungsmittel im Blut nicht mehr feststellen können. Dies ist nur ein unnötiger Zeit- und Geldaufwand." Der Arzt klopfte ihm aufmunternd auf die Schulter.

„Es gibt keinen Grund zur Furcht, Dr. Forgerson. In ein paar Minuten ist alles vorüber." Peter wurde eiskalt. Er versank tiefer im Sessel. Sein Magen war ein einziger schmerzhafter Klumpen. Panisch beobachtete er den Arzt, wie er die Stelle reinigte. Eine Arbeit, die wohl jedem Mediziner in Fleisch und Blut überging. Plötzlich tauchte das Gesicht von Dr. Penell vor seinen Augen auf. Er wirkte so real, ebenso das hämische Grinsen auf seinen Lippen, als stünde er tatsächlich vor ihm und wäre im Begriff sich über ihn zu beugen, um ihm die Injektionsnadel zu verpassen.

„Bitte nicht!", flehte Peter. Tränen traten in seine Augen.

„Es ist wirklich keine Affäre", versicherte der Arzt und packte die Spritze aus.

„Nein!", schrie Peter laut. Er wollte aufspringen, doch Sergeant Ridway hatte ihn bereits bei den Schultern gepackt. Mit sanfter Gewalt drückte er ihn zurück in den Sessel. Der zweite Beamte umklammerte beide Handgelenke und hielt ihn fest. Es gab kein Entrinnen. Peter spürte, wie die Nadel schmerzhaft in seine Haut eindrang. Er hörte, wie Dr. Penell schadenfroh lachte. Nach einem kurzen Moment stieg ihm ein beißender Geruch in die Nase. Stimmen schienen aus der Ferne mit ihm zu sprechen. Sein rechter Arm pochte. Benommen öffnete er die Augen und starrte in sieben Augenpaare, die alle auf eine Reaktion von ihm warteten. Der Arzt, der die Blutprobe genommen hatte, lächelte ihm aufmunternd zu.

„Alles wieder in Ordnung, Dr. Forgerson." Er schraubte ein kleines Fläschchen zu. Sorgfältig verstaute er die Kanüle mit dem Blut in seiner Tasche. Inspektor Hardcourt nickte zufrieden nach einem Blick auf das Häufchen Elend, das im Sessel kauerte.

„Das Blut muss auf dem schnellsten Weg analysiert werden, ebenfalls die Kleidung, die Dr. Forgerson zum Zeitpunkt der Tat trug", erklärte der zweite Beamte und stand auf.

„Wir werden uns sofort darum kümmern. Ich denke, Dr. Forgerson benötigt jetzt etwas Ruhe, damit er das Geschehene verarbeiten und seine Gedanken ordnen kann." Er machte eine Geste zu Helena und Ian, die den Wink mit dem Zaunpfahl schon begriffen hatten. Helena warf Peter einen missmutigen Blick zu und folgte Ian und den Beamten, ohne ein Wort zu verlieren.

„Ich werde ihm etwas zu Essen machen", schlug Miss McAlister vor und verließ umgehend das Zimmer.

Peter zog seine Beine hoch, schlang die Arme um sie und ließ niedergeschlagen den Kopf auf die Knie sinken. Nur das Ticken der Uhr war zu hören. Frank warf Sir Julian einen forschenden Blick zu, ging dann zu Peter hinüber und berührte ihn sachte am rechten Oberarm. Als hätte Peter einen Stromschlag erlitten, zuckte er zusammen.
„Sie sind weg, Peter. Alle." Frank seufzte resigniert. „Dieses ganze Desaster ist ja wieder typisch für dich. Du kannst es einfach nicht lassen, nicht wahr?" Sir Julian schritt zum Fenster, drehte sich jedoch sogleich zu Peter um. Sein Ärger kam nur zu deutlich zum Vorschein. „Du schaffst es keine zwei Wochen ein ganz normales Leben zu führen!" Peter hob den Kopf. Spuren von Tränen glitzerten auf seinen Wangen.
„Was willst du damit sagen?", fragte Peter scharf.
„Das weißt du haargenau." Sir Julians Augen färbten sich dunkel. „Sieh dir doch die Bescherung an! Kaum bist du hier, geht es drunter und drüber. Zuerst gerätst du in ein Haus, indem eine Frau überfallen wird, danach findest du eine Leiche im See. Und bald darauf begeht die Frau, die überfallen wurde, Selbstmord. Damit aber nicht genug. Ein paar Tage später wird auf dem Friedhof ein Kindergrab geschändet und irgendein Verrückter will Miss Artkinson in die Luft sprengen. Und zu guter Letzt wirst du entführt. Sag mir bitte jetzt bloß nicht, dass du für all diese Ereignisse nicht verantwortlich bist. Ich kenne deine sogenannten Ermittlungen nur zu gut. Beim Zeus, Peter, du bist Anwalt der Krone, kein Polizist bei der Kriminalpolizei! Und schon gar nicht Sherlock Holmes! Will das denn nicht in deinen verfluchten Schädel gehen?!"
„Sir Julian, vielleicht tun Sie ihm dieses Mal wirklich Unrecht. Peter hat die Umstände hier vorgefunden und nach seinem besten Gewissen gehandelt", verteidigte ihn Frank. Er hielt immer noch das Buch in seiner Hand.
„Frank, Sie und ich wissen genau, wer diese Umstände hervorruft. Peter ist keineswegs durch Zufall auf diese sogenannten Umstände getroffen." Sein Blick ruhte unheilvoll auf Peter. Es klopfte und Miss McAlister kam mit einem Teller belegter Brötchen ins Zimmer. Sie reichte Peter den Teller und wisperte ihm ins Ohr: „Es tut mir leid." Ihre Blicke trafen sich. Sofort sah sie von ihm weg und verließ das Zimmer. Peter starrte die Sandwiches an.
„Iss jetzt", befahl Sir Julian. Unschlüssig nahm er ein Brot und drehte es in den Händen.

„Ich bin eigentlich nicht hungrig", murmelte er und wollte das Sandwich zurück auf den Teller legen, doch der strenge Blick seines Vaters ließ ihn inne halten.

„Du isst jetzt die Brote und erst danach werden wir uns über diese Situation, in der wir uns momentan befinden, unterhalten." Sir Julian ging zur Tür. „Ich habe derweilen ein paar wichtige Telefonate zuführen." Sein Vater warf ihm einen warnenden Blick zu, dann richtete er seine Worte an Frank: „Sie sorgen bitte dafür, dass Peter etwas zu sich nimmt. Ich bin gleich zurück." Er nickte ihm kurz zu und öffnete die Tür. Angewidert starrte Peter die Brötchen an.

Er warf Peter nochmals einen grimmigen Blick zu, dann fiel die Tür hinter ihm ins Schloss. Frank ließ sich auf das Sofa fallen.

„Du sollst das Brot nicht anstarren, sondern essen", ermahnte er ihn. Peter funkelte ihn an und biss schließlich lustlos in das Brötchen.

„Mein lieber Freund!", seufzte Frank und legte die Füße hoch.

„Ich würde nur allzu gern wissen, weshalb alle so ein Riesenaufhebens wegen ein paar Stunden machen, die ich verschwunden war", grummelte Peter über seinen Brötchen.

„Ein paar Stunden?!", echote Frank ungläubig. „Ich weiß ja nicht, Peter, welches Zeitgefühl du besitzt, aber drei Tage kann man wohl kaum noch als ein paar Stunden bezeichnen."

„Drei Tage?", wiederholte Peter überrascht und stand auf. Ihm fiel der Arztkoffer auf, der neben dem Sofa stand. „Die Tasche hat wohl, dieser Arzt vergessen", bemerkte er nachdenklich und stellte den beinahe unberührten Teller auf dem Beistelltisch ab. Frank nahm eines der Sofakissen, schüttelte es auf, legte es zurück an seinen Platz und machte es sich gemütlich.

„Nein, dieser Koffer gehört deinem Vater."

„Meinem Vater?" Peter hob ihn vom Boden hoch und war überrascht über dessen Gewicht.

„Richtig." Frank schloss die Augen.

„Und welchen Zweck erfüllt diese Tasche?" Peter wurde allmählich über Franks laxe Gesprächsführung ärgerlich. Musste er ihm alles aus der Nase ziehen?

„Diese Tasche enthält eine Million Pfund Sterling. Das Lösegeld, das für dich gefordert wurde", klärte Frank ihn müde auf. Peter blieb fast die Luft weg.

„Wie?!", hauchte er völlig benommen. „Eine Million!", wiederholte Peter flüsternd und konnte es nicht fassen.

„Korrekt. Ein ganz hübsches Sümmchen, wenn du mich fragst." Mit zitternden Fingern öffnete er den Koffer und starrte auf die gebündelten, gebrauchten zehn und zwanzig Pfundnoten. Der Koffer war bis zum Rand gefüllt worden.

„Beim Zeus! Das ist völlig irrsinnig! Wie ist es nur möglich, sich auf so eine immense Summe einzulassen?! Jeder, der so viel Geld bezahlt, gehört selbst vor Gericht. Kein Wunder, dass Entführungen immer wieder stattfinden, wenn es ein so einträgliches Geschäft ist!", schimpfte er. Jedoch musste er eingestehen, dass er erst vor einigen Wochen selbst einen hohen Einsatz für eine Entführung zahlte. Die Tür öffnete sich und Sir Julian betrat den Raum. Peter hob den Kopf und funkelte seinen Vater an.

„Ein beeindruckender Anblick, nicht wahr?" Sir Julian kam zu seinem Sohn herüber und betrachtete das Geld. Es klopfte an der Tür. Miss McAlister stand schüchtern im Türrahmen.

„Ich wollte nicht stören, Mylord, aber ich dachte, vielleicht hätten Sie noch Wünsche."

„Das ist sehr aufmerksam von Ihnen, Miss McAlister, aber wir sind bestens versorgt." Er wandte sich an Peter: „Du gehst jetzt hoch und packst deine Sachen. In sieben Stunden geht unser Flug." Erschreckt ließ Miss McAlister die Türklinke los.

„Wie?" Peter war wie vor dem Kopf gestoßen.

„Du hast schon richtig gehört, wir werden heute nach Hause fliegen und diese ganze missliche Geschichte hinter uns lassen", belehrte ihn Sir Julian, als hätte er ein begriffsstutziges Kind vor sich. Miss McAlister heftete ihren Blick auf Peter, als könne sie ihn so hier behalten.

„Ich werde nicht fliegen", entgegnete Peter trotzig, nachdem er sich von dem Schreck erholt hatte. Sir Julians Kopf fuhr zu ihm herum. Eine tiefe Furche bildete sich zwischen seinen Augenbrauen. Sogleich trat Peter ein paar Schritte zurück. Er ballte seine Hände, die erneut zitterten, zu Fäusten. Er durfte jetzt nicht den Mut verlieren. Und das war leichter gedacht als getan.

„Sage das bitte noch einmal für mich. Ich denke, ich habe mich verhört." Peter schluckte leer. Frank hatte sich von seiner liegenden Position aufgerichtet und beobachtete Peter. Es war, als konnte man das Knistern der Spannung förmlich sehen.

„Ich werde nicht nach Haus zurückkehren", wiederholte er leise. Sir Julians Augen wurden eine Spur dunkler. Peter verschanzte sich hinter dem Ohrensessel. Miss McAlister umklammerte unbewusst den Türgriff. Eine Gänsehaut überzog ihren Körper.

„Du willst also hier bleiben", schloss Sir Julian mit unheilvoller Stimme. Peter nickte zaghaft. „Ich muss da wohl irgendetwas missverstanden haben." Seine Augen fixierten seinen Sohn. „Du wirst in diesem kleinen Nest entführt und in irgendeinem Loch festgehalten. Ich bekomme einen Drohbrief zugesandt, der mich und deine Familie unbeschreibliche Ängste ausstehen ließ. Ich bin sogar bereit, eine horrende Summe zur Verfügung zu stellen, um dich unbeschadet zurückzubekommen. Ich komme hier her und setze alle nur erdenklichen Hebel in Bewegung. Eine Sondereinheit der Polizei wird eingesetzt und jeder Hebel in Bewegung gesetzt, um dich aus dieser Lage zu befreien und nach all dem Spektakel und Mühen sagst du mir unverfroren, dass du hier bleiben möchtest, als wäre rein gar nichts geschehen!"

Peter nahm seinen ganzen verbliebenen Mut zusammen, straffte seine Schultern, richtete sich kerzengerade auf und schob sein Kinn vor.

„Ich habe den Menschen ein Versprechen gegeben und das werde ich halten, koste es was es wolle."

„Willst du mir jetzt mit dieser Märtyrermasche kommen?" Sir Julians Haltung wurde bedrohlich. „Ich habe keinerlei Interesse an deinen Gelöbnissen, die du hier von dir gibst. Du solltest Akten sortieren und nicht deinen Sherlock Holmes Phantasien nachgehen. Meine Geduld ist zu Ende. Geh hoch und pack deine Sachen. Ich dulde keine weitere Diskussion!" Miss McAlister trat von der Tür zurück. Mit gemischten Gefühlen drehte sie sich um und ging in die Küche. In der letzten Zeit war ihr Verhältnis zu ihm mehr als schlecht gewesen, aber sollte er nach England zurückkehren, welchen Zustand würde er hier hinterlassen?

„Keine zehn Pferde werden mich durch diese Tür schleppen", murmelte Peter, der noch nicht aufgeben wollte.

„Pferde wohl kaum", bestätigte Sir Julian ruhig. „Aber es gibt andere Möglichkeiten." Er entnahm seiner Brusttasche einen Bogen Papier und reichte ihm Peter. Zögernd nahm er das Blatt entgegen und entfaltete es. Mit der rechten Hand klopfte er seine Taschen nach der Lesebrille ab, konnte sie jedoch nicht finden.

„Mist!", brummte er und trat zur Leselampe. Schon als er das Licht anknipste, verkrampfte sich sein Magen. Er spürte, wie sein Vater näher kam und hinter ihm stehen blieb. Mit beiden Händen hielt er das Papier von seinem Körper gestreckt unter die Leselampe. Mit zusammengekniffenen Augen las er die aneinander gereihten Buchstaben. Gleich nach den ersten Zeilen fühlte er, wie der Blutspiegel sank. In seinem Brustkorb tobte es. Er las den Text dreimal, bis er endlich den Kopf hob und seinen Vater ansah. Für Sir Julian war die Sache geregelt.

„Und was soll das alles bedeuten?"

„Du wirst nach London zurückkehren und wieder deiner Arbeit nachgehen", erklärte Sir Julian kurz.

„Das steht nicht in diesem Dokument", widersprach Peter. „Ich werde abermals irgendwelche Akten wälzen. Im Auftrag des Justizministeriums", empörte er sich.

„Nur solange bis wieder Ruhe herrscht. Allmählich schläft das Gerede über dich ein, aber mit solchen Aktionen..." Sir Julian machte eine ausladende Handbewegung „...wird natürlich sogleich erneut die Aufmerksamkeit auf dich fallen."

„Ich werde auf keinen Fall mit nach England fliegen." Peters Stimme war beinahe ein Flüstern. Sir Julians Muskeln spannten sich.

„Ich denke nicht, dass dies deine Entscheidung ist. Du hast genug Unheil angerichtet." Peter öffnete den Mund zum Widerspruch, doch Sir Julian stoppte ihn mit einer Handbewegung. „Ich habe kein Interesse mit dir weiter darüber zu diskutieren, Peter. Dich hier allein zurückzulassen wäre beinahe Selbstmord." Peter kochte vor Wut. Er wollte seinem Vater gerade barsch etwas erwidern, als sein Blick Frank streifte. Schnell begriff er. Frank riss die Augen auf und schüttelte den Kopf.

„Und wenn ich nicht hier allein zurück bleibe?", fragte er herausfordernd. Sir Julian warf Frank einen unheilvollen Blick zu.

„Ich denke Dr. Barkley ist in London mit genug Arbeit eingedeckt."

„Ich..."

„Frank hat mehr als genug Überstunden. Würde er sie alle nehmen, könnte er bis in das nächste Jahr frei nehmen, geschweige denn den Urlaub zu erwähnen, den er noch nicht in Anspruch nahm." Schnell warf er seinem Freund einen warnenden Blick zu und beeilte sich fortzufahren: „Es ist eine reizvolle Gegend, um sich zu erholen. Miss McAlister hat sicherlich noch ein Gästezimmer frei. Ich bin überzeugt..."

„Peter!", unterbrach ihn sein Vater streng.

„Frank wird mir nicht von der Seite weichen. Du kennst ihn", versicherte er hastig. Sir Julian schloss die Augen. Peter im Zaum zu halten, war wie eine Horde Fliegen zu hüten. Welche Entscheidung sollte er treffen? Wenn Peter wieder zurück war, lief er Gefahr, dass alles abermals aufkochte und im Moment schätzte er die Publicity ganz und gar nicht. Aber in Nordirland hatte er ihn absolut nicht unter Kontrolle. Er fixierte Frank mit einem stählernen Blick.

„Sie wissen, welche Verantwortung Sie sich auferlegen, wenn Sie mit Peter hier bleiben?", fragte er schließlich.

„Ich…", begann Frank, wurde doch sofort von Peter unterbrochen.

„Ich werde nichts tun, was schaden könnte."

„Peter!", zischte Sir Julian, der zur Genüge wusste, was für Peter Schaden bedeutete. Frank schluckte, sah Peter in die flehenden Augen.

„Zwei Wochen?", schlug er vor und fragte sich im gleichen Moment, ob er völlig verrückt geworden war. Sir Julian musterte beide eingehend.

„Zwei Wochen", wiederholte er. Es schien für ihn eine Ewigkeit. Sollte er ihn wirklich noch einmal hier lassen, nach allem was die Tage zuvor geschah? Sein Blick wanderte zum Koffer mit dem Lösegeld. Peters Hoffnung sank ins bodenlose. „Ich werde Sie verantwortlich machen, wenn Peter etwas zustößt, Frank. Ist Ihnen das bewusst?"

„Mir wird nichts zustoßen", warf Peter eilig ein. Sir Julian ignorierte ihn. Frank holte tief Luft. Er verspürte ein Kribbeln in der Magengegend.

„Nun, Sir Julian, Sie kennen Ihren Sohn besser als ich. Wir wissen beide, dass Peter keine Ruhe geben wird, bis diese ganze Angelegenheit geklärt ist. Ich möchte nicht wissen, welch ein fatales Chaos entsteht, wenn er die ganze Sache von London aus leitet." War es wirklich er, der da gesprochen hat? War er denn völlig von Sinnen?! Sir Julian ließ sich die Antwort lange durch den Kopf gehen, dann wandte er sich wieder an seinen Sohn.

„Wenn dir nur ein Haar gekrümmt wird, verspreche ich dir, wirst du es wirklich büßen." Sir Julian schritt zur Tür und öffnete sie, doch bevor er in den Gang trat, drehte er sich nochmals um. „Vergiss meine Worte nicht, mein Junge."

„Wie könnte ich?", grollte Peter. „Dein Plan könnte ja sonst nicht umgesetzt werden. Ich könnte deine auserwählte Braut nicht ehelichen und so ein wichtiges Geschäft verpatzen." Bevor er sich versah, hatte ihn Sir Julian schon am Reverse des Jacketts gepackt. Er zog ihn dicht an sich. Sein Gesicht war nur noch ein paar Inch von seinem entfernt. Angst flackerte in Peters Augen auf.

„Wage es nie wieder, so mit mir zu sprechen, nie wieder!", zischte er. Peter schlug das Herz bis zum Hals. Er schnappte nach Luft. Sir Julians Augen funkelten mörderisch. Ihm wurde eiskalt. Sein Körper bebte unter den Griff seines Vaters. „Vergiss nicht, wen du vor dir hast, Peter Forgerson! Hast du mich verstanden?"

„Ja, Sir", hauchte Peter, der zur Salzsäule erstarrt war. Sir Julian nahm seine Hände von ihm und verließ das Zimmer. Mit butterweichen Knien torkelte Peter zum Ohrensessel und setzte sich. Er schlug die zitternden Hände vor sein kalkweißes Gesicht. „Jesus!", flüsterte er und hatte große Mühe seine Fassung zu erlangen. Frank versuchte seine verkrampften Muskeln zu lockern.

„Das hättest du niemals sagen dürfen!", tadelte er ihn und stand auf. „Du solltest doch wissen, dass er nicht so mit sich reden lässt." Peter nahm seine Hände vom Gesicht. Er verspürte keinerlei Lust sich auch noch von seinem Kollegen belehren zu lassen. Erst jetzt kam Frank zu Bewusstsein, was dieser Satz bedeutete. „Was sollte das Gerede von einer auserwählten Braut und heiraten?"

„Ich werde voraussichtlich zur Weihnachtszeit wieder heiraten", erklärte er dumpf.

„Heiraten? Aber wen denn um Himmels Willen?", rief Frank schockiert aus. Peter zuckte gleichmütig mit seinen Schultern.

„Du kennst sie nicht. Ich selbst habe sie vor langer Zeit nur einmal kurz gesehen. Sie ist die Tochter von Charles Montgomery." Ungläubig schüttelte Frank den Kopf.

„Das kann er doch unmöglich von dir verlangen, Peter! Du bist sein Sohn!", ereiferte er sich. Peter beobachtete ihn gelassen, wie er im Zimmer aufgeregt auf und ab lief.

„Genau deshalb kann er es verlangen", betonte er schärfer als beabsichtigt.

„Das kannst du unmöglich zulassen! Es muss doch einen Weg geben, ihm klar zu machen..."

„Frank!", schnitt Peter ihm das Wort ab. „Ich werde mit dir nicht weiter über meine privaten Probleme diskutieren. Lass uns in das Arbeitszimmer gehen und ich erzähle dir, was sich seit meiner Ankunft hier zugetragen hat." Frank sah ihn lange an, gab schließlich nach. Es hatte keinen Sinn ihn weiter zu bedrängen. Er würde nichts mehr dazu sagen. Je mehr er darüber nachdachte, umso mehr wurde ihm klar, dass Peter durch und durch ein Forgerson war.

Frank strich mit dem Zeigefinger über einen Schrank und begutachtete ihn.

„Macht Miss McAlister hier sauber?", fragte er und bekam ein Nicken zur Antwort.

„Seit ich eingezogen bin. Der ehrenwerte Richter hatte keinerlei Ambitionen für Ordnung. Er hinterließ eine solche Unordnung , dass es ihr unmöglich war, auch nur den Schreibtisch sauber zu halten." Frank konnte sich sein böses Grinsen nicht verkneifen.

„Du kannst dir dein Grinsen sparen. Ich hatte noch nie Schwierigkeiten, Dinge zu finden, die ich benötigte. Und das in kürzester Zeit", entgegnete er und reichte seinem Freund einen Ordner. Peter legte auf die glühenden Torfstücke etwas Holz.

„Ich möchte die ganze Geschichte hören. Das schuldest du mir, Peter, nachdem was ich für dich tue." Frank wedelte mit dem Ordner vor Peters Nase.

„Ich habe dich immer über das Notwendige in Kenntnis gesetzt."

„Richtig, über das Notwendige und das zu einem Zeitpunkt, wie es Mr Sherlock Holmes für richtig befand. Aber nun liegen die Dinge anders, mein Freund. Dieses Mal hat Dr. Watson die Fäden ebenso in der Hand." Peter ignorierte geflissentlich diese Bemerkung und fragte stattdessen: „Gibt es neue Erkenntnisse über die Explosion von Miss Artkinsons Wagen?"

„Ich werde dir keinerlei Informationen geben, bevor du mir nicht alles ganz von Anfang erzählt hast." Peter verdrehte die Augen.

„Dann muss es warten", brummte er und schob die Ersatzbrille in die Innentasche seines Jacketts.

„Wie bitte? Sagtest du nicht soeben, dass du mir alles, was sich ereignete, erzählen würdest?"

„Richtig, aber ich bin zu dem Schluss gekommen, mich nicht dazu zu äußern, bevor mein Vater dieses Haus verlassen hat."

„Was hast du angestellt?" Nun wirklich beunruhigt klappte Frank den Ordner zu.

„Diese Frage erübrigt sich." Peter wühlte in einem Berg von Zetteln.

„Das tut sie nicht." Frank stemmte seine Hände in die Taille. „Was suchst du da überhaupt?" Peter hob kurz den Blick und drehte dann weiter Blätter um. Nach einer kurzen Weile gab er es auf. „So viel zu deiner bemerkenswerten Ordnung", bekundete Frank, der in der Zwischenzeit versuchte, einen groben Überblick über all das Chaos zu erhalten. Peter ignorierte ihn geflissentlich. Missgestimmt beendete er verstimmt die Suche. Sein Blick wurde abwesend.

„Wir sollten runter gehen und uns von meinem Vater verabschieden", schlug er schließlich vor.

„Was ist los?" Argwöhnisch öffnete Frank die Tür. Die Körpersprache seines Freundes war ihm nicht entgangen.

„Wie?"

„Was ist dir durch den Kopf gegangen?", verlangte Frank zu wissen. Er musterte seinen Freund.

„Nicht so wichtig."

„Peter." Frank ließ nicht locker.

„Es ist wirklich nicht wichtig. Gehen wir?" Peter machte eine Handbewegung zur Tür. Seufzend gab Frank nach und gemeinsam stiegen sie die Stufen ins Erdgeschoss hinunter. Sie mussten nicht lange warten, bis sie die selbstsicheren Schritte seines Vaters auf der Treppe hörten. Die Tür öffnete sich. Sofort standen beide auf. Sir Julian trug über seinem sündhaft teuren, schottischen Tweed-Anzug einen Kaschmirmantel. Schal und Hut machten sein Aussehen perfekt. ‚Der Hut!', schoss es Peter durch den Kopf. Wo waren all seine Hüte verblieben? Hatte Dr. Penell sie in seinem Besitz, oder überließ er sie gönnerhaft Mr Corrigan für seine Trophäensammlung?

„Ist etwas nicht in Ordnung?", fragte sein Vater argwöhnisch.

„Oh, nein. Mir kam nur ein Gedanke." Skeptisch sah Sir Julian Peter an.

„Ich gehe davon aus, dass du deine Meinung nicht geändert hast." Ihre Blicke trafen sich.

„Ich werde diese Sache hier zu Ende bringen." Ein tiefes Seufzen entrang sich Sir Julians Brust.

„Du wirst mich jeden Tag anrufen und ich werde mit Inspektor Hardcourt den Kontakt aufrechterhalten." Es klang eindeutig nach einer Drohung. „...und Peter, lass dir gesagt sein, mit der Erklärung, dass dein Ladegerät nicht funktioniert oder du es verlegt hast, lasse ich mich nicht mehr abspeisen, verstanden?" Nervös zupfte Frank einen Fussel vom Jackett.

„Wie du wünscht. Was passiert ist..." Peter hielt inne und sah dann seinem Vater ins Gesicht. „Es tut mir leid. Ich wollte dir bestimmt keinen Ärger machen."

„Das beabsichtigst du nie, aber Tatsache ist und bleibt, dass du es ständig tust. Erschwerend kommen deinen Aktionen hinzu mit denen du auch andere in Gefahr bringst. Ich würde dein Verhalten als rücksichtslos und unreif bezeichnen. Du hast keinen Deut dazu gelernt. Nicht in all den Jahren." Die Anschuldigung traf ihn wie eine schallende Ohrfeige. Zornig platzte Peter heraus: „Nimmt das denn nie ein Ende? Werde ich immer wieder damit konfrontiert? Nur weil ich damals als kleiner Junge deine Familie in Gefahr gebracht habe? Ich lernte aus meinen Fehlern!"

„Den Teufel hast du! Es vergeht kaum ein Monat, wo du nicht in die Schlagzeilen gerätst. Ständig wirst du attackiert, wird dir aufgelauert und wenn es schlimm kommt, finde ich dich im Krankenhaus wieder! Verdammt, Peter, du bist Anwalt und kein Privatdetektiv! Geht das nicht in deinen Schädel? Wirst du es nie lernen, dass du Ermittlungsarbeit dem Fachpersonal zu überlassen hast, das dafür bestens ausgebildet worden ist? Du spielst immer noch Sherlock Holmes. Ich sehe nicht, dass du dich seit deinem elften Lebensjahr weiter entwickelt hast." Peter antwortete nicht. Seine fest aufeinander gepressten Lippen bebten. Die Augen hatten sich tiefschwarz gefärbt. Sir Julian sah zu Frank, der bei dieser Auseinandersetzung unangenehm berührt wirkte. „Ist Ihnen die Aufgabe, die Sie übernommen haben, wirklich bewusst? Ich möchte nur sicher gehen, da Sie diese Entscheidung getroffen haben. Falls irgendetwas passieren sollte, könnte das für Sie ernste Konsequenzen mit sich bringen. Ich bin nicht der Einzige, dessen Peters Wohlbefinden und Redlichkeit am Herzen liegt." Ohne es zu erwähnen, sprach Sir Julian die Bedeutung an, die die Royals Peter zumaßen. Er galt als Sicherheitshaken. Nach all den Querelen und Affären in ihrer Familie war Peter das positive Aushängeschild. Moralisch unstreitbar.

„Ich setze volles Vertrauen in Peter", bestätigte Frank zuversichtlich. Seine Stimme klang wohl nicht ganz so überzeugend, wie er es sich gewünscht hätte. Sir Julian hob die rechte Augenbraue und schenkte ihm ein ironisches Lächeln.

„Ich bewundere Ihre uneingeschränkte Zuversicht, da Sie doch wissen, wie Peter sich gibt." Ungerührt ging er an Peter vorbei und holte die Arzttasche.

„Du solltest mit Polizeischutz nach Belfast fahren. Mit so viel Bargeld könnte es gefährlich werden."

„Ich weiß. Zwei Beamte begleiten mich bis zum Flugzeug. Sie sind in fünf Minuten hier." Peter nickte zustimmend.

„Es tut mir leid", begann er erneut.

„Peter, lass das. Du weißt, wie verhasst mir das alles ist." Das Blut schoss ihm in die Wangen.

„Du willst meine Entschuldigung nicht annehmen?", fragte er heiser. Frank holte hörbar Luft.

„Warum sollte ich?", erwiderte Sir Julian kalt. „Du lehnst dich gegen mich auf. Du spielst weiter Sherlock Holmes. Sag mir, Peter, wie kann ich diese Entschuldigung ernst nehmen? Es sind doch alles leere Worte." Peter hatte sichtliche Schwierigkeiten, seine Fassung zu bewahren. Das meinte er doch nicht wirklich ernst?

Sir Julian reichte Frank die Hand.

„Passen Sie gut auf sich auf, Frank." Er warf Peter einen forschenden Blick zu, hob dann den Koffer auf. „Peter." Er reichte ihm ebenso die Hand. Es gab keine herzliche Umarmung. Sir Julian verließ das Haus und verstaute den Arztkoffer hinten im Fußraum des Rücksitzes. Wütend beobachtete Peter, wie er zurückkam und seinen Koffer holte. Er wollte es nicht akzeptieren, dass er seine Entschuldigung nicht annahm. Schweigend griff Sir Julian seinen Kleiderkoffer, nickte Frank nochmals zu, ging zum Auto und öffnete den Kofferraum. Peter folgte ihm. Er konnte und wollte es nicht so stehen lassen.

„Ich finde dein Verhalten äußerst kindisch, Onkel Julian, warum kannst du meine Entschuldigung nicht annehmen?" Sir Julian drehte sich nach seinem Sohn um. Peter spürte die Hitze auf seinem Gesicht.

„Onkel Julian? Finde dich endlich damit ab, dass ich dein Vater bin. Und ich habe es dir soeben erklärt. Werde endlich erwachsen, Peter." Sir Julian wandte sich dem Auto zu, lud den Koffer ein und schlug den Kofferraumdeckel zu. Der kühle, beherrschende Blick seines Vaters lastete schwer auf ihm. Peter ging jetzt erst auf, wie lächerlich sein Benehmen auf die Unbeteiligten wirken musste. Er fauchte, flehte und bettelte um die Gunst seines Vaters. Starr erwiderte er den Blick seines Vaters, der ihn mit leicht nach oben gezogenen Augenbrauen quittierte. Seine Augen sagten: ‚Jetzt hast du verstanden, Peter. Benimmt sich so ein erwachsener, selbständiger Mensch?' Er drehte sich auf dem Absatz um und marschierte wütend über sich selbst in Richtung der weitläufigen Wiese, die sich vor dem Haus erstreckte. Der kalte Wind durchdrang sein weißes Hemd und legte sich kalt auf seinen Körper.

‚Oh Gott, warum lasse ich mich immer wieder dazu hinreißen?' Er spürte, wie die heißen Tränen über seine roten Wangen liefen. ‚Warum kann ich mich ihm gegenüber nicht ein einziges Mal wie ein erwachsener Mensch benehmen?!' In der Ferne nahm er ein Motorengeräusch wahr. Autotüren klappten. Es wurde kurz gesprochen. Wieder Autotüren und der Wagen setzte sich in Bewegung.

Seine Beine hatten ihn zum Ende der Wiese getragen. Eine alte, mit Moos überzogene Steinmauer beendete seine Wanderung. Feine, purpurne Wölkchen überzogen das Firmament. Der Himmel glühte in leuchtendem Rot und kündigte eine kalte Nacht an. Peter bewunderte das bezaubernde Schauspiel der Natur.

„Ich bin ein erwachsener Mensch und besitze die Fähigkeiten, ein erfolgreiches Leben zu führen. Ich lasse mir von niemandem befehlen, was ich zu tun habe", hörte er sich mit hölzerner Stimme sagen. ‚Aber konnte er das wirklich?', fragte seine innere Stimme. Als Anwalt, als Lord, der Sohn eines der reichsten Männer Großbritanniens? Gab es nicht Verantwortung und Pflichten, die er übernommen hatte? Und die Erwartungen seines Vorgesetzten, dem Gesetz, dem er die Treue schwor? Den Titel, den man ihm verlieh? Die Presse und das Volk? Und vor allem seinem Vater, der ihn zu einem Vorzeige Gentleman stilisiert hatte. Konnte er wirklich tun und lassen, was er wollte? Konnte er mit den Enttäuschungen, die er dadurch hervorrief, leben? Ein Seufzen der Frustration entrang sich seiner Brust. Er zog ein Taschentuch aus seiner Hosentasche und wischte sich die Tränen beiseite. Deprimiert setzte er sich an die Mauer, winkelte die Knie an und umschlang sie mit den Armen. Traurig vergrub er sein Gesicht in der Höhle seiner Arme. Der rechte Unterarm pochte und schmerzte.

Die ersten Sterne hoben sich gegen das verblassende Blau des Horizonts. Peter sinnierte lange über sein Leben und dessen Bedeutung nach, kam jedoch zu keiner befriedigenden Antwort. Die Kälte biss in seinen Körper. Seufzend stand er auf. Hier zu sitzen und zu erfrieren, würde ihn auch nicht weiter bringen. Resigniert fuhr er durch sein dunkles Haar. Seine Finger verhingen sich in den Locken. Wütend riss er daran. Der Schmerz durchzog seine Kopfhaut und trieb ihm erneut Tränen in die Augen.

„Du bist hier, weil du es wolltest, also tu deine Pflicht und jammere nicht herum wie ein altes Waschweib. Deine Selbstfindung kannst du dir für später aufheben", wies er sich selbst zurecht. Erst jetzt merkte er wie er fror.

Es war bereits dunkel, als er das Haus von Miss McAlister erreichte. In der Küche brannte Licht. Peter öffnete die Haustür, um sie mit lautem Krach wieder ins Schloss fallen zu lassen. Sofort kam Miss McAlister auf die Beine. Frank hielt sie am Ärmel fest.

„Lassen Sie ihn, Miss McAlister, Sie können nichts für ihn tun."

„Wir können doch nicht einfach hier sitzen und warten!", protestierte sie energisch.

„Wir haben keine andere Wahl. Er würde Ihnen nur Dinge sagen, mit den er Sie verletzt." Unschlüssig stand sie da und vergrub ihre Hände in der Schürze.

„Sir Julian war nur wütend auf ihn. Er hat das doch alles sicherlich nicht so gemeint, wie er es sagte", versuchte sie sich einzureden.

„Was Sir Julian sagt, meint er auch immer so. Aber man darf nicht vergessen, dass er eine nervenaufreibende Zeit hinter sich hat. Er liebt ihn aus tiefstem Herzen, auch wenn das nicht auf den ersten Blick zu erkennen ist. Sollte ihm wirklich etwas Schlimmes zustoßen, würde für ihn eine Welt zusammenbrechen. Peter ist sein kleiner Junge und das wird er auch immer bleiben." Sie drehte sich zu ihm um und nahm missbilligend das Geschirr vom Tisch.

„In der Tat? Ich habe weitaus andere Vorstellungen von inniger Vaterliebe."

„Sir Julian ist ein stolzer Mann und er trägt große Verantwortung gegenüber dem Land und seinen Angestellten. Er kann es sich in seiner Position nicht leisten…"

„Ja, ich weiß, er ist ein vollendeter, englischer Gentleman", fiel sie ihm ins Wort. Frank lächelte traurig. „Was gibt es da zu belächeln?" Schwungvoll öffnete sie den Wasserhahn. Das Wasser rauschte mit Wucht in das Becken und unzählige Tropfen spritzten heraus. Ohne die Frage zu beantworten stand er auf.

„Sie werden sehen, morgen sieht das alles nicht mehr so schwarz aus. Ich wünsche Ihnen eine geruhsame Nacht, Miss McAlister."

„Ihr Wort in Gottes Ohr, Dr. Barkley", erwiderte sie missmutig und wandte sich wieder ihrem Geschirr zu.

Frank erwachte aus einem unruhigen Schlaf. Um ihn herum war alles schwarz. Blinzelnd nahm er den Wecker vom Nachtisch und hielt ihn sich dicht vor die Augen. Da hörte er ein leises Geräusch, das ihn wohl zuvor geweckt hatte. Er runzelte die Stirn und sah nochmals auf den Wecker. Irgendetwas stimmte nicht. Schwerfällig hievte er sich aus dem Bett, knipste die Nachttischlampe an, schlüpfte in seine Slipper, zog sich den Morgenrock über und schlich in den unbeleuchteten Flur. Vom Nebenzimmer drang ein feiner Lichtstrahl durch den Türspalt. Das Arbeitszimmer. Lautlos drückte er die Türklinke herunter und schob vorsichtig die Tür auf. Das Licht blendete ihn. Allmählich gewöhnten sich seine Augen an die Helligkeit. Das Zimmer war kaum wieder zu erkennen. Auf dem Teppichboden stapelten sich Berge von Papier, Aktenordnern und Büchern, die vor ein paar Stunden noch sauber im Regal standen. Inmitten des ganzen Durcheinanders saß Peter. Er trug immer noch seinen Anzug. Seine Ersatzbrille saß auf seinem Nasenrücken, in dem sich das Kaminfeuer spiegelte. Er hatte die Krawatte gelockert und die Hemdsärmel hinauf gekrempelt. In diesem Aufzug wirkte er jünger, als er wirklich war. Als hätte er Franks Anwesenheit gespürt, hob er den Kopf und sah seinem Freund ins Gesicht.

„Bitte schließ die Tür, Frank. Ich möchte mir keine Erkältung zuziehen." Peter wirkte ruhig und gelassen. Frank trat ein und flüsterte unwillkürlich: „Peter, was machst du da? Weißt du, wie spät es ist?" Gleichgültig zuckte Peter mit den Schultern, zog seine Taschenuhr aus seiner Westentasche, ließ den Deckel aufschnappen und warf einen Blick darauf. Dann zuckte er wieder mit den Schultern, klappte den Deckel zu und flüsterte: „Es ist Viertel vor Drei. Warum liegst du nicht im Bett und schläfst?" Dabei setzte er ein verschlagenes Grinsen auf.

„Peter!", zischte sein Partner, immer noch bemüht leise zu sprechen. „Ich habe jetzt keine Lust, mit dir eine Debatte über Schlafgewohnheiten zu führen. Also, leg dich wieder ins Bett und lasse mich meine Arbeit machen."

„Das würde dir so passen." Frank gab das Flüstern auf. „Ich möchte jetzt wissen, was hier alles abgelaufen ist. Ich erwarte einen ausführlichen Bericht von dir." Seufzend schloss Peter einen dicken Wälzer. „Wenn ich ihn dir jetzt gebe, sitzt du morgen früh noch da."
„Bitte, Peter, mach dir um meine Schlafgewohnheiten keine Sorgen." Frank marschierte entschlossen zum Schreibtisch und nahm dahinter Platz.
„Dein Wunsch sei mir Befehl. Aber zunächst möchte ich wissen, welche Erkenntnisse ihr in Sachen Autobombe gewonnen habt."
„Später, mein Lieber. Später." Frank ließ nicht locker. Peter nahm die Brille ab und rieb sich die Nasenflügel. Nach kurzem Nachdenken begann er mit seiner Erzählung. Er berichtete über die Entdeckung der braunen Aktentasche unter dem Schrank und umschrieb kurz seine erste Begegnung mit den Einheimischen. Frank schüttelte resigniert den Kopf. Er konnte nicht verstehen, dass Peter ständig in Situationen geriet, die entweder im Chaos endeten, oder sich zu einem Desaster auswuchsen. Peter fuhr fort von den Kindergräbern zu berichten. Sieben an der Zahl, unterstrich er, die seit zwei Jahren hinzugekommen waren. Während er Holz nachlegte, gab er Frank die Möglichkeit sich dazu zu äußern. Doch sein Freund behielt seine Gedanken bisweilen wohl lieber für sich. Keine voreiligen Schlüsse ziehen, war sein erstes Gebot. Ihm kam das Notizbuch wieder in den Sinn, in dem jene seltsamen Nummerncodes gestanden hatten. Bei dem Gedanken stand er auf, ging in sein Schlafzimmer hinüber und kam mit einem Jackett zurück. Er durchsuchte die Taschen und zauberte dann die Dose mit den Herztabletten hervor. Mit kurzen Sätzen erklärte er die Bewandtnis, die es mit diesen Tabletten auf sich hatte. Frank nahm ihm die Dose aus der Hand und las die kurze Beschreibung des Medikaments eingehend.
„Und der Richter litt sicherlich nicht an einer Herzschwäche?" Peter verneinte.
„Es gibt ein ärztliches Gutachten darüber. Miss McAlister beobachtete einige Tage vor dem Tod des Richters eine Gestalt in der Nähe des Hauses."
„Giftmord ist zu fünfundneunzig Prozent Frauenangelegenheit", bemerkte Frank und stellte die Dose nachdenklich auf den Schreibtisch.
„Diesen Gedanken hatte ich zu Anfang auch, aber ich bin später eines Besseren belehrt worden. Nach meinem Stand der Ermittlungen ist es ausgeschlossen, dass sie den Richter bewusst tötete."

Peter fuhr fort über Mrs Negley's Überfall zu berichten. Weiter folgte der Bericht über den Besuch des Inspektors, der ihn mit diesem fadenscheinigen Brief, der ihn belasten sollte, konfrontierte. Kurz streifte er die Geschichte mit dem durchgegangenen Pferd von Miss Artkinson und die Folgen seines Aufenthalts am See. Die Bilder hatten sich in sein Gedächtnis gebrannt und tauchten, nun wieder zum Leben erweckt, vor ihm auf. Übelkeit stieg in ihm hoch und er begann plötzlich zu frieren. Seine Gedanken führten ihn zurück zu den Nachmittag, als er Dr. Ruthland in dem Hutgeschäft zufällig begegnet war und sie gemeinsam in ein Café gingen. Die Entdeckung des nicht gerade romantischen Gedichts in seiner Manteltasche und der tote, ausgeweidete Hund vor seinem Auto, ließen ihn seine Stirn furchen. Peters Blick klärte sich allmählich.

„Am nachfolgenden Tag nahm sich Mrs Negley das Leben. Man wies Spuren von LSD in ihrem Blut nach."

„Richtig", bestätigte Frank. „Ich habe die Akte dazu gelesen." Peter wurde eine Spur blasser.

„Es war einfach furchtbar." Seine Stimme hatte sich zu einem Flüstern gesenkt. „Überall war Blut. Sie war so blass!" Sein Gesicht wurde ausdruckslos. „Warum denkst du, hat sie Kartoffeln aufgesetzt, bevor sie sich das Leben nahm?"

„Die Frage wird dir niemand beantworten können. Mir ist klar, dass du dich mit einer suizidalen Handlung nicht abfinden willst, Peter, aber es gibt keinen leisesten Beweis für eine Fremdeinwirkung auf ihren Körper. Die Sache liegt klar auf der Hand."

„Ich kann mir beim besten Willen nicht vorstellen, Kartoffeln aufzusetzen, wenn ich mir das Leben nehmen möchte", beharrte er halsstarrig.

„Woher wusstest du von den Kartoffeln und dem halb abgebrannten Torf?"

„Ich habe zuerst in der Küche nach ihr gesehen", erklärte er. „Verstehst du denn nicht, Frank? Wenn sie schon einige Zeit tot im Bad lag, wer hat das Feuer geschürt? Jemand musste Torf nachgelegt haben, wenn der Todeszeitpunkt, den die Pathologen feststellten, richtig ist." Peter begann von neuem in dem Durcheinander zu wühlen.

„Du bist immer noch von einem Mord überzeugt." Frank beobachtete aufmerksam seine Emsigkeit. Peter hob den Kopf.

„Das sollte dir doch ebenso klar sein. Ich habe dir soeben erklärt, worauf sich meine Schlussfolgerung bezieht."

„Es gibt keinen einzigen Zeugen, keine fremden Fingerabdrücke oder Abdrücke, die von Handschuhen stammen könnten. Rein gar nichts, außer diese halbverglühten Torfstücke, die wohl etwas langsamer verbrannt sind, als du vermutest." Plötzlich griff Peter nach einem gelben Schnellhefter in einem Stapel von Ordnern und zog ihn heraus. Der Turm begann zu schwanken und einige der Ordner rutschten zu Boden. Unbeeindruckt blätterte er in dem Hefter. Frank wartete geduldig. Peter stand auf und ging zum Bücherregal.

„Im Bericht steht, sie sei bereits zwei Stunden tot gewesen, als ich sie fand. Sollte es sich so abgespielt haben, wie die Polizei annimmt, durfte im Ofen kein Feuer mehr gebrannt haben und der Topf nicht so heiß sein, dass man sich bei Berührung die Finger verbrannte."

„Kein vernünftiger Mensch würde nachsehen, ob sich die betreffende Person, zu dem Zeitpunkt, den man selbst für geeignet hält, getötet hat und danach, da er zufrieden gestellt worden ist, zum Ofen gehen um Holz nachzulegen. Niemand handelt so. Absolut niemand. Ich werde meine Meinung nicht ändern. Es war eindeutig Selbstmord, Peter. Vergeude nicht weiter deine Zeit damit. Du bist Anwalt, falls ich dich daran erinnern darf. Halte dich an die Fakten und lass bitte Sherock Holmes aus dem Spiel. Die Sache ist schon kompliziert genug."

„Frank."

„Peter!", drohte sein Freund.

„Du kannst mir nicht erzählen, dass eine völlig verzweifelte Frau, die auf einem LSD-Trip ist, einen Abschiedsbrief schreibt, sich in die Badewanne legt und sich die Pulsadern aufschlitzt", konterte er verbissen.

„Erstens, kam sie von ihrem LSD-Trip gerade herunter. Das steht schwarz auf weiß in deinem Ordner. Zweitens, kennst du den seelischen Zustand, in dem sie sich zu diesem Zeitpunkt befand nicht, und drittens, mein Guter, war diese Rasierklinge wohl der erste scharfe Gegenstand, der ihr in ihrer Verfassung in den Sinn kam. Es gibt keine Widersprüche in diesem Fall. Der Brief passt ebenso in das Bild, wie die Rasierklinge. Sie war verzweifelt und auf einem Trip. Schluss um."

„Und das Messer, das unter ihrem Wickeltisch gefunden wurde? Es wurde bei dem ausgeweideten Hund benutzt, den sie mir vor das Auto gelegt hatten. Also, wie kam es in den Besitz der Negleys?" Frank lehnte sich in seinem Sessel vor.

„Was, wenn Mr Negley dir dieses Souvenir persönlich vor den Wagen gelegt hat, damit du mit deinen Nachforschungen Schluss machst?" Peter musste sich eingestehen, dass ihm dieser Gedanke noch nicht gekommen war.

„Wir wurden danach aber von einem riesigen Hünen überfallen", entgegnete er kämpferisch und legte die Akte auf den Schreibtisch. Gedankenverloren schritt er zum Kamin und nahm den Schürhaken aus seiner Halterung.

„Im Bericht steht, der Angreifer lief nach der Attacke ins Moor." Peter ließ die Bilder erneut lebendig werden. Ihm wurden die pechschwarze Nacht und der Regen, der in Fäden gefallen war, wieder bewusst.

„Ist dir auf der Fahrt nach Garrison denn nichts aufgefallen? Kein Aufblitzen im Rückspiegel? Ein Fußgänger am Fahrbahnrand? Möglicherweise ein entgegenkommendes Fahrzeug? Irgendetwas?" Nachdenklich stocherte Peter in der Glut.

„Ich kann mich beim besten Willen nicht erinnern", gestand er dann Zähne knirschend. „Meine Gedanken waren zu sehr mit den eigenen Problemen beschäftigt."

„Das Übliche." Frank schüttelte verstimmt seinen Kopf. „Ich werde dir jetzt sagen, wie alles von statten gegangen ist. Mr Negley war über den Druck, den du seiner Frau gemacht hast, ziemlich wütend. So ließ er sich etwas Abscheuliches einfallen, damit er dich einschüchtern und dir den Wind aus den Segeln nehmen konnte. Dabei kam ihm die Gruselgeschichte mit den gelynchten Engländern mehr als zu Pass. Nachdem er erfuhr, wo du dich zu dem Zeitpunkt aufhieltst, packte er die Gelegenheit beim Schopf und vollbrachte diese Gräueltat, um dich in deinem Eifer zu stoppen. Er konnte nicht wissen, dass sich seit Belfast ein Verfolger an deine Fersen geheftet hatte. Wie du angegeben hast, war es sehr dunkel und regnerisch. Ideales Wetter, um jemanden zu beschatten. Besonders da mir scheint, dass deine Aufmerksamkeit, seit du hier bist, sehr zu wünschen übrig lässt."

„Das stimmt nicht!", protestierte Peter barsch. Frank ignorierte seine Bemerkung und fuhr fort: „Dein Beschatter aus Belfast verfolgte dich mit ausgeschalteten Scheinwerfern im vernünftigen Abstand und als du plötzlich stehen geblieben bist, parkte er seinen Wagen hinter einer Biegung. Möglicherweise war dort sogar eine Einfahrt, in der sein Auto ungesehen stehen lassen konnte und dann hat er sich zu dir vorgepirscht." Frank hielt für einen Moment inne und beobachtete Peter. Die Flammen loderten kurz auf. Hitze stieg ihm ins Gesicht. In seinen Augen spiegelte sich das Glühen der Scheite wieder. „Bist du mit dieser Zusammenfassung soweit einverstanden?"

Peter nahm ein Scheit vom Stapel und antwortete nach geraumer Zeit: „Dein Bericht ist nicht ganz von der Hand zu weisen. Es könnte sich auch nach deiner Theorie zugetragen haben." Erstaunt hob Frank die Augenbrauen. Mit seiner Zustimmung hatte er nicht gerechnet.

„Soll ich fortfahren?", fragte Peter und legte Holz nach.

„Ich bitte darum." Frank lehnte sich bequem in seinem Sessel zurück. Peter drehte sich zu ihm um. Sein Gesicht wirkte ausdruckslos.

„Ich werde dir den Streit schildern, den ich mit Miss McAlister hatte, nachdem sie mir erzählte, bei ihr habe sich der Tod abermals gezeigt. Dabei waren das erwähnte Notizbuch und die braune Aktentasche verschwunden."

„Und ist etwas davon wieder aufgetaucht?", fragte Frank dazwischen.

„Inspektor Hardcourt hatte kurz zuvor ohne mein Wissen die braune Aktentasche an sich genommen. Aber das Notizbuch?" Frustriert hob er die Hände. „Ehrlich gesagt, weiß ich nicht, ob es sich auch in seinem Besitz findet. Ich habe ihn nicht gefragt." Sein Gesicht nahm einen grimmigen Gesichtsausdruck an. Es waren die einzigen Beweise außer dem Zettel in dem Gesetzbuch, die er je besessen hatte. Sogleich durchforstete er die Stapel und förderte dann einen kleinen Zettel ans Tageslicht.

„Strabane 07/17", murmelte Frank. „Er hat keine Jahreszahl hinzugefügt. Niemand kann sagen, wie alt dieser Zettel schon ist." Wortlos nahm Peter ihm das Papier aus der Hand und verstaute es sorgfältig.

„Richter Dixon starb am sechzehnten Juli dieses Jahres, wie du weißt." Er fuhr fort von der kleinen Gesellschaft zu erzählen, die sich heimlich in einer Art Hütte zum Kriegsrat traf. Die jungen Leute vom Dorf hatten das gleiche Ziel wie er im Auge, nämlich herauszufinden, was es mit diesen vielen toten Kindern und der Leiche im See auf sich hatte. Er streifte kurz das Gespräch mit Miss Artkinson und lieferte ihm die dazugehörenden Sterbeurkunden, die alle von Dr. Penell ausgestellt wurden. Die Sache lag für ihn klar auf der Hand. Dr. Penell war eine der Hauptfiguren in diesem Melodrama, was durch seine Entführung eingehend bewiesen wurde. Er hatte zu diesem Zeitpunkt nichts gegen ihn in der Hand und so beschlossen sie eine

Exhumierung an der Kinderleiche von Tobias Darson zu vollziehen. Frank konnte ein scharfes Luftholen nicht unterdrücken.

„Du hast eine illegale Exhumierung durchgeführt?" Er wollte seinen Ohren nicht trauen.

„Was hätte ich denn an deiner Stelle tun sollen? Nie und nimmer wäre mir für diese Aktion eine Genehmigung erteilt worden!"

„Das war totaler Wahnsinn!", fuhr Frank ihn an, der es immer noch nicht fassen konnte. „Totaler Wahnsinn! Wenn die Polizei herausfindet, dass du so etwas Unverantwortliches getan hast, bist du geliefert! Was hast du dir nur dabei gedacht?"

„Frank, bitte. Denkst du, ich kenne das Gesetz nicht? Ich weiß sehr wohl, welche Strafe auf Grabschändung steht. Die Polizei hat gegen mich genauso viel in der Hand, wie ich gegen Dr. Penell. Und mehr werden sie auch nicht erreichen. Also beruhige dich endlich!" Frank konnte sich jedoch nicht so schnell beruhigen. Aufgeregt lief er im Zimmer auf und ab und versuchte diese Neuigkeit zu verdauen. Peter beobachtete ihn gelassen. „Möchtest du, dass ich fortfahre?"

„Wie schlimm kommt es denn noch?" Peter zuckte mit den Schultern.

„Ich bin beinahe am Schluss angelangt. Es folgt nur noch die Geschichte, wie ich bei Dr. Penell eingedrungen bin." Frank hätte erneut schockiert sein müssen, aber es war ja nicht das erste Mal, dass Peter sich auf illegalem Weg Zugang verschaffte. Soviel zum Vorbild der Nation.

„Also bitte", seufzte er und nahm wieder Platz. Peter erzählte in knappen Sätzen, wie er sich Zugang zum Haus verschaffte und in der Praxis nichts Atemberaubendes entdeckte, außer ein paar Kontoauszügen, die als Beweismittel nicht taugten. Die Erzählung endete damit, dass Dr. Penell früher als erwartet zurückgekehrt war und ihn in der Praxis entdeckt hatte. Er umriss kurz den Kampf in dem Praxisraum und schloss mit seinem Ausbruch aus dem Cottage.

„Es wäre ihm ein leichtes gewesen dich zu töten. Ist dir das klar?", wollte Frank wissen.

„Welchen Nutzen konnte er daraus ziehen, wenn er mich getötet hätte? Die Geschichte wäre für ihn nur viel komplizierter geworden. Er weiß, dass ich ihm nicht habhaft werden kann. Überhaupt passte eine Entführung viel besser in sein Konzept. Wenn alles nach Plan verlaufen wäre, dann hätte er zwei Fliegen mit einer Klatsche schlagen können."

„Tatsächlich?" Frank musterte ihn kritisch.

„Natürlich. Er hätte eine Million Pfund Sterling kassiert und mich endgültig vom Hals gehabt", fügte er bitter hinzu. Widerstrebend gestand Frank sich ein, dass Peter damit nicht ganz falsch lag.

„Unser jetziger Ausgangspunkt hat sich also keinesfalls verbessert."

„Nein, so negativ würde ich die ganze Sache nicht sehen. Immerhin wissen wir von dem Kind im Sarg, von der Verabredung in Strabane mit der relativen Wahrscheinlichkeit, dass es sich um diese mysteriöse Clara Smith gehandelt hat, die wiederum mit Miss Holder bekannt war. Weiter ist uns bekannt, dass Miss Holder, die Hebamme, in mehreren Krankenhäusern Dienst leistete, in denen Kinder gestorben sind. Und nicht zu vergessen die kleinen und großen Geldtransaktionen, die Dr. Penell in der letzten Zeit tätigte. Dazu gehört auch das Wissen über die Geldanlagen und Immobilien an der Riviera des guten Doktors. Der Sachverhalt ist geklärt. Es fehlen lediglich stichhaltige Beweise." Peter sagte es in einem Ton, als wäre es das kleinste aller Probleme.

„Na, wenn uns weiter nichts belastet!", spottete Frank. „Kannst du mir auch sagen, wie du vorhast, diese Beweise zu beschaffen? Mit einem Kreuzzug vielleicht? Wenn Mr Corrigan so mächtig ist, wie du sagst, dann gibt es keine Möglichkeiten. Ich brauche dich wohl nicht über Machtverhältnisse in einem fremden Land aufzuklären."

„Wir haben schon ganz andere Kaliber zur Stecke gebracht, Frank. In der letzten Zeit habe ich nur zu viel in der Defensive gekämpft. Jetzt werden wir den Spieß umdrehen."

„Sicher einfach so mit einem Fingerschnippen." Frank schüttelte entschieden den Kopf. „Peter." Seine Stimme war schneidend. „Das ist völliger Wahnsinn! Ich werde nicht zusehen, wie du uns beide in Gefahr bringst."

„Was ist denn nur in dich gefahren, Frank? Wer jagt dir solche Angst ein? Vor ein paar Stunden warst du noch ein wagemutiger Kreuzritter und jetzt spielst du die eingeschüchterte Kirchenmaus. Wir können ihn schlagen. Man muss nur wissen, wie. Wir werden ein Glied seiner Kette attackieren, bis es bricht, und dann haben wir ohnehin die halbe Miete in der Tasche."

„Und welches Glied dieser Kette hast du dir herausgesucht?", fragte Frank gereizt.

„Dr. Penell", antwortete Peter kurz. Sofort hob Frank den Kopf.

„Dr. Penell?", wiederholte er ungläubig.

„Wer sonst käme in Frage?"

„Und du hast dir sicherlich schon einen Plan zurecht gelegt."

„Noch nicht, aber es gibt immer einen Weg." Peter klappte seine Taschenuhr auf und stellte fest, dass es bereits sechs Uhr morgens war.

„Du solltest dich noch ein paar Stunden hinlegen. Ich möchte Miss McAlister heute keinen geräderten Anwalt präsentieren. Ich habe keine Lust, mir ihre Vorwürfe anzuhören." Seine Augen glitzerten voller Tatendrang. Frank deutete mit erhobenem Zeigefinger auf ihn. „Ich warne dich, Peter, mach keine Dummheiten!"

„Du kannst dich voll auf mich verlassen." Er öffnete die Tür und komplimentierte ihn hinaus. Der Wendepunkt war erreicht. Nun sollte sich der gute Doktor in Acht nehmen!

Es war schon später Vormittag, als Frank erwachte. Die Vorhänge waren bereits zurückgezogen. Der Regen trommelte gegen die Scheiben. Angewidert kuschelte er sich in das schwere Federbett. Bei diesem Wetter konnte er auch später aufstehen. Probeweise steckte er eine Zehe aus dem Bett, um sie sogleich wieder unter der warmen Bettdecke verschwinden zu lassen. Wehmütig dachte er an seine Londoner Wohnung mit Zentralheizung. Wie schaffte man es nur in einem so mittelalterlichen Haus zu wohnen? Jeden Moment konnte einen eine Lungenentzündung oder Typhus heimsuchen! Er hätte Peter Handschellen anlegen und ihn ins Flugzeug verfrachten sollen.

Stimmengewirr drang durch die Tür. Stöhnend öffnete er die Augen. Er konnte zwar kein Wort verstehen, aber es musste sich um ein Wortgefecht handeln. Und wer konnte es wohl verursachen? Es war nicht nötig, sich diese Frage zu stellen. Widerstrebend rollte er aus dem Bett, schlüpfte in die Pantoffeln und zog schnell seinen Morgenrock über. Eine Gänsehaut überzog seinen ganzer Körper. Er öffnete die Tür. Es gab keinen Zweifel.

„Ich habe Ihnen bereits gesagt, dass ich die Baracke nicht mehr finden würde", erwiderte Peter gerade hitzig.

„Und ich sage Ihnen zum zigsten Mal: Ziehen Sie Ihren Mantel an." Frank rieb sich den Schlaf aus den Augen. Er war wirklich neugierig, wer diesen Schlagabtausch gewinnen würde.

„Ich werde mich nicht auf die sinnlose Suche begeben. Was gedenken Sie in diesem Schuppen zu finden? Meine Initialen, die ich in die Wand geritzt habe?"

„Haben Sie das getan?", fragte Inspektor Hardcourt scharf. Er bekam ein höhnisches Lachen zur Antwort.

„Natürlich! Ich hatte ja nichts Besseres zu tun. Seien Sie doch vernünftig, Inspektor. Falls es irgendwelche Spuren gegeben hat, so wird man jene schleunigst beseitigt haben. Ich bin mir sicher, dass ein verfallenes Cottage nicht als Beweis für eine Entführung dient."

„Sofern wir Merkmale für Ihre Gefangenschaft finden, wird dies als Beweis gewertet. Das muss ich Ihnen nicht erklären. Und natürlich werden wir in dem alten Hause Spuren finden. In Windeseile kann man nicht alle vernichten", schnaubte Inspektor Hardcourt.

„Die Entführer waren doch keine Stümper. Das muss Ihnen doch klar sein."

„Natürlich waren sie welche! Wie sonst konnten Sie so einfach entwischen? Hätten sie ihre Sache richtig gemacht, könnten Sie jetzt dort Ihren Lebensabend verbringen!" Und dieser Gedanke schien dem Inspektor sehr zu behagen.

„Das würde Ihnen gefallen, nicht wahr?" Die beiden Streithähne hatten Frank noch nicht bemerkt.

„Sicherlich. Wegen Ihnen habe ich drei schlaflose Nächte verbracht. Unzählige Überstunden gemacht. Und ich frage mich wofür? Eigentlich sollte ich dankbar dafür sein, dass man Sie mir wenigstens ein paar Stunden vom Leib hielt." Das Gesicht des Inspektors leuchtete vor Zorn.

„Es ist wirklich zu bedauern, dass ich so geschickt war, mich selbst zu befreien. Dadurch habe ich Ihnen Ihren Triumph gestohlen. Das nächste Mal werde ich geduldig auf Sie warten, wie es sich für einen Engländer gehört. Ich möchte nicht derjenige sein, der Ihnen die Chance stiehlt, auf der Titelseite der Tageszeitungen zu prangen."

„Sparen Sie sich Ihren Kommentar, Dr. Forgerson. Ich bin nicht derjenige, der ständig wegen irgendwelchen Geschichten und Desaster in den Zeitungen erscheint! Für mich muss auch nicht die Kripo ausrücken. Die Scherereien hat man nur mit Ihnen!" Peter machte eine wegwerfende Handbewegung.

„Ich bin dieses Gesprächs reichlich müde, die Arbeit wartet. Sie können sich nun gerne zurückziehen." Inspektor Hardcourt hob drohend seinen Zeigefinger gegen Peter.

„Sie sind angehalten, der Polizei bei der Aufklärung eines Verbrechens Hilfe zu leisten", rezitierte er äußerst reserviert.

„Welches Verbrechen ist denn gemeint? Würden Sie das bitte genauer definieren?"

„Es handelt sich um den Entführungsfall 147-334 Peter George Forgerson." Ein arrogantes Lächeln erschien auf seinem Gesicht.

„Ich habe keine Anzeige erstattet."

„Nein, Sir, da stimme ich Ihnen zu." Inspektor Hardcourt genoss es offensichtlich. Peter ballte die Hände zu Fäusten. Seine Augen färbten sich schwarz.

„Ihr Vater, Sir Julian Forgerson, Earl of Tubor, hat offiziell Anzeige erstattet und hinzuzufügen ist, dass Sie eine Person des öffentlichen

Dienstes sind. Dies hat zur Folge, dass eine Straftat gegenüber der Staatsgewalt vorliegt."

„Perfekt!" Peter hob zornig die Hände gegen den Himmel.

„Sie möchten doch nicht ernsthaft, dass wir Schritte einleiten, die Sie zur Zusammenarbeit mit uns zwingen? Das würde kein gutes Licht auf Sie werfen." Liebenswürdig reichte er Peter Hut und Mantel. „Natürlich werden wir Ihre Zeit nicht ungebührlich in Anspruch nehmen." Mit diesen Worten machte er eine salbungsvolle Geste zur Tür. Entnervt hob Peter die Augen zur Decke und entdeckte dabei Frank, der dem Gespräch ruhig zugehört hatte.

„Das ist das mindeste, was ich erwarte", entgegnete er und warf seinem Freund einen strafenden Blick zu, der ihn mit einem unschuldigen Schulternzucken erwiderte. Widerwillig schlüpfte er in den Mantel und wandte sich dabei an Frank: „Bitte geh nochmals die Sterbeurkunden durch, bis ich zurück bin." Erst jetzt nahm der Inspektor Frank wahr. Er sah von Peter zu ihm hoch. Frank stand mit den Händen in den Taschen des Morgenmantels verborgen da und begegnete dem Blick des Inspektors. Seine Augen schienen zu sagen, dass er die Verärgerung des Inspektors bestens verstand. Peter konnte wirklich ein unausstehlicher Snob sein.

„Kein Problem", antwortete er dann. Entschlossen öffnete Peter die Tür.

„Möchten Sie hier Wurzeln schlagen, Inspektor?", fragte er scharf und schritt hinaus. Kalter Regen peitschte ihm ins Gesicht. Er wartete, bis ihm die Wagentür geöffnet wurde.

„Ich bin nicht Ihr Dienstbote, Dr. Forgerson!", fauchte Inspektor Hardcourt. Peter hob pikiert eine Augenbraue.

„Tatsächlich?", murmelte er echauffiert.

„Gewiss nicht!" Inspektor Hardcourt öffnete die Tür, ließ ihn einsteigen und knallte mit voller Wucht die Tür hinter ihm zu. Nachdem endlich alle im Wagen saßen und er sich in Bewegung setzte, begann Inspektor Hardcourt erneut mit den Fragen, die er ihm wohl schon ein dutzend Mal gestellt hatte.

„Sie sind sich absolut sicher, dass ein Landwirt sie kurz vor Derrygonelly aufgriff?" Peters Nerven hatten diesen Morgen schon genug gelitten.

„Sie sollten etwas gegen Ihre Gedächtnisschwäche unternehmen, Inspektor Hardcourt. Ihre Vergesslichkeit könnte ernste Folgen für Sie haben."

„Wie bitte?" Sergeant Quaritsh rieb sich die gefurchte Stirn. Was war
denn heute nur los? Warum konnten die Beiden nicht wie normale
Menschen miteinander umgehen? Es funktionierte vor ein paar
Tagen doch auch noch.

„Ich habe Ihnen diesen Teil der Geschichte mindestens schon zwanzig Mal geschildert. Es hat sich absolut nichts daran geändert. Zum
allerletzten Mal; Nehmen Sie bitte zur Kenntnis, dass ich nach einem
Kräfte raubenden Lauf auf eine Straße gestoßen bin und ein Landwirt, der mir seinen Namen genannt, ich ihn aber wieder vergessen
habe, mich mit seinem Auto nach Garrison mitnahm. Durch meine
Erschöpfung bin ich bald darauf eingeschlafen und erst erwacht, als
er mich vor Miss McAlisters Haus geweckt hat."

„Sie sind ein großartiger Beobachter. Kein Wunder, weshalb man Sie
mit Sherlock Holmes betitelt", bemerkte der Inspektor spöttisch.
Wütend wandte sich Peter von ihm ab und schaute aus dem Beifah-
rerfenster. Wie sollte er nur diese Stelle wieder erkennen? Schweigend fuhren sie eine Landstraße entlang, die sich nach einiger Zeit
durch ein kleines Laubwäldchen schlängelte. Der Regen hatte nachgelassen und es nieselte jetzt. Plötzlich spannten sich Peters Muskeln. Seine ganze Körperhaltung änderte sich. Sein Snobismus war
verschwunden. Er bat Sergeant Quaritsh den Wagen anzuhalten.
Sobald er stand, stieg er aus, sah sich genau um, lief hin und her,
schritt ein paar Yards die Straße entlang.

„Folgen Sie mir bitte, Inspektor Hardcourt", bat er dann und folgte
einem schmalen Pfad durch das kleine Laubwäldchen.

Sie waren wohl schon eine halbe Stunde unterwegs, als der Boden
immer weicher wurde und der Matsch an ihren Schuhen haften
blieb. Peter erinnerte sich tatsächlich an die Lichtung, auf der er
zusammengebrochen war. Es musste hier ganz in der Nähe sein. Der
Regen hatte nachgelassen. Um sie herum leuchtete das grüne Moos.
Es roch nach verrottendem Laub. Regentropfen glitzerten auf dem
herbstlich verfärbten Blätter.

„Sind Sie sich wirklich sicher, dass es hier gewesen ist?", fragte der
Inspektor skeptisch, dessen Füße bereits nass waren. Peter sah sich
suchend um. In der Tat befanden sie sich an der Stelle, wo er zusammengebrochen war. Verwischte Abdrücke waren auf dem Boden
zu erkennen. Einige Schritte weiter, wo dicke Belaubung nicht allzu
viel Regen durchließ, fand er einen Fußabdruck. Peter winkte den
Inspektor zu sich und zeigte ihm den Schuhabdruck.

„Ich muss aus dieser Richtung gekommen sein." Sergeant Quaritsh folgte seinem Zeigefinger und nickte zustimmend.

„Wie weit wird es von hier sein?" Peter hob ahnungslos die Schultern.

„Ich weiß es nicht. Möglicherweise sind es nur ein- bis zwei Meilen oder auch mehr. Ich kann mich kaum noch an diesen Lauf erinnern."

„In Ordnung."

„Dann lassen Sie uns mal nachsehen", ermunterte ihn Inspektor Hardcourt und marschierte los. Als sie den Waldrand erreichten, trug eine Windböe Brandgeruch zu ihnen herüber. Inspektor Hardcourt rümpfte die Nase. Argwöhnisch gingen sie weiter. Eine graue Rauchsäule stieg in den Himmel. Peter folgte ihm mit einem unguten Gefühl. Als sie den Waldrand erreichten, kam das Ausmaß der Rauchsäule zum Vorschein. Peter blieb wie angewurzelt stehen und starrte auf die verkohlten Überbleibsel. Inspektor Hardcourt beäugte Peter neugierig.

„Das werden wir genauer unter die Lupe nehmen", entgegnete er und eilte auf die Rauchwolke zu. Nur zu gut konnte sich Inspektor Hardcourt ausmalen, was geschehen war. Zähneknirschend musste er eingestehen, dass sich Peters Vermutungen bewahrheitet hatten. Sie hinkten den Verbrechern erbärmlich hinterher. Doch die Schuld galt sicherlich nicht ihm. Nur ein paar armselige Grundmauern waren von dem alten Cottage noch vorhanden. Das verkohlte Holz des in sich zusammengebrochenen Dachständers lag in der Mitte des Hauses und qualmte vor sich hin. Peter trat näher. Man spürte immer noch die Wärme des vergangenen Feuers. Die wenigen Regentropfen, die auf den verkohlten Schutt fielen, gaben zischende Geräusche von sich.

„Der Brand muss schon vor einiger Zeit gelegt worden sein", schloss Inspektor Hardcourt und sah sich bereits suchend um. Sergeant Quaritsh nickte bestätigend.

„In dieser gottverlassenen Umgebung ist das bestimmt niemandem aufgefallen." Peter wandte sich dem Inspektor zu.

„Möchten Sie die Spurensicherung kommen lassen?"

„Natürlich, vielleicht gibt es doch etwas zu finden." Grimmig ließ er den Blick über den qualmenden Schutt schweifen. Diejenigen Beweise, die von Bedeutung waren, wurden sicherlich zerstört. „Nun ja, vielleicht finden wir die Schüssel, in dem sie Ihnen das Brot servierten und möglicherweise ein paar verkohlte Ratten", sinnierte Inspektor Hardcourt.

„Verfluchter Mist!", entfuhr es ihm dann. Er griff nach einem noch
warmen Stein und schleuderte ihn in den rauchenden Haufen.

„Warum haben wir nicht gestern schon nach diesem Haus gesucht?
Die Übergabe des Lösegeldes war für gestern um acht Uhr geplant.
Die Täter wussten, dass etwas schief gelaufen sein musste. Niemand
war am Treffpunkt aufgetaucht. Es gab keinen Kontakt mehr nach
Drei Uhr nachmittags." Frustriert rieb er sich das Gesicht. „Wie konnte ich nur so nachlässig sein!" Erneut packte er einen Stein und warf
ihn in den Schutt. DS Quaritsh wanderte stöbernd um das Cottage
herum.

„Die Täter sind ein hohes Risiko eingegangen, hier her zurückzukeh-
ren. Ihnen muss die Spurenbeseitigung äußerst wichtig gewesen
sein", brummte er und stocherte mit einem Stück Holz in der Asche.
„Ich glaube kaum, dass es sich auf diese Weise zugetragen hat. Ich
denke, sie kamen gegen den späten Nachmittag zurück, um Dr. Forgerson zu holen." Er warf Peter einen forschenden Blick zu. „Sie
fanden das Versteck leer, so vernichteten sie alle Beweise. Richtig,
Dr. Forgerson?" Peters Blick glitt nachdenklich über die trübe Landschaft. Die Bäume trennten sich nur langsam von ihrem bunten
Laub. Gedankenverloren wischte Inspektor Hardcourt seine Hände
an einem weißen Taschentuch ab. Dann drehte er sich plötzlich zu
Peter um. „Nennen Sie mir den Namen Ihres Entführers, Dr. Forgerson."

„Wie?" Entgeistert starrte er den Inspektor an.

„Je mehr ich darüber nachdenke, umso weniger glaube ich Ihre Geschichte. Niemand verlässt sich auf sein Glück, um eine Person zu
entführen. Nach Ihrer Aussage haben Sie sich spontan dazu entschlossen mit Miss Artkinson zu sprechen. Warum haben Sie sie
nicht angerufen? Immerhin mussten Sie bei Dunkelheit ins Dorf. Das
Wetter war ebenso nicht berauschend." Er trat zu Peter und sah ihm
in die Augen. „Sie hatten nie vor, Miss Artkinson aufzusuchen. Was
gedachten Sie zu unternehmen und wer wusste Bescheid?"

„Ich habe Ihnen alles gesagt", beharrte Peter stur. Seine Augen
funkelten angriffslustig.

„Möchten Sie, dass ich Miss Artkinson nochmals dazu verhöre?",
drohte der Inspektor.

„Welchen Sinn sehen Sie darin, Inspektor Hardcourt? Miss Artkinson
hat mit all dem nicht das Geringste zu tun."

„Natürlich hat sie damit zu tun. Weshalb sollte man sonst eine Bombe an das Auto anbringen? Sie haben sie angestiftet. Ist Ihnen klar, in

welche Gefahr Sie Miss Artkinson bringen?" Ärgerlich schüttelte der Inspektor den Kopf.

„Wenn wir schon bei dem Thema sind: Haben Sie schon irgendwelche Erkenntnisse über die Explosion von dem Wagen der Artkinsons erhalten?" Ein Grübchen erschien auf Inspektor Hardcourts Kinn.

„Die Bombe bestand aus Nitroglyzerin, die mit einem Zeitzünder zur Detonation gebracht wurde."

„Ein Zeitzünder", murmelte er.

„Die Vorrichtung funktionierte, indem die Zeit zuvor eingegeben wurde. Es war eine schlichte Vorrichtung. Eine Kinderuhr", fügte er hinzu. Inspektor Hardcourt holte sein Telefon aus der Tasche und forderte die Spurensicherung an. Peters Blick wurde leer. Seine Gedanken begannen zu wandern.

„Nitroglyzerin", wisperte Peter. Sergeant Quaritsh bestätigte es und begann sogleich mit einer Vielzahl an Fachausdrücken darüber zu referieren. Peter verstand nur die Hälfte davon. „Wie komme ich in Irland an Nitroglyzerin?", fragte er schließlich.

„Entweder auf dem Schwarzmarkt über den Ostblock oder man bestellt sich die chemischen Mittel im Internet. Heutzutage ist das alles nicht mehr so schwierig. Derjenige, der sich mit Chemie auskennt, kann sich leicht seine eigenen kleinen Bomben bauen. Sie können auch mit Dünger eine Bombe bauen. Es gibt tausend Möglichkeiten. Zum Beispiel..."

„DS Quaritsh", mahnte ihn Inspektor Hardcourt. „Ich glaube kaum, dass Dr. Forgerson an einem Vortrag über Sprengstoff interessiert ist, obwohl ich Ihre Kenntnis darüber zu schätzen weiß." Er steckte sein Telefon ein. „Was sind das für geheime Treffen, an denen sich Miss Artkinson beteiligt?"

„Wie?" Peters Augen wurden groß. „Ich habe keine Ahnung, wovon Sie sprechen."

„Ach kommen Sie schon, Dr. Forgerson. Spielen Sie nicht den Ahnungslosen. Es zehrt an meinen Nerven. Es gibt eine Hütte auf der Marshland Wiese. Seit einiger Zeit finden dort geheime Treffen statt. Als wenn Sie das nicht wüssten. Miss Artkinson ist ebenso daran beteiligt. Nach allem, was geschehen ist, liegt natürlich mein Augenmerk auf ihr. Also, wenn Sie etwas zur Klärung beitragen können, dann sagen Sie es." Peter presste die Lippen zusammen und schwieg. Inspektor Hardcourt hob seufzend die Hände. „Bitte, wie Sie wünschen."

„Miss Artkinson hat nichts damit zu tun", zischte Peter durch zusammen gebissene Zähne.

„Als man Ihnen den Hund vor das Auto legte, war sie eine der ersten
am Tatort. Ist Ihnen das schon zu Bewusstsein gekommen?"

„Reiner Zufall", knirschte Peter.

„Wir werden sehen", bemerkte Inspektor Hardcourt leicht hin.

„Was haben Sie vor?" Inspektor Hardcourt ignorierte ihn, warf stattdessen einen Blick auf die Uhr.

„Nun?"

„Wir werden ein Auge auf sie haben", erwiderte ihm der Inspektor
und wartete auf seine Reaktion.

„Sie möchten Miss Artkinson beschatten lassen?!", empörte sich
Peter sofort.

„Das ist kein Schaden und es dürfte auch in Ihrem Interesse liegen",
antwortete er süffisant. Er hatte genau die Reaktion erhalten, die er
erwartet hatte. Ihre Blicke trafen sich für einen langen Moment.

„Gehen Sie immer so verantwortungslos mit den Steuergeldern Ihrer
Bevölkerung um?", keifte Peter. Seine Wangen hatten sich gerötet.
Seine Augen blitzten wie Fixsterne. Inspektor Hardcourt lachte auf.

„Jetzt hören Sie mir zu, Dr. Forgerson, denn es könnte für Sie von
größtem Belang sein. Entweder arbeiten Sie mit mir, oder ich werde
einen anderen Weg gehen und der kann Ihnen Ihr Leben richtig
schwer machen. Ich bin Ihnen ein sehr großes Stück weit entgegen
gekommen. Sie erhielten Informationen von mir, an die Sie bestimmt nicht so einfach herangekommen wären. Ich habe Ihnen
mehr als genug Zugeständnisse gemacht. Es ist mein guter Wille und
nichts anderes. Aber meine Geduld ist zu Ende. Jetzt werden Sie mir
antworten. Wo liegt Ihr Interesse an Miss Artkinson?" Peter erstarrte
zu Eis. „Was soll diese Frage?", fauchte er aufgebracht.

„Ich denke, diese Frage ist ganz berechtigt. Ihr Interesse an ihr
kommt doch nicht von ungefähr".

„Ich habe keine Ahnung, was Sie damit sagen möchten."

„In welcher Beziehung stehen Sie zu ihr?", nahm ihn Sergeant Quaritsh jetzt ins Kreuzverhör.

„In welcher Beziehung ich zu ihr stehe?" Peter schnappte nach Luft.
„Diese Frage ist Ihrer nicht würdig, Sir", knurrte er. „Sie haben kein
Recht, sich in irgendwelche Privatangelegenheiten zu mischen, egal
in welcher Hinsicht. Zu diesem Thema werden Sie von mir absolut
keine Stellungnahme bekommen."

„Der Herr Anwalt lernt nicht", bemerkte Inspektor Hardcourt mit gespielter Resignation. „Wir werden ihn mit aufs Revier nehmen", wandte er sich an DS Quaritsh. Auf meinem Schreibtisch liegen ein unaufgeklärter Mord, ein Selbstmord, ein Mordanschlag, eine Grabschändung und eine Entführung. Alle Fäden führen zu Ihnen, Dr. Forgerson" Peter schluckte, versuchte ruhig Blut zu wahren. Er fühlte sich gefangen in den Ereignissen, die ihn umgaben. Ein Licht am Ende des Tunnels war nicht zu sehen.

„Haben Sie auch Dr. Penell überprüft?", fragte er stattdessen. Ein Glimmen trat in die Augen des Inspektors. Sein Gesicht hellte sich auf.

„Dr. Penell? Weshalb?"

„Es gibt ein paar Unstimmigkeiten. Und sein Name tauchte ebenso immer wieder auf."

„Er ist der Arzt hier in der Gegend. Welche Unstimmigkeiten meinen Sie?"

„Für einen Allgemeinmediziner besitzt er ein sehr beachtliches Vermögen. In den Aufzeichnungen steht, er habe dieses geerbt. Von einer dankbaren Amerikanerin", fügte er ironisch hinzu.

„Weiter", bohrte Inspektor Hardcourt nach. Peter seufzte und berichtete über seine Nachforschungen.

„Die Dokumente beweisen, dass er legal zu dem Vermögen kam", schloss Inspektor Hardcourt. Von weitem hörte man Autogeräusche.

„Dr. Penell hat alle Sterbeurkunden der Kinder, die in den letzten zwei Jahren hier verstorben sind, selbst ausgestellt", bemerkte der Inspektor wie nebenbei. Überrascht schossen Peters Augenbrauen nach oben. Inspektor Hardcourt grinste spitzbübisch. Peters Ärger war verflogen. „Deshalb haben Sie das Grab des kleinen Darson geöffnet, nicht wahr?", fuhr er fort. Sofort verfinsterte sich Peters Gesicht.

„Sind Sie von dieser absurden Schlussfolgerung immer noch nicht abgerückt?", fauchte er wütend. „Sehe ich etwa aus, wie ein gemeiner Grabschänder?" Er erhielt keine Antwort. Aus dem Wald tauchten vier uniformierte Polizeibeamte, mit Stäben und Absperrband bewaffnet, auf. Inspektor Hardcourt winkte ihnen zu. Er gab ihnen Anweisungen und wandte sich an Sergeant Quaritsh. „Wir gehen zurück. Die Spurensicherung und jemand vom Brandschutz werden gleich hier sein. Es wird Zeit, dass wir trockene Sachen bekommen. Sie kommen mit, Dr. Forgerson." Er deutete zum Weg. Peter folgte ihnen ohne Widerspruch. Mittlerweile war er bis auf die Knochen durchgefroren. Während des Rückwegs wurde kaum noch gesprochen. Jeder hing seinen eigenen, düsteren Gedanken nach.

Peter fand seinen Partner im Arbeitszimmer. Als er eintrat, hob Frank den Kopf.
„Und etwas erreicht?", wollte er wissen und biss genüsslich in einen Apfel. Peter nahm die Kaffeekanne vom Kaminsims und schenkte sich in der von Frank bereits benutzten Tasse ein.
„Was möchtest du denn jetzt gern hören? Ich habe dieses Cottage wiedergefunden, besser gesagt die Überbleibsel davon. Als Erfolg würde ich das kaum bezeichnen." Seufzend grub Frank seine weißen Zähne in den Apfel. Entnervt zog sich Peter seine nassen Sachen aus und hing sie ordentlich an den Garderobenständer, der eigentlich nur zur Dekoration diente. „Ich werde jetzt duschen. Weiteres können wir später besprechen, wenn ich mich umgezogen habe." Er nahm einen Schluck vom Kaffee und verzog dabei das Gesicht. „Frank, wie kannst du nur diese Brühe trinken?!" Frank lächelte selbstgefällig.
„Ich werde Miss McAlister bitten, dir Lunch zu machen, wie ich sehe, bist du völlig down under. Dich streckt schon eine Tasse Kaffee nieder!" Mit diesen Worten stand er auf, nahm ihm die Tasse aus der Hand und trank sie in einem Zug aus.
„Dein Magen muss wie ein Salzsäurebehälter konstruiert sein", kommentierte Peter missbilligend.
„Ich habe heute drei Stunden geschlafen. Irgendwie muss ich mich wach halten." Er schob Peter zur Tür hinaus und machte sich auf den Weg nach unten, wo es schon verlockend nach Apfelkuchen duftete.

Nachdem er ausgiebig geduscht und trockene Kleider am Leib trug, fühlte er sich wesentlich besser. Seine beklommene Stimmung hatte sich gehoben und er sah das Ganze nun wieder sachlicher.
Frank saß bereits wieder am Schreibtisch und las in einer vergilbten Akte.
„Hat sich etwas Neues ergeben?" Sein Blick fiel auf das versilberte Tablett, auf dem eine glänzende Teekanne, eine bereits eingeschenkte Tasse Tee, ein paar belegte Brötchen mit Cheddar Cheese, den Frank bevorzugte, und eine kleine weiße Keramikvase mit einer abgeschnittenen Dahlie stand.
„Die Idee mit der Dahlie stammt nicht von mir", ergänzte Frank und schenkte sich eine weitere Tasse seines Gebräus ein.

„Das habe ich auch nicht anders erwartet." Peter nahm die Vase vom Tablett, schnupperte an der Dahlie und stellte sie auf den Schreibtisch. Seine Augen glänzten und ein kaum wahrnehmbares Lächeln umspielte kurz seine Lippen. Während er in einem Stapel Akten wühlte, trank er einen Schluck Tee und biss in ein Brötchen.

„Mir ist nichts Besonderes in die Hände gefallen, seit ich hier die Akten wälze." Er deutete auf die Kopien der Totenscheine. Peter zog einen Zettel heraus und winkte damit.

„Hier stehen acht Namen von Kindern, die in verschiedenen Krankenhäusern von Nordirland in einem Zeitraum von zwei Jahren gestorben sind."

„Ich weiß, worauf du hinaus willst, Peter, aber Namen allein besagen überhaupt nichts." Mit der freien Hand klappte Peter das Brötchen zu einem Sandwich zusammen, biss hinein und kaute nachdenklich. Seine Augen begannen zu funkeln.

„Richtig, du hast vollkommen recht und darum schlage ich vor, du packst ein paar Sachen für eine Nacht zusammen. Ich will in einer Viertelstunde verschwunden sein."

„Und wohin soll uns dieser Ausflug führen?" Frank griff sich ebenfalls ein Brötchen. Peters Aktionismus war ihm nur all zu bekannt.

„Nach Omagh natürlich", erwiderte Peter und sammelte einige Blätter zusammen.

„Ich habe keinesfalls vor, um diese Zeit nach Omagh zu fahren. Bis wir da sind, ist es beinahe sechs Uhr abends. Und um diese Zeit sind bereits alle Behörden geschlossen."

„Möglich, aber jene, die ich aufsuchen möchte, sind rund um die Uhr offen", entgegnete er, verschlang den Rest seines Brötchens und trank den Tee aus. „Nachdem wir Omagh erledigt haben, werden wir nach Belfast weiterfahren, dort die Nacht verbringen und uns morgen um den Rest kümmern. Ich weiß wirklich nicht, wo das Problem liegt."

„Bevor ich nicht weiß, was du alles erledigen willst, werde ich dich nicht fahren lassen", setzte ihn Frank stoisch in Kenntnis. Stöhnend hob Peter die Hände.

„Warum bist du immer so misstrauisch? Ich werde dir alles im Auto erklären, aber bitte lass uns endlich in die Gänge kommen." Widerwillig erhob sich Frank vom Schreibtisch.

„Wenn du vorhast..."

„Frank, bitte lass uns jetzt keine Diskussion beginnen."

„Dir ist doch klar..."

„Bitte!", unterbrach ihn Peter. „Später, wirklich", versprach er und huschte aus dem Zimmer. Peter hatte seine Utensilien innerhalb von fünf Minuten zusammengepackt und wartete ungeduldig in der Küche auf ihn.

„Ich kann es nicht gutheißen, dass Sie heute noch nach Omagh aufbrechen möchten. Es wird bald dunkel werden. Die Läden haben mit Sicherheit geschlossen, bis Sie die Stadt erreichen."

„Meine Erledigungen, die ich zu tätigen habe, haben kaum etwas mit den Shops der Stadt zu tun." Mit zwei Topflappen bewaffnet, machte sich Miss McAlister am Ofen zu schaffen. Die Küche war erfüllt mit dem süßen Duft der frisch gebackenen Scones. „Es ist völlig unnötig, sich Sorgen zu machen, Miss McAlister", versicherte Peter und legte eine Kuchenplatte auf den Tisch.

„Und was denken Sie, soll ich Inspektor Hardcourt sagen, wenn er nach Ihnen verlangt?"

„Sie können ihm ruhig erzählen, wohin wir unterwegs sind. Es besteht kein Grund, ein Geheimnis daraus zu machen." Ohne zu fragen nahm er ihr die Topflappen aus der Hand, holte das Blech aus dem Rohr und ließ die Scones gekonnt auf die vorbereitete Kuchenplatte gleiten.

„Und wenn er wissen will, was Sie dort treiben?", bohrte sie weiter.

„Dann erklären Sie ihm bitte ganz unverbindlich, dass ich mich nach etwas Großstadtluft sehne."

„Er wird sich unheimlich darüber aufregen", gab sie ihm zu bedenken. Peter legte das Backblech in das Spülbecken und ließ heißes Wasser einlaufen.

„Das dürfte allein sein Problem sein. Aber ich gebe Ihnen einen kleinen Tipp: Verführen Sie ihn mit einem dieser phantastischen Scones und er wird zahm sein wie ein Lamm." Miss McAlister wollte soeben zum Protest ansetzen, doch da stand Frank unvermittelt im Türrahmen.

„Ich bin so weit", verkündete er knurrend und hob die Reisetasche zur Bestätigung in die Höhe.

„Gut." Peter drehte sich zu Miss McAlister um. „Morgen Abend sind wir wieder zurück. Sie müssen sich keine Gedanken machen und haben Sie bitte ein Auge auf Miss Artkinson. Wären Sie so freundlich?" Ihre Lippen formten ein Lächeln.

„Das müsste wesentlich einfacher sein, als Sie zu hüten, Sir." Mit übertriebener Sorgfalt setzte er sich seinen Hut auf.

„Davon wäre ich nicht so überzeugt." Er zwinkerte ihr schelmisch zu, nahm die Autoschlüssel vom Schlüsselbrett und wies Frank an sich in Bewegung zu setzen.

Es war kurz vor acht Uhr, als Peter den gemieteten VW in eine freie Parklücke vor dem Krankenhaus hineinmanövrierte.

„Mussten wir unbedingt die Autos tauschen?"

„Frank." Stöhnend kletterte Frank aus dem kleinen Gefährt und streckte seine knackenden Glieder.

„Du hättest zumindest einen Rover nehmen können. Nicht jeder ist so klein wie du. Ich hätte mich auch mit einem Vauxhall Astra zufrieden gegeben, aber einen VW Polo!", echauffierte er sich immer noch wütend.

„Frank, bitte." Peter hatte nicht die geringste Lust sich mit ihm zu streiten. „Du weißt ganz genau, wie auffallend es wäre, sich mit dem Bentley hier aufzuhalten. Geschweige denn ihn wieder heil zurückzubringen. Mit diesem Wagen gehen wir in der Menge unter und das ist es, worauf es wirklich ankommt. Du bist doch jung und vital. Ich habe nicht die leiseste Ahnung, warum du dich wegen ein paar Unannehmlichkeiten so aufregst. Für ein klein wenig Unbequemlichkeit erntest du eine Portion Abenteuer. Adrenalin für deinen Körper und das beinahe umsonst! Der ultimative Kick für deine Nerven."

„Peter!" Frank hob genervt den Blick zur Decke.

„Ja?"

„Halte bitte deine vorlaute Klappe oder mein Adrenalin entlädt sich in einer verbalen Attacke in dein unschuldiges Gesicht!"

„Ich möchte wissen, warum du so sauer bist."

„Warum ich sauer bin?!", explodierte Frank. Seine Wangen röteten sich. „Wir haben eine halbe Stunde Fußmarsch hinter uns, haben dreimal den Bus gewechselt und sind viermal mit der U-Bahn in völlig absurde Richtungen gefahren, bis wir diesen schäbigen VW Polo gemietet haben. Deine Paranoia geht mir wirklich zu weit!"

„Vor ein paar Wochen, warst du noch ganz anderer Meinung, als wir den Schlingenmörder jagten", brummte Peter beleidigt.

„Die Situation war damals bei weitem eine völlig andere", konterte Frank.

„Weshalb?", verlangte Peter zu wissen. Seine Augen glitzerten wie zwei Fixsterne.

„Damals war dein Name Peter George Fox und dein Kopf keine, wer weiß wie viele Millionen Pfund Sterling wert." Peter spürte, wie das Blut aus seinem Gesicht wich.

„Was willst du damit sagen? Ich habe mich seither nicht verändert! Nur mein Nachname lautet nun anders. Ansonsten blieb doch alles beim Alten. Nichts, absolut nichts hat sich geändert!"

„Natürlich! Es hat sich alles geändert!" Frank kam mit schnellen Schritten um den Wagen herum. „Alles hat sich verändert, es will nur nicht in deinen sturen Schädel. Du gehörst jetzt zu den VIPs, zu den oberen Zehntausend! Wenn dir etwas zustoßen sollte, kann ich mir sofort mein eigenes Grab schaufeln. Ist dir das klar?" Ungläubig schüttelte Peter seine dunklen Locken.

„Bist du jetzt von allen guten Geistern verlassen? Dieses Gerede ist doch alles nur Blabla. Ich bin volljährig und vollkommen zurechnungsfähig. Sie können dich keineswegs für irgendwelche Geschehnisse belangen, an denen du nicht maßgeblich beteiligt bist."

„Und was ist das, was wir gerade unternehmen? Bin ich in deinen Augen ein außenstehender Zuschauer?" Peter seufzte abgrundtief.

„Vergiss den Kram und lass uns endlich etwas unternehmen, dass dieses Töten hier beendet wird. Wenn mein Vater etwas unternehmen will, dann tut er es, so oder so. Er wird dich nicht belangen für Dinge, für die ich verantwortlich bin. Soweit kenne ich ihn allemal."

„Er hat große Angst, dass dir etwas zustoßen könnte."

„Er will mich ständig in seinem goldenen Käfig halten. Er will mich kontrollieren, nichts weiter. Sein Vorzeigesohn darf in der Öffentlichkeit nicht in Ungnade fallen oder als Ärgernis auftreten. Sei charmant und benimm dich, wie man es von dir als Mitglied der Forgerson-Dynastie erwartet."

„Das ist es nicht. Du hast ihn in diesen Tagen nicht erlebt, als du entführt wurdest. Seine Gefühle sind echt", entgegnete Frank fest.

„Möglicherweise. Aber es ändert absolut nichts."

„Das tut es doch. Sir Julian droht nicht, ohne dass er seine Drohungen nicht wahr macht", beharrte Frank. Verzweifelt hob Peter seine Hände.

„Ich werde auf mich aufpassen, ich verspreche es dir, Frank. In Ordnung?" Frank sah ihn misstrauisch an.

„Wirklich, ich gebe dir mein Ehrenwort." Peter machte ein paar Schritte und drehte sich dann zu seinem Freund um.

„Wir haben doch nicht den ganzen Weg gemacht, nur um hier zu debattieren. Lass uns jetzt einfach unserer Arbeit nachgehen, okay?" Bewegungslos stand Frank am Auto und musterte ihn. Peter zuckte resigniert mit den Schultern und machte sich dann auf den Weg zum Krankenhaus. Er kannte den Weg, der ihn direkt zur Notaufnahme führte.

Er klopfte kurz an die Tür in der Hoffnung, dass sie Dienst hatte. Ansonsten musste er sich eine plausible Ausrede einfallen lassen. Ein barsches „Herein" erklang. Erleichtert öffnete er die Tür.
„Guten Abend, Dr. Ruthland", begrüßte er sie. Überrascht über die bekannte Stimme hob sie sofort den Kopf.
„Dr. Forgerson!", stieß sie aus und legte ihren Stift beiseite. Frank berührte seinen Arm und zischte ihm beleidigt ins Ohr: „Du hast nicht gesagt, dass sie eine Frau ist!"
„Ist das von Belang?" Peter runzelte die Stirn. Sogleich nahm Frank seinen Hut ab und schenkte ihr ein verlegenes Lächeln.
„Darf ich vorstellen? Frank Barkley, mein Partner und Bodyguard, solange ich hier in Nordirland verweile." Mit einer galanten Handbewegung deutete er auf die Ärztin. „Dr. Ruthland."
„Freut mich Sie kennen zu lernen." Frank verbeugte sich galant. Mit seinem blonden Haar und seinen stahlblauen Augen war er der Herzensbrecher schlecht hin. Ihre Stimmung hatte sich sichtlich gebessert. Ein charmantes Lächeln lag auf ihren Lippen, das Peter nie zuvor gesehen hatte.
„Das beruht auf Gegenseitigkeit." Sie warf Peter einen kalten Blick zu und sagte dann: „Sie hätte ich heute Abend am wenigsten erwartet, Dr. Forgerson." Peter entledigte sich seines Huts und Mantels.
„Ich weiß und ich entschuldige mich vielmals für mein unangemeldetes Auftauchen. Bitte verzeihen Sie mir meine schlechten Manieren, aber es gibt Dinge, die keinen Aufschub dulden. Und da wir gerade in der Nähe waren..."
„Bitte ersparen Sie mir Ihre Floskeln", unterbrach sie ihn ungestüm, dann wandte sie sich freundlich an Frank und bot ihm einen Stuhl an.
„Da Sie nun schon mal hier sind, können Sie mir auch sagen, wo der Schuh drückt, vorher werde ich Sie ohnehin nicht los."
„Dürfte ich wissen, mit was ich Sie dieses Mal beleidigt habe, damit ich solch einen Umgangston verdiene?" Er war diese Art der Geringschätzung mehr als leid.
„Ich weiß nicht, was an meinem Umgangston falsch ist."

„Nein? Sie zeigen mir die kalte Schulter und Ihr Verhalten mir gegenüber ist doch ziemlich abweisend." Sie schürzte ihre Lippen und entgegnete spitz: „Ich habe wohl eine Ihrer sensiblen Seiten getroffen, mein guter Dr. Forgerson." Peter sog scharf die Luft ein. „Es ist Ihnen wohl bekannt, warum ich diesen Ton anschlage."

„Da bin ich aber völlig anderer Meinung."

„In der Tat?" Sie sah kurz zu Frank hinüber und wandte sich dann ihm zu. „Was ist denn aus jener Verabredung am Samstag geworden? Sie haben mich auf schamlose Weise benützt, um dann so mir nichts, dir nichts zu verschwinden."

„Ich...", setzte Peter an.

„Er ist entführt worden", mischte sich Frank in das Gespräch, das sich zu einem handfesten Streit auszuwachsen drohte, ein. Wenn Blicke töten könnten, würde Frank jetzt unter den Toten weilen.

„Entführt?", wiederholte Dr. Ruthland entgeistert.

„Nicht der Rede wert", knurrte Peter verärgert.

„Wie bitte?", ereiferte sich Frank. „Wie kannst du nur so etwas zur Banalität herunterspielen?"

„Wo? Wann? Ich meine... Und von wem?", stotterte Dr. Ruthland verwirrt.

„Da, sieh nur, was du angerichtet hast!", keifte Peter und stellte sich kerzengerade hin.

„In Dr. Penells Haus, am Samstagabend und von wem?" Frank zuckte mit den Schultern. „Diese Frage erübrigt sich wohl."

„Oh Gott!", stöhnte sie und ließ sich in ihren Schreibtischsessel zurücksinken. „Ist Ihnen etwas passiert?" Sofort erwachte der Arzt in ihr.

„Nein", knurrte Peter. „Es ist alles in bester Ordnung."

„Wer hat Sie befreit? Wurde Dr. Penell festgenommen?", drängte sie zu erfahren. Ungeduldig hob er die Hände.

„Ich konnte mich selbst befreien und Dr. Penell ist nicht in Haft genommen worden."

„Aber warum...?"

„Hören Sie, Dr. Ruthland, ich bin nicht hierhergekommen, um mit Ihnen über dieses leidige Missgeschick zu plaudern." Frank stieß einen leisen, empörten Pfiff aus.

„Warum haben Sie Dr. Penell nicht angezeigt?"

„Wie denn?", brauste Peter auf. „Ich hielt mich widerrechtlich in seinem Haus auf, als er mich überwältigte."

„Das habe ich beinahe befürchtet. Ich hätte diesen bescheuerten Anruf niemals tätigen dürfen."

„Dann hätten Sie mir jede Menge Ärger erspart", rutschte es Frank heraus. Sofort lief er knallrot an. Mit dieser Bemerkung hatte er sich keinen Gefallen erwiesen. Und er wollte sich Anwalt nennen!

„Ich bin wegen der verstorbenen Kinder hier, also können wir das Thema ein andermal erörtern?" Dr. Ruthland ignorierte seine Bemerkung.

„Dr. Penell wird das ganze Beweismaterial vernichtet haben." Ihre Augen begannen gefährlich zu funkeln. Erst jetzt ging ihr auf, welcher Schaden durch sein übereiltes, dummes Handeln entstanden sein könnte. „Was haben Sie sich dabei gedacht?"

„Stopp! Ich werde mir jetzt keinerlei Vorwürfe Ihrerseits anhören."

„Wie konnten Sie nur so dumm sein?!", explodierte Dr. Ruthland. „Dachten Sie tatsächlich, Dr. Penell würde auf diese billige Falle hereinfallen? Sie mussten doch damit rechnen, dass er zurück sein würde, bevor Sie irgendwelches Material sicherstellen konnten!" Peters Herz pumpte mehr Blut in seinen Schädel, als er benötigte. Er hatte die Nase gestrichen voll. Nur zu gut wusste er, welcher Idiot er war! Musste er sich das jetzt auch noch von ihr vorhalten lassen?

„Es gab nichts im Haus, was als Beweismaterial sichergestellt werden hätte können", verteidigte er sich.

„Es war nichts da?" Dr. Ruthlands Wutausbruch war wie weggeblasen. Frank beobachtete neugierig die beiden Kampfhähne. Peter hatte wirklich die Gabe, jeden innerhalb von Sekunden auf die Palme zu bringen. „Was soll das heißen? Er muss irgendwo Belege, Akten oder andere Beweise deponiert haben."

„Es gab nichts Belastendes im Haus", versicherte Peter.

„ Durchsuchten Sie das ganze Haus?"

„Ich nahm mir seine Praxis vor."

„Und sonst nichts?" Sie schüttelte verachtend den Kopf. „Ich dachte, Sie hätten ständig mit diesen Fällen zu tun. Aber wie ich feststellen muss, benehmen Sie sich wie ein blutiger Anfänger."

„Jetzt machen Sie aber einen Punkt!" Seine Augen sprühten Feuer.

„Mir war es leider nicht gegeben, das ganze Haus zu durchsuchen, wie Sie wohl zur Kenntnis genommen haben."

„Wenn ich in das Haus eingestiegen wäre, Dr. Forgerson..."

„Ich verzichte gerne auf Ihre Darstellung eines perfekten Einbruchs." Die Injektionswunde begann wieder zu schmerzen. Unbewusst fasste er danach und rieb sich die Stelle. Dr. Ruthland runzelte die Stirn.

„Was haben Sie da?", wollte sie wissen.

„Nichts", gab Peter unwirsch zurück. Entschlossen stand sie auf und kam um den Schreibtisch herum.

„Lassen Sie mich mal sehen."

„Das kommt überhaupt nicht in Frage!", protestierte er und trat unwillkürlich einen Schritt zurück. „Ich bin nicht hier, um mich mit Ihnen zu streiten oder mich untersuchen zu lassen. Ich will nur ein paar schlichte Informationen über die verstorbenen Kinder. Nichts weiter."

„In Ordnung. Aber erwarten Sie von mir keine Kooperation."

„Ohne Fleiß, kein Preis. So ist das nun mal auf dieser Erde", merkte Frank mit einem hinterhältigen Lächeln an und verschränkte dabei in Lehrmeistermanier seine Arme vor der Brust.

„Ich weiß deine Loyalität sehr zu schätzen, bester Freund."

„Na, na, Dr. Forgerson. Sie müssen sich nicht so zieren. Ich möchte doch nur, dass Sie Ihren Arm entblößen. Ich fordere nicht Ihre Unschuld."

„Ich kann die Informationen auch auf einen anderen Weg beschaffen. Ich bin keinesfalls auf Sie angewiesen, Dr. Ruthland, und erpressen lasse ich mich bestimmt nicht!", fauchte er wütend.

„Sicher, aber das kostet Sie wesentlich mehr Zeit und Aufmerksamkeit, die Sie ja vermeiden möchten." Triumphierend streckte sie ihm ihr Kinn entgegen.

„Ich kann Ihnen Ihr Leben ziemlich unangenehm gestalten." Seine Stimme wurde ruhig. In seinen Augen glomm ein kaltes Licht. Sofort ging sie auf Distanz.

„Dann erklären Sie mir doch bitte, wie Sie mir das Leben schwer machen möchten."

„Ich werde Sie zuerst von der Polizei zu einem Verhör abholen lassen. Das gibt schon einen ganz netten Wirbel in der Klinik."

„Und mit welcher Begründung würden Sie dieses Szenario erklären?" Ihre Wangen röteten sich leicht.

„Es genügt, eine Aussage über Miss Holder einzuholen. Mit dem Satz, Sie sind der Polizei behilflich, läuten die Alarmglocken schon sehr laut", antwortete Peter schlicht. „Sie haben immer noch einen Anwalt der Krone vor sich, auch wenn es scheint, dass Sie dies manchmal gern vergessen."

„Denken Sie in der Tat, die Polizei lässt sich damit behelligen? Nur weil ein englischer Anwalt eine Aussage wünscht, setzen sie einen

Streifenwagen ein, mit dem ganzen Brimborium? Das ist wirklich lächerlich." Herausfordernd stemmte sie ihre Arme in die Hüften.

„Unterschätzen Sie mich nicht, Dr. Ruthland..." Ihre Miene hatte sich deutlich verdunkelt. Seinen Status als Crown Counsel hatte sie außer Acht gelassen. Ebenso die Handlungsmöglichkeiten, die der Status ihm gesetzlich einräumte. Doch als sie jetzt in sein ernstes Gesicht blickte, dessen Augen sie kalt betrachteten, jagten sie ihr doch eine Gänsehaut über den Rücken. Sie hatte ihn unterschätzt. Durch sein jungenhaftes Aussehen und seine zerstreute, manchmal tollpatschige Art, wirkte er verletzlich. Doch jetzt hatte sich dieser Eindruck in Luft aufgelöst.

„Nur zu, Dr. Forgerson, die Polizei wird an der Geschichte, als Sie des Nachts illegal ein Grab öffneten, sicher interessiert sein."

„Bitte, versuchen Sie Ihr Glück! Bringen Sie einen Zeugen, der Ihre Aussage bestätigen wird, und Sie haben mich in der Tasche. Aber falls dies nicht der Fall sein sollte, werde ich eine Verleumdungsklage gegen Sie anstrengen. Seien Sie sich da versichert."

„Könntet ihr jetzt endlich mit diesem unsinnigen Gezänk aufhören und zum Kern zurückkehren? Ich will heute irgendwann ins Bett." Beide Augenpaare richteten sich jäh auf Frank, der sie so plötzlich unterbrochen hatte.

„Du wirst Dr. Ruthland jetzt deinen Arm zeigen, sie wird bitte so freundlich sein, uns die Informationen zu geben, die wir für unsere weiteren Ermittlungen benötigen, und jeder kann wieder seinen Tätigkeiten nachgehen."

„Frank-"

„Kein weiteres Theater mehr, Peter, das ist mein voller Ernst", drohte Frank, der des Geplänkels mehr als überdrüssig war. Peter warf Dr. Ruthland einen vernichtenden Blick zu, zog demonstrativ langsam sein Jackett aus und rollte den linken Ärmel hoch. Ohne noch ein Wort zu verlieren, trat sie zu ihm, nahm den Arm, drehte ihn hin und her und begutachtete die Einstiche mit Kennerblick.

„Wissen Sie, welches Beruhigungsmittel man Ihnen verabreicht hat?", fragte sie dann und hob den Kopf dabei.

„Nein. Man hat mir Blut abgenommen, um dies festzustellen. Falls es überhaupt nachweisbar ist, werde ich es erst später erfahren. Obwohl ich wenig Hoffnung hege, dass dies viel nützen wird. Aller Wahrscheinlichkeit nach wurde ein gängiges Mittel benutzt." Dr. Ruthland nickte nachdenklich, ging dann zum Schreibtisch hinüber und nahm hinter dem Computer Platz.

„Welche Informationen möchten Sie haben?" Frank kam zu ihr herüber.

„Wir benötigen die Namen und Adressen der Kinder, die in den letzten zwei Jahren hier und in der Umgebung gestorben sind. Ebenso ist es von Wichtigkeit die Todesursache zu erfahren." Dr. Ruthland begann verschiedene Codes einzugeben.

„Ich kann Ihnen nur einen Auszug über alle behandelten Kinder dieses Krankenhauses ausdrucken lassen. Zu den anderen Kliniken besitze ich keinen Zugang."

„Nun, das ist zumindest ein Anfang", bemerkte Frank. Sie tippte weitere Codes ein und wartete.

„Ich würde gern selbst eine Blutprobe entnehmen, Dr. Forgerson." Wie vom Blitz getroffen, fuhr Peters Kopf hoch.

„Jetzt?"

„Sicher. Möglicherweise lässt sich das Präparat, das benutzt wurde, feststellen und Sie hätten das Ergebnis gleich aus erster Hand." Peter schien über diesen Gedanken nicht gerade glücklich, setzte sich jedoch ohne großes Gemurre auf den Behandlungstisch und schob den Ärmel hoch.

„Ich bezweifle, dass irgendetwas dabei herauskommt. Es ist schon viel zu lange her." Der Drucker begann zu rattern. Dr. Ruthland stand auf, ging zum Schrank und entnahm ihm, Watte, Desinfektionsmittel und eine leere, sterile Spritze. Beim Anblick der Spritze spürte er, wie ihm das Blut aus dem Gesicht wich. Er schluckte trocken. Sie zog zwei Einwegplastikhandschuhe aus einer Box und schlüpfte hinein. Ein Lächeln erschien auf ihrem Gesicht.

„Versuchen Sie sich zu entspannen Dr. Forgerson. Es ist nur halb so schlimm, wie Sie es sich vorstellen. Atmen Sie einfach tief durch." Sie legte die Spritze auf ein Tablett, tränkte den Wattebausch mit dem Desinfektionsmittel und wischte die vorgesehene Stelle ab. Dann packte sie die Spritze aus, überprüfte sie kurz, suchte nochmals die geeignete Stelle und stach dann in den Unterarm. Peter biss die Zähne fest zusammen. Seine Augen fixierten einen Punkt am anderen Ende des Raumes. „Alles vorbei", sagte sie schließlich, klebte noch ein Pflaster auf die Wunde, winkelte seinen Arm nach oben und nahm die Spritze mit zu ihrem Schreibtisch.

„Wissen Sie zufällig noch, wer alles am Samstag in der Hütte erschienen ist?" Stutzig geworden drehte sie sich zu ihm um.

„Sie meinen am Abend Ihrer Entführung?"

„Korrekt", bestätigte er und knöpfte seinen Ärmel zu. Dr. Ruthland überlegte kurz.

„Es waren alle anwesend."

„Alle?", wiederholte Peter skeptisch.

„Ja. Mr Artkinson wird Ihnen das bestätigen. Sie nahmen es Ihnen ziemlich übel, dass Sie sie an der Nase herumgeführt haben." Peters Augen klärten sich plötzlich.

„Über was wurde gesprochen?"

„Über was geredet wurde?" Sie legte ihre Stirn in Falten. „Nun…" Sie nahm das Tablett, auf dem noch das Infektionsmittel und die Watte lagen. „Über was wurde gesprochen?", murmelte sie nachdenklich.

„Es wurde über die Graböffnung und den Anschlag, der auf Miss Artkinson verübt wurde, debattiert."

„Ist etwas Verwendbares dabei herausgekommen?" bohrte Peter weiter.

„Wir waren am Ende so schlau wie zu Beginn."

„Haben Sie die anderen toten Kinder erwähnt?"

„Nein. Verdächtigen Sie jemanden aus dieser Gruppe?" Peter hob den Kopf und sah in ihr Gesicht.

„Man darf keine Möglichkeit außer Acht lassen", erklärte er kalt.

„In dem Raum, in dem ich festgehalten wurde, sprach jemand zu mir. Meine Augen waren damals verbunden und mir war, als hätte ich diese Stimme schon einmal gehört. Aber ich kann sie nicht zuordnen."

„Männlich oder weiblich?", wünschte sie zu wissen.

„Eindeutig männlich", antwortete Peter.

„Würden Sie die Stimme wiedererkennen, wenn Sie sie wieder hören würden?"

„Vielleicht. Aber mit allergrößter Sicherheit kann ich dies nicht beantworten. Manchmal spielt das Gehirn einem einen Streich, was die Art von Beweisführung vor Gericht auch so schwierig macht."

„Wir sollten das Haus suchen, in dem sie festgehalten wurden. Möglicherweise finden wir irgendwelche Beweise", schlug sie vor. Peter schüttelte den Kopf und stand auf.

„Dieses Spiel habe ich heute schon mit Inspektor Hardcourt absolviert. Das Cottage, in dem sie mich festgehalten hatten, war bis auf die Grundmauern herunter gebrannt. Ich glaube nicht, dass man irgendwelches Beweismaterial sicherstellen kann."

„Und was gedenken Sie jetzt zu unternehmen?"

„Wir werden uns mit der Namensliste befassen. Wichtig ist nun herauszufinden, an was die Kinder gestorben sind und wer sie behandelt hat. Es ist notwendig zu wissen, welches Alter die Kinder hatten, damit wir sicher sein können, dass eines jener Kinder in dem Grab liegt, das nicht für es vorgesehen war."

„Warum haben sie keinen leeren Sarg begraben?" Peter hob den Blick, schritt dann langsam im Zimmer auf und ab und dachte über diese Frage, die ihm noch nicht in den Sinn gekommen war, nach. Sein Gehirn schien ihn in letzter Zeit des Öfteren in Stich zu lassen. Frank wollte soeben eine Bemerkung machen, als Peter plötzlich stehen blieb. Erwartungsvoll sahen ihn beide an.

„Ich denke, sie benötigten die Leiche für das Bestattungsinstitut, das von dem Handel nicht den blassesten Schimmer hatte. Es wäre sicher sehr merkwürdig für sie gewesen, wenn sie keine Leiche zum Einsargen bekommen hätten. Die ganze Sache wäre dann in null Komma nichts aufgeflogen. Aber diese Thesen müssen alle überprüft werden." Mit einem mulmigen Gefühl nahm sie den Bericht aus dem Ablagefach und legte ihn auf ihren Schreibtisch.

„Es steckt eine ganze Organisation hinter der Geschichte", schloss sie mit düsterer Miene und nahm ein Blatt aus einen Hefter.

„Davon gehe ich aus", bestätigte Peter.

„Ich werde Ihnen die Namen ankreuzen, die in Frage kommen." Mit einem Stift verfolgte sie die Reihe und setzte ihre Haken, dann reichte sie Frank den Computerausdruck. „Seien Sie vorsichtig", ermahnte sie beide. Frank nickte ernst.

„Ich werde meine Adleraugen nicht von ihm nehmen", versicherte er ihr. Sie verabschiedeten sich und verließen das Zimmer.

Peter atmete sichtlich erleichtert auf. Sie gingen wortlos den Gang entlang zum Fahrstuhl. Frank drückte auf den Knopf und musterte dabei Peter, der aussah, als wäre er in eine andere Welt abgetaucht, was er womöglich auch war.

„Wo möchtest du mit deinen Ermittlungen beginnen?", fragte er und riss ihn so aus seinen Gedanken. Die Fahrstuhltür öffnete sich. Peter trat ein und drückte den Knopf fürs Erdgeschoß.

„Wir werden mit der Überprüfung der Kinderleichen und deren Bezug zu den Kindern in Garrison beginnen. Danach werden wir feststellen müssen, ob die Krankentransporte per Schiff oder Flugzeug in den betreffenden Wochen getätigt wurden und welches Ziel dabei vorgesehen war. Ich bin mir sicher, dass keines der Kinder auf der Insel geblieben ist."

„Weißt du, was du da sagst, Peter?", entsetzte sich Frank. „Das ist Arbeit für mindestens vier Beamte! Und falls du rechnen kannst, gibt es hier nur zwei, denen du wirklich vertraust. Wie stellst du dir das vor? Wir müssen Tage und Nächte daran setzen, um auch nur einen Teil des Pensums zu schaffen, das du vorgegeben hast."

„Frank, du übertreibst mal wieder grenzenlos. Es handelt sich hier um sieben Kinderleichen, wobei wir nicht sicher sein können, da wir jene Särge nicht geöffnet haben. Es ist uns nur möglich darüber Vergleiche und Mutmaßungen anzustellen. Nach dem, was wir bis jetzt wissen, gibt nur drei Kinder, die in diesem Krankenhaus in Frage kommen. Nichts anderes. Die Möglichkeiten hier sind äußerst begrenzt. Es ist bei weitem nicht der Arbeitsaufwand nötig, den wir bei offiziellen Ermittlungen haben. Kannst du dich jetzt bitte wieder beruhigen?"

„Du machst es dir ja ziemlich leicht, Peter Forgerson, aber so einfach ist das alles nicht." Die Aufzugtür öffnete sich. Eine Person im Trenchcoat kam ihnen entgegen. Ein Blick genügte, um Peters Blut erstarren zu lassen.

„Beim Zeus!", zischte er und drückte auf den nächstbesten Knopf. Die Person hob eine Hand und wollte etwas rufen, doch die Fahrstuhltür schloss sich bereits wieder. Frank sah ihn an.

„Das war doch Inspektor Hardcourt."

„Völlig richtig erkannt", pflichtete er ihm bei und stieg aus. Sie waren im Kellergeschoß gelandet. „Das Letzte, was ich mir jetzt wünsche, ist ein Gespräch mit ihm."

„Er hat uns bereits erkannt", ermahnte ihn Frank und warf einen Blick auf die Anzeige des Fahrstuhls. Peter setzte sich bereits in Bewegung.

„Komm endlich oder willst du hier Wurzeln schlagen?!", blaffte er und marschierte entschlossen den Gang entlang. Die Lampe des Aufzugs leuchtete auf. Der Inspektor war ihnen bereits auf den Fersen. Peter lugte in ein paar Räume und öffnete dann eine weiße Stahltür am Ende des Gangs. Frank folgte ihm. Das kalte Licht hinter der Tür, verlieh dem Raum eine gespenstische Blässe. Es roch intensiv nach Desinfektionsmittel und überdeckte beinahe einen seltsamen, süßlichen Geruch. Peter sah sich genauer um. Der Raum war ziemlich groß. Es gab einige große Waschbecken, zwei Ausgüsse am Boden, Wasserschläuche, einen mehrtürigen, weißen Metallschrank und einen Schreibtisch in der Ecke gegenüber. An der anderen Wand stand eine Anzahl von fahrbaren Metalltischen. Der ganze Raum war weiß gekachelt. Einige der Tische standen in der Mitte des Raumes. Zwei davon waren mit weißen Tüchern bedeckt. Von der Decke hing ein Mikrophon.

„Das ist die Pathologie", flüsterte Frank ehrfürchtig und starrte auf einen der bedeckten Körper. Peter nickte ungerührt. „Und jetzt?", verlangte sein Freund zu wissen. Unentschlossen sah Peter sich um. Der gute Inspektor konnte jeden Moment auftauchen. Nochmals begutachtete er den Raum, nahm ein Laken vom Stapel, zog Schuhe und Socken aus und reichte sie seinem Freund, der ihn nur kopfschüttelnd ansah. Peter legte sich auf eine der leeren Bahren, die Frank wortlos mit einem der Leichentücher bedeckte und verkroch sich danach herzklopfend in den Schrank, der für Besen, Lumpen, Wischer und anderes hygienisches Equipment gedacht war. Kaum hatte er die Tür geschlossen, hörte er auch schon, wie sich die Eingangstür öffnete. Peter hielt unwillkürlich die Luft an. Er wollte sich nicht ausmalen, was passierte, wenn Inspektor Hardcourt ihn hier entdecken würde.

„Es tut mir wirklich leid, dass ich Sie zu dieser Stunde noch bemühen muss, aber Sie wissen ja, ein Mörder kümmert sich nicht um Dienstzeiten."

„Da kann ich Ihnen nur beipflichten, Inspektor." Peter biss sich auf die Unterlippe. Sein Herz raste und pumpte wie wild. Blut, angereichert mit Adrenalin schoss durch seine Adern. Das konnte doch nur ein Alptraum sein!

„Es ist erschreckend, was in den letzten Tagen in unserer Umgebung alles passiert ist. Man könnte denken, ein Fluch läge über dem Land. Ist dieser Engländer eigentlich wieder aufgetaucht? Man hat von einer Entführung gesprochen..." Inspektor Hardcourt lachte auf.

„Von einer Entführung? Unsinn! Der Junge befand sich in Belfast ohne jemandem Bescheid zu geben. Sie wissen doch wie unverantwortlich die jungen Leute heute sind. Und bei Engländern darf man sich ohnehin über nichts wundern", hörte Peter den Inspektor lamentieren. Bewegungen waren zu vernehmen. Stoff raschelte.

„Na, dann war das wohl alles nur viel Wind um Nichts. Man hat sogar erzählt, sein Vater, Lord Sheringham, persönlich sei hier gewesen."

„Gerüchte", kommentierte Inspektor Hardcourt trocken. „Der einzige, der hier sein Unwesen trieb, war ein reicher Grundstücksspekulant, der sich für Schloss Orkley interessierte. Man hatte ihn jedoch ziemlich schnell wieder vertrieben, was so in der

Wache erzählt wurde." Dr. Penell warf ihm einen misstrauischen Blick zu.

„Also, Inspektor, worum handelt es sich?" Peters Mund war ausgedörrt. Schweißperlen hatten sich auf seiner Stirn gebildet. Die Tür quietschte und weitere Schritte waren zu hören.

„Guten Abend, die Herren." Der Arzt warf einen Blick auf die Leichenbahre, auf der Peter sich gebettet hatte und runzelte dabei die Stirn.

„Man sagte mir gar nichts von einem Neuzugang", murmelte er leise vor sich hin. Das war's! Peter nahm nun ebenfalls Leichenblässe an. Er war geliefert!

„Mit was kann ich Ihnen dienen, meine Herren?", fragte die fremde Stimme geschäftsmäßig.

„Es wurde vor ca. vier Stunden eine männliche Leiche eingeliefert", begann Inspektor Hardcourt. Der Pathologe nickte bestätigend.

„Das ist die Leiche 187, Schädelfraktur", fügte er hinzu.

„Können wir sie sehen?", fragte Inspektor Hardcourt.

„Sicher." Schritte waren erneut zu vernehmen. Peters Atem stockte. Falls sie nun an seine Bahre kamen...! Nur mit Mühe konnte er seine zitternden Hände ruhig halten. Sie blieben neben ihm stehen. Peter biss die Zähne zusammen. Er spürte, wie an seinem Tuch gezogen wurde. Sein Herz hielt für Sekunden mit den Schlagen inne. Dann, plötzlich, ohne Vorwarnung hielt die Bewegung inne. Ein anderes Tuch wurde zurückgezogen und ein Grunzen von Inspektor Hardcourt war zu hören. Nach kurzer Stille sprach Dr. Penell: „Das ist wirklich eine üble Schädelfraktur. Sieht aus, als hätte man ihm den Schädel mit einem schweren Gegenstand eingeschlagen."

„Ich würde die Tatwaffe, mit der man die Verletzung beifügte, einen schweren, länglichen Gegenstand zuordnen, zum Beispiel einer Brechstange. Sehen Sie hier an der linken Schläfe", fuhr er fort. Stoff raschelte wieder. „Die Verletzung stammt eindeutig von einem runden, harten Gegenstand. Diese Risse und Ausfransungen an der Haut könnten vom Ende der Brechstange stammen." Peter hörte gespannt zu.

„Ich denke, Sie haben völlig Recht", stimmte ihm Dr. Penell zu.

„Kannten Sie diesen Mann?", fragte der Inspektor unvermittelt. Eine Pause entstand. Dr. Penell räusperte sich.

„Ich glaube, ich habe ihn ein paar Mal herumstreunen sehen. Natürlich kann ich das aber nicht mit Sicherheit sagen. Diese armen Wegelagerer trifft man doch überall und alle sehen sie gleich aus."

„Wir haben ihn heute Nachmittag in einem Waldstück in der Nähe von Derrygonelly gefunden." In Inspektor Hardcourts Stimme schwang ein leichter Unterton mit.

„Tatsächlich?" Dr. Penell wirkte nicht interessiert.

„Wie lange, schätzen Sie, ist er tot, Doktor?"

„Hm. Nach dem momentanen Befund würde ich auf ca. vierunddreißig Stunden tippen. Genaueres kann ich Ihnen aber erst nach Abschluss unserer Untersuchungen sagen." Dr. Penell schritt nachdenklich im Raum auf und ab.

„Sie erwähnten doch, dass dieser Engländer verschwand. Wäre es denn nicht möglich...? Ich meine..."

„Ausgeschlossen. Dr. Forgerson hat ein einwandfreies Alibi. Überhaupt ist er viel zu klein und schmächtig, um einen Mann mit dieser Größe und Statur zu töten. Dazu kommt, dass es keinerlei Motiv gibt, weshalb er einen Nichtsesshaften töten sollte."

„Vergessen Sie's Inspektor, es war nur so ein Gedanke."

„Ich glaube, der Wegelagerer beobachtete irgendetwas und darum wurde er getötet."

„Mitten in der Prärie?" Dr. Penell lachte ungläubig. „Das scheint mir doch äußerst fragwürdig. Was könnte man dort schon beobachten?"

„Möglicherweise, wie jemand festgehalten wurde oder vielleicht Feuer legte", gab der Inspektor ihm zu bedenken.

„Wie bitte? Ich kann Ihnen leider nicht ganz folgen, Inspektor Hardcourt."

„Ich verstehe. Ich werde etwas ausholen. Wir fanden in der Nähe des Leichenfundorts ein abgebranntes Cottage."

„Und deswegen tötet man einen Menschen?" Ungläubig schüttelte Dr. Penell den Kopf.

„Ein Verbrechen zieht oft ein weiteres nach sich", belehrte ihn der Inspektor kurz.

„Das kann ich mir wirklich nicht vorstellen. Mit Verlaub, einen Landstreicher zu töten... Nein, doch nicht hier in Nordirland!" Angewidert presste Peter die Lippen aufeinander.

„Kann ich Ihnen sonst noch dienlich sein, Inspektor? Mein Terminkalender treibt mich leider zur Eile."

„Danke nein. Momentan nicht. Ich weiß es zu schätzen, dass Sie sich extra hierher bemüht haben."

„Keine Ursache", lächelte Dr. Penell. Er verbeugte sich leicht. „Meine Herren, ich wünsche Ihnen noch einen schönen Abend." Mit diesen Worten verabschiedete er sich und ließ sie allein. Der Pathologe bedeckte den Leichnam wieder sorgfältig und verließ mit Inspektor Hardcourt ebenfalls den Raum.

Peter lag reglos da. Er musste das Gehörte erst einmal verdauen. Es gab einen Zeugen. Jemand, der sah, was geschehen war. Entweder beobachtete er, wie er in das Cottage gebracht wurde oder wie sie das Haus in Brand steckten. Sie mussten ihn bald entdeckt und ihn sogleich beseitigt haben.

Die Tür wurde erneut geöffnet. Peter lauschte angespannt, wie sich die Schritte näherten. Vor seiner Bahre machte die Person halt. In banger Erwartung schloss er die Augen. In seinen Adern pulsierte das Blut. Schweißperlen bildeten sich auf seiner Oberlippe. Das Tuch wurde über seinen Bauch gepackt. Sein Atem stockte. Dies war wohl nun das Ende vom Lied. Eine Gänsehaut überzog seinen ganzen Körper. Ihm wurde augenblicklich eiskalt. Mit einem Ruck wurde das Tuch weggezogen. Er fühlte die kalte Luft auf seinem blassen Gesicht. Peter hielt die Augen geschlossen, in der Erwartung Dr. Penells Finger zu spüren, die sich um seinen Hals legten und zudrückten.

„Ich hoffe wohl geruht zu haben, Mylord." Die sarkastische Stimme war unverkennbar. Sogleich öffnete er die Augen und starrte in das grimmige Gesicht von Inspektor Hardcourt. Eine Flut unbeschreiblicher Erleichterung schwappte über ihn hinweg. Seine Muskeln entspannten sich sogleich und hinterließen noch für einen Moment den darauffolgenden Schmerz.

„Guten Abend, Inspektor Hardcourt", krächzte Peter heißer. Mit einer gewissen Genugtuung lehnte sich Inspektor Hardcourt an die gegenüberstehende Bahre und musterte ihn mit vor der Brust gekreuzten Armen.

„Sie müssen sich nicht so beeilen, Dr. Forgerson. Früher oder später landen Sie garantiert auf einem dieser einladenden Tische." Noch etwas zitterig setzte er sich auf.

„Sie haben Dr. Penell in Verdacht?", fragte er dann. Seine Stimme klang in seinen Ohren immer noch etwas fremd.

„Das haben Sie doch auch, nicht wahr?", entgegnete er ihm. Die Tür des Schrankes öffnete sich langsam und Frank steckte vorsichtig den Kopf heraus.

„Schönen Abend, Dr. Barkley", begrüßte er ihn trocken.

„Inspektor." Franks Wangen röteten sich leicht.

„Können Sie Ihren Verdacht auch begründen?", fuhr Peter fort. Inspektor Hardcourt lächelte schelmisch.

„In der Tat, Dr. Forgerson. Ich habe meine Gründe." Frank kam nun heraus und ging auf die beiden zu.

„Woher wussten Sie, dass wir hier zu finden waren? Wir hätten uns in jedem x-beliebigen Zimmer aufhalten können."

„Sie, Dr. Barkley, sicherlich, aber nicht unser guter Dr. Forgerson. Nein. Er hat den Hang zum Außergewöhnlichen, zum Theatralischen. Diese Eigenarten sind mir mittlerweile bestens bekannt." Peter ignorierte seine herablassende Erklärung, nahm Frank seine Schuhe aus der Hand und zog sich wieder an.

„Ich dachte nicht, dass Sie gleich das gesamte Waldgebiet absuchen ließen."

„Ich muss Ihnen doch nichts über gründliche Polizeiarbeit erklären. Natürlich haben wir das Gebiet nach möglichen Spuren abgesucht. Ihre Akte ist bei weitem noch nicht geschlossen worden", versetzte der Inspektor. „Wir fanden ein paar leere Portweinflaschen, Chipstüten und alte Zeitungen. Der verbliebene Inhalt der Flaschen und Chipstüten war relativ frisch. Wir gingen der Spur nach und fanden den unseligen Streicher tot hinter einem umgefallenen Baum. Sie hatten sich nicht einmal die Mühe gemacht, ihn mit Laub oder Zweigen zu bedecken."

„So viel zum Klassenverhältnis in Nordirland", bemerkte Frank trocken und nahm neben Peter Platz.

„Haben Sie Dr. Penell darum in die Stadt kommen lassen?"

„Nein. Er war bereits hier. Ich traf ihn am Parkplatz vor dem Krankenhaus. Möglicherweise kam er aus dem gleichen Grund hier her wie Sie, Sir." Seine Augen durchbohrten ihn wie zwei Dolche. Peter kommentierte die Bemerkung nicht. Stattdessen fragte er: „Wird Dr. Penell beschattet?"

„Nein. Im Moment liegt noch nicht genug Beweismaterial vor, das es den Aufwand rechtfertigen würde. Aber falls Sie mir irgendwie behilflich sein könnten...?" Er ließ den unvollkommenen Satz in der Luft stehen.

„Es gibt genug Indizien, die seine Überwachung rechtfertigen würden", entgegnete Peter scharf.

„Es besteht für so manche Person weitaus mehr Grund eine Observierung einzuleiten, als für Dr. Penell."

„Das ist also Ihre Meinung." Peter funkelte ihn an.

„Haben Sie etwas dagegen zu setzen?" Keine Antwort. Wie es Inspektor Hardcourt nicht anders erwartet hatte. Seufzend richtete er sich auf. „Ich werde mich jetzt darum kümmern, die Identität dieser armen Kreatur festzustellen. Vielleicht gibt es ja doch noch einen Menschen auf dieser Welt, der gern von ihm Abschied nehmen möchte." Peter stand nun ebenfalls auf.

„Ach ja, bevor ich's vergesse..." Inspektor Hardcourt ging zum Schreibtisch, beugte sich zum Stuhl hinunter und hielt plötzlich Peters Hut in den Händen. „Den haben Sie wohl bei Dr. Ruthland vergessen." Er warf ihm den Hut zu. Peter fing ihn auf und stammelte ein Danke. Der Inspektor deutete eine leichte Verbeugung an und verließ die Beiden ohne jedes weitere Wort.

„Er genießt es sichtlich den Überlegenen zu spielen!", zischte Peter und setzte sich den Hut auf den Kopf.

„Er hat momentan auch die besseren Trümpfe in der Hand", stimmte ihm Frank verstimmt zu und wandte sich zum Gehen. „Lass uns endlich fahren. Ich will hier keinesfalls übernachten", setzte er hinzu und war schon draußen. Sie machten sich wieder auf den Weg nach Belfast.

Peter warf einen müden Blick auf seine Taschenuhr. Es war kurz vor halb fünf Uhr morgens. Draußen war es immer noch dunkel. Sie befanden sich in einem Großraumbüro im Polizeihauptquartier in Belfast. Ein paar zivile Polizisten saßen hinter ihren Schreibtischen, tranken Kaffee und schrieben missmutig Berichte nach voran gegangene Einsätzen oder telefonierten. Peter hantierte mit einem der Zentralcomputer und klapperte alle Airlines ab, die Krankentransporte für In- und Ausland tätigten. Frank schlief in zwei Sesseln, die er gegenüber stehend platziert hatte. Entmutigt nahm er die Brille ab, rieb sich mit Zeigefinger und Daumen die Nasenflügel und starrte auf den Bildschirm, der keine weiteren Informationen ausspucken wollte.

„Hier, zur Aufmunterung." Peter hob den Kopf und sah in ein kaffeebraunes Gesicht, das ihn mit schneeweißen Zähnen anlächelte.

„Danke", murmelte er und nahm den Kaffee gern entgegen.

„Der Kasten scheint Ihnen ja mächtig zuzusetzen."

„Das kann man wohl sagen", bestätigte Peter müde und lehnte sich resigniert zurück. „Man gesagt, der Datenschutz wird allzu oft missbraucht, aber diese Behauptung kann ich leider nicht bekräftigen." Das Lächeln des Beamten wurde breiter.

„Na, vielleicht kann ich Ihnen ja helfen. Mein Name ist übrigens Moses Gilmore."

„Freut mich Sie kennen zu lernen. Mein Name ist Peter Forgerson.“

„Sie arbeiten hier wohl noch nicht sehr lange, wie?“ Peter warf ihm einen kurzen Blick zu.

„Ach so, nein. Ich gehöre diesem Revier nicht an.“ Die dunklen Augen von DS Gilmore fixierten ihn argwöhnisch.

„Ich arbeite tatsächlich für die englische Jurisdiktion“, klärte Peter ihn auf. „Ebenso mein Partner Dr. Barkley.“ Er deutete auf die schlafende Gestalt.

„Anwalt der Krone?“, fragte DS Gilmore skeptisch. Peter zuckte mit den Schultern.

„Im Moment sortiere ich Dokumente, Gerichtsakten und andere Dinge, die dem High Court gehören. Es ist kein Ereignis, dass die Welt bewegen würde. Die Gegend verführt auch nicht zur Melodramatik“

„Vielleicht nicht die Gegend, aber wenn es *den* Anwalt des High Court hierher verschlägt, muss etwas im Busch sein. Nicht war, Dr. Forgerson?“ DS Gilmore grinste ihn verschmitzt an.

„Bitte?“ Peter hob fragend die Augenbrauen.

„Ihr Ruf ist Ihnen vorausgeeilt, Dr. Forgerson. Die Staatssekretär-Geschichte“, erinnerte er ihn. Peter knurrte etwas Unverständliches.

„Welchen Nachlass bearbeiten Sie?“ Peters Miene verdunkelten sich merklich.

„Richter Dixon.“

„Sagt mir leider nichts. Welche Gegend?“ Peter bereute es bereits zutiefst den Richter erwähnt zu haben. Er war wohl zu müde, um aufmerksam zu sein.

„Garrison“, antwortete Peter.

„Garrison“, wiederholte DS Gilmore grübelnd. „Ist es nicht das Dorf, wo eine Wasserleiche auftauchte und bald darauf eine Frau Suizid beging? Ganz zu schweigen von der Grabschändung zu sprechen und einem Bombenanschlag, der sich erst in der letzten Woche ereignet hatte.“ Seine Augen ruhten forschend auf Peter, der ruhig an seinem Kaffee nippte.

„Nun, es handelte sich um Zufälle“, bemerkte er leichthin. DS Gilmore lachte auf.

„Ja, natürlich Dr. Forgerson.“ Kopfschüttelnd nahm DS Gilmore den Ausdruck aus der Druckerablage und überflog ihn kurz.

„Sie haben Interesse an Krankentransporten?“, wunderte sich der Detektiv Sergeant. Peter bejahte und nahm ihm grimmig das Papier aus der Hand.

„Ich muss noch manches nachzuprüfen. In dem Wust von Papieren, die mir Richter Dixon hinterlassen hat, gibt es so einige Ungereimtheiten.“

„Ich verstehe.“ Er zwinkerte ihm verschlagen zu. „Suchen Sie nach speziellen Krankentransporten?“ Peter fuhr sich frustriert durch sein dunkles Haar. In welche Situation hatte er sich nun wieder hinein manövriert? Er richtete sich leicht auf.

„Es geht um Steuerliches. Falsche Abrechnungen, die dem Fiskus viel Geld kosten. Ich habe Dokumente vorliegen, die Fragen aufwerfen. Es geht hierbei um Flüge, die hauptsächlich Kinder transportierten. Zumeist Kleinkinder“, fügte Peter noch hinzu.

„Besitzen Sie die Namen der Kinder, die transportiert wurden?“ wollte DS Gilmore wissen. Er erhielt ein Kopfschütteln zur Antwort.

„Ich verstehe nicht ganz...“

„Die Angelegenheit ist sehr kompliziert und ich müsste weit ausholen, um Ihnen dies alles zu erklären.“ Peter setzte die Brille auf und begann erneut mit dem Computer zu arbeiten. DS Gilmore beobachtete ihn eine Weile schweigend.

„Worauf zielen Sie ab?“, fragte er schließlich.

„Ich versuche immer noch an die Daten zu gelangen“, knurrte Peter missgelaunt.

„Auf die Weise werden Sie nicht weiterkommen. Versuchen Sie es doch mal bei der Ärztevereinigung.“

„Die Ärztevereinigung?“, wiederholte Peter stirnrunzelnd.

„Richtig. Ich bin mir sicher, die Gesellschaft kennt sich mit diesen Dingen aus. Es liegt in ihrem Metier.“

„Gut möglich“, pflichtete Peter über die Möglichkeit nachsinnend, bei.

„Wann öffnet die Ärztekammer?“

„Ich schätze wie alle Ämter so gegen acht.“

„Wie spät haben wir's jetzt?“ DS Gilmore warf einen Blick auf seine Armbanduhr.

„Viertel nach Fünf“, erwiderte er.

„In Ordnung.“ Peter sammelte seine sieben Sachen zusammen und schüttelte Frank wach. „Come on! Lass uns schlafen gehen!“ Schlaftrunken hob er den Kopf und zwinkerte in die gleißende Helligkeit. Mit grimmigem Gesicht stand er auf und streckte seine schmerzenden Glieder.

„Wie spät ist es?“, nuschelte er und rieb sich seinen steifen Nacken.

„Viertel nach Fünf“, antwortete DS Gilmore freundlich.

„Was?!", entsetzte sich Frank wieder zum Leben erwacht. Peter schlüpfte in den Mantel, verstaute die Brille im Etui und setzte sich den Hut auf.

„Ich bin um acht zurück", erklärte er, reichte Frank seinen Mantel und klemmte sich den Papierwust unter seinem linken Arm. Frank verzog das Gesicht. Peter tippte grüßend an seinen Hut und marschierte hinaus, gefolgt von einem frustrierten, unausgeschlafenen Anwalt, der keine Ahnung hatte, in welchem Film er spielte.

Das Hotel, das sie sich ausgesucht hatten, befand sich in der Nähe des Polizeihauptquartiers. Es war klein, ordentlich, sauber und unscheinbar. Die Einrichtung bestand aus einer Badewanne mit integrierter Dusche, zwei Betten, einem Schrank, einem kleinen Tisch, zwei Stühlen, einem alten Radiogerät und einem Wasserkocher. Die Wände waren beige getüncht und Vorhänge sowie Bettüberzüge waren aus dem gleichen, mit rosafarbenen Blumen bedruckten Stoff. Sie hatten sich unten im Foyer bei einer kleinen Person, deren Wangen rosig leuchteten, ins Gästebuch eingetragen und den Schlüssel entgegen genommen. Bezaubert von Franks Erscheinung, trotz seines zerknautschten Aussehens, lächelte sie ihn beglückt an. Frank hob die Augenbrauen und verzog seine Lippen dabei. Sie schüttelte ihre rotblonden Stöpsellocken und strahlte umso mehr. Peter wandte sich der Treppe zu. Sein Partner folgte ihm zu gleich.
„Um Himmelswillen! Was ist das für ein Püppchen!"
„Sie ist nicht nach deinem Geschmack?", fragte Peter und grinste schelmisch.
„Das ist wohl nicht dein Ernst! Shirley Temple in den Dreißigern!" Er schüttelte sich unwillkürlich.
„Ich weiß ja, dass du rassige Blondinen bevorzugst, aber..."
„Zumindest eine selbstbewusste Rothaarige. Aber das! Und wie sie mich angelächelt hat. Gott bewahre!" Peter lachte und sperrte die Tür im zweiten Stock auf.
„Da du dich wohl schon entschieden hast, musst du leider mit mir Vorlieb nehmen."
„Das kleine aller Übel", kommentierte Frank und warf sich auf das nächstbeste Bett. „Ich bin total erledigt!", stöhnte er und schloss die Augen. Peter ging ins Bad und überzeugte sich, dass es sauber war. Während er seine Krawatte löste, glitt sein Blick von dem

Waschbecken zur Wanne. Der Raum füllte sich mit Wasserdampf. Verschwommen sah er die Badewanne vor sich. Er hörte den Wasserhahn tropfen, spürte die klamme Feuchtigkeit auf seiner Haut. Sein Blick glitt zum Badewannenrand und folgte dem, über den Rand hängenden, nackten Arm, an dessen Hand das Blut dunkelrot die Fingern entlang lief und auf den Boden tropfte. „April", flüsterte er starr vor Angst. Hypnotisiert starrte er ihr bleiches Gesicht an. Das Wasser in der Wanne hatte sich scharlachrot gefärbt. Entsetzt schnappte er nach Luft und wich zurück. Sie öffnete die Augen und schaute ihn an. Dieser anklagende Blick!

„Peter?", hörte er Franks Stimme im Hintergrund. Ihre blauen Augen! Vorwurfsvoll, flehend und doch tot! Zu Stein erstarrt, konnte er den Blick nicht von ihr nehmen.

„Peter!" Die Stimme wurde merklich schärfer. Schweratmend schloss er seine Augen, versuchte ihrem Starren zu entfliehen. Sein Mund war ausgedörrt.

„Alles in Ordnung", hauchte er und wankte aus dem Bad. Frank war bereits auf den Beinen.

„Du bist leichenblass!"

„Tatsächlich?" Peter berührte die schweißnasse Stirn, holte tief Luft und versuchte die schwarzen Punkte, die vor seinen Augen tanzten, nieder zu kämpfen.

„Was ist passiert?" Frank trat nun selbst in das Bad und sah sich um. Alles befand sich an seinem Platz.

„Nichts. Absolut nichts", antwortete Peter stockend, atmete tief durch und riss sich die Krawatte vom Kragen. Ihre Blicke trafen sich. Peter wusste genau, was im Kopf seines Freundes vor sich ging. Sofort spannten sich seine Muskeln. Seine Augen begannen ärgerlich zu funkeln. „Schau mich bitte nicht so an! Es ist alles in Ordnung. Ich bin nur müde."

„Ich möchte wissen, was dir da drin wiederfahren ist."

Wütend presste Peter die Lippen zusammen. Die Wangen färbten sich rot.

„Es gibt keinen Anlass zur Sorge, Frank, wirklich. Ich bin völlig in Ordnung", beteuerte er nachdrücklich, der Franks Gesichtsausdruck richtig zu deuten wusste. „Gönne mir bitte nur ein, zwei Stunden Schlaf. Mehr verlange ich nicht." Kein Wort kam über Franks Lippen, doch seine Mine sprach Bände. Ruhig nahm er den Kulturbeutel aus seiner Reisetasche und verschwand ins Bad. Jetzt mit ihm zu streiten, war völlig zwecklos. Reine Energieverschwendung. Peter entsprang nun mal dem Geschlecht der Forgersons und er glich seinem Vater in mancherlei Beziehung sehr. Doch um das sich einzugestehen, würde seinem Freund noch lange Zeit zu beißen geben.

Peter ließ sich erschöpft auf das Bett fallen. Der Regen prasselte an das Fenster und lief in kleinen Rinnsalen die Scheibe herunter. Er schloss die Augen und atmete bewusst ein und aus. Sein Herz schlug hart gegen den Brustkorb. Er zitterte am ganzen Leib. April. Tränen stiegen auf. Jetzt nicht! ‚Tief Atmen‘, befahl er sich und folgte der Übung, so wie er es in der Klinik erlernte. Peter zählte seine Atemstöße, konzentrierte sich auf das autogene Training. Allmählich entspannte er sich und schlief tatsächlich ein.

Die Badezimmertür wurde geöffnet und ein Wasserhahn aufgedreht. Nach kurzer Zeit kam Frank zurück, stellte den Wasserkocher an, öffnete ein Glas Instantkaffee und ließ das Pulver in zwei Tassen rieseln.

„Du musst nicht Frühstück machen, wir können ebenso unten essen“, murmelte Peter und beschattete mit seiner rechten Armbeuge die Augen.

„Das Zeug da unten ist ungenießbar, ebenso wie Shirley Temple“, entgegnete Frank mürrisch. Der Wasserkocher brodelte und Kaffeeduft stieg ihm in die Nase. Frank stellte die Tassen auf das kleine, furnierte Nachttischchen und packte ein paar Brötchen und Croissants aus, die er zuvor in einem ‚24 Stunden Supermarkt‘ gekauft hatte. „Das Verschwinden dieses Penners wurde in der Zeitung noch mit keinem Wort erwähnt“, bemerkte Frank und bestrich sich ein Brötchen mit Butter und Marmelade.

„Du sollst sie nicht Penner nennen“, ermahnte ihn Peter erschöpft und setzte sich schließlich auf. Schläfrig rieb er sich die Augen. „Der Inspektor wird bestimmt seine Gründe haben, den Tod des Nichtsesshaften zu verheimlichen.“

„Den würde ich allzu gern kennen. Immerhin hat er seinen Fund Dr. Penell präsentiert.“ Er nahm ein zweites Brötchen, bestrich es ebenfalls und reichte es Peter, der ihn von Kopf bis Fuß musterte. Frank sah aus, als wäre er soeben einem Modejournal entstiegen. Der Anzug, den er trug, wies keine Falte auf. Die Krawatte saß korrekt unter dem Kragen und seine Haare, waren gewaschen und frisiert. Peter kam sich in seiner Gegenwart regelrecht schäbig vor.

Verstimmt biss er in das Brötchen, dabei fiel sein Blick auf den Faxbogen, der auf Franks Bett lag.

„Was ist das?", fragte er neugierig. Frank drehte sich um. Ein Lächeln tauchte auf seinen Lippen auf.

„Das ist eine Überraschung", erklärte er kurz und trank einen Schluck Kaffee. Peter runzelte die Stirn und griff danach, doch Frank war schneller. „Zuerst wird gegessen", belehrte er ihn und faltete den Bogen ordentlich zu einem Rechteck.

„Bitte?"

„Du hast schon richtig verstanden, Peter. Denkst du, ich mache mir die Mühe und laufe die halbe Stadt nach ein paar anständigen Croissants ab, damit du mir dann meinen Lunch vermasseln kannst?"

„Lunch?", wiederholte Peter verwirrt, der darauf brannte dieses Dokument in seine Händen zu halten. Abwesend griff er nach der Taschenuhr, die nicht mehr an seiner Weste befestigt war. Sein Kopf fuhr hoch. Vergnügt ließ Frank sie an seinem Finger baumeln.

„Frank!", zischte Peter wütend und griff danach, doch blitzartig war sie vor seinen Augen verschwunden.

„Wie spät ist es?"

„Unerheblich. Du wirst jetzt fertig frühstücken und dann duschen. Vorher wird nichts anderes mehr passieren." Mit der Tasse in der Hand war Frank aufgestanden und zum Fenster gewandert. Peters Augen funkelten gefährlich.

„Ich werde..."

„Genau das tun, was ich dir soeben gesagt habe, mein Freund. Du hast noch keine Minute geschlafen. Wie lange denkst du, wird es dieses Mal dauern, bis du wieder einen völligen Zusammenbruch erleidest? Ich habe die Verantwortung. Also wirst du das tun, was ich verlange, oder ich mache dem Ganzen ein schnelles Ende." Peter sog hörbar die Luft ein. „Iss endlich!"

„Frank, vergiss nicht..."

Frank drehte sich zu ihm um. Sein Gesichtsausdruck war kühl und gelassen.

„Die Spielregeln haben sich geändert, Sir Peter. Die Zügel liegen nun in meiner Hand und glaube mir, ich bin genauso stur und entschlossen wie du."

Peter erhob sich. Seine Hände hatten sich zu Fäuste geballt. Die Knöchel bereits weiß gefärbt.

„Du willst mir drohen?"

„Habe ich das nötig? Sir Julian hat völlig recht, wenn du nicht auf deine Gesundheit achten kannst, müssen das eben andere tun. Du beweist ja tagtäglich, dass du dazu nicht imstande bist." Peter wollte ansetzen, doch Frank ließ ihn nicht zu Wort kommen. „Bevor du jetzt etwas sagst, was dir später leidtun würde, solltest du ins Bad gehen und dich salonfähig machen." Er drehte sich wieder ruhig zum Fenster um und trank. Vor Wut und Ohnmacht bebend stand Peter da und durchbohrte Frank mit einem giftigen Blick, dann packte er ungestüm die Tasche und marschierte in die Dusche. Die Tür schlug mit einem lauten Knall hinter ihm zu. Erleichtert drehte sich Frank um. Ein paar Schweißperlen glitzerten auf seiner Stirn. Ruhig stellte er die Tasse ab und nahm das Fax zur Hand. Dann verließ er das Zimmer und ging hinunter ins Foyer, wo sich Faxgerät und Telefonanlage befanden. Vorsichtshalber klopfte er seine Brusttasche nach dem Notizbuch ab und schob sich einen Kugelschreiber ein. Bevor Peter aus dem Badezimmer kam, war er wieder zurück.

Als sich die Tür des Badezimmers öffnete, erschien, wie durch Wunderhand ein Anwalt im perfekt sitzenden Dreiteiler. Wortlos reichte Frank ihm den Bogen. Peter setzte sich die Brille auf und las ihn kommentarlos durch.

„Es sind drei Privatmaschinen in der besagten Woche nach dem mysteriösen Tod von Tobias Darson zu drei verschiedenen Kliniken geflogen. All diese betreffenden Flugzeuge hatten ein Kind im gleichen Alter an Bord."

„Wie bist du an dieses Fax gelangt?" Peter bekam ein Schulternzucken zur Antwort.

„Die Wege des Menschen... Na du weißt schon... Auch ich habe meine kleinen Geheimnisse." Peter war mit dieser Antwort bei weitem nicht zufrieden. Wieder las er das Fax durch. Nachdenklich schritt er im Zimmer auf und ab.

„Drei Kinder", bemerkte er nachdenklich.

„Außergewöhnlich, nicht wahr?", bestätigte Frank und nahm ihm das Fax aus der Hand.

„Die Anzahl der Kinder ist mehr als auffallend." Abwesend öffnete Peter das Fenster. Kalte Luft erfüllte den Raum und jagte Frank eine Gänsehaut über den Rücken. „Sie haben einen ganz hübschen Aufwand betrieben, um Ihren Passagier ohne Gefahr an den richtigen Ort zu bringen."

„Woher stammen die zwei anderen Kinder, die sie für ihren Transport benutzt haben? Es muss doch ein riesiges Aufheben geben, wenn gleich drei Kinder verschwinden!" Frank fröstelte.

„Nicht, wenn der Transport ordentlich gemeldet ist. Wir müssen erfahren, woher die Kinder stammten. Möglicherweise befanden sich nur fingierte Kinder in den Flugzeugen, was das Ganze für die Täter wesentlich erleichtern und bei weitem weniger Gefahren mit sich bringen würde."

„Richter Dixon und die Hebamme mussten auf der richtigen Spur gewesen sein."

„Wenn ich doch nur noch das Notizbuch von Richter Dixon besitzen würde! Diese Zahlen und Nummern waren sicherlich die, die zu den Flugdaten passten", jammerte Peter wütend über sich selbst.

„Würdest du jetzt bitte das Fenster schließen, Peter. Ich habe nicht vor mir hier eine Lungenentzündung einzufangen." Frank stand auf. Er erntete einen verwunderten Blick.

„Dir ist kalt?"

„Ja, tatsächlich." Frank schob ihn beiseite und schloss das Fenster selbst. „Wir sollten uns die Fluglinie vornehmen. Ich habe bereits die Namen des Personals besorgt, die die Transporte begleitet haben."

„Du hast ja heute Morgen schon schwer gearbeitet", versetzte Peter barsch und packte grimmig seine Utensilien in die Reisetasche. „Hast du dir auch schon einen Plan für unsere weitere Vorgehensweise zurechtgelegt?" Frank grinste.

„Bitte, Sherlock, dass liegt doch wirklich in deinem Bereich. Ich verlasse mich jetzt darauf, dass du das mit Bedacht in die Hand nimmst." Peter funkelte ihn an, versuchte jedoch eine Bemerkung, die ihm auf der Zunge lag, zu vermeiden. Er wollte nicht aufs Neue von Frank in die Schranken gewiesen werden.

Der Regen hatte mittlerweile aufgehört. Frank steuerte den gemieteten Vauxhall, den sie gegen den vorhergehenden VW Polo eingetauscht hatten, über eine frisch geteerte Straße, die direkt zu Quail Airlines führte.

„Wie willst du vorgehen?", erkundigte sich Frank und stellte die Musik leiser.

„Ich denke, wir sollten die Gesundheitsamtmasche durchziehen. Dies dürfte für den Zweck wohl am unauffälligsten sein", erwiderte er und prüfte nochmals seinen falschen Schnurrbart. Mit etwas Makeup hatte er seine Gesichtszüge verändert und wirkte nun merklich älter.

„Einverstanden." Frank hielt den Wagen vor dem Haupteingang und setzte sich eine Schirmmütze auf. Prüfend begutachtete er Peter und nickte dann zustimmend. „Dann lass uns mal loslegen!"

Das Gebäude war mit Hilfe von neuen Erkenntnissen der Statik zu einem Glas-, Beton- und Stahlkunstwerk stilisiert worden. Der erste Blick ließ nicht auf ein privates Flughafengebäude schließen. In jeder Ecke der Halle befanden sich bewegliche Überwachungskameras. Ein hauseigener Security Service war überall zu gegen.

„Es sieht beinahe danach aus, als würden sie sich vor einen Anschlag schützen", murmelte Frank Peter kaum hörbar ins Ohr.

„Kann ich Ihnen behilflich sein, meine Herren?" Eine wohlproportionierte, durchtrainierte Person vom uniformierten Wachpersonal hatte sich vor ihnen aufgebaut.

„Guten Tag." Frank wirkte überaus kühl. Er zückte seinen Dienstausweis und bedeckte geschickt mit dem Daumen die darauf befindliche Berufsbezeichnung.

„Wir sind vom Ministerium, verantwortlich für Gesundheit- und Lebensmittelsicherheit, gesandt worden. Ich bin Dr. Barkley und das ist mein Mitarbeiter Mr Miller. Wir überprüfen die Einhaltung hygienischer Bestimmungen für Transport und Verkehr. Ist es möglich, Ihren Vorgesetzten zu sprechen, dem die Verantwortung dieses Spektrum obliegt?" Frank hob seine Augenbrauen, als erwarte er eine angemessene Antwort.

„Das muss jemand von der Personalabteilung sein", murmelte der Uniformierte leicht verwirrt und sah dabei Peter an, der sich interessiert umsah.

„Gut, dann bringen Sie uns bitte zu jener Abteilung. Wir haben nicht die Zeit, sie hier auf dem Gang zu vertrödeln", versetzte Frank barsch und fixierte den Wachmann weiterhin mit stechendem Blick, der sich durch das forsche Auftreten seines Gegenübers schnell verunsichern ließ.

Er führte beide zu dem großen, länglichen Empfangstisch, der auch als Check-in-Schalter genutzt wurde. Eine Frau im zweiteiligen Kostüm begrüßte sie freundlich. Der Wachposten erklärte ihr kurz, das Anliegen beider Herren und telefonierte. Frank wechselte mit Peter einen ungeduldigen Blick. Nachdem das Gespräch endete, wandte er sich sogleich an Frank: „Ich habe soeben mit der Personalabteilung gesprochen. Sie können gleich zu ihnen. Wenn Sie bitte mit mir kommen würden?" Er machte eine Handbewegung zur Treppe, die zur oberen, lichtdurchfluteten Galerie führte. Wortlos folgten sie ihm zu einer Tür, hinter der sich ein großer Raum mit zehn Schreibtischen, an denen überall emsig geschrieben oder telefoniert wurde, befand. Peter hielt eine an ihnen vorüberflitzende Mitarbeiterin auf.

„Entschuldigen Sie bitte, Miss, wir möchten mit der Personalleitung sprechen."

„Jetzt?", fragte sie ungläubig. Ihr Blick blieb gehetzt an einem leeren Schreibtisch hängen.

„Jetzt", bejahte Peter und reichte ihr seinen gefälschten Ausweis.

„Gesundheitsamt?", murmelte sie verwirrt und hob den Kopf.

„Korrekt", bejahte er und nahm ihr den Ausweis aus der Hand.

„Wissen Sie, momentan kommt das wirklich ungelegen..." Frank stoppte sie mit einer Handbewegung.

„Wir sind immer ungelegen", belehrte er sie brüsk. „Würden Sie uns nun bitte sagen, wo wir die Personal- oder Geschäftsleitung finden können?" Sie kämpfte um eine Entscheidung, runzelte dabei die Stirn und zog einen Schmollmund. Schließlich sagte sie: „Ich werde mich darum kümmern, wenn Sie hier bitte warten würden." Sie durchquerte den Raum und klopfte an eine Tür, die zu einem separaten Büro führte. Es dauerte einige Minuten, bis sie mit einem dunkelhaarigen, wütend dreinblickenden jungen Mann zurückkam.

„Guten Tag, die Herren", begrüßte er sie mit schneidender Freundlichkeit.

„Guten Tag", erwiderte Frank kühl. „Wie Ihnen diese junge Dame wohl schon mitgeteilt hat, kommen wir vom Ministerium für Gesundheit- und Lebensmittelsicherheit. Wir sind beauftragt, Firmen für Transport und Verkehr auf die Einhaltung des gesetzlichen Standards, im Bezug der hygienischen Bestimmungen und Maßnahmen , zu überprüfen."

„Tatsächlich. Wir wurden über Ihr Kommen nicht in Kenntnis gesetzt", bemerkte Franks Gegenüber kurz angebunden und erntete dafür ein süffisantes Lächeln.

„Es liegt nicht im Sinne des Ministeriums unser Kommen vorher anzukündigen. Dies würde sich kaum als nützlich erweisen, wie Sie wohl wissen."

„Trotzdem ist Ihr Kommen mehr als ungelegen. Wir haben heute viel zu tun. Besteht nicht die Möglichkeit Ihren unangemeldeten Besuch..." Dabei rümpfte er die Nase. „...auf ein anderes Mal zu verschieben?"

„Diese Möglichkeit besteht nicht. Sollten Sie uns Schwierigkeiten bereiten, werden wir auf Maßnahmen zurückgreifen, die Ihnen weitaus unangenehmer erscheinen werden, als die, denen Sie sich momentan gegenüber sehen. Ich glaube nicht, dass ich ins Detail gehen muss. Ihre Kooperation ist erwünscht und je länger wir hier herum stehen, desto mehr Zeit verschwenden Sie, unsere wohl bemerkt, mit inbegriffen." Peter begegnete dem Blick des dunkelhaarigen Herrn ungerührt.

„Wie ist Ihr Name?", verlangte Frank zu wissen.

„Banks. Oliver Banks." Er atmete tief ein, vermied einen Seufzer und führte sie schließlich in das Büro, aus dem er zuvor gekommen war.

„Bitte nehmen Sie Platz." Er deutete auf zwei türkisfarbene, moderne Sessel, die passend zu einem dunklen, großen, elliptischen Schreibtisch standen. Eine komplett verglaste Seite des Büros gab den Blick auf den Hangar frei. Zwei große Palmen gehörten zu einer kleinen Sitzgruppe in der Nähe des Fensters und ein großer Raumteiler, an den zwei stahlgraue Schränke angrenzten, bedeckten den größten Teil der Wand. Hinter dem Schreibtisch hingen zwei postmoderne Bilder, die dem Ganzen den Stempel eines innovativen, erfolgreichen Unternehmens aufdrückten.

„Können wir jetzt bitte zur Sache kommen?", fragte er ungeduldig.

„Es macht beinahe den Eindruck, als erwarteten Sie hier einen Staatsempfang", bemerkte Frank und nahm seinen Aktenkoffer auf die Knie.

„Man könnte dies fast so bezeichnen", pflichtete ihm Mr Banks zu. Die Laschen des Koffers schnappten auf und Frank entnahm ihm einen Ordner.

„Wir erhielten eine Beschwerde über einen Krankentransport, der von Ihrer Firma getätigt wurde. Da wir, wie schon gesagt, dafür zuständig sind, müssen wir der Sache nachgehen."

„Davon weiß ich nichts. Wer hat diese Beschwerde eingereicht? Wir bieten den bestmöglichsten Service, den Sie in diesem Land bekommen können. Es ist absolut unmöglich, dass irgendetwas dieser Art in unser Firma vorgefallen ist. Das Wohlergehen aller unserer Passagiere liegt uns sehr am Herzen."

„Behauptet das nicht jede Firma in Ihrer Branche, Mr Banks?"

„Wir halten, was wir versprechen", entgegnete er entschieden. „Geben Sie mir Namen und Adresse und ich werde mich persönlich darum kümmern."

„So einfach ist es leider nicht. Es gab vor einigen Wochen drei Flüge. Ist das zutreffend?"

„Ich benötige zuerst die Angaben über den Tag, an dem die Flüge stattgefunden haben, vorher kann ich Ihnen nichts dazu sagen", verlangte er und schaltete den Computer ein. Frank nannte ihm die Daten, die er, nachdem er seine persönlichen Codes eingegeben hatte, in den Computer tippte. Der Rechner reagierte sofort und die Flüge erschienen auf dem Bildschirm. Stirnrunzelnd bestätigte Mr Banks die Flüge.

„Ich verstehe Ihr Problem nicht, Mr Barkley. Hier ist alles reibungslos nach Vorschrift abgelaufen. In wieweit bezieht sich die Beschwerde auf diesen Transport? Nach meinem Bericht scheint der Vertrag ordnungsgemäß ausgeführt worden zu sein." Frank studierte das Gesicht von Mr Banks.

„Die Beschwerde bezieht sich auf den Umgang mit einem Patienten und der nicht fachgerechten Bedienung der Instrumente."

„Das ist völlig unmöglich. Wir beschäftigen nur qualifiziertes Personal mit einem ausgesprochen guten Leumund. Um welchen Flug hat es sich speziell gehandelt?"

„Wie viele Krankenflüge tätigen Sie in einem Jahr?", fragte Peter plötzlich.

„Wie viele?" Verwundert wandte sich sein Blick Peter zu. „Ich denke der Schnitt dürfte so um die hundert bis hundertfünfzig sein. Es gibt hier zwei Maschinen, die extra für diesen Service gebaut wurden.

Darum kann ich Ihre Beschwerde beim besten Willen nicht folgen. Unser Service ist weitaus besser, als der von staatlicher Seite."

„Welche Gebiete werden mit diesem Service bedient?", bohrte Peter weiter.

„Der nordamerikanische Kontinent und Europa, Asien und der Nahe Osten. Australien ist die große Ausnahme. Ich..."

„Sind die letzten drei Flüge auch nach Nordamerika gegangen?", unterbrach ihn Peter.

„Ja. Aber Sie kennen die Datenschutzbedingungen. Sie verbietet mir Ihnen die Ziele zu nennen." Dabei lag ein böses Grinsen auf seinen Lippen. Peter zog ein Notizbuch aus seinem Mantel und begann sich Stichpunkte zu notieren.

„Fliegt immer das gleiche Personal die Krankentransporte?" fragte Frank weiter.

„Die meiste Zeit ist es immer dasselbe Team. Nur bei Ausnahmen, die wirklich sehr selten sind, setzen wir fremdes, ebenfalls bestens qualifiziertes Personal ein."

„Gut, bitte lassen Sie das Team kommen, das den Flug 749 begleitet hat, damit wir ihnen ein paar Fragen stellen können."

„Jetzt?", murrte Mr Banks.

„Wann denken Sie denn?", wollte Frank mit düsterem Gesichtsausdruck wissen. Mr Banks betätigte die Sprechanlage und ließ die Namen von vier Personen, die sich mit der Liste von Frank deckten, rufen. Einige Minuten verstrichen, bis es an der Tür klopfte und drei Personen das Büro betraten. Zwei trugen die Uniform eines Piloten und eine Frau in den Vierzigern trug ein dunkles Kostüm. Der Arzt fehlte.

„Wo ist Dr. Brown?", verlangte Mr Banks zu wissen.

„Dr. Brown hat Urlaub, Sir."

„So?" Er suchte im Computer nach einem Vermerk, konnte jedoch nichts darüber finden. „Seit wann hat er Urlaub?"

„Seit gestern, Sir", antwortete einer der Piloten und musterte Peter dabei kritisch.

„Die beiden Herren kommen vom Gesundheitsministerium", klärte er seine Kollegen auf. „Es wurde Beschwerde gegen einen Krankentransport eingereicht", unterrichtete er sie weiter.

„Es handelt sich um den Flug am neunundzwanzigsten August. Der Passagier war ein kranker Junge von zwei Jahren." Frank schlug den Hefter auf und fuhr fort: „Sein Name lautete Tim Dancer. In meinem

Bericht steht, dass der Junge im Laufe des Fluges einen Herzstillstand erlitten hat."

„Bitte?" Die Schwester lachte bitter auf. „Der Junge war klinisch tot, was Ihnen das diesbezügliche Dokument, welches uns ausdrücklich bescheinigt worden ist, bestätigen wird." Mr Banks betätigte die Sprechanlage und forderte die Akte an. Eine kokette Rothaarige kam herein und reichte ihm die besagte Akte.

„Sie werden in einer halben Stunde erwartet", erinnerte sie ihn und warf Peter dabei einen lüsternen Blick zu. Mit einem frechen Augenzwinkern verließ sie die kleine Gesellschaft mit betont schwingenden Hüften. Mr Banks schlug trotz so viel Weiblichkeit ungerührt die Akte auf und reichte sie Frank.

„Meine Gutachten besagen etwas anderes", murmelte er und begann die Akte durchzulesen. „Er war klinisch tot?", wiederholte Peter stirnrunzelnd.

„Ja. Genauso verhielt es sich", bestätigte die Schwester.

„Und man hat ihn mit Maschinen am Leben gehalten?", bohrte Peter nach.

„Ganz recht. Der Junge war ein Nierenspender. Der Flug ging in die USA. An dem Tag gab es ein böses Gewitter das wir kaum umfliegen konnten. Ich erinnere mich noch genau an die heftigen Turbulenzen. Es war kein Spaß, für keinen von uns", bemerkte einer der Piloten.

„Warum wurden die Nieren nicht hier entfernt und in die Staaten transportiert? Dieser Vorgang ist doch ebenso üblich und bei weitem nicht so Kosten intensiv." Ungeduldig schüttelte die Schwester ihren Kopf.

„Ist Ihr Kollege etwas schwer von Begriff?", wandte sie sich genervt an Frank, der den Blick von dem Bericht nahm und sie ansah.

„Mr Miller hat noch vor zwei Wochen in der Abteilung für bakterielle Verunreinigungen in Lebensmitteln gearbeitet. Haben Sie bitte etwas Nachsicht mit ihm." Er schenkte Peter ein aufmunterndes Lächeln. „Es ist ganz einfach. Entfernt man die Nieren und transportiert sie getrennt vom Körper, ist die Gefahr für Schäden der Organe um ein Vielfaches höher. Das Risiko ist somit in Grenzen zu halten und die Gefahr, die Organe durch unsachgemäße Kühlung zu verlieren, lässt sich so völlig vermeiden. Manchmal ist es sogar möglich, weitere Organe zu transplantieren, die ein anderes Opfer zum gleichen Zeitpunkt benötigt."

„Was geschieht mit dem Rest der Leiche?"

„Dem Rest?" Eine Furche bildete sich zwischen den Augenbrauen der Schwester.

„Der Leichnam", betonte sie, „wird den Eltern zurückgesandt und eine angemessene Bestattung organisiert. Man lässt sie mit ihrem Kummer nicht allein. Immerhin haben sie einem anderen Kind das Leben gerettet."

„Verzeihen Sie mir bitte meine Einfältigkeit", entschuldigte sich Peter, „aber meine Kenntnisse in dem Bereich sind momentan noch sehr vage. Bei einem klinisch Toten werden alle Funktionen des Körpers mit Einsatz von Maschinen so lange am Leben erhalten, bis ein Arzt die Zustimmung gibt, dem Leben tatsächlich ein Ende zu bereiten."

„Mehr oder weniger. Klinisch tot bedeutet, dass die Gehirnfunktionen nicht mehr vorhanden sind und das Leben ausschließlich nur durch Maschinen weitergeführt werden kann. Dies ist nicht mit einem Komapatienten zu verwechseln."

„In dem Bericht, den wir erhielten, hieß es, der Junge habe einen Herzstillstand erlitten. Von einem Gehirntod war nicht die Rede. Ebenso nicht von einer Nierentransplantation", bemerkte Peter kalt. Röte stieg in ihr Gesicht.

„Ich habe keine Ahnung, was in Ihrem Bericht steht, Sir. Aber das Kind war für eine Nierentransplantation vorgesehen. Hätte das Herz ausgesetzt und die Nieren wären nicht mehr richtig durchblutet worden, wäre das der vollkommene Verlust der Organe gewesen. Eine Transplantation dadurch aussichtslos."

„Gab es nicht die Möglichkeit die Nieren doch zu entfernen und in eine dieser Transportkisten zu legen?", schlug er mit giftiger Stimme vor.

„Wir sind für solche Operationen nicht professionell eingerichtet. Es ist auch nicht unsere Aufgabe, dies zu tun. Wir haben alles erfüllt, was von uns erwartet wurde. Aber ja, wäre der Junge in den Wolken gestorben, sprich, alle Funktionen hätten versagt, wären wir gezwungen gewesen die Organe sogleich zu entfernen. Wie ich jedoch schon erwähnte, birgt das ein gewisses Risiko." Sie griff nach der Akte, blätterte darin und zog dann aus einer Klarsichthülle den Streifen auf dem die Herzfrequenzen aufgezeichnet waren, heraus.

„Hier ist der Beweis. Das Herz hat kein einziges Mal ausgesetzt!" Frank nahm ihr den Streifen aus der Hand und ließ ihn durch seine Finger laufen. „Ist es möglich davon eine Kopie zu erhalten?"

„Natürlich", beeilte sich Mr Banks. „Wir werden Ihnen auch eine Kopie der Akte zukommen lassen, damit alle Missverständnisse ausgeräumt werden, und wir wieder unserer Arbeit nachgehen können." Peter war mittlerweile auf den Beinen und schlenderte zum Fenster. Der blaue Himmel zeigte sich zwischen den ersten Wolkenlücken. Auf dem Flugfeld herrschte reger Betrieb. Privatjets landeten, andere flogen ab. Tankwagen fuhren vor und betankten die wartenden Maschinen. Gepäck be- und entladen.

„Wurde der Leichnam nach der Rückkehr aus den Staaten von seinen Eltern abgeholt?", fragte er dann unvermittelt. Stille herrschte.

„Wie bitte?" Die Schwester fixierte ihn mit ihren grünen Augen. Peter drehte sich zu ihr herum und wiederholte die Frage im nüchternen Ton.

„Nein", meldete sich einer der Piloten zu Wort. „Das konnte man Ihnen wohl auch kaum zumuten. Ein Bestattungsunternehmen holte die sterbliche Hülle des Kindes ab." Mr Banks deutete auf die Akte.

„Das steht alles hier drin." Frank erhob sich nun ebenfalls.

„Wir werden der Sache wohl nochmals nachgehen müssen. Jedenfalls danke ich Ihnen alle für Ihre Kooperation. Sollten noch weitere Fragen auftreten, werden wir auf Sie zurückkommen." Mr Banks stand ebenfalls auf.

„Ich glaube, dass die Eltern des kleinen Jungen sich große Schwierigkeiten einhandeln, wenn Sie solche Lügen über uns verbreiten. Legen Sie Ihnen bitte nahe, dass wir unsere Anwälte einschalten, falls sie ihre falschen Behauptungen nicht zurücknehmen."

„Wir veranlassen alles Nötige, wenn alles seine Richtigkeit hat. Bitte senden Sie doch die Kopien an das Ministerium für Gesundheits- und Lebensmittelsicherheit. Adressiert an mich. Dann sollte es keine weiteren Schwierigkeiten geben." Frank reichte ihm eine Visitenkarte. „Mr Miller, wir werden jetzt gehen. Nochmals vielen Dank für Ihre Zeit." Mr Banks und Frank schüttelten sich die Hände. Peter nahm seinen Hut und hing den Mantel über seinen Arm. Er öffnete die Tür und sie standen wieder im Gang. Die Hektik hatte sich nicht geändert. Peter steckte das Notizbuch in die Brusttasche des Jacketts und schlüpfte dann in seinen Mantel. Frank reichte ihm den Aktenkoffer und zog sich ebenfalls an. „Schönen Tag noch." Sie wandten sich von den Vieren ab und schritten den Gang entlang. In Peters Gehirn arbeitete es bereits auf Hochtouren. Seine Gedanken schweiften ab und er sah die Kinder auf einer Trage in einem der

Flugzeuge gebettet, im künstlichen Koma liegend, wartend auf ihren sicheren Tod. Doch ein Blick auf eine Person am anderen Ende des Ganges ließ ihn sofort wieder zur Realität zurückkehren. Sie war umringt von drei weiteren Männern, die sich nun auf sie zubewegten.

„Mr Corrigan ist eingetroffen!", rief Mr Banks hinter ihnen aus. Er wirkte nun reichlich nervös.

„Doch nicht etwa der Mr Corrigan? Ich meine den Besitzer von Corrigan and Company?", fragte Peter höchst erstaunt.

„Genau der! Er ist der Hauptaktionär des Flughafens und besitzt siebzig Prozent der Anteile", entgegnete er stolz und drängte sich an den beiden vorbei. „Guten Tag, Mr Corrigan!", begrüßte ihn Mr Banks laut. Die angesprochene Person sah jedoch an ihm vorbei und sein Blick traf sich mit dem von Peter für eine lange Sekunde. Kühl nickte Peter ihm kurz zu und schickte sich an, die Treppe herunter zu steigen. Frank folgte ihm mit rasendem Puls. Unbehelligt verließen sie das Flughafengebäude.

Frank hatte während der Fahrt zum Polizeihauptquartier vergeblich versucht, Peter zum Sprechen zu bringen, doch konnte er, bis sie ihr Ziel erreichten, kein Wort aus ihm herauszuholen. Ohne jede Erläuterung Frank gegenüber verlangte er an der Anmeldung nach DS Gilmore. Der Polizist nahm den Hörer zur Hand und telefonierte. Es dauerte nicht lange und DS Gilmore trat aus dem Fahrstuhl.

„Können Sie etwas Zeit erübrigen, Detektiv Sergeant Gilmore?", fragte Peter freundlich, der sich während der Fahrt seiner Verkleidung entledigt hatte. Der Blick des DS wanderte zu Frank, der ihn ruhig erwiderte. Er nickte schließlich.

„Lassen Sie uns rüber zum Old Mo gehen", schlug er vor und öffnete schon die Eingangstür.

Nachdem jeder ein Glas in der Hand hielt, setzten sie sich in eine beschauliche Ecke des kleinen, geschmackvoll eingerichteten Pubs. Der Schankraum war bereits gut besucht und ein gewisser Lärmpegel hatte sich eingestellt. So konnte man unauffällig auch über Dinge sprechen, die nicht für alle Ohren gedacht waren. Peter kam gleich auf den Punkt.

„DS Gilmore, besteht die Möglichkeit für uns einige Erkundigungen einzuziehen und die Ergebnisse an eine Adresse, die ich Ihnen später nennen werde, weiterzuleiten?"

„Erkundigungen?", wiederholte Detektiv Sergeant Gilmore mit hochgezogenen Augenbrauen.

„Erkundigungen", bestätigte Peter.

„Um welche Erkundigungen handelt es sich?" DS Gilmores Augen wanderten argwöhnisch von einem zum anderen.

„Ich benötige einige Auskünfte über drei Krankentransporte, die in der Woche zum neunundzwanzigsten August von der Firma Quail Airlines getätigt wurden. Es dürfte sich um drei Kinder im Alter von zwei bis vier Jahren gehandelt haben."

„Kinder?" Frank nickte bestätigend.

„Kinder. Wir benötigen die Adressen der Eltern, das Krankheitsbild der Patienten und all die dazugehörigen Informationen, wie Krankheitsverlauf, der Grund, weshalb die Kinder ausgeflogen wurden, in welche Klinik man sie brachte und schlussendlich, wann sie zurück transportiert wurden und welches Bestattungsinstitut sie abgeholt hat."

„Bestattungsinstitut? Mit Verlaub, Dr. Barkley, aber ich kann Ihnen wirklich nicht folgen. Was soll das ganze Durcheinander, das Sie da von sich geben?" DS Gilmore ahnte, dass etwas im Busch lag, aber dies war doch des Guten zu viel. Frank sah Peter an.

„Die ganze Geschichte ist etwas verworren", gestand Peter ein.

„Dies kann man wohl sagen." DS Gilmore verschränkte seine Arme über der Brust, lehnte sich auf dem Stuhl zurück und betrachtete beide herausfordernd. „Dann erzählen Sie mal", forderte er sie auf. Peter wandte verdrossen seine Augen zur Decke.

„Den Fall jetzt darzulegen, wäre viel zu umfangreich. Ich würde mich selbst darum kümmern, wenn sich mir die Gelegenheit bieten würde, aber wie Sie selbst feststellen konnten, liegt dies leider nicht in meiner Macht. Mir ist nur zu klar, dass Sie mir diesen Gefallen nur erweisen, wenn ich Ihnen Rede und Antwort stehe, aber dies ist zu diesem Zeitpunkt nicht möglich. Was ich Ihnen sagen kann ist, dass all die Ermittlungen mit den Geschehnissen in Garrison im Zusammenhang stehen. Es werden sich noch weitere Verbrechen ereignen, wenn wir dem nicht entgegen wirken, aber dazu benötige ich die Informationen, auf die Sie schnelleren Zugriff erhalten als ein englischer Crown Counsel Anwalt, richtig?" Kritisch wurde er von DS Gilmore gemustert, der dann aufstand: „Ich brauch' noch 'nen Drink." Und sich auf dem Weg zur Theke machte.

„Du hast ihn nicht gerade mit deiner Rede überzeugt", schimpfte Frank und drehte das Glas Ale in seinen Händen.

„Ich habe ihm gesagt, was Sache ist."

„Den Teufel hast du!", brauste Frank auf. „So werden wir sicher nicht zum Ziel gelangen. Was ist nur los mit dir? Du bist Anwalt, verdammt noch mal! Also handle auch wie ein solcher!"

„DS Gilmore ist kein Einfaltspinsel. Er weiß schon lange, warum wir hier sind und was in Garrison läuft. Lange Reden kann ich wieder vor Gericht von mir geben, aber wir benötigen Resultate und zwar bald. Wenn ich ihn richtig eingeschätzt habe..."

„Darauf will ich mich nicht verlassen", unterbrach ihn Frank barsch. „Warum hast du nicht Dr. Ruthland um Rat gefragt? Sie hat bestimmt auch die Möglichkeit an die Informationen heranzukommen."

„Du weißt, dass das nicht der Fall ist", entgegnete Peter ungeduldig. „DS Gilmore kann über den Dienstweg recherchieren. Wir haben noch keinen einzigen Beweis, Frank, und die Zeit läuft." DS Gilmore kam mit zwei Gläsern zurück.

„Ich soll Ihren Geheimagenten spielen, richtig?" Es klang mehr nach einer Feststellung, als nach einer Frage.

„Nun, ich würde dies nicht so betiteln", erwiderte Peter. „Die Ermittlung verstößt gegen kein Gesetz. Ich kann natürlich über einen anderen Weg an die Informationen gelangen, aber ich möchte nicht allzu viele Personen involvieren. Je mehr davon wissen, umso größer ist die Gefahr, dass die verdächtige Person auf uns aufmerksam wird und Beweise vernichtet", fügte er ernst hinzu. Nachdenklich setzte sich DS Gilmore auf seinen Stuhl, schob Frank das zweite Glas hin, nahm einen großen Schluck und sah dann Peter lange an.

„Es macht keinen Spaß sich ständig mit dem Datenschutz herumzuschlagen und hier sitzt er an jeder Ecke und streckt einem die Zunge heraus", grummelte DS Gilmore mürrisch und trank von seinem Bier. „Wenn ich die Ermittlungen auf dem offiziellen Weg bewerkstelligen soll, werden Fragen auftauchen, die ich meinen Vorgesetzten gegenüber zu beantworten habe", gab ihm DS Gilmore zu bedenken.

„Ich weiß." Peter rutschte sein Glas mit einer ungeduldigen Bewegung in die Mitte des Tischs.

„Hinter wem sind Sie her?" Frank sah Peter erwartungsvoll an.

„Hat sich etwas Neues über die Leiche, die im Wald entdeckt worden war, ergeben?", fragte Peter stattdessen und ging nicht auf die Frage ein.

„Sie haben mir meine Frage nicht beantwortet", erinnerte ihn der Detektiv Sergeant.

„Darauf werden Sie auch keine Antwort erhalten. Ich gebe keine Namen preis, bevor ich nicht Anklage erheben kann. Ich riskiere jedes Mal eine Verleumdungsklage, wenn ich das tun würde."

„Ich verstehe. Sie verlangen von mir Vertrauen, sind aber nicht bereit selbst welches entgegenzubringen."

„So ist er eben, unser guter Sherlock Holmes", lamentierte Frank lakonisch und trank einen Schluck Bier.

„Davon habe ich gehört", erwiderte DS Gilmore gereizt.

„Es ist in Ordnung, wenn Sie nicht für mich arbeiten möchten. Die Polizei in London kann sich ebenso darum kümmern. Ich dachte nur, wenn ein Nordire diese Arbeit erledigen würde, läge eine Basis der

Zusammenarbeit vor. Mir liegt es fern Sie mit einer Aufgabe zu nötigen, die nicht Ihrer Regelarbeit entspricht, Sergeant. Natürlich würden Ihre Ermittlungen uns schneller voranbringen, aber ich werde jede Entscheidungen akzeptieren."

DS Gilmore zog scharf die Luft ein. „Der Tote wurde identifiziert. Sein Name ist Derek Bains. Er ist dreiundfünfzig Jahre alt, unverheiratet. Er arbeitete vierundzwanzig Jahre im Hafen von Waterford, bis die Werft Bankrott ging. Während seiner Arbeitslosigkeit verfiel er dem Alkohol. Es kam, wie es kommen musste. Er konnte die Miete nicht mehr zahlen, verlor seine Wohnung und gehörte seither der Sparte der Nichtsesshaften an. Nach dem Stand der Ermittlungen hat er ca. vier Wochen in der provisorischen Behausung gelebt. Sein Tod ist eindeutig als Mord deklariert worden. Ist der Anwalt der Krone mit dieser Auskunft zufrieden?" Peter musterte das leicht gerötete Gesicht ruhig.

„Werden Sie für mich arbeiten?", fragte er stattdessen. Ihre Blicke begegneten sich.

„Ich möchte nicht, dass London sich um unsere Angelegenheiten kümmert", antwortete er schließlich. „Geben Sie mir die Adresse und ich werde sehen, was sich tun lässt." Peter reichte ihm eine Visitenkarte mit der Adresse von Dr. Ruthland. DS Gilmore nickte und schob sie in seine Geldbörse.

„Noch ein Bier?", schlug Peter vor.

„Nein", brummte DS Gilmore. „Ich habe noch Dienst." Er erhob sich. Die beiden Anwälte folgten seinem Beispiel. Peter hielt ihm die Hand hin.

„Ich danke Ihnen für Ihre Mitarbeit." Statt sie zu schütteln, steckte der Detektiv Sergeant seine demonstrativ in die Hosentasche.

„Sie hören von mir. Vielleicht", setzte er knurrend hinzu und verließ das Pub.

„Das hast du ja mit Bravour geregelt, mein guter Dr. Forgerson." Frank schlüpfte in seinen Mantel.

„Warum hast du dich denn nicht eingeschaltet, wenn dir meine Arbeitsweise nicht passt?" zischte Peter ärgerlich und zog sich ebenfalls an.

„Ich wollte wissen, wie viele Scherben du in deinem Porzellanladen fabrizierst, bevor du es endlich lernst, Menschen nicht vor den Kopf zu stoßen", klärte ihn Frank herablassend auf.

„Und bist du auf deine Kosten gekommen?"

„Mehr als mir lieb ist. Du hast das gute Verhältnis zur nordirischen Polizei in wenigen Minuten zum Erliegen gebracht. Wie ich dir vorher schon sagte, erinnere dich, wer du bist, welchen Job du bekleidest, und handle endlich wieder diplomatisch!"

„Meine Arbeitsweise hat sich bei weitem nicht geändert", entgegnete Peter erzürnt.

„Nein. Aber deine Position in der Gesellschaft ist eine ganz andere. Du solltest dafür langsam ein Gespür entwickeln, dass du der High Society angehörst. Du bist ein Aushängeschild für unsere Sparte und unsere Gesellschaft. Den Luxus deiner ‚Kopf durch die Wand'-Methode kannst du dir nicht mehr leisten, Mylord."

Nachdem Frank die Tageszeitung unzufrieden zusammengefaltet hatte, sah er mürrisch auf die Uhr. Seit zwei Stunden hatten sie kein Wort mehr gewechselt.

„Warum denkst du, haben sie ein fremdes Kind in den Sarg gelegt?" Peter nahm den Blick von der Straße und sah Frank kurz an. „Sie konnten ebenso gut eine Puppe in den Sarg legen oder ihn einfach leer lassen." Peter schwieg immer noch. „Du gehst doch davon aus, dass das Bestattungsinstitut mit von der Partie ist." Frank ließ seinen Aktenkoffer aufschnappen und steckte die Zeitung hinein.

„Dieses Thema besprachen wir bereits. Ich glaube nicht, dass alle Angestellten von den Transaktionen wissen. Das Risiko, dass einer der Angestellten bei der Vorbereitung des Leichnams den Sarg leer vorfindet, wäre zu groß. Das Fehlen der Leiche würde sicher großes Aufsehen erregen und Fragen aufgeworfen werden."

„Darum stehlen sie Kinderleichen." Peter nickte grimmig.

„Richtig. Sie nehmen eine Leiche, die zur Verfügung steht, da das Opfer nicht zum rechten Zeitpunkt verfügbar ist."

„Aber es fehlen dann die regulären Leichen, die ebenfalls für eine Bestattung vorgesehen sind", gab er ihm zu bedenken.

„Keine Klinik würde je zugeben, dass ihnen Leichen abhandengekommen sind. Darum wird auch die Polizei nicht in Kenntnis gesetzt."

„Und was passiert mit den Organspendern? Oh Gott, es ist ein einziges Chaos! Wie sollen wir feststellen, welche Kinderleichen nicht in ihrem Sarg liegen? Wir können nicht einmal die tatsächliche Anzahl der verschwundenen Kinder beziffern, richtig?"

„So lange uns keine Berichte der anderen Kliniken vorliegen, stimme ich dir zu. Ich hoffe, dass DS Gilmore mehr herausfindet. Wir benötigen zumindest einen bedeutenden Indizienbeweis, um eine Exhumierung bewilligt zu bekommen. Es ist ein elendes Dilemma. Wir drehen uns im Kreis." Frank starrte geraume Zeit aus dem Fenster.

„Was denkst du, ist so eine Niere wert?" Peter zuckte mit den Schultern.

„Ich habe keine Ahnung, was sie auf dem Schwarzmarkt bringt. Jedenfalls müssen es Unsummen sein. Es gibt viel zu wenig Spenderorgane. Die Nachfrage boomt und die Forschung ist noch lange nicht so weit, um nach Belieben Organe zu ersetzen."

„Dein Vater arbeitet aber schwer daran", bemerkte Frank nachsinnend. Sir Julians Industrie war in der technischen, chemischen, sowie genetischen Forschung der Medizin vertreten. Seine Firma umspannte den ganzen westlichen Erdball mit Millionenprojekten in der Herstellung für Arzneien, homöopathischer Heilkunde, pflanzlicher Medizin und technischen Geräten. Ebenso gehörte er zu den Globalplayern in der Gentechnikforschung, für die er mehrere Labors mit den besten Wissenschaftlern unterhielt. Ein weiterer Zweig, den er sich vor kurzem erschlossen hatte, galt die Forschung nach einem Ersatz der menschlichen Organe mit Alternativen. „Wir könnten doch Sir Julian..."

„Natürlich, Frank, was für eine hervorragende Idee! Du glaubst doch nicht im ernst, dass ich meinen Vater bitte, mir bei meinen Ermittlungen zu helfen, die ihm sowieso schon mehr als nur ein Dorn im Auge sind", erwiderte Peter bissig und bog in Richtung Garrison ab.

„Er hätte den richtigen Draht zu den Informationen zu gelangen, die wir brauchen." Frank ließ nicht locker.

„Das kannst du dir gleich aus dem Kopf schlagen. Ich werde meine Familie nicht in meine Arbeit einbeziehen. Ich weiß sehr wohl, dass es schwierig ist. Natürlich will ich ebenso diesen einen Beweis. Es genügt ein einziger Beweis. Ja. Aber ich werde niemals den Weg über meine Familie nehmen. Der Gefahr werde ich mich nicht aussetzen. Auf keinen Fall." Peter sah ihn kurz an. „Kannst du damit leben, Frank?" Er erhielt ein Achselzucken zur Antwort.

„Möglicherweise erhalten wir diesen Beweis nie, Peter. Ich hoffe, du bist dir dessen voll und ganz bewusst." Sie bogen ein weiteres Mal ab. Der Wegweiser deutete in Richtung Garrison und bald kamen sie an dem Ringstein vorbei, der an die verstorbenen Engländer erinnerte. Unwillkürlich lief ihm eine Gänsehaut über seinen Rücken und das Gedicht, dass man ihm in dem Lokal bei dem Treffen mit Dr. Ruthland zugesteckt hatte, kam ihm wieder in den Sinn.

Es brannte noch Licht, als sie die Einfahrt hochkamen. Peter lenkte den Wagen in die Garage und verriegelte das Tor.

„Wir werden erwartet", brummte er und war ganz und gar nicht in der Stimmung mit Miss McAlister zu plauschen. Bevor sie den Schlüssel ins Schlüsselloch stecken konnten, wurde die Tür von innen geöffnet.

„Guten Abend, die Herren."

„Guten Abend, Miss McAlister", erwiderte Frank freundlich und trat ein. Von Peter war nur ein undefinierbares Gebrumme zu vernehmen.

„Ich habe Tee gemacht", verkündete sie und nahm Frank den Mantel ab.

„Woher wussten Sie, dass wir um diese Zeit zurück sein würden?", fragte Peter misstrauisch und hängte seinen Mantel selbst an den Kleiderständer.

„Weibliche Intuition", klärte sie ihm mit einem listigen Grinsen auf und mit dieser Antwort musste er sich zufrieden geben.

„Ist irgendetwas seit unserer Abwesenheit vorgefallen?", erkundigte sich Peter. Sie begaben sich alle in die warme, anheimelnde Küche. Erschöpft ließ er sich auf der Eckbank nieder.

„Nun, Mrs Negleys Tod wurde offiziell als Selbstmord bekannt gegeben."

„Das hatte ich befürchtet", knurrte Peter und starrte dumpf auf die kleine Blumenvase. Miss McAlister nahm einen Topflappen vom Haken und goss heißes Wasser in die Teekanne, die sie dann auf einem Untersetzer am Tisch platzierte. Danach wartete sie mit einer Dose frischgebackener Kekse auf.

„Ihr Besuch in Belfast scheint nicht gerade besonders erfolgreich gewesen zu sein", bemerkte sie.

„Wie man's nimmt", antwortete Frank und nahm bereitwillig von den Keksen.

„Ach ja, ein Brief ist für Sie eingetroffen, Dr. Forgerson." Sie ging zum Küchenschrank und nahm ein Kuvert aus der Schublade. Sein Name und die Adresse war mit Computer geschrieben worden. Es gab keinen Absender, sowie keine besonderen Merkmale, die auf den Schreiber schließen ließen. Der Poststempel stammte von einem

Frachtzentrum in Belfast. Miss McAlister holte drei Tassen und Löffel aus dem Schrank und reichte ihm dann ein Messer, um den Brief zu öffnen. Dabei beobachtete sie ihn neugierig. Stirnrunzelnd nahm er ihr das Messer aus der Hand und schlitzte den Brief auf. Wie von selbst suchte er seine Brille in der Brusttasche, zog das Etui heraus, öffnete es und setzte sich die Brille auf. Sein Gesichtsausdruck verdunkelte sich, während er den Bogen Papier entfaltete. Die Schrift war ihm bereits bekannt:

*Zwei junge Herzen schlagen für einander
im Takt der Liebe und Harmonie.
Ein Leben scheint für sie geschaffen,
doch Wissensdurst lässt ihn nicht ruhen!
Im Jagdrausch nach Windmühlen,
wird er ein weiter mal zerstören!
Verklingen wird die liebliche Musik,
verschwinden der süße Duft.
Allein und einsam wirst Du sein,
und in Verzweiflung ruhn…*

„Dieses Mal musste er wieder seine poetische Seite zum Vorschein bringen", bemerkte er ironisch und nahm die Brille ab.

„Wer?" Bevor Peter sich versah, hatte Frank nach dem Brief gegriffen und ihn aus seinen Händen stibitzt. Eine tiefe Furche bildete sich beim Lesen zwischen seinen Augenbrauen.

„Was soll das bedeuten?" Frank hatte sich aufgerichtet. Mit jeder Zeile verfinsterte sich seine Mine.

„Keine Ahnung." Peter schnappte den Brief und steckte ihn zurück in das Kuvert.

„Das kaufe ich dir nicht ab." Er vermied es, Frank anzusehen. Mit einer Seelenruhe nahm er den Löffel und ließ Zucker in seine Tasse rieseln, dann trank er einen Schluck Tee und verzog dabei sein Gesicht. Er konnte Zucker im Tee nicht leiden. Die Zeilen konnten alles bedeuten. Zumindest bezog er sich auf zwei Personen. Ein minimaler Anhaltspunkt in seinen Augen. „Ich erwarte eine Erklärung." Franks Stimme wurde deutlich schärfer.

„Dazu kann ich dir keine geben." Peter stand auf. „Ich habe jetzt einiges zu erledigen. Danke für den Tee, Miss McAlister." Er ließ beide stumm zurück.

„Was ist das für ein Brief?", wünschte Miss McAlister zu wissen und begann den Tisch abzuräumen.

„Irgendetwas Konfuses von liebenden Herzen steht darin und das sein Wissensdurst alles zu Grunde richten wird." Es herrschte beklemmende Stille. „Hat Peter sich verliebt, Miss McAlister?" fragte Frank. Sein Ton verriet deutlich, dass er eine Antwort von ihr erwartete. Sie rang um die richtigen Worte. Schließlich zuckte sie ratlos mit den Schultern.

„Ehrlich gestanden bin ich mir nicht sicher."

„Und das bedeutet?", bohrte Frank weiter. Miss McAlister konnte ein Seufzen nicht unterdrücken.

„Er gib sich immer noch die Schuld am Tod seiner Frau", antwortete sie dumpf und stellte die Zuckerdose zurück in den Schrank.

„Ich fürchte ja. Niemand weiß, ob er je darüber hinwegkommen wird. Aber das ist keine Antwort auf meine Frage." Frank blieb beharrlich. In bedrückter Stimmung ließ sie heißes Wasser ins Spülbecken laufen, tauchte das Geschirr ein und starrte es an. Frank räusperte sich und stand auf. „Wie mir scheint, hat Peters Benehmen bereits abgefärbt." Sofort drehte sich Miss McAlister zu ihm um. Frank hob abwehrend die Hände. „Sehen Sie, Miss McAlister, Peter ist mein bester Freund und ich mache mir große Sorgen um ihn."

„Ich verstehe." Ihr Gesicht wurde weich. „Wenn es mir möglich wäre, würde ich Ihnen gerne Ihre Frage beantworten, aber ich kann es nicht. Es gibt Momente, da habe ich den Eindruck, er habe sich verliebt, aber dann wieder zeigt er keine Gefühlsregung. Ich bin mir wirklich nicht sicher. Wenn ich Ihnen irgendwie helfen könnte, würde ich es tun", versicherte sie ihm. Ihre Blicke trafen sich.

„Es betrifft Miss Artkinson, richtig?" Miss McAlister atmete langsam tief ein und aus, schwieg jedoch. Die Reaktion war für Frank Antwort genug. „Ich werde nach ihm sehen, vielleicht lässt er mit sich reden. Sie entschuldigen mich?", verabschiedete sich Frank, nickte ihr nochmals zu und stieg mit düsteren Gedanken die Treppe hoch.

Mit Peter über dieses Thema zu reden war allerdings weit gefehlt. Frank stach geradewegs ins Hornissennest. Bevor jedoch die Auseinandersetzung zu eskalieren drohte, verließ Peter Türen krachend den Raum. Ungestüm riss er Mantel und Hut vom Haken und stürmte ins Freie. Die Haustür flog mit einem ohrenbetäubenden Knall ins Schloss. Miss McAlister zuckte vor

Schreck zusammen. Sie stand im Türrahmen zur Küche und starrte auf die geschlossene Haustür. Nervös spielten ihre Finger mit dem Geschirrtuch. Der Lärm, den beide veranstaltet hatten, ließ sie immer noch zittern. Sie hörte, wie sich die Arbeitszimmertür öffnete. Frank erschien an der Treppe. Seine Wangen waren gerötet und die funkelnden Augen zeigten deutlich die brodelnde Wut in ihm.

„Wissen Sie, wo er hin ist?", fragte er überraschenderweise völlig ruhig. Sie schüttelte den Kopf. Sein Ärger verwandelte sich sogleich in Sorge. „Mir ist es nicht geheuer, wenn er da draußen allein herumgeistert", knurrte er und kam die Treppe ganz herunter. Miss McAlisters Finger bearbeiteten weiter das Geschirrtuch.

„Ich glaube, es hat wenig Zweck ihn zu suchen." Sie sah ihn bekümmert an. „Dr. Forgerson kennt sich hier mittlerweile gut aus. Er könnte überall hin gelaufen sein." Unschlüssig stand Frank am Garderobenständer, nahm seinen Mantel und wechselte dann erneut einen Blick mit Miss McAlister. „Sie werden ihn nicht finden." Frank musste sich widerwillig eingestehen, dass sie Recht hatte. Widderstrebend hängte er den Mantel zurück an den Haken. Er sah sie lange an. Schließlich sagte er: „Ich bin oben, falls Sie mich suchen." Grimmig stapfte er die Stufen hoch. Peter hatte wieder einmal völlig überreagiert. Nur ein falscher Satz und er explodierte. Seine momentane Situation war nicht gerade einfach, aber gleich so in die Luft zu gehen, war wohl mehr als überzogen. Es wurde Zeit, dass er endlich zur Vernunft kam, oder es würde ihn noch in Teufelsküche bringen...

Peter begegnete Frank erst wieder am Frühstückstisch. Sie begrüßten sich flüchtig und Peter nahm auf der Bank Platz. Sein Blick glitt zu Miss McAlister, in deren Haltung man deutlich der Kummer der letzten Tage lesen konnte.

„Ihre Rückkehr gestern Abend war reichlich spät", bemerkte sie tadelnd und stellte die Teller auf den Tisch. Peter äußerte sich nicht dazu. Er nahm ein paar Scheiben Toast und steckte sie in den Toaster. „Ich habe mir ernsthafte Sorgen um Sie gemacht", fuhr sie fort und nahm das Wasser vom Herd. „Nach alldem, was in letzter Zeit geschehen ist, hätte Ihnen leicht etwas zustoßen können. Es wäre angebracht von Ihnen , auch einmal an uns zu denken. Hier gibt es Menschen, denen Sie nicht vollkommen gleichgültig sind." Der Hebel des Toasters sprang hoch. Duft von Rührei und Speck erfüllte die Küche.

„Es ist keinesfalls notwendig, sich um mich Gedanken zu machen. Ich kann sehr gut auf mich selbst aufpassen", erwiderte Peter schnippisch, steckte die Brote in den Halter und füllte den Toaster erneut.

„Davon bin ich völlig überzeugt." Wütend rührte sie die Eier um. Mit einem unschuldigen Lächeln fuhr er fort: „Hören Sie, Miss McAlister, die Sonne scheint, Vögel zwitschern und der Herbst leuchtet in seinen schönsten Farben. Der Tag hat so herrlich begonnen, da wollen wir uns doch nicht schon wieder streiten. Nicht wahr, Frank?" Er wandte sich um und sah Frank warnenden an. Halbherzig stimmte Frank ihm zu. Er wusste genau, dass Peter keineswegs in dieser fröhlichen Stimmung war, die er hier vorgab. Besonders, da er heute Morgen schon mit seinem Vater telefonierte. Sir Julian rief, nachdem Peter abermals sein Telefon ausgeschaltet ließ, Frank an. Er zeigte deutlich sein Missfallen. Frank konnte sich daher bestens vorstellen, wie das Gespräch heut Morgen verlaufen war. Sollte also ein falsches Wort fallen, würde die gleiche Misere wie gestern entstehen. Frank blieb wachsam und hielt das Gespräch auf sicherem Boden, was Miss McAlister nicht entging. Das Thema hatte noch nicht ein Ende gefunden und ein Knistern von nicht gestellten Fragen lag in der Luft.

Nach dem Frühstück fuhren sie zusammen ins Dorf. Peter erzählte Frank, dass er beim Luftschnappen gestern Abend lange über Clara Smith nachdachte. Er wusste immer noch nicht genau, welchen Part sie in dem Stück verkörperte. Aber es musste ein ebenso wesentlicher sein, wie ihn Miss Holder bekleidet hatte.

„Wir haben uns dem Ganzen schon um einiges genähert. Bei den Zahlen, die sich in dem Notizbuch befanden, konnte es sich nur um die Daten der Transportflüge handeln."

„Was uns wirklich weiter bringt. Besonders, da das Notizbuch sich nicht mehr in unseren Besitz befindet. Man wird es höchstwahrscheinlich zu Asche verbrannt haben", knurrte Frank launig und hielt den Wagen vor der Polizeidienststelle an. „Uns fehlen jegliche Beweise, Peter. Wir können nicht einmal belegen, dass du in diesem abgebrannten Cottage festgehalten wurdest."

„Du willst doch wohl nicht aufgeben?" Peters dunkle Augen durchbohrten ihn. Langsam schüttelte er den Kopf.

„Nein, natürlich nicht. Aber das alles frustriert mich zutiefst. Wir treten ständig auf der Stelle. Es gibt nicht das Geringste, das wir vorweisen können. Wissen allein genügt nicht. Was nützt uns schon das Wissen, dass in einem Sarg sieben Fuß unter der Erde nicht das Kind liegt, das dort seine letzte Ruhe finden sollte? Wir besitzen die Kenntnis und können nicht das geringste Kapital daraus schlagen. Es macht mich krank und führt einem erst recht vor Augen, wie hilflos wir gegenüber Verbrechern durch unsere eigenen Gesetze dastehen."

„Es gibt immer einen Weg", erwiderte Peter überzeugt und öffnete die Wagentür. „Wir müssen ihn nur finden." Frank schüttelte resigniert den Kopf. Er konnte Peters Optimismus nicht teilen. Er wandte sich um und stieg die Stufen hoch. Erst an der Tür fiel ihm auf, dass Peter nicht gefolgt war.

„Was hast du denn vor?", wollte er gereizt wissen. Peter schob sich seinen Hut zurecht.

„Ich werde die Artkinson besuchen, bitte erledige du das andere und erkundige dich nach Clara Smith. Vielleicht ergibt sich etwas Neues."

„Peter!", zischte Frank ärgerlich.

„Bitte Frank, jetzt keine Debatte."

„Du wirst nicht allein..." Peter stoppte ihn mit einer Handbewegung.

„Ich bin kein halbwüchsiger Teenager. Also behandele mich auch nicht wie einen. Du musst nicht auf mich warten. Ich werde zu Fuß zurückgehen." Entschlossen drehte er sich auf den Absatz um und rannte über den Marktplatz, bevor Frank die Gelegenheit zum Kontern ergreifen konnte. Franks geballte Faust explodierte an der Tür der Polizeistation. Er drehte sich nochmals um und sein Blick glitt über den alten, gepflasterten Platz. Ruhig, sogar idyllisch im Licht der Herbstsonne lag er da. Wäre sein Kopf nicht voll mit den Ereignissen der letzten Tage, er könnte hier seine Seele baumeln lassen.

Wie gewohnt traf Peter Ian bei den Stallungen. Das Wetter war ideal für einen Ausritt.

„Hallo!", grüßte er ihn unkonventionell und ließ ein paar wohlwollende Worte über den Vollblüter fallen.

„Haben Sie Lust zu reiten?", lud Ian ihn ein und deutete auf die frisch aufpolierten Sättel, die in der Sonne glänzten.

„Später vielleicht. Ist Miss Artkinson hier?" Er erntete einen forschenden Blick.

„Die Mädels sind gerade dabei, die Pferde aufzuzäumen", antwortete Ian und ließ sich bei seiner Arbeit nicht stören.

„Miss Artkinson hat sich doch von diesem... Zwischenfall erholt?", fragte Peter zögernd. Ian hob die Schultern. Der besorgte Unterton des Anwalts war ihm nicht entgangen.

„Sicher." Er musterte Peter von neuem. „Helena wirft so schnell nichts um", antwortete er schließlich. Peters Augen begannen zu leuchten, doch sein Ton blieb freundlich distanziert.

„Freut mich", murmelte er und ein Prickeln durchlief seinen Körper. Sein Herz schlug einen schnelleren Rhythmus an. Sofort wandte er sich von Ian ab und ließ seinen Blick über die sanften Weiden gleiten, die trotz des fortgeschrittenen Vegetationsstadiums noch in vollem Grün standen.

„Ist Ihnen vielleicht eine Miss Clara Smith bekannt?", fragte er dann wie nebenbei.

„Sicher." Ian hielt mit dem Striegeln inne. Man hörte Pferdegeklapper vom Inneren des Stalles und bald darauf tauchte Helena mit einem Holsteiner am Eingang auf.

„Oh, sieh an, wir haben hohen Besuch!" Peter fühlte, wie ihm sogleich das Blut in den Kopf stieg. Bedeutend ruhig drehte er sich zu ihr um.

„Guten Tag, Miss Artkinson." Er deutete scheinbar eine Verbeugung an und hoffte, dass sich sein Blutspiegel dadurch schnell wieder senken würde. Gleich hinter Helena tauchte eine rotblonde Schönheit auf. Constance. Ihre Augen trafen sich mit den seinen und sofort nahm Befangenheit von ihm Besitz. Eine Gänsehaut überzog seine Arme und ein leichtes Frösteln durchlief ihn. Mit einer linkischen Bewegung drehte er sich zu Ian um. „Sie haben Miss Clara Smith gekannt?", wiederholte er verwirrt und fand es schwierig den Faden erneut aufzunehmen.

„Ja, haben wir", antwortete Helena und drückte ihm die Zügel ihres Pferdes in die Hand.

„Tatsächlich?"

„In der Tat, was keineswegs ungewöhnlich ist. Wir leben in einem kleinen Dorf. Hier kennt jeder jeden und dessen Verwandte und Freunde. Clara Smith war die Freundin von Mrs Negley und Miss Holder. Soweit ich weiß, haben Clara Smith und Miss Holder zusammen die Schule besucht." Helena nahm sich eine der Bürsten.

„Hielt sie sich oft hier auf?", fuhr Peter interessiert fort. Helena zuckte mit den Schultern.

„Nicht das ich wüsste." Eine Furche bildete sich zwischen ihren schön geschwungenen Augenbrauen. „Ian, hast du Clara Smith in letzter Zeit hier gesehen?" Für einen kurzen Augenblick sahen sie sich an, dann zuckte er mit den Schultern.

„Nein. Sie kommt ja nur ins Dorf, wenn es ihr in den Kram passt."

„Bestand ein enges Verhältnis zwischen den drei Freundinnen?", bohrte Peter nach.

„Das kann ich nicht beurteilen. Sie trafen sich wohl ab und an schrieben oder telefonierten. Hin und wieder haben sie sich besucht. Als enge Freundschaft würde ich es nicht bezeichnen. Aber ich kümmere mich auch nicht darum, was im Dorf so vor sich geht", fügte sie fest hinzu.

„Welches Aussehen hat Miss Smith?"

„Sie hat dunkles, langes Haar, nussbraune Augen, volle Lippen. Sie ist ca. sechs Fuß groß und hat einfach tolle Beine. Eine vollendete Frau", schwärmte Ian und blickte versonnen in die Ferne.

‚Und im Bett wohl auch ein Traum', lag es Peter auf der Zunge, doch er verbiss sich wohlweislich die Bemerkung. „Sie kannten sie also näher?", fragte er stattdessen.

„Und woher weißt du das alles?", unterbrach Helena ihn brüsk, schob den Kopf ihres Pferdes beiseite und starrte ihren Bruder nicht gerade freundlich an.

„Ich habe sie wenige Male auf dem Marktplatz getroffen", erwiderte er unschuldig und zuckte dabei mit den Schultern.

„So, auf dem Marktplatz getroffen...", wiederholte Helena missbilligend.

„Ja. Schlichtweg getroffen", giftete Ian. „Es gibt in diesem Dorf nicht gerade eine Menge an Schönheiten, da fällt eben eine Frau wie Miss Smith einfach auf." Beleidigt stemmte Helena ihre Hände in die Hüften und holte tief Luft.

„Stopp!", unterbrach Peter die beiden Kampfhähne. Mit einem Satz fuhr sie zu ihm herum.

„Mischen Sie sich nicht in unsere Angelegenheiten ein!", blaffte sie und wandte ihre Aufmerksamkeit ihrem Bruder zu.

„War Miss Smith in diesem Jahr häufiger hier gewesen als gewöhnlich?" Peter ließ nicht locker. Ein weiteres Schulternzucken von Ian.

„Keine Ahnung." Seine Augen begannen bei der Erinnerung, die in ihm wach wurde, zu glänzen.

„Natürlich", fauchte Helena, „plötzlich hast du keinen blassen Schimmer mehr!" Beunruhigt wich das Tier zur Seite. Peter streichelte besänftigend den Hals des Pferdes und redete beruhigend auf es ein.

„Miss Smith und Miss Holder trafen sich des Öfteren in Belfast", bemerkte Ian und legte den polierten Sattel auf seinen Vollblüter.

„Und woher weißt du das?" Seine Schwester zog ungestüm den Sattel vom Zaun. Wütend stapfte sie zu ihrem Pferd zurück und hievte ihn auf den Rücken. Ihre Augen funkelten wie zwei Fixsterne. Verunsichert wich das Pferd aus. Ein leiser Fluch kam über ihre Lippen, den Peter jedoch nicht verstand. Beschwichtigend redete er auf das Pferd ein und beobachtete Helenas Cousine, als sie den zweiten braunen Holsteiner zum Gatter führte und ihn dort festband. Seine Aufmerksamkeit war kurze Zeit von ihr in den Bann gezogen, verflüchtigte sich jedoch gleich darauf und er widmete sich wieder dem Geschwisterpaar.

„Miss Holder selbst hat es mir erzählt, als wir zufällig auf Clara Smith zu sprechen kamen", entgegnete er barsch.

„Ach ja, sicher", höhnte Helena. Ians Gesicht rötete sich bedenklich.

„Sie arbeitete in einem Krankenhaus und so trafen sie sich gelegentlich."

„Wissen Sie, welchen Beruf Miss Smith ausübte?", erkundigte sich Peter und holte den Notizblock aus der Brusttasche seines Jacketts. Ians Lippen formten sich zu einem Spitzmund.

„Ich glaube, sie war Krankenschwester, aber meine Hand will ich dafür nicht ins Feuer legen."

„Habt ihr darüber nie gesprochen?", versetzte Helena und fügte beißend dazu: „Aber ich denke, ihr hattet Wichtigeres zu tun, als Konversation zu üben." Ian hob die Hände zum Himmel und verdrehte genervt die Augen. Nachdem sie den Gürtel des Sattels festgezurrt hatte, drehte sie sich zu Peter um. „Sie waren doch gestern in Belfast, haben Sie dort etwas erreicht?" Peter gab ihr kommentarlos die Zügel zurück. „Nun?" Ihre Blicke trafen sich für einen kurzen Moment. Ihm war, als würde sie seine Gedanken durchdringen. Alle seine Muskeln spannten sich. Sein Mund wurde trocken, das Adrenalin flutete unkontrolliert durch seine Adern. Er hatte Angst beim Anblick ihrer grünen, strahlenden Augen zu ertrinken. Einmal nur ihr Haar zu streicheln, einmal nur ihre Lippen zu spüren... Was hätte er dafür gegeben! Enttäuscht schluckte er diese gallig schmeckende Sehnsucht herunter, räusperte sich und nahm Haltung an. Er unterließ es ihr zu antworten.

„Gibt es sonst noch etwas, was Sie über Miss Smith wissen? Möglicherweise wo sie wohnt oder sich gegenwärtig aufhält?" Beide schüttelten sie den Kopf.

„Was ist mit Belfast?" Helena gab nicht auf.

„Die Nachforschungen gehen nur sehr zäh voran", antwortete er ausweichend und half ihrer Cousine beim Satteln. Peter überkam das Gefühl, dass er sie kannte. Ihre Blicke streiften sich. Peter hatte eben vor, ihr eine Frage zu stellen, als Helena laut ihre Überlegung kundtat: „Ich sollte vielleicht mit Dr. Penell sprechen."

„Den Teufel werden Sie tun!", fuhr Peter auf. „Genügt es nicht, dass man Sie mit dem Land Rover in die Luft sprengen wollte? Sie werden sich nicht weiter in Gefahr begeben!"

„Ach, Sie verbieten es mir?" Mit einer Handbewegung warf sie ihr dunkles, langes Haar zurück. „Denken Sie, nur weil blaues Blut in Ihren Adern fließt, haben Sie mehr Recht sich in Gefahr zu bringen als ich? Oder glauben Sie, Sie sind berechtigt dazu, weil Sie dem britischen High Court angehören? Es geht hier um unser Dorf, schon vergessen?"

„Ihr Engagement in allen Ehren, Miss Artkinson, doch sollte sich Ratlosigkeit nicht in kopfloses Handeln auswirken", belehrte sie Peter schulmeisterlich. Ihre Haare wirbelten herum. Ian grinste über das zornrote Gesicht seiner Schwester und wartete schon auf den Vulkanausbruch, den sie gleich erleben würden.

„Halten Sie mich für einen völligen Idioten?!", brauste sie auf.

„Nein, natürlich nicht. Ich halte Sie für eine engagierte, spontane Frau, die manchmal dazu neigt, mit dem Kopf durch die Wand zu gehen. Und ich möchte keinesfalls, dass Ihnen durch Ihr schnelles Handeln etwas zustößt." Für einen kurzen Moment sahen sie sich an. Einen Wimpernschlag lange war es, als würden sie im Zentrum eines Hurrikans stehen. In gleißender Sonne, bei absoluter Windstille. Der Augenblick verflog und Helena schwang sich wutschäumend in den Sattel. Sie wendete das Tier, sah Peter nochmals an und schleuderte ihm entgegen: „Der Teufel soll Sie holen, Mylord!" Sie stieß dem Pferd ihre Stiefel in die Flanken und stob davon.

„Frauen", lamentierte Ian belustigt, gab seiner Cousine ein ‚Leg up' und folgte mit ihr seiner Schwester. Hilflos sah er ihnen nach.

„Na, so bekümmert an einem so herrlichen Tag wie diesem?", fragte Mr Artkinson, der zu ihm getreten war. Aufmunternd klopfte er ihm auf die Schulter. „Sehen Sie's nicht so schwarz, mein Junge. Helena hat einfach Temperament. Es liegt in ihrer Natur."

„Ja, ich weiß." Deprimiert ließ er seine Schultern hängen und drehte sich zu ihm um.

„Nicht aufgeben!", ermutige er ihn zuversichtlich. „Helena mag Sie wirklich. Ich kenne doch meine Tochter." Er zwinkerte ihm verwegen zu. Mit einem wissenden Lächeln gab er ihm einen aufmunternden Klaps auf den Arm und schlenderte zurück zu den Stallungen.

„Phantastisch! Einfach phantastisch!" Er hatte sie auch gern, vielleicht sogar etwas mehr als gern, verflucht! Genau das war ja das Desaster! Sein Puls erhöhte sich in ihrer Gegenwart und nur mit Mühe konnte er sich in ihrem Beisein auf die Fakten konzentrieren. Es wäre fatal, wenn er jetzt den Boden unter seinen Füßen verlieren würde! Warum schaffte er es nicht, sich gegen den Wunsch seines Vaters aufzulehnen? Warum konnte er nicht Manns genug sein, für sich selbst Partei zu ergreifen? Verflucht sei der Tag, an dem sein Onkel starb und sein ganzes Leben aus den Fugen gehoben wurde. Zähneknirschend über seine eigene Feigheit trottete er zurück zur Polizeistation.

Frank saß in Gesellschaft von Inspektor Hardcourt am Schreibtisch im kleinen Büro und blätterte einige Papiere durch. Sergeant Ridway stieß mit drei Tassen Kaffee zu ihnen.

„Guten Morgen Dr. Forgerson", begrüßte er ihn leicht überrascht und stellte die Tassen am Schreibtisch ab. Der Gesichtsausdruck von Peter überzeugte ihn sofort, dass heute Vorsicht angebracht war. „Kann ich Ihnen auch eine Tasse bringen?", bot er an und deutete auf die drei dampfenden Kaffeebecher. Peter nickte.

„Das wäre sehr freundlich von Ihnen, DS Ridway."

„Ich dachte, du hättest Wichtigeres vor...", bemerkte Frank trocken, hob kurz den Blick, musterte ihn und blätterte dann weiter.

„Die Angelegenheit, weswegen ich den Artkinsons einen Besuch abstattete, hat sich schneller erledigt, als ich zu Beginn vermutete", murmelte Peter und zog einen Stuhl zum Schreibtisch.

„Du irrst, mein Guter. Du steckst mitten drin in ‚dieser Angelegenheit'", belehrte ihn Frank und hielt ihn mit einem scharfen Blick fest. Zornig begannen Peters Augen zu funkeln. Ruhig verfolgte Frank, wie sich Peters Brustkorb im schnellen Rhythmus hob und senkte. Einige Sekunden verstrichen. Die Spannung knisterte im Raum. Alle Aufmerksamkeit galt ihm. Jeder wartete auf eine Reaktion. Peter wollte ihnen diesen Gefallen nicht erweisen. Er versuchte langsamer zu atmen und seinen Adrenalinspiegel erheblich zu senken.

„Können wir zum Thema zurückkommen?", fragte er in kontrolliert ruhigem Tonfall und setzte sich.

„Bitte, Dr. Forgerson, dagegen gibt es nichts einzuwenden", bemerkte Inspektor Hardcourt und nahm sich eine Tasse.

„Danke. Ich möchte gern wissen, ob es neue Informationen über Miss Clara Smith gibt."

„Neu würde ich als relativ bezeichnen. Ihre Personalien wurden bestätigt. Miss Smith's Alter beträgt vierunddreißig Jahre. Geboren und aufgewachsen in Garrison. Sie studierte in Belfast Journalistik und arbeitete daraufhin bei einer kleinen Lokalzeitung in Londonderry. Später wechselte sie dann zum Belfast Observer. Vor einem halben Jahr flog sie mit einem Single Ticket nach Frankfurt am Main und seither hat sich ihre Spur verloren. Ihre Arbeitgeber haben sich wohlwollend über sie geäußert, waren aber über ihre spontane Reaktion nicht verwundert. Sie hielten sie nicht für eine Frau, die konstant einen Weg verfolgte. Wir haben Europol eingeschaltet, aber ich glaube nicht, dass wir großen Erfolg haben werden."

‚Also keine Krankenschwester', schloss er still. „Flughafen Frankfurt am Main", grübelte Peter halblaut und zog seinen Notizblock aus der Manteltasche. Sergeant Ridway kam mit einer weiteren Tasse zurück und reichte sie ihm. Mit hochgezogenen Augenbrauen sah er seinen Chef an.

„Wir sprechen gerade über Miss Smith", klärte ihn Inspektor Hardcourt auf.

„Mhm." Er nahm sich ebenfalls eine Tasse vom Tisch und setzte sich auf das schmale Sofa.

„Miss Smith hatte niemals Interesse für eine Stelle als Pflegerin oder ähnliches bekundet?", fragte Peter wie aus heiterem Himmel und schob sich seine Brille auf die Nase.

„Weshalb sollte sie das tun? Sie war Journalistin." Peter hob die Schultern.

„Nur so ein Gedanke. Möglicherweise für eine Recherche", spann er seinen Gedanken weiter.

„Davon ist mir nichts bekannt", erwiderte Inspektor Hardcourt und trank einen Schluck.

„War sie als Journalistin erfolgreich?" Ein abwägender Blick des Inspektors streifte ihn.

„Sie gehörte nicht zu dem Schlag, der unangenehm auffiel. Sie schwamm stets im Mittelfeld. Die Möglichkeit, den Pulitzerpreis zu gewinnen, war ihr nicht gegeben. Ihrer Vermutung nach hat sie eine Story aufgegriffen und ihren Kopf zu weit aus dem Fenster gelehnt. Ist das Ihre Vermutung?"

„Man kann es nicht ausschließen", stimmte Peter zu.

„Möglich. Jedenfalls endet ihre Spur am Flughafen, als sie durch die Schranken des Hangars ging. Sie muss irgendwo untergetaucht sein."

„Wenn ihr nichts zugestoßen ist", merkte Frank an und nahm einen weiteren Schluck seines Kaffees.

„Wie weit sind Europol mit den Ermittlungen gediehen?", wollte Peter wissen und hob den Blick von seinem Notizblock. Inspektor Hardcourts Augenbrauen zogen sich mürrisch zusammen.

„Wir kennen das Datum, an dem sie Nordirland verließ, und die Airline. Aber glauben Sie mir, niemand erinnert sich an eine Person, die einen internationalen Flughafen betritt und verlässt. Die Spur endet am Frankfurter Flughafen. Möglicherweise löste sie ein Zugticket nach Paris, Rom, Prag oder sogar Budapest…Einmal bar bezahlen und voilà." Inspektor Hardcourt hob vielsagend die Hände. „Das Schengen Abkommen ermöglicht uns die Reisefreiheit. Soll ich noch etwas hinzufügen?"

„Es liegt in der Hand von Europol. Sie werden ihren Namen durch die Suchmaschinen laufen lassen, aber erwarten Sie nicht zu viel. Es gibt kein Verbrechen, das einen größeren Aufwand rechtfertigen würde."

„Ad Acta", schloss Frank kalt und stellte seine Tasse zurück auf den Tisch, wo sie vorher nasse Ringe hinterlassen hatte.

„Vielleicht sollten wir tatsächlich mit den Ermittlungen gegen Dr. Penell beginnen. Indizienbeweise liegen doch vor", schlug Peter Inspektor Hardcourt mit einem unguten Gefühl in der Magengegend vor. Ihre Augen trafen sich, doch bevor der Inspektor das Wort ergreifen konnte, klopfte es und DS Quaritsh trat ein.

„Guten Morgen", begrüßte er die Runde. „Wie es aussieht, hält die Elite Kriegsrat." Peter stand auf und bot ihm seinen Stuhl an.

„Kriegsrat ist wohl etwas hoch gegriffen. Nennen Sie es lieber das Zusammenfügen verbliebener Spuren", berichtigte er und nahm neben Sergeant Ridway auf dem Sofa Platz.

„Das hört sich nach Zahnschmerzen an." DS Quaritsh setzte sich auf den angebotenen Stuhl und ließ seinen Blick durch die Runde schweifen. Irritiert zog Peter die Augenbrauen hoch. Diese Redensart war ihm völlig neu, traf jedoch den Punkt.

„Möglicherweise kann ich weiterhelfen." Er reichte Inspektor Hardcourt einen Bogen Papier.

„Es haben sich zwei Zeugen gefunden, die sahen, wie der Hund von den Juvets gestohlen wurde."

„Sehr gut!" Inspektor Hardcourts Mine hellte sich auf. „Haben Sie die Personenbeschreibung erhalten?" Peter und Frank tauschten Blicke, die nicht das Glücksgefühl des Inspektors wiederspiegelten. Ihnen war bereits klar, dass diese Spur zu nichts führen würde.

„Nun ja, keine konkrete Beschreibung, Sir. Sie wurden als zwei Gestalten beschrieben, die große Hüte und schwarze Regenmäntel trugen. Sie waren von großer Statur und bulligem Auftreten."

„Und weiter?", drängte Inspektor Hardcourt.

„Mehr konnten sie leider nicht erkennen, da es zu dem Zeitpunkt schon sehr dunkel war."

„Brillant", knurrte Inspektor Hardcourt eisig. „Sie können diesen Bericht getrost zu den Akten legen." DS Quaritsh wollte jedoch nicht jetzt schon kapitulieren.

„Ich bin mir sicher, dass es sich um die gleichen Personen handelte, die Dr. Forgerson auf der Straße überfallen haben. Möglicherweise ist das Gedächtnis des Herrn Anwalt zurückgekehrt und es besteht doch noch Hoffnung auf die Täter zu stoßen."

„Es gibt keine Täterbeschreibung von Dr. Forgerson. Von keinem der Übergriffe, an denen er beteiligt war, DS Quaritsh, was sich auch nicht ändern wird. Also bitte legen Sie den Bericht zu den Akten und kehren Sie zu Ihrer Arbeit zurück", stellte ihn Inspektor Hardcourt vor vollendete Tatsachen. DS Quaritsh Wangen begannen zu glühen. Verärgert hob er seine Stimme.

„Wie Sie wünschen, Inspektor. Aber die Tatsache, dass jegliche Beschreibung der Täter fehlt, würde mich doch nachdenklich stimmen." Diese Worte ließ er im Raum hängen, warf nochmals einen abschätzenden Blick in die Runde und verließ dann entschlossen das Büro.

„Will er mich damit belangen?" Peter machte eine unwillige Handbewegung zur geschlossenen Tür. Inspektor Hardcourt sah ihn nachdenklich an.

„Sie müssen sich eingestehen, Dr. Forgerson, dass er nicht ganz im Unrecht ist. Wir haben keine einzige stichhaltige Personenbeschreibung in all den Fällen, bei denen Sie beteiligt waren. Ein Umstand, der sich nicht von der Hand weisen lässt."

„Ich bitte vielmals um Vergebung. Während ich mein Leben verteidigen musste, wäre es natürlich von Vorteil gewesen meine Aufmerksamkeit genauer auf die Angreifer zu richten", erwiderte er hitzig. „Bei nächster Möglichkeit werde ich besser aufpassen!" Er war bereits auf den Beinen. Seine Augen sprühten Feuer. „Glauben Sie nicht, es wäre mir lieber, wenn ich eine Täterbeschreibung zu Protokoll geben könnte?"

Der Inspektor antwortete darauf nur einem gleichmütigen Schulternzucken.

„Wir bewegen uns immer auf derselben Stelle, Dr. Forgerson, und langsam beginnt die Geschichte uns zu frustrieren. Alle Spuren, die wir bis jetzt verfolgt haben, sind im Sand zerronnen. Sogar die Bombe, die benutzt wurde, hat uns keine weiteren Anhaltspunkte geliefert, außer dass sie mit einem Zeitzünder versehen und der Zeitpunkt der Detonation wohl überlegt gewählt worden war. Diese Arbeit hier entwickelt sich wirklich zu einem Albtraum. Sobald wir eine Spur angehen, endet sie auch schon in kürzester Zeit in einer Sackgasse."

„Haben Sie sich Miss Holders Haus vorgenommen?", verlangte Peter zu wissen und stellte seine leere Tasse zu den anderen.

„Natürlich. Wir haben es zweimal durchsucht. Das erste Mal von Sergeant Quaritsh und seinen Beamten, nachdem Miss Holder als vermisst gemeldet wurde, und das zweite Mal habe ich ein Team los geschickt, als Sie ihre Leiche im See entdeckten. Es wurde nichts Außergewöhnliches festgestellt."

„Sergeant Quaritsh's Leute haben sich das Haus zuerst vorgenommen", wiederholte er grummelnd mit ausdruckslosem Blick. „Es muss eine Liste von all den Dingen existieren, die bei der Hausdurchsuchung sichergestellt worden sind. Dürfte ich diese bitte sehen?" DS Ridway hatte sich bereits erhoben und wühlte schon in den Aktenordnern.

„Denken Sie, es wurde etwas übersehen?"

„Die Möglichkeit besteht doch, nicht wahr?", entgegnete Peter.

„Sie sind nicht der einzige, der seinen Job gründlich macht", giftete Inspektor Hardcourt. „Ich habe mir meinen Dienstgrad nicht auf der Vergabestation abgeholt."

„Das bezweifelte ich doch nie", beschwichtigte Peter leicht irritiert von der heftigen Reaktion des Inspektors und nahm dem Sergeant eine Liste aus der Hand. Routiniert suchte er seine Taschen nach dem Brillenetui ab und förderte es schließlich auch zu Tage.

Automatisiert öffnete er es, setzte sich die Brille auf die Nase und schob das Etui gedankenlos zurück in einer seiner Jacketttaschen. Nochmals schob er die Brille zurecht und studierte die Liste eingehend. Derweil förderte DS Ridway eine zweite zu Tage.

„Dies ist die Liste, die unser Team angefertigt hat. Sie werden sofort feststellen, dass sie wesentlich genauer ist, als diejenige, die zuvor erstellt wurde." Die zweite Liste wurde von ihm ebenfalls gründlich gelesen und danach an Frank weiter gereicht.

„Mir ist aufgefallen, dass in der Liste, die Sergeant Quaritsh erstellen ließ, eine Reisetasche vermisst gemeldet wurde. In Ihrer Liste ist jedoch die Rede von einem Kofferset, das sich im Schlafzimmer befand und einen gepackten Schminkkoffer und einen Waschbeutel enthielt." Ein Grübchen erschien auf seinem Kinn. „Warum verreist jemand mit einer Reisetasche und verstaut wichtige Utensilien in einem Koffer, den er nicht vor hat zu benutzen?"

„Machen Sie ruhig weiter", ermunterte ihn der Inspektor. Peter blinzelte ein paar Mal und sah Inspektor Hardcourt an, als hätte er ihn soeben erst entdeckt. „Wie bitte?"

„Sie begannen gerade eine Theorie über den Umstand von Frauenutensilien in einem unbenutzten Koffer zu erstellen", erinnerte er ihn brüsk.

„Können Sie uns diese Listen kopieren?" Peter machte eine Handbewegung zu Frank.

„Ich möchte zuerst Ihre Theorie hören, Dr. Forgerson."

„Es ist noch viel zu früh, als das ich mich jetzt schon dazu äußern kann. Bitte haben Sie Verständnis, Inspektor. Es gibt keine größeren Fehler, als zu Beginn falsche Schlüsse zu ziehen. Geben Sie uns eine Kopie?" Er erhielt irgendeinen unzufriedenen, irischen Kommentar, dessen Worte sein englisches Gehör nicht identifizieren konnte. Dann richtete sich der Inspektor in seinem Schreibtischsessel auf und beauftragte Sergeant Ridway, sich um diese Kopien zu kümmern.

„Haben Sie daran gedacht, dass Miss Holder möglicherweise ein zweites Set Schminkkoffer und Kulturbeutel besaß?", gab ihn der Inspektor zu denken.

„Ich kann das nicht von der Hand weisen, Inspektor Hardcourt, jedoch nach meiner Erfahrung ist es eher ungewöhnlich. Schminkutensilien sind für Frauen etwas sehr persönliches." Peter zog seinen Mantel vom Stuhl.

„Sie möchten schon gehen?" DS Ridway beäugte ihn misstrauisch.

„Ja. Ich möchte Miss Holders Haus in Augenschein nehmen, um eine bessere Vorstellung der ganzen Situation zu erhalten. Es ist Ihnen doch genehm, Inspektor Hardcourt?"

„Sie tun ohnehin das, was Sie möchten, Dr. Forgerson", entgegnete der Inspektor lakonisch. Peter schoss ihm einen funkelnden Blick zu.

„Wo befindet sich der Schlüssel zum Haus?" fragte er bedeutend ruhig.

„Im Safe", knurrte Inspektor Hardcourt und nahm sich eine Akte von dem großen Stapel. Peter bedankte sich nochmals und verließ mit Sergeant Ridway das Zimmer. Bevor er sich an einen der uniformierten Beamten wenden konnte, spürte er eine Hand auf seiner Schulter. DS Ridway stand hinter ihm und gab ihm mit einer Kopfbewegung einen Wink. Peter hob fragend die Augenbrauen und folgte ihm zögernd zu einer ruhigen Ecke.

„Wenn Sie sich den ganzen Papierkram und Aufsehen sparen möchten..." Sergeant Ridway musterte ihn eingehend.

„Ja?", fragte Peter wage.

„Mrs Juvet besitzt einen zweiten Schlüssel für das Haus."

„Mrs Juvet?", wiederholte Peter erstaunt. „Warum wurde dieser nicht sofort konfisziert? Und warum wissen Sie, dass sich ein Schlüssel in Ihrem Besitz befindet?" Ein spitzbübisches Glitzern erschien in den Augen des Sergeanten.

„Nachbarschaftsdienst", erläuterte DS Ridway gelassen. „Mrs Juvet erwähnte, dass sie sich um die Blumen kümmerte, während Miss Holder für längere Zeit außer Haus war."

„Und warum hat man den Schlüssel nicht gleich nach dieser Aussage in Besitz genommen?" Er bekam ein Schulternzucken zur Antwort.

„Es muss wohl übersehen worden sein. Ich habe die Aussage erst vor kurzem gelesen... Nun denn..." Er betrachtete ihn aufmerksam. „Sie haben die Wahl, Dr. Forgerson. Sie können jetzt den Papierweg gehen oder den etwas kürzeren, denn DS Quaritsh wird Ihnen den Schlüssel sicherlich nicht so einfach aushändigen. Die Entscheidung liegt nun in Ihrer Hand."

„In der Tat. Und weshalb geben Sie mir diesen Tipp?" DS Ridway musterte Peter.

„Wie Inspektor Hardcourt erwähnte. Wir sind der ganzen Geschichte müde. Ich möchte ebenso endlich vorankommen. Zwar bin ich mit Ihrer Arbeitsweise nicht immer einverstanden, aber eine Abkürzung würde im Moment nicht schaden." Peter warf einen Blick zur verschlossenen Tür und dann zur Theke, wo sich zwei Beamte um eine junge Frau bemühten, die ihren Ausweis verloren hatte. Peter sah wieder Sergeant Ridway an.

„Ich werde mich an Mrs Juvet wenden. Wer weiß, wie viele Spuren zuvor durch Unachtsamkeit verloren gegangen sind."

„Als wir das Haus durchsuchten, waren alle Blumen bereits vertrocknet", gab ihm DS Ridway zu bedenken und ließ ihn dann ungerührt stehen. Peters Augen weiteten sich erstaunt.

„Hast du die Schlüssel?" Erschreckt zuckte Peter zusammen. Frank war hinter ihm aufgetaucht und beäugte ihn skeptisch.

„Noch nicht", murmelte Peter seinen Gedanken nachhängend. „Wir können ihn uns aber bei Mrs Juvet abholen."

„Bei Mrs Juvet?", setzte Frank empört an, doch Peter kam ihn zuvor: „Ich erkläre es dir draußen, in Ordnung?" Er wartete die Antwort nicht ab und verschwand durch die Eingangstür. Frank hatte keine andere Wahl, als ihm zu folgen.

„Hast du noch etwas über Miss Smith in Erfahrung gebracht?" Mit einem Finger im Aufhänger warf Frank den Mantel lässig über die rechte Schulter. Genießerisch drehte er sein Antlitz der Sonne zu und ließ sich von den Sonnenstrahlen das Gesicht wärmen.

„Nichts Wesentliches. Miss Holder traf sich des Öfteren mit ihr in Belfast. Hier wurde sie nur äußerst selten gesehen. Ich dachte eigentlich, beide wären enger befreundet gewesen." Peter zuckte mit den Schultern.

„Ich bin mir über die Beiden noch nicht im Klaren."

„Aber es bestand eine Freundschaft zwischen den Frauen, das ist eindeutig erwiesen. Möglicherweise haben sie ihren Kontakt schriftlich und telefonisch aufrecht erhalten."

„In der Liste wurden keine Briefe erwähnt", gab Peter zu bedenken. Frank öffnete seine Augen und wandte sich von der Sonne ab.

„Es müssen Briefe existiert haben. Vielleicht wurden sie verbrannt oder gestohlen. Richtig?"

„Auszuschließen ist es nicht", stimmte Peter zu. Sie überquerten den Marktplatz und grüßten zwei Frauen, die gerade das Geschäft von Mr Patterson verließen.

„Du hast doch schon jemanden im Visier, der die Briefe gestohlen haben könnte." Peter fuhr sich mit der Hand durch seine widerspenstigen, dunklen Locken.

„Der Schlüssel für Miss Holders Haus war vielen zugänglich. Bis jetzt konnte jeder, der Interesse hatte, ohne große Mühe an ihn herankommen."

„Mrs Juvet würde ihn bestimmt nicht an jeden x-beliebigen aushändigen", entgegnete Frank und nahm den Mantel wieder von der Schulter.

„Miss Juvet muss nicht einbezogen werden, wenn man den richtigen Kontakt zu gewissen Stellen hegt", klärte ihn Peter schulmeisterlich auf.

„Du hast die Polizei in Verdacht!" Peter drehte sich zu seinem Freund um.

„Ich ziehe nur alle Möglichkeiten in Betracht."

„Möchtest du behaupten…"

„Ich werde mich hüten, etwas zu behaupten, Frank, aber all das, was mir hier zugestoßen ist, veranlasst mich, dieser Dorfpolizei nicht mein uneingeschränktes Vertrauen entgegen zu bringen. Ich würde nur allzu gern wissen, wer von ihnen für Informationen außerdienstliche Zuwendungen erhält."

„Deine Phantasie geht mal wieder völlig mit dir durch", wies ihn Frank zurecht. Peter setzte an, doch Frank ließ ihn nicht zu Wort kommen. „Peter, als hättest du nicht Feinde genug, jetzt suchst du dir auch noch welche in den eigenen Reihen. Komm auf den Boden und denk die ganze Sache nochmals durch. Und bevor du jetzt einen Wutausbruch erleidest, atme tief durch und geh in dich. Denn mit den Gedanken betrittst du einen absolut falschen Pfad."

„Frank."

„Peter!", stoppte ihn sein Freund harsch. „Tu einmal das, was man dir sagt. Es ist ein gut gemeinter Rat." Mit diesen Worten ließ ihn Frank hinter sich.

Für einen Moment schloss Peter die Augen und atmete tief und langsam, denn er stand vor einem Ausbruch. Leider musste er sich eingestehen, dass Frank Recht hatte. Einen Streit mit ihm wäre jetzt nicht hilfreich. Vielleicht litt er wirklich an Paranoia. Er rieb mit beiden Händen das Gesicht, versuchte sich zu beruhigen und lief dann hinter Frank her.

Frank hatte bereits das kleine Backsteinhaus erreicht und wartete auf ihn. Der dazugehörende Vorgarten war für den bevorstehenden Winter schon umgegraben worden. Einige späte Rosensorten blühten noch und weiße, grüne und rosafarbene Erikas wucherten akkurat geschnitten am frisch aufgekiesten Gartenweg. Die grüne Tür war frisch gestrichen worden und ein Türkranz aus Immergrün lud ein hereinzukommen. Peter drückte auf den Klingelknopf. Die schrille Glocke erklang im Flur. Wartend drehte sich Frank um und ließ seinen Blick über den Marktplatz gleiten. Nichts Auffälliges war auszumachen. Schritte waren im Inneren des Hauses zu hören, dann wurde die Tür schwungvoll geöffnet. Ein großer, gut gebauter Mann in den späten Dreißigern stand vor ihnen. Mit seinen blaugrünen Augen fixierte er Peter unfreundlich.

„Bitte?", blaffte er ihn an.

„Mein Name ist Peter Forgerson." Routiniert suchte er die Taschen nach seinem Ausweis ab, fand ihn schließlich in der Brusttasche des Jacketts und zeigte ihn dann seinem Gegenüber. „Im Zuge der

Ermittlungen des unaufgeklärten Todes von Miss Holder unterstütze ich Inspektor Hardcourt bei seinen Ermittlungen. Ich würde gerne Mrs Juvet einige Fragen stellen."

„Die Polizei sagte uns, die Sache sei gegessen." Mr Juvet schien nicht geneigt mit ihnen zu kooperieren.

„Dann hat man Sie darüber falsch informiert." Peter wurde nun langsam ungeduldig. „Es ergaben sich neue Erkenntnisse, die weitere Fragen aufgeworfen haben. Sie würden uns viel Zeit sparen, wenn..."

„Anwälte und dazu noch Engländer! Die Pest ist dagegen Kinderkram. Haben Sie nicht schon genug Unheil gestiftet? Müssen wir jetzt immer noch von Ihnen belästigt werden? Ich frage mich, wofür ich so viele Steuern zahle!"

„Mr Juvet, ich bin nicht hierhergekommen, um mit Ihnen zu streiten..." Mühevoll versuchte Peter einzulenken und ruhig zu agieren.

„Dann sollten Sie sofort auf dem Absatz kehrt machen und uns in Frieden lassen, bevor ich in Versuchung geraten könnte und Ihnen..." Er beendete nach einem kurzen Blickkontakt mit Frank den Satz wohlweislich nicht.

„Möchten Sie mir drohen?" Peters Augen färbten sich schwarz.

„Drohen?!" Mr Juvets Hände ballten sich zu Fäusten. „Ich würde Sie liebend gern am nächsten Baum hängen sehen. Bei so viel Unglück, wie Sie in diesen paar Tagen über unser beschauliches Leben gebracht haben, ist der Wunsch bei weitem noch gering!" Peter straffte seinen Rücken.

„Sie sollten mit Ihren Äußerungen wirklich sehr vorsichtig sein, Mr Juvet, oder Sie könnten großen Schaden nehmen. Haben Sie ein Alibi für die Nacht, als man Ihren Hund gestohlen und mir vor das Auto gelegt hat?"

„Ein Alibi?" Mr Juvets Gesicht lief rot an. „Möchten Sie behaupten...?"

„Ich bin Staatsanwalt, Sir. Ich behaupte nichts. Ich überprüfe, lasse Spuren nachgehen und sichern, stelle Anträge, gebe Haftbefehle, erhebe Anklage und lasse festnehmen. Ich besitze die Macht, Ihnen das Leben äußerst schwer zu machen. Sie sollten mit Ihren Äußerungen mir gegenüber mehr Zurückhaltung üben." Mit einer unsteten Handbewegung fasste sich Mr Juvet an seinen roten, buschigen Schnurrbart und zwirbelte ihn am Ende mit energischen Bewegungen zu einer Spitze zusammen. Eine unbewusste Geste, die seine Nervosität bestätigte.

„Was möchten Sie von Tilly?", knurrte er dann.

„Ich habe einige Fragen in Bezug auf Miss Holder."

„Wir haben mit der Geschichte absolut nichts zu tun", beharrte er steif und zwirbelte seinen Bart noch stärker.

„Das sagen mir fünfundneunzig Prozent aller Beteiligten und Zeugen, was mich keinesfalls überzeugt. Aber bitte, ich kann Ihre Frau auch auf die Wache laden lassen, obwohl ich glaube, dass dadurch ihr Ansehen in dem Dorf ziemlich leiden würde."

„Der Teufel soll Sie holen, Forgerson!", fauchte Juvet aufgebracht.

„Sie machen vor nichts Halt, nicht wahr? Sie lassen sich von niemanden einschüchtern, egal, wie er es anstellt."

„Und Sie schrecken nicht einmal davor zurück, Ihren eigenen Hund zu opfern, wenn es der Sache dient?" Peter hob kämpferisch das Kinn. Wütend kam Juvet einen halben Schritt nach vorn.

„Ich habe meinen Hund nicht getötet. Nie würde ich meinen Hund für einen erbärmlichen Engländer opfern, nie!"

„Welche Schuhgröße tragen Sie, Mr Juvet?", fragte Frank dazwischen und zog ein kleines Notizbuch aus seiner Jackettasche.

„Meine Schuhgröße?", wiederholte er perplex. Frank hatte ihm für einen kurzen Augenblick den Wind aus den Segeln genommen.

„Ist die Frage schwer für Sie zu beantworten?"

„Natürlich nicht. Ich habe elf, aber was hat das mit dem Hund und meiner Frau zu tun?"

„Elf", murmelte Frank zufrieden und notierte es sich. „Erinnern Sie sich noch an die Zeit, als Miss Holder verschwand?", fuhr er fort und hob den Kopf von seinen Notizen.

„Miss Holder?" Irritiert glitt sein Blick zu Peter. „Das ist beinah ein halbes Jahr her. Ich erinnere mich nicht an irgendetwas, was von Bedeutung sein könnte. Sie war plötzlich nicht mehr hier und wir gingen davon aus, dass sie nach Dublin gefahren ist. Sie sprach davon, dort eine Stelle als Hebamme anzunehmen. Manchmal war sie sehr spontan. Aber genaueres? Ich bin nicht auf dieser Erde, um aufzupassen, was meine Nachbarschaft so alles treibt."

„Möglicherweise kann uns Ihre Frau behilflich sein." Frank blätterte in seinem Notizbuch.

„Das kann ich mir beim besten Willen nicht vorstellen", entgegnete er barsch.

„Lassen Sie das doch Ihre Frau entscheiden", schlug Peter vor.

„Warum wollen Sie sie mit diesem Kram belästigen? Das Ganze ist schon ewige Zeiten her." Peter musterte ihn scharf. Es musste einen triftigen Grund geben, weshalb Mr Juvet mit aller Macht versuchte, sie nicht mit ihnen sprechen zu lassen.

„Das ändert nichts an der Tatsache, dass Miss Holder ermordet wurde, egal wieviel Zeit verstrichen ist. Ein Mord bleibt ein Mord. Wie oft ist Miss Holder kurz vor ihrem Ableben nach Belfast gereist?" Unwillig zuckte Mr Juvet mit den Schultern.

„Das weiß ich nicht mehr. Ein paar Mal. Warum ist das so von Bedeutung? Sie war niemandem Rechenschaft schuldig. Wie ich schon sagte, ich spioniere meinen Nachbarn nicht hinterher."

„War Ihre Frau eng mit Miss Holder befreundet?", wechselte Frank die Richtung.

„Befreundet? Wir waren Nachbarn." Peter seufzte. So kamen sie nicht weiter. Ihre Fragen fielen auf unfruchtbaren Boden und kosteten nur Zeit.

„Lassen Sie uns mit Ihrer Frau reden und dem unwürdigen Geplänkel ein Ende setzen."

„Tilly fühlt sich nicht wohl..." Eine Tür öffnete sich und eine zierliche, blonde Frau betrat den Flur. Sie kam auf die kleine Gruppe zu und fragte dabei: „Fred, ist etwas nicht in Ordnung?" Sanft berührte sie die Schulter ihres Mannes. Peter fiel sofort die Rundung unter ihrem locker sitzenden Wollpullover auf. Sechster oder siebter Monat schätzte er. Nun war ihm völlig klar, weshalb Mr Juvet sich so halsstarrig gab.

„Guten Tag, Mrs Juvet", grüßte Peter freundlich. „Ich bin Peter Forgerson..."

„Ja. Ich hörte von Ihnen", nickte sie und musterte ihn eingehend. Schützend legte Mr Juvet einen Arm um ihre Schultern.

„Ich habe versucht, sie von dir fern zu halten, aber sie sind schlimmer wie die ..."

„Fred, ich bin schwanger, nicht krank", ermahnte sie ihn mit sanfter, geduldiger Stimme, dann schenkte sie Peter ein schüchternes Lächeln. „Fred will mich vor allem beschützen", entschuldigte sie sich leicht verlegen und in ihren Augen spiegelten sich die Liebe und Zuneigung, die sie für ihren Mann empfand.

‚Womit er sicherlich nicht falsch liegt', fügte Peter in Gedanken grimmig hinzu.

„Wir würden gern mit Ihnen über Miss Holder sprechen, Mrs Juvet", erklärte Frank.

„Sicher, aber kommen Sie doch herein." Sie griff nach der Hand ihres Mannes, der nur widerwillig Platz machte.

„Das ist wirklich nicht nötig. Mir ist zu Ohren gekommen, dass Sie im Besitz des Hausschlüssels von Miss Holder sind. Ich möchte mich gern in ihrem Haus umsehen. Vielleicht ist es Ihnen möglich uns zu begleiten. Wir können die Fragen dort stellen und müssen nicht unnötig noch mehr Ihrer Zeit in Anspruch nehmen." Mr Juvet öffnete schon den Mund, doch seine Frau kam ihm zuvor.

„Aber natürlich", gab sie sich bereitwillig. „Ich werde den Schlüssel holen." Sie küsste ihrem Mann flüchtig auf die Wange und verschwand in einem der Räume. Schweigend, mit finsterem Blick starrte er Peter an.

„Ist Ihnen der Name Clara Smith ein Begriff?"

„Smith?" Mr Juvet runzelte die Stirn. „Smith gibt es viele", knurrte er. „Ich kenne einige."

„Ist darunter auch eine Clara Smith?" Ihre Blicke trafen sich.

„Nein. Ist mir nicht bekannt."

„Sie ist eine dunkelhaarige Schönheit, soweit ich in Kenntnis gesetzt worden bin", fuhr Peter fort.

„Ich kenne nur eine Schönheit", erwiderte Mr Juvet trotzig. Peter seufzte.

„Miss Smith war eine Freundin von Miss Holder. Möglicherweise haben Sie sie hier früher oft gesehen. Sie ist in diesem Dorf aufgewachsen. Hin und wieder hat sie hier ihre Freundinnen besucht."

„Ist mir nicht bekannt. Ich kümmere mich nicht..."

„Um die Angelegenheiten Ihrer Nachbarschaft. Ich weiß." beendete Peter den Satz für ihn.

Mrs Juvet kam zurück und hielt einen gewöhnlichen Haustürschlüssel in der Hand.

„Wir können gehen." Sie gab ihrem Mann einen Abschiedsgruß und folgte Frank und Peter auf die Straße.

Das Haus war sauber und aufgeräumt. Kein Staub bedeckte die Möbel. Es roch nach frischer Luft und Seife. Trotzdem wirkte die Atmosphäre bedrückend und verlassen. Peter steckte den Schlüssel in seine Brusttasche und sah sich um.

„Machen Sie hier sauber?" Mrs Juvet nickte.

„Ja, irgendwie hoffte ich immer, dass sie sich melden und irgendwann zurückkehren würde." Peter sah sie kurz an, öffnete dann die Wohnzimmertür und trat ein. Der Raum war ebenso sauber wie der Flur. Leere Übertöpfe standen am Fenster.

„Waren Sie mit Miss Holder gut befreundet?", fragte er dann und begann sich im Raum umzusehen. Er zog die Schubladen der Anrichte auf und stöberte in ihnen herum. Frank schlenderte ebenfalls im Zimmer auf und ab.

„Gut befreundet... Hm.. Wir waren Freundinnen, ja, aber nicht so eng, dass wir uns alles anvertraut hätten." Peter hob den Kopf und schaute sie an. Nervös fuhr sie fort, als sie sah, dass er sich mit dieser Antwort nicht zufrieden gab. Irgendwie fühlte sie sich in seiner Umgebung unwohl, sogar verunsichert, obwohl sie nichts zu befürchten hatte. Er begegnete ihr freundlich und benahm sich ganz und gar wie ein Gentleman, und trotzdem... „Wir trafen uns hin und wieder, tranken gemeinsam Tee und tratschten über Gott und die Welt." Peter schloss die Lade und drehte sich zu ihr um. Unterdessen öffnete Frank verschiedene Schränke und überließ es Peter, die Fragen zu stellen.

„Nachbarschaftliche Freundschaft", bemerkte er gedehnt. Unruhig huschte ihr Blick zu Frank.

„Ja, so würde ich es formulieren", bestätigte sie dann.

„Sie geht sogar so weit, dass Sie ihr das Haus in ihrer Abwesenheit putzen."

„Ich verstehe nicht...", murmelte sie verunsichert.

„Nun, ich bin keine Frau und ich muss gestehen, dass ich doch ein ziemlich unordentlicher Mensch. Es muss schon ziemlich unordentlich und staubig sein, bis ich mich dazu durchringe sauber zu machen und dabei bin ich noch froh, dass es sich nur um meine eigenen vier Wände handelt. Ich würde nicht auf den Gedanken kommen, bei Frank sauber zu machen, wenn er verreist, und er ist mein Freund", betonte er nachdrücklich.

„Wie Sie völlig richtig festgestellt haben, Dr. Forgerson, sind Sie keine Frau. Staub stört mich und so beseitige ich ihn", erwiderte sie verärgert.

„Sie haben die Vermisstenanzeige für Miss Holder aufgegeben?"

„Ja, das habe ich." Ihre Stimme klang fest und unerschrocken.

„Wann bemerkten Sie, dass Miss Holder verschwunden war?"

„Als sie zur Besprechung für den Familiengottesdienst, den wir Frauen des Dorfes einmal im Jahr gestalteten, nicht erschienen war." Frank nahm wieder sein Notizbuch zur Hand und notierte sich Stichpunkte.

„Was haben Sie getan, nachdem Sie ihre Abwesenheit bemerkt haben? Haben Sie sie hier gesucht? Oder die Nachbarn befragt?

Warum haben Sie sich an die Polizei gewandt?" Sie ging mit zögerlichen Schritten zu Anrichte und schob einen Bilderrahmen mehr zur Mitte.

„Das Haus lag dunkel und verlassen da, als ich von unserer Kirchenbesprechung zurückkam. Mary gab mir immer Bescheid, wenn sie verreiste. Ich kümmerte mich dann jedes mal um ihre Pflanzen." Ihr Blick glitt zu den verwaisten Fenstern. Peter folgte ihrem Blick

„Haben Sie das Haus vor der Polizei betreten? Immerhin waren Sie im Besitz des Hausschlüssels." Mrs Juvet schüttelte vehement den Kopf.

„Ohne Marys Zustimmung habe ich das Haus nie betreten." Herausfordernd reckte sie ihm ihr Kinn entgegen. Er sah sie lange ohne eine Regung an und fragte dann schließlich: „War die Heizung an, als Sie das Haus nach ihrem Verschwinden das erste Mal betraten?"

„Die Heizung?", verwirrt runzelte sie die Stirn. Peter deutete zur Fensterbank.

„Die Pflanzen waren vertrocknet, als die Polizei das Haus durchsuchte." Ihr Blick glitt wieder zum Fenster und konzentrierte sich auf einen blauen Übertopf.

„Ich kann mich nicht daran erinnern", murmelte sie abwesend.

„Aber die Pflanzen waren verwelkt, als Sie die Zimmer betraten."

„Möglich."

„Haben Sie sie entfernt?" Sie drehte sich zu ihm um.

„Niemand hat sich um sie gekümmert. Die Polizei ließ das Haus zwecks Spurensicherung verriegeln. Danach überließ man sie ihren Schicksal. Sie vertrockneten. Einfach alle!" Ihre Augen funkelten zornig. „Mary war immer sehr stolz auf ihre Pflanzenkollektion gewesen. Es hatte keine einzige überlebt. Es war furchtbar, diese armen Kreaturen so zu sehen. Unerträglich!", fügte sie wütend hinzu.

„Wie lange blieb das Haus gesperrt?" Mrs Juvet zuckte mit den Schultern.

„Zwei, vielleicht drei Wochen. Ich weiß es nicht mehr. Sehen Sie doch in Ihren Akten nach. Da muss es doch sicherlich drin stehen."

„Natürlich", erwiderte Peter beschwichtigend. „Sie erwähnten, dass Sie sich zwischendurch mit Miss Holder zum Tee trafen?", fuhr er fort. Statt ihm eine Antwort zu geben, hatte sich ihre Aufmerksamkeit jedoch auf Frank gerichtet, der eine Box aus dem massiven Wohnzimmerschrank holte. Sie machte ein paar Schritte auf ihn zu. Peter wiederholte seine Frage mit mehr Nachdruck. Hin- und hergerissen drehte sie sich doch schließlich zu ihm um.

„Wir verbrachten manchen Nachmittag zusammen mit Anne Negley." Ihr Blick wurde abwesend als sie weiter sprach. „Anne unterhielt uns oft mit den Geschichten aus Belfast, als sie dort kellnerte, bevor sie George kennen gelernt hatte. Sie war immer eine Frohnatur. Mit ihr gab es immer viel zu lachen. Ich will nicht glauben, dass sie sich das Leben nahm. Sie war einfach nicht der Mensch dafür." Widerwillig schüttelte Mrs Juvet den Kopf, als könnte sie so das Geschehene rückgängig machen.

„Dr. Penell hat sie nach dem Überfall, als sie aus dem Krankenhaus entlassen worden war, behandelt?"

„Ja, natürlich. Er behandelt das ganze Dorf. Warum?" Peter antwortete nicht. Nachdem Frank die Schachtel durchgesehen hatte, trat er zum Tisch, nahm einige Fotos aus dem Karton und legte sie im Quadrat auf die Platte.

„Würden Sie bitte einmal herkommen, Mrs Juvet?" Mit einer Hand schob er ihr einen Stuhl zurecht, auf dem sie nur zögernd Platz nahm. Die Bilder zeigten eine junge, hübsche Frau in Schwesterntracht, bei einer Veranstaltung in Abendgarderobe und in Hosen auf einem Fels sitzend. Andere Fotos waren Klassenbilder, Gruppenfotos von einem Schülerausflug auf dem Land und Bilder mit einer Gruppe junger Männer und Frauen.

„Kennen Sie die Bilder?", fragte er und brachte ein Fotoalbum mit zum Tisch. Weitere Fotos von ihr in allen möglichen Situationen waren vorhanden, doch auf der letzten Seite fehlten vier. Nur die Klebeecken zeugten von der Existenz der Bilder.

„Es ist lange her, als wir diese Fotos betrachtet haben. Ich kann beim besten Willen nicht sagen, ob an dieser Stelle sich welche befanden oder nicht." Sie hob plötzlich den Kopf wie ein Hund der Witterung aufgenommen hatte und starrte zu dem kleinen Bücherregal. Entschlossen stand sie auf, ging zielstrebig hinüber und schob einige Bücher hin und her.

„Suchen Sie etwas Bestimmtes?", wollte Frank wissen und folgte ihr.

„Mary hatte hier eine Fotographie von Richter Dixon stehen. An das erinnere ich mich genau. Es war ein Foto von einer Siegerehrung eines Schachturniers. Sie war sehr stolz darauf. Es war eines der wenigen Male, als sie den Richter besiegte." Abwesend strich sie über das saubere Regal. „Komisch, dass mir das jetzt erst auffällt."

Frank nahm aus seiner Brieftasche die Listen, die er von Inspektor Hardcourt erhalten hatte und ging sie durch. Nach einer Weile sah er zu Peter hinüber, der sich mit einer weiteren Schublade der Anrichte beschäftigte.

„Das Bild ist auf keiner der Listen erwähnt."

„War das Bild gerahmt?", fragte Peter und schob die Lade zu. Er erhielt ein Nicken zur Antwort. Nachdenklich schritt er zum Tisch und blätterte in dem Fotoalbum. In der Mitte des Albums hielt er inne und deutete auf ein Bild, das zwei lachende Mädchen vor einem See zeigte.

„Wissen Sie, wer die beiden Mädchen sind?" Mrs Juvet trat zu ihm und betrachtete das Foto eingehend. „Links steht Anne und rechts…" Sie zuckte mit den Schultern. „Ich bin mir nicht sicher, möglich, dass es Clara ist. Aber meine Hand lege ich dafür nicht ins Feuer. Das Bild muss mindestens fünfundzwanzig Jahre alt sein."

„Meinen Sie Clara Smith?" Peter ließ nicht locker.

„Ja. Aber ich kenne Clara erst seit ein paar Jahren und ich hatte kaum Kontakt zu ihr."

„Erinnern Sie sich, wann Sie sie zum letzten Mal gesehen haben?" Grübelnd betrachtete sie das Foto.

„Wenn ich mich recht entsinne, muss es ein oder zwei Tage vor dem Verschwinden von Mary gewesen sein, als ich damals vom Arzt kam." Ihre Hand glitt über die Rundung ihres Bauches und ein Lächeln erschien auf den Lippen.

„Haben Sie Miss Holder danach nochmals gesehen?" Mrs Juvet hob den Kopf und musterte ihn nachdenklich. Dann schüttelte sie langsam den Kopf.

„Nein. Ich erinnere mich, Clara am gleichen Abend, als ich von meiner Schwangerschaft erfahren habe, im Wohnzimmer von Mary gesehen zu haben. Ich war so aufgeregt, so voller Freude. Ich wollte mich bewegen, mit anderen reden. Es war so wunderbar zu wissen, dass ich ein Kind bekommen würde. Ich wollte mit Mary über meine neue Situation reden, also marschierte ich zu ihr. Als ich den Gartenweg betrat, sah ich sie am Fenster ihrer Küche stehen. Ihr Kopf war teils dem Zimmer zugewandt, doch sie bemerkte mich, winkte mir, wandte sich jedoch dann wieder ab und redete weiter mit einer Person im Zimmer. Aus den Augenwinkeln erkannte ich Cara. Ihre Unterhaltung schien ernst zu sein. Ich wollte sie nicht stören, so änderte ich meinen Entschluss, ging ins Dorf und erzählte meine freudige Neuigkeit jedem, dem ich begegnete. Mary habe ich seither nicht mehr gesehen. Das machte mich schließlich stutzig. Sie war eine tiefgläubige Katholikin und ließ keine kirchlichen Veranstaltungen ausfallen.“

„Das war der Grund, warum Sie zur Polizei gingen?“ Peter klappte das Fotoalbum zu.

„Ja, ich erinnere mich jetzt wieder. Ich ging gleich nach unserer Besprechung zur Polizei. Einer der Officer begleitete mich zurück, wir holten den Schlüssel und sahen nach. Möglicherweise war ihr ja etwas zugestoßen und sie lag hilflos verletzt irgendwo im Haus und niemand hätte sich darum gekümmert. Aber sie war nicht da. Daraufhin gab ich die Vermisstenanzeige auf.“

„Womit dieser Punkt auch geklärt wäre“, bemerkte Frank zufrieden. Peter klappte das Album zu und stellte es zurück an seinen Platz.

„Mal sehen, was uns das Schlafzimmer zu bieten hat“, erklärte er und machte sich auf den Weg in die obere Etage. Frank hatte seine Durchsuchung ebenfalls beendet und folgte ihm mit Mrs Juvet. Akribisch durchsuchten sie jeden Winkel, jede Schublade, Schachtel und sonstigen Utensilien, wie Kassetten und Schuhboxen, doch das Resultat war mehr als nichtig.

„Ich denke, das, wonach wir suchen, hat bereits ein anderer gefunden und an sich genommen“, bemerkte Frank und rieb den wenigen Staub an seiner Hose ab.

„Wo könnte Miss Holder ihre Briefe aufbewahrt haben?“, fragte Peter schließlich und gab die Suche endgültig auf.

„Welche Briefe meinen Sie?“ Mrs Juvet ließ ihren Blick durch den Raum gleiten.

„Privater Art“, erklärte Peter. „Liebesbriefe zum Beispiel.“ Ratlos zuckte sie mit den Schultern.

„Sie hat nie über jene Art von Briefen erzählt.“

„Glauben Sie, es gab keine? Auch nicht von Richter Dixon?“

„Richter Dixon?“ Ungläubig riss sie die Augen auf. „Nein, bestimmt nicht von Richter Dixon! Sie waren Freunde, sicher, aber mehr... nein.“ Sie schüttelte entschieden den Kopf. „Das ist wirklich ausgeschlossen!“

„Bekam sie denn von niemandem sonst private Post?“ Erneut bekam er ein Schulternzucken zur Antwort.

„Darüber weiß ich nicht Bescheid. Ich schnüffle nicht in Angelegenheiten herum, die mich nichts angehen.“ Der Schlag hatte gesessen. Sie funkelte Peter wütend an, wandte sich von ihm ab.

„Ich wollte keinesfalls damit ausdrücken...“

„Ach, wollten Sie nicht?" Ihre Wangen hatten sich gerötet.

„Nein. Es tut mir leid, wenn es sich danach angehört hat. Ich würde es nicht wagen, Ihre Diskretion in Frage zu stellen."

„Das glaube ich Ihnen nicht, Dr. Forgerson. Ihnen nicht." Nun war Peter an der Reihe mit den Schultern zu zucken und es einfach abzutun, bevor er seinem Ärger Gelegenheit gab, einen Streit über sein Benehmen vom Zaum zu brechen und sich ihre Kooperation zu verscherzen.

„Lassen Sie uns den Speicher noch durchsehen", schlug er stattdessen vor und machte gute Miene zum bösen Spiel.

Wie alle Speicher war er staubig und roch muffig vom zu wenigen Lüften. Frank und Peter gingen verschiedene Schachteln durch. Mrs Juvet hatte sich nach kurzer Zeit von ihnen anstecken lassen und durchforschte nun ebenfalls auf der Jagd nach Neuigkeiten allerlei Kisten, die zumeist mit Kleidung und Hausrat gefüllt waren. Erst jetzt bemerkte sie, dass die Dämmerung bereits hereingebrochen war. Erschrocken warf sie einen Blick auf ihre Armbanduhr. Fred musste schon vor zwei Stunden zu Corrigan, seinem neuen Arbeitgeber hinausgefahren sein. Nach einer Mehlallergie musste er seinen kleinen Bäckerladen im Ort einem anderen überlassen und sich wie der Großteil der Gemeinde mit Arbeit in der Pharmaindustrie seinen Lebensunterhalt verdienen.

 In einem quietschenden, verzogenen Kleiderschrank fand Peter unter einem Stoß altmodischer Schuhe einen Karton, der zu leicht schien, um Schuhe zu beinhalten. Er öffnete ihn und warf einen kurzen Blick hinein. Neugierig gesellte sich Mrs Juvet zu ihm und musterte die ausgediente Kleidung. Interessiert zog sie ein Stück nach dem anderen heraus, hielt es ins Licht und begutachtete sie kritisch. Unterdessen hatte Peter seine Brille in der Brusttasche des Jacketts entdeckt und war mit seinem Fund an einen staubigen Tisch getreten. Eine alte Küchenlampe hing darüber, die mit einem Schnürzug zum Leuchten gebracht werden konnte. Der Karton enthielt nicht die gesuchten Briefe, doch nichts desto trotz begann sein Herz einen schnelleren Rhythmus zu schlagen, als er erkannte welches Material in seinen Händen lag.

Der Karton enthielt teils vergilbte Ausschnitte aus verschiedenen Tageszeitungen und Illustrierten. Es war, als würde sich mit jeder Zeile, die er las, sich der Nebel auflösen und seine Vermutungen in klare Indizienbeweise verwandeln. Ein Artikel aus dem Business Live beschrieb den Werdegang des Dr. Richard Corrigan, der in Dublin Medizin und Chemie studierte und in beiden Fächern mit großem Erfolg abgeschlossen hatte. Ein Klassenfoto war beigefügt. Peter begutachtete jeden einzelnen Kopf. Dann zog er den Notizblock aus seiner Jackettasche und blätterte darin herum, bis er fand, wonach er gesucht hatte. Dr. Penell besuchte das gleiche College, nur zwei Jahrgangstufen unter Dr. Corrigan. Nach den Aufzeichnungen spielten beide in derselben Kricketmannschaft. Aufgeregt nahm er sich einen weiteren Artikel vor, der die Neueröffnung des Privatflughafens und die Einrichtung von hochmodernen Krankentransporten beschrieb. Der Artikel war gerade einmal zweieinhalb Jahre alt. Ein Farbbild zeigte, wie sich Dr. Corrigan und der Bürgermeister die Hände schüttelten. Daneben standen einige Damen und Herren, die wohl ebenso wichtige Ämter bekleideten. Im Hintergrund war ein kleiner, beinahe unscheinbarer Kopf auszumachen, der bei der Feier ebenfalls zu den Gästen zählte. Dr. Penell. Peter winkte Frank zu sich. Er wollte ihm schon die Zeitungsartikel reichen, als sein Blick bei einem weiteren Kopf hängen blieb.

„Was ist los?" Frank nahm einige der Zeitungsausschnitte und begann zu lesen. „Gütiger Himmel!", murmelte er dann und hob den Blick. „Dr. Penell und Corrigan haben die gleiche Universität besucht."

„Richtig." Peter hob den Zeitungsausschnitt näher ans Licht.

„Deine Vermutungen haben sich also bestätigt. Aber warum sollte Corrigan sich auf dieses Risiko der Geldbeschaffung einlassen? Er ist ein reicher Mann und hat es nicht nötig, sich auf diese Weise zu bereichern."

„Mir ist eine weitere Person auf diesem Bild bekannt."

„Tatsächlich?" Frank trat näher.

„Ja, ich habe vor einem halben Jahr gegen ihn Anklage erhoben wegen Bildung einer terroristischen Vereinigung."

„Dürfte ich erfahren, von was Sie sprechen, meine Herren?" Mrs Juvet war zu ihnen an den Tisch getreten. In der einen Hand hielt sie ein buntes Sommerkleid, das an die wilden Achtundsechziger erinnerte, in der anderen einen weißen, zusammengefalteten Bogen Papier.

„Was haben Sie da?", wünschte Peter zu wissen und deutete auf den Bogen. Mrs Juvet zuckte mit den Schultern.

„Den habe ich hier unter den Kleidern gefunden." Sie reichte ihn ihm. Peter legte den Artikel in die Schachtel zurück und entfaltete den Bogen. Ziffern und Buchstaben wie zu einem Code gehörend standen darauf. Er hatte diese Buchstaben- und Zahlenkombinationen schon gesehen. Im Notizbuch von Richter Dixon, das sich wohl ‚Der Tod' aneignet. Er wollte es eben erwähnen, als ihm ein seltsamer Geruch in die Nase stieg. Stirnrunzelnd wandte er sich an seinen Freund: „Frank riechst du das auch?" Frank hob den Kopf und schnupperte.

„Riecht nach verbranntem Holz." Noch bevor er den Satz beendet hatte, trafen sich ihre Blicke. Wie vom Donner gerührt starrten sie sich an.

„Feuer!", rief Frank aus. Peter schob den Zettel in seine Jackentasche und spurtete dann zur Tür. Er wollte sie aufreißen, doch sie klemmte. Verschlossen. Von außen verschlossen. Seine Haare sträubten sich. Schon war Frank an seiner Seite und riss ungestüm an dem Türgriff, doch sie bewegte sich keinen Millimeter. „Man hat sie verriegelt!" stieß er entsetzt aus.

„Verriegelt?" Mrs Juvet hielt immer noch das geblümte Kleid in den Händen und sah die Beiden verdutzt an. Langsam drang der Rauch durch die Ritze am Boden der Tür. Er brannte bereits in ihren Kehlen.

„Ich verstehe nicht...", stammelte Mrs Juvet und stierte Peter verständnislos an. „Wie kann es denn hier brennen? Niemand von uns hat Feuer gemacht." Sie wollte noch etwas hinzufügen, doch ein erster Hustenanfall überkam sie. Sie mussten diese Tür öffnen, jetzt! Suchend sah er sich um. Der Rauch wurde allmählich dichter. Frank begann nun ebenfalls zu husten. Schweißperlen traten auf seine Stirn. Ein seltsamer Ausdruck trat in seine Augen. Peters Magen zog sich schmerzhaft zusammen.

„Öffnen Sie das Fenster!" befahl er Mrs Juvet.

„Aber Sauerstoff facht das Feuer an", protestierte sie engstirnig und hustete dabei wieder.

„Wenn wir das Fenster nicht öffnen, werden wir elend ersticken!", herrschte er sie ungehalten an, der Rauch kratzte in seiner Kehle und reizte seine Augen. Widerwillig lief sie zum Fenster und versuchte es zu öffnen, doch der Riegel bewegte sich nicht.

„Es lässt sich nicht öffnen!", rief sie, bemerkte jetzt wie ihre Hände zitterten und erkannte nun die tödliche Gefahr, in der sie sich befanden. Ein Hustenanfall durchschüttelte ihren ganzen Körper.

„Werfen Sie es ein und dann halten Sie sich ein Taschentuch vors Gesicht!" befahl Peter und band sich ebenfalls eins über die Nase. Mit unsteter Hand schob er das Eisenstück, das er gefunden hatte, zwischen Tür und Türrahmen. Mit einem lauten Krach zerbarst das Fenster in tausend Scherben. Peter schaute sie kurz an und winkte Frank zu sich. Er deutete auf den Geißfuß, den er gefunden hatte. Gekonnt klemmte er ihn zwischen Tür und Holzrahmen und erklärte: „Bei drei ziehen wir gemeinsam an dem Eisenstück." Mit zitternden Händen band sich Frank ein Taschentuch vor die Nase und griff dann unsicher nach dem Eisenstück. Dabei trafen sich ihre Blicke. Nackte Angst stand in seinen Augen. Peter schluckte trocken. Wenn Frank jetzt die Nerven verlor... Er wollte nicht daran denken. „Los jetzt!", befahl er. Seine Stimme bebte. Ein leichter Luftzug berührte ihre schweißnasse Haut. Entschlossen umklammerte er fest das Eisenstück. „Eins", zählte er laut. „Zwei, drei!", schrie er dann. Mit voller Wucht stemmten sich beide gegen den Türrahmen. Das Holz krachte nach einem kurzen Augenblick, splitterte und zerbarst. Hitze schlug ihnen entgegen und brannte auf ihren Gesichtern. Das Feuer rauschte und toste, röhrte und knisterte. Gleißendes Licht blendete sie und ließ ihnen Tränen in die Augen steigen. Das untere Stockwerk stand bereits zum größten Teil in Flammen.
„Und jetzt?!", schrie Frank hysterisch. Blankes Entsetzen stand in seinem Gesicht geschrieben. Wie zur Salzsäule erstarrt, stand er da. Der helle Lichterschein spiegelte sich in seinen riesigen Pupillen. Beharrlich fraßen sich die Flammen unbeirrt weiter. Sie hatten die Treppe erreicht und züngelten bereits an der Wand empor.
„Wir können hier nicht bleiben!", schrie Peter, zog seinen Mantel aus und hing ihn sich über die Schulter.
„Oh Gott, wir werden am lebendigen Leib verbrennen!" gellte Mrs Juvet und klammerte sich an seinen Arm. „Der Herr sei unsrer armen Seele gnädig!" Flehend fiel sie auf die Knie und begann hysterisch zu heulen. Schweiß glänzte auf ihren Gesichtern. Peters Herz raste, zwei hysterische Personen waren einfach zu viel. Das Feuer breitete sich mit rasanter Geschwindigkeit aus. Die Hitze war nun unerträglich. Zornig riss er sie vom Boden hoch. Wenn sie jetzt nicht die Gelegenheit wahrnahmen, würden sie es nie mehr tun.
„Frank, du wirst jetzt die Treppe herunter rennen und dich ins Schlafzimmer flüchten. Die Flammen werden dir nichts tun, glaub mir! Du musst dich nur auf den Weg konzentrieren. Hast du mich verstanden?" Frank starrte ihn, dann die Treppe an.

„Ich, ich kann nicht", stammelte er und wich in die Kammer zurück. Peter packte ihn grob am Ärmel und hielt ihn zurück.

„Oh Gott, Frank!", brüllte er ihn an. Frank war kalkweiß. Sein ganzer Körper bebte.

„Es ist vorbei, Peter", murmelte er resigniert und begann erneut zu husten. Tränen schimmerten in seinen Augen. Mrs Juvet hing wieder an Peters Arm und heulte bitterlich. Die Flammen hatten sich mittlerweile den Weg bis zum kleinen Badezimmer gebahnt. Es gab keine Wahl. Peter packte beide ungestüm am Handgelenk und riss sie mit sich die Treppe herunter. Stolpernd taumelten sie hinter ihm her. Das Feuer fraß sich den Teppich entlang und der giftige Rauch drang durch ihre Nasen in ihre gescholtenen Lungen. Die Flammen schossen in die Höhe, die Treppe brannte bereits lichterloh. Es gab kein Zurück. Peter ließ das Handgelenk von Frank los, zog seinen Mantel von der Schulter und schlug wild mit ihm auf die Flammen ein. Der Rauch bemächtigte sich immer mehr ihrer Lungen. Sobald er das Feuer zurückgedrängt hatte, schob er die schreiende Mrs Juvet über den Teppich. Frank stolperte betäubt hinter ihnen her. Es zischte und der Geruch von versengtem Haar drang ihnen in die Nasen. Hustend und beinahe blind taumelten sie in das, von den Flammen noch verschonte Schlafzimmer. Peter knipste das Licht an, das zu seinem größten Erstaunen noch funktionierte. Schnell schloss er die Tür hinter sich. Ein Fenster stand offen. Das Tosen und Lärmen hatte nicht nachgelassen und erfüllte ebenfalls das Schlafzimmer. Stirnrunzelnd ging Peter zum Fenster und beugte sich über den Sims. Im selben Moment schoss eine Stichflamme die Außenwand hoch. Erschrocken wich er zurück, doch die Flammen hatten ihn schon berührt und seine Haare versengt. Ein ohrenbetäubender Krach durchdrang das Haus und ließ die Wände erzitterten. Die Decke des zweiten Schlafzimmers hatte sich gelöst und war ins Untergeschoss gestürzt. Die Wucht ließ den gegenüberstehenden Kleiderschrank am Flur umkippen. Mit lautem Krach fiel er in die schützende Tür. Sie konnte der Wucht des Aufpralls nicht standhalten, wurde aus den Angeln gerissen und lag nun nutzlos im Eingang. Eine Stichflamme schoss in das Zimmer und erfasste die Jacke von Mrs Juvet, die entkräftet an der Tür liegen geblieben war. Mit weit aufgerissenen Augen starrte sie auf die züngelnden Flammen. Plötzlich schrie sie aus vollem Halse und schlug wild um sich.

„Ich brenne! Ich brenne!" Mit einem Satz war Peter bei ihr, warf seinen halb verbrannten Mantel über sie und klopfte mit den

Handflächen die Flammen aus. Mittlerweile brannte das Bett lichterloh. Das Haus würde dem Feuer nur noch wenige Minuten standhalten. Das Zimmer glich einem Backofen. Zitternd zog er Mrs Juvet von der Türe weg. Frank kauerte in einer Ecke in der Nähe des Fensters und gab wimmernde Laute von sich. Peters Lippen bildeten den Namen seines Freundes. Seine Muskeln verkrampften sich. Verzweifelt sandte er ein Stoßgebet zum Himmel. Flehend bat er um die Verschonung seiner beiden Gefährten. Tränen verschleiert glitt sein Blick zum Fenster, in dem, aus dem dunklen Nichts, plötzlich eine menschliche Gestalt erschienen war. Er wollte seinen Augen nicht trauen. Das musste eine Einbildung sein! Seine Verzweiflung ließ ihn schon an ein Wunder glauben.

„Kommen Sie her, Mann!", schrie die Sinnestäuschung über das Getöse hinweg. Peter blinzelte seinen Tränenschleier weg und erkannte schließlich, dass ein echter Feuerwehrmann am Fenster stand und wild gestikulierte. Endlich riss er sich von seiner Ohnmacht los, zog Mrs Juvet auf die Beine und schob sie zum rettenden Fenster. Die kalte, frische Luft stach in seinen Lungen.

„Helfen Sie ihr!", schrie er und stützte ihren Körper, bis einer der Feuerwehrmänner, der auf den Podest einer Drehleiter standen, sie zu greifen bekam. Das Feuer breitete sich unerbittlich aus. Rauch erfüllte bereits den ganzen Raum. Einer griff nach ihm, doch bevor er ihn zu fassen bekam, drehte Peter sich schon um und war im Qualm untergetaucht.

„Sind Sie völlig verrückt geworden?", brüllte einer der Männer entsetzt aus. Peter hatte keine Zeit.

„Frank! Frank!" Ein Hustenanfall überkam ihm und raubte ihn beinahe das bisschen Atem, das ihm noch verblieben war. Sein Herz krampfte sich zusammen und versetzte ihm einen bösen Stich. Er bekam keine Antwort. „Frank!" Die Flammen schlugen vor ihm hoch. „Oh Gott!" Seine Augen brannten, sein Puls raste. „Frank bitte!", flehte er unter Tränen. Stolpernd kämpfte er sich einige Schritte weiter zu der Ecke, in der er ihn zuletzt gesehen hatte, bis er beinahe über ihn gefallen wäre. „Frank!" Sofort kniete er sich nieder.

„Bin ich schon tot?", murmelte Frank benommen und begann zu husten.

„Nein, natürlich nicht. Von etwas Rauch stirbt man nicht", belehrte ihn Peter erleichtert. Ungehindert liefen ihm die Tränen übers Gesicht. „Komm hoch, Frank, los." Es krachte erneut. Der Boden unter ihren Füßen erzitterte. Durch den Rauch schimmerte nun ein seltsam, unnatürlich gelbes Licht. Funken sprühten. Die Decke über ihnen knarzte bedrohlich. Dies war das Fegefeuer auf Erden. Peter packte Frank ungestüm an den Schultern und zog ihn hoch.

Sie würden hier nicht sterben, solange er es verhindern konnte. Frank torkelte und fiel ihm dann halb bewusstlos in die Arme. Wie von weiter Ferne vernahm er die Stimmen der Feuerwehrmänner. Entschlossen umfasste Peter Franks Arme, überkreuzte sie über seiner Brust und zog ihn in die Richtung, aus der die Stimmen kamen. Der schwere Körper hing reglos auf seinem Rücken. Die Anstrengung jeden Schrittes fuhr ihm in die Knochen und ließ seine Muskeln schmerzen. Der Sauerstoffvorrat war zu einem Minimum geschmolzen. Wie ein Ertrinkender schnappte er nach Luft, nur um noch mehr giftigen Qualm zu atmen. Vor seinen Augen verschwammen die Konturen des Raumes. Wenn er jetzt die Orientierung verlor, war alles zu Ende. Er versuchte sich auf die Stimmen der Feuerwehrmänner, die nur schwer von dem Lärm des Feuers zu unterscheiden waren, zu konzentrieren und nicht auf die Flammen zu achten, die um ihn herum tobten und nach seiner Kleidung züngelten. Frank durfte nicht sterben! Nicht wegen seiner Unvorsichtigkeit! „Bitte Gott, lass es nicht zu, ich flehe dich an!", betete er inständig. Seine Knie zitterten von der unsäglichen Anstrengung. Tränen liefen über seine heißen Wangen und versickerten in dem völlig nutzlosen, verschmutzten Taschentuch. ‚Einen Fuß vor den anderen', ermahnte er sich streng. Doch seine Beine wollten ihm kaum noch gehorchen. Schweiß brach aus all seinen Poren. Peter fuhr sich mit der Zunge über die aufgesprungenen Lippen. Sein Hals kratzte. Reglos hing Frank auf dem Rücken. Er verharrte für einen Moment, lauschte, konnte ihn jedoch nicht atmen hören. Keine Regung war zu spüren. Verzweifelt biss er sich auf die Unterlippe. „Frank!", keuchte er heiser, bekam jedoch keine Antwort. Einige heiße Tränen kullerten ihm über die Wangen. Er umklammerte die Handgelenke fester und setzte wieder ein Bein vor das andere. Er kam nur sehr langsam voran. Der Qualm schien undurchdringlich zu sein. Ein kalter Luftzug fuhr ihm übers Gesicht. Peter stolperte, taumelte und drohte zu fallen, als ihm plötzlich starke Arme umfingen und beide, wie durch Geisterhand, über das Fenstersims gezogen wurden. Unsanft landete Peter auf dem Boden der Drehleiter. In seinem Kopf drehte sich alles. Er verstand kein Wort, das hektisch über ihn gesprochen wurde.

„Frank, Frank", stammelte er und versuchte sich aufzurappeln. Sie waren bereits auf dem Weg nach unten. Die Hebebühne schwankte und wackelte und kam mit einem Ruck zum Stehen. Die Sicherung des Geländers klickte. Bevor sie einen Fuß von der Vorrichtung nehmen konnte, waren bereits zwei Sanitäter mit einer Trage zur Stelle. Mit Hilfe der Feuerwehrmänner lag Frank schon auf der Trage, bevor sich Peter besinnen konnte, wo er sich befand und was um ihn herum geschah. Benommen rappelte er sich hoch, torkelte von dem Podium und starrte ausdruckslos den Sanitätern nach, die seinen Freund in den Krankenwagen verluden. Irgendwelche Hände griffen nach ihm und wollten ihn festhalten. Panisch riss er sich los. „Halt!", keuchte er und rannte mit wackeligen Beinen hinter ihnen her. Menschen und Feuerwehrleute liefen durcheinander. Schläuche wurden über den Boden gezogen, Kommandos gerufen. Überall herrschte hektischer Betrieb. Peter kämpfte sich durch die Menge, stolperte und fiel beinahe zu Füßen eines Sanitäters.

„Sorry", murmelte er und versuchte sein Gleichgewicht wieder zu erlangen. Die kalte Luft stach in seiner Lunge und ein erneuter Hustenanfall überkam ihn. Er hob seine rechte Hand vor den Mund und bemerkte erst jetzt, dass er immer noch das Taschentuch vor sein Gesicht gebunden hatte. Mit einem wütenden Ruck riss er es von sich. „Wo hat man Dr. Barkley hingebracht?", herrschte er ihn an. Eine Furche erschien zwischen den Augenbrauen des Sanitäters.

„Dr. Barkley?", wiederholte er Stirn runzelnd.

„Ja." Ungeduldig deutete er zu dem Feuerwehrauto mit der Hebebühne. Statt einer Antwort wurde er von oben bis unten gemustert. „Ich möchte wissen..." Wieder musste er husten.

„Sie benötigen Hilfe." Peter machte eine unwillige Handbewegung. Zorn und Angst funkelten in seinen tiefschwarzen Augen, die aus dem Ruß verschmierten Gesicht heraus leuchteten. „Wir kümmern uns später um Ihren Freund, Sie gehören dringend versorgt." Er versuchte Peter am Arm zu fassen und ihn ebenfalls in einen der Krankenwagen zu befördern, doch mit einer Kraft, die er ihm nicht zugetraut hatte, befreite er sich aus seinem Griff.

„Ich muss zu Frank. Fassen Sie mich bloß nicht an!" Wütend drehte er sich auf dem Absatz um und lief durch die Menge, stolperte, fiel mehrmals zu Boden und verlor des Öfteren die Orientierung. Angst umkrampfte sein Herz. Tränen schossen ihm in die Augen. Seine Kräfte schienen ihn zu verlassen. die Beine wurden immer wackeliger und die Umgebung verschwamm mehr und mehr vor seinen Augen. Da plötzlich kam er am Rande des Gartens an und sah einen weiteren Krankenwagen an der Straße parken. Die Türen waren geöffnet und drei Personen in weißen Hemden und blauen Jacken hantierten über einer Person.

„Frank?!", rief er und versuchte zu laufen, stolperte, schaffte es jedoch, nicht erneut zu fallen. Einer der Sanitäter wurde auf ihn aufmerksam. Peter kam näher. Vorsichtig stieg er zwei Stufen hoch und erblickte unter einer Aludecke seinen Freund. Er hatte die Augen geschlossen. Über seinen Mund hatte man eine Sauerstoffmaske gestülpt, die sich regelmäßig beschlug. Er lebte. Sie hatten das Hemd und die Jacke an den Ärmeln aufgeschnitten. In seinem linken Arm steckten zwei Infusionsnadeln. Hinter ihm krachte es ohrenbetäubend. Leute schrien. Erschrocken fuhr er herum. Der Dachstuhl war ins Gebäude gestürzt. Flammen schossen in die Höhe und ein Funkenregen ergoss sich in den dunklen Nachthimmel. Steif stand er auf dem Trittbrett und starrte zu der brennenden Ruine, in der sie noch vor ein paar Minuten nach Beweise gesucht hatten. Langsam drehte er sich wieder zu seinem Freund um.

„Frank?" Zögernd streckte Peter eine Hand nach ihm aus und berührte leicht sein Bein. Die Augenlider begannen zu flattern und öffneten sich dann nach einen kurzen Moment. Sofort musste Frank husten. Zwei der Sanitäter stützten ihn. Er sah Peter kurz an, dann schlossen sich seine Augen und er sank zurück auf die Trage.

„Frank!", wisperte Peter ängstlich.

„Er kommt schon wieder in Ordnung. Wirklich, machen Sie sich keine Sorgen", versicherte ihm der Arzt, nachdem er Peters Angst sah. „Er leidet an einer Rauchvergiftung und steht unter Schock. Wir haben ihn etwas zur Beruhigung und Stabilisierung seines Kreislaufs gegeben. Er wird jetzt schlafen." Der Arzt musterte ihn kurz und setzte dann hinzu: „Man sollte sich auch um Sie kümmern, Dr. Forgerson." Peter zog die Augenbrauen zusammen, machte dann eine wegwerfende Handbewegung und fragte stattdessen: „Wie geht es Mrs Juvet?" Der Arzt zuckte mit den Schultern.

„Soweit ich informiert bin, geht es ihr den Umständen entsprechend gut. Sie hat keine größeren Verletzungen davongetragen. Natürlich steht sie unter Schock und erlitt eine leichte Rauchvergiftung, aber sie wird bald wieder auf den Beinen sein."

„Was ist mit dem Baby?"

„Sie sind beide außer Gefahr." Er durchforschte ihn mit stählernem Blick. „Hören Sie, Dr. Forgerson, einer unserer Ärzte sollte Sie wirklich untersuchen." Er gab einem seiner Helfer einen Wink.

„Mir geht es gut", gab Peter barsch zurück.

„Den Eindruck habe ich nicht", widersprach ihm der Arzt.

„Sorgen Sie bitte für Frank." Peter sprang vom Wagen und verschwand so schnell wie möglich in der Menge. Kein Krankenhaus! Ziellos durchschritt er das Chaos von durcheinander laufenden Leuten. Seine kurzzeitig wiedergewonnene Kraft schien sich allmählich in Luft aufzulösen. Die Knie wurden weich. Vor seinen Augen verschwamm alles. Er streckte eine Hand haltsuchend nach dem Lieferwagen neben ihm aus. Erschöpft lehnte er sich mit dem Rücken dagegen und ließ entkräftet seinen Kopf nach hinten kippen und holte tief Luft. Erbarmungsvoll begann er wieder zu husten. Erschlagen schloss er die Augen. Heiße Tränen liefen ihm über die Wangen. Die Knie gaben nach und er wollte sich an dem Lieferwagen hinuntergleiten lassen, als eine grobe Männerstimme ihn anfuhr: „Sie verdammter Hurensohn, jetzt bring ich Sie um!" Sofort war Peter hell wach und erkannte trotz seines tränenverschleierten Blicks das wilde Gesicht von Mr Juvet. Wie in Zeitlupe sah er, wie sich die große Faust zuerst nach hinten bewegte und dann auf ihn zu schnellte. Aus Reflex duckte sich Peter hinweg. Er spürte den Luftzug an seinem Haar und hörte den Knall, als die Faust den Wagen traf. Mr Juvet schrie schmerz- und zornentbrannt auf. Peter hatte sich so schnell wie möglich einige Schritte vom Fahrzeug entfernt.

„Sind Sie jetzt völlig wahnsinnig geworden, Mr Juvet!", stieß er dann empört aus.

„Sie wollten meine Tilly töten!", schrie er und kam wie ein Tiger auf ihn zu.

„Welchen Unsinn reden Sie da?!", ereiferte sich Peter, vor Anstrengung am ganzen Leib zitternd. Mühevoll schnappte er nach Luft. „Bitte kommen Sie zur Vernunft, Mr Juvet." Vorsichtshalber trat er noch einige Schritte zurück. Doch Mr Juvet hatte bereits seine Hände wieder zu Fäusten geballt und machte ein paar furchteinflößende Schritte auf ihn zu. Mordlust stand in seinem Gesicht geschrieben. Peters Blutdruck sank. Sein Körper fühlte sich an wie Blei. Er musste sich bewegen, musste diesem tödlichen Schlag ausweichen! Doch die Beine wollten nicht mehr. Ein erneuter Hustenreiz kämpfte sich seine Kehle hoch. Peter schluckte, taumelte und drohte zu stürzen, als plötzlich jemand seinen Namen rief.

„Forgerson!" Wie aus heiterem Himmel war Inspektor Hardcourt neben ihm aufgetaucht. Drohend hob er eine Hand gegen Mr Juvet und fuhr ihn an: „Was stehen Sie hier so nutzlos in der Gegend herum, Mr Juvet? Einer der Krankenwagen fährt gleich Ihre Frau nach Omagh. Also hängen Sie hier gefälligst nicht dumm herum, sondern kümmern sich um sie!" Dümmlich starrte er den Inspektor, dann Peter an, der seinen Blick ängstlich erwiderte. Seine Knöchel waren mittlerweile weiß. Er rührte sich nicht von der Stelle. „Haben Sie verstanden, was ich gesagt habe? Sie werden nicht ewig auf Sie warten. Also los, machen Sie schon. Es wird ihr gut tun, Sie zu sehen."

Inspektor Hardcourt kam langsam auf ihn zu. Mr Juvets Brustkorb hob und senkte sich im schnellen Rhythmus. Seine Augen fixierten immer noch Peter. Inspektor Hardcourt redete weiter mit fester Stimme auf ihn ein. Nur widerstrebend ließ Mr Juvet die Hände sinken. Zögernd setzte er sich in Bewegung. Doch kaum hatte er zwei Schritte getan, verharrte er kurz und fuhr dann herum. Erschrocken trat Peter einen Schritt zurück. Die Augen von Mr Juvet funkelten wie zwei Fixsterne. Er hob die Hand und deutete anklagend mit dem Zeigefinger auf Peter.

„Das war nicht das letzte Wort, Forgerson. Ich werde mit Ihnen abrechnen! Verlassen Sie sich drauf!" Er drehte sich um und marschierte mit schnellen Schritten davon.

Inspektor Hardcourt wandte sich Peter zu. Seine Miene hatte sich verdunkelt und eine tiefe Furche bildete sich zwischen den Augenbrauen. Wut stand in seinem Gesicht geschrieben.

„Und jetzt zu Ihnen, Dr. Forgerson." Peter starrte ihn an, öffnete den Mund, überlegte es sich jedoch anders und sagte nichts. Regungslos standen beide da und sahen sich an. Um sie herum tobte immer noch das Chaos. Inspektor Hardcourt machte eine vage Bewegung und hob zum Sprechen an, als ein Feuerwehrmann auf ihn zukam.

„Inspektor!" Er ließ von Peter ab. „Das Feuer ist jetzt unter Kontrolle. Alle angrenzenden Häuser sind außer Gefahr. Wir werden heute Nacht ein paar Wachen aufstellen, damit kein versteckter Brandherd von neuem das Feuer entfacht." Er warf Peter einen skeptischen Blick zu und fuhr dann fort. „Wenn Sie möchten, kann die Brandstelle morgen im Beisein unseres Dienstleiters aus Belfast besichtigt werden, aber erwarten Sie nicht zu viel. Das Feuer hat einen hohen Grad an Hitze erreicht. Die meisten Spuren werden vernichtet sein."

Der Inspektor murmelte zustimmend: „Danke für Ihre Hilfe, Mr Gardener. Ich werde meine Leute über die Situation in Kenntnis setzen und Sie dann anrufen." Der Feuerwehrkommandant nickte ihm kurz zu und ging zurück an seine Arbeit. Peter war bereits dabei sich ebenfalls vom Tatort zu entfernen, doch der Inspektor reagierte schneller. Mit wenigen Schritten hatte er ihn eingeholt.

„Wo wollen Sie denn hin?" Peter zuckte mit den Schultern und starrte das noch immer brennende Haus an.

„Ich..." Inspektor Hardcourt unterbrach ihn barsch: „Sie werden mich jetzt auf die Wache begleiten."

„Jetzt?" Peter wollte in seinem jetzigen Zustand auf keinen Fall dem Inspektor zum Revier folgen. „Ich glaube nicht...", setzte er an.

„Es ist mir völlig einerlei, Forgerson, was Sie glauben." Er packte ihn grob am Ärmel.

„Ich möchte eine Aussage von Ihnen. Jetzt gleich", betonte er mit Nachdruck und zog ihn entschlossen hinter sich her.

Hektisches Treiben erfüllte das Dienstzimmer. Die Telefone klingelten unentwegt. Drei der Polizisten, die auf der Wache geblieben waren, versuchten das Chaos in geordnete Bahnen zu leiten. Inspektor Hardcourt machte unter ihnen Sergeant Ridway aus und winkte ihn zu sich. Dann buxierte er Peter in sein Büro. Energisch schloss er die Tür hinter sich und befahl ihm auf dem Stuhl gegenüber seines Schreibtischs Platz zu nehmen. Ein plötzlicher Hustenanfall überkam Peter und durchschüttelte schmerzhaft seinen Körper. Entkräftet hob er den Kopf. Seine Haut war aschfahl und die Augen starrten ins Leere. Vor seinem inneren Auge tauchten Bilder der vergangenen Stunden auf. Das Feuer, der Rauch, das Entsetzen auf dem Gesicht von Mrs Juvet und ihre hysterischen Schreie klangen ihm in den Ohren. Er sah Frank halb bewusstlos in der Ecke kauern. Seine Lungenflügel brannten. Ihm war eiskalt. Er spürte, wie die klammen Kleider auf seinem Körper klebten. Sein Gesicht erstarrte zur Maske. Mrs Juvet hätte sterben können! Frank hätte sterben können!

„Wissen Sie, was Sie angestellt haben?!" Nur verschwommen drang die Stimme zu ihm durch. „Sie hätten mit Ihrem Leichtsinn alle töten können!"

‚Töten, tödlich, tot, der Tod. Der Tod!', ging es Peter durch den Kopf. Warum hörte er nicht , wie die Tür des Speichers verriegelt wurde?

Es musste dabei doch ein Geräusch entstanden sein! War er denn so in seine Arbeit vertieft gewesen?

„Sie hätten nicht ohne polizeiliche Begleitung das Haus betreten dürfen!", fuhr der Inspektor ihn an. Doch Peter reagierte nicht. Immer noch stand er da, den Blick in weite Ferne gerichtet, nicht bereit irgendetwas aufzunehmen. Seine Gedanken kreisten um den Tod und Verdächtige, die möglicherweise in Betracht kamen, den Brand gelegt zu haben.

„Forgerson!", fuhr ihn Inspektor Hardcourt an. „Verflucht, hören Sie mir zu!" Langsam drehte er sich um. In seinem Kopf toste immer noch das gewaltige Feuer. Plötzlich jedoch verschwanden die Bilder und wurden von tiefer Schwärze ersetzt. Er bemerkte nicht mehr, wie er zu Boden fiel und dabei den ihm dargebotenen Stuhl mit sich riss.

Sein Hals kratzte bei jedem Atemzug und die Glieder schmerzten. Ein scharfer Geruch drang in seine Nase. Plötzlich verspürte er einen brennenden Schmerz, der sich seinen linken Arm hochzog. Langsam öffnete Peter die Augen. Das Neonlicht blendete ihn und jagte tausend Nadeln durch sein gemartertes Gehirn. Allmählich wurde sein Blick klarer. Entsetzt fuhr er zusammen, als er erkannte, wer ihm soeben eine Spritze gegeben hatte.

„Na, sieht ja aus, als würde dieses Medikament sofort wirken. Freut mich, freut mich sehr." Ein undefinierbares Lächeln lag auf dem Gesicht des Arztes. Peter öffnete den Mund brachte aber nur einen krächzenden Laut zu Stande. „Schonen Sie Ihre Stimmbänder, Dr. Forgerson." Er drehte sich zu Inspektor Hardcourt um. „Er gehört in ein Krankenhaus." Inspektor Hardcourt antwortete mit einem Schulternzucken.

„Das lehnt er kategorisch ab", erklärte er dann.

„Dann benötigt er zumindest ärztliche Behandlung."

„Ich dachte, das hätten Sie übernommen, Dr. Penell", entgegnete der Inspektor und schloss eine Akte, die auf dem Schreibtisch lag. Ungerührt packte Dr. Penell seine Utensilien in den Arztkoffer.

„Ich glaube, es wäre Dr. Forgerson sicherlich nicht recht." Er warf einen flüchtigen Blick zum Sofa, auf dem Peter mit geschlossenen Augen lag. „Wenn er wach ist, sollte er die Medizin nehmen, die ich ihm verordnet habe. Sehen Sie zu, dass er einen Arzt aufsucht und sich einer Sauerstoffbehandlung unterzieht, oder seine Lungen müssen noch mehr leiden." Er ließ den Koffer zuschnappen und nickte dem Inspektor kurz zu. „Guten Morgen, die Herren." Schwungvoll nahm er seinen Mantel vom Stuhl, dabei riss er Peters Jackett zu Boden. Umständlich, hob er beides auf, legte das Jackett auf den Stuhl und hing seinen Mantel über den Arm. Er nickte den Polizisten nochmals zu und verließ das Büro. Peters Brustkorb hob und senkte sich im regelmäßigen Rhythmus. Sergeant Ridway öffnete einen Schrank und holte eine einfache Wolldecke heraus, die er über Peter legte.

„Er schläft tatsächlich." Mit den Händen in die Seiten gestemmt stand er da und betrachtete die schlafende Gestalt. Die dunklen Locken waren vom Feuer versengt worden und an den Spitzen hatten sich unzählige helle, kleine Punkte gebildet. Das Gesicht war rußverschmiert. Seine Augenlider zuckten immer wieder und der Husten quälte ihn hartnäckig.

„Hat er ihm ein Schlafmittel gespritzt?", wollte Sergeant Ridway wissen und drehte sich um. Inspektor Hardcourt zuckte mit den Schultern und stand auf.

„Ich hoffe es." Er musterte Peter kritisch, nahm nach kurzer Überlegung den Telefonhörer von der Gabel und wählte. Es dauerte nur einen Augenblick, bis sich am anderen Ende der Leitung jemand meldete. Inspektor Hardcourt nannte seinen Namen und umriss kurz seinen Wunsch, wartete dann wieder und bekam schließlich die gewünschte Antwort. Er verabschiedete sich und legte auf.

„Sie vertrauen dem Doktor nicht?" Inspektor Hardcourt schüttelte langsam den Kopf.

„Ich bin mir nicht sicher." Er kam zu Sergeant Ridway herüber, betrachtete die schlafende Gestalt und legte dann eine Hand auf seine Stirn.

„Seine Temperatur steigt", brummte er beunruhigt. „Holen Sie etwas kaltes Wasser und ein Handtuch. Bis der Amtsarzt kommt, werden wir den Jungen nicht aus den Augen lassen."

„Sie glauben doch nicht wirklich...?"

„So dreist wird er wohl nicht sein, aber ich gehe lieber auf Nummer sicher. Das Fieber stammt bestimmt von seiner Rauchvergiftung und müsste nach einigen Stunden abgeklungen sein."

„Wir könnten es ihm nachweisen, wenn er Forgerson an den Kragen wollte. Mit Leichtigkeit", setzte Sergeant Ridway hinzu. Der Inspektor erwiderte nichts. Stattdessen zog er die Decke zurecht und betrachtete sorgenvoll die kleine Gestalt auf dem Sofa. Er wirkte so zerbrechlich, so schutzlos. Kein Wunder, dass sich Sir Julian ständig

Sorgen um ihn machte. Sobald er von dieser Misere erfuhr, würde er seine Kavallerie in Gang setzen. Keiner wusste, welch große Wellen das schlagen würde.

„Man sollte den Jungen in Ketten legen", knurrte er wütend. Sergeant Ridway machte eine vage Handbewegung und ging dann auf die Suche nach einer Schüssel Wasser und einem Handtuch.

Regen hatte eingesetzt und trommelte gegen das Bürofenster. In der Polizeiwache herrschte immer noch reger Betrieb, obwohl es acht Uhr morgens war und nur die Frühschicht jetzt Dienst tat. Peter schlug die Decke zurück und setzte sich auf. Die Schwerindustrie in seinem Kopf hatte wieder ihre Arbeit aufgenommen und ein pochender Schmerz malträtierte seine Schläfen . In den Ohren klang ein penetranter, hoher Ton. Ein widerlicher Geschmack hatte sich in im Mund gebildet und sein Hals brannte. Mit den Händen rieb er sich das Gesicht, um seine Blutzirkulation in Gang zu bringen. Inspektor Hardcourt war zum Feuerwehrkommandanten gerufen worden und Sergeant Ridway musste seine Notdurft verrichten. Peter war allein. Er versuchte den vergangenen Abend Revue passieren zu lassen, doch fehlten ihm immer wieder Bruchstücke. Zu aller erst musste er wissen, wie es Frank ging. Mit wackeligen Beinen stand er auf. Er benötigte seine Brille und ein Glas Wasser für die ausgedörrte Kehle. Am Schreibtisch stand eine Flasche Mineralwasser. Peter schenkte sich ein Glas ein und trank es gierig aus. Ein weiteres folgte. Dann griff er nach seiner Jacke und durchsuchte sie routiniert nach dem Brillenetui. Schnell fand er es, nahm es aus der Brusttasche und klappte es auf. Er griff nach seiner Brille und hielt mitten in der Bewegung inne. Hatte er nicht den Bogen mit den Codes, den Mrs Juvet fand, darin verstaut? Fieberhaft durchwühlte er alle seine Taschen, doch das Papier blieb verschwunden. Eigenartig. Hatte Inspektor Hardcourt seine Taschen durchsucht? Na, der konnte etwas erleben! Peter setzte sich an dem Schreibtisch , nahm den Hörer vom Telefon und wählte die Nummer vom Krankenhaus. Er war mitten im Streitgespräch mit einer Schwester, die ihm keine Auskünfte zwecks Datenschutz erteilen wollte, als Sergeant Quaritsh zurückkam. Peter warf ihm einen kurzen Blick zu und debattierte weitere drei Minuten mit der Schwester, bis er nach langem Ringen doch erfuhr, dass sich Frank auf dem Weg der Besserung befand. Von Mrs Juvet hatte sie ebenfalls Gutes zu berichten. Knurrend bedankte er sich und legte auf.

„Na, Sie sehen aus, als sollte man ein Bett neben Dr. Barkley für Sie reservieren", bemerkte der Sergeant und legte eine Akte auf den Schreibtisch von Inspektor Hardcourt. Peter fuhr sich mit einer Hand durch sein Haar.

„Es ist nicht Ihre Pflicht, sich um meine Angelegenheiten zu kümmern, Sir." Er hustete, stand auf, nahm sein Jackett vom Stuhl und schlüpfte hinein. Sergeant Ridway kam zurück.

„Sie sind ja schon wieder auf den Beinen!" Er musterte Peter von oben bis unten.

„Mehr oder weniger", brummte Peter. „Wo finde ich Inspektor Hardcourt?"

„Der Inspektor ist drüben bei Miss Holders Haus. Sie werden sich etwas gedulden müssen. Möchten Sie in der Zwischenzeit vielleicht essen? Kaffee?"

„Danke. Ich werde ebenfalls rüber gehen."

„Hm..." DS Ridway bewegte sich auf die Tür zu. „Inspektor Hardcourt wünscht, dass Sie hier auf ihn warten, Sir." Peters Augen verdunkelten sich. Er spannte seine Muskeln und räusperte sich.

„Ich werde ihm die Mühe sparen." Er machte ein paar Schritte auf die Türe zu, doch DS Ridway bewegte sich nicht von der Stelle.

„Das ist sicher nicht nötig, ich denke, der Inspektor wird bestimmt gleich hier sein. Setzen Sie sich doch, machen Sie es sich bequem."

„Ich habe nicht die Absicht...", erwiderte Peter scharf. Seine Wangen röteten sich.

„Dr. Forgerson, machen Sie mir doch bitte keinen Ärger. Sie wissen, dass ich Sie nicht gehen lassen werde, bevor mir der Inspektor nicht sein Einverständnis erteilt hat."

„Sein Wort ist hier Gesetz", setzte ihn DS Quaritsh vor vollendete Tatsachen und öffnete die Tür. „Wir sehen uns, meine Herren." Er nickte ihnen kurz zu und verließ das Zimmer. Peter funkelte ihn an.

„Was Sie hier machen Sergeant, ist Freiheitsberaubung."

„Das ist Auslegungssache, Sir. Wie Sie wissen, haben wir die Möglichkeit, Sie vierundzwanzig Stunden in Gewahrsam zu nehmen." Er schaute demonstrativ auf die Uhr. „Das sind also noch fünfzehn Stunden. Bitte, setzen Sie sich, ich werde sehen, dass Sie etwas zu essen bekommen." Schon war er aus der Tür. Der Schlüssel wurde im Schloss gedreht. Ungläubig starrte Peter die Türe an. Das konnte doch alles ein schlechter Scherz sein! Sein Herz raste. Mit geballten Fäusten stand er da und ließ den Blick durchs Zimmer schweifen. Gab es eine andere Fluchtmöglichkeit? Das Fenster war von außen vergittert und eine weitere Türe gab es nicht. Er war gefangen. Dafür sollten sie bezahlen! Peter ging zum Schreibtisch, nahm die Akte, die DS Quaritsh herein gebracht hatte und blätterte sie durch. Sie enthielt Aufzeichnungen von Miss Holders Verschwinden. Er konnte nichts Neues entdecken. Peter hörte einen drehenden Schlüssel und das bekannte Klicken, beim Entsperren des Schlosses. Die Tür öffnet sich und Sergeant Ridway kam mit einem Tablett mit Kaffee und Brötchen zurück. Im Schlepptau folgte ihm ein hochgewachsener Mann im grauen Anzug, der eine Arzttasche bei sich trug. Peter sah ihn misstrauisch an.

„Frühstück", verkündete Sergeant Ridway vergnügt. Peter antwortete ihm nicht. Er fixierte den Neuankömmling, der auf ihn zukam und seine Tasche auf dem Schreibtisch abstellte.

„Ach ja, das ist Dr. Brown. Er ist Amtsarzt aus Belfast", erklärte er leichthin und stellte das Tablett neben der Arzttasche ab. Peter trat instinktiv ein paar Schritte zurück.

„Und was bedeutet das alles?"

„Inspektor Hardcourt möchte wissen, ob Sie Dr. Penell mit den richtigen Medikamenten behandelt hat", klärte ihn DS Ridway auf. Peter wich noch weiter zurück. Dabei ließ er den Amtsarzt nicht aus den Augen.

„Er möchte einen Bluttest", schloss er bitter. Sein Puls raste. Sergeant Ridway zuckte mit den Schultern.

„Bringen wir es hinter uns."

„Den Teufel werde ich tun!", stieß Peter aus. „Niemand fasst mich an!" Er funkelte den Arzt an. Dr. Brown erwiderte seinen Blick ruhig.

„Es ist doch nur ein kleiner Stich, Sir. Nichts, was Ihnen Angst einjagen müsste. Es geht hier um eine polizeiliche Untersuchung. Und sollten Sie nicht kooperieren... Ich brauche Ihnen nichts über Widerstand gegen die Staatsgewalt zu erklären. Also, machen Sie nicht so ein Theater, ich habe noch anderes zu tun", wies ihn der Arzt scharf zurecht. Peter rührte sich nicht von der Stelle. Dr. Brown öffnete seinen Koffer, entnahm ihm Einweghandschuhe, Desinfektionsmittel, Watte, Spritze und Nadel. Routiniert streifte er sich die Handschuhe über und entfernte das Zellophan von der Spritze. Dann packte er die Nadel aus und steckte sie auf. Erwartungsvoll sah er Peter an, der am ganzen Körper zitterte.

„Ich..." Sergeant Ridway trat zu ihm.

„Es ist wirklich keine Affäre", versicherte er ihm und nötigte ihn Platz zu nehmen. Er schob den Ärmel zurück, trat danach hinter ihn und legte seine muskulösen Hände auf die Schultern. Peter schloss die Augen. Alles Blut war aus seinem Gesicht gewichen. Sein Atem ging schnell, das Herz raste in seinem Brustkorb. Er spürte wie seine Hand genommen wurde, spürte die warmen, behandschuhten Hände, die Feuchtigkeit des Wattebauschs und dann den schmerzhaften Stich, der sich seinen rechten Arm hinauf zog. Dr. Penell tauchte vor seinem inneren Auge auf und lachte ihm ins Gesicht. Peter zuckte zusammen.

„Schon vorbei", hörte er den Amtsarzt sagen. Er klebte ihm ein Pflaster auf die Einstichstelle und winkelte den Arm an. Peter öffnete die Augen. Dr. Brown musterte ihn skeptisch. „Sie gehören ins Krankenhaus." Peter presste die Lippen fest zusammen und starrte einen Punkt an der gegenüberliegenden Wand an. Achselzuckend verstaute der Arzt seine Utensilien in dem Koffer und ging zu Tür. „Sie hören von mir." Er machte eine vage Handbewegung und verließ sie.

„Wenn Sie möchten, können wir gleich das Protokoll aufnehmen." Er schob Peter das Frühstück hin und setzte sich hinter dem Computer. Peter ignorierte beides.

„Wann ist Inspektor Hardcourt zurück?" DS Ridway zuckte mit den Schultern.

„Keine Ahnung. Er könnte jeden Moment hier eintreffen oder erst in ein paar Stunden, je nach dem. Also lassen Sie uns beginnen oder Sie werden hier nie mehr raus kommen", ermunterte er ihn. Peter studierte ihn kritisch.

„Hat er mein Jackett durchsucht?"

„Wer?"

„Inspektor Hardcourt", antwortete Peter barsch. Die Augenbrauen des Sergeanten zogen sich zusammen.

„Nicht das ich wüsste. Warum sollte er so etwas tun?"

„Neugierde", schloss Peter und stand auf.

„Können wir jetzt beginnen?" Peter seufzte. Er hatte keine Wahl. Sie würden ihn nicht gehen lassen, bevor er seine Aussage gemacht hatte. Also begann er die ganze Geschichte der Durchsuchung der verschiedenen Räume zu erzählen. Unterbrochen wurde seine Erzählung zumeist nur durch seine Hustenanfälle.

„Ich habe das Drehen des Schlüssels nicht gehört, als man uns im Dachboden einschloss. Ich verstehe das nicht. Es kann nicht so leise gewesen sein, dass es kein Geräusch gegeben hätte."

„Mit Verlaub, Dr. Forgerson, aber im Laufe der Zeit hat sich oft genug bestätigt, dass Ihre Beobachtungsgabe mehr als nur dürftig war." Diese Ohrfeige hatte gesessen. Peter starrte ihn wütend an, erwiderte aber nichts. Sergeant Ridway deutete auf das unberührte Frühstück.

„Sie haben nichts gegessen", tadelte er ihn.

„Ich habe auch keinen Hunger." Ein erneuter Hustenanfall trieb ihm Tränen in die Augen.

„So werden Sie nicht zu Kräften kommen." Er betätigte die Tastatur und der Drucker reagierte. Nochmals las Sergeant Ridway das Protokoll durch und reichte es dann Peter, der es ebenfalls gründlich las, bevor er seine Unterschrift darunter setzte. „Kann ich jetzt gehen?"

„Inspektor Hardcourt will mit Ihnen sprechen, wie ich schon erwähnt habe. Und vorher sehe ich nicht die Möglichkeit, Sie gehen zu lassen. Setzen Sie sich doch, essen Sie etwas." Aufmunternd deutete er auf die unberührten Brötchen. Peter folgte angewidert seinem Blick.

„Ich habe nicht vor, mich hier den ganzen Tag aufzuhalten, Sir. Ich habe meine Aussage gemacht, nennen Sie mir einen triftigen Grund, weshalb Sie mich hier noch länger festhalten möchten, ansonsten werde ich gehen."

„Dr. Forgerson, dieses Thema erörterten wir doch erst vor einer halben Stunde. Wenn mir der Sinn danach steht, kann ich Sie nur auf den bloßen Verdacht hin, dass Sie einer terroristischen Vereinigung angehören eine Woche hinter Schloss und Riegel bringen."

„Vergessen Sie nicht, Sergeant, wen Sie vor sich haben. Ich gehöre ebenfalls zur Staatsgewalt, ob es Ihnen passt oder nicht. Und mein Rang ist weit bedeutender als der Ihre."

„Sie vergessen nur, Sir, dass ich Nordire bin, Sie aber Engländer und dazu noch dem Katholizismus angehören. Was so manchen Verdacht nahe bringt."

„Wir werden sehen, wer am längeren Hebel sitzt." Die Tür öffnete sich und Inspektor Hardcourt kam herein. Er schüttelte seinen Hut aus und befreite sich von dem nassen Mantel.

„Zumindest brauchen wir keine Angst mehr zu haben, dass sich der Brand wieder entfachen könnte", bemerkte er und musterte beide. „Alles in Ordnung?", fragte er dann seinen Kollegen.

„Ja, Sir. Ich habe alles im Griff, nicht wahr, Dr. Forgerson?",
entgegnete Sergeant Ridway und grinste Peter triumphierend an.
Peter kochte vor Wut.

„War der Amtsarzt hier?"

„Ja, Sir, alles erledigt." Er stand vom Schreibtisch auf und reichte ihm
das Protokoll, das Peter soeben unterzeichnet hatte. Inspektor
Hardcourt nahm es entgegen und bemerkte das unberührte Tablett.

„Sie haben nichts gegessen, Dr. Forgerson", knurrte er dann.

„Nein, warum sollte ich?" Peters Augen funkelten, wie zwei
Fixsterne. „Ich möchte gehen."

„Später", brummte der Inspektor und nahm hinter dem Schreibtisch
Platz. „Setzen Sie sich, wenn Sie schon nichts essen. Ich möchte
nicht, dass Sie mir ein weiteres Mal umkippen." Peter bewegte sich
nicht von der Stelle. Der Teufel sollte sie alle holen. Er wollte endlich
eine Dusche. Raus aus diesen mit Schweiß und Rauch getränkten
Kleidern. Der Inspektor las in aller Ruhe das Protokoll durch, dann
hob er den Kopf.

„Ihnen ist wie immer nichts aufgefallen, als Sie oben im Speicher in
den Kisten gewühlt haben." Es war keine Frage, sondern eine
Feststellung. Peter hatte dazu nichts zu sagen.

„Wer wusste, dass Sie sich zu dieser Zeit dort aufhielten?" Peter zog
die Augenbrauen zusammen.

„Sie wussten es, Mr Juvet und natürlich Sergeant Ridway."

„Ist Ihnen jemand auf der Straße aufgefallen, der Sie beide gesehen
haben könnte?"

„Es treiben sich immer Menschen auf einem Marktplatz herum. Ich
könnte Ihnen niemanden nennen, der mir tatsächlich aufgefallen
wäre."

„Nichts neues", warf Sergeant Ridway ein. Peter stierte ihn zornig
an.

„Ich weiß, Ihre Augen nehmen jede noch so unbedeutende
Kleinigkeit wahr."

„Das haben Sie genau richtig erkannt, Dr. Forgerson", bestätigte der
Sergeant von oben herab.

„Vielleicht ist Dr. Barkley etwas aufgefallen. Wir werden ihn morgen
befragen."

„Wie weit sind die Medien schon informiert?"

„Die Medien?" Inspektor Hardcourt runzelte die Stirn.

„Ist die Geschichte schon nach London durchgedrungen?", wünschte
Peter zu wissen.

„Nach London?" Er wusste nicht, worauf Forgerson hinaus wollte. Peter seufzte.

„Weiß mein Vater bereits, was vorgefallen ist?" Diesen Punkt hatte der Inspektor bis auf weiteres verdrängt. Das konnte ja noch eine schöne Misere geben.

„Ich weiß nicht, wie wichtig die Medien den Brand nehmen", antwortete er vage.

„Wenn sie erfahren, dass der Sohn von Lord Sheringham darin verwickelt ist, könnte er schnell für überregionale Zeitungen und Fernsehanstalten interessant werden", schnaubte Sergeant Ridway. „Ärger steht uns also ins Haus."

„Dann sollten wir es verhindern", entgegnete Peter und zermarterte sich den Kopf auf der Suche nach einer Lösung.

„Die Presse war heute hier. Wenn sie davon erfahren hat, wovon ich ausgehe, wird sie es ohnehin veröffentlichen. Wie möchten Sie es denn aufhalten?"

„Indem Sie eine Nachrichtensperre einrichten."

„Jetzt?"

„Ja, jetzt", bestätigte Peter entschieden.

„Die ersten Zeitungen sind schon gedruckt und im Handel. Diese Idee kommt leider zu spät." Peter ließ sich resigniert aufs Sofa fallen. Das war wohl das Ende seines irischen Abenteuers. Er hatte nicht vor hier Wurzeln zu schlagen, aber gerade jetzt, in mitten eines Falls... So konnte er das Land nicht verlassen. Es standen ihm also noch harte Zeiten bevor. Sich jetzt aber weiter den Kopf darüber zu zerbrechen war sinnlos. Er benötigte ein Dusche und andere Kleidung, damit er sich besser fühlte und wieder einen klaren Gedanken fassen konnte.

„Kann ich jetzt gehen?", fragte er resigniert. Inspektor Hardcourt warf dem Sergeant einen fragenden Blick zu, schließlich nickte er.

„Lassen Sie ihn nach Haus bringen." Dann wandte er sich an Peter: „Ich melde mich bei Ihnen." Peter erhob sich und verließ steif das Büro. Mit besorgter Miene trat Inspektor Hardcourt ans Fenster und sah zu, wie Peter in den Polizeiwagen stieg. Es klopfte und einer der Polizisten kam herein.

„Entschuldigung wenn ich störe, Sir, aber dieser Brief wurde an einer trockenen Stelle am Tatort entdeckt." Er reichte ihm ein, in einer Folie steckendes, leicht verschmutztes Briefkuvert. Stirnrunzelnd nahm es der Inspektor entgegen und drehte das Kuvert in alle Richtungen. In Blockschrift war nur der Adressat angegeben. Doch dieser eine Name genügte, um ihm eine Gänsehaut über den Rücken zu jagen. Er ging mit dem Brief zur Tür und beauftragte einen der dienstleistenden Polizisten, jemanden von der Spurensicherung zu holen. Nach zehn Minuten stand eine etwas müde wirkende Polizistin im Büro, packte ihren Koffer aus, brachte den Umschlag auf Zelluloid, öffnete ihn mit Pinzette und Skalpell, fotografierte den Briefbogen und verpackte danach beides in Zellophantüten. Schließlich legte sie die Fundstücke auf den Tisch.

„Danke, Mrs Hopkins, ich werde Sie benachrichtigen, wenn ich den Brief nicht mehr benötige." Sie sah ihn zweifelnd an, dann nickte sie knapp.

„Wir werden eine Kopie für Sie erstellen lassen." Sie ließ ihren Koffer zuschnappen, warf nochmals einen Blick auf den Brief und verließ das Büro.

Inspektor Hardcourt griff sich den Brief und las ihn durch. Dabei verfinsterte sich seine Mine mehr und mehr..

Eine Katze hat neun Leben, doch wie viele
haben Sie, Forgerson?
Ich werde es herausfinden, verlassen Sie
sich darauf.
Wenn nicht heute, dann morgen!
The Death

Inspektor Hardcourt starrte lange Zeit auf die Zeilen, die mit der Schreibmaschine getippt worden waren.

„Ist etwas nicht in Ordnung?", fragte der Officer unschlüssig.

„Wie bitte?" Inspektor Hardcourt hob den Blick. Er hatte die Polizistin völlig vergessen.

„Sicher. Es ist alles in Ordnung. Sie können jetzt gehen."

„Ja, Sir." Sie nickte ihm nochmals zu und verließ schnell das Büro. Er las den Brief ein zweites Mal durch. Wie viele solche Drohbriefe hatte der Junge bereits erhalten? Zwei, drei oder mehr? Mit Sicherheit wusste er nur von zweien. The Death. Wer war The Death? Inspektor Hardcourt war sich nicht sicher. Jedenfalls war der Schreiber über Forgersons Aktivitäten bestens im Bilde. Musste man ihn hier im eigenen Lager suchen? Wer wusste, wo Forgerson hin wollte? Alle, die zu dieser Zeit Dienst taten, wussten Bescheid. Er hatte sich ja den Schlüssel geben lassen. Es war zum Verrückt werden! Inspektor Hardcourt trat vor die Bürotür und sah sich um.

Der Officer, der ihm den Brief brachte, machte sich gerade an der Kaffeemaschine zu schaffen.

„Mr McKay, würden Sie bitte nochmals in mein Büro kommen?", fragte er und setzte dann hinzu: „Und schließen Sie bitte die Tür." Mit einem unguten Gefühl nahm er den Kaffeebecher und folgte dem Inspektor. Was hatte er denn jetzt wieder angestellt? Er schloss die Tür leise hinter sich und blieb unschlüssig dort stehen.

„Setzen Sie sich, Mr McKay." Zögernd kam er der Aufforderung nach. Der Inspektor ließ ihn nicht aus den Augen. Eine der einfachsten Einschüchterungstaktiken. Gehorsam setzte er sich auf die Kante des Stuhls und hielt mit beiden Händen die Kaffeetasse umklammert. McKay und Forgerson waren im gleichen Alter, doch beide trennten Welten. Während Forgerson sofort in den Angriff übergegangen wäre, zog McKay sofort den Kopf ein. Er würde nie eine große Karriere in der Polizeilaufbahn machen. Aber stille Wasser...

„Wer hat diesen Brief gefunden?"

„Ich, Sir", murmelte er halblaut.

„Und wo haben Sie diesen Brief gefunden?", bohrte Inspektor Hardcourt weiter.

„In der Nähe des Gartentors. Ich fand ihn, halb unter einer Hecke versteckt. Ein Stein beschwerte ihn und sorgte dafür, dass er nicht wegfliegen konnte."

„Haben Sie den Stein mitgebracht?" Betroffen starrte er in seinen Kaffeebecher.

„Nein, Sir." Inspektor Hardcourt seufzte. Aus ihm konnte kein guter Polizist werden. „Ich habe den Brief nur mit Einweghandschuhen angefasst und ihn sofort in eine der Tüten verpackt", verteidigte er sich.

„Berichteten Sie jemanden von Ihrem Fund?"

„Niemandem, Sir. Ich bin sofort zu Ihnen gekommen." Der Inspektor nickte langsam.

„Sie werden den Fund bis auf weiteres für sich behalten. Im Zuge der Ermittlungen will ich nicht, dass wir dabei von der Presse gestört werden. In Ordnung?" McKay nickte eifrig.

„Ja, Sir. Gewiss."

„Gut." Er schrieb eine Notiz und steckte sie in einen Umschlag.

„Bitte sorgen Sie dafür, dass DS Quaritsh diesen Brief erhält." Er bekam ein erneutes, eifriges Nicken als Antwort. „Ich möchte Sie bitten, ihm den Brief persönlich zu überbringen. Ist das möglich?"

„Sicher, Sie haben mein Wort."

„Gut." Inspektor Hardcourt schob ihm den Brief über den Schreibtisch. McKay hatte keine andere Wahl als eine Hand von seinem Kaffeebecher zu nehmen. Entschlossen erhob sich Inspektor Hardcourt und öffnete ihm die Tür. McKay warf ihm nochmals einen misstrauischen Blick zu und war dann mit einem Satz draußen. Stille Wasser? Jedenfalls war er schnell zu beeindrucken. Galt das auch für jeden anderen? Der Köder war geworfen, mal sehen, ob jemand ins Netz ginge.

Peter verschwand sogleich nach seiner Rückkehr nach oben, hatte geduscht, sich danach ins Arbeitszimmer verkrochen, bis seine bleischweren Glieder ihn ins Bett trieben. Zuerst wollte der Schlaf nicht kommen. Seine Gedanken waren ein einziges Chaos. Irgendwann jedoch übermannte ihn die Müdigkeit und verschaffte ihm eine kleine Verschnaufpause, die bis fünf Uhr morgens anhielt. Matt quälte er sich aus dem Bett und trottete ins Badezimmer. Der Wasserdampf linderte seine Brustbeschwerden. Peter setzte sich auf den Wannenrand und inhalierte die feuchte Luft. Die ganze Nacht hindurch hatte ihn der elende Husten gequält. Schuldbewusst dachte er an Mrs Juvet und Frank. Niemals hätte er die beiden mit in dieses Haus nehmen dürfen. Nicht nach all dem, was geschehen war. Wer war ihnen gefolgt? Wer besaß die Gelegenheit das Feuer so zu legen, sodass es sich in Windeseile ausbreiten konnte? Und warum hatte er den Schlüssel im Schloss sich nicht drehen gehört? War er denn wirklich ein so schrecklicher Detektiv? Er drehte den Hahn zu, entkleidete sich und stieg in das warme Wasser. Resigniert schloss er die Augen. Seine Muskeln entspannten sich. Er hörte dem Tropfen des Hahns zu und rief sich die Situation wieder ins Gedächtnis. Es war nutzlos. Er konnte sich nicht an das Geräusch erinnern. Wer hatte den Geruch als erstes wahrgenommen? Frank und Mrs Juvet. Die Beiden haben dieses Geräusch ebenso nicht bemerkt. Keiner von ihnen hatte es erwähnt. Er zermarterte sich noch eine Weile den Kopf, stieg dann aus der Wanne und zog sich an. Die Taschenuhr zeigte Viertel vor Sechs. Peter ging in die Küche, machte Feuer und begann verschiedene Utensilien aus dem Schrank zu holen. Er schlug einige Eier in eine Schüssel, gab Zucker dazu und begann das Ganze mit einem Schneebesen zu verrühren. Immer mehr Zutaten folgten, bis er einen lockeren, verlockend riechenden Teig hergestellt hatte. Gedankenverloren fettete er eine Kuchenform und füllte den Teig ein. Dabei beschäftigte er sich keineswegs bewusst mit dem Backen. Seine Gedanken kreisten um die Stunden, die er mit Mrs Juvet und Frank in dem brennenden Haus verbrachte. Irgendetwas hatte er übersehen, aber was? Sein einziger brauchbarer Fund war der Zettel mit den Codes und der Schuhkarton mit den verschieden alten

Artikeln, die den Zusammenhang zwischen Dr. Penell und Dr. Corrigan herstellten. Doch dies waren noch keine Beweise, die für eine Anklage genügten. Viele hatten schon die gleiche Schulbank gedrückt. Was hätten sie entdecken können, das der Polizei verborgen geblieben war? Möglicherweise bestand auch nur eine günstige Gelegenheit, die lästigen Engländer aus dem Weg zu räumen. Es gab viele Gründe und doch keine Lösung. Er musste den Inspektor nach dem Zettel mit den Codes fragen. Es war das einzige Beweisstück, das dieses Haus verlassen hatte. Nachdem ihm schon das Notizbuch abhandenkam, war dies die einzige Möglichkeit, die Daten mit den Logbüchern der Fluggesellschaft zu vergleichen. Was half es ihm zu wissen, dass sie an jenen Tagen die Kinder transportiert hatten, wenn er keinen stichhaltigen Hinweis bieten konnte? Immer drehte er sich im Kreis. Es war zum verrückt werden! Deprimiert setzte er Wasser auf und briet Speck, Eier und Tomaten. Gerade steckte er die Scheiben in den Toaster, als Miss McAlister in die Küche kam. Peter drehte sich um und begrüßte sie freundlich.

„Setzen Sie sich, das Frühstück ist beinahe fertig", forderte er sie auf. Sie musterte ihn eine geraume Zeit lang, dann nahm sie Platz. Er deckte den Tisch und holte den restlichen Toast aus dem Toaster.

„Wann sind Sie heute schon aufgestanden?" Peter hustete gequält.

„Gegen Fünf. Ich konnte keinen Schlaf finden. Ich hoffe, ich habe Sie nicht geweckt."

„Nein. Ich..." Ihre Augen fixierten ihn. „Als ich von dem Brand erfuhr, dachte ich, Sie beide hätten das Feuer nicht überlebt", gestand sie anklagend. Er hielt mitten in der Bewegung inne, legte das Brot in das Körbchen, griff nach der Teekanne und schenkte ihr ein.

„Wann haben Sie von dem Brand erfahren?", erkundigte er sich und setzte sich ihr gegenüber. Sie nahm sich von den herrlich duftenden Speck und Eiern, gab etwas Salz darüber und versenkte ihre Gabel in dem Essen.

„Es war nach zehn Uhr abends. Mr Mitshel kam angerast und erzählte mir von dem Brand. Er berichtete mir, dass Sie und Dr. Barkley wohl darin umgekommen waren."

„Mr Mitshel?", wiederholte Peter fragend.

„Er gehört zum Gemeinderat und wohnt ein paar Häuser von Miss Holders Haus entfernt." Ruhig nahm sich Peter Toast und bestrich ihn mit Butter.

„Von wem erfuhr Mr Mitshel, dass wir uns in dem Haus befunden hatten?" Miss McAlister aß ein paar Gabeln von der Köstlichkeit, ehe sie antwortete.

„Einer der Polizisten, die am Tatort waren, sprach darüber."

„Ich verstehe." Peter trank ein paar Schlucke von dem heißen Tee. Sein Hals kratzte erbärmlich.

„Warum haben Sie nicht auf mich gehört?!" Erschrocken über ihren plötzlich scharfen Ton hob er den Kopf.

„Ich verstehe nicht. Auf was habe ich nicht gehört?"

„X-mal warnte ich Sie schon davor, dass Sie sich nicht in die Angelegenheiten unseres Dorfes einmischen sollten. Tausendmal sagte ich Ihnen bereits, dass es für Sie äußerst gefährlich wäre." Peter hustete erneut. Aufgebracht fuhr sie fort: „Sie wissen, dass man Sie hier nicht achtet. Sie kennen die Einstellung der Menschen hier gegenüber Engländern. Warum können Sie nicht einmal vernünftig sein?"

„Vernunft?" Peters Augen färbten sich dunkel. „Was möchten Sie damit sagen? Ist es vernünftig zu schweigen und zuzusehen, wie andere über alles bestimmen? Das Leid einfach hinnehmen? Verstehen Sie dies unter Vernunft? Ich nicht."

„Der Tod wird Ihnen einen Strich durch die Rechnung machen!", versetzte sie aufgebracht.

„Wer ist der Tod?" Ihre Blicke trafen sich. Mrs McAlister antwortete nicht. Wortlos wandte sie sich von ihm ab und begann wieder zu essen. Frustriert sah er ihr zu. Wenn er weiter bohrte, würde sie überhaupt nichts mehr sagen. Er nahm sich ein paar Tomaten und Speck, bestrich sich noch einen Toast und aß schweigend sein Frühstück. Kein Wort fiel mehr. Miss McAlister hielt den Blick stur auf ihren Teller gerichtet. Nachdem er gegessen hatte, stand er auf, ging nach oben, zog sich an und schnappte sich die Autoschlüssel vom Schlüsselbrett. In der Küche klapperte das Geschirr.

„Ich fahre in die Stadt, Miss McAlister. Es kann möglicherweise spät werden." Ihre Hand griff nach dem Geschirrtuch, dann drehte sie sich zu ihm um. Tränen glitzerten in ihren Augen.

„Ich kann Sie nicht aufhalten." Ihr Blick glitt zu dem gerahmten Bild des Richters. Das laute Ticken der Uhr hallte in der unangenehmen Stille. Niemand wusste recht etwas zu sagen. Peter nickte ihr zu.

„Bis dann", verabschiedete er sich knapp und verließ mit gemischten Gefühlen das Haus.

Der erste Weg führte ihn zu einem Friseur, der sein versengtes Haar wieder in Ordnung brachte, dann kaufte er noch ein paar Blumen und machte sich auf zum Krankenhaus. Peter klopfte leise an die Zimmertür.

„Die Tür ist offen, kommen Sie rein!", rief eine Frauenstimme. Zögernd öffnete er die Tür. Dr. Ruthland lehnte bequem an dem Nachttischchen, das rechte Bein über das Linke gekreuzt, die Arme vor der Brust verschränkt. Ihr Lächeln verschwand, als sie Peter sah, den sogleich ein Hustenanfall überkam.

„Dr. Forgerson."

„Guten Tag, Dr. Ruthland", begrüßte er sie und war sofort auf der Hut. Sein Blick wanderte zum Einzelbett. Halb sitzend, von Kissen gestützt, lächelte ihn Frank spitzbübisch an. Seine Haut hatte eine gesunde Farbe angenommen und die Augen glänzten wieder unternehmungslustig. Felsen fielen von seiner Seele.

„Hallo Frank!", begrüßte er ihn und kam ein paar Schritte in das Zimmer. „Du siehst gut aus."

„Mir geht es auch wieder gut", bestätigte Frank und richtete sich auf. Peter hob leicht verlegen die Hand mit den Blumen.

„Ich dachte, du würdest dich über ein paar Blumen freuen." Er kam sich lächerlich vor. Frank grinste.

„Eine Vase ist im Schrank." Geschäftig drehte Peter sich um, suchte die Vase, füllte sie mit Wasser und stellte sie danach auf den Beistelltisch.

„Es geht dir doch wirklich gut?" Besorgt folgte sein Blick den Infusionen und Schläuchen, die an den Nadeln, in Franks rechtem Arm steckten.

„Ich bin in Ordnung", versicherte ihm Frank. „In ein, zwei Tagen bin ich hier raus."

„Nicht so eilig, Dr. Barkley!", ermahnte ihn Dr. Ruthland und drapierte die Blumen in der Vase. Dann wandte sie sich Peter zu. „Er hatte einen schlimmen Schock. Und die Rauchvergiftung, die er erlitt, muss man ernst nehmen." Dabei musterte sie Peter sehr kritisch. Ein weiterer Hustenanfall folgte. „Ihre Lungen hören sich ebenfalls fürchterlich an", ergänzte sie anklagend. Peter antwortete ihr mit einer wegwerfenden Handbewegung.

„Das hört sich schlimmer an, als es ist."

„Sie hätten alle verbrennen können, ist Ihnen das klar?" Frank wollte etwas erwidern, doch sie ließ ihn nicht zu Wort kommen. „Verflucht,

Dr. Forgerson, genügt es Ihnen nicht, nur Ihr Leben aufs Spiel zu setzen?!", giftete sie.

„Hätte ich von der Gefahr gewusst, wäre ich allein ins Haus gegangen. Halten Sie mich für so verantwortungslos, dass ich andere mutwillig in Gefahr bringe?", entgegnete er ihr ärgerlich.

„Ich weiß nicht, wie weit Sie gehen, wenn Sie erst einmal Blut geleckt haben. Gut möglich, dass Sie über Leichen gehen, um Ihr Ziel zu erreichen."

„Das geht doch etwas zu weit", mischte sich Frank ein. Doch sie ignorierte ihn geflissentlich.

„Dieses Spiel ist einige Nummern zu groß für Sie, Dr. Forgerson. Sie sind in der falschen Liga gelandet. Machen Sie die Augen auf! Sie sind Anwalt, nicht Sherlock Holmes!"

Die Wut war deutlich in seinem Gesicht zu lesen. Doch überraschend ruhig war seine Stimme, als er ihr erwiderte: „Ich gehe weit, richtig, aber nicht über die Leichen meiner Freunde. Seien Sie sich dessen gewiss." Ihr Blick daraufhin war tödlich. Sie griff in ihren Arztkittel und förderte ein Kuvert zu Tage.

„Das Kuvert ist von einem Officer für Sie abgegeben worden." Peter nahm ihn ihr aus der Hand und begutachtete ihn neugierig.

„Ich komme später nochmal vorbei, Dr. Barkley." Sie starrte Peter nochmals vernichtend an und ließ sie dann allein.

„Von wem stammt er?", verlangte Frank zu wissen und richtete sich etwas auf. Peter hob den Blick.

„Er stammt von DS Gilmore", murmelte Peter.

„Na, dann mach ihn auf!", ermunterte er ihn. Doch die Hand, die den Brief hielt, senkte sich kraftlos.

„Frank", Peter machte ein paar Schritte. „Du solltest nach Haus fahren, sobald du wieder auf den Beinen bist."

„Was redest du da für einen Unsinn!" Frank schüttelte perplex den Kopf.

„Dr. Ruthland hat eindeutig Recht", fuhr Peter unbeirrt fort. „Ich bringe dich und all die anderen in Gefahr."

„Falls du es vergessen hast, ich habe eine Abmachung mit deinem Vater. Wenn ich fahre, kommst du mit."

„Durch meine Schuld liegst du mit einer Rauchvergiftung im Krankenhaus. Mein Onk..., ich meine, mein Vater wird mir das Fell über die Ohren ziehen. Ich möchte nicht wissen, zu was er fähig ist, wenn er von diesem Brand erfährt."

„Mitgegangen – mitgefangen", bemerkte Frank lakonisch.

„Du weißt, dass das alles nicht so einfach ist. Ich will nicht, dass er dich in Schwierigkeiten bringt."

„Wenn du denkst, ich steige jetzt aus, dann bist du auf dem Holzweg, Peter. Sobald es mir gut geht, werden wir die Sache zu Ende bringen."

„Frank..." Er stoppte Peter mit einer Handbewegung.

„Öffne den Brief." Peters Wangen färbten sich rot.

„Hör mir bitte zu! Das alles ist kein Spiel mehr. Derjenige, der hinter mir her ist, macht keinen Unterschied. Jeder, der meine Nachforschungen unterstützt, wird aus dem Weg geräumt. Er wollte Helena töten, weil sie Informationen für mich gesammelt hat. Ich habe sie in Lebensgefahr gebracht!"

„Du hast sie gerettet. Die Sache ist erledigt."

„Frank!"

„Peter, es wäre ein fataler Fehler jetzt aufzugeben. Jetzt, wo wir der Sache immer näher kommen." Peters Arme fuhren nach oben.

„Den Teufel tun wir! Wir haben absolut nichts gegen sie in der Hand. Indizien, nur Indizien!"

„Anhand denen man schon manchen Kriminellen verurteilt hat", fügte Frank entschlossen hinzu.

„Aber nicht in diesem Fall. Nicht hier. Nicht, wenn ein Engländer gegen einen respektablen Nordiren Anklage erhebt. Schon gar nicht, wenn die Anklage Mord an einem Engländer heißt. Erschwerend kommt hinzu, dass der Ankläger der Sohn der Konkurrenz ist", entgegnete Peter scharf.

„Die Anklage wird bei weitem länger sein und über deine Herkunft würde ich mir nicht solche Sorgen machen. Forgerson Industry ist nun wirklich keine Konkurrenz zu Corrigan Company. Wäre Corrigan tatsächlich für deinen Vater von Interesse, hätte er ihn wahrscheinlich schon bei Zeiten geschluckt", erwiderte Frank entschieden.

„Frank!"

„Du kannst es drehen und wenden, wie du es möchtest, aber es wird sich nichts daran ändern." Peter trat schweigend ans Fenster. Er spürte Franks forschenden Blick im Rücken.

„Du liebst sie, nicht?" Peter erstarrte sofort. Deutlich hob und senkten sich die Schultern in seinem Atemrhythmus. Eisiges Schweigen herrschte.

„Peter?" Frank bekam keine Antwort, also fuhr er fort. „Es ist doch so. Du hast dich in Helena Artkinson verliebt."

„Nein." Die Antwort kratzte im Hals, was ihn zutiefst erschreckte.

„Natürlich bist du in sie verliebt." Er hörte das Rascheln der Kissen. Weiter starrte er aus dem Fenster zu den monotonen Straßenzügen der siebziger Jahre, die die andere Straßenseite säumten. Er spürte deutlich die Hitze auf seinen Wangen, fühlte den harten, schnellen Herzschlag.

„Es gibt keinen Grund, weshalb ich mich in sie verlieben sollte. Mein Vater hat andere Pläne mit mir, wie du sehr wohl weißt."

„Du kannst unmöglich eine Frau heiraten, die du nicht liebst. Geschweige denn überhaupt nicht kennst. Verflucht, Peter, du hast ein Recht auf dein Leben!" Peter drehte sich um. Seine Augen funkelten wütend.

„Rede nicht so einen Unsinn, Frank. Du kennst die Situation, in der ich mich befinde. Mir steht dieses Recht nicht zu. Ich bin sein Sohn und bin der Familie, dem Titel und dem Ruf, den sie nun schon seit Jahrhunderten beanspruchen, verpflichtet. Erzähl mir doch nichts von meinem Leben! Hast du vergessen, wieviel Macht er besitzt?" Peter schüttelte unwillig den Kopf. „Er besitzt die Mittel, mir unwiderruflichen Schaden zuzufügen. Also sag mir, wie ich mich gegen ihn auflehnen soll, ohne dass der Zorn des Mächtigen mich trifft!" Frank zog sich an der Triangel hoch. Er wollte noch nicht kapitulieren.

„Du musst mit ihm reden, trotzdem. Erkläre ihm, was passiert ist. Er wird es verstehen."

„Den Teufel wird er!", fuhr Peter auf. „Er hat mich noch nie verstanden! Lord Sheringham erwartet, dass ich das tue, was er verlangt. Ich lebe in seinem Schloss und bin sein Fleisch und Blut. Er hat mich zu seinem Projekt des perfekten, englischen Gentlemans kreiert. Niemals wird er mich einfach so gehen lassen. Dazu hat er viel zu viel investiert. Ausbildung, Schulen, Studium. Ich hatte alles, was ein Sprössling der Upperclass benötigte."

„Aber das wolltest du doch alles gar nicht!", protestierte Frank. „Und wie ist es mit deinem Zwillingsbruder Paul? Er arbeitet für die größte Zeitung in LA, von der er einen nicht unerheblichen Anteil besitzt. Was glaubst du, wer diese Anteile finanziert hat? Bestimmt nicht sein Stiefvater!"

„Das ist nicht wahr!"

„Sicher ist es das!", brauste Frank auf. „Und wie sieht's mit Philip aus? Nie würde Sir Julian so mit ihm verfahren, wie er es mit dir tut. Zeig ihm endlich, dass du erwachsen bist, Peter!"

„Du hast doch keine Ahnung!" Verzweifelt hob Peter die Hände. Er zitterte am ganzen Körper. Schweißperlen standen auf der Stirn. Sein Herz raste im Brustkorb.

„Sir Julian hat durch seinen Fleiß, Kampfgeist und Durchsetzungsvermögen den Status erreicht, den er nun innehat. Er erschuf dieses Imperium aus dem Nichts, als seine Eltern bei einem Autounfall starben und er erfuhr, dass sie kurz vor dem Bankrott standen. Er hat sich all dies erarbeitet. Die Macht, die er besitzt, ist absolut. Jeder, der es wagt, sich gegen ihn zu stellen, wird bereuen geboren zu sein. Du weißt genau, dass das keine leeren Worte oder Verklärungen sind. Beweise gibt es dafür genug. Er gehört zu den Globalplayern der obersten Liga. Also sag mir, was ich ihm entgegen zu setzen habe?" Betroffen schaute Frank von ihm weg. Peter trat ans Fenster und versuchte, seine Fassung wieder zu erlangen. Warum musste er sich so hinreißen lassen? Für die momentane Situation konnte sein Freund nicht das Geringste. Er schluckte und drehte sich zu ihm um.

„Belassen wir es dabei, in Ordnung?" Langsam hob Frank den Blick.

„Du wirst dich jetzt erst mal von der Rauchvergiftung erholen und dann sehen wir weiter. Einverstanden?" Peter versuchte es mit einem versöhnlichen Lächeln. Frank nickte zögernd.

„Gut. Ich werde jetzt gehen, wenn du etwas brauchst..."

„Rufe ich dich an, falls du dein Telefon endlich einschaltest", unterbrach ihn Frank leicht verstimmt. Peters Augen begannen schelmisch zu blitzen.

„Habe ich es vergessen?", fragte er mit einem spitzbübischen Grinsen.

„Ich muss dich nicht an deinen Vater erinnern", erwiderte Frank ernst.

„Nein. Sicherlich nicht." Peter wurde der Brief in seiner Hand wieder bewusst. Er schob ihn in die Jackentasche und setzte sich den Hut auf. „Pass auf dich auf."

„Du wirst jetzt nicht gehen, Peter." drohte Frank mit scharfer Stimme.

„Wie?" Verdutzt sah er ihn an.

„Ich weiß, dass du mit den Ermittlungen nicht warten wirst, bis ich das Krankenhaus verlassen kann. Das hast du so eben beschlossen, als der Brief in deine Tasche verschwand . Also hol ihn raus und lies ihn mir vor oder ich werde höchst persönlich mit Sir Julian telefonieren."

„Das ist eine widerliche Erpressung", knurrte er.

„Ja, das ist es." Frank grinste ihn schadenfroh an. „Du hast keine Wahl. Ich kann genauso entschlossen handeln wie du." Ihre Blicke trafen sich für einen Augenblick, dann brachte Peter seufzend den Brief zum Vorschein. Er zog einen Kugelschreiber aus der Innentasche des Jacketts und schlitzte ihn damit auf. Umständlich kramte er in seinen Taschen und packte die Brille aus. Erst als alles parat war, entfaltete er den Brief. Frank rückte ungeduldig sein Kissen zurecht. Peter begann den Brief leise zu lesen, doch er kam nicht weit.

„Wenn du ihn mir nicht vorlesen willst, dann gib ihn mir! Ich lese ihn dann selbst!" Peter hob den Kopf und sah ihn überrascht an.

„Sorry", murmelte er, räusperte sich und begann laut zu lesen. DS Gilmore hatte gründlich gearbeitet, leider war die Ernte seiner Arbeit spärlich ausgefallen. Das Krankheitsbild der Kinder, deren Alter zwischen zwei und vier Jahre betrug, war bei allen unterschiedlich. Akute Lungenentzündung, Gehirnhautentzündung, Herzklappenfehler. Zwei der Kinder flogen zur Behandlung in die USA und eins in die Schweiz. In welches Krankenhaus die Kinder gebracht wurden und wie ihre Weiterbehandlung erfolgte, stand unter Datenschutz. Es gab keine weiteren Informationen darüber. Die nordirischen Kinder, die an ihrer Krankheit verstorben waren, wurden alle von dem Bestattungsamt Delany beigesetzt. Darunter befand sich auch das Kind der Darsons. DS Gilmore hatte keine Adressen der drei Kinder beigefügt. Datenschutz, wie nicht anders erwartet. Stirnrunzelnd reichte er Frank den Brief.

„Und die anderen Kinder?" Peter zuckte mit den Schultern.

„Das gleiche Schema." Frank begann die Dokumente zu studieren.

„Du hattest ihm doch die Adresse von Miss McAlister gegeben. Warum sandte er den Brief hierher?", wunderte sich Peter laut. Frank antwortete nicht sofort. Erst als er zu Ende gelesen hatte, sah er ihn an.

„Er wusste wohl bereits, wo du zu finden warst."

„Merkwürdig", brummte Peter grimmig.

„Diese Informationen bringen uns nicht wirklich weiter. Wir wissen nun lediglich, dass Kinderkrankentransporte stattgefunden haben."

„Keiner von den Transporten war für eine Transplantation vorgesehen. Es gibt nur einen Fall, den Corrigan wirklich offen legt." Peter sah ihn kurz an, bevor er antwortete.

„Richtig. Ich gehe davon aus, dass es sich bei dem Kind tatsächlich um eine Organtransplantation handelt. Wie mir scheint, arbeiten für ihn ausgezeichnete Anwälte, die jeden Millimeter des Datenschutz auszunutzen wissen." Frank richtete sich in seinem Bett auf.

„Die ganze Sache ist legal abgelaufen. Es gibt nichts womit wir Corrigan belasten können."

„Genau das ist das Problem", bestätigte Peter ärgerlich.

„Hast du den Zettel, den Mrs Juvet fand, bei dir?" Peter schüttelte den Kopf.

„Den muss Inspektor Hardcourt an sich genommen haben."

„Hast du ihn danach gefragt?" Wieder ein Kopfschütteln.

„Ich hatte noch nicht die Gelegenheit dazu."

„Was ist eigentlich geschehen, nachdem sie uns ins Krankenhaus brachten?"

„Nicht viel", antwortete Peter. Ein Hustenanfall überkam ihn. Frank nahm die Wasserflasche und goss ein Glas ein.

„Hier, trink einen Schluck. Du hörst dich schrecklich an." Peter hob Abwehrend die Hände.

„Es ist nicht so schlimm. Ich sollte jetzt besser gehen."

„Du hast mir noch nicht geantwortet", erinnerte er ihn. Ihre Blicke begegneten sich. Eine längere Pause entstand. „Was ist danach passiert?", wiederholte Frank.

„Ich bin auf der Wache ohnmächtig geworden."

„Und?"

„Was und?" Peter wandte sich von ihm ab und trat wieder ans Fenster.

„Muss ich dir alles aus der Nase ziehen? Was folgte darauf?"

„Dr. Penell behandelte mich."

„Was?!", rief Frank entsetzt auf. Peter rührte sich nicht. Tonlos fuhr er fort: „Er hat mir irgendein Beruhigungsmittel gespritzt. Inspektor Hardcourt ließ einen Amtsarzt kommen, der danach eine Blutprobe von meinem Blut nahm, was völlig unnötig war. Falls er beabsichtigte mich zu töten, dann nicht vor den Augen des Gesetzes und nicht auf eine so billige Art und Weise." Frank wollte etwas erwidern, wurde aber vom Klopfen unterbrochen. Die Tür öffnete sich und eine Schwester trat ein.

„Ich denke, Sie hatten jetzt genug Besuch, Dr. Barkley. Ihr Freund kann später wieder kommen." Sie stellte das Tablett auf dem Nachttischchen ab. Peter begutachtete kurz die Utensilien und zog den Mantel an.

„Du hörst von mir", verabschiedete er sich.

„Mach keine Dummheiten. Hörst du?" Ihre Blicke trafen sich.

„Erhol dich gut, Frank." Peter hob eine Hand zum Gruß und schlüpfte hinaus.

Miss McAlister hatte Ian und Helena zum Dinner eingeladen, worüber Peter nicht gerade begeistert war. Er deckte den Tisch für vier Personen, bereitete den Salat zu und zerbrach sich dabei den Kopf, wie der Abend ohne eine Szene von statten gehen konnte. Beide kamen sie pünktlich. Sie setzten sich zu Tisch und gekonnt lenkte Peter die Themen immer wieder in belanglose Bahnen. Das gelang ihm bis zur Nachspeise. Ian konnte nicht mehr an sich halten.

„Dieses Feuer vorgestern war der Wahnsinn! Die Polizei geht eindeutig von Brandstiftung aus." Peter hob den Kopf von seinem unberührten Pudding, den er mit dem Löffel ziemlich übel verunstaltet hatte.

„Brandstiftung?", wiederholte er mit gespielter Verwunderung. „Wer sagte, dass es sich um Brandstiftung handelte?"

„Wer?" Ians Blick schweifte zu seiner Schwester. „Na, die Polizei. Sämtliche Leute des Dorfes wurden verhört. Die Kripo aus Belfast war hier. Das Haus, oder was davon noch übrig ist, wurde gründlich abgesucht. Sie haben das ganze Grundstück gesperrt. Es wird von zwei Polizisten bewacht, bis alle ihre Untersuchungen abgeschlossen sind. So erzählte man."

Resigniert steckte Peter den Löffel in den Pudding und schob ihn von sich.

„Alle Zeitungen haben von diesem Brand berichtet", fuhr Ian unbeirrt fort. „Die Journalisten stellen Fragen über Miss Holder. Niemand ist vor ihnen sicher." Genüsslich stach er ein Stück seines Puddings ab und ließ es auf der Zunge zergehen.

„Inspektor Hardcourt hat nach Ihnen gefragt", bemerkte Helena und deutete auf Peters Pudding. „Möchten Sie den nicht mehr?"

„Danke, nein. Ich bin satt."

„Dann haben Sie nichts dagegen, wenn ich ihn esse?" Sie erhielt ein Kopfschütteln als Antwort. Achselzuckend nahm sie den Teller , zog seinen Löffel heraus und begann zu essen.

„War er hier?", wandte sich Peter an Miss McAlister.

„Nein, ich glaube, er wusste, dass Sie nach Omagh gefahren sind."

„Vermutlich kommt er heute noch vorbei." Ian kaute genießerisch.

„Wunderbar", knurrte Peter.

„Wie geht es Dr. Barkley?", erkundigte sich Helena und sah ihm tief in die Augen.

„Viel besser. Danke", murmelte Peter irritiert. „Möglicherweise kann er in ein paar Tagen das Krankenhaus verlassen."

„Freut mich." Ihre Augen ruhten weiterhin auf ihm. Verlegen wandte Peter sich Ian zu.

„Wollte Ihre Cousine, Miss..."

„Constance", ergänzte Ian. „Nein, sie hatte beabsichtigt zu kommen, doch als wir aufbrechen wollten, klagte sie über Kopfschmerzen und ließ sich entschuldigen. Typisch Frauen", fügte er hinzu und sein Blick striff Helena.

„Ian", ermahnte ihn Miss McAlister scharf. „Es geht ihr in der letzten Zeit nicht gut. Du solltest ihr mehr Respekt entgegen bringen."

„Ich glaube nicht, dass sie an Kopfschmerzen leidet. Mir kam es so vor, als rührte ihre Unpässlichkeit von der Nachricht, dass Dr. Forgerson hier wäre."

„Das ist Unsinn. Sie kennt ihn doch gar nicht", widersprach Miss McAlister.

„Und sie hat auch nicht vor, seine Bekanntschaft zu machen", erwiderte Ian aufmüpfig.

„Ian!" Miss McAlister wurde nun in der Tat wütend. „Wie kannst du so reden? Dr. Forgerson ist Gast in diesem Haus."

„Was keinen Unterschied macht."

„Das genügt!", zischte Miss McAlister aufgebracht.

„Bitte", mischte sich Peter ein. „Wie wäre es, wenn wir ins Wohnzimmer gingen. Ich habe dort Feuer gemacht. Und ich glaube, Mr Artkinson hätte Lust auf einen guten Schluck Irish Mist."

„Nun gut, dann werden Helena und ich Kaffee machen."

„Sehr schön", bekräftigte Peter und stand auf. Die anderen folgten seinem Beispiel.

Im Wohnzimmer war es angenehm warm. Peter legte Holz nach, ging dann zur Anrichte und schenkte Ian einen großen Schluck Whiskey ein.

„Diese Szene war wirklich unschön", bemerkte er und reichte ihm das Glas.

„Sagen Sie mir, wie ich Sie von den Damen loseisen hätte können und ich werde es das nächste Mal besser machen." Er setzte sich in einen Sessel und schwenkte den Inhalt seines Glases. Die braune Flüssigkeit benetze das Glas und schimmerte golden. Er hob den

Blick und sah Peter an, der immer noch stand. „Wer wusste, dass Sie in Miss Holders Haus gingen?" Peter hob die Schultern.

„Einige von der Polizeiwache und diejenigen, die uns auf der Straße gesehen haben. Mir persönlich ist niemand aufgefallen."

„Was nichts beweist."

„Danke für die Blumen", knurrte Peter und setzte sich ihm gegenüber.

„Haben Sie etwas Brauchbares entdeckt?"

„Das weiß ich nicht", antwortete Peter langsam.

„Was soll das heißen?" Ian runzelte die Stirn, nahm einen Schluck und behielt ihn für kurze Zeit im Mund. Er genoss den rauchigen, samtenen, vollen Geschmack und ließ ihn dann langsam die Kehle herunter brennen. Es gab nichts Besseres zur Entspannung als einen guten, alten, irischen Whiskey. Peters Augen ruhten auf dem Glas, wo sich das Feuer in warmen Brauntönen wiederspiegelte.

„Die Indizien, die wir entdeckten, sind in Flammen aufgegangen. Was mich aber mehr beschäftigt ist, warum die Polizei sie zuvor nicht sichergestellt hatte. Ihre Arbeitsweise war stets gründlich, warum sollten sie plötzlich so nachlässig werden?"

„Und das heißt?", bohrte Ian nach.

„Es lag eine dicke Staubschicht auf all den Dingen, die sich dort oben befanden. Niemand hat den Speicher seit langem betreten. Warum? Kann er einfach vergessen worden sein?" Ian zuckte mit den Schultern.

„Und welche Antwort haben Sie parat?"

„Keine", erwiderte Peter nachdenklich. „Inspektor Hardcourt erzählte mir, er hätte das Haus erst vor kurzem durchsuchen lassen. Konnte ihm ein so folgenschwerer Fehler unterlaufen sein?" Ian genoss einen weiteren Schluck.

„Welche Indizien fanden Sie auf dem Speicher?"

„Zeitungsausschnitte und Fotos. Eigentlich belanglos."

„Außer man fügt die Puzzleteile zusammen und es ergibt ein neues Bild", fügte Ian hinzu und nahm einen weiteren Schluck. Das Holz knackte, Funken sprühten. Niemand sagte etwas.

„Ist Ihnen der Name Delany bekannt?"

„Sicher. In Irland gibt es Tausende davon." Ian stand auf, schlenderte zur Anrichte und goss sich nochmals nach. Peter drehte sich zu ihm um. Der Alkohol hatte seine Wangen gerötet, war aber noch nicht weiter in den Blutkreislauf eingedrungen, um irgendeine Reaktion hervorzurufen.

„Und wie steht es mit dem Bestattungsunternehmen Delany?", fuhr er fort. Ian nickte.

„Marc Delany ist der größte Anbieter in Nordirland. Der Hauptsitz befindet sich in Belfast. Es gibt eine Zweigstelle in Omagh, warum? Ist es von Belang?"

„Möglicherweise. Delany's Bestattungsunternehmen pflegt Verbindung zur Quail Airlines, die wiederum zu einem großen Teil Corrigan Company gehört."

„Nun, da Delany der Hauptanbieter ist, wundert es mich nicht. Oder messen Sie ihm eine andere Bedeutung zu?"

„Die Quail Fluggesellschaft führt internationale Krankentransporte durch", setzte Peter ihn in Kenntnis. Ians Augen weiteten sich. Gespannt beugte er sich im Sessel vor und starrte Peter an.

„Sie möchten damit sagen… Corrigan und Delany. Das falsche Kind im Sarg! Sie glauben, Corrigan hat die Kinder außer Landes geschafft und Delany vertuschte es!" Aufgeregt war er aufgesprungen und wanderte hektisch hin und her.

„In gewisser Weise", antwortete Peter gedehnt und sah ihm ruhig zu. Eine Falte bildete sich zwischen Ians Augenbrauen. Unvermittelt blieb er stehen.

„Was bedeutet in gewisser Weise? Ihr Ton gefällt mir nicht. Worauf möchten Sie hinaus?" Ian stemmte die Hände in die Seiten und sah ihn herausfordernd an. Peter erwiderte seinen Blick, antwortete aber nicht.

„Nun? " Ians Stimme schwoll an. Resigniert hob Peter die Hände.

„Wir sollten mit den Darsons reden. Ich möchte nicht, dass Sie sich zu große Hoffnungen machen. Es gibt Dinge, die wertvoller sind, als ein Menschenleben." Man hörte nur das Holz im Kamin knacken. Ian verharrte vor dem Feuer und starrte hinein. Das Glas war beinahe leer. Er räusperte sich, spannte seinen Rücken und drehte sich zu ihm um.

„Wie meinen Sie das?" Seine Stimme war belegt.

„Sie wissen, wie ich es meine, Mr Artkinson. Es gibt viele kranke Kinder auf dieser Welt, die an irgendwelchen Herz-, Nieren- oder Lebererkrankungen, sowie Krebs leiden. Und jeder würde seine Hände nach einem der gesunden Organe ausstrecken, wenn er wüsste, dass eins existierte, um das Leben seines Kindes zu retten." Alle Farbe war aus Ians Gesicht gewichen.

„Das ist nicht Ihr Ernst." Unheilvoll stierte er ihn an. Seine Hand, die das Glas umklammert hielt, zitterte. Die Vorstellung, jemand würde ihren gesunden Kindern so etwas antun, Kindern, die er selbst kannte, war zu viel für ihn.

„Corrigan hat durch seine Beziehungen über die Firma Zugang zu den Dateien und Dr. Penell besitzt die Mittel. Er kennt alle Blutgruppen der Kinder, ihre Krankheitsgeschichten, ihre Erblasten. Er hat Verbindung zu den Krankenhäusern und kann sich auch Zugang zu den Akten beschaffen, ohne dass jemand argwöhnisch wird. Beinahe", fügte Peter hinzu und dachte unwillkürlich an Miss Holder. Allmählich setzte sich das Puzzle zusammen. Ian hob den Kopf.

„Und das Motiv? Der schnöde Mammon kann es allein nicht sein. Geld besitzen sie doch genug."

„Ja, aber nicht für den Zweck, für den sie es vorgesehen haben. Dafür können sie kein legales Geld benutzen."

„Müssen Sie immer in Rätseln sprechen?!" Wütend fuhr Ian ihn an. Seine Wangen glühten. „Was für einen Zweck?" Sollte er ihm seine Vermutungen anvertrauen? Einem Nordiren? Peter erhob sich und trat an den Kamin. Nachdenklich nahm er ein Holzscheit, legte es ins Feuer und sah zu, wie die Flammen an ihm hochzüngelten. „Welchen Zweck?", herrschte Ian ihn an. Peter drehte sich zu ihm um und musterte sein Gesicht. Es war sein Dorf, sein Leben, aber wenn er nun überreagierte, wenn er nun unüberlegt handeln sollte, könnte er noch mehr Schaden anrichten.

„Ich kann Ihnen das Motiv noch nicht nennen, da ich keinerlei Beweise vor zuweisen habe." Peter hob die Hand, bevor Ian Einspruch einlegen konnte. „Wichtig ist, dass wir ihnen das Handwerk legen und dazu brauche ich Ihre Hilfe."

„Sie vertrauen mir nicht, Forgerson, also erwarten Sie auch keine Hilfe von mir", belehrte ihn Ian verärgert.

„Sie möchten die Mörder doch sicherlich auch stellen", redete er ihm ins Gewissen und griff sich den Schürhaken.

„Sicher, aber ich bin nicht Ihr Handlanger, wie all die anderen." Ungerührt zuckte Peter mit den Schultern und schob das Holz zurecht. Flammen sprangen hoch und züngelten um das frische Scheit. In seinen dunklen Augen spiegelte sich das Licht des Feuers.

„Es ist Ihr Dorf und Ihr Leben. Sie entscheiden, ob Sie mit mir zusammenarbeiten möchten oder nicht." Peter drehte sich zu ihm um. Ihre Blicke trafen sich. Eisiges Schweigen herrschte.

„Um welchen Gefallen handelt es sich?", fragte Ian argwöhnisch. Er kannte den Anwalt mittlerweile gut genug, um zu wissen, dass es ratsam war, auf der Hut zu sein. Peter schlenderte zur Anrichte und begutachtete das Angebot an alkoholischen Getränken. Langsam wandte er sich Ian zu um ihn erneut zu mustern.

„Ich möchte, dass Sie mit den Darsons sprechen."

„Mit den Darsons?" Eine Furche bildete sich zwischen Ians Augenbrauen. Peter nickte.

„Ja. Ich möchte wissen, wie alles von statten gegangen ist, als sie hörten, dass der kleine Toby in Dr. Penells Praxis verschieden war."

„Was?!", platzte Ian heraus. „Das ist absolut unmöglich! Wissen Sie, was Sie da verlangen?! Die Darsons glauben, der kleine Toby lebt noch! Sie haben Ihnen gesagt, dass er noch am Leben ist!"

„Ich habe nichts des Gleichen behauptet", wehrte Peter ab.

„Natürlich haben Sie das!", beharrte Ian. Seine Wangen glühten.

„Nein. Sie haben meine Worte völlig falsch ausgelegt. Die einzige Tatsache, die ich bieten konnte, war, dass das Kind nicht im Sarg lag. Alles andere war reine Spekulation von Ihnen. Ich werde mich hüten im Anbetracht der Tatsachen solche Hoffnungen zu schüren."

„Völlig egal. Die Darsons glauben ihr Sohn lebt. Wie soll ich ihnen beibringen, dass man seine Organe verkauft hat?" Ian hatte seine Hände in die Seiten gestemmt und funkelte Peter herausfordernd an. Die Tür öffnete sich und Miss McAlister und Helena brachten ein Tablett herein. Der Kaffeegeruch erfüllte einladend den Raum. Helenas grüne Augen durchbohrten ihren Bruder, der sich frustriert auf den Sessel niederließ, ein leeres Whiskeyglas in seiner Hand.

„Was haben Sie mit ihm angestellt?", forderte sie von Peter zu erfahren.

„Ich? Nichts", erwiderte Peter und nahm Miss McAlister das Tablett aus der Hand.

„Das glaube ich Ihnen nicht", entgegnete sie und begann den Wohnzimmertisch zu decken.

„Vielleicht hat Dr. Forgerson Ians schlechtes Benehmen bei Tisch kritisiert", bemerkte Miss McAlister. Ein Blick genügte, um ihm zu zeigen, dass sie das keinesfalls glaubte. Keiner von ihnen sagte etwas darauf. Peter lenkte die Unterhaltung in ruhigere Bahnen und über das zuvor mit Ian geführte Gespräch fiel kein weiteres Wort mehr. Spät brachen die Geschwister auf. Miss McAlister verabschiedete sich von ihrer Nichte und drehte sich dann zu Ian um.

„Ach Ian, ich glaube mit dem Wasserboiler stimmt etwas nicht. Könntest du noch schnell einen Blick darauf werfen? Es macht mich nervös..."

„Natürlich." Er warf seiner Schwester, dann Peter einen forschenden Blick zu und folgte daraufhin seiner Tante ins Badezimmer nach oben. Peter und Helena standen unentschlossen im Hausgang.

„Was haben Sie mit Ian besprochen?", fragte sie. Peters Gesichtsausdruck verdunkelte sich.

„Wir sprachen über Organhandel", antwortete er langsam und nahm ihren Mantel vom Haken.

„Über Organhandel?", murmelte sie unbestimmt. Plötzlich weiteten sich ihre Augen. „Organhandel", wiederholte sie. Dabei verlor ihr Gesicht an Farbe. Er half ihr zögernd in den Mantel und zog danach selbst seinen an.

„Lassen Sie uns doch etwas an die frische Luft gehen", schlug er vor und öffnete die Tür. Sie hatte keine Wahl. Draußen auf dem Gartenweg blieb sie stehen und drehte sich entschlossen zu Peter um.

„Möchten Sie damit sagen, dass…" Sie stockte. „Glauben Sie wirklich, ich meine…"

„Es gibt mittlerweile genügend Hinweise, die leider darauf hindeuten." Peter sah sie an. „Ja", sagte er schließlich. „Ich bin mir beinahe sicher, dass die Kinder nicht für eine Adoption verkauft wurden." Lange starrte sie ihn an, ohne etwas sagen zu können. Allein die Vorstellung..! Sie schluckte, wollte etwas erwidern, doch kein vernünftiges Wort verließ ihre Lippen. Peter schaute zu dem bedeckten Himmel hoch, der keinen Lichtstrahl die Erde berühren ließ.

„Wir müssen mit den Darsons sprechen. Wir benötigen Antworten, die man uns nicht so ohne weiteres geben wird. Ich erarbeite ein Dokument, welches sie aus Versicherungsgründen auszufüllen haben. Die Fragen werden so gestellt sein, dass man nicht auf den Gedanken kommt, dass wir in eigener Sache ermitteln. Ich werde die Darsons bitten, dem Institut die Fragen zu übermitteln."

„Nicht so schnell! Welchem Institut sollen diese Fragen gestellt werden?" Peter sah sie an. Ein Teil ihres hübschen Gesichtes wurde von der Außenlampe erhellt.

„Delany's Bestattungsinstitut, die sich um die Rückführung der Leichen, die Corrigan zurückfliegen ließ, gekümmert haben", erklärte er. Stirnrunzelnd fragte sie nach kurzer Überlegung: „Warum denken Sie, hat er sie nicht in den Staaten aus dem Weg geräumt?"

„Wohl, weil dort alles mit rechten Dingen zugegangen ist. Möglicherweise ist es einfacher hier mit ihnen ein Katz und Mausspiel zu treiben." Er zuckte mit den Schultern.

„Sie können das den Darsons nicht zumuten. Sie glauben, Toby ist noch am Leben. Sie glauben, Sie werden ihn zurückbringen", setzte sie hinzu.

„Ich habe nichts dergleichen gesagt", entgegnete Peter scharf.

„Aber Sie haben es so verstanden, wie wir alle." Ihre Augen blitzten herausfordernd. „Wir sind keine Juristen, wir verstehen Ihre Andeutungen nicht. Wir sind Nordiren", fügte sie stur an. Peter wandte sich halb von ihr ab.

„Wenn die Darsons es nicht tun können, werde ich es selbst bewerkstelligen", erwiderte er schnippisch.

„Was?" Helena traute ihren Ohren nicht. „Und wie möchten Sie das anstellen? Hinein marschieren, sich als britischer Staatsanwalt vorstellen und erklären, dass Sie einige Fragen wegen des toten Toby Darson hätten? Man wird Ihnen kein Wort sagen. Schweigepflicht, richtig?"

„Ich werde keine Fragen stellen", entgegnete er ihr ebenso entschlossen.

„Wie, Sie werden keine Fragen stellen?"

„Es wird niemand da sein, wenn ich ihnen einen Besuch abstatte", klärte er sie nüchtern auf und öffnete dabei das Gartentor.

„Das ist doch nicht Ihr Ernst, oder?" Helena blieb wie angewurzelt stehen und sog scharf die Luft ein. „Sie möchten bei Delany einbrechen?! Das kann ich nicht glauben! Sind Sie denn von allen guten Geistern verlassen?" Peter sah ihr ins Gesicht.

„Nennen Sie mir eine andere Möglichkeit. Wenn ich die Darsons nicht heranziehen kann, muss ich auf anderem Wege an die Antworten kommen. Ich kann niemand anderen hinschicken, ohne dass es verdächtig aussehen würde. Also, welche Möglichkeit besteht noch?"

„Glauben Sie nicht, ich werde zulassen, dass Sie sich in Gefahr bringen!" Ihre Wangen röteten sich.

„Wie möchten Sie mich denn aufhalten?", wollte er wissen und klappte mit einer herausfordernden Bewegung den Kragen hoch.

„Ich werde mit Inspektor Hardcourt sprechen", erwiderte sie knapp. Peters Augen blitzen gefährlich.

„Sie möchten mich verraten?"

„Ich möchte Sie vor einer riesigen Dummheit bewahren", berichtigte sie ihn aufgebracht.

„Das werden Sie nicht tun", knurrte er.

„Sie trauen es mir nicht zu? Ich denke, der Inspektor wird glücklich sein, Sie hinter Gitter zu wissen." Sie schritt entschlossen durch das Gartentor zum Wagen. Peter folgte ihr zähneknirschend.

„Es besteht keine andere Möglichkeit. Sie wissen selbst, dass die Zeit läuft." Helena drehte sich zu ihm um. Ihr Gesicht wurde von der Außenbeleuchtung erhellt.

„Es gibt nur einen Weg mich aufzuhalten", erklärte sie dann. Auf ihren vollen Lippen lag ein verschmitztes Lächeln. Ihre Haut schimmerte in dem fahlen Licht wie Samt. Er wollte sie berühren, ihre Lippen küssen... Wütend über sein elendes, fruchtloses Verlangen ballte er seine Hände zu Fäusten und fauchte sie an: „Und wie lautet dieser?"

„Entweder nehmen Sie mich mit oder ich werde alles ausplaudern. Sie haben die Wahl."

„Das ist pure Erpressung!", fuhr er sie an. „Ich schenkte Ihnen mein Vertrauen!"

„Den Teufel haben Sie! Denken Sie, ich lasse Sie da allein hinein marschieren? Dieses Mal werde ich nicht nach Ihren Spielregeln spielen, Dr. Forgerson. Es war wohl das einzige Mal, dass Sie diesen Fehler machten und Ihre Gedanken unbedacht aussprachen. Und Ihr Gesichtsausdruck zeigte deutlich, wie schwer Sie es bereut haben. Damit wir uns klar sind: Entweder komme ich mit, oder Sie wandern ins Gefängnis. Denn ich werde erfahren, wann Sie diesen Einbruch durchziehen wollen und dann schlage ich zu." Peter wollte ihr etwas entgegen schleudern, hielt jedoch mitten im Satz inne. Helena folgte seinem Blick. Ian schloss die Tür hinter sich und kam auf sie zu.

„Frauen!", seufzte er und hob theatralisch die Hände gegen den Himmel. „Sie hatte den Regler falsch eingestellt. Sie weigert sich strikt sich mit der Technik des heutigen Jahrhunderts auseinanderzusetzen. Wir müssen ihr lernen, einfache Dinge selbst in die..." Verdutzt hielt er inne und musterte beide, die sich böse anfunkelten.

„Sie haben die Wahl", wiederholte Helena und nahm ihre Augen nicht von Peter.

„Ich werde eine andere Möglichkeit finden", entgegnete er ihr kalt.

„Tun Sie das. Sollten Sie jedoch Ihr Vorhaben ohne mich in die Tat umsetzen, werden Sie es schwer bereuen."

„Ich rate Ihnen, mir nicht zu drohen, Miss Artkinson“, warnend hob Peter die Hand.

„Ich habe keine Angst vor Ihnen, Sir. Ab jetzt werde ich Sie auf Schritt und Tritt beobachten. Mir entgeht nichts.“ Entschlossen öffnete sie die Wagentür und stieg ein. Ian schaute Peter fragend an. Doch er erhielt keine klärende Antwort. Schulterzuckend folgte er seiner Schwester. Peter wartete bis sich der Wagen in Bewegung setzte.

„Verflucht soll sie sein!“, zischte er aufgebracht und stapfte zurück ins Haus.

„Wie spät ist es?", erkundigte sich Helena und kramte in einer Tasche nach ihrer Thermoskanne. Peter probierte das Zifferblatt auf dem Armaturenbrett des alten Ford Fiestas zu entziffern.

„Halb Zwölf", antwortete er und versuchte sich bequemer hinzusetzen.

„Der Wachmann dreht jede volle Stunde eine Runde. Das ist sicher." Endlich hatte sie die Flasche gefunden und zog sie heraus. „Aber wir haben noch keine Hunde gesehen", fuhr sie fort und schraubte den Deckel ab.

„Sie haben Hunde, keine Sorge. Sie sind im hinteren Teil beim Verwaltungstrakt untergebracht." Peter sah ihr zu, wie sie den heißen Kaffee in den Becher goss. Der Dampf stieg nach oben und erfüllte das Auto mit seinem Duft. „Es sind zwei Deutsche Schäferhunde. Es gilt sich von ihnen fern zu halten." Er nahm den Blick von ihr und behielt weiter die Straße im Auge. Nichts Ungewöhnliches war zu sehen. Es bot sich ihnen das gleiche Bild wie gestern, als er sich hier inkognito herumtrieb, um die Lage zu erkunden. Nachdem er erfahren hatte, dass alles geschäftliche des Delany Bestattungsinstitutes sich in Belfast abspielte, musste er sich Helena geschlagen geben. Jedem im Ort wäre aufgefallen, wenn er sich länger als ein paar Stunden außerhalb ihrer Reichweite aufgehalten hätte. Also musste er kapitulieren.

Früh morgens war er nach Belfast gefahren und stattete dem Polizeihauptquartier einen Besuch ab. Den ganzen Vormittag führte er dann zwei Zivilfahnder, die Inspektor Hardcourt auf ihn angesetzt hatte, an der Nase herum, bis er sich schließlich langweilte. Ohne große Schwierigkeiten schüttelte er sie ab, zog sich um und verschwand in verschiedenen dubiosen Pubs, bis er mit einem Autoschlüssel und ein paar hundert Pfund weniger wieder auftauchte. Seitdem war er glücklicher Besitzer eines alten, von Rost übel zugerichteten Fiesta, dessen ursprüngliche Farbe nur noch zu erahnen war. Den Rest des Tages hatte er mit Besorgungen und Vorsichtsmaßnahmen verbracht, bis er Helena von einem spontan vereinbarten Treffpunkt abgeholt hatte. Sie fuhren schweigend nach Belfast und suchten sich einen geeigneten Standpunkt vor dem Beerdigungsinstitut. Erst jetzt sprach er sie an.

„Ich hoffe Sie haben Vorkehrungen getroffen. Es könnte richtig Ärger geben, wenn Ian erfährt, dass Sie mit mir nach Belfast gekommen sind."

„Keine Sorge, Dr. Forgerson, ich habe meine Hausaufgaben gemacht, genauso, wie Sie es mir auftrugen. Alle glauben, ich besuche eine Freundin hier in Belfast. Und ich habe sie geimpft, das auch zu bestätigen, falls irgendjemand nach mir fragen sollte. Es ist alles in Ordnung." Peter war von dieser Vorsichtsmaßnahme nicht gerade begeistert. Er fand sie sogar gefährlich. Bevor er sich aber darüber ausließ, bat er um eine Tasse aus ihrer Thermoskanne. Ein Schluck genügte vollkommen, um ihm zu versichern, dass ihre Begleitung ein unverzeihlicher Fehler war.

„Was ist das für ein grässliches Zeug?", keuchte er und gab ihr angewidert den Becher zurück.

„Ich dachte echte Detektive benötigen einen starken Kaffee", erwiderte sie und trank demonstrativ davon.

„Hören Sie sofort auf damit!", zischte er, „oder möchten Sie hier Suizid begehen? Dieses Getränk ist tödlich!"

„Das ist es nicht!" Herausfordernd streckte sie ihm ihr Kinn entgegen. „Sie besitzen keinerlei Sinn für Romantik", monierte sie und trank schmollend noch einmal.

„Ich wüsste nicht, was bei der Aktion romantisch sein soll. Falls etwas schief geht, sitzen wir tief in der Tinte. Also packen Sie dieses Herzinfarkt fördernde Getränk weg." Mürrisch schüttete sie den Kaffee zurück in die Kanne, wischte dann Becher und Kanne sorgfältig mit einem Tuch ab und verstaute sie in einer Plastiktüte.

„Der Wachmann müsste jetzt bei den Büros angelangt sein", bemerkte Peter nun etwas ruhiger. In versöhnlicher Stimmung drehte sie sich zu ihm um. Ihre Augen hielten ihn im Bann. Ihm war, als würde sie in seine Seele sehen. Sofort wandte er sich von ihr ab.

„Er sollte jetzt auf dem Weg zu den Garagen sein." Seine Stimme klang belegt. Wut stieg in ihm auf. Was war er doch für ein Idiot! Wie konnte er sich solche Gefühle erlauben? „Warten wir noch zwei Minuten." Seine Hand suchte in der Jackentasche nach dem neu erworbenen ‚Schlüsselset'. Danach griff er sich die Taschenlampe. Er sah wieder zu Helena. Diesmal war sein Blick kalt. „Sind Sie bereit?" Alle Wärme war aus seiner Stimme gewichen. Helena runzelte frustriert die Stirn. Er hörte sich wie der Staatsanwalt an, den sie zu Beginn kennengelernt hatte. Kalt und unnahbar. Was war nur los mit ihm? Einen Moment flackerte das Feuer in ihm und im nächsten wurde er wie Eis aus der Arktis, so als ginge ihm die ganze Sache nichts an. Er empfand etwas für sie, da war sie sich tausendprozentig sicher. Warum sträubte er sich so dagegen? Er musste doch wissen, dass sie ihm nicht abgeneigt war. So blind konnte er doch nicht sein. Oder doch? Hatte er Angst vor einer Zurückweisung, wenn er sie berührte? Peter unterbrach ihr Grübeln.

„Lassen Sie uns beginnen. Okay?" Er öffnete lautlos die Wagentür und schlüpfte hinaus. Helena folgte ihm leise.

„Was ist das Strafmaß für Einbruch?", wisperte sie.

„Eineinhalb bis fünf Jahre, je nach Schwere der Tat", antwortete er ungerührt und ließ die Straße nicht aus den Augen. Mit gemischten Gefühlen zog Helena die schwarze Wollmütze tiefer in die Stirn. Sobald er sicher sein konnte, dass die Luft rein war, ließen sie ihre Deckung fallen und schlichen über die Straße, bogen um eine Ecke und gelangten ungesehen zum Eingang des Bestattungsinstituts. Er benötigte keine zehn Sekunden, um das Schloss zu öffnen. „Billig", knurrte er, gab ihr ein Zeichen und gleich darauf waren sie im Inneren des Gebäudes verschwunden. Absolute Stille herrschte. Schwerer Lavendelduft lag in der Luft. Die Straßenbeleuchtung tauchte den Gang, dessen zwei Fenster mit schwarzen Vorhängen verdeckt waren, in ein schummriges Licht. Nur schemenhaft war der Flur auszumachen, in dem sie sich befanden. Helena folgte ihm zögernd. Seit sie die Türschwelle überschritten hatten, schlug ihr Herz ein paar Takte schneller. Ihr Weg führte sie entlang durch den kleinen, schmalen Gang. Als sie Peter erreichte, hatte er bereits zwei weitere Türen geöffnet. In seinem Kopf musste der ganze Grundriss des Hauses stecken. Leise öffnete er die Tür und trat in den dahinter liegenden Raum. Ein Schauer lief ihr über den Rücken, doch sie folgte ihm gehorsam. Mitgehangen, mitgefangen. Sie hörte, wie er die Tür hinter ihr schloss. Nun standen sie in vollkommener Dunkelheit. Es war kühl und ein eigenartiger Geruch hing im Raum. Unsicher streckte sie eine Hand suchend nach ihm aus. Hinter ihr klickte es metallisch. Erschreckt fuhr sie zusammen. Peter hatte das Schloss wieder einrasten lassen. Ihr Herz raste.

„Alles in Ordnung?", fragte er ruhig. Seine Stimme klang, als würde er sie nach dem Weg fragen. ‚Abgebrüht', ging es ihr durch den Kopf.

„Ja", antwortete sie mit ungewollt zitternder Stimme. Peter knipste die Taschenlampe an. Helena musste einen Aufschrei unterdrücken. Sie befanden sich im Verkaufsraum des Beerdigungsinstituts. Mindestens zwanzig Särge in den verschiedensten Ausführungen standen aufgebahrt in einer Reihe. Peter ging zu einigen weißen Kindersärgen hinüber und öffnete zwei davon neugierig. Beide waren sie mit weißem Satin ausgepolstert. Ein kleines, besticktes Kopfkissen lag darin. Nichts Besonderes. Leicht enttäuscht schloss er die Särge wieder und kam zu Helena, die sich seither keinen Inch bewegt hatte, zurück. Ihr Blick fiel auf seine feinen Lederhandschuhe. Sie trug ebenfalls welche. Er hatte es ihr befohlen, noch ehe sie in den Wagen gestiegen war. Ebenso die Mütze, die sie trug. Er verstand sein Geschäft zu hundert Prozent.

‚Eiskalt', ging es ihr abermals durch den Kopf. Sie sah zu, wie er entschlossen den Raum durchschritt und gekonnt eine weitere Türe mit dem Schlüsselbund aufschloss. Wer war dieser Engländer wirklich? Sie dachte an die Szene, als er nach der Entführung seinem Vater begegnet war. Die Angst, die in den dunklen Augen gestanden hatte... Teils so hilflos und dann wieder so tough...

Ungeduldig gab er ihr einen Wink und öffnete die Tür. Helena riss sich von ihren Gedanken los und folgte ihm widerstrebend. Die Tür führte zu einem weiteren kleinen Gang. Erneut entriegelte er ein Schloss und sie hatten ihr Ziel erreicht. Das Büro. Peter leuchtete den Raum ab. Regale waren mit Aktenordnern und Büchern gefüllt. Ein großer Aktenschrank stand an der gegenüberliegenden Wand. Zum Hinterhof ging ein Fenster, das zwei schwere dunkelrote Vorhänge aus Brokat verhingen. Ein großer Schreibtisch aus Kirschholz befand sich in der Nähe des Fensters. Zwei passende Stühle mit hohen Lehnen standen davor. Die Schreibtischoberfläche teilte sich ein Stapel Aktenordner und ein Computer. Peter zog den Schreibtischsessel heraus, schaltete den Computer ein und fuhr ihn hoch. Wie immer stellte das System die gewohnte Frage nach dem Code. Stirnrunzelnd sah er sich im Zimmer um.

„Alles in Ordnung?", fragte Helena unbehaglich. Er schaute ihr kurz ins Gesicht, wandte sich dann ohne zu antworten von ihr ab und begann einige Zahlenreihen einzugeben. Es dauerte einige Minuten, die ihr wie Jahre erschienen, bis sich etwas auf dem Monitor tat. Endlich war der Code geknackt. Zögernd trat sie an den Schreibtisch und folgte seiner Suche nach Informationen. Weitere wertvolle Minuten verstrichen.

„Glauben Sie, es ist richtig, was wir hier tun?" Peter hielt den Blick auf den Bildschirm gerichtet.

„Wie Sie wissen, Miss Artkinson, begehen wir gerade eine Straftat. Bei einem Prozess können diese Informationen nicht verwendet werden. Also bleibt es dahingestellt, ob es richtig oder falsch ist. Es ist müßig sich darüber Gedanken zu machen." Standpauke erhalten. Wütend presste Helena die Lippen zusammen und verbiss sich eine spitze Bemerkung. Sie wollte hier raus. Egal, was es zu finden gab. Sie hatte das Ganze satt. Peter fütterte den Computer weiter. Doch er wollte ihm nicht die Information geben, wegen welcher er gekommen war. Er nahm die Taschenlampe vom Schreibtisch, knipste sie an und ließ den Strahl suchend durch den Raum gleiten.

„Wir sind schon viel zu lange hier. Langsam sollten wir wirklich gehen."

„Ich bin noch nicht fertig", entgegnete er ihr und erhob sich.

„Der Wachmann könnte jederzeit..."

„Wir liegen noch sehr gut im Zeitplan, Miss Artkinson, machen Sie sich keine Sorgen." Peter studierte kurz seinen Satz Schlüssel, entschied sich für einen und schloss den Aktenschrank auf. Ein Kasten mit CDs und USB-Sticks befand sich darin, wo sich sonst Akten türmten. Systematisch ging er den Satz durch, zog zwei USB-Sticks heraus und setzte sich abermals hinter den Schreibtisch. Unruhig trat Helena von einem Bein aufs andere. Wieder bestand die Frage nach dem Code, doch dieses Mal war Peter schneller. Endlich erschien das, wonach er suchte.

„Bingo", murmelte er und las, was der Bildschirm ihm anzeigte. Namen und Daten waren darauf verzeichnet. Alle Fahrten, die sie in den letzten zwölf Monaten getätigt hatten, aufgelistet. Darunter auch die der elf verstorbenen Kinder aus der Umgebung. Peter entnahm den Stick und steckte einen neuen an. Auf dem befand sich eine Kalkulationsliste. Nichts Außergewöhnliches. Plötzlich stutzte er. Verschiedene Codes standen unter den Namen der Familien, für die sie den Transport zum Friedhof und die Trauerfeier sie arrangiert hatten. Zuerst ging er davon aus, dass es die Codes zur Abrechnung des ganzen Arrangements, war. Was jedoch nur zum Teil stimmte. Unter der Liste befand sich ein weiterer Code. Peters Augen weiteten sich, als er verstand, was er da vor sich hatte. Eine andere codierte Liste. Fieberhaft versuchte er sich daran, die Zeit schritt dahin. Kurz bevor er aufgeben wollte, gab der Computer die Akzeptanz und entschlüsselte den Code. Ihm blieb beinahe die Luft weg. Der Code war der tatsächliche Betrag, den sie für ihre Dienste erhalten hatten. Bei den sieben Kinderleichen handelte es sich um je eine sechsstellige Summe. Helena war hinter ihn getreten und starrte auf den Bildschirm.

„Ist es das, was Sie suchten?" Ihr sagten die Zahlen nicht sonderlich viel. Peter nickte langsam, kopierte die Datei auf eine CD, schloss das Programm, nahm die CD an sich, entfernte den USB-Stick und fuhr den Computer herunter. Schnell verstaute er die USB-Sticks wieder in der Kiste, schloss den Schrank und sperrte ihn ab. Vor seinen Augen nahm ein Plan Gestalt an. „Gut, dann lassen Sie uns von hier verschwinden." Helena stand schon bei der Tür und hatte sie, ohne auf ihn zu warten, geöffnet.

„Leise", mahnte er und lauschte angestrengt. Schnell sperrte er ab und suchte sich den Weg zurück zum Verkaufsraum. Sie hatten den Raum schon halb durchquert und Peter war gerade im Begriff die Taschenlampe anzuknipsen, als sie ein Geräusch hörten. „Verflucht!", zischte er und griff nach Helenas Handgelenk.

„Was...", stotterte sie angsterfüllt. „Es ist noch nicht ein Uhr, oder haben wir uns verspätet?"

„Scht!" Peter zog sie in eine Ecke des Raumes und nötigte sie sich zu bücken. „Kriechen Sie unter den Vorhang. Und keinen Mucks!", befahl er barsch. Helena zitterte am ganzen Körper. Allein der Gedanke unter einem Tisch zu kauern auf dem ein Sarg stand, schnürte ihr die Luft ab.

„Ich kann nicht!", wisperte sie verzweifelt.

„Beim Zeus!" Peter ergriff grob ihre Hand. „Hören Sie mir zu, Miss Artkinson, es ist jetzt nicht die richtige Zeit für Feinfühligkeit. Auf diesem Tisch befindet sich nur ein Stück Holz. Es gibt keinen Grund darüber beunruhigt zu sein. Okay?" Helena nickte zögernd. „Wenn ich pfeife, dann rennen Sie, was das Zeug hält, zur Tür, verstanden?" Er deutete in die Richtung, in der die Eingangstür lag. Sie nickte hilflos. Schweiß stand auf ihrer Stirn. Sie zitterte am ganzen Leib. Ihre Lippen formten Worte, die jedoch unausgesprochen blieben. „Los jetzt!" Voller Abscheu kroch sie unter den Sarg. Verflucht sei Forgerson! Wie konnte er nur so idiotisch sein und sie mit hierher bringen?!

Die Tür wurde entriegelt. Helena ballte ihre Hände zu Fäusten und begann still zu beten. Peter hatte sich stattdessen hinter einem schmalen Vorhangschal in der Nähe der Tür verschanzt. Die Tür wurde geöffnet und das Flurlicht bildete einen hellen Kegel auf dem Boden des Ausstellungsraums.

„Mir war, als hätte ich Licht gesehen", hörte er eine Stimme, die eindeutig zu einem Mann gehörte. Peter biss sich auf die Unterlippe. Es gab nur zwei Möglichkeiten. Entweder warten, bis die Person den Raum wieder verlassen hatte und sich dann vom Acker machen, oder zum Angriff übergehen. Die letzte Möglichkeit gefiel ihm überhaupt nicht.

„Sieh mal im Büro nach, Bob. Ich kümmere mich derweilen um den Kühlraum", forderte eine andere Stimme den Wachmann auf. Peter schluckte trocken. Die angesprochene Person durchquerte den Raum. Peter hörte, wie sich der Schlüssel im Schloss drehte und die Tür aufgestoßen wurde. Das Licht wurde angeknipst.

„Ich denke, es war jemand hier!", rief der Wachmann aufgeregt. Peter zermarterte sich das Gehirn, was er übersehen hatte. Er konnte sich keinen Reim darauf machen. Egal. Blieb also nur Möglichkeit zwei. Eilig löschte der Wachmann das Licht, verließ das Büro, drehte sich zur Tür und verschloss sie wieder. Peter atmete nochmals tief ein, umklammerte die Taschenlampe und sprang aus seinem Versteck. Gleichzeitig pfiff er scharf durch die Zähne und holte aus. Bevor der Wachmann reagieren konnte, hatte Peter ihn mit einem Schlag auf den Hinterkopf niedergestreckt. Helena kam wie ein Blitz aus ihrem Versteck geschossen. „Damn it!", fluchte Peter zähneknirschend, kniete nieder, und suchte den Puls am Hals des Wachmanns. Erleichtert spürte er das Blut gleichmäßig durch die Adern pulsieren. Schritte waren auf dem Gang zu hören. Der zweite kam zurück.

„Bob?"

Peter packte Helena, die unsicher neben ihm stand, unwirsch am Arm und rannte zur Tür. Der zweite Wachmann sah gerade noch, wie beide durch den Eingang stürmten.

„Bob!", schrie er entsetzt aus, lief zu seinem Kollegen und beugte sich über ihn. Nachdem er sich vergewissert hatte, dass er noch am Leben war, nahm er die Verfolgung auf.

Peter und Helena hatten bereits schweratmend den Fiesta erreicht, doch ihr Vorsprung war schnell zusammen geschmolzen. Ihr Verfolger musste Sprinter gewesen sein. Hundert Yards auf elf Sekunden.

„Stehen bleiben oder ich schieße!", schrie er ihnen nach.

„Beim Zeus!", keuchte Peter außer Atem und knallte die Autotür zu. " Das Wachpersonal besitzt keine Waffen", brummte er und drehte den Schlüssel im Schloss. Der Motor heulte auf. Doch das alte Auto benötigte ein paar Sekunden, bis es in die Gänge kam. Peter sah zu dem Wachmann, der mit einer Pistole auf sie gerichtet immer näher kam. Entsetzt riss er die Augen auf. Das konnte nur ein Alptraum sein! „Komm schon!", schrie er den Wagen an. Schweißperlen standen auf seiner Oberlippe. Endlich kam das Auto auf Touren. Der Wagen machte einen Satz. Die Reifen quietschten laut und drehten durch. Peter trat aufs Gaspedal. Sie hörten einen Knall hinter ihnen und im selben Moment zerbarst die Heckscheibe in tausend Scherben. Helena schrie panisch auf. Er hatte tatsächlich auf sie geschossen! Ernüchtert gab Peter Gas, raste über die Kreuzung und bog in eine Seitenstraße ein. Sirenengeheul war zu hören.

„Sie werden uns kriegen!", kreischte Helena hysterisch. Peter bog um eine weitere Ecke. Sein Herz schlug ihm bis zum Hals. Das Sirenengeheul wurde lauter. Hinter einem großen Müllcontainer stoppte er den Wagen. Sorgsam wischte er das Lenkrad und Armaturenbrett ab und griff nach der Tüte mit der Thermoskanne.

„Raus hier!", blaffte er und sprang aus dem Wagen. Wie hypnotisiert folgte Helena seiner Anweisung. Schnell sperrte er das Auto zu und warf Tüte und Schlüssel in den Container. Dann packte er ihr Handgelenk, zog sie um eine Ecke und rannte eine verlassene Gasse entlang. Ihre Schritte hallten durch die Straße. An einem Haus, das unbewohnt wirkte, führte eine alte, rostige Feuerleiter zum Dach.

„Hier rauf!", zischte er und deutete auf die Leiter. Helena sah ihn kurz an, ergriff die erste Sprosse und kletterte mit weichen Knien die Leiter hoch. Sie hatten kaum das Dach erreicht, als ein Streifenwagen mit hoher Geschwindigkeit in die Gasse einbog und mit den Scheinwerfern die schmutzige, verlassene Straße erhellte. Das rotierende Blaulicht spiegelte sich gespensterhaft in den dunklen Fenstern der Häuser.

„Hier spricht die Polizei", tönte es laut aus ihrem Megaphon. „Wir haben das Gelände umstellt. Kommen Sie mit erhobenen Händen langsam heraus und es wird Ihnen nichts geschehen."

„Sie werden uns erwischen!", jammerte Helena und starrte auf die Polizisten unter ihnen. Seine Augen glitzerten unheilvoll.

„Beim Zeus! Reißen Sie sich endlich zusammen!!" Ungeduldig schob er sich an ihr vorbei. Sie hatten sich bis zum First hochgearbeitet. Entschlossen packte er wieder ihr Armgelenk und zog sie hinter sich her. Ohne auf ihren Protest zu achten, kletterte er über das Dach und ließ sich bis auf zwei Yards herunter gleiten. Schmerzhaft stieß sie sich an den scharfen Kanten der Dachplatten. Der Schmerz zog sich über den Ellbogen hinauf zur Schulter. Schluchzend riss sie an seiner Hand, doch er ignorierte sie vollkommen. Ungerührt zerrte er sie weiter das Dach entlang, bis sie den niedrigereren Teil erreicht hatten. Zweieinhalb Yards trennten sie vom Erdboden.

„Springen Sie!", befahl er barsch.

„Ich, ich kann nicht!", wimmerte Helena in Tränen aufgelöst.

„Springen Sie!", knurrte Peter. „Wir haben keine Zeit für solche Spiele, Miss Artkinson, verstanden?" Helena sah flehend in sein Gesicht. Sein Blick war eiskalt. Ihre Nackenhaare sträubten sich. Eine Gänsehaut lief ihr den Rücken hinunter. Sie schüttelte sie entschieden den Kopf. „Wenn Sie nicht springen, werde ich Sie stoßen!", fuhr er sie an und hob eine Hand. Erschrocken wich Helena zurück, strauchelte und verlor dabei das Gleichgewicht. Unsanft landete sie auf dem harten, unebenen Boden. Sie hörte, wie Peter neben ihr aufkam. „Alles in Ordnung?", fragte er kurz.

„Ich..." Peter wartete keine Antwort ab und zog sie auf die Beine.

„Weiter!", drängte er und mehr recht als schlecht schleifte er sie in eine Seitenstraße. Schnelle Schritte, das Geklapper von Absätzen in ihre Richtung, wurden immer lauter. Peter hatte wieder ihr Armgelenk umfasst und schleppte sie zum nächstbesten Haus, dessen Fenster dunkel waren. In Windeseile knackte er das Schloss und stieß sie hinein. Es roch muffig nach Moder und Staub. Spinnweben verhingen sich in ihren Haaren. Seine Augen hatten sich schnell an die Dunkelheit gewöhnt. Immer noch umschloss seine Hand die ihre.

„Kommen Sie mit", flüsterte er und stieg die Treppe hoch, ohne sie los zu lassen. Die Stufen knarzten bedrohlich unter ihren Füßen. Das Geländer lag halb abgerissen im Flur. Eine Zentimeter dicke Staubschicht bedeckte das Innere des Gebäudes. Auf der Straße wuchs das Aufgebot an Polizisten. Durch den Lärm geweckt gingen in den Nachbarhäusern die Lichter an und erhellten so die verlassenen, heruntergekommenen Räume des alten Hauses. Irgendetwas huschte über den staubbedeckten Boden.

„Ratten!", schoss es ihm sofort durch den Kopf. Wie zur Salzsäule erstarrt blieb er stehen. Er sog tief die muffige Luft ein. Kalter Schweiß stand ihm auf der Stirn. Sein Herz hämmerte gegen den

Brustkorb. Jetzt nur nicht die Nerven verlieren! Peter fuhr sich mit der Zunge über die ausgedörrten Lippen.

„Sie werden uns kriegen", wimmerte Helena kleinlaut. Peter zog sie näher an sich heran und lockerte endlich den Griff.

„Wenn wir es nicht wünschen, werden sie es nicht tun", erwiderte er überzeugt.

„Sind Sie sich da so sicher?", verzagt schüttelte sie den Kopf. Ihre Stimme war unstet. Er ließ sie los und berührte sie sanft an den Schultern. In seine Augen trat ein warmer Glanz.

„Davon bin ich vollkommen überzeugt", versicherte er ihr überzeugt. Vorsichtig trat er ans Fenster und sah hinaus. Helena folgte ihm zögernd. Er spürte ihren warmen Körper hinter sich. Beide beobachteten sie die drei Polizeifahrzeuge, die hintereinander aufgereiht auf der Straße standen. Die Türen der Autos öffneten sich und spuckten sechs Polizisten in Uniform aus. Wohnungsfenster wurden geöffnet. Neugierige Silhouetten verdeckten das Licht, das durch die Fenster auf die Straße fiel.

„Haben Sie zwei Gestalten hier entlang laufen sehen oder gehört?", rief einer der Beamten den Schaulustigen zu.

„Nein, nur Sie machen so einen Krach", grummelte eine Frau im Morgenmantel und zerzaustem Haar. Ein zweiter Beamter war die Straße auf- und abgelaufen und sprach nun ins Funkgerät. Zwei Polizisten hielten auf der Straße Ausschau. Erst jetzt war ihnen das unbewohnte Haus aufgefallen. Einer der Polizisten deutete zu seinem Kollegen, der sogleich herüber kam. Helena vergrub ihr Gesicht an Peters Schulter. Sofort zog einer der Officer die Waffe und ging zielstrebig auf das Haus zu. Der zweite bedeutete seinem Kollegen ihm zu folgen.

„Wir müssen weiter", flüsterte Peter und griff nach ihrer Hand. Er hörte, wie unten an der Tür gerüttelt wurde. Schnell durchquerte er den Raum. Verschreckt stob das Viehzeug zu ihren Füßen auseinander.

„Was ist das?", verlangte Helena leise zu wissen.

„Ratten", antwortete Peter durch zusammengebissene Zähne. Seine Muskeln verkrampften sich. Lautlos öffnete er die Tür, die in einen Raum zum Hinterhof führte. „Wir verschwinden über dem Hinterhof", erklärte er ruhig. Durch ein völlig verdrecktes Fenster fiel nur schwaches Licht. Vorsichtig schob er die Finger unter dem Fensterrahmen und zog ihn hoch. Das Geräusch, das er machte, kam ihm so laut vor, als könnte man es in ganz Belfast hören. Er ließ

Helena als erstes durch das Fenster klettern und kam dann nach. Vorsichtig schloss er den Rahmen, als ein lauter Knall sie zusammenfahren ließ.

„Was war das?", wisperte Helena und begann wieder zu zittern. Ihre Augen waren vor Angst geweitet.

„Sie haben die Tür aufgebrochen", entgegnete Peter und sprang von der Brüstung auf das Garagendach. Helena zögerte dieses Mal nicht. Wie zwei Katzen balancierten sie darüber und kletterten daraufhin einen Stapel Holzpaletten herunter.

„Wo sind wir?", wollte Helena wissen und rieb sich ihre Hände an den Hosenbeinen ab. Peter deutete zu dem großen dunklen Gebäude gegenüber.

„Wenn ich mich nicht irre, müsste das Gebäude eine Druckerei sein. Kommen Sie mit!" Sie liefen leise über den kleinen Hof und verschwanden durch einen Häuserdurchgang. Peter zeigte auf eine Steinmauer, die ein dahinter liegendes Feld abgrenzte.

„Wir müssen über die Mauer. Hinter ihr liegt ein Feld, das wiederum an einen Wald angrenzt. Sobald wir den Wald erreicht haben, dürften wir aus der Gefahrenzone sein." Helena nickte zustimmend. Erneut waren Sirenen zu hören. Als zwei dunkle Schatten huschten sie über die Straße und sprangen über die moosüberwachsene alte Steinmauer. Ein Polizeifahrzeug mit Blaulicht kam die Straße entlang. So eng wie möglich drückten sie sich gegen das alte Mauerwerk und versuchten mit dem Schatten eins zu werden. Ihre Herzen rasten. Sie hatten die Augen geschlossen und hörten ihre schnellen Atemzüge. Wenn sie jetzt entdeckt würden, war alles verloren! Das Fahrzeug hielt einige Yards von ihnen entfernt an. Peter biss sich auf die Unterlippe und lauschte angestrengt. Er wagte es nicht seinen Blick zu heben. Der Suchscheinwerfer malte ein gespenstisches Licht in die Nacht. Eine Autotür wurde geöffnet. Helenas Fingernägel gruben sich trotz der Handschuhe schmerzhaft in ihr linkes Handgelenk, das sie umklammert hielt. Schritte kamen näher. Der Lichtkegel einer Taschenlampe fiel über die Mauer. Sie waren geliefert! Peter biss die Zähne zusammen und schloss die Augen, damit man das verräterische Weiß nicht sehen konnte.

„Was entdeckt?", rief jemand vom Wagen herüber.

„Nein, Sir!", antwortete die Person mit der Taschenlampe. Der Lichtkegel verschwand. Peter wollte den Worten kaum Glauben schenken. Die Schritte entfernten sich. Eine Autotür wurde zugeschlagen und der Wagen fuhr davon.

„Alles in Ordnung?", fragte Peter und erhob sich. Helena kauerte immer noch an der Mauer. Ihre Augen waren geschlossen. Leise zählte sie ihre Atemstöße, als sie seine Hand auf ihrer Schulter spürte. „Miss Artkinson?" Langsam sah sie auf. „Ist der Alptraum vorbei?"

Peter schüttelte den Kopf. Ihr Magen zog sich schmerzhaft zusammen.

„Sie können jederzeit zurückkommen. Und ich denke, dass sie das auch tun werden, sobald sie unsere Spuren entdeckt haben. Möglicherweise setzen sie Hunde ein. Wir sollten den Rückzug antreten." Er reichte ihr die Hand und zog sie auf die Beine. Erneut war Sirenengeheul zu hören. „Also los!" Sie rannten so schnell, wie es die Dunkelheit zuließ, über das Feld. Ein Bach trennte Wald und Wiese.

„Ziehen Sie die Schuhe aus", befahl er leise und setzte den Befehl selbst in die Tat um. Helena folgte ihm. Sie hatte keine Kraft mehr zu argumentieren. Wenn er es so wollte, dann tat sie es eben. Er würde wissen, was er tat. Das hoffte sie zumindest. Das Wasser war eiskalt. Peter reichte ihr die Hand. Ein falscher Tritt auf den glitschigen Steinen und sie würden im Wasser landen.

„Vorsichtig", ermahnte er sie, als er spürte, wie sie ausrutschte.

„Einfach gesagt!", fauchte Helena und stieß sich die Zehen an einem Stein. Mit zusammengebissenen Zähnen verfluchte sie ihn. Trocken erreichten sie das gegenüberliegende Ufer. Schnell schlüpfte er in seine Schuhe. Ungeduldig wartete er auf sie, bis sie ihre angezogen hatte, dann nahm er wieder ihre Hand. Im Wald war es stockdunkel.

„Wissen Sie denn, wohin Sie laufen?", fragte Helena voller Angst.

„Verlassen Sie sich einfach auf mich", antwortete Peter.

„Sie sind Engländer", kommentierte sie und damit war alles gesagt. Sie durchkreuzten weiter den dunklen Wald. Helena hatte aufgegeben sich zu orientieren. Es war hoffnungslos. Sie konnten überall sein. Im schlimmsten Fall würden sie der Polizei in die Arme laufen. Auf einer Lichtung blieb er plötzlich stehen. Über ihnen erhellte der halbvolle Mond das Firmament.

„Haben Sie sich jetzt verlaufen?", fragte Helena anklagend und zog ihre Hand aus der seinen. Peter sah sie ausdruckslos an.

„Ich dachte, Sie kennen den Weg", erwiderte er brüsk.

„Wie?!" Helena schoss die Röte ins Gesicht. „Sagen Sie jetzt bloß nicht...!", fuhr sie ihn kurz vor einem hysterischen Anfall stehend an. Peter wich ihrem feuerspuckenden Blick nicht aus.

„Kommen Sie mit, wir wollen doch hier keine Wurzeln schlagen." Ohne auf ihre Reaktion zu warten, nahm er ihre Hand, drehte sich um neunzig Grad und setzte sich erneut in Bewegung. Aber dieses Mal dauerte es nicht lange. Auf einer Lichtung nicht allzu weit entfernt, tauchte plötzlich ein kleines, unbewohntes Cottage auf. Das Mondlicht spiegelte sich fahl in den staubigen, kleinen Fenstern. Peter zog einen Schlüsselbund aus der Tasche und öffnete die Tür, wie er es bei den Gebäuden zuvor getan hatte. Innen knipste er wieder seine Lampe an. Ohne zu zögern öffnete er die erste Tür am Gang und leuchtete hinein.

„Bitte treten Sie ein, Miss Artkinson." Helena zögerte.

„Woher wussten Sie von der Hütte?" Peter betrat den Raum, in dem sich nur ein alter Tisch und zwei ebenso alte Stühle befanden. Zielstrebig ging er zu einer Ecke und hob eine Reisetasche, die dort abgestellt worden war, auf den Tisch.

„Für wie blauäugig halten Sie mich eigentlich?", fragte er gekränkt, stellte die Lampe neben die Tasche, so dass sie die Decke beleuchtete und drehte sich dann zu ihr um. „Glauben Sie, ich breche in ein Bestattungsunternehmen ein, ohne mich richtig darauf vorzubereiten? Halten Sie mich wirklich für so einen Stümper?" Sie musterte ihn immer noch im Türrahmen stehend. Langsam schüttelte sie den Kopf.

„Ich dachte, Sie hätten Eliteschulen besucht."

„Eliteschulen?" Peter konnte mit dieser Bemerkung nichts anfangen. „Möchten Sie nicht fortfahren?"

„Sie haben wie ein Profi die Schlösser geknackt", entgegnete sie vorwurfsvoll. „Ich dachte, nun ja, wie sollte ich wissen..."

„Dass ich das Handwerk des Einbrechers beherrsche?" Seine Augen begannen zu glitzern. „Auch in Eliteschulen gibt es fingerfertige Menschen. Und nicht zu vergessen: es gibt in England Vereine, die Schlösser knacken als Hobby betreiben." Peter drehte sich zu der Reisetasche um und zog den Reißverschluss auf.

„Und wie haben Sie das mit dem Auto gehändelt? Die Polizei wird feststellen, wer das Auto gekauft hat."

„Sicher, aber sie werden nach einem ganz anderen Typen suchen. Es gibt keine Spur, die zu uns führt. Seien Sie unbesorgt." Er entnahm der Tasche einen Kulturbeutel, öffnete ihn und reichte ihr ein paar Kosmetiktücher und Creme. „Wir sollten uns langsam wieder salonfähig machen", erklärte er kurz und begann selbst das Makeup zu entfernen. Unschlüssig, mit Kosmetiktüchern und Creme in der Hand stand sie da und schaute ihm zu.

„Sie haben das alles von Anfang bis Ende durch kalkuliert. Mit allen Risiken, die auftreten können."

„Miss Artkinson", seufzte Peter, „ich stehe beinahe jeden Tag vor Gericht, um Verbrecher jeglicher Art hinter Schloss und Riegel zu bringen. Ich kenne die Vorgehensweise dieser Personen und ihre Fehler. Wenn ich so etwas tue und ich möchte hinzufügen, dass dies äußerst selten der Fall ist, dann kann ich mir nicht leisten, dabei erwischt zu werden. Ich denke, das ist Ihnen vollkommen klar. Ich überlasse nichts dem Zufall. Obwohl ich gestehen muss, dass ich dieses Mal einen großen Fehler begangen habe. Man nennt das unkalkulierbares Risiko."

„Und der wäre?" Ihre Blicke trafen sich.

„Ich hätte Sie niemals mitnehmen dürfen. Das war ein schwerer Fehler." Empört öffnete sie den Mund.

„Wie können Sie...", begann sie und verstummte mitten im Satz. Wutschnaubend drehte sie sich auf dem Absatz um und begann sich mit wilden Bewegungen die Schminke aus dem Gesicht zu wischen. Peter zuckte ungerührt mit den Schultern, holte einen Anzug aus der Tasche und war innerhalb von fünf Minuten der Anwalt, den man kannte. Er reichte ihr die Tasche und zog sich dezent in den Flur zurück.

Kurze Zeit später hörte er die Tür knarzen. Mit der Tasche in der Hand stand sie vor ihm. Frisch und kämpferisch, wie er sie kannte.

„Und nun?", wollte sie wissen." Peter deutete zur Tür.

„Lassen Sie uns gehen." Er nahm ihr die Tasche aus der Hand und öffnete vorsichtig die Tür. Nachdem er sich versichert hatte, dass sie allein waren, trat er hinaus, wartete auf sie und schloss hinter ihr ab. Sie gingen um das Cottage herum, bis sie zu einem kleinen Anbau kamen. Peter öffnete auch diesen.

„Warten Sie bitte." Er schob beide Türen auf und ging in den Schuppen. Motorengeräusch war zu hören. Ohne Licht fuhr er den VW Golf heraus und öffnete ihr die Tür. Leise schloss er den Schuppen und verriegelte ihn wieder.

„Und jetzt?", fragte Helena und sah ihn an. Ihr schwirrte der Kopf.

„Wir werden jetzt zurück nach Belfast fahren. Ich muss den Wagen des Richters abholen, den ich zur Überholung in eine Garage gegeben habe." Zufrieden schaltete er das Radio ein und legte den

ersten Gang ein. Der Motor summte und der Wagen setzte sich in
Bewegung.

Sie frühstückten gemütlich in einem kleinen Café, das schon früh
geöffnet hatte. Bevor er zum Polizeirevier fuhr, setzte er Helena bei
ihrer Freundin ab, die sie mit einem Grinsen bis zu den Ohren an der
Tür begrüßte.
Ohne großen Federlesens verließ er nach kurzer Zeit die Polizei,
beladen mit einem schweren Karton und machte sich auf den Weg
zum Krankenhaus.

Als er das Zimmer betrat, hatte Frank gerade das Frühstück beendet. Auf seinem Bett lag die Morgenausgabe der hiesigen Tageszeitung.

„Guten Morgen", begrüßte er seinen Freund. Dabei wurde er auf den Artikel am unteren Teil der dritten Seite aufmerksam. Eine Schlagzeile sprang ihm sofort ins Auge. *Einbruch im Beerdigungsinstitut* stand in großen Lettern geschrieben. Unübersehbar. Die Journalisten arbeiteten schnell. Er spürte Franks Blick auf sich ruhen.

„Ich sagte, du solltest nichts unternehmen, bis ich hier raus bin." Peter hob den Kopf von der Zeitung. Frank war wirklich sauer.

„Warum denkst du, ich bin dort eingebrochen?", entgegnete Peter vorwurfsvoll.

„Wer wäre es sonst gewesen? Falls du es vergessen hast, haben wir über genau dieses Institut gesprochen und wie durch ein Wunder wird heute von einem Einbruch berichtet." Peter sah ihn unschuldig an. Franks Augen funkelten gefährlich. „Warum hast du sie mitgenommen?"

„Sie?", wiederholte Peter perplex. Jetzt wollte er doch wissen, was genau in dem Artikel geschrieben stand. Er nahm die Zeitung auf und las den Bericht durch.

Zwei vermummte Personen waren gestern Nacht in das Bestattungsinstitut eingebrochen. Sie wurden vom Wachpersonal entdeckt und es kam zum Kampf. Einer der Wachen erlitt durch einen Schlag auf den Kopf leichte Verletzungen. Der zweite nahm die Verfolgung auf und sah die beiden Einbrecher das Gebäude verlassen. Die Verdächtigen flohen in einem alten Ford Fiesta, der eine halbe Stunde zuvor als gestohlen gemeldet worden war. Die Spur verlor sich in einer Seitengasse, in der die beiden durch ein Labyrinth alter Häuser entkamen. Durch die frühe Entdeckung der Einbrecher konnte ein Raub verhindert werden.

„Hast du zumindest etwas erreicht?", fragte Frank ohne Umschweife, richtete sich auf und schob das Kopfkissen zurecht. Peter hob die Schultern.

„Ich habe mir zwei CDs mitgenommen", erklärte er kurz. „und bin auf die Aktivitäten des letzten Jahres gestoßen und die tatsächlichen Geldeinnahmen der Beerdigungen von fünf Kindern, die dieses Jahr verstorben sind. Und ich kann dir sagen, sie sind beträchtlich. Die Frage ist nun, woher das zusätzliche Geld stammt, das die Angehörigen in dieser Höhe sicherlich nicht bezahlt haben. Wir sind mit unseren Ermittlungen also noch lange nicht am Ende."
„Und du kannst das alles natürlich nicht beweisen", monierte Frank.
„Nun, ich besitze zwei Kopien der Transaktionen."
„Du weißt, dass sie vor Gericht nicht verwertbar sind, nachdem du sie entwendet hast."
„Ich werde einen Weg finden, mach dir darüber mal keine Sorgen, Frank. Es wäre nicht das erste Mal, dass ich über Umwege zu Beweisen komme."
„Man wird sie nicht anerkennen, das weißt du ganz genau. Du hast uns wieder einen Trumpf genommen."
„Ohne dieses Manöver stünden wir immer noch am Anfang."
„Was wir jetzt nicht tun", herrschte Frank ihn zornig an und nahm ihm die Zeitung aus der Hand.
„Was ist mit dem Ford?"
„Mit dem Ford?" Stirnrunzelnd sah Peter Frank an.
„Den Ford Fiesta, den du zur Tatzeit gefahren hast", erinnerte er ihn ungeduldig.
„Der Fiesta." Peters Gedanken beschäftigten sich mit anderen Dingen. Es dauerte einen Moment, bis er begriff von was Frank sprach. „Ach, der Fiesta! Den habe ich gekauft."
„Gekauft? In dem Artikel stand, dass er gestohlen wurde."
„Ja, sicher. Der Junge ist nicht blöd. Er wollte wohl doppelt Kapital schlagen. Die Polizei wird ihn befragen und wissen wollen, woher er zweitausend Pfund hat. Selbst schuld."
„Kann er dich beschreiben?"
„Mich?" Peter war empört. „Du unterstellst mir wirklich Dummheit!"
Es klopfte an der Tür. Frank sagte automatisch: „Herein." Dr. Ruthland betrat ohne große Begrüßungsfloskeln den Raum.
„Man sagte mir, dass Sie hier wären, Dr. Forgerson. Ich habe etwas, dass Sie wohl interessieren dürfte."
„Ja?" Peter drehte sich zu ihr um und musterte sie argwöhnisch.
„Im St. Malcolme Hospital wurde heute Nacht ein Kind entführt. Es sollte wegen einer Mandelentzündung stationär behandelt werden."

„Entführt?!", wiederholte Peter entsetzt. Frank war sofort aus dem Bett.

„Ja. Soweit ich informiert bin, ist noch keine Lösegeldforderung eingegangen."

„Das wird auch wahrscheinlich so bleiben", knurrte Frank, der den Schrank bereits geöffnet hatte und sich anzog. Missbilligend sah Dr. Ruthland ihm zu.

„Ich glaube nicht, Dr. Barkley, dass sich Ihr Zustand soweit gebessert hat, dass Sie das Krankenhaus verlassen können."

„Ich denke doch", entgegnete er kurz und nahm eine Krawatte aus der Tasche.

„Ich hatte immer den Eindruck, Sie wären vernünftiger als Dr. Forgerson", monierte sie. Peter nahm den Mantel aus dem Schrank und zog den Kleiderbügel heraus.

„Manche Dinge lassen sich nicht aufschieben, Dr. Ruthland."

„Bei Ihnen, Dr. Forgerson, lässt sich absolut nie etwas aufschieben." Schulterzuckend half er Frank in den Mantel. Wütend stemmte sie ihre Hände in die Hüften und blockierte die Tür. Entschuldigend lächelte Frank sie an und reichte ihr die Hand.

„Dr. Ruthland, bitte." Peter beobachtete misstrauisch den Blickaustausch zwischen den Beiden. Er hob an, doch Frank unterbrach ihn mit einem Räuspern und einem warnenden Blick. Mit einem charmanten Lächeln wandte er sich an Dr. Ruthland:

„Es besteht absolut kein Grund zur Sorge. Es geht mir wirklich gut und dafür möchte ich mich vielmals bei Ihnen bedanken."

„Dr. Barkley", setzte Dr. Ruthland an, doch Frank stoppte sie mit einer Handbewegung.

„Dr. Ruthland, wir beide wissen, was passiert, wenn ich Peter jetzt allein gehen lasse."

„Frank!", beschwerte sich Peter aufgebracht. Seine Wangen färbten sich rot. Dr. Ruthland konnte das Argument nicht von der Hand weisen.

„Wir werden uns melden, sobald wir mehr wissen." Er schüttelte ihr nochmals die Hand.

Peter trat zur Tür, öffnete sie und ließ Frank hinaus treten. Doch bevor er ihm folgte, hielt er kurz inne und drehte sich zu ihr um. Mit den Armen über der Brust verschränkt, musterte sie ihn kritisch.

„Danke", sagte er nur. Die Aufrichtigkeit in seiner Stimme berührte sie. Bevor sie etwas erwidern konnte, war er jedoch schon aus der Tür.

Das St. Malcolme Hospital lag am Stadtrand von Belfast. Vor dem großen, grauen Gebäude am Haupteingang standen drei Streifenwagen. Das Blaulicht war abgeschaltet worden. Alle Parkplätze waren belegt so musste er den Bentley auf einem der Besucherparkplätze unterhalb des Krankenhauses parken. Ein leichter, unangenehmer Nieselregen hatte eingesetzt. Fröstelnd klappte Peter den Mantelkragen hoch und sperrte die Fahrertür ab. Er musterte über das Autodach hinweg die anderen Autos auf der Suche nach Personen, die dort nicht hin gehörten. Hustend entstieg Frank dem Wagen und knöpfte seinen Kamelhaarmantel zu.

„Wir sollten sofort nachprüfen, ob bei Quail Airlines ein Krankentransport stattgefunden hat" schlug er vor und zog den Kragen schützend hoch. „Falls sie das Kind schon außer Landes gebracht haben, sollte das schnell festzustellen sein. Möglicherweise haben wir Glück und wir können sofort Haftbefehl erlassen."

„Möglicherweise", grummelte Peter und zweifelte doch sehr daran.

„Du hörst dich ja sehr zuversichtlich an", beschwerte sich Frank und stieg die drei Stufen zum Eingang hinauf. Der Regen, der sich in seinem blonden Haar verfangen hatte, glitzerte wie kleine Edelsteine im elektrischen Licht der Lampen.

„Sie wissen, dass wir hinter ihnen her sind. Es muss einen ausgeklügelten Plan geben, den sie verfolgen." Peter öffnete die Tür und ließ Frank den Vortritt. Frank lenkte seine Schritte zur Telefonzelle. Je mehr er über Peters spontanes Abenteuer der gestrigen Nacht nachdachte, umso ärgerlicher wurde er über das unüberlegtes Verhalten seines Freundes. Kurz vor der Telefonzelle hielt er inne und drehte sich zu ihm um.

„Weiß du, Peter, dass du Mitschuld an dieser Misere trägst? Du warst das vollendete Ablenkungsmanöver. Du hast ihnen wieder einmal mehr perfekt in die Hände gespielt. Es bedurfte nicht einmal lange Zeit darauf zu warten, bis die Gelegenheit gekommen war."

„Wie meinst du das?" Peters Wangen färbten sich rot.

„Der Einbruch gestern Nacht", erinnerte ihn Frank. „Sie haben nur auf so eine Gelegenheit gewartet. Und du hast sie ihnen geliefert, - frei Haus. Sie haben den Köder ausgelegt und du hast sofort angebissen. Ihnen war klar, dass du früher oder später handeln würdest. Es kostete sie nur etwas Geduld. Als sie sicher davon ausgehen konnten, dass du dich im Beerdigungsinstitut aufhieltst, informierten sie die Polizei, die sofort mit einer Armada hinter den gefährlichen Einbrechern herjagte. Sie selbst hatten nun alle Zeit der Welt, das Kind aus der Klinik zu schaffen. Mach endlich die Augen auf, Peter! Sie hatten dich die ganze Zeit im Visier!"

„Du denkst doch wohl nicht, die ließen mich einfach dort hinein marschieren und nach Beweisen suchen, die ihnen gefährlich werden könnten?"

„Was könnte ihnen gefährlich werden? Gestohlene Beweise? Diese Jungs kennen die Gesetze, das ist sicher. Wahrscheinlich wollten sie dir ohnehin nicht die Zeit geben, etwas zu erfahren. Du warst nur einfach eine Spur zu schnell. Sie wussten wohl nicht, dass du Fortschritte mit dem Computer gemacht hast. Aber sie waren gerüstet. Der Wachmann kam zu früh da, richtig?"

„Richtig. Dafür kann es genug Gründe geben", knurrte Peter. Frank zuckte mit den Schultern.

„Sieh's ein, Peter, du bist ihnen voll auf den Leim gegangen."

„Das glaube ich nicht", murrte Peter und steckte seine Hände in die Taschen.

„Warum denkst du, weshalb es nicht einmal fünf Minuten dauerte, bis das ganze Polizeiaufgebot von Belfast hinter dir herjagte? Nur weil ein Wachmann einen Notruf abgegeben hatte?"

„Es gab einen Verletzten", konterte Peter eisern.

„Sicher. Das überzeugt mich vollkommen." Peter suchte auf der großen Tafel nach der Kinderstation und wandte sich dann zum Lift. Frank folgte ihm auf den Fersen.

„Ich dachte, du wolltest telefonieren", erinnerte Peter ihn.

„Richtig. Aber du glaubst doch nicht, ich lasse dich jetzt allein?" Frank drückte auf den Knopf und wartete bis der Aufzug hielt.

„Ich würde es bemerkt haben, wenn mich jemand verfolgt hätte", brummte Peter und trat durch die sich öffnende Tür.

„Aber sicher, Sherlock. Die letzten Male hast du deine scharfe Beobachtungsgabe reichlich unter Beweis gestellt." Ihre Blicke trafen sich. Peter schob schmollend das Kinn vor. Seine Augen funkelten zornig.

Im dritten Stock angelangt verließen sie schweigend die Kabine. Vor der Tür des entführten Kindes standen zwei uniformierte Polizisten Wache. Stimmen waren aus dem Schwesternzimmer zu hören. Eine davon kam ihnen sehr bekannt vor. Bevor sie das Zimmer erreicht hatten, öffnete sich die angelehnte Tür und Inspektor Hardcourt kam heraus. Als er Peter erkannte, blieb er wie angewurzelt stehen.

„Dr. Forgerson, wo verdammt noch mal haben Sie die ganze Nacht gesteckt?", fauchte er ihn an. Etwas musste er heute an sich haben, das alle gegen ihn aufbrachte.

„Ich war in Belfast", verteidigte er sich brüsk.

„Tatsächlich, und was hatten Sie dort zu suchen?"

„Ich ging einigen Spuren nach."

„Das glaube ich Ihnen aufs Wort." Er drehte sich zu Frank um und schüttelte ihm die Hand. „Ich freue mich, Dr. Barkley, dass es Ihnen wieder besser geht. Darf ich fragen, woher Sie von der Entführung wussten? Ich gestehe, es überrascht mich, Sie hier zu sehen, besonders da sich Dr. Forgerson doch des Nachts in Belfast herumgetrieben hat", fügte er noch beißend hinzu und stierte Peter giftig an, dessen Augen zornig funkelten.

„Wir wurden heute Morgen im Krankenhaus in Omagh informiert."

„So viel zur Nachrichtensperre", knurrte der Inspektor grimmig.

„Haben Sie schon irgendwelche Anhaltspunkte?", erkundigte sich Frank und begann langsam seinen Mantel aufzuknöpfen. Inspektor Hardcourt schüttelte resigniert den Kopf.

„Nein, wir wissen lediglich, dass man den Jungen vermutlich zwischen halb Zwölf und halb Zwei entführte. Die Spurensicherung hat das ganze Krankenzimmer auf den Kopf gestellt, doch glaube ich nicht, dass irgendetwas Interessantes gefunden wurde."

„Warum hatte das Kind ein Einzelzimmer belegt?", fragte Peter dazwischen. Inspektor Hardcourt drehte sich zu ihm um.

„Die Eltern wollten dem Jungen einige Peinlichkeiten ersparen", erklärte er dann.

„Welcher Art?", bohrte Peter nach und suchte die Taschen nach einem Notizblock ab. Inspektor Hardcourt beäugte ihn eingehend.

„Er hat seit seiner Geburt einige Brandmale am Körper an Stellen, die einem Mann äußerst peinlich wären."

„Er ist noch ein Kind", bemerkte Peter stirnrunzelnd. Endlich hatte er das Notizbuch gefunden. Nun folgte die Suche nach einem Stift.

„Wann wurde die Polizei informiert?", erkundigte sich Frank und reichte Peter dabei seinen Kugelschreiber. Sie blieben vor der Zimmertüre stehen.

„Kurz nach halb Zwei. Der erste Einsatzwagen war zehn vor Zwei Uhr am Tatort. Es gab einige Koordinationsschwierigkeiten, da eine Hundertschaft an Polizisten zwei Einbrechern verfolgten, die in ein Beerdigungsinstitut eingebrochen waren. Absolut übertrieben." Dabei warf er Peter einen weiteren, kritischen Blick zu. „Über das

Thema werden wir uns später unterhalten, Dr. Forgerson." Sein Ton verkündete nichts Gutes. „Auf dem Revier", setzte er mit unheilvoller Stimme hinzu.

„Was unterstellen Sie mir da, Inspektor?"

„Ich unterstelle Ihnen absolut nichts. Ich sagte nur, dass wir uns darüber später unterhalten werden." Inspektor Hardcourt öffnete die Tür. Peters Gesichtsausdruck wurde abwesend.

„Ich habe noch ein Telefongespräch zu führen", murmelte er halblaut. „Wie alt ist der Junge, sagten Sie?" Der Inspektor runzelte die Stirn, konsultierte danach doch sein Notizbuch.

„Er ist sieben Jahre, hat braunes, kurzes Haar und eben diese Brandmale. Er ist vier Foot und drei Inch groß. Schlank. Wir besitzen bereits ein Foto von dem Jungen."

„War er mit irgendwelchen Krankheiten vorbelastet, außer der Mandelentzündung, als er in dieses Krankenhaus kam?" Eine Furche bildete sich zwischen den Augenbrauen des Inspektors.

„Nicht das ich wüsste", antwortete er nachdenklich.

„Sehr gut. Dann werde ich jetzt telefonieren." Peter drehte sich um.

„Möchten Sie Ihren Anwalt anrufen?", wünschte Inspektor Hardcourt spöttisch zu wissen. Peter antwortete nicht auf diese beleidigende Frage. Ärgerlich ließ er ihn stehen. Am Ende des Flurs, bog er um die Ecke und stieß direkt auf einen öffentlichen Fernsprecher. Ihm   gegenüber befand sich das Schwesternzimmer. Entschlossen steuerte er darauf zu und klopfte an die angelehnte Tür.

„Bitte?", rief eine Stimme und öffnete die Tür ganz. Peter lächelte sie verlegen an.

„Entschuldigen Sie die Störung, aber besitzen Sie zufällig ein DIN A5 Kuvert?"

„Ein DIN A5 Kuvert?", wiederholte sie fragend und betrachtete ihn kritisch.

„Ja. Ich würde gerne etwas abgeben. Sie wissen, wie schnell Dokumente verloren gehen."

„Sicher." Sie drehte sich um, ging zu einem einfachen, weißen Schreibtisch und öffnete eine Schublade. Während sie darin herumkramte, zog er schnell ein Paar Wegwerfhandschuhe aus einem Karton, der auf dem Servierwagen neben der Tür stand, heraus und steckte sie in seine Manteltasche. Von einem Stapel, der unter einem Wust von Briefbögen begraben war, zog sie eines heraus und reichte es ihm.

„Bitte schön." Erfreut nahm er es ihr aus der Hand.

„Herzlichen Dank."

„Keine Ursache", versicherte sie und ging zurück zum Schreibtisch. Peter verabschiedete sich kurz und verließ den Raum. Eine Frau im Mantel und Einkaufstasche kam ihm entgegen. Sofort sprach er sie an.

„Madam? Entschuldigen Sie, wenn ich Sie belästige aber..." Hilflos zuckte er mit den Schultern. „Ich habe meine Brille vergessen und ich müsste diesen Brief adressieren, damit er heute noch zur Post kommt." Sie lächelte ihn hilfsbereit mit ihren grauen Augen an.

„Sie möchten, dass ich Ihnen die Adresse aufschreibe?"

„Wenn es Ihnen keine Umstände macht." Peter deutete auf einen kleinen Tisch, der an der Wand stand.

„In Ordnung." Er reichte ihr das Kuvert und einen Kugelschreiber, den er zufällig in seiner Tasche gefunden hatte.

„Geben Sie mir Ihre Tasche. Ich passe darauf auf." Bereitwillig hielt sie ihm die Tasche hin und nahm ihm das Briefkuvert aus der Hand.

„Gut also nennen Sie mir die Adresse." Sie drückte auf den Knopf des Kugelschreibers und wartete.

„Polizeirevier Garrison, z.H. Inspector Hardcourt, Main Road, Garrison."

„Bitte?" Sie hob fragend den Blick. Peter zuckte erneut mit den Schultern und machte ein unschuldiges Gesicht.

„Ich versichere Ihnen, dass alles seine Richtigkeit hat." Ihre Augen studierten ihn eingehend. „Sie sind Engländer", bemerkte sie schließlich.

„Das lässt sich nicht verleugnen."

„Hm." Sie begutachtete ihn abermals. „Nun gut, ich will mal nicht so sein. Auch Engländer sind Menschen", antwortete sie dann gedehnt.

„Sie würden mir einen großen Dienst erweisen", versicherte er ihr. Achselzuckend legte sie das Kuvert auf den Tisch und schrieb die Adresse in großen Lettern auf den Brief und reichte es ihm mit dem Kugelschreiber zurück. Im Gegenzug gab er ihr die Einkaufstasche zurück.

„Vielen Dank, Miss..."

„Mrs Gardener, Mr?"

„Miller", antwortete Peter und schob das Kuvert in seine Manteltasche. Sie nickten sich nochmals gegenseitig zu und jeder ging seines Weges.

Auf dem Weg zum Haupteingang, den er über die Feuertreppe nahm, zog er die Einweghandschuhe an, holte das Kuvert aus seiner Manteltasche und steckte die CDs hinein, die er von seinen Fingerabdrücken bereits befreit hatte. Er holte aus der Manteltasche eines der gängigen Briefmarkenheftchen heraus, dass es überall zu kaufen gab, zog eine Marke ab und klebte sie auf den Brief. Danach wischte er das Kuvert mit einem Papiertaschentuch ab. Jedes Risiko vermeiden. Unten am Eingang angelangt, warf er den Umschlag in den Postkasten und entsorgte unauffällig die Handschuhe in einem der vielen Mülleimer. Im Eingangsbereich befanden sich ebenso öffentliche Telefonzellen, so ersparte er sich den Weg zurück. Nachdem er unzählige Brust-, Jacken-, und Hosentaschen abgesucht hatte, fand er seine Brieftasche. Ungeduldig schob er die Münzen in den Schlitz und hackte die Nummer, die er seinem Notizbuch entnahm, in den Apparat. Es klingelte am anderen Ende der Leitung. Peter begann die Klingeltöne zu zählen. Nach dem sechsten Klingelzeichen wurde abgehoben.

„Quail Airlines, was kann ich für Sie tun?"

„Guten Morgen, mein Name ist Dr. Marcus Hamrock, von University Hospital Los Angeles. Mir wurde berichtet, dass der Spender heute gegen halb Zwölf unserer Zeit ankommen sollte. Ich wollte nur nochmals die Bestätigung einholen, damit wir alles vorbereiten können."

„Tut mir leid, Mr..." begann die Stimme am anderen Ende.

„Hamrock. Dr. Marcus Hamrock", erinnerte er sie bestimmt. Seine Stimme war mit einem breiten kalifornischen Akzent geschwängert.

„Mr. Hamrock, ich kann Ihnen darüber leider keine Auskunft geben. Gerne verbinde ich Sie weiter." Ein schreckliches Geklimper folgte, das sich bei genauerem Zuhören als, Die kleine Nachtmusik von Wolfgang Amadeus Mozart entpuppte. Nach kurzer Zeit wurde er erlöst und eine weitere Frauenstimme kam an den Apparat. Kurz angebunden stellte er sich erneut mit den erfunden Namen vor und verlangte zu wissen, ob der Spender pünktlich in der Klinik eintreffen würde, bevor die Dame ihre Floskeln vollständig herunterleiern konnte. Verstimmt über seine barsche Art, bat sie ihn einen Moment zu warten und konsultierte den Computer. Es dauerte einige Zeit, bis sie sich wieder meldete.

„Sind Sie sicher, dass Ihr Auftrag über Quail Airlines erteilt worden ist?", fragte sie dann freundlich.

„Sicher bin ich das", knurrte Peter.

„Mir liegt leider für die Vereinigten Staaten kein Auftrag vor. Heute Nacht hatten wir nur einen Krankentransport, der jedoch nach Sydney, Australien ging. Nach meinen Akten war alles korrekt gehandhabt worden."

„Tatsächlich. Und wo ist nun mein Herzspender abgeblieben?"

„Es tut mir wirklich leid, Dr. Hamrock, aber mir liegt nichts dergleichen vor. Sie müssen sich irren."

„Ich? Das wollen wir doch sehen. Ich möchte sofort mit Ihrem Geschäftsführer verbunden werden. Wissen Sie, in welcher Situation ich mich befinde? Ein todkranker Patient ringt jede Minute um sein Leben. Jede Stunde, die verzögert wird, bringt ihm den Tod näher."

„Es tut mir wirklich leid..."

„Verbinden Sie mich mit Ihrem Geschäftsführer!", befahl er barsch.

„Leider ist er nicht im Haus und auch momentan nicht erreichbar."

„Phantastisch! Das wird Folgen für Sie und Ihre Firma haben, das verspreche ich Ihnen! Wie lautet Ihr Name?"

„Randall. Sophie Randall", murmelte sie irritiert.

„Sie hören von mir." Peter knallte den Hörer auf die Gabel. Seine Augen blickten ins Leere. Sie hatten also einen Transport nach Sydney. War es der Junge aus Belfast? Oder handelte es sich womöglich tatsächlich um einen Krankentransport? Er musste erfahren, wer sich in dieser Maschine nach Australien befand. Papiere waren nicht überzeugend. Sie hatten die Prozedur ja schon des Öfteren ausgeübt. Mittlerweile kannten sie sich mit dem Fälschen jener Unterlagen bestens aus. Es war ein leichtes für sie. Für ihn gab es nur eine Möglichkeit. Man musste die Maschine überprüfen. Aber wie? Peter hängte auf. Die Münzen fielen klimpernd ins Depot. Tief in Gedanken versunken verließ er die Telefonzelle.

„Wie lange fliegt eine Maschine nach Sydney?", fragte er eine vorübereilende Schwester. Verdutzt blieb sie stehen.

„Wie bitte?"

„Wissen Sie, wie viel Zeit ein Flugzeug von Belfast nach Sydney benötigt?", wiederholte Peter seine Frage. Sie hob die Augenbrauen und schüttelte den Kopf.

„Ich habe keine Ahnung", antwortete sie beinahe zornig auf die kuriose Frage. „Informieren Sie sich doch bei der Flugauskunft", merkte sie an und ließ ihn stehen. Peter betrat abermals die Telefonzelle. Nach einigen durchlebten Minuten in der Warteschleife meldete sich eine männliche Stimme.

„Flugauskunft Platz 403, mein Name ist John Meyers, was kann ich für Sie tun?“

Peter wiederholte seine Frage.

„Um welche Maschine handelt es sich?“

„Welche Maschine?“, grummelte Peter. „Ich vermute eine Art von Privatjet. Aber sicher bin ich mir nicht.“

„Die Durchschnittsflugdauer beträgt ca. vierundzwanzig Stunden. Ich denke jedoch, dass die Maschine jener Kapazität einmal zwischenlanden wird.“

„Und wo würde man zwischenlanden?“

„Wahrscheinlich in Singapur“, antwortete die männliche Stimme freundlich. „Wenn Sie mir die Flugdaten nennen, sehe ich gerne für Sie nach.“

„Danke, aber leider habe ich keine genauen Daten. Möglicherweise können Sie mir da weiterhelfen. Die Maschine gehört zu Quail Airlines und sollte gestern Nacht gestartet sein.“

„Einen Moment.“ In der Leitung war es still. Ungeduldig spielte Peter mit den Ecken seines Notizbuchs. Die Stimme meldete sich wieder. „Es gibt drei Maschinen. Eine ging nach Sydney, Australien, und zwei weitere flogen nach Genf und Brüssel. Alle drei sind etwa um die gleiche Zeit gestartet. Ich gebe Ihnen die Daten.“ Peter notierte sie, und fragte danach: „Nur eine nach Sydney?“

„Richtig.“

„Vielen Dank für Ihre Auskunft. Wiederhören.“ Nachdenklich legte er auf. Schönes Schlamassel. Vorerst musste er sich auf die Maschine nach Sydney konzentrieren, danach wollte er weitersehen. Der Einheitenzähler zeigte eins, dreißig Restbetrag. Erneut klopfte Peter die Taschen ab und brachte dann die Brille und sein kleines Adressbuch zu Tage. Abermals nahm er den Hörer ab und wählte. Eine Männerstimme erklang am anderen Ende der Leitung.

„Guten Tag. Hier spricht Peter Forgerson. Ich möchte Chief Superintendent Aldrige sprechen.“

„Einen Moment bitte.“ Es klickte in der Leitung und er wurde wieder mit einer der entsetzlichen Melodien für Millionen abgespeist. Die Männerstimme meldete sich erneut.

„Tut mir leid Mr...“ Er hatte wohl seinen Namen vergessen. „Aber Chief Superintendant Adrige ist in einer wichtigen Besprechung, möchten Sie vielleicht eine Nach...“

„Stellen Sie mich durch“, unterbrach ihn Peter barsch.

„Bitte? Es tut mir wirklich leid, aber...“ Peter ließ ihn nicht ausreden.

„Ich glaube, Sie haben mich sehr gut verstanden, Mr Hamelton." Er hatte sich den Namen gemerkt. „Stellen Sie mich durch." Sein Blick fiel auf die Uhr, die gegenüber der Telefonzelle angebracht war. Sie zeigte kurz nach Zwölf. Es waren also seit der Entführung beinahe zehn Stunden vergangen.

„Ich richte aus, dass Sie angerufen haben und Chief Superintendant Aldrige könnte alsbald..."

„Den Teufel werden Sie tun!" Peter kochte. „Wie ich sehe, haben Sie keine Ahnung, wer ich bin. Also werde ich nochmals meinen Namen wiederholen. Mein Name ist Peter Forgerson. Ich bin Crown Counsel und gehöre dem High Court an. Vielleicht klingelt es nun bei Ihnen."

„Forgerson", murmelte sein Gegenüber. „High Court?", fragte er vorsichtig.

„Richtig", antwortete Peter Zähne knirschend.

„Hm." Forgerson - Fox. Sicher erinnerte er sich jetzt. Mit ihm zu streiten, konnte böse Konsequenzen mit sich bringen. Ganz machtlos war er in der Maschinerie des High Court sicherlich nicht. Auch wenn niemand offen darüber redete. „Einen Moment, Sir." Es klickte wieder in der Leitung. Ungeduldig klopfte Peter mit dem Adressbuch gegen den Apparat.

„Fox?", blaffte eine Stimme am anderen Ende. „Ich dachte, Sie würden in Nordirland Akten wälzen."

„Das tue ich nebenbei", bemerkte Peter kurz angebunden auf die ruppige Bemerkung.

„Ich sitze hier mit fünf wichtigen Herren des Innenministeriums. Also fassen Sie sich kurz."

„In Ordnung. Ich möchte ein Flugzeug, das im Moment nach Singapur unterwegs ist, überprüfen. Ich gebe Ihnen die genauen Daten durch."

„Sie möchten was?", brauste die Stimme am anderen Ende auf.

„Wünschen Sie, dass ich mich wiederhole? Ich dachte, Ihre Zeit wäre begrenzt", bemerkte Peter kalt.

„Warum?"

„Es besteht dringender Verdacht auf versuchten Mord in Tateinheit mit illegalem Organhandel."

„Mal ganz langsam, Fox. Ich habe den schwachen Eindruck, Sie reden wirres Zeug."

Peter stöhnte innerlich. Warum musste er sich immer wieder mit ihm herumstreiten? Konnten sie ihn nicht einfach befördern? Jedes

Mal führte sein Weg über ihn. Also umriss er kurz die Geschichte und wartete auf eine Antwort.

„Sie haben keinerlei Beweise. Ich kann unmöglich Interpol beauftragen, eine Maschine zu durchsuchen, nur weil ein Verdacht auf ein Verbrechen besteht. Wir sprechen von Singapur, nicht von London."

„Es handelt sich um Gefahr im Verzug. Ginge es hier um Waffen oder Drogen, würden Sie es als eine unabwendbare Bedrohung für das Königreich verstehen. Ich kann momentan nur ein Menschenleben bieten, keine Nation. Die Angelegenheit ist jedoch von großer Bedeutung. Nach meinen Erkenntnissen handelt es sich nicht um einen Einzelfall."

„Weiter", forderte ihn Superintendant Aldrige auf. Peter biss sich auf die Unterlippe.

„Es gibt eindeutige Indizien und…"

„Indizien", spottete DCS Aldrige. „Indizien. Verflucht, Fox, Sie belästigen mich mit Indizien! Denken Sie, ich kann einfach mit ein paar Indizien aufwarten und eine Maschine in Singapur kontrollieren lassen?!" Peter spürte die Hitze in seinem Gesicht.

„Sir, es geht um versuchten Mord. Jetzt ist es noch versuchter Mord, aber in einigen Stunden kann es sich ändern. Ist Ihnen denn ein Menschenleben nichts wert? Der Junge ist sieben!"

„Ein Kind?", knurrte es am Ende der Leitung. Peter schöpfte erneut Hoffnung.

„Ein Kind", bestätigte er „Und es wird nicht das einzige bleiben, wenn wir nichts unternehmen."

„Ich verstehe Ihren Kummer, Fox, aber Sie kennen die Rechtslage. Es bleibt Ihnen nichts anderes übrig, als den Amtsweg zu gehen. Sie sind Anwalt der Krone. Sie kennen die Prozedur besser als ich. Wir sind ein Rechtsstaat."

‚Oh Gott!', stöhnte Peter innerlich. Sein Herz raste. Schweißperlen bildeten sich auf der Oberlippe. Er war der Verzweiflung nahe. Weshalb konnte man nicht ein einziges Mal handeln, ohne tagelang Papier zu wälzen und die Verantwortung von einem zum anderen zu schieben?!

„Ich muss das Gespräch jetzt beenden. Gehen Sie den Rechtsweg", riet ihm DCS Aldrige.

„Halt!", schrie Peter in den Hörer. „Das Geld, das bei dem Verbrechen verdient wird, dient dem Zwecke des Terrorismus."

„Beweise?"

„Anhaltspunkte", erwiderte Peter.

„Fox…"

„Bitte, DCS Aldrige!", unterbrach ihn Peter flehend. „Ich werde die Beweise liefern. Springen Sie ein einziges Mal über Ihren Schatten und retten Sie das Leben dieses Kindes."

„Und um welche terroristische Vereinigung handelt es sich, Fox? Sie kennen meinen Standpunkt sehr genau", knurrte Chief Superintendant Aldrige. „Das internationale Parkett ist momentan nur mit Vorsicht zu genießen und jeder Fehltritt könnte sich fatal auswirken. Ich werde mir nicht mit einem Ihrer spontanen Einfälle das Leben schwer und Verbindungen zur Nichte machen, die ich mit großer Mühe errichtet habe."

„Eine Splittergruppe der IRA", antwortete Peter. Es herrschte kurzes Schweigen.

„Gehen Sie den Amtsweg", brummte er.

„Mir ist Interpol auch nicht fremd. Möglicherweise werden mir dort Polizisten zuhören." Peter hörte, wie der Chief Superintendant scharf die Luft einzog. Er saß zwar am längeren Hebel, aber Fox konnte schon böse Unannehmlichkeiten verursachen, geschweige denn das Chaos, das er anzurichten vermochte.

„Geben Sie mir die Daten", knurrte Chief Superintendent Aldrige dann.

„Gern." Felsen fielen ihm vom Herzen. Peter beschrieb ihm den Flugzeugtyp und das voraussichtliche Ziel. Die Zeit der Ankunft in Singapur musste er ihm schuldig bleiben. Er erklärte, zu welcher Zeit die Entführung ungefähr stattfand, umriss nochmals die Umstände und die daraus resultierenden Probleme. „Bitte informieren Sie mich, sobald Sie neue Erkenntnisse in dem Fall haben. Am besten erreichen Sie mich unter dieser Nummer." Peter gab ihm seine Mobilnummer.

„Ich wende mich an Inspektor Hardcourt, Fox. Er ist der verantwortliche Polizist. Sie sind nur ein Anwalt."

„Aber…", fiel Peter ihm erbost ins Wort.

„Kein Aber. Inspektor Hardcourt erhält die Informationen." Peter stand kurz vor einer Explosion. Ihm waren jedoch die Hände gebunden.

„Wenn es so sein muss, lassen Sie bitte die Informationen ausschließlich Inspektor Hardcourt in Garrison zukommen", bat er zwischen zusammen gebissenen Zähnen.

„In Ordnung. Das kostet Sie einen riesigen Gefallen, Fox, und sollten sich daraus ernste Konsequenzen für uns ergeben, werde ich Sie verantwortlich machen, haben Sie mich verstanden?" Die Drohung war unverkennbar.

„Laut und deutlich", murmelte Peter.

„Ich werde mich melden." Es knackte in der Leitung. Chief Superintendant Aldrige hatte die Verbindung abgebrochen.

Gerade als Peter die Telefonzelle verließ, kam Frank den Gang entlang. Gleich darauf tauchten Inspektor Hardcourt und Sergeant Ridway hinter ihm auf.

„Nun?", wollte Peter wissen.

„Was nun?" Inspektor Hardcourt schlüpfte in den Mantel.

„Gibt es etwas Neues?", fuhr Peter fort. Sergeant Ridway schüttelte den Kopf.

„Nichts Nennenswertes."

„Wir haben eine Beschreibung des Jungen an alle Medienstationen und Zeitungen herausgegeben. Es sind Straßensperren errichtet, alle Autos werden kontrolliert, sowie die Flughäfen und die Fähren. Der Junge wird das Land nicht verlassen." Entschlossen knöpfte sich Inspektor Hardcourt seinen Mantel zu.

„Falls das noch nicht bereits geschehen ist", gab Peter ihm zu bedenken und steckte die Geldbörse ein. „Ist schon eine Lösegeldforderung eingegangen?" Er zog ebenso seinen Mantel an.

„Soweit wir informiert sind nicht. Die Telefone werden abgehört und es befinden sich vier Polizisten im Haus der Familie. Es gibt hier in Nordirland genügend Entführungen. Wir wissen, was wir tun."

„Ich habe nichts gesagt", verteidigte sich Peter und hob abwehrend seine Hände.

„Ihr skeptischer Blick genügt vollkommen."

„Dann missverstanden Sie mich, Inspektor. Ich habe Kontakt zu London aufgenommen", setzte Peter ihn in Kenntnis. Inspektor Hardcourt wollte unterbrechen, doch Peter stoppte ihn mit einem Handzeichen. „Bitte lassen Sie mich den Satz noch zu Ende führen, bevor Sie Ihre Einwände erheben. Ich habe veranlasst über Interpol ein Flugzeug der Firma Quail Airlines, welches heute am frühen Morgen gestartet und nach Sydney unterwegs ist, zu überprüfen. Die Information wird Ihnen mitgeteilt."

„Mir?" Verwundert wanderten die Augenbrauen des Inspektors nach oben.

„Sie sind der diensthabende Polizist, der mit den Ermittlungen vertraut ist."

„Und nicht der Anwalt des High Court", setzte Inspektor Hardcourt spöttisch hinzu. Peters Augen färbten sich dunkel. Inspektor Hardcourt räusperte sich und wurde wieder ernst.

„Sie wissen, Dr. Forgerson, dass Sie sich auf sehr dünnem Eis bewegen. Alles was Sie gegen Corrigan in der Hand haben, basiert auf Indizien und Vermutungen. Es gibt keinen konkreten Hinweis, der auf Mr Corrigan deutet. Ich vermute, Sie kennen die Bedeutung einer Verleumdungsklage. Mr Corrigan besitzt die Mittel und die Gelegenheit dazu. Möchten Sie darauf hinaus?"

„Ich bin mir durchaus bewusst, in welcher Situation ich mich befinde. Es gibt eine Verbindung zwischen Mr Corrigan und einer Person, die einer Splittergruppe der RIRA angehört. Jene Person steht im Verdacht diese irischen Befreiungsfront gegründet zu haben. Wussten Sie, dass beide die gleiche Klasse besuchten? Ich bin überzeugt, beide halten bis heute Kontakt."

„Das ist mir bekannt. Ich weiß, Sie konnten Newton O'Neill vor einem halben Jahr nicht überführen. Nach unserem Ermittlungsstand liegt nichts gegen ihn vor. Es gibt keinen Hinweis, dass er dieser Terrorzelle angehört. Wir besitzen nicht den geringsten Beweis, den wir ihm zur Last legen könnten. Möglicherweise waren und sind Sie auf dem Holzweg, Dr. Forgerson", gab er ihm zu bedenken.

„Ich war zu unerfahren und zu naiv. Genau das war mein Fehler und das wissen Sie auch", entgegnete Peter kalt.

„Und das hat sich jetzt geändert?" Inspektor Hardcourt schüttelte spöttisch den Kopf. Peter antwortete nicht darauf. Stattdessen murmelte er: „Können Sie nachprüfen, was Newton O'Neill im letzten halben Jahr so trieb? Wo er sich aufgehalten hat, mit wem er verkehrte usw.? Ich möchte wissen, ob meine Vermutungen schlüssig sind."

„Vor allem möchten Sie wissen, ob es eine Möglichkeit gibt, Ihren Fehler zu revidieren und eine Verbindung mit Mr Corrigan nachzuweisen." Inspektor Hardcourt musterte Peters grimmiges Gesicht. „Falls Ihre Vermutungen stimmen, wird O'Neill bestens über Ihren Aufenthalt hier unterrichtet sein und...", fuhr Inspektor Hardcourt mit unheilvoller Stimme fort, „dann liegt der Schluss nahe, dass Mr Corrigan und Dr. Penell ebenfalls im Bilde sind." Franks Blick richtete sich nun ebenso auf Peter, der kommentarlos blieb. „Und als sie erfuhren, dass Sie nach Garrison versetzt wurden, zogen sie ihre eigenen Schlüsse daraus", schloss der Inspektor. „Die Sache nimmt allmählich Konturen an. Wenn wir also den Faden weiter spinnen, ist eine Abfolge der Ereignisse, angefangen beim Überfall auf Mrs Negley, die wie wir wissen eine gute Freundin von Miss Holder war, genau auf Ihr Erscheinen hier in Nordirland zurückzuführen. Es würde auch erklären, warum der tote Hund vor Ihr Auto gelegt wurde." Sie waren beim Eingang angelangt.

„Möchten Sie mich für all diese Verbrechen verantwortlich machen?", ereiferte sich Peter empört und setzte seinen Hut auf. Die Automatiktüren öffneten sich.

„Das bedeutet...", begann Frank, wurde jedoch jäh von Peter scharf unterbrochen.

„Das sind die Mutmaßungen des Inspektors." Kalte Luft schlug ihnen entgegen. Bevor einer von ihnen das Wort ergreifen konnte, setzte Peter schnell hinzu: „Wir haben noch einiges zu erledigen, Inspektor Hardcourt. Ich melde mich." Mit den Worten verabschiedete er sich und eilte die Treppe herunter. Frank blieb nichts anderes übrig als ihm zu folgen.

„Wenn das alles stimmt, dann stecken wir in einem schönen Dilemma", bemerkte Sergeant Ridway, klappte den Kragen hoch und steckte seine Hände in die Taschen des Trenchcoats.

„Nicht nur wir", brummte Inspektor Hardcourt und schaute besorgt den zwei entschwindenden Personen nach.

Der Regen hatte bereits aufgehört. Mit leicht gerötetem Gesicht holte Frank Peter am Parkplatz ein.

„Was läuft hier eigentlich für ein Film?" Stirnrunzelnd schweifte Peters Blick über den gefüllten Parkplatz.

„Welchen Film meinst du?"

„Du weißt, wovon ich spreche. Warum hast du mir verschwiegen, dass du den Terroristen kennst?"

„Das habe ich doch nicht. Als ich die Fotos auf dem Speicher von Miss Holders Haus fand, habe ich dir mitgeteilt, dass ich Newton O'Neill kenne und gegen ihn einen Prozess geführt habe", protestierte Peter. Franks Verstimmung war ihm deutlich anzusehen. Nur zu gut erinnerte er sich an das Feuer.

„Ja, hast du", gestand er dann. „Aber du hättest früher..."

„Mir wurde das alles erst klar, als ich diesen Ausschnitt in den Händen hielt. Jetzt gibt es zumindest einen Beweis, dass es eine Verbindung zwischen den drei Parteien gibt, die nicht von der Hand zu weisen ist."

„Wie schon Inspektor Hardcourt anmerkte, beweist es nicht das Geringste."

„Da sei dir mal nicht so sicher. Inspektor Hardcourt wird weitere Ermittlungen anstellen", bekräftigte er. Dabei bemerkte er einen roten Ford Escort, in dem ein unauffällig gekleideter Mann teilnahmslos ein Sandwich aß. Wie immer suchte er die Taschen nach Notizbuch und Stift ab und kritzelte die Autonummer des Wagens auf eine leere Seite. „Ich bin blind wie eine Kirchenmaus", knurrte er dabei.

„Newton O'Neill hatte dich die ganze Zeit im Visier, nicht?", wollte Frank wissen. Peter drehte sich kurz zu ihm um. Sie sahen sich für einen Moment an. Ohne Kommentar verstaute Peter seine Utensilien wieder in seinen Taschen.

„Lass uns fahren, Frank", bemerkte er und begann seine Schritte in Richtung ihres Wagens zu lenken.

„Ich verlange eine Antwort, Peter."

„Es gibt nichts, worauf ich dir zu antworten hätte", erwiderte er brüsk.

„So einfach ist das nicht!", brauste Frank zornig auf. „Ich kann dem
Ganzen äußerst schnell ein Ende setzen, wenn du nicht kooperierst.
Verstehst du?!" Peters Augen begannen zu funkeln.
„Mach dich nicht lächerlich, Frank. Wir können nicht aussteigen.
Dafür ist es schon lange zu spät."
„Was erlaubst du dir..."
„Frank!", unterbrach ihn Peter scharf. „Lass uns bitte nicht über
Haarspaltereien streiten. Es gibt wichtigeres zu tun."
„Wir sind noch nicht zu Ende", schnappte Frank und blieb stehen.
‚Keine Szene jetzt!' Peter holte tief Luft.
„Bitte Frank, mach jetzt keinen Wirbel. Die ganze Geschichte ist zu
langatmig, um sie hier auf dem Parkplatz zu klären."
„Du hast es von Anfang an gewusst!"
„Das habe ich nicht. Wenn es so gewesen wäre, hätte ich ganz
anders gehandelt. Das Ganze hat sich erst jetzt heraus kristallisiert.
Nimm es doch zu unserem Vorteil. Wir haben nun einen potentiellen
Gegner."
„Den hatten wir schon vorher. Du hattest ihn schon vorher",
verbesserte er aufgebracht. „Es geht nicht mehr nur um die
Verbrechen, die hier geschehen sind, es geht jetzt auch um dich. Du
bist ihr Feind Nummer eins."
„Etwas melodramatisch, nicht? O'Neill ging straffrei aus. Wie sollte
ich eine große Gefahr für sie darstellen?", erklärte Peter
aufmunternd und sperrte die Beifahrertür auf. Dabei warf er einen
verstohlenen Blick zu dem roten Escort.
„Du machst wohl Witze. Man sollte dich sofort in das nächste
Flugzeug stecken und nach Haus schicken."
„Möglicherweise mit Quail Airlines?", entgegnete Peter sarkastisch.
„Was geschieht, Frank, wenn ihr mich zurückschickt? Werdet ihr die
Verbrechen aufklären? Werdet ihr sie stoppen?" Peter schaute ihm
ins Gesicht, wartete auf eine Antwort und öffnete dann ruhig die
Beifahrertür. Wortlos ging er um den Wagen herum und folgte sei-
nem Beispiel. Ein grüner Ford bog ein und parkte in der Parklücke
gegenüber. Wütend folgte ihm Frank.
„Es ist zu gefährlich für dich, Peter", begann Frank stur, als sie saßen.
Zornig biss sich Peter auf die Unterlippe. Er konnte diesen Satz
allmählich nicht mehr hören. Ständig wurde an ihm herumgenörgelt.
Immer wieder unterstellten sie ihm die Unfähigkeit mit der
momentanen Situation umzugehen. Es war nicht sein erster Fall.
Auch er durchlief Lernprozesse. Wollten sie das nicht verstehen?

Sein Blick glitt zum Rückspiegel. Nichts Ungewöhnliches war zu sehen. Ein älteres Pärchen stieg aus dem grünen Ford und machte sich auf den Weg zum Krankenhaus. Peter startete den Wagen und lenkte ihn auf die Straße.

„Ich...“

„Frank, unterlass jetzt bitte deine Belehrungen“, unterbrach er ihn unwirsch. „Ich weiß, welches Desaster ich bis dato verursacht habe. Es war ein Fehler, nicht an O'Neill zu denken. Aber die Geschichte lag über ein halbes Jahr zurück. In der Zwischenzeit ist vieles geschehen. Ich hätte mich intensiver mit Mr Corrigan und Dr. Penell beschäftigen müssen, ich weiß, aber sie ließen mir kaum Raum dazu.“

„Du bist für sie zu einer ernstzunehmenden Bedrohung geworden.“

„Vielleicht, aber ich bin immer noch eine kalkulierbare Bedrohung. Ansonsten hätten sie mich schon lange getötet.“

„Was denkst du, haben sie schon die ganze Zeit versucht?“, brauste Frank zornig auf.

„Sie wollten mich einschüchtern.“

„Und was geschah, als wir im Haus von Miss Holder waren? Mach endlich die Augen auf, Peter! Das war ein eindeutiger Mordversuch!“ Frank bekam keine Antwort darauf. Stattdessen hielt Peter an einem Gemischtwarenladen.

„Ich möchte noch ein paar Besorgungen für unser Abendessen machen“, bemerkte er, stieg aus und betrat den Laden. Mit zwei Einkaufstüten beladen kam er einige Minuten später zurück. Umständlich öffnete er die Wagentür und platzierte die Einkaufstüten auf dem Rücksitz. Als er wieder im Wagen saß, erwähnte er so nebenbei: „Wir werden von einem roten Ford Escort verfolgt.“

„Was?“ Sofort suchte Frank im Seitenspiegel die Straße ab.

„Wir sollten herausfinden, wer unser ungeschickter Verfolger ist und in wessen Auftrag er handelt.“

„Willst du ihn abfangen?“, wollte Frank wissen, der ihn nun ebenfalls in einer Parklücke einige Autos hinter ihnen entdeckt hatte. Vergessen war der Streit, den sie zuvor führten.

„Ich dachte, wir lassen ihn auf Grundeis gehen.“

„Die alte Masche?“ Frank richtete sich im Sitz auf und schnallte sich an.

„Denkst du, wir sollten kreativer sein?“ Peter bekam ein Achselzucken zur Antwort.

„Ich denke, die alte Masche sollte genügen."

„Nun gut." Peter startete den Wagen, setzte den Blinker und ordnete sich in den Verkehr ein. Vor der Bank angekommen hielt er an und parkte den Wagen auf einem der freien Parkplätze gegenüber. Sie vergewisserten sich, dass der Verfolger noch auf ihren Fersen war und tatsächlich tauchte das Auto wenige Momente später auf. Ihr Verfolger suchte sich ebenso einen Parkplatz ganz in ihrer Nähe. Beide verließen nun den Wagen. Peter steuerte die Post und Frank die Bank an. Vor der Eingangstür des Postamtes zog Peter die Taschenuhr aus seiner Westentasche, warf einen Blick darauf und betrachtete nochmals die belebte Straße. Der Mann saß immer noch hinter dem Steuer und schaute zu ihm herüber. Es gab keinen Zweifel. Entschlossen steckte er seine Uhr ein und betrat die Post, um einen Anruf bei der hiesigen Polizei zu tätigen.

Die Polizei ließ nicht lange auf sich warten. Sie rückte mit zwei Streifenwagen an und versperrten damit die Straße, um jede Fluchtmöglichkeit zu verhindern. Die ersten zwei Beamten sprangen mit gezogenen Waffen im Schutz des Autos heraus und verschanzten sich dahinter. Sie richteten ihre Waffen auf den völlig verdutzt dreinblickenden Mann im roten Escort. Passanten suchten erschrocken Schutz hinter Autos und Fassaden. Der Fahrer des ersten Polizeiwagens, der unmittelbar vor dem Escort stand, reichte seinem Kollegen ein Mikrophon. Ohne den Blick von dem Escort zu nehmen, nahm er es entgegen und sprach hinein. Die Stimme hallte über einen Lautsprecher, der am Dach des Autos angebracht worden war, durch die ganze Straße.

„Langsam aussteigen und die Hände über den Kopf!" Er sah zu den Polizisten, öffnete danach behutsam die Wagentür und stieg langsam aus. „Umdrehen und die Hände aufs Dach!", rief der Polizist. Sie starrten sich kurzzeitig an, dann drehte sich der Verdächtige langsam um und legte die Hände auf das Autodach. In Nordirland sollte man keine Polizisten reizen, das führte schnell zum Tod. Schon war sein Kollege zur Stelle. Er hielt die Pistole auf ihn gerichtet und befahl laut: „Keine Bewegung oder ich mache von meiner Waffe Gebrauch." Die beiden anderen Polizisten hatten nun ebenfalls ihre Autos verlassen. Einer beobachtete aufmerksam die Straße, der andere kam zu dem roten Escort herüber und begann mit der Durchsuchung des Verdächtigen. Nachdem Peter die ganze Szene, wie die anderen Kunden der Post auch, durch das Fenster beobachtete und sich der Verhaftung sicher war, verließ er das Gebäude und ging mit gezücktem Ausweis zu der kleinen Gruppe hinüber.

„Schnelle Arbeit", lobte Peter.

„Keine Ursache", entgegnete ihm einer der Polizisten und reichte ihm die Hand. Professionell legten sie den Mann in Handschellen. Endlich fand er fauchend die ersten Worte.

„Was soll das alles?"

„Sie sind verdächtig, gegenüber dieser Bank eine kriminelle Handlung auszuführen."

„Was?!" Völlig vor dem Kopf gestoßen schaute er den Polizisten an. Erkenntnis flackerte in den Augen auf. Er drehte sich zu Peter um.

„Sie sind vorläufig verhaftet", setzte ihn der Polizist stoisch zur Kenntnis.

„Das ist wohl ein Witz!", rief sein Gegenüber ungläubig. Peter zuckte gleichgültig mit den Schultern. Ungerührt las der Polizist ihm die Rechte vor.

„Haben Sie alles verstanden?", fragte er zum Schluss.

„Was?" Ungläubig glotzte er den Polizisten an. Er wiederholte die Frage.

„Das ist ein Missverständnis!", protestierte er empört und fixierte Peter.

„Darf ich Ihren Namen erfahren?", fragte dieser freundlich. Seine grünen Augen begannen zu leuchten, aber er antwortete nicht.

„Machen Sie sich keine Sorgen, Dr. Forgerson. Wir nehmen ihn jetzt mit aufs Revier und dann werden wir seine Identität schon feststellen."

„Davon bin ich überzeugt. Würden Sie mich bitte verständigen sobald sie die Identität geklärt haben? Ich gebe Ihnen meine Nummer." Peter zog sein Notizbuch heraus, schrieb die Telefonnummer auf, riss das Blatt heraus und reichte es ihm. „Falls Sie mich nicht erreichen sollten, können Sie Inspektor Hardcourt auf der Polizeiwache in Garrison Bescheid geben. Die Nummer ist..." Er kannte die verfluchte Telefonnummer nicht.

„Hier, Sie steht auf dieser Visitenkarte." Frank hatte sich zu ihnen gesellt. Er hielt seinen Ausweis und eine der Visitenkarten, die ihm wohl Inspektor Hardcourt vorher übereignete, in der Hand. Bereitwillig nahm der Polizist sie entgegen. Die beiden anderen Beamten führten den Verdächtigen in Handschellen ab. Ein anderer startete den roten Escort und buxierte ihn aus der Parklücke. Die Normalität kehrte zurück.

„Sie glauben doch nicht wirklich, dass der Typ die Bank überfallen wollte?", fragte ihm der Polizist und sah zu, wie die Kollegen den Burschen im Streifenwagen verstauten.

„Nein, Sie haben Recht, Mr..."

„Chief Constable Hopkins, Sir. "

„Danke. Nein. Wir wurden von ihm beschattet. Also, falls Sie in diese Richtung ermitteln könnten, wäre uns das eine große Hilfe." Ein verschmitztes Lächeln erschien auf den Lippen von Chief Constable Hopkins.

„Mal sehen", entgegnete er vage. Er nickte ihnen nochmals kurz zu und ging zum Streifenwagen. Immer noch waren sie die Akteure des Schauspiels, das Passanten neugierig verfolgten.

„Lass uns fahren, Frank." Ohne viel Federlesens stiegen sie ein.

„Und nun?", wollte Frank wissen und schnallte sich an.

„Jetzt fahren wir zum Finanzamt und jagen Dr. Penell und Mr Corrigan die Steuerprüfer auf den Hals."

„Du möchtest...?", begann Frank ungläubig.

„Die Zeit tickt", unterbrach ihn Peter. „Wir werden jetzt Druck auf sie ausüben."

„Du kannst nicht einfach..."

„Sicher kann ich das." Peter ließ ihn nicht zu Wort kommen. „Das ist eine ganz legale Vorgehensweise. Jede Firma wird überprüft. Also auch die beiden."

„Ich glaube kaum, dass dies der richtige Weg ist."

„Meiner Meinung nach ist es genau der Richtige", versicherte Peter und fuhr los.

Er füllte einige Bögen aus, machte verschiedene Angaben und brachte das Ding innerhalb einer Stunde ins Rollen. Als er mit der Arbeit zufrieden war, verließen sie die Behörde. Peter fühlte sich wie gerädert. Die letzte Nacht steckte ihm tief in den Knochen. Erschöpft ließ er sich auf den Fahrersitz fallen.

„Jetzt nach Haus", schlug er vor und legte den ersten Gang ein.

„Nein. Wir werden nach Garrison fahren. Du wirst dort erwartet, falls du das bereits vergessen hast."

„Nach Garrison?" Peter runzelte die Stirn. „Ich will jetzt nicht unbedingt mit Inspektor Hardcourt korrespondieren. Er ist ohnehin nicht gut auf mich zu sprechen." Frank verschränkte die Arme vor der Brust.

„Tu, was ich dir sage, Peter", knurrte er.

„Das ist wohl nicht dein Ernst oder willst mich ihm ans Messer liefern?" Ungläubig starrte Peter ihn an.

„Ich habe lange genug deinen Dr. Watson gespielt. Wir werden die Dinge wieder ins richtige Licht rücken. Ich möchte wissen, was du die ganze Zeit getrieben hast, während ich ans Bett gebunden war. Ich kann und will so nicht weiter arbeiten. Dein Versteckspiel und deine Geheimniskrämerei strengen mich zu sehr an. Ich bin es leid, immer nur mit ein paar Bemerkungen abgespeist zu werden."

„Ich..." Peters Wangen glühten. Seine Augen färbten sich dunkel.

„Fahr endlich", forderte Frank ihn auf und schaltete das Radio ein. Eisiges Schweigen herrschte zwischen ihnen bis zur Ankunft in Garrison.

Kaum hatte DS Quaritsh sie entdeckt, gesellte er sich auch schon zu ihnen.

„Ich hätte nicht geglaubt, dass Sie freiwillig kommen würden, Dr. Forgerson Nach all dem...", begrüßte er Peter und musterte ihn neugierig.

„Ist der Inspektor in seinem Büro?"

„Sie haben Glück, ja, er ist hier." DS Quaritsh deutete mit einer Handbewegung zum Büro.

„Na, dann wollen wir mal", ermunterte Frank Peter. Dafür erntete er einen vernichtenden Blick.

Inspektor Hardcourt telefonierte gerade, als sie das Büro betraten. Er sah von dem Stoß Papier hoch und nickte ihnen kurz zu, verabschiedete er sich und legte auf.

„Nehmen Sie doch Platz, meine Herren", bot er an und fixierte Peter mit eisigem Blick. „Ich habe soeben mit der Polizei in Belfast gesprochen. Sie haben einige Fortschritte bei den Ermittlungen wegen des Einbruchs im Beerdigungsinstitut erzielt."

„Tatsächlich?" Peter wirkte mehr als gelangweilt. Er zog betont lässig seinen Mantel aus, legte den Hut auf dem Aktenschrank ab und setzte sich.

„Sie haben das Fluchtfahrzeug sichergestellt und auf Spuren untersucht."

„Und weiter?", fragte Peter gedehnt. Frank sah Peter kritisch an, zog ebenfalls den Mantel aus und setzte sich neben ihn.

„Es wurden Haare sichergestellt. Gefärbtes, asiatisches Haar." Peter hob die Augenbrauen.

„Ach, der Täter war Chinese?"

„Seien Sie nicht lächerlich! Es ist ein eindeutiger Beweis für eine Perücke." Inspektor Hardcourt erhob sich und umrundete den Schreibtisch.

„Eine Perücke", wiederholte Peter vage.

„Warum hat er nicht einfach eine Mütze oder einen Strumpf übers Gesicht gezogen?", fragte Inspektor Hardcourt beißend und baute sich vor ihm auf.

„Möglicherweise bestand eine Allergie dagegen", vermutete Peter unschuldig.

„Vielleicht wollte sich der Täter aber auch als rothaarig ausgeben?", gab der Inspektor zu bedenken und ließ ihn dabei nicht aus den Augen. Peter zeigte daraufhin keine Reaktion. Stattdessen fragte er: „Was hat die Untersuchung weiter ergeben?"

„Sie sind noch an der Arbeit. Ich bin mir sicher, dass es wesentlich mehr an Beweise gibt."

„Wie sieht's denn mit Fingerabdrücken aus?" Das Gesicht des Inspektors färbte sich rot.

„Verflucht, Forgerson! Warum sind Sie in dieses Beerdigungsinstitut eingebrochen?!", explodierte er.

„Ich möchte nochmals betonen...", begann Peter, doch Inspektor Hardcourt ließ ihn nicht ausreden.

„Ich interessiere mich nicht für Ihre Beteuerungen. Es gibt nicht viele, die sich eine teure, asiatische Perücke leisten, um einen Einbruch zu begehen."

„Nicht viele, sicher, aber es gibt sie. Möglicherweise in den obersten Chefetagen einer Pharmaindustrie. Ich bin es langsam leid, immer bei allen möglichen Verbrechen, die in meiner Umgebung passieren, verdächtigt zu werden. Legen Sie mir auch den Mord an Miss Holder zur Last?", fauchte Peter erzürnt. Inspektor Hardcourt beugte sich zu ihm hinunter, bis er nur eine Handbreit von seiner Nase entfernt war. Mit ungewöhnlicher Ruhe sah er ihn an.

„Sie spielen Ihr Spiel wirklich gut, Engländer. Ich hätte Ihnen diese Kaltschnäuzigkeit nicht zugetraut. Aber ich lerne. Und ich werde Ihnen gegenüber andere Saiten aufziehen müssen." Bevor er weitersprechen konnte, klingelte das Telefon. Peter warf einen Blick

auf die Taschenuhr. Widerwillig nahm der Inspektor ab. Er nannte seinen Namen, lauschte, bejahte und streckte dann Peter den Hörer entgegen. „Chief Superintendant Aldrige von New Scotland Yard."
„Sehr gut." Sofort griff Peter sich den Hörer.
„Forgerson", meldete er sich gespannt. Es herrschte für kurze Zeit Stille.
„Ein sechzig Jahre alter Australier?", wiederholte er enttäuscht. Erneute Stille. „Beim Zeus!", schimpfte er dann halblaut. „Es gibt noch zwei weitere Maschinen, die am gleichen Abend gestartet sind. Wenn wir also..." Kurzes Schweigen. Frank und Inspektor Hardcourt beobachteten ihn gespannt. „Ohne Beweise!", ereiferte sich Peter wütend. Seine Wangen glühten. „Sie wissen, wie sich die Sachlage darstellt! Würde ich über die Beweise verfügen, könnte ich eine andere Vorgehensweise wählen." Während er Chief Superintendant Aldrige zuhörte, funkelten seine Augen mörderisch. „Ich danke Ihnen für Ihr bereitwilliges Entgegenkommen, Sir. Schönen Tag noch." Zornig legte er auf und starrte das Telefon an. Sein Atem raste. Im schnellen Rhythmus hob und senkte sich seine Brust. Er räusperte sich und erklärte dann überraschend ruhig: „Der Junge war nicht im Flugzeug."
„Das habe ich beinahe vermutet", bemerkte der Inspektor und nahm wieder hinter dem Schreibtisch Platz. „Was ist mit den beiden anderen Maschinen?"
„Er will die Spur nicht weiter verfolgen. Und sollte ich nochmals zu einer solchen Maßnahme greifen, würde er mir üble Schwierigkeiten bereiten. Ich habe schon genügend Ärger angerichtet, laut Aussage von Chief Superintendant Aldrige." Frustriert fuhr sich Peter durchs Haar. „Er sitzt in den obersten Etagen..."
„Ich bin ohnehin überzeugt, dass der Junge das Land noch nicht verlassen hat. Wir sollten ihn hier suchen. Vielleicht ist er von anderen Verbrechern entführt worden. Es gibt unzählige Möglichkeiten. Also, warum in die Ferne schweifen?", schlug Inspektor Hardcourt vor. Peter knurrte etwas Unverständliches.
„Bitte?" Inspektor Hardcourts Gesichtsausdruck wurde grimmig.
„Davon bin ich nicht überzeugt, Inspektor."
„Und weswegen?" Er stand auf und ging zur Tür.
„Wir hatten einen Schatten hinter uns, als wir das Krankenhaus verließen", erklärte Frank. Inspektor Hardcourt behielt den Türgriff in der Hand und drehte sich zu ihm um.
„Sie sind beschattet worden?"

„Exakt. Die Observierung war aber ziemlich plump."

„Aha." Er steckte den Kopf durch die Tür und bat jemanden drei Tassen Kaffee zu bringen, schloss die Tür hinter sich und drehte sich zu ihnen um. „Und was haben Sie getan?" Frank hob die Schultern.

„Wir haben ihn unter einem Vorwand festnehmen lassen. Mal sehen, ob er eine Aussage macht."

„Denken Sie wirklich, dass dieser Verfolger einer aus dem Stab von Corrigans Leuten ist? Nach alldem? Würde das nicht niveaulos erscheinen? Bis jetzt haben die Verbrecher mehr Kreativität an den Tag gelegt."

„Gegebenenfalls war dies nur als Ablenkungsmanöver gedacht." Es klopfte. Sergeant Ridway öffnete die Tür und kam mit einem Tablett, auf dem vier dampfende Tassen standen, herein. Er begrüßte kurz alle Anwesenden und stellte das Tablett auf dem Papier übersäten Schreibtisch ab. Sein Blick glitt von Inspektor Hardcourt zu Peter und zurück.

„Bitte bedienen Sie sich, solange er noch heiß ist." Das Telefon klingelte wieder. Automatisch nahm Sergeant Ridway ab, hörte kurz zu und reichte Peter den Hörer. „Ein Chief Constable Hopkins aus Belfast möchte mit Ihnen sprechen." Dankend nahm er ihm den Hörer aus der Hand und lauschte.

„Ja, ich verstehe", murmelte er halblaut. Am anderen Ende wurde gesprochen. Schließlich sagte Peter: „Kein Problem. Vielen Dank für Ihre Mühe. Schönen Tag noch." Nachdenklich legte er auf. Drei Augenpaare schauten ihn neugierig an.

„Und?", fragte Frank schließlich.

„Unser Verfolger von heut Morgen heißt Paul Traxon, ist achtundvierzig Jahre alt und ledig. Er stammt aus Omagh und arbeitet für die Wochenillustrierte People Gazette. Hin und wieder schreibt er auch für verschiedene, nordirische Tageszeitungen. Mehr wollte er nicht preisgeben."

„People Gazette ist eine Frauenzeitschrift", bemerkte Sergeant Ridway und reichte jedem eine Tasse.

„Durch das Feuer musste er erfahren haben, wer hier sein Unwesen treibt und hat sich wohl deshalb an Ihre Fersen geheftet", knurrte der Inspektor und nahm Sergeant Ridway eine Tasse aus der Hand.

„Ich wüsste nicht, was an meiner Person so besonders wäre, dass sich eine Frauenzeitschrift dafür interessieren würde."

„Blaues Blut", kam die Antwort von Sergeant Ridway prompt und damit war alles gesagt.

„Wie lange hat er Sie schon verfolgt?", fragte Sergeant Ridway und kostete das heiße Getränk.

„Seit dem Krankenhaus", erwiderte Peter mürrisch.

„Sind Sie sich da völlig sicher?", hakte Inspektor Hardcourt nach.

„Absolut." Skeptisch beäugte ihn der Inspektor und trank von dem Kaffee.

„Es ist noch nicht allzu lange her, da schafften Sie es nicht einmal mir zu sagen, ob ein Auto an Ihnen vorüber gefahren war oder nicht. Ich kann mich also auf Ihr Urteilsvermögen absolut verlassen." Seine Stimme triefte vor Sarkasmus.

„Ich war damals tief in Gedanken versunken", verteidigte sich Peter beleidigt.

„Wie konnte ich das vergessen", höhnte der Inspektor und beugte sich zu Peter herüber. „Und wo waren Sie mit den Gedanken, als Sie zum Krankenhaus fuhren?"

„Das Krankenhauspersonal konnte ihm ebenso gut einen Wink gegeben haben. Es gibt einige, die mich dort kennen. Und für einen kleinen Nebenverdienst hat bestimmt jeder ein offenes Ohr", ereiferte er sich. Bevor Inspektor Hardcourt etwas erwidern vermochte, fuhr Peter fort: „Der Journalist ist für unsere Sache von keinerlei Bedeutung. Wir werden eben dafür sorgen, dass er uns nicht in die Quere kommt. Dies sollte für uns wohl kein Problem darstellen."

„Warten wir's ab", lamentierte Sergeant Ridway halblaut. Peter warf ihm einen bösen Blick zu und wechselte dann das Thema.

„Wie weit sind ihre Ermittlungen in der Brandsache gediehen?" Seine Arme über der Brust gekreuzt lehnte sich Inspektor Hardcourt im Bürosessel zurück und wartete. Eiserne Stille herrschte. Sergeant Ridway war dieses Katz und Mausspiel leid.

„Es war eindeutig Brandstiftung", bemerkte er schließlich. „Das Feuer wurde mit einem schnell brennbaren Gemisch, das auch ganz gern für Brandbomben verwendet wird, entzündet. Es handelte sich um dieselbe Zusammensetzung, die man auch bei dem Brand an dem Cottage benutzte. Den Rest an Spuren hat das Feuer vernichtet. Wir erhielten bis jetzt noch keine stichhaltige Zeugenaussage. Entweder hat niemand etwas gesehen, oder es traut sich keiner auszusagen. Wie Sie wissen, sind die Nordiren ein verstocktes Volk, wenn es um Engländer geht. Doch wir sind ebenso beharrlich. Es wird noch viele Fragen geben, bis wir den Fall zu den Akten legen."

„Glauben Sie denn, Sie werden überhaupt Antworten finden?"

„Wo ein Wille..."

„Ich weiß, alle Wege führen nach Rom, Sergeant Ridway. Ich bezweifle jedoch, dass Sie hier punkten werden. Soweit ich die Sache sehe..."

„Gibt es Neuigkeiten über den Jungen?" mischte sich Inspektor Hardcourt ein. Stirnrunzelnd wandte sich Sergeant Ridway an seinen Vorgesetzten.

„Leider nein, Sir. Wir warten immer noch auf eine Lösegeldforderung. Aber bis jetzt ohne Erfolg." Peters Augen begannen plötzlich zu funkeln.

Frank kannte diesen Ausdruck auf Peters Gesicht und seine Nackenhaare sträubten sich.

„Du hast doch nicht etwa wieder so eine irre Idee?" Er hegte die schlimmsten Befürchtungen.

„Der Junge ist nun schon über fünfzehn Stunden verschwunden...", begann Peter nachdenklich.

„Es dauert bei so manchen Entführern mehrere Tage bis sie sich melden", belehrte ihn Sergeant Ridway und nahm auf dem Sofa Platz.

„Wir gehen aber nicht von einer typischen Entführung aus", entgegnete Peter entschieden. „Sind wir uns da einig?" Der Inspektor hatte keinen Schimmer, worauf er hinaus wollte. Aber irgendetwas führte er im Schilde. Peter fuhr fort: „Wenn wir mit unserer Theorie richtig liegen, wird auch keine Lösegeldforderung eingehen. Es würde die Sache zu sehr verkomplizieren. Ich schlage daher vor, wir geben den Tätern noch fünf Stunden Zeit. Sollten wir bis dato immer noch nichts von ihnen gehört haben, werden wir eine Lösegeldforderung stellen." Die Bombe war geplatzt. Wie von der Tarantel gestochen, schossen die beiden Polizeibeamten in die Höhe. Inspektor Hardcourt lief purpurfarben an und Frank fiel das Kinn herunter.

Das konnte unmöglich sein Ernst sein. Dies war infam! Sergeant Ridway öffnete den Mund, brachte aber kein Wort zu Stande. Seine Arme ruderten unkontrolliert durch die Luft. Peter sah dem Chaos, das er angerichtet hatte, unbeeindruckt zu.

„Wenn sich die Herrschaften wieder etwas beruhigt haben, werde ich gerne meinen Plan erläutern", bot er bereitwillig an.

„Ihren Plan?!", krächzte Inspektor Hardcourt mit hochrotem Kopf. „Sie sind total wahnsinnig, Engländer! Völlig übergeschnappt! Plan!", schrie er ihn an. „Man sollte Sie einsperren! Sie sind eine Gefahr für die ganze Menschheit! Als wäre es nicht schon verrückt genug in Beerdigungsinstitute einzubrechen oder mitten in der Nacht Särge aus ihren Gräbern zu holen. Nein, Sie möchten jetzt auch noch eine Lösegeldforderung für ein entführtes Kind stellen! Sie müssen von allen guten Geistern verlassen sein! Ich wusste, dass Engländer verrückt sind, aber das...!" Peter hob ruhig den Blick. Sein Gesicht zeigte keine Regung.

„Sie sollten sich beruhigen, Inspektor. Ich möchte nicht, dass Sie eine Herzattacke erleiden."

Sergeant Ridway hatte sich wieder auf das Sofa fallen lassen. Ungläubig starrte er Peter an, immer noch keines Wortes fähig. Frank saß blass, aber ruhig neben ihm und harrte den Dingen, die da kommen würden. Inspektor Hardcourt zappelte immer noch wie ein wild gewordener Hampelmann herum, beobachtet von zwei dunklen Augen, die ihm signalisierten, dass er sich mit dem Getue völlig lächerlich machte. Diese ruhige, kaltblütige Art des Engländers, dessen Vorschlag so absurd, ja absolut wahnsinnig war, brachte ihn in Rage. Zornig hob er seine Fäuste. Sein Blick glitt zu Frank, der ihn warnend ansah. Er holte tief Luft und versuchte sich langsam zu beruhigen.

„Wie haben Sie das mit dieser Lösegeldforderung gemeint?" Er bemühte sich ebenso kalt, wie der Herr Anwalt zu wirken, doch seine Stimmbänder kratzten und er schaffte es nicht sich zu setzen. Schweißperlen standen auf seiner Stirn. Die Wangen glühten. Er sah aus, als würde er Peter jeden Moment an die Kehle gehen.

Frank hätte es eigentlich wissen müssen. Immerhin kannte er Peter nun schon eine geraume Zeit. Er wusste von seinen seltsamen Praktiken. Dafür war er prädestiniert. Und trotzdem schaffte er es immer wieder ihn so aus dem Gleichgewicht zu bringen.

Nachdem sich Inspektor Hardcourt endlich gefasst hatte, goss er sich ein großes Glas Wasser ein und trank es in einem Zug aus. Er lehnte sich an den Schreibtisch, verschränkte die Arme vor der Brust und fixierte Peter.

„Na, dann schießen Sie mal los, Mr Holmes!"

„Wir gehen doch davon aus, dass Corrigan den Jungen in seinem Besitz hat. Sind wir uns da einig?"

„Ich habe Ihnen vorher schon erklärt, Forgerson...", begann Inspektor Hardcourt, doch Frank hob die Hand.

„Lassen Sie ihn erst mal sprechen, Inspektor, vielleicht ist sein Plan gar nicht so abwegig."

„Bitte, wie Sie wünschen." Demonstrativ nahm er hinter dem Schreibtisch Platz und verschränkte wieder seine Arme.

„Er wird den Jungen für seine Zwecke nutzen wollen und auch bereits dafür schon den richtigen Abnehmer haben. Die Zeit läuft und bringt er ihn nicht rechtzeitig zu dem Empfänger, wird dieses Geschäft nicht zu Stande kommen, und die ganze Mühe war umsonst. Die Lösegeldforderung, die ich beabsichtige zu stellen, wird für ihn ein dankbares Ablenkungsmanöver sein. Er wird die Gelegenheit wahrnehmen, sobald sich die Aufmerksamkeit der Polizei in eine andere Richtung bewegt. Ich möchte das das Firmen-, Lager-, Flughafengelände und sein Landhaus rund um die Uhr überwacht wissen. Früher oder später verlässt der Fuchs den Bau."

„Das ist völlig unmöglich! Wissen Sie, wie viele Personen dafür nötig sind? Es ist einfach utopisch eine Bewachung jener Größenordnung durchzuführen!"

„Das ist Ihr Problem, Inspektor Hardcourt. Machen Sie das Unmögliche möglich. Ich setze mein ganzes Vertrauen in Sie." Bevor Inspektor Hardcourt protestieren konnte, fuhr Peter fort: „Wir werden die Medien über die Lösegeldforderung informieren und Mr Corrigan über das Fernsehen bitten uns die Summe zur Verfügung zu stellen. Als Zeichen seiner Großzügigkeit versteht sich."

„Wie bitte?" Inspektor Hardcourt konnte so viel Dreistigkeit nicht fassen.

„Natürlich werden wir eine angemessene Summe verlangen, die ihm sicherlich ein klein wenig Bauchschmerzen verursachen wird. Besonders, da ich gerade dabei bin, ihm sämtliche Konten zu sperren. Ich möchte ihn endlich schwitzen sehen."

„Und wenn sich doch der richtige Entführer meldet? Was dann? Die Sache ist viel zu riskant. Ich werde nicht zulassen, dass Sie das Leben des Kindes mit diesem haarsträubenden Plan aufs Spiel setzen. Haben Sie mich verstanden, Dr. Forgerson?" Peters Augen färbten sich dunkel.

„Wie viele müssen noch ihr Leben lassen, bis Sie verstehen, wer hier die Verbrechen verübt? Wie lange wollen Sie so weiter machen? Wir bewegen uns ständig um die eigene Achse. Und was macht er? Er nimmt sich die Freiheit, stiehlt das nächste Kind, das auf seiner Liste steht, und lacht über unsere Unfähigkeit. Das kann noch Jahre so weiter gehen. Jahre!"

„Ich bleibe dabei. Das Risiko ist viel zu hoch!", fauchte Inspektor Hardcourt.

„Tatsächlich?", ereiferte sich Peter und stand auf. Seine Wangen glühten. „Wenn Sie nicht den Mut dazu aufbringen, werde ich die Verantwortung dafür übernehmen. Genug ist genug."

„Den Teufel werden Sie tun, Dr. Forgerson. Sollten Sie es wagen, eine Lösegeldforderung zu stellen, werde ich Sie persönlich dafür einsperren." Peter legte seine Hände auf den Schreibtisch und beugte sich zu Inspektor Hardcourt.

„Ich lasse mir nicht drohen, Inspektor Hardcourt. Sie verkennen meinen Status."

„Es ist eindeutig eine Straftat, die Sie begehen und das wird Ihnen das Genick brechen", entgegnete er Peter kalt.

„Sie werden nicht die Möglichkeit haben..."

„Schluss jetzt!", unterbrach sie Frank scharf. Die Köpfe der beiden Kampfhähne drehten sich zu ihm.

„Ihr solltet langsam aufhören euch gegenseitig zu zerfleischen. Darüber kann Mr Corrigan nur lachen und das mit Recht. Wir sollten zusammenarbeiten, wenn wir ihn zur Strecke bringen möchten." Er sah beide an. Peters Blick wanderte zu Inspektor Hardcourt, der ihn wütend erwiderte.

„Ich werde darüber nachdenken. Kommen Sie um Acht, dann werde ich Ihnen meine Entscheidung mitteilen."

„Das ist mir viel zu wenig. Ich möchte..."

„Peter!", fuhr ihn Frank an.

„Ich...", begann er.

„Schluss, sofort! Du hast gehört, was Inspektor Hardcourt gesagt hat. Wir werden jetzt gehen und wenn sich die Gemüter wieder etwas beruhigt haben und wir vernünftig reden können, werden wir auch zu einer Lösung kommen. Momentan erscheint mir das unmöglich." Er stand entschlossen auf, reichte Peter den Mantel, schlüpfte in den seinigen und öffnete die Tür.

„Ich..."

„Komm jetzt", zischte Frank wütend. Peter drehte sich, den Mantel in der Hand zu Inspektor Hardcourt um.

„Ich..." Frank packte ihn unwirsch am Arm und zog ihn mit sich.

„Bis acht Uhr", erinnerte er den Inspektor und zerrte Peter hinter sich aus dem Büro.

Draußen auf der Straße platzte Peter der Kragen.

„Was fällt dir ein, mit mir auf diese zutiefst entwürdigende Weise vor all den Polizisten zu verfahren?! Du hast mich völlig lächerlich gemacht!"

„Ich habe dir soeben deinen Plan gerettet, Mr Holmes!", zischte Frank zornig. Seine Wangen leuchteten rot. „Denkst du, Inspektor Hardcourt gibt dir auch nur einen Inch Recht?" Mit Zeigefinger und Daumen deutete er den minimalen Abstand an. „Wie oft habe ich dir gesagt, dass nicht alle von deinen haarsträubenden Plänen begeistert sind?! Du überforderst sie. Gib ihnen doch nur einmal Zeit, damit sie darüber nachdenken können. Für ihn steht viel auf dem Spiel."

„Denkst du für mich nicht? Wir können nicht mehr einfach da sitzen und Däumchen drehen. Die Zeit läuft uns durch die Finger!" Frank funkelte ihn an.

„Erspare mir bitte deine Belehrungen, Peter. Ich weiß, was hier läuft. Inspektor Hardcourt sitzt am längeren Hebel, ob es dir passt oder nicht. Wenn du ohne seine Zustimmung eine Lösegeldforderung stellst, kann er dich ins Gefängnis bringen und das für eine lange Zeit."

„Du hältst die Idee also auch für absurd!", brauste Peter auf. Ein paar Passanten, die über den Marktplatz gingen, schauten neugierig zu ihnen herüber. Peter senkte seine Stimme. „Sag mir einen besseren Weg und ich werde ihn auf der Stelle beschreiten."

„Ich habe nie behauptet, dein Plan könnte nicht funktionieren, aber er ist im höchsten Maße gefährlich."

„Glaubst du, der Junge wurde von einem gewöhnlichen Verbrecher entführt?" Langsam schüttelte Frank den Kopf.

„Nein, da sprechen alle Indizien dagegen. Hast du überlegt, dass sie, wenn die Lösegeldforderung gestellt und durch die Medien ausgestrahlt wird, den Jungen sofort töten? Kannst du das wirklich verantworten?" Frank sah ihm direkt in die Augen. Peters dunkle Augen leuchteten kämpferisch, doch er erwiderte nichts. Die Vernunft hatte gesiegt. Die Sache war also erledigt. Frank nahm die Schlüssel aus der Manteltasche und sperrte auf.

„Wir werden jetzt zu Ian Artkinson fahren und uns seine Videokamera ausleihen." Frank konnte seinen Ohren nicht trauen. Entgeistert starrte er ihn über das Wagendach an.

„Du willst tatsächlich...", begann er.

„Natürlich will ich."

„Inspektor Hardcourt wird dir nie die Zustimmung für diese Unternehmung geben und gewiss auch nicht nach fünf Stunden Bedenkzeit."

„Bitte fahr mich jetzt zu Ian Artkinson." Kopfschüttelnd sperrte Frank die Wagentüren auf.

„Du solltest dir das alles noch mal gut überlegen, Peter."

„Das ist bereits geschehen. Ich werde den Jungen raus holen, lebend", setzte er nachdrücklich hinzu.

„Aber doch nicht mit solchen Mitteln!" Frank steckte den Schlüssel ins Zündschloss. Warum war Peter nur immer so stur? „Es gibt keinerlei Beweise, die Corrigan mit all den Verbrechen in Verbindung bringt. Deine Theorie stützt sich nur auf Indizien und Vermutungen, nicht mehr." Peter wollte gerade ansetzen, doch Frank ließ es nicht zu. „Und komm mir jetzt bitte nicht mit diesen schrecklichen Sherlock Holmes Zitaten. Arthur Conan Doyle war Schriftsteller, kein Kriminologe."

„Meinst du, darüber weiß ich nicht Bescheid? Es geht hier nicht um Sherlock Holmes. Es geht hier um Mut. Kannst du diesen aufbringen, Frank?" Ihre Blicke trafen sich.

„Das hat nichts mit Mut zu tun", entgegnete Frank barsch.

„Sicher hat es das. Ich möchte wissen, ob du so weit gehen willst?" Frank fuhr los.

„Das, was du da durchziehen möchtest, ist viel zu waghalsig."

„Ich akzeptiere deine Meinung. In Ordnung. Lass mich bitte aussteigen. Ich werde die Sache ohne dich in die Hand nehmen. Ich bin dir nicht böse, Frank. Lass mich einfach nur aussteigen." Frank setzte den Blinker und wartete am Gehsteigrand.

„Peter...", begann er, der im Begriff war die Tür zu öffnen. Peter drehte sich zu Frank. In seinen Augen stand eiserne Entschlossenheit.

„Hey, kann man denn deine Meinung nicht ändern?"

„Nein", antwortete er schlicht und öffnete die Tür. Ein Seufzen entrang sich Franks Inneren. „Schließ die Tür, Peter. Ich werde nicht zusehen, wie du ins Verderben rennst."

„Was soll das heißen?"

„Ich werde dich begleiten. Gegebenenfalls ergibt sich eine Möglichkeit, so dass ich die Notleine ziehen kann."

„Komm mir nicht in die Quere, Frank", warnte er seinen Freund scharf.

„Verflucht, Peter!", ereiferte sich Frank aufgebracht. Ihre Blicke hingen aneinander fest. Es gab keinen Zweifel. Peter würde es durchziehen, koste es was es wolle. Er schloss für einen Moment die Augen, atmete tief durch, drehte den Schlüssel im Schloss. „Schließ die Tür, Peter", befahl er grimmig.

„Was hast du vor?" Peter beäugte Frank skeptisch, eine Hand an dem Türgriff der angelehnten Tür.

„Wir werden zu Ian fahren. Ich bin nicht der Einzige, den du zu überzeugen hast." Peter schloss schweigend die Tür und der Wagen setzte sich in Bewegung.

Als sie auf den Hof fuhren, kam Mr Artkinson gerade von der Feldarbeit zurück. Er winkte ihnen aufmunternd zu und wartete bis beide ausgestiegen waren.

„Willkommen Held von Garrison", begrüßte er Peter.

„Held von Garrison?", wiederholte Frank perplex und sah Peter an, der ebenso verwirrt die Schultern hob. Frank kam um den Wagen herum und gesellte sich zu Peter, der sogleich die beiden Herren miteinander bekannt machte.

„Ist Ian hier?", fragte er schließlich, ohne weiter auf die Bemerkung einzugehen.

„Aber, ja. Er ist mit Helena im Wohnzimmer und sitzt über der Buchführung."

„Gut. Ich denke, ich kenne das Zimmer." Mr Artkinson lachte.

„Ja, das denke ich auch." Er klopfte Peter aufmunternd auf die Schulter und machte sich auf den Weg zu den Stallungen.

„Weshalb hat er so gelacht?", fragte Frank argwöhnisch.

„Ach, das ist eine lange Geschichte. Völlig uninteressant."

„Tatsächlich?", hakte Frank nach.

„Ja", versicherte Peter. „Los, lass uns endlich gehen." Peter marschierte mit schnellen Schritten auf das Wohngebäude zu.

„Sherlock und seine Geheimnisse", knurrte Frank wütend und folgte ihm.

Helena und Ian saßen an einem alten, großen Eichenschreibtisch. Ein Stapel Rechnungen lag fein säuberlich neben der Rechenmaschine, dessen Papierschlange beinahe den Boden berührte. Peter klopfte diskret an die Tür und trat ein. Überrascht sahen beide von ihrer Arbeit auf.

„Hallo", grüßte Peter salopp. Sein Blick glitt zu Helena und die Augen begannen zu glänzen. Helena trug ihr Haar hochgesteckt und ihr zarter, blasser Hals war zu sehen. Ein Lächeln erschien auf ihren Lippen.

„Überraschender Besuch", verkündete Ian und räumte einen Stoß Papiere zur Seite.

„Ich hoffe, wir kommen nicht allzu ungelegen", entschuldigte sich Peter. Ian besah sich kurz seine Buchhaltung, dann schaute er Peter an.

„Ihr Erscheinen ist sicherlich nicht unbegründet."

„Da liegen Sie völlig richtig", erwiderte Peter und nahm den Hut ab.

„Aber bitte setzen Sie sich doch." Helena war aufgestanden und deutete auf das Sofa. Dabei sah sie Peter verschwörerisch an. Ian und Frank war der Blick nicht entgangen. Die Tür öffnete sich und Helenas Cousine kam mit einem beladenen Tablett voller Teegeschirr herein. Sofort erhoben sich Frank und Peter vom Sofa.

„Guten Tag, Miss Constance", begrüßte Peter sie fast schüchtern. Ihr Blick, den sie auf ihn richtete war eiskalt.

„Dr. Forgerson", bemerkte sie kühl und stellte das Tablett auf dem Wohnzimmertisch ab. „Ich werde noch zwei Tassen holen", erklärte sie nach kurzem Zögern, drehte sich auf dem Absatz um und verließ den Raum mit hocherhobenem Kopf.

„Ich werde das Gefühl nicht los, dass sie mich nicht leiden kann", murmelte Peter halblaut und schälte sich aus dem Mantel.

„Kein Wunder", knurrte Frank und zog sich ebenfalls aus. Peter hob an, doch Helena kam ihm zuvor.

„Gibt es etwas Neues?", fragte sie und begann den Tisch zu decken.

„Man hat heute Nacht einen Jungen aus dem Krankenhaus entführt", antwortete Frank. Er erwartete, dass Peter ihm sogleich seinen Ellenbogen in die Seite rammen würde, doch es geschah nichts dergleichen. Merkwürdig, sehr merkwürdig.

„Heute Nacht?", wiederholte Helena erschrocken.

„Ja."

„In welchem Krankenhaus ist das geschehen?" Sie ahnte schreckliches.

„Im St. Malcolm Hospital in Belfast. Die Polizei war damit beschäftigt, hinter zwei Einbrecher herzujagen, die in ein Bestattungsinstitut einbrachen, so dass die Entführer ungestört flüchten konnten." Dabei warf er Peter einen vernichtenden Blick zu. Helena wurde eine Spur blasser.

„Und jetzt?" Ian schlug das Kassenbuch zu und schaute Peter herausfordernd an. Frustriert schüttelte Frank den Kopf.

„Die ganze Geschichte gestaltet sich äußerst schwierig."

„Gab es eine Lösegeldforderung?", wünschte Helena zu wissen und stellte die Teekanne auf einem bastgeflochtenen Untersetzter.

„Bis jetzt noch nicht." Franks Stimme klang unheilvoll. Kurze Stille herrschte.

„Denken Sie, es wird eine Lösegeldforderung geben?" Ian gesellte sich zu ihnen an den Tisch. Frank wollte etwas erwidern, doch die Tür öffnete sich und Miss Constance kam zurück. Sie stellte zwei Gedecke auf den Tisch und nahm schließlich neben Ian Platz. Ihre Augen waren wieder auf Peter gerichtet. Stirnrunzelnd folgte er dem Blick seiner Cousine und wandte sich dann an Frank: „Ach, ich glaube, Dr. Barkley, Sie kennen meine Cousine Constance noch nicht."

„Nein, ich hatte leider noch nicht das Vergnügen", bestätigte Frank und lächelte sie an.

„Dr. Barkley darf ich Ihnen meine Cousine Constance..."

„Nennen Sie mich ruhig Constance", fuhr sie sofort dazwischen und reichte ihm die Hand. Etwas irritiert schüttelte er sie.

„Gerne, ich bin Frank." Sie tauschten ein Lächeln.

„Woher stammen Sie, Constance? Ihrer Stimme nach sind Sie eindeutig Engländerin." Sie nickte zustimmend.

„Ja, meine Heimat ist Südwestengland."

„Sie sind zu beneiden. Es ist eine der schönsten Gegenden Englands", bekräftigte Frank freundlich. „So friedlich und ..."

„Ich wusste gar nicht, dass du Sinn für Romantik besitzt. Ich dachte immer, du würdest grüne Wiesen und Wälder nur mit Mücken und Heuschnupfen in Verbindung bringen", unterbrach ihn Peter und erntete dafür einen bösen Tritt gegen das Schienbein.

„Wäre ich wirklich solch eine Großstadtpflanze, wie du behauptest, würde ich kaum so manches Wochenende auf eurem Landsitz verbringen", konterte Frank gereizt.

„Sie sind kein Londoner?", wandte sie sich an Peter, doch ihre Stimme zeigte deutlich, dass die Frage nur rein der Konversation diente. Ihre Blicke begegneten sich. Beide musterten sich wie Gegner auf dem Schlachtfeld.

„Mehr oder weniger, ich wohne auf dem Land, jedoch verbringe ich die meiste Zeit meines Lebens in London. Meine Familie besitzt ein Landhaus in der Nähe von Watton, ein kleines, unscheinbares Nest. Nichts Aufregendes." Das war mehr als untertrieben. Immerhin besaßen die Forgersons einen riesigen Landsitz mit zwei Gestüten, wovon eines in Peters Besitz war. Dazu zählte Wald- und Weideland, das mehrere hundert Hektar umfasste.

„Landhaus?!" Helena konnte sich, nachdem sie Sir Julian Forgerson kennen gelernt hatte, unmöglich vorstellen, dass er ein Landhaus bewohnen würde.

„Sicher, nichts aufregendes. Es lohnt sich wirklich nicht, sich darüber zu unterhalten", versicherte Peter eilig, dem dieses Gespräch äußerst peinlich war. Sein Blick traf Constance, die ihn kritisierend erwiderte. Ihre Gedanken waren deutlich zu lesen. Seine Wangen röteten sich. Ertappt schlug er die Augen nieder. Die Tür wurde einen Spalt geöffnet und Mr Artkinson steckte den Kopf herein.

„Ah, da ist ja die ganze Mannschaft versammelt!" Er öffnete die Tür ganz und kam ins Zimmer. „Ich will ja eure Teepause nicht stören, aber Anna möchte nach Enniskillen einige Besorgungen machen und sie sucht nach einem Chauffeur, da ihr Bein immer noch in der lästigen Schiene steckt." Sogleich erhob sich Constance.

„Ich übernehme das", erklärte sie bereitwillig.

„Danke. Ich würde sie fahren, aber ich habe noch so viel zu erledigen..."

„Das ist wirklich kein Problem", versicherte sie und lächelte. Sie war eine vollkommene Schönheit, mit ihrem rotblondem, langem Haar und ihren blauen Augen. Ein Lächeln ermöglichte so vieles. „Ich denke, dass ich hier nicht gebraucht werde." Abermals fixierte sie Peter mit einem stählernen Blick. Stirnrunzelnd betrachtete Mr Artkinson Peter und hielt ihr die Tür auf. Peter erhob sich im gleichen Moment wie Constance. Ihre Blicke hingen aneinander.

„Dr. Forgerson."

„Miss Constance." Eine Gänsehaut jagte ihm den Rücken herunter. Sie nickte ihm kurz zu und wandte sich zur Tür. Bevor sie den Raum verließ, drehte sie sich nochmals um.

„Bis später." Grüßend hob sie zum Abschied die Hand und folgte Mr Artkinson.

Alle Augenpaare waren auf Peter gerichtet. Seine Augen schienen ins Leere zu starren.

„Peter…", richtete Frank das Wort an ihn. Peter riss sich sofort aus seinen Gedanken los und ging in die Verteidigung über.

„Ich habe keine Ahnung, weshalb Sie mich mit ihren Blicken bestraft. Ich bin ihr nie zu nahe getreten oder habe sie schlecht behandelt, bei den wenigen Malen, die ich ihr begegnet bin. Also seht mich bitte nicht so an!" Ihre Augen waren weiterhin auf ihn gerichtet. Wütend funkelte er zurück. „Können wir jetzt zu dem Thema kommen, weshalb ich gekommen bin?", fragte er aufgebracht.

„Sicher können wir das", versicherte Ian grinsend.

„Gut. Wie ich vorher berichtet habe, hat man heute Nacht ein Kind aus der Klinik in Belfast entführt. Es wurde keine Lösegeldforderung gestellt. Sowie die Sache sich darstellt, deutet alles auf unseren Verdächtigen hin." Peter sah sie der Reihe nach an. Da keiner etwas sagte, fuhr er fort: „Ich habe einen Plan entwickelt, die Verbrecher aus ihrem Versteck zu holen und dazu benötige ich Ihre Videokamera, Mr Artkinson."

„Meine Videokamera? Möchten Sie uns Ihren Plan nicht erläutern? Ich weiß wirklich nicht, wie Ihnen meine Videokamera helfen soll, ein entführtes Kind zurück zu bringen." Frank warf Peter einen scharfen Blick zu.

Peter begann ruhig: „Es wird eine Lösegeldforderung geben und ich möchte, dass die Eltern des entführten Jungen Mr Corrigan bitten, ihnen mit der Summe des verlangten Lösegelds auszuhelfen."

„Wie bitte? Ich verstehe nicht. Woher wissen Sie, dass es eine Lösegeldforderung geben wird, wenn bis dato noch keine eingegangen ist? Und warum möchten Sie, dass die Eltern des Kindes gerade Corrigan um das Geld bitten, wenn überdies er das Kind entführt haben soll?", fragte Helena sichtlich durcheinander.

„Mr Corrigan befindet sich momentan in einer sehr unangenehmen Lage, da ich soeben dabei bin, ihm sämtliche Konten zu sperren. In ein paar Stunden befindet er sich in einer finanziellen Zwangslage und diese Bitte um Geld wird ihm zusätzliche Kopfschmerzen bringen. Er muss handeln und zwar schnell."

„Haben Sie denn zu allen seinen Konten Zugriff?", fragte Ian skeptisch. Helena begegnete Peters Blick.

„Zumindest zu einem großen Teil", bestätigte er.

„Gut, Sie haben also Corrigans Konten im Griff, aber Sie können doch unmöglich von den Eltern des entführten Jungen verlangen, dass sie Corrigan bitten, ihnen das Geld zu geben. Wer weiß, ob sie Corrigan überhaupt kennen?"

„Der Vater des Jungen arbeitet ebenfalls bei Corrigan Industry, wie beinahe jeder in dieser Region. Aber Sie haben Recht, es wäre viel verlangt. Daher dachte ich, die Rolle könnten möglicherweise die Darsons übernehmen. Sie wären die einzige Familie, die wir ins Vertrauen ziehen können."

„Die Darsons?!", brauste Ian wie von der Tarantel gestochen auf. „Sind Sie von allen guten Geistern verlassen?! Diese Leute haben schon mehr als genug gelitten! Und überhaupt kennt Corrigan die Darsons!"

„Nicht persönlich", erwiderte Peter ruhig. „Ihm sind die Namen bekannt, nicht die Menschen."

„Aber er hat ihr Kind entführt!" schrie Ian.

„Der einzige, der die Darsons erkennen könnte, ist Dr. Penell. Und ich werde dafür sorgen, dass auch er nicht auf den Gedanken kommt, das Ehepaar vor der Kamera seien die Darsons. Darauf dürfen Sie sich verlassen, Mr Artkinson."

„Das alles ist viel zu gefährlich. Woher kommt überhaupt die Lösegeldforderung, wenn sie nicht von Corrigan selbst gefordert wird?"

„Ich werde sie stellen", entgegnete Peter schlicht.

„Was?!" Ian konnte es nicht fassen. Er starrte Peter an, als wäre er soeben einem Außerirdischen begegnet. „Das ist das verrückteste, was Sie überhaupt je gesagt haben. Es kann unmöglich Ihr Ernst sein!" Peter erwiderte Ians wilden Blick ruhig.

„Nein, das kann nicht sein!", rief Ian kopfschüttelnd und warf die Arme in die Luft. Er war bereits auf den Beinen und lief völlig aus der Bahn geworfen im Zimmer auf und ab. Helena saß auf dem Sofa und starrte Peter entgeistert an. Mitten im Zimmer blieb Ian stehen und drehte sich zu Peter um. „Ich werde da auf keinen Fall mitmachen. Niemals!" Die Worte unterstrich er mit einer energischen Handbewegung. Frank verschränkte seine Arme vor der Brust, lehnte sich mit einer gewissen Genugtuung zurück und harrte den Dingen, die da noch kommen würden. Dieser verrückte Plan konnte unmöglich in die Tat umgesetzt werden.

„Ich bin für alle Vorschläge offen, Mr Artkinson, gar keine Frage. Aber wenn Sie nichts entgegenbringen können, bitte, dann werde ich die Sache mit oder ohne Ihrer Hilfe durchziehen. Ich habe nicht vor weiterhin tatenlos zuzusehen, wie das nächste Kind den Tod finden wird..."

„Woher möchten Sie wissen, dass dieses Kind durch die waghalsige Aktion nicht stirbt? Vielleicht wird er gleich nach Ihrer abstrusen Lösegeldforderung getötet! Ist Ihnen das schon in den Sinn gekommen? Viele Entführer haben Ihre Opfer getötet, als man sie unter Druck gesetzt hat! Warum sollte es gerade hier eine Ausnahme sein?"

„Corrigan braucht das Geld. Er sitzt auf dem Trockenen. Wenn ich möchte, kann ich ihm drei bis vier Monate lang die Konten sperren lassen. Sollte er das Kind töten, hat er eine sehr wichtige Geldquelle zerstört."

„Ich glaube nicht, dass ihm daran sehr viel liegt", entgegnete Ian barsch und stemmte die Hände in die Hüften. Seine Wangen glühten.

„Er wird die Herausforderung annehmen. Seien Sie versichert. Wir haben ihm den Fehdehandschuh hingeworfen und er wird ihn aufheben", versprach Peter ihm.

„Und wie läuft es mit der Polizei? Soweit ich weiß, macht man sich strafbar, wenn man eine Lösegeldforderung stellt." Ian gab noch nicht auf.

„Darum habe ich mich bereits gekümmert. Lassen Sie das nur ganz meine Sorge sein. Sie werden damit nicht in Verbindung gebracht werden. Es wird Ihnen und Ihrer Familie, sowie den Darsons nichts geschehen. Dafür trage ich die volle Verantwortung." Unschlüssig sah Ian Frank an.

„Glauben Sie mir, Mr Artkinson. Ich gebe Ihnen mein Wort darauf", versicherte Frank ihm. Nachdenklich lief er wieder im Zimmer auf und ab, dann wandte er sich an Helena: „Was denkst du, können wir soweit gehen?" Sie hob hilflos ihre Schultern.

„Gibt es denn irgendeine andere Möglichkeit? Ich habe mir schon die ganze Zeit den Kopf zermartert, aber mir fällt nichts ein und die Zeit läuft. Ich denke, wir haben keine andere Wahl."

„Hm." Unentschlossen verschränkte er die Arme hinter dem Rücken und setzte seine Wanderung durch das Wohnzimmer fort. Es herrschte drückende Stille. Alle Augen waren auf Ian gerichtet. Von ihm hing die Entscheidung ab. Nach einigen nervenaufreibenden Minuten blieb er endlich stehen und rang sich zu einem Entschluss durch.

„In Ordnung, Forgerson, ziehen wir es durch." Ihre Blicke trafen sich. „Was benötigen wir?"

„Ihre Videokamera, einen kleinen Fernseher und eine DVD. Den Rest habe ich schon besorgt", antwortete Peter erleichtert.

„Wie möchten Sie es den Darsons erklären?" wollte Ian wissen.

„Ich werde ihnen die Wahrheit sagen."

„Und wenn sie nach ihrem Kind fragen?", bohrte er weiter.

„Dann werde ich ihnen auch darüber Auskunft geben."

„Auskunft?" Ian starrte ihn an. „Welche Auskunft? Dass ihr Kind tot ist und seine Organe in einem anderen Kind stecken? Möchten Sie das den Darsons wirklich antun?! Sie glauben, ihr Kind lebt! Sie haben ihnen das zugesichert!" Peter schüttelte resigniert den Kopf. „Ich habe ihnen nichts dergleichen zugesichert. Sie haben das alles falsch interpretiert. Nie würde ich mir erlauben..."

„Aber wir haben es geglaubt!", herrschte Ian ihn an. „Wie beabsichtigen Sie es ihnen zu sagen? Möchten Sie in ihr Haus marschieren und ihnen ins Gesicht sagen, dass ihr Junge aller Wahrscheinlichkeit nach tot ist?!"

„Mr Artkinson..."

„Ich bin noch nicht fertig!", unterbrach ihn Ian barsch. „Ist Ihnen die Ungeheuerlichkeit klar, die Sie da vorhaben? Sie können ihnen nicht auf den Kopf zusagen, ihr Kind sei tot und im selben Atemzug verlangen, dass sie Geld für ein fremdes Kind erbitten, dem vielleicht dasselbe Schicksal zu Teil wird. Das ist grausam!"

„Sie kennen unsere Lage. Ich muss mich nicht nochmals wiederholen, Mr Artkinson. Es gibt nur diesen einen Weg. Ich würde alles andere vorziehen, wenn nur die geringste Möglichkeit bestehen würde, auf eine bessere Art unser Ziel zu erreichen. Denken Sie, mir fällt es leicht? Auch wenn ich ein widerlicher Engländer bin und Sie mich kaum als Mensch betrachten, so bestehe auch ich aus Fleisch und Blut und besitze eine Seele."

„Die schwarz wie die Nacht ist", fauchte Ian. Peter stand auf und trat ihm gegenüber. Helena beugte sich vor. Sie krallte die Hände in das Kissen, das sie unbewusst auf ihren Schoß gelegt hatte. Die Luft war elektrisiert.

„Werden Sie zu Ihrem Entschluss stehen?", fragte Peter ruhig. Sie starrten sich weiterhin an. Ians Brustkorb hob und senkte sich im schnellen Rhythmus. Er schluckte trocken, wich aber Peters Blick nicht aus.

„Ich habe Ihnen mein Wort gegeben. Und ein Ire steht zu seinem Wort wie ein Fels in der Brandung", antwortete er bitter und reckte ihm das spitzes Kinn entgegen. Peter nickte leicht und verbarg seine große Erleichterung hinter einem ausdruckslosen Gesicht. „Warten Sie hier, ich hole den Fernseher und die Kamera." Er drehte sich um und verließ das Zimmer. Peter wandte sich den Beiden auf dem Sofa zu.

„Ich möchte zuerst mit den Eltern sprechen, bevor wir die Aufzeichnung machen. Würdest du mir die Zeit geben und mit Mr Artkinson in einer Viertelstunde nachkommen?", richtete sich Peter an seinen Freund. Frank hob zweifelnd die Hände.

„Wenn du das möchtest", antwortete er dann langsam.

„Und ich?" Helena stand auf. „Was ist mit mir?" Ihre Augen begannen zu funkeln.

„Es wäre eine große Erleichterung, wenn Sie mich begleiten würden. Sie werden Ihnen mehr Vertrauen schenken als mir."

„Das denke ich auch." Ihre Stimme hatte plötzlich an Nachdruck verloren.

„Gut." Peter nahm seinen Mantel und öffnete die Tür.

„Peter?"

„Ja?" Er drehte sich zu Frank um.

„Viel Glück." Beide sahen sich für einen langen Moment an. Jeder wusste, was auf dem Spiel stand.

„Danke." Peter und Helena verließen das Haus.

In der Küche der Darsons war es gemütlich warm. Mrs Darson hatte soeben das Teegeschirr abgespült, als Helena und Peter über den Hintereingang das Haus betraten. Leise klopfte Helena an die Tür.

„Ja?", rief eine verunsicherte Stimme. Sie öffneten die Tür und sahen in das erwartungsvolle Gesicht von Mr und Mrs Darson.

„Guten Tag", begrüßte Peter sie freundlich und trat nach Helena ein. Sofort baute sich Mr Darson schützend hinter seiner Frau auf.

„Tag", murmelte Mr Darson und musterte die beiden Neuankömmlinge und ihre Utensilien, die sie mit sich führten misstrauisch. „Was ist passiert?", fragte er schließlich mit barscher Stimme.

„Ein Junge ist vergangene Nacht aus einem Krankenhaus in Belfast entführt worden", begann Peter und stellte den Karton auf den Boden.

„Ja und?" Peter deutete zu den Stühlen.

„Möchten Sie sich nicht setzen?" Argwöhnisch setzten sie sich an den Tisch und ließen ihn dabei nicht aus den Augen. „Nach dem momentanen Stand der Ermittlungen ist ein Zusammenhang zwischen dem Verschwinden Ihres Kindes und dem des Jungen nicht auszuschließen", fuhr Peter vorsichtig fort. Helena setzte sich neben Mrs Darson und nahm deren Hand in die ihre. Instinktiv legte Mr Darson den Arm um seine Frau. Unheilvoll stierte er Peter an.

„Wie meinen Sie das?" Mrs Darsons Stimme zitterte. Sie knüllte das feuchte Geschirrtuch, das sie immer noch in den Händen hielt, zu einem Knäuel zusammen. Der Moment war gekommen.

„Mr und Mrs Darson..." Peter suchte nach Worten. „Soweit unsere Nachforschungen gediehen sind, ist nicht mehr anzunehmen, dass Ihr Kind noch lebt." Ihre Gesichter wurden zu Stein. Das Blut wich aus ihren Wangen und die Pupillen weiteten sich. Ihre Iris war kaum noch zu sehen.

„Das... das ist unmöglich", wisperte Mr Darson völlig unter Schock. Peter trat zur Spüle, füllte zwei große Gläser mit Wasser und stellte sie vor dem Ehepaar auf den Tisch.

„Bitte trinken Sie", bat er und setzte sich beiden gegenüber. Mit zitternder Hand umfasste Mrs Darson das Glas und führte es wie in Trance an ihre Lippen.

„Sagen Sie mir, dass dies unmöglich ist", forderte ihn Mr Darson mit scharfer Stimme auf.

„Ich würde es tun, wenn es in meiner Macht stünde", antwortete Peter dumpf.

„Nein!", schrie Mrs Darson plötzlich auf. „Nein!" Sie riss sich von Helenas Hand los und fiel ihrem Mann um den Hals, der schützend seine Arme um sie legte. Seine Augen fixierten jedoch Peter.

„Weshalb sind Sie sich so verdammt sicher, Engländer?!", fuhr er ihn an.

„Ich..." Seufzend griff er in die Manteltasche und zog sein Notizbuch heraus. „Ich kann Ihnen keinen handfesten Beweis liefern, Mr Darson. Nichts Greifbares. Aber was ich habe, lässt keinen anderen Schluss zu."

„Damit gebe ich mich nicht zufrieden. Solange Sie nicht beweisen können, dass Toby tot ist, wird er für uns leben!" Er drückte seine Frau, die haltlos weinte, fest an sich. Peter rieb sich frustriert mit den Fingerspitzen von Zeige- und Mittelfinger die Stirn.

„Wie kann ich Ihnen das alles erklären... das Ganze ist sehr kompliziert und ich bin momentan noch nicht in der Lage, all die Tatsachen darzulegen, die vor Gericht stand halten könnten. Ich würde Ihnen gern die Leiche Ihres Kindes präsentieren, um Ihrer Seele Frieden zu schenken, aber allein das ist mir nicht möglich. Das Kind im Grab Ihres Sohnes... allein seine Identität..."

„Was ist mit Toby passiert?", unterbrach ihn Mr Darson unwirsch. „Wenn sie den Jungen entführt haben, warum hat niemand Lösegeld gefordert? Denken Sie an ein Gewaltverbrechen oder Kinderhandel? Hat es damit zu tun?" Peter äußerte sich nicht dazu. „Was ist mit meinem Jungen geschehen, das Sie so sicher macht, dass er tot ist? Was wissen Sie?!", herrschte er Peter an.

„Wie ich schon erklärte, ist es mir momentan nicht möglich Ihnen dazu Auskunft zu geben.“

„Können Sie nicht?!“, fuhr Mr Darson auf. „Was können Sie dann, verdammt noch mal, Engländer?! Was?!“ Peter seufzte. Er sah in Helenas Tränen verschleierte Augen.

„Mir ist es verwehrt Ihrem Kind noch zu helfen, Mr Darson. Bei Gott, wenn ich es nur tun könnte! Ich würde alles dafür geben. Glauben Sie mir! Diese Chance hat man mir genommen. Aber mit Ihrer Hilfe schaffen wir es einem anderen Kind vielleicht das Leben retten, dem das gleiche Schicksal bevorsteht, wenn wir nichts unternehmen.“ Mr Darson nahm das Glas, trank es mit einem Zug aus und stellte es mit einem lauten Geräusch auf den Tisch. Seine Augen funkelten gefährlich.

„Was soll das heißen, ein anderes Kind?“

„Ich habe zu Beginn erwähnt, dass ein Kind aus einem Krankenhaus in Belfast entführt worden ist...“ Die Lippen von Mr Darson begannen zu zittern. Er schob seine Frau beiseite, griff dann blitzartig nach Peters Revers und zog ihn halb über den Tisch. Erschrocken stieß Helena einen Schrei aus und sprang auf. Die Nasen der beiden Männer berührten sich beinahe.

„Was, Engländer, was wollen Sie?!“, zischte Mr Darson unheilvoll und zog ihn näher an sich. Peter starrte in die wütend blitzenden Augen seines Gegenübers. Er spürte den heißen Atem von Mr Darson auf seinem Gesicht.

„Es ist zu viel verlangt, ich weiß. Es ist dreist, wenngleich auch unverschämt, aber ich möchte einen weiteren Mord an einem unschuldigen Kind verhindern und das kann ich nur mit Ihrer Hilfe. Sie dürfen mich verprügeln. Ich werde es nicht verhindern. Und wenn es Ihnen danach besser geht, dann tun Sie das. Aber bitte, lassen Sie mich nicht im Stich, Mr Darson. Ich bitte Sie inständig. Lassen Sie mich nicht im Stich.“ Mr Darson hielt ihn immer noch fest, starrte weiter in sein Gesicht. Alles drehte sich in seinem Kopf. Er wollte den Engländer schlagen, töten. Er hatte ihm die Hoffnung genommen, seine Zuversicht. Das kam einem Mord gleich. Vor seinem inneren Auge tauchte Toby auf, lachend. Tränen stiegen in ihm hoch. Zornig blinzelte er sie weg und hatte wieder den verfluchten Engländer vor Augen, der ihn erwartungsvoll ansah. Erwartungsvoll, nicht ängstlich. Er wollte ihn töten! Und was tat er? Er schaute ihn erwartungsvoll an!

„Leo", hörte er seine Frau wispern und spürte ihre Hand auf der Schulter. „Bitte, lass uns nicht noch unglücklicher werden." Erst jetzt bemerkte er sein rasendes Herz, den bebenden Atem, die schmerzenden Muskeln.

„Toby", murmelte er, stierte Peter nochmals wild an und schubste ihn von sich. Peter landete unsanft auf dem Boden. Er holte tief Luft und versuchte sich zu beruhigen. Seine schweißnassen Hände zitterten.

„Lass uns das Kind retten, Leo", hörte er Mrs Darson sagen. „Bitte lass nicht zu, dass auch dieser Junge sterben muss." Erneut brach sie in Tränen aus. Peter rappelte sich auf. Mr Darson nahm seine Frau in die Arme. Helena hatte ihre Hand schützend auf ihre Schulter gelegt und beobachtete Peter gespannt.

„Wenn du das willst, Mary, werden wir es tun", versicherte er ihr mit fürsorglicher Stimme und drehte den Kopf zu Peter um. „Was sollen wir tun?!", blaffte er ihn an. Die nächste Hürde war zu nehmen. Peter griff sich sein Notizbuch, zog ein Foto heraus und reichte es dem Ehepaar. Mrs Darson nahm es entgegen und schaute auf das übermütig lachende Gesicht eines sieben Jahre alten Jungen auf einem Fahrrad.

„Patrick O'Sullivan", bemerkte Peter. Mr Darson hob den Kopf. „Ich möchte, dass Sie als Mr und Mrs O'Sullivan Dr. Corrigan um die Summe des Lösegeldes für den Jungen bitten." Bevor Mr Darson abermals explodierte, unterbrach ihn Peter: „Ich bin noch nicht fertig. Ich weiß, wie grotesk das alles für Sie klingt, aber glauben Sie mir, es hat alles einen Sinn."

„Hat es das? Ich kann darin keinen erkennen", brauste er auf.

„Das ist verständlich. Es ist schwierig zu erklären..."

„Das haben Sie bereits gesagt, Engländer. Ich höre von Ihnen nur Andeutungen. Glauben Sie, dass ich für Ihre haarsträubenden Pläne Vertrauen aufbringen kann? Weshalb sollten wir gerade Dr. Corrigan um das Geld bitten, warum nicht die Regierung? Und warum kann die Familie O'Sullivan nicht selbst um das Geld bitten?"

„Die Familie...", begann Helena.

„Die Familie O'Sullivan ist nicht in der Lage, dies in ihrem gegenwärtigen Zustand selbst zu tun", unterbrach Peter sie und warf ihr einen warnenden Blick zu.

„Die Sache hat doch einen Haken!" Er musterte Peter eindringlich. „Wissen die O'Sullivans von Ihrer Absicht?" Mr Darson stand auf und trat ihm gegenüber. Er war einen Kopf größer als Peter und hatte somit den Vorteil auf ihn herunter zu schauen. Peter hob den Kopf. Seine Augen färbten sich dunkel. Ein leises Klopfen war an der Tür zu hören. Sie öffnete sich und Ian und Frank kamen mit einer großen Kiste beladen herein. Nach einem Blick auf die beiden Männer war Frank klar, dass die Sache nicht so lief, wie Peter es sich vorgestellt hatte.

„Guten Tag, Mr und Mrs Darson", grüßte er und stellte die Sachen zu den anderen. „Ich bin Dr. Barkley."

„Ja, ich habe von Ihnen gehört", knurrte Mr Darson und wandte sich an Ian. „Weißt du, was dieser verrückte Engländer vorhat?", fragte er. Ian nickte langsam.

„Ja, ich weiß."

„Und du unterstützt ihn?" Ian nickte wiederum.

„Das tu ich."

„Ich kann's nicht glauben." Resigniert schüttelte er den Kopf. Ian trat auf ihn zu und legte eine Hand auf seine Schulter.

„So verrückt der Engländer auch sein mag, Leo, er ist unsere einzige Chance dem Ganzen ein Ende zu setzen."

„Das ist nicht dein Ernst." Er drehte sich zu Ian um, um sich zu vergewissern, dass er sich nicht verhört hatte.

„Doch, das ist es. Er hat für uns schon ein paar Mal sein Leben riskiert, obwohl es ihm hätte einerlei sein können. Er hätte seinen Schreibkram oben im Richterhaus erledigen und sich dann wieder nach England verkrümeln können. Aber das tat er nicht. Und jetzt ist es an uns, etwas für unser Dorf und unsere Kinder zu tun."

„Er hat gesagt, Toby ist tot", beharrte Mr Darson und zog die Augenbrauen zusammen. Ian nickte traurig.

„Ja, ich weiß und ich glaube, er hat Recht." Für einige Minuten herrschte Stille im Raum. Mrs Darson begann plötzlich zu schluchzen. Helena setzte sich zu ihr und nahm sie in die Arme.

„Was soll das mit Corrigan?", wollte Mr Darson wissen, nachdem er den Kloß, der sich im Hals gebildet hatte, herunter schluckte. Ian warf Peter einen forschenden Blick zu.

„Es gehört alles zum Plan. Die ganze Geschichte ist gefährlich. Wir möchten dich nicht weiter in die Sache hineinziehen als unbedingt nötig."

„Das heißt..."

„Leo, du weißt, was hier, seit Forgerson ermittelt, vor sich geht. Mir ist klar, dass es viel verlangt ist, aber bitte hilf uns und hab Vertrauen." Mr Darson stierte Peter kritisch an.

‚Komm schon, laß uns jetzt nicht hängen!', flehte Peter lautlos. Mr Darson drehte sich zu seiner Frau um, die sich etwas beruhigt hatte.

„Willst du es immer noch tun, Mary?", fragte er schließlich. Er bekam ein zaghaftes Nicken zur Antwort. Mit einem tiefen Seufzen drehte er sich zu Peter um.

„Wir sehen nicht aus wie die O'Sullivans."

„Darüber machen Sie sich mal keine Sorgen, das ändere ich schon", versicherte Peter erleichtert.

„Also gut, Engländer, aber sollte meiner Frau irgendetwas zustoßen..."

„Es wird nichts geschehen, Mr Darson. Ich gebe Ihnen mein Ehrenwort."

„Pha! Das Ehrenwort eines Engländers!"

„Wollen wir beginnen?", fragte Peter ohne auf die Beleidigung einzugehen und deutete auf den Karton.

„Ja", grollte Mr Darson und nahm auf dem Stuhl, den Ian ihm hinstellte, Platz. Bis Peter das Ehepaar geschminkt und ihr Aussehen so verändert hatte, dass niemand auf den Gedanken kommen würde, vor ihnen säßen die Darsons, hatten Ian und Frank den Fernseher und die Kamera aufgebaut. Sie gestalteten den Raum so um, dass keiner mehr erkennen konnte, in welchem Haus der Film entstanden war. Nach einer halben Stunde war alles vorbei. Das Spiel konnte beginnen!

DS Ridway fing sie schon am Eingang des Polizeireviers ab. „Guten Abend, die Herren", begrüßte er sie. Peter nahm seinen Hut ab.

„Ist der Inspektor da?" DS Ridway nickte bestätigend.

„Ja, aber er ist nicht in bester Laune." Er machte eine wage Handbewegung und ging voran.

Im Zimmer roch es nach gerauchten Zigaretten. Inspektor Hardcourt war bedeutend mehr als in schlechter Stimmung. Er brummte etwas Unverständliches beim Eintritt der Herren und hob widerstrebend den Kopf von einem Ordner, in dem er soeben gelesen hatte. Seine Augen funkelten gefährlich. Sofort fixierte er Peter.

„Setzen Sie sich, Forgerson!", blaffte er ihn an und deutete auf den Stuhl gegenüber des Schreibtischs. Peter runzelte die Stirn und folgte seiner Aufforderung.

„Ich gehe davon aus, die Entführer haben sich noch nicht gemeldet?", eröffnete er das Gespräch.

„Nein, keiner hat sich gemeldet!", herrschte Inspektor Hartcourt ihn an. „Aber Ihr Erpresserspiel können Sie gleich vergessen! Das kommt überhaupt nicht in Frage. Niemals!" Peter zuckte gelassen mit den Schultern, kommentierte nichts und fragte stattdessen: „Mit wie vielen Leuten können wir für die Observierung rechnen?"

„Zehn", zischte der Inspektor.

„Zehn? Das ist aber reichlich wenig, wenn ich das bemerken darf. Ich hatte mehr erwartet. Immerhin besitzen Sie doch einen gewissen Status, der Ihnen mehr Macht geben sollte, oder nicht?" Die Faust des Inspektors sauste hernieder und landete hart auf der Schreibtischplatte. Erschreckt fuhren Frank und Sergeant Ridway zusammen. Peter jedoch zuckte mit keiner Wimper.

„Vor einer Stunde wurde ich von Superintendant Singer angerufen, der wissen wollte, weshalb ich so viele Leute zu einer Observierung benötigte. Wie denken Sie, reagierte er, als ich ihm erklärte, dass es auf Verdacht eines englischen Staatsanwalts geschah, der es für notwendig hielt, Dr. Corrigan zu beobachten. Corrigan ist hier in Nordirland genauso so bedeutend wie Ihr Vater in England!" ‚Nicht ganz', dachte Peter. Dazu fehlten Corrigan noch einige hundert

Millionen Pfund Sterling. Er gehörte nicht zu den Global Players. Noch nicht.

„Ich musste all meine Tricks anwenden, um überhaupt so viele Polizisten zu bekommen. Wenn bei dieser Aktion irgendetwas schief läuft, dann kostet mich das meinen Kopf. Ist Ihnen das klar?"

„Wenn Ihnen die Courage dazu fehlt, dann schließen Sie die Akte und lassen alles beim Alten. Machen Sie Ihren Job, so wie Sie es auf der Polizeischule erlernten und warten Sie, bis Sie Ihr Pensionsalter erreicht haben. Ich werde Sie zu nichts zwingen", entgegnete Peter abweisend und hob herausfordernd das Kinn. Seine Augen wiederspiegelten die ganze Missachtung, die er für ihn empfand.

Wie ein Tiger sprang Inspektor Hardcourt auf, kam um den Tisch herum, packte Peter am Jackett, zog ihn auf die Beine und brüllte ihn an: „Sie verdammter Hurensohn, Forgerson! Was bilden Sie sich ein?! Ihnen kann es völlig egal sein, was passiert, wenn hier alles in die Binsen geht! Sie hocken sich gemütlich in Ihr Schloss, während ich vier hungrige Mäuler zu stopfen habe! Für Sie zählt doch nur Ihre Sherlock Holmes Phantasien auszuleben! Ich werde Ihnen lehren, wie die Wirklichkeit aussieht!" Wutentbrannt riss er Peter mit sich und knallte ihn mit voller Wucht gegen die Wand.

„Hören Sie sofort auf!", donnerte Frank und packte den Inspektor an den Schultern.

„Mistkerl von Upperclass!", schrie er Peter an und holte schon mit der rechten Hand zur Faust geballt aus, bevor auch nur einer reagieren konnte. Mit einer schnellen Bewegung schaffte Peter es sich gerade noch rechtzeitig zu ducken. Schmerzhaft landete die Faust auf seiner Schulter. Mit vereinten Kräften retteten Frank und DS Ridway ihn vor mehr Schlägen. Inspektor Hartcourt schnappte nach Luft. Sein Körper bebte vor Anstrengung unter den Händen von Frank und DS Ridway, die ihn immer noch festhielten. Zitternd lehnte Peter an der Wand und starrte den Inspektor an. Der Schlag hatte gesessen. Der Schmerz war tief eingedrungen und zog sich den Arm entlang bis zu den Fingerspitzen. Er schloss die Augen und legte seine gesunde Hand auf die schmerzende Stelle.

„Sind Sie völlig verrückt geworden?", fuhr, der sonst so ruhige Sergeant seinen Chef an. Die Tür flog auf und zwei Officer standen im Türrahmen.

„Wir hörten Lärm..."

„Alles in Ordnung", unterbrach sie Frank schnell und schob die ungeladenen Gäste wieder hinaus. Er schloss die Tür hinter sich und drehte sich um. Sein Herz raste. „Peter?" Besorgt machte er ein paar Schritte auf ihn zu. Peter öffnete die Augen und stoppte ihn mit einer Handbewegung. Inspektor Hardcourt stand Atem ringend da und starrte Peter an. Langsam senkte sich der Adrenalinspiegel und ihm wurde bewusst, was er in seiner Wut getan hatte. Das zweite Mal!

„Oh Gott!", stöhnte er. Seine Beine wurden weich. Schwer ließ er sich auf das Sofa fallen und schlug die Hände vors Gesicht. „Gott, nein!" Peter mühte sich die Tränen, die der stechende Schmerz auslöste, zurück zu halten. Nur mit großer Anstrengung konnte er seine Stimme fest und ruhig klingen lassen.

„Wenn sich die Entführer bis morgen früh um acht nicht gemeldet haben, werde ich das Video, das wir bereits aufnahmen, an die Presse weiterleiten. Veranlassen Sie bitte, dass die betroffenen Eltern von jeglichen Medien- und Pressejournalisten geschützt werden." Mit seinem unverletzten Arm stieß er sich von der Wand ab, nahm Hut und Mantel und verließ das Büro, gefolgt von Frank. DS Ridway eilte ihnen nach. Er drückte Frank ein Telefon in die Hand. „Ich möchte, dass Sie jeder Zeit erreichbar sind." Er warf einen besorgten Blick auf Peter, der umständlich den Mantel über die Schulter drapierte und seine Hut aufsetzte.

„Sie werden doch dafür sorgen, dass Dr. Forgerson keine Anzeige macht, nicht?" Ohne zu antworten schob Frank das Telefon in seine Manteltasche und ließ den Sergeant in seiner Qual zurück.

Peter schielte auf den digitalen Wecker, dessen rote Leuchtziffern zwei Uhr und achtzehn Minuten anzeigten. In seiner Schulter pochte es bösartig. Die kalten Umschläge, die er den ganzen Abend über machte, konnten die Schmerzen nur minimal lindern. Seit dem Vorfall hatte er mit keinem mehr ein Wort gewechselt. Nun, er behandelte den Inspektor nicht gerade mit Respekt. Er provozierte ihn, zugegeben, aber trotzdem gab es keinen Grund so auszurasten! Sherlock Holmes Phantasien! Natürlich wusste er, dass seine Vorgehensweise nicht dem legalen Weg entsprach, dass es gefährlich war und Risiken barg. Aber das als Spiel, es als seine Freizeitbeschäftigung oder Muse darzustellen, ging absolut zu weit. Nach seiner Person wurde getrachtet, nicht nach der des Inspektors. Und dafür musste er sich noch verprügeln lassen! Beim Zeus, verstand dieser sture Polizist immer noch nicht?!

Frustriert quälte er sich aus dem Bett, zog seinen Morgenmantel an und schlich leise ins Arbeitszimmer. Er öffnete den Schrank, entnahm ihm eine Kiste, die er aus Belfast mitgebracht hatte und stellte sie auf den Schreibtisch. Nachdenklich hob er den Deckel ab und holte ein kleines Radio heraus, stellte es auf den Aktenschrank und steckte den Stecker in die Buchse. Laut dröhnte Madonna durch den Raum. Sofort drehte er das Gerät leiser. Er trat wieder zum Schreibtisch und packte weiter aus. Eine neue Box kam zum Vorschein. In ihr befanden sich vierzehn kleine graue Knöpfe, die sich als hochempfindliche Mikrophone entpuppten. Dazu gehörten ein Empfänger und zwei kleine Diktiergeräte, die nicht größer und viel dicker als eine Scheckkarte waren. Die Geräte konnten vier Stunden in bester Qualität aufzeichnen. Es hatte ihn ein kleines Vermögen gekostet. James Bond würde vor Neid erblassen. Peter entnahm die Gebrauchsanweisung und las sie gründlich durch. Danach versteckte er das Tonbandgerät und startete einen Versuch. Die Geräte funktionierten einwandfrei. Zufrieden setzte er sich an den Schreibtisch und lauschte den Klängen von Queen, die gedämpft aus dem Radio schallten. Es tat gut wieder der Zivilisation anzugehören. Allmählich fielen ihm die Augen zu.

„Hast du schon mal gehört, dass man Betten zum Schlafen erfunden hat?" Erschrocken fuhr Peter hoch. Frank hatte sich vor dem Schreibtisch breitbeinig aufgebaut und musterte ihn kritisch. Die Schmerzen in seiner Schulter erinnerten ihn sofort an die Geschehnisse des letzten Abends.
„Guten Morgen", knurrte er und stand auf. Die Wanzen und die Diktiergeräte hatte er geschickt in den Taschen seines Morgenmantels verschwinden lassen.
„Woher kommt denn das Radio?" Frank deutete auf das Gerät, das gerade mit sonorer Stimme die sieben Uhr Nachrichten vorlas.
„Das habe ich mir in Belfast gekauft." Peter stöhnte leise, als er seine Schulter bewegte. Die Nacht im Sessel hatte die Heilung nicht verbessert.
„Die Entführer haben sich immer noch nicht gemeldet", berichtete Frank und hielt ihm die Tür auf. Erstaunt sah Peter ihn an.
„Woher weißt du das? Warst du heute schon im Dorf?" Frank schüttelte verneinend den Kopf, griff in die Jackentasche und zog das Telefon heraus. Verächtlich verzog Peter das Gesicht.
„Wir sollten allzeit erreichbar sein, falls..."

„Falls Inspektor Hartcourt wieder einen Prügelknaben sucht", fiel ihm Peter scharf ins Wort und marschierte verstimmt an ihm vorbei.

Miss McAlister hatte bereits den Tisch gedeckt. Der Toast steckte knusprig heiß im Ständer und wartete darauf verspeist zu werden.
„Guten Morgen", begrüßte sie beide mit aufgesetzter Fröhlichkeit und nahm die Pfanne mit Speck und Eier vom Herd. „Sie sehen nicht gut aus, Dr. Forgerson." Sie konnte sich diese Bemerkung, während sie die Teller füllte, einfach nicht verkneifen.
„Ich bin vollkommen in Ordnung", entgegnete er gereizt und rieb sich dabei seine linke Schulter.
„Gibt es etwas Neues von dem entführten Kind?", fragte sie unbeirrt weiter und goss jedem eine Tasse Tee ein. Frank schüttelte den Kopf. „Leider noch nicht."
„Ist Miss Artkinsons Cousine mit Ihnen verwandt?", fragte Peter urplötzlich. Perplex starrte ihn Miss McAlister an.
„Wie bitte?" Worauf wollte er denn jetzt hinaus? Frank hielt mit dem Kauen inne.
„Sie ist die Tochter eines Cousins zweiten Grades von mir. Warum fragen Sie?"
„Pure Neugierde", gab Peter zurück und nahm sich eine Scheibe Toast. Die Eier hatte er nicht angerührt. Seine Augen waren leer. Er schien mit den Gedanken ganz weit weg.
„Haben Sie sie näher kennen gelernt?", fragte Miss McAlister unschuldig.
„Näher ist wohl zu viel gesagt. Mir scheint ihre Haltung mir gegenüber sehr distanziert."
Franks Gabel blieb mitten in der Luft stehen.
„Daraus wollen Sie ihr doch keinen Vorwurf machen?"
„Einen Vorwurf?" Peter runzelte die Stirn. „Nein, dazu habe ich nicht das Recht. Ihr Benehmen mir gegenüber war abweisend, obwohl ich denke, dass ich ihr keinen Anlass dazu gegeben habe."
„Ist der Adel etwa gekränkt?", erkundigte sich Miss McAlister spitz, rümpfte die Nase und schob eine Gabel voll Rührei in den Mund. Peters Augen färbten sich dunkel. „Ist Ihnen das Wort Antipathie nicht geläufig? Ich will Sie ja nicht kränken, Dr. Forgerson, aber unwiderstehlich sind Sie nun mal nicht", fuhr sie fort und trank von ihrem Tee. Ruhig legte er den Toast zu dem unberührten Teller.

„Ich weiß nicht, warum ich auch Ihre Missachtung verdiene, Miss McAlister, aber ich nehme es zur Kenntnis." Er stand auf und verließ das Zimmer. Frank seufzte und legte das Besteck zur Seite.
„Ihre Bemerkung war völlig unnötig, wenn nicht geradezu taktlos. Ich habe keine Ahnung, worauf das Gespräch hinaus laufen sollte, aber diese ganze Aktion war absolut unangebracht." Mit diesen Worten erhob er sich und verließ ebenfalls das Zimmer.

Peter stand in mitten seines Schlafzimmers. Auf dem Bett lag ein aufgeklappter Koffer, in dem ein Päckchen Papiertaschentücher lag. Mit verschleiertem Blick starrte er den Koffer an. Sollten sie doch alle zur Hölle fahren! Sein Bedarf an Demütigung und Missachtung war gedeckt. Er öffnete eine Schublade und entnahm ihr einen Stoß Socken. Dabei fiel sein Augenmerk auf die Abschrift des Abschiedsbriefs von Mrs Negley. Erinnerungen stürmten auf ihn ein. Er sah sie blutend am Boden liegend und hörte das Wimmern und Jammern. Seine Finger umklammerten den Packen Socken. Vor den Augen tauchte die tote Maske des kleinen Jungen im Sarg auf. Eisige Kälte bemächtigte sich seines Körpers. In den Ohren begann es zu rauschen und zu tosen, wie bei dem Feuer in Miss Holders Haus.
Es klopfte leise an der Tür. Peter nahm es nur aus weiter Ferne wahr. Er bemerkte nicht, wie sich die Tür öffnete und Frank ins Zimmer kam.
„Peter?", hörte er dumpf seine besorgte Stimme. „Peter?!" Er spürte plötzlich Franks Hand auf seiner Schulter. „Was ist los?"
Allmählich wurde sein Blick wieder klarer.
Er räusperte sich und sagte schließlich: „Ich werde abreisen."
„Was?" Frank machte zwei Schritte um ihn herum und schaute ihm ins Gesicht. „Wiederhol das bitte noch mal."
„Du hast schon richtig gehört, Frank. Ich packe meine Sachen. Hier bin ich doch nur ein Störfaktor, ein widerlicher Engländer. Warum soll ich mir das weiterhin antun? Man will mich hier nicht haben. Es dauerte sehr lange, bis ich mir das eingestand, aber auch ich lerne. Langsam aber sicher."
„Das kann nicht dein Ernst sein, dass traue ich dir nicht zu. Du hast noch nie ein sinkendes Schiff verlassen und schon gar nicht, wenn es in höchster Seenot war."
„Dann werde ich jetzt damit anfangen", erwiderte Peter und drehte sich zu seinem Koffer um.

„Ich weiß nicht, was das ganze Theater in der Küche sollte, aber wegen dieser Szene kannst du doch nicht das alles über Bord werfen. Du hast schon viel zu viel hinein investiert, als dass du das alles so stehen und liegen lassen kannst."

„Denkst du, aber ich bin da ganz anderer Meinung. Die Leute im Dorf verabscheuen mich, Inspektor Hardcourt hasst mich, sie möchten nicht, dass ich mich in ihre Angelegenheiten mische. Also werde ich es nicht mehr tun."

„Du kannst nicht gehen, Peter, egal wie wütend du auf all die Leute bist. Es gibt hier Menschen, denen du Hoffnung gemacht hast. Du gabst ihnen dein Versprechen, falls du dich daran noch erinnerst. Denk an die Darsons oder Helena." Ihre Blicke trafen sich.

„Sie haben ohne mich ein einfacheres Leben", konterte Peter und legte die Socken in den Koffer. Er trat zur Kommode und öffnete sie.

„Du hast in deinem Leben noch nie dein Wort gebrochen, unter keinen Umständen." Erzürnt drehte Peter sich um.

„Woher willst du das wissen? So lange kennst du mich noch nicht."

„Auch ich habe meine Quellen. Und ich weiß ganz genau, wenn du jetzt gehst, wirst du es dir nie verzeihen."

„Da bin ich ganz anderer Meinung", entgegnete er und holte einen Stapel Hemden heraus.

„Ich kenne dich besser, als dir lieb ist. Klar bist du jetzt sauer, womöglich auch mit Recht, aber ein Forgerson wirft die Flinte nicht ins Korn." Peters Wangen glühten.

„Ich bin kein..."

„Natürlich bist du ein Forgerson. Und wären wir alle nicht so blind gewesen, dann hätten wir es auch schon lange vorher erkannt. Du hast so viele Gemeinsamkeiten mit deinem Vater. Sieh in den Spiegel. Immer wenn du wütend wirst, färben sich deine Augen dunkel, ebenso wie die von Sir Julian. Du machst sogar einige Gesten wie er. Du bist ein Forgerson, also benehme dich auch so!" Peters Augen spuckten Feuer.

„Wie kannst du nur...!"

„Schluss jetzt!", unterbrach ihn Frank, nahm ihm die Hemden aus der Hand und legte sie zurück in den Schrank. Peter starrte ihn sprachlos an. Frank ging zum Koffer, packte die Socken zurück in die Schublade, schloss den Koffer und schubste ihn unter das Bett. Er zog das Jackett von der Stuhllehne und reichte es ihm. „Wir sollten uns auf den Weg machen. Gegebenenfalls hat sich schon was Neues ergeben", merkte er an und öffnete die Tür.

„Frank!", entrüstete sich Peter zornentbrannt.

„Du siehst doch, Peter, die Sache ist geklärt, also steh hier nicht so tatenlos herum." Er machte eine Handbewegung zur Tür und marschierte hinaus. Peter bewegte sich nicht, sondern starrte zornig auf die Tür. Er hatte zwei Möglichkeiten: Er konnte jetzt wieder den Koffer unter dem Bett hervor holen und ihn packen, oder seinem Partner folgen und die ganze Geschichte zu Ende bringen. Franks Kopf erschien wieder im Türrahmen.

„Brauchst du eine schriftliche Einladung?", fragte er frech.

„Nein", knurrte Peter und folgte ihm Zähne knirschend.

DS Quaritsh beäugte ihn neugierig, als sie die Polizeistation betraten.

„Alles in Ordnung?", fragte er und suchte Peters Gesicht nach Blessuren ab.

„Sicher. Welche Bedeutung hat die Frage?" Peter runzelte mürrisch die Stirn. Seine Schulter gab sich nicht die Mühe schmerzlos zu sein. DS Ridway stand mit dem Rücken zu ihnen am geöffneten Aktenschrank und hörte angespannt zu. „Na, nach dem gehörigen Gefühlsausbruchs des Inspektors, machte es den Anschein, dass Sie vielleicht verletzt wurden."

„Nun, da muss ich Sie leider enttäuschen. Wir hatten eine Meinungsverschiedenheit und zugegeben, wir wurden etwas lauter, aber zu Handgreiflichkeiten führte es nicht." DS Quaritsh hob skeptisch die Augenbrauen, zuckte mit den Schultern und schlenderte zu seinem Schreibtisch zurück.

„Wenn Sie das sagen", grummelte er, warf ihm einen Blick zu, der klar sagte, dass er ihm nicht glaubte, und setzte sich. Hörbar schob DS Ridway die Schublade zu und drehte sich zu ihnen um. Steine waren ihm vom Herzen gefallen.

„Guten Morgen", grüßte er sie nun und kam auf sie zu.

„Ist der Inspektor in seinem Büro?", erkundigte sich Frank und erhielt ein Nicken zur Antwort. „Gut, dann führen Sie uns doch bitte zu ihm." Sofort kam DS Ridway der Aufforderung nach.

Es roch nach frischem Kaffee. Als Inspektor Hardcourt Peter sah, erhob er sich sogleich. Vorsichtshalber blieb Peter in der Nähe der Tür stehen.

„Ich möchte mich für den Gefühlsausbruch entschuldigen", begann der Inspektor und ging ein paar Schritte auf ihn zu. Sofort hob Peter abwehrend die Hand.

„Ich… hören Sie, Dr. Forgerson, es tut mir wirklich leid, ich weiß nicht, wie ich…“ Er suchte nach Worten. „Nun, es ist geschehen und ich kann es nicht mehr rückgängig machen. Es wird nicht wieder vorkommen.“ Erwartungsvoll sah ihn der Inspektor an.

„Sie geben mir Ihr Wort darauf?“, fragte Peter nach langem Schweigen.

„Sicher tu ich das“, bekräftigte der Inspektor und kam vorsichtig ein paar Schritte näher. DS Ridway trat nervös von einem Fuß auf dem anderen. Wollte er ihn zappeln lassen oder hatte er wirklich vor, dem Inspektor einen Strich durch die Rechnung zu machen?

„Ich kann mich tatsächlich darauf verlassen?“ Peter blieb skeptisch.

„Aber natürlich“, beteuerte Inspektor Hardcourt angespannt. Langsam nickte Peter. Er hatte ihn wohl nun genug gedemütigt.

„Gut, dann vergessen wir am besten die unschöne Szene von gestern.“

„Ja, das sollten wir.“ Inspektor Hardcourt streckte ihm die Hand entgegen. Peter warf einen kurzen Blick darauf.

„Ich habe Schmerzen in meiner Schulter.“

„Oh“, bemerkte Inspektor Hardcourt leicht verlegen. Mit einer einladenden Geste deutete DS Ridway zu den beiden Stühlen vor dem Schreibtisch. „Nehmen Sie doch Platz, meine Herren. Wie wäre es mit einer Tasse Kaffee?“

„Gerne“, murmelte Peter, setzte sich jedoch auf das Sofa im sicheren Abstand zu Inspektor Hardcourt. Frank platzierte sich als sein Bodyguard neben ihm.

„Nun, wie sieht es aus?“, ergriff Frank das Wort. Inspektor Hardcourt kramte in einer Schublade und förderte eine Packung Kekse zu Tage.

„Nichts Neues. Keine Spur von einer Lösegeldforderung. Wir durchkämmen die Stadt und suchen weiter nach möglichen Zeugen, aber nur mit mäßigem Erfolg.“

„Wie ich vermutet habe“, murmelte Peter. Sergeant Ridway kam mit drei Tassen Kaffee zurück und reichte ihnen je eine. „Haben Sie eine neue Idee, die wir anwenden können?“, fragte Peter und trank einen Schluck des schwarzen Gebräus.

„Nein“, antwortete der Inspektor dumpf und starrte auf die Kekse.

„Haben Sie Mr und Mrs O'Sullivan unterrichtet?“ Er bekam ein Nicken zur Antwort.

„Sie haben ihr Einverständnis gegeben. Es war wirklich eine sehr schwierige Angelegenheit. Ich hoffe inständig, Dr. Forgerson, Sie wissen was Sie tun." Ihre Augen hingen für eine lange Zeit aneinander fest.

„Bitte veranlassen Sie, dass DS Ridway mit der DVD nach Belfast fährt und dafür sorgt, dass der Beitrag von einem öffentlich-rechtlichen Sender ausgestrahlt wird." Inspektor Hardcourt seufzte abgrundtief. Die ganze Aktion lag ihm schwer im Magen. Nach einem fragenden Blick des Sergeants nickte er zustimmend. DS Ridway zog sich wortlos an und nahm die DVD entgegen. Er verabschiedete sich mit einer kurzen Geste und verließ sie.

Das Telefon klingelte. Missmutig griff Inspektor Hardcourt nach dem Hörer und brummte seinen Namen. Er hörte kurz zu und reichte ihn dann grübelnd an Peter weiter.

„Staatsanwalt Owen aus Belfast", knurrte er. Peter nahm ihm den Hörer aus der Hand, meldete sich und lauschte angespannt.

„Perfekt", antwortete er sarkastisch. „Nein, unternehmen Sie nichts in dieser Sache. Schreiben Sie den Bericht und lassen Sie mir und Mr Corrigan eine Kopie zukommen, genauso wie es das Gesetz verlangt. Danke." Peter legte auf. Sein Gesichtsausdruck sagte alles.

„Die Steuerfahndung konnte nichts entdecken und Mr Owen wagt es nicht, Corrigan und Penells Konten zu sperren", setzte er die drei in Kenntnis.

„Dann können wir also die ganze Aktion abblasen", schloss Inspektor Hardcourt und wusste nicht, ob er erleichtert oder enttäuscht sein sollte.

„Sicher nicht", entgegnete Peter bestimmt. „Gibt es zurzeit einen Hacker, der in Belfast inhaftiert ist?" Stirnrunzelnd musterte ihn der Inspektor.

„Ja, vor drei Monaten haben wir ein Pärchen festgenommen, das die Rechenzentrale der Irish Bank für zwei Tage lahm legte."

„Gut, sorgen Sie bitte dafür, dass wir mit ihnen sprechen können. Nicht im Gefängnis, im Polizeirevier. So wie es aussieht, benötige ich ihre Hilfe."

„Aber...", begann der Inspektor. Peter warf ihm einen scharfen Blick zu und schlüpfte unter Schmerzen in den Mantel.

„Tun Sie es einfach." Inspektor Hardcourt sah hilfesuchend zu Frank, der nur mit den Schultern zuckte und ebenfalls seinen Mantel anzog. „Er wird wissen, was er tut."

„Hoffentlich", murrte der Inspektor und begann eine Nummer in Belfast zu wählen.

Im Hauptquartier in Belfast wurden sie am Empfang schon erwartet.

„Guten Tag. Mein Name ist Sergeant Miller. Ich bin beauftragt, Sie zu Chief Inspektor Humber zu führen."

„Gut. Dürften wir erfahren, wer Chief Inspektor Humber ist?", wünschte Peter zu wissen und folgte ihm zum Lift.

„Er ist zuständig für Wirtschaftskriminalität", erklärte Sergeant Miller.

„Interessant", bekundete Frank. Schweigend verließen sie den Fahrstuhl und folgten dem Polizisten den Gang entlang. Vor Zimmer Dreihundertfünfzehn blieben sie stehen. Der Sergeant klopfte an die Tür. Sie hörten ein scharfes „Ja" und betraten das Zimmer. Chief Inspektor Humber, ein großer, gut gebauter Mann in den Fünfzigern. Er hatte dunkles, volles Haar, das mit weißen Strähnen durchwirkt war.

„Chief Inspektor Humber, Dr. Forgerson und Dr. Barkley aus Garrison", stellte er die beiden vor und verschwand sogleich aus dem Zimmer. Peter nahm den Hut ab.

„Guten Tag, Chief Inspektor Humber", wiederholte Peter die Begrüßungszeremonie.

„Setzen Sie sich, meine Herren." Er deutete auf die zwei Stühle, die vor dem Schreibtisch standen. Peter sah sich im Zimmer um. Es gab zwei große Aktenschränke, ein Bücherregal, das mit allerlei Utensilien und Büchern vollgestopft war. Auf seinem Schreibtisch stand ein Bildschirm mit Tastatur. Ein Familienfoto, das ihn mit Frau und zwei Kindern zeigte, stand daneben.

Aktenordner lagen ordentlich auf einem Nebentisch an der gegenüberliegenden Wand. „Man hat mir mitgeteilt, dass Sie an einem Hacker interessiert sind."

„Richtig. Es geht um die Entführung des Jungen des Malcom Hospitals."

„Und dazu benötigen Sie einen Hacker?" Befremdet sah er Peter an.

„In gewisser Weise. Ja", erwiderte Peter.

„Ich glaube nicht..."

„Dürfte ich Ihnen die Situation erklären?", mischte sich Frank ein, der nach Peters Gesichtsausdruck befürchtete, die Sache könnte alsbald wieder eskalieren. Geduld war eine Tugend, die Peter nie erlangen würde. Frank begann ihn ins Bild zu setzen, dabei ließ er den größten Teil der Geschichte außer Acht. Er war Anwalt und dazu noch ein sehr guter. Nach langem Schweigen erhob sich Chief Inspektor Humber und wanderte im Zimmer auf und ab.

„Das wird Staatsanwalt Owen nicht befürworten. Immerhin ist in einer Woche die Verhandlung und der Junge und seine Freundin werden bestimmt einen hohen Preis für ihre Dienste verlangen, wenn sie Ihnen behilflich sind.“

„Ich kann das kaum von der Hand weisen, aber ich bin ebenso Anwalt und mir sind diese Deals nicht neu. Ich werde mit Staatsanwalt Owen sprechen. Wenn wir seine Zustimmung haben, können wir ungestört mit den beiden arbeiten?“

„Ich denke, dem steht dann nichts mehr im Weg. Aber mit dem Staatsanwalt ist nicht gut Kirschen essen. Und er mag es nicht, wenn man sich in seine Fälle einmischt“, gab Chief Inspektor Humber ihnen zu bedenken.

„Lassen Sie das nur unsere Sorge sein“, entgegnete Peter zuversichtlich und stand auf. „Wo finden wir Dr. Owen?“ Der Chief Inspektor beschrieb ihnen den Weg zum Gericht und bot sich an, die beiden Engländer anzumelden. Peter nahm das Angebot gerne an, bedankte sich für seine Kooperation und machte sich mit Frank auf den Weg.

„Dr. Owen zu überzeugen, dürfte für uns nicht allzu schwer sein. So wie er am Telefon wirkte, ist er schnell einzuschüchtern“, bemerkte Peter optimistisch und schritt ins Freie. Nieselregen schlug ihnen ins Gesicht. Angewidert verzog Frank das Gesicht, schlug den Mantelkragen hoch und steckte seine Hände in die Taschen des Mantels.

„Dann hoffe ich, dass das nicht einer schon vor uns getan hat“, erwiderte Frank grimmig.

Staatsanwalt Ralph Owen's Büro lag im hinteren Teil des Gerichtsgebäudes. Eine Neonlampe beleuchtete kläglich den kleinen spartanisch eingerichteten Raum. Ein Bildschirm flimmerte auf dem Nebentisch eines einfachen Kiefernschreibtischs und eine völlig verkalkte Kaffeemaschine spuckte und hustete auf einem alten, grauen Aktenschrank. Das Bücherregal, das in jedes Büro gehörte, war vollgestopft mit Gesetzesbüchern. Missmutig starrte Staatsanwalt Owen seine Besucher in ihren maßgeschneiderten Anzügen an. Er selbst steckte in einem schlecht sitzenden Zweireiher.

„Ich bin über Ihr Kommen verständigt worden, ebenso über den Grund des Besuchs und meine Antwort lautet nein.“ Peter nahm den

Hut ab und schlüpfte aus seinem Mantel, den er über den linken Arm hing.

„Nun, Dr. Owen. Ich glaube kaum, dass ich mich mit Ihrem Entschluss zufrieden geben werde, besonders, da Ihre letzten Ermittlungen erfolglos blieben."

„Was soll das heißen?", fragte Staatsanwalt Owen scharf und rückte die Krawatte zurecht.

„Ich spreche von der Steuerfahndung, die ich beauftragt habe. Sehen Sie, ich weiß mit Sicherheit, dass im Hause Corrigan und Penell im großen Stil Steuerhinterziehung betrieben wird. Ebenso im Bestattungsinstitut Delany."

„Tatsächlich? Und wo sind Ihre Beweise?" Herausfordernd streckte er Peter sein spitzes Kinn entgegen. Peter lächelte süffisant.

„Das liegt in Ihrem Metier. Aber wie ich sehe, sind Sie nicht in der Lage die Fälle zufriedenstellend zu bearbeiten." Dr. Owens' Gesicht färbte sich rot.

„Peter", ermahnte ihn Frank. Tritt ihm weiter auf die Zehen und du erreichst überhaupt nichts.

„Das muss ich mir von Ihnen nicht bieten lassen, nicht von einem Engländer." Da waren sie wieder. Frank seufzte. Ungerührt zog Peter ein Dokument aus der Tasche und legte es dem Staatsanwalt auf den Tisch, der es immer noch versäumt hatte, ihnen einen Platz anzubieten. Er nahm das Papier und las es durch. Dabei verdunkelte sich sein Gesichtsausdruck. Nach kurzer Zeit hob er den Blick und funkelte Peter an. „Woher haben Sie das?" Peter zuckte mit den Schultern.

„Wie Sie sehen, habe ich meine Hausaufgaben gemacht. Die Konten existieren, aber mir scheint, ich benötige Spezialisten, die Sie ausfindig machen."

„Das können unsere Beamten ebenso gut", knurrte Dr. Owen und legte den Kurzbericht auf den Schreibtisch.

„Gut möglich", stimmte Peter zu. „aber wie Sie selbst gesagt haben, bewegen sich diese Ermittlungen in einer Grauzone. Bis Sie alle Stellen für die Bewilligungen durchlaufen haben, dauert es Tage."

„Und Sie denken, mit den Hackern wäre das einfacher?" Er musterte Peter skeptisch.

„Natürlich. Ich übernehme die volle Verantwortung für diese Ermittlungen."

„Sie riskieren ein Verfahren, Dr. Forgerson", gab ihm Owen zu bedenken.

„Das ist mir bewusst, aber wenn alles gut geht, wandern ein paar gefährliche Verbrecher hinter Gitter und wir können weitere Morde verhindern. Es geht hier um Terrorismus. Vergessen Sie nicht, dass Soldaten und Polizisten sterben. Vor unschuldigen Zivilisten wird ebenso kein Halt gemacht." Staatsanwalt Owen nuschelte irgendetwas Unverständliches.

„Ich muss mir das durch den Kopf gehen lassen. Kommen Sie morgen..."

„Nein", unterbrach ihn Peter. Seine Augen begannen gefährlich zu funkeln. „Ich erwarte jetzt eine Entscheidung und zwar eine positive. Sollten Sie sich dagegen wenden, werde ich einen anderen Weg gehen und Sie können morgen Ihre Sachen packen."

„Ich lasse mir nicht von Ihnen drohen, Dr. Forgerson!", herrschte er Peter an und stand auf. Peter musterte ihn kühl.

„Ich habe es nicht nötig, Ihnen zu drohen, Sir. Es gibt genug, was ich gegen Sie vorbringen kann. Möchten Sie ein Beispiel?"

„Ich bitte darum!", zischte Staatsanwalt Owen. Das war's. Frank hatte es erahnt. Erneut ging alles in die Binsen, nur weil Peter wieder seinen sturen Kopf durchsetzen musste. Peter zog weitere Papiere aus seiner Brusttasche, die mit einer Heftklammer zusammengehalten wurden.

„Das sind die Steuererklärungen der vergangenen drei Jahre, die Sie abgegeben haben. In keinem der drei erwähnten Sie Ihre Ferienwohnung auf der Insel Archill in Irland, die auf den Namen Ihrer zwölfjährigen Tochter eingetragen ist. Sie ist seit zweieinhalb Jahren in der Sommersaison regelmäßig vermietet und die Einnahmen werden auf ein Konto einer Ltd in England überwiesen. Sicher, es sind keine Millionenbeträge, aber das kann Sie in ganz schöne Schwierigkeiten bringen." Das Blut war aus dem Gesicht des Staatsanwalts gewichen.

„Woher wissen Sie...? Ich meine, der Name meiner Tochter..."

„Das Konto läuft auf den vormaligen Nachnamen Ihrer Frau. Es war tatsächlich nicht schwer, das heraus zu finden. Und säßen Sie nicht an der Quelle, denke ich, hätte die Steuerfahndung, die eigentlich unabhängig arbeitet, das schon lange herausgefunden." Er überreichte ihm auch jene Dokumente.

„Ich... nun...", stotterte Staatsanwalt Owen und starrte auf die Papiere, ohne sie zu sehen.

„Wie schon gesagt", fuhr Peter fort. „Ich übernehme die Verantwortung. Lassen Sie uns darüber sprechen, was wir den beiden anbieten können, damit beide Seiten zufrieden gestellt sind.“ Der Widerstand war gebrochen und nach einer Viertelstunde verließen sie das Büro des Staatsanwalts mit der Genehmigung, beide Angeklagten zur Hilfe in dem Fall heranziehen zu dürfen.

„Woher hast du das gewusst?", fragte Frank, als sie wieder auf dem Weg zu Chief Inspektor Humber waren. Peter sah ihn vielsagend an.

„Alle Wege führen nach Rom." Mehr ließ er nicht raus. Für Frank war es ein Phänomen, wie schnell sein Partner hinter Informationen kam, die er für sich verwenden konnte. Manchmal hatte er tatsächlich das Gefühl, Sherlock Holmes mit einer gehörigen Portion Prof. Moriarty vor sich zu haben.

Nachdem sie das Okay des Inspektors hatten, saßen sie eine Stunde später mit Allie Eritt und ihrem Freund Derek Gray in einem kleinen Computerraum.

„Habe ich das richtig verstanden? Wir sollen etwas Illegales tun, damit wir zwei Jahre auf Bewährung kriegen?"

„Korrekt", antwortete Peter ruhig.

„Und wenn wir daraufhin angeklagt werden? Wer sagt uns, dass wir da ungeschoren herauskommen?", wünschte Allie zu erfahren und zupfte an ihrem weißen T-Shirt.

„Ich verbürge mich dafür. Es wird keine rechtlichen Konsequenzen für Sie bei dieser Aktion geben. Falls etwas schief gehen sollte, lastet die ganze Verantwortung auf mir. Ihre Namen werden nie zu Debatte stehen."

„So, aber wie wollen Sie dann erklären, dass wir zwei Jahre auf Bewährung kriegen, wenn wir nichts getan haben?" Derek blieb skeptisch.

„Ihre Zusammenarbeit mit der Justiz wird sich positiv auswirken. Es gibt ein paar wenige Umstände in Ihren Akten, die ein fähiger Staatsanwalt nutzen kann, Ihnen mit gutem Gewissen einen Deal vorzuschlagen", erklärte Peter. Derek wurde sofort hellhörig.

„Wenn das so ist..." Peter stoppte ihn mit einer Handbewegung und lächelte ihn listig an.

„Mr Gray, ich sagte ein paar wenige Umstände, die es möglich machen, Ihnen diesen Deal anzubieten. Denn es gibt ebenso einen hohen Prozentsatz, die Sie ohne großen Willen ganz einfach für sechs bis sieben Jahre hinter Gitter bringen. Falls Sie es wünschen, gebe ich Ihnen gern ein oder zwei Beispiele. Für einen guten Staatsanwalt ist das kein Problem und für einen sehr guten…" Peter hob vielsagend die Hände und schenkte ihm ein böses Lächeln. Derek presste grimmig die Lippen zusammen. Fünf Jahre war für beide keine Option. Die drei Monate, die sie nun schon im Gefängnis fristeten, reichten vollkommen.

„Bekommen wir das schriftlich? Ich meine, dass wir eine Bewährungsstrafe erhalten, wenn wir Ihnen behilflich sind?", fragte Allie.

„Ich werde dafür Sorge tragen", antwortete Frank und ließ den Computer hochfahren. Beide Hacker tauschten Blicke.

„Wir hätten das gern schriftlich", hielt Derek daran fest, der den beiden Beamten keinen Inch traute.

„Wie Sie wünschen. Ich kümmere mich darum", bot sich Peter an. Es klopfte und ein Officer trat ein.

„Ich habe den Auftrag Ihnen von Inspektor Hardcourt auszurichten, dass der Film gesendet wurde. Er wird im Laufe des Abends noch einige Male wiederholt und verschiedene Sender haben sich angeboten, das gleiche zu tun."

„In Ordnung. Melden Sie sich bitte, wenn sich etwas Neues ergibt", bat Peter und nahm ein Dokument aus einem der Ordner, die er mitgebracht hatte.

„Sicher." Er deutete einen Gruß an und verließ das Zimmer.

„Ein Film?" Derek runzelte die Stirn.

„Ja. Es ist für Ihre Arbeit jedoch nicht von Bedeutung", setzte Peter ihn schlicht in Kenntnis und entnahm seine Brille aus dem Etui.

„Welcher Film? Wenn Sie uns nicht aufklären, werden wir nichts für Sie tun", erklärte Allie kämpferisch.

„Hat Ihnen Dr. Forgerson nicht soeben erklärt, welche Auswirkungen es für Ihr Leben hat, wenn Sie nicht für uns arbeiten?", erinnerte sie Frank und setzte sich neben sie an den Schreibtisch. Ärgerlich zog Allie ihre Augenbrauen zusammen.

„Lass uns anfangen", ermunterte sie Derek nachdem er Franks Blick aufgefangen hatte. Peter erklärte ihnen seine Wünsche. Dabei wurden Derek und Allies Augen immer größer.

„Denken Sie, Sie können das bewerkstelligen?", war schließlich Peters Frage.

„Das ist absolut illegal", entgegnete Derek scharf.

„Ich werde mich jetzt um Ihre Bewährung kümmern. Falls Sie es schaffen, meinen Wunsch umzusetzen, sind Sie und Miss Eritt freie

Menschen." Derek und Allie schauten sich zweifelnd an, schließlich richtete sich Derek auf, und wandte sich dem Computer zu.

„Ich verlasse mich auf Sie", knurrte er.

„Das können Sie getrost. Ein Forgerson bricht nie sein Wort." Frank hob überrascht den Kopf und sah Peter an. Ihre Augen trafen sich. Frank nickte ihm kurz zu. Ein schelmisches Lächeln lag auf seinen Lippen. Peter zuckte mit den Schultern und verließ den Raum. Seufzend nahm Derek eine bequeme Haltung im Stuhl an und machte sich an die Arbeit.

Frank kam mit einer Thermoskanne, vier Tassen und einem Beutel zurück. Umgeben von einem Wust an Büchern und Papieren hatte sich Peter in einen Stoß Akten vertieft. Allie und Derek waren immer noch eifrig bei der Sache.

„Nun, wie sieht's aus?", wollte Frank wissen und riss die Tüte gefüllt mit Sandwiches auf und legte sie einladend auf einem Stoß Papiere ab. Er goss jedem eine Tasse Kaffee ein und stellte sie ihnen auf den Tisch.

„Ne harte Nuss", gestand Derek und rieb sich die Augen. Dankbar griff er sich ein Sandwich und biss hinein.

„Er weiß, wie man mit Geld umgeht", stimmte Allie zu und trank einen Schluck, nahm sich ebenfalls von den belegten Brötchen und schaute auf den Bildschirm.

„Werden Sie es denn schaffen?", fragte Frank skeptisch und nahm sich ein Thunfischsandwich.

„Natürlich!", echauffierte sich Derek beleidigt. „In zwei Stunden ist alles erledigt."

„Sicher?"

„Klar. Denken Sie, ich setze meine Bewährung aufs Spiel?" Derek trank von dem heißen Kaffee und machte sich wieder an dem Bildschirm zu schaffen. Es klopfte und der gleiche Officer von vorher kam herein.

„Inspektor Hardcourt hat sich gemeldet. Dr. Corrigan hat zugestimmt das Lösegeld morgen zu hinterlegen. In einer Stunde gibt Dr. Corrigan eine Pressekonferenz wobei er persönlich dazu Stellung nehmen wird..." Er reichte Frank ein kleines Radio. Mit grimmigem Gesicht nahm Frank ihm das Gerät aus der Hand.

„Danke."

„Es wird auf allen Kanälen live übertragen", fügte der Officer hinzu.

„Danke", wiederholte Frank, „wir werden es uns anhören." Er bekam ein Nicken zur Antwort und der Officer verließ sie. Derek musterte Peter mit Argusaugen, der keine Regung zeigte. ‚Abgebrüht bis in die Haarspitzen', schoss es Derek durch den Kopf und ein kalter Schauer jagte ihm den Rücken herunter. Wer war der Bursche, der sich mit Corrigan anlegte?

„Sie erwähnten mit keinem Wort, dass es sich um Corrigans Konten handelt, die wir sperren." Peter hob den Kopf und schielte ihn über die Brillengläser hinweg an.

„Nein, es war auch nicht nötig Ihnen diese Information zukommen zu lassen." Dereks Wangen röteten sich.

„Warum machen Sie das nicht über die Steuerfahndung?"

„Diesen Weg ging ich bereits", antwortete Peter kühl und wandte seine Aufmerksamkeit wieder den Papieren zu.

„Sie kommen nicht an Ihn ran, wie?"

Peter seufzte. „Wie weit sind Sie gediehen?"

„Wir haben jetzt Zugang zu all den Konten, die Sie uns gegeben haben", erklärte Allie und schenkte sich eine neue Tasse Kaffee ein.

„Gut." Peter stand auf und kam zu ihnen herüber.

„Mit Corrigan spielt man nicht", mahnte ihn Derek, dem es bei dem Gedanken die Haare zu Berge stehen ließ.

„Glauben Sie mir, Mr Gray, was wir hier tun, ist kein Spiel." Er reichte ihnen ein Papier mit Unmengen von Zahlen, das er in den vergangenen zwei Stunden erstellte.

„Was ist das?", fragte Derek argwöhnisch.

„Geld aus verschiedener Drogenlieferungen, das in letzter Zeit auf diverse Konten gewandert ist."

„Drogen?", wiederholte Allie verwundert.

„Richtig. Benötigen Sie dazu genauere Erklärungen?", fragte Peter brüsk. Allie fiel der Kinnladen herunter.

„Sie möchten wirklich, dass wir das Geld auf seine Konten überweisen?" Sie mochte es nicht glauben. So dreist konnte ein Staatsanwalt doch nicht sein!

„Natürlich. Und ich möchte, dass Sie das Geld genau über jene Bankverbindungen, die ich Ihnen aufgeschrieben habe, laufen lassen. Falls Sie dazu in der Lage sind."

„Klar sind wir das!", entgegnete Derek in seiner Ehre gekränkt. „Aber wenn herauskommt..."

„Hinterlassen Sie keine Spuren und alles wird laufen wie am Schnürchen", erwiderte Peter salopp.

„Weshalb möchten Sie, dass dieses Geld auf den Konten von Corrigan auftaucht? Das ist ein schweres Verbrechen…"
„Nein. Es ist ein Fehler der Banken", korrigierte ihn Peter.
„Aber…"
„Sie sind nicht hier um Fragen zu stellen, Mr Gray, sondern um Ihren Job zu tun. Schaffen Sie das oder nicht?" Peters Stimme war messerscharf. In Derek machte sich ein ungutes Gefühl breit. Sein Magen zog sich zusammen. Peters eisiger Blick ließ ihn erschaudern.
„Das wissen Sie genau. Aber was Sie da vorhaben… das ist ein sehr gewagtes Spiel. Ich weiß nicht, ob wir… "
„Was?" Peter nahm seine Brille ab. Seine Augen funkelten böse. „Sie sind nicht hier, um Spiele zu spielen, Mr Gray. Denken Sie, ich schenke Ihnen einfach fünf bis sieben Jahre Freiheit? Man hat Ihnen bereits gesagt, welchen Schaden Sie bei der National Bank of Ireland angerichtet haben. Das ist kein kleines Verbrechen, kein Kavaliersdelikt, das Sie da begangen haben. Denken Sie darüber nach." Unsicher warf er seiner Freundin einen Blick zu, die Peter wütend anstarrte. Fünf Jahre waren eine lange Zeit. Sie hatte ihn unterschätzt. Er wirkte so klein, zerbrechlich. Wütend musste sie sich eingestehen, dass sie zu naiv handelten. Er war Staatsanwalt und Engländer. Zwei Dinge, die ihn äußerst gefährlich machten. Frank lehnte an der Wand, hielt ein Buch, das Peter mitgebracht hatte, in der Hand und begutachtete das Pärchen.
„Sie sollten sich allmählich entscheiden", bemerkte er ruhig. Allie drehte sich zu ihm um.
„Sie sprechen doch von dem Corrigan. Ich meine der Corrigan von Corrigan Industries, oder?"
„Genau von diesem", stimmte er zu. Sie wurde blass um die Nase.
„Niemand hier wagt es gegen ihm die Hand zu heben. Ich meine, nun, er ist ein Großindustrieller. Er hat Geld und er hat Macht…" Sie sah zu ihrem Freund, dem die Sache nicht geheuer schien.
„Er wird nicht erfahren durch welche Hand das Geld auf sein Konto transferiert wurde, außer Sie können Ihren Mund nicht halten." Frank stieß sich von der Wand ab und kam auf sie zu. „Wie Peter schon sagte, wir sind nicht hier um Spielchen zu spielen und wir haben nicht alle Zeit der Welt. Also entscheiden Sie sich." Wieder sahen sie sich an. Corrigan oder fünf Jahre Haft und die waren ihnen sicher.
„In Ordnung", rang sie sich schließlich durch. Sie nahm das Papier und begann den Computer zu füttern.

Nach zwei weiteren Stunden besaß Dr. Corrigan eine Million Pfund mehr auf seinem Konto, das gewiss nicht versteuert wurde.

Es war gut nach Mitternacht, als sie die Computer herunterfuhren. Peter ließ die beiden, die vehement protestierten, abholen.
„Sie haben uns gelinkt!", stieß Allie wütend aus.
„Keineswegs, aber Richter halten ihre Nachtruhe ein", erklärte Peter ruhig. „Morgen gegen zehn Uhr werden Sie auf Kaution frei sein. Sollten Sie aber Ihren Gerichtstermin nicht wahrnehmen, werde ich persönlich dafür sorgen, dass nach Ihnen gefahndet wird."
„Verfluchter Engländer!", knurrte Derek und ließ sich dann abführen. Frank seufzte erschöpft.
„Denkst du es funktioniert?" Er setzte sich neben Peter und rieb sich das Gesicht.
„Wir haben keine andere Möglichkeit. Ich werde die Steuerfahndung erneut auf ihn ansetzen und dabei die ganze Umgebung nach dem Jungen absuchen lassen."
„Ich hoffe nur, dass alles gut geht. Wenn er erfährt, wer seine Konten manipuliert hat, wird er zur Tat schreiten. Du brauchst einen Bodyguard." Peter schüttelte den Kopf und putzte seine Brille.
„Corrigan hat morgen keine Zeit mich zu töten. Er ist vollends damit beschäftigt, den Jungen aus der Schusslinie zu nehmen und schließlich muss er sich mit der Steuerbehörde herum ärgern, die ihm dieses Mal sicher unangenehme Fragen stellen wird." Peter nahm den Hörer ab und wählte eine Nummer. Am anderen Ende meldete sich DS Ridway. Er unterrichtete ihn, dass der Inspektor bereits zu Bett gegangen sei.
„Haben Sie das Interview von Dr. Corrigan gehört?", wünschte er zu wissen. Peter warf einen Blick auf das Radio. So wie er es in die Hand gedrückt bekommen hatte, lag es auf dem Aktenschrank.
„Nein, wir hatten keine Zeit dafür."
„Sie haben etwas verpasst."
„Kann ich mir nicht vorstellen. Ich brauche morgen einige Polizisten, die das Gelände von Corrigan durchsuchen."
„Haben Sie einen Durchsuchungsbefehl?", wollte Sergeant Ridway erstaunt wissen.
„Die Steuerfahndung wird erneut bei Dr. Corrigan auftauchen und ich möchte die Gelegenheit nutzen", unterrichtete ihn Peter.
„Das wird Inspektor Hardcourt nicht schmecken."

„Er soll nicht essen, sondern arbeiten", entgegnete Peter brüsk, verabschiedete sich knapp und legte auf. Frank gähnte ausgiebig und streckte sich.

„Ich geh ins Bett", erklärte er und stand auf, schlüpfte in den Mantel und wartete, dass Peter ihm folgte. Doch nichts geschah. „Wir sollten ins Bett gehen", ermahnte er ihn.

„Gleich. Ich möchte noch etwas überprüfen. Ich komme gleich nach."

„Sicher?", fragte Frank skeptisch.

„Sicher." Müde zuckte Frank mit den Schultern und verließ ihn. Das Hotel, in dem sie sich eingemietet hatten, lag gleich um die Ecke.

Weitere Bücher bedeckten den Schreibtisch. Peter blätterte, suchte, dachte nach. Die lange Nacht über. Das Gefühl, dass dieses Mal wieder etwas schief gehen würde, ließ ihn nicht los.

„Du solltest dir ein Stundenhotel mieten." Erschrocken zuckte Peter zusammen. Dabei machten sich alle steifen Glieder bemerkbar. Besonders seine lädierte Schulter. Eine Papiertüte mit Brötchen lag vor ihm auf dem Tisch. Frank hielt zwei Tassen heißen Kaffee in der Hand.

„Morgen", knurrte Peter und dehnte seinen verspannten Körper.

„Die Steuerfahndung befindet sich in Dr. Corrigans Haus und zwanzig Polizisten suchen das Gelände nach dem Jungen ab."

„Du hast mit Inspektor Hardcourt telefoniert?", wollte Peter wissen und nahm ihm dankbar die Tasse aus der Hand.

„Ja, habe ich und er war nicht erfreut, dass du Corrigan nochmals die Steuerfahndung auf den Hals hetzt. Er rechnet mit bösen Schwierigkeiten."

„Falls sie nichts finden."

„So oder so. Es wird nicht witzig werden."

„Alles wird laufen", versicherte Peter und begutachtete die Backwaren, die Frank mitgebracht hatte.

„Ein großer Artikel über Corrigans Hilfsbereitschaft steht auf Seite eins in allen irischen Zeitungen. Kein Wort von der Steuerfahndung vor zwei Tagen", berichtete Frank und reichte ihm The Irish Independent. Peter überflog kurz den Artikel, stand dann auf und schlüpfte in den Mantel. Er packte zügig seinen Papierkram und Bücher zusammen und setzte den Hut auf.

„Lass uns noch schnell zum Hotel gehen. Ich möchte noch duschen, bevor wir aufbrechen."

„Warum bist du denn plötzlich so in Eile?" Verwundert nahm Frank einen Stapel Bücher vom Tisch.

„Komm", sagte Peter nur und war schon aus der Tür.

Er wusste, welchen Fehler er begangen hatte und hoffte inständig, dass Corrigan ihn nicht bemerken würde.

Es war bereits dunkel und ein eisiger Wind blies, als sie Garrison erreichten. Dicke Regenwolken trieben am Himmel und machten das Wetter unerträglich. Inspektor Hardcourt saß am Schreibtisch, verdeckt hinter einem Stapel Akten.

„Guten Abend", begrüßte ihn Frank und betrat gefolgt von Peter das Büro. „Gib es etwas Neues?", fragte er und schälte sich aus dem Mantel. Der Inspektor hob den Kopf und linste über einen Berg Papier.

„Nichts Gutes", sagte er knapp.

„Nichts Gutes?", wiederholte Frank perplex.

„Dr. Forgersons erneuter Angriff wurde durch eine Front von Anwälten abgewehrt. Die eine Million Pfund, die auf Corrigans Konten so plötzlich erschienen sind, wurden wieder zurück überwiesen. Weiterer Ärger ist vorprogrammiert, da das Geld wohl von einer Geldwäsche Aktion stammt. Wenn Sie Geld transferieren, Dr. Forgerson, dann tun Sie das richtig." Peters Augen funkelten.

„Das gibt riesigen Ärger. Corrigan wird wissen, wer ihm das eingebrockt hat. Ich habe mir schon überlegt, ob ich Sie nicht in Schutzhaft nehmen sollte."

„Wie?" Peter hielt mit dem Ausziehen des Mantels inne. „Das kommt sicher nicht in Frage!"

„Sie sind mittlerweile zur ernsten Gefahr für Corrigan geworden."

„Er musste kaum Mühe aufwenden, sich aus dieser Situation herauszuwinden", entgegnete Peter forsch. Inspektor Hardcourt sah ihn scharf an und zuckte mit den Schultern.

„Der Tod hat auch wieder reges Interesse an Ihnen gefunden."

„Der Tod?" Peter runzelte die Stirn. „Wie kommen Sie denn darauf?" Inspektor Hardcourt zog aus der Schublade einen geöffneten Brief, der an Peter adressiert war.

„Was fällt Ihnen ein meine Post zu öffnen?!", empörte er sich lautstark.

„Sergeant Ridway hatte Miss McAlister heut Morgen einen Besuch abgestattet und befand es für vernünftig, sich um Ihre Post zu kümmern."

„Ich habe die Schrift wieder erkannt. Der Tod hat Ihnen schließlich schon öfters geschrieben. Das letzte Mal, soweit ich mich erinnern kann, war es, als Miss Holders Haus in Flammen stand", erklärte der Sergeant mit stoischer Ruhe.

„Er hat was?" Peter sah ihn ungläubig an. DS Ridway wandte sich an den Inspektor, der grimmig die Lippen zusammen presste.

„Er hat damals einen Brief an mich geschrieben?" Die Augen von Peter verdunkelten sich.

„Ja, habe ich Ihnen das nicht mitgeteilt?" Inspektor Hardcourt tat es mit einem Handbewegung ab.

„Ich möchte wissen, wer hier Beweismaterial unterschlägt!", fauchte Peter, zog wütend den Bogen heraus und las die ihm ebenfalls bekannte Schrift.

Sinnlos mich zu suchen,
Sinnlos vor mir zu fliehen.
Ich bin hier, ich bin dort
Ich bin allgegenwärtig!
Die Zeit ist verstrichen,
Nun mach dich bereit,
Dein Totenlager ist gerichtet.
Nutze die verbliebene Zeit!
The Death

„Er hat wirklich einen Hang zum Theatralischen. Wie wurde der Brief zugestellt?", verlangte er zu wissen und gab ihm den Inspektor zurück.

„Per Bote", erklärte DS Ridway und steckte den Brief zurück in das Kuvert.

„Und wie sieht es mit Fingerabdrücken aus?", fragte er unvermittelt, als er sah, wie sorglos mit dem Beweismittel umgegangen wurde.

„Wir haben den Brief schon untersuchen lassen. Es ist nichts an ihm, das uns irgendwie auf den Täter schließen lässt. Dies ist ein weiterer Punkt, weshalb ich Sie in Schutzhaft nehmen sollte." Peter funkelte ihn an.

„Das würde Ihnen gefallen, richtig? Würden Sie jeden in Schutzhaft nehmen, den man bedrohte, so könnten mindestens zwanzig Prozent im Gefängnis leben."

„‚The Death' macht keine leeren Drohungen, Dr. Forgerson, und das hat er Ihnen zur Genüge bewiesen. Die unselige Geschichte mit dem

Drogengeld wird nicht dazu beitragen, dass er von Ihnen ablässt. Warum haben Sie nur dieses Geld auf sein Konto überwiesen? Es war bereits konfisziert worden! Ich glaube nicht, dass Ihre Kollegen begeistert sein werden, wenn Sie erfahren, was Sie da getrieben haben. Immerhin läuft momentan die Verhandlung. Wäre das Geld nicht wieder aufgetaucht, so wäre der ganze Fall den Bach hinunter gegangen. Überhaupt war es äußerst fahrlässig, das Geld nicht verschlüsselt zu überweisen. Sie haben zwar verschiedene Konten im Ausland in Anspruch genommen, aber man konnte es innerhalb von einer halben Stunde zurückverfolgen. Und glauben Sie mir, Ihre Kollegen werden genau wissen, wer sich da ins Netz geschaltet hat. Es gibt ja nicht viele Staatsanwälte, die sich momentan in Nordirland aufhalten."

„Danke für Ihre Belehrungen Inspektor Hardcourt, ich weiß, dass ich einen Fehler gemacht habe. Aber trotz des Malheurs hatten wir die Möglichkeit nochmals das Gelände abzusuchen."

„Der Junge hat sich nicht auf Corrigans Besitz befunden. Den haben sie schon lange aus der Gefahrenzone gebracht. Die ganze Aktion war umsonst. Und für dieses überflüssige Unternehmen müssen wir jetzt auch noch zwei Hacker laufen lassen. Ich will wissen, wie Sie sich da aus der Affäre ziehen?" Inspektor Hardcourt stützte die Arme auf den Tisch, legte seinen Kopf darauf und musterte Peter.

„Die Geldtransaktion wird als ein Versehen der Bank gewertet werden. Dafür habe ich längst gesorgt. Es besteht kein Grund zur Sorge. Ich mache Fehler, aber ich korrigiere sie, sobald ich sie erkannt habe", erklärte Peter brüsk. Frank seufzte und nahm müde auf dem Sofa Platz. Natürlich würden die Banken dafür gerade stehen müssen. Dies hatten sie schon geregelt, bevor sie das Geld transferierte. Er konnte es sich nicht leisten, für Geldwäsche ins Gefängnis zu gehen. Alles war absolut solide eingefädelt. Nicht das kleinste Indiz würde zu ihm führen, aber Oberstaatsanwalt Hopkins würde wissen, wer ihm da beinahe einen Fall vermasselt hätte, und er würde sich das fest einprägen. Wie Inspektor Hardcourt gesagt hatte, der Ärger war vorprogrammiert.

„Und wie soll es nun weiter gehen? Wir haben alles durchsucht und die Beweislage ist nicht besser geworden. Langsam sollten wir wirklich etwas gegen ihn in der Hand haben oder auf uns steuert ein Wust von Klagen zu." Peter schritt nachdenklich im Zimmer auf und ab.

„Wir müssen ihn mit irgendetwas konfrontieren, dass ihn in Unruhe geraten lässt", murmelte er tief in Gedanken versunken. Nach einigen Augenblicken blieb er stehen und drehte sich zu Inspektor Hardcourt um. „Lassen Sie Mr Delany zum Verhör kommen. Er wird schnell kalte Füße kriegen. Da bin ich mir völlig sicher."

„Ich kann ihn nicht einfach zum Verhör holen", erinnerte ihn Inspektor Hardcourt und packte einen Stoß Akten auf den Boden, so dass sich der Blickkontakt zu Peter wesentlich verbesserte.

„Richtig, aber in einer seiner Filialen wurde eingebrochen und dazu kann man Fragen stellen." Inspektor Hardcourt betrachtete ihn gedankenvoll.

„In Ordnung", stimmte er ihm zu. „Ich werde das für morgen veranlassen, aber versprechen Sie sich nicht allzu viel davon."

„Ich werde mir Mühe geben", erwiderte Peter kühl. Er nahm seinen Mantel und schlüpfte hinein. Frank folgte dem Beispiel. Er wünschte sich ein heißes Bad, ein tolles Dinner von Miss McAlister und ein warmes Bett.

„Wir sehen uns dann morgen Abend", erklärte Frank und musste gähnen.

„Ja. Gute Nacht, meine Herren", verabschiedete sie der Inspektor und zog eine neue Akte aus einem anderen Stapel. Sergeant Ridway begleitete sie zur Tür.

Der folgende Tag verlief zäh und ruhig. Sie konnten momentan nichts in der Sache unternehmen und waren völlig auf Inspektor Hardcourt und seine Ermittlungen angewiesen. Peter versprach sich von dieser Aktion tatsächlich nicht sehr viel. Er schätze den Burschen clever genug ein, nichts preis zu geben. Sie mussten sich etwas Neues einfallen lassen.

Der Tag schlich dahin. Peter führte ein ausstehendes Telefonat mit seinem Vater, das seine Stimmung noch verschlechterte. Grübelnd wälzten sie Akten, sortierten das rare Beweismaterial und zermarterten sich das Gehirn, um doch noch auf etwas zu stoßen, das sie möglicherweise übersehen hatten.

Als die Dunkelheit hereinbrach, schlug Frank frustriert einen Aktenordner zu und streckte sich.

„Wir sollten uns langsam auf den Weg machen, vielleicht hat dein Plan geklappt und Delany hat geredet." Peter hob den Blick und schaute Frank über seinen Brillenrand hinweg an.

„Denkst du nicht, er hätte dich angerufen, wenn sich etwas Neues ergeben hätte?" Frank hob nur die Schultern.

„Inspektor Hardcourt möchte diese Dinge sicherlich nicht am Telefon klären. Also komm."

„Bist du mir böse, wenn ich dich nicht begleite?", fragte Peter und lehnte sich zurück.

„Du willst nicht wissen, ob er etwas erreicht hat?"

„Ich bin mir nicht sicher." Er überlegte kurz. „Ich würde gern mit Miss Artkinson sprechen. Du kannst gern den Wagen nehmen, ich fahre mit dem Rad."

„Ich weiß nicht, ob das klug ist. Immerhin gibt es da draußen noch ‚The Death'", redete ihm Frank ins Gewissen.

„Komm schon, Frank. Er wird nicht hinter einem Gebüsch lauern und warten, bis ich das Haus verlasse. Wir haben nichts gegen ihn in der Hand und das weiß er ganz genau." Stirnrunzelnd betrachtete er Peter. Ihm war nicht wohl bei dem Gedanken ihn allein ins Dorf fahren zu lassen. Nach reichlicher Überlegung stimmte er trotz seiner Bedenken zu. Wer wusste, was er mit Helena zu besprechen hatte? Sie verabschiedeten sich an der Haustür und beide gingen ihrer Wege.

Peter fuhr mit dem Fahrrad zu den Artkinsons und musste zu seinem Leidwesen erfahren, dass Helena das Haus vor einer Stunde verlassen hatte. Niemand wusste, wohin sie wollte. Er unterhielt sich noch einige Zeit mit Ian, der sehr besorgt über die momentane Entwicklung des Ganzen war. Peter konnte es nachvollziehen, wollte aber nicht, dass Ian dies bemerkte. Er versuchte die Situation positiver darzustellen, überzeugte ihn schließlich, welche Fortschritte sie bereits erzielten und machte sich dann noch schlimmer frustriert als vorher auf den Heimweg.

Als er das Rad im Schuppen abgestellt hatte und zum Haus schritt, kam es ihm ungewöhnlich ruhig vor. Er blieb stehen, sah sich um und horchte angestrengt. Nichts bewegte sich. Kein verräterisches Knacken war zu hören. Im Haus brannte Licht, wie immer um diese Zeit. Eigentlich alles normal. Und trotzdem... Peter ging zurück zur Garage und öffnete das Tor. Frank war noch nicht zurückgekehrt. Die Garage war leer. Langsam schien er an Verfolgungswahn zu leiden. Alles war wie immer. Oder? Eine Gänsehaut zog sich seinen Nacken hinauf. Ihm wurde mulmig. Er schob seine Hand in die Manteltasche und zog die Schlüssel heraus. Entschlossen sah er zur Haustür. Wenn der Tod hier draußen auf ihn lauern würde, so hätte er ihn bereits attackiert. Sein Blick glitt über den schwach beleuchteten Weg, der zur Haustür führte. Die Rosen waren, wie am Morgen, mit Knospen übersät, die als dunkle Kugeln in die Luft ragen. Nichts hatte sich verändert. Der Rest nur Einbildung. Peter schritt wachsam den Weg entlang. Nichts passierte.

Er schloss die Haustür auf und trat ein. Im Hausgang brannte kein Licht. Seltsam. Es war erst kurz nach Neun. Sie ließ das Licht immer an, wenn er um diese Zeit außer Haus war. Aus der Küche drang ein Lichtstrahl, der durch die angelehnte Tür fiel. Er hatte dieses Licht vor der Garage bemerkt. ‚Normal‘, bekräftigte er. Unsicher machte er einen Schritt und rief dann: „Miss McAlister?!“ Erinnerungen stürmten plötzlich auf ihn ein. Vor seinem inneren Auge sah er Mrs Negley vor dem Ofen liegen, sich in ihren Schmerzen winden. Er schüttelte fest den Kopf um das schreckliche Bild zu verscheuchen. „Miss McAlister!“, rief er wieder. Mit ein paar schnellen Sätzen stand er in der Mitte der Küche. Der Ofen war kalt. Die Spüle leer und trocken. Es machte alles einen verwaisten Eindruck.

„Guten Abend Dr. Forgerson.“ Peter fuhr herum. Sein Herz raste in seinem Brustkorb. Seine Hände ballten sich zu Fäusten.

„Schön Sie wiederzusehen.“ Peter öffnete den Mund, starrte ihn an. Sein Magen krampfte sich schmerzhaft zusammen. Die Augen, die ihn ansahen, waren eiskalt. Wut stieg in ihm auf. Seine Augen wurden groß und färbten sich tiefschwarz.

„Wo ist Miss McAlister?“, fauchte er angriffslustig.

„Keine Angst, ihr geht es gut. Sie war nur sehr müde und musste sich etwas hinlegen."

„Tatsächlich? Ich möchte sie sehen."

„Sie sollten ihr die Ruhe gönnen. Die ganze Aufregung war zu viel für sie."

„Was haben Sie ihr angetan?!" Er machte einen Schritt auf ihn zu.

„Nichts, dass ihr Schaden könnte, Dr. Forgerson." Seine Stimme war weich wie Watte. Peters Herz legte einen Gang zu.

„Weshalb sind Sie gekommen?", fragte er und ging dabei erneut einen Schritt zurück.

„Die Frage erübrigt sich doch", bekundete Mr Corrigan und musterte Peter eingehend.

„Tut es das? Nun gut, da Sie schon hier sind, kann ich ja die anderen hereinbitten und wir können uns gemeinsam ein wenig unterhalten." Mit ein paar schnellen Schritten war er bei der Tür.

„Ich glaube, es ist überflüssig, wenn Sie von den beiden Schatten reden, die Sie uns zu Teil werden ließen. Sie waren wirklich hartnäckig, aber mit ein wenig guten Willen, war dieses lästige Anhängsel doch leicht ruhig zu stellen." Peter spürte, wie das Blut aus seinem Gesicht wich und den Weg nach unten suchte. Die Tür öffnete sich und Dr. Penell betrat offensichtlich zufrieden die Küche. Peter wich unwillkürlich zurück. Seine Hand glitt in seine Brusttasche und aktivierte das kleine Aufnahmegerät.

„Möchten Sie jetzt einen weiteren Mord begehen?", fragte er und trat noch einen Schritt zurück.

„Mord? Welch ein furchtbares Wort! Sie haben eine wirklich schlechte Meinung von mir." Traurig schüttelte Mr Corrigan den Kopf. „Wir sollten die Dinge richtig stellen, aber hier ist es so ungemütlich. Lassen Sie uns doch bei mir weiterreden", schlug er vor und machte eine einladende Handbewegung zur Tür.

„Ich habe nichts gegen diese Küche auszusetzen", entgegnete Peter und hob kämpferisch seinen Kopf.

„Sie möchten uns doch keine Schwierigkeiten machen, nicht wahr?" Corrigan kam langsam auf ihn zu.

„Ich werde Ihnen so viele Schwierigkeiten machen, wie es in meiner Macht steht!", zischte Peter und sah sich nach einer geeigneten Waffe um. Dr. Penell und Corrigan folgten seinem Blick.

„Seien Sie vernünftig, Forgerson, und lassen Sie Miss McAlister nicht außer Acht."

„Wo ist sie?!", herrschte er Corrigan an. Dr. Penell zog ein weißes Taschentuch aus der Manteltasche.

„Wir werden das alles in Ruhe besprechen", erklärte Corrigan mit samtener Stimme und ging auf Peter zu, dabei ließ er den Messerblock nicht aus den Augen.

„Wo haben Sie Ihren Schläger gelassen?" Wieder wich Peter zurück. Corrigan lächelte gefällig.

„Für diese Arbeit benötige ich ihn nicht. Er hat so eine grobe Art an sich, nicht immer ganz passend. Finden Sie nicht auch?" Süffisant hob er die Augenbrauen und deutete dann zur Tür. „Lassen Sie uns gehen."

„Das werde ich nicht!", zischte Peter jetzt völlig in der Defensive. Er stand mit dem Rücken zum Küchenschrank und Spüle. Es gab keinen Ausweg. „So einfach kommen Sie mir nicht davon, Mr Corrigan! Ich habe keinen Sinn für Ihre Drohungen. Das Spiel ist schon lange aus! Mit den Beweisen, die ich gegen Sie..."

„Beweise?!", fiel Corrigan ihm ins Wort und lachte schallend. „Ich habe von Ihren Beweisen noch nicht viel bemerkt, aber möglicherweise bin ich auch etwas ungeduldig."

„Ich..." Peter wusste nicht, was er sagen sollte. Dr. Penell reichte Corrigan das Taschentuch und griff abermals in eine seiner Manteltaschen. Er entnahm ihr ein Telefon und ein Foto, das er Peter reichte. Mit zitternden Fingern nahm er es und schaute das Foto an. Es zeigte Miss McAlister auf einem Stuhl gefesselt, in einem kahlen, anonymen Raum. Neben ihr stand der Schläger, mit dem er schon des Öfteren Bekanntschaft gemacht hatte. Überlegen nahm Corrigan das Telefon und wählte.

„Was soll ich ihm von Ihnen ausrichten, Forgerson? Sie kennen ihn ja bereits. Er ist für jede Schandtat bereit."

„Er soll sie in Frieden lassen", knurrte er mutlos und warf das Bild auf den Tisch.

„Das ist wirklich sehr vernünftig von Ihnen", lobte Dr. Penell. Peter sah sich nochmals verzweifelt um. Es war wohl das letzte Mal, dass er diese Küche sehen würde. Unauffällig griff er in die Brusttasche, zog das Diktiergerät heraus und ließ es beim Vorübergehen in Franks Jackentasche gleiten. Peter aktivierte sein zweites Diktiergerät.

Im Hausgang angekommen befahl ihm Dr. Penell die Hände auf den Rücken zu legen. Mutlos tat er wie ihm geheißen. Mit einem Kabelbinder fesselte er, ohne große Umschweife Peters Hände und verband ihm die Augen. Dr. Penell führte ihn hinaus, schloss sorgfältig die Tür und ließ ihn hinten im Mercedes Platz nehmen.

„Wohin bringen Sie mich?" Er hörte, wie Dr. Penell die Tür zuschlug und den Wagen startete.

„Nun, Dr. Forgerson, was ist aus Ihrer glänzenden Kombinationsgabe geworden? Was denken Sie, wohin wir unterwegs sind?" Peter antwortete nicht. Er wusste es. Tiefe Verzweiflung stieg in ihm hoch. Alles war zu Ende. Nichts hatte er zu Wege gebracht. Irrationaler Weise dachte er plötzlich an Helena. Eine Furche bildete sich zwischen seinen Augenbrauen. Wie kam er denn jetzt auf Helena? Er sah ihr dunkles, langes Haar, ihre eindringlichen Augen, ihre vollen Lippen.... All die Chancen, die sich ihm boten, hatte er verstreichen lassen. Es wäre so einfach gewesen über ihr Haar zu streichen. Ihr zu sagen, wie hübsch sie sei und sie fest in den Arm zu nehmen... Er hatte nichts von all dem getan. Verpasste Gelegenheiten.

Die Fahrt dauerte eine geraume Zeit. Wie lange genau wusste er nicht, da ihm jedes Zeitgefühl verloren gegangen war. Der Regen peitschte gegen die Autofenster und der Wind rüttelte am Auto. Nach einiger Zeit wurde der Wagen langsamer und sie hielten. Während der ganzen Fahrt hatte niemand gesprochen. Die Autotür öffnete sich und Dr. Penell stieg aus. Gleich darauf riss jemand die Hintertür auf und er wurde grob am Arm gepackt.

„Endstation Forgerson", erklärte Dr. Penell salopp und zog ihn aus dem Wagen. Der kalte Regen peitschte ihm ins Gesicht.

„Soll hier meine Beerdigung stattfinden?", wünschte Peter zu wissen, während er einige Stufen hochgeschoben wurde. Eine Tür wurde geöffnet und sie standen in einer großen, warmen Halle. Die Lichter, die brannten, schimmerten durch seine Augenbinde. Eine kräftige Hand packte seinen zweiten Arm und sie gingen weiter. Ihre Schritte hallten auf dem Fliesenboden. „Möchten Sie mir nicht antworten?" Peter ließ nicht locker.

„Achtung Stufen!", waren nur die Worte von Dr. Penell. Bei der Ersten stolperte er sogleich. Der Griff der beiden Hände wurde deutlich fester. Sollte er sich wehren? Sollte er schreien? Wo war er, verflucht noch mal? Sein Puls ging schneller. Was hatten sie mit ihm vor? Seine Handflächen wurden feucht. Sie hatten das Ende der Treppe erreicht. Weiter ging es einen Gang entlang. Nach kurzer Zeit blieben sie stehen. Er hörte einen Schlüsselbund klimpern und das Geräusch des sich drehenden Schlüssels. Ein Lichtschalter wurde gedrückt. Peter begann sich vehement zu wehren. Mit einem Schubs war er im Zimmer. Die Tür wurde geschlossen. Der Schlüssel im Schloss gedreht. Er war gefangen. Wie konnte er nur so blauäugig gewesen sein, zu glauben, dass er Corrigan überführen konnte? Gerade er, obwohl schon drei Menschen bei dem Versuch ihr Leben gelassen hatten! So schnell brachte Hochmut einen zu Fall. Dies hatte er sich selbst zu zuschreiben. Was war er nur für ein Idiot! Starr stand er da. Sein Atem ging schnell. Er hörte das Blut in seinen Ohren rauschen und wartete auf den Schuss, der nun folgen würde.

Dr. Penell stand noch immer neben ihm. Seine Hand glitt hoch, berührte seinen Kopf und mit einem Ruck war er von der Augenbinde befreit. Das helle Licht blendete ihn.

Nachdem sich seine Augen an die veränderten Lichtverhältnisse angepasst hatten, sah er sich in dem Raum um. Sie befanden sich in einem geräumigen Büro, das großzügig geschnitten war. An der Fensterseite stand ein großer schwarzer Schreibtisch mit einem Monitor, Tastatur, einem Bündel Papiere und Ordner. Eine cremefarbene Lederunterlage mit akkurat angeordneten Füllern und Stifte schonte die edle Schreibauflage und gab dem Ganzen ein professionelles Aussehen. An den Wänden hingen moderne Zeichnungen in prächtigen Farben. Links befand sich eine schwarze Ledersitzgruppe und dahinter war ein großes Regal angebracht worden, gefüllt mit Büchern und Skulpturen aus aller Herren Ländern. Alles wirkte zu den cremefarbenen Wänden und Teppichen sehr harmonisch und einladend. Die gegenüberliegende Seite bestand aus verspiegeltem Glas. Corrigans Büro, ohne Zweifel. Aber wo? Waren sie in seiner Firma oder am Flughafen? Am anderen Ende des Zimmers gab es eine kleine Bar und ein Wasserspender, der den Firmenaufdruck des Pharmakonzerns trug.

Das Telefon auf dem Schreibtisch klingelte. Corrigan ging hinüber und nahm ab. Seine freie Hand zog einen Schlüsselbund aus der Tasche, sperrte ein Schloss des Schreibtischs auf und öffnete eine Schublade. Er drückte auf einige verborgene Knöpfe und die Spiegelverglasung entspiegelte sich. Peter drehte sich um und blickte auf die Wartungshalle. Zwei Privatjets standen darin. Einige Männer in blauen Overalls arbeiteten an ihnen. Peters Herz schlug schneller.

„Ja, in Ordnung", hörte er Corrigan sagen. Der Hörer wurde zurück auf die Gabel gelegt. „Wir haben eine Stunde Zeit bis unsere Maschine startklar ist. Bitte machen Sie es sich doch bequem, Dr. Forgerson." Dr. Penell nahm eine Schere vom Schreibtisch und befreite ihn von seinen Fesseln. Mit einer einladenden Geste deutete er zur Sitzgruppe. Peter drehte sich zu ihm um.

„Ich habe nicht vor zu fliegen."

Ein böses Lächeln erschien auf Corrigans Lippen. „Natürlich werden Sie fliegen. Sie müssen sich nicht wegen Ihrer Flugangst sorgen. Wenn es soweit ist, werden Sie nicht bemerken, dass Sie sich in der Luft befinden. Das versichere ich Ihnen", bekräftigte er und machte eine Handbewegung zur Couch. „Aber bitte setzen Sie sich. Lassen Sie uns doch noch etwas plaudern. Ich denke, es gibt vieles, das Sie interessiert." Das gab es sicherlich. Unbewusst ballte Peter die Hände zu Fäusten. Dr. Penell schlenderte zum Wasserspender, nahm ein Glas, füllte es und reichte es Peter.

„Trinken Sie, Dr. Forgerson. Das wird Ihnen gut tun. Sie sehen etwas blass aus." Er musterte ihn und deutete zum Sofa.

„Setzen Sie sich."

„Danke, ich stehe lieber", knurrte Peter. Achselzuckend ging Dr. Penell zum Wasserspender und schenkte sich ebenfalls ein Glas ein. Er trank das halbe Glas aus und betrachtete Peter abermals. Peters Kehle war ausgedörrt. Zögernd hob er das Glas an die Lippen und trank. Ein breites Grinsen erschien auf Mr Corrigans Gesicht.

„Sie sind ein sehr misstrauischer Mensch, Dr. Forgerson." Gemütlich lehnte er sich zurück.

„Was haben Sie mit mir vor? Möchten Sie mich auch in Stücke teilen und zum höchsten Preis verhökern?", fragte Peter unwirsch und funkelte ihn an.

„Ihre Ausdrucksweise ist wirklich unangebracht. Ich dachte, Sie haben in Cambridge studiert? Verhökern." Bei diesem Wort rümpfte Mr Corrigan die Nase. „Welch ein hässliches Wort. Möchten Sie sich nicht doch setzen? Unser Gespräch könnte etwas länger dauern..." Dr. Penell nahm ihm das Glas aus der Hand, füllte es erneut und stellte es auf den Tisch. Zögernd kam Peter der Aufforderung nach. Ihm war übel und er fühlte sich schwach. Lag es an dem Wasser? Er sah zu, wie Dr. Penell sein Glas auffüllte und es austrank.

„Sehen Sie, Dr. Forgerson", fuhr Corrigan fort. „Ihre Organe werden einigen Menschen das Leben retten..."

„Für sehr viel Geld!", unterbrach ihn Peter.

„Krieg kostet Geld", erklärte Mr Corrigan gutmütig und schaute ihn abschätzend an.

„Krieg? Welchen Krieg führen Sie?"

„Den Krieg gegen Erniedrigung und Verachtung, den man uns nun schon seit über zwei Jahrhunderten entgegenbringt. Den Krieg gegen die Engländer." Mr Corrigans Augen begannen zu funkelten. Sein Gesicht hatte sich zu einer zornigen Maske versteinert.

„Das kann nicht Ihr Ernst sein. Es gibt kein Regime, das Sie verachtet. Nordirland ist schon lange frei. Irland und Großbritannien sind beide unabhängig. Die Grenzen sind offen. Sie können jederzeit ohne große Probleme nach Irland einreisen."

„Sie verstehen nicht, Dr. Forgerson. Es gibt eine Grenze. Es gibt Beamte, die uns kontrollieren, wenn wir die Grenze überschreiten. Wir sind Gefangene in unserem eigenen Land und werden geknechtet von den Engländern, egal, wieviel Geld sie hier investieren. Sie sind die Besatzer. Und solange wir unter ihrem Joch stehen, werde ich sie bekämpfen." Seine Wangen glühten, seine Lippen zitterten vor Zorn. Peter wurde eine Spur blasser. Corrigan war besessen!

„Aber Sie töten Ihre eigenen Kinder! Iren! Wie kann das zu Ihrem Plan passen?" Dr. Penell lehnte am Schreibtisch, hatte die Arme vor der Brust verschränkt und sah beiden interessiert zu.

„Im Krieg gibt es immer Opfer. Und sie sterben ja nicht wirklich. Ein Teil von ihnen lebt in einem anderen Körper weiter."

„Sie sind völlig verrückt!", brauste Peter auf. „Absolut verrückt! Haben Sie Richter Dixon getötet, weil er Engländer war?!"

„Richter Dixon?" Corrigan runzelte die Stirn, überlegte und schaute Peter dann an.

„Nein, er und seine kleine Freundin, Miss Holder, haben in meinen Angelegenheiten herum geschnüffelt. Sie gefährdeten mein Projekt. Ich musste sie notgedrungen entfernen. Es ist nicht so, Dr. Forgerson, das ich wahllos töte. Nein. Unnötige Tote verbreiten Misstrauen und gefährden meine Pläne. Ich habe es immer im Guten versucht, aber Sie haben auf meine Warnungen nicht gehört. Bedauerlicher Weise."

„Und wie war das bei Mrs Negley?" Peter drehte sich zu Dr. Penell um.

„Sie drohte mit der Polizei. Wir wollten ihr nichts Schlimmes, Dr. Forgerson. Immerhin trug sie ein Kind unter ihrem Herzen. Etwas Angst machen, ja, nicht mehr. Aber John kennt manchmal seine Grenzen nicht." Dr. Penell zuckte gleichmütig mit den Schultern. „Aber Sie sind ihr ja schnellstens zur Hilfe geeilt. Ein wahrer, englischer Gentleman."

„Ich bin Ihrem ersten Mordversuch zuvorgekommen. Das zweite Mal hatten Sie mehr Glück", ereiferte sich Peter.

„Sie irren. Es war nicht nötig sie zu töten. Sie war deprimiert, sie war verzweifelt. Für sie gab es nur einen Ausweg, den Selbstmord. Mrs Negley hatte Angst. Jedes Mal, wenn ich sie besuchte, hat sie mir davon erzählt."

„Sie haben sie getötet, Dr. Penell! Sie haben sie unter Psychopharmaka gestellt und ihre Depressionen verstärkt, so dass es für sie nur eine Erlösung gab!", schrie Peter. Ein feines Lächeln erschien auf Dr. Penells Gesicht.

„Es ist nicht so, wie Sie denken. Ihre Depression war schwerwiegend. Ebenso die Paranoia, an der sie litt. Ich wollte ihr helfen, wirklich, aber sie ließ es nicht zu... Ein tragischer Fall." Peters sah ihn mit größter Verachtung an. Er verabscheute Dr. Penells süßlichen Ton der Selbstgerechtigkeit zutiefst.

„Was sind Sie nur für ein Mensch? Sie haben den hippokratischen Eid geschworen! Ist Ihnen das alles egal? Wie können Sie nur so handeln? Sie sind Arzt!" Peter erhob sich und trat Dr. Penell gegenüber. „Was ist schief gelaufen, dass Sie sich zur Bestie entwickelt haben?

„Wir führen einen Krieg, Dr. Forgerson", erinnerte ihn Dr. Penell. Seine Wangen hatten sich gerötet.

„Den Teufel tun Sie! Sie scheffeln Geld für Ihre Villa an der Riviera. Sie interessiert doch nur der schnöde Mammon. Nichts anderes!" Blitzartig schnellten Dr. Penells Hände vor und packten Peter am Revers. Er schob sein Gesicht vor, bis sich ihre Nasen beinahe berührten.

„Sie kleiner, dummer Engländer, wie naiv sind Sie nur? In diesen Händen liegt der Tod." Er zog Peter noch einige Inch näher. „Sie sollten das doch besser wissen. Wie oft habe ich es Ihnen schriftlich mitgeteilt? Viermal, fünfmal? Ich habe Sie gewarnt, Dr. Forgerson. Mehr als Sie es verdient haben. Es lag an mir, dass Sie immer noch am Leben sind. Es war mein Mitleid, das Sie einige Male vor dem Tod gerettet hat." Er warf Corrigan einen scharfen Blick zu. Seine Augen funkelten mörderisch. Sein Griff wurde fester. „Ich habe lange mit Ihnen gespielt. Sie waren irgendwie anders, als unsere vorgehenden Verfolger, unterhaltsamer. Möglicherweise lag es daran, dass Sie kreativer, mutiger und verwegener waren. Ihre Untersuchungen hielten sich oft nicht in dem gesetzlichen Rahmen, der für Sie vorgeschrieben ist. Vielleicht lag es aber auch daran, dass Sie

Engländer sind. Egal. Ihr Leben lag schon in meiner Hand, als Sie den ersten Schritt über die Türschwelle von Miss McAlisters Haus machten. Hier gibt es nur zwei Personen, die dieses Land regieren: das sind Mr. Corrigan und ich. Wir entscheiden über Leben und Tod. Und über Ihrem steht die Entscheidung bereits fest."

„Sie müssen hier nicht den großen Imperator geben, Dr. Penell. Sie haben nicht die Wahl der Entscheidung. Ihre ganze Art des Handelns resultiert nur, weil wir Sie in die Enge getrieben haben. Sie sind der Gejagte, nicht ich. In wenigen Minuten wird es hier nur so von Polizisten wimmeln. Ihr Spiel ist verloren. Sie sind schon lange entmachtet."

Dr. Penells Hände zitterten. Ihre Nasen berührten sich. Peter spürte seinen heißen Atem auf der Haut.

„Ich bin der Tod, Forgerson. Und Sie sind ein nichts! Ich werde Sie töten, jetzt. Kein Polizist wird Sie retten! Niemand! Sie sind verloren, Forgerson!", verkündete er voller Genugtuung. Blanker Hass stand in seinen Augen. Es gab keinen Zweifel an den Worten. Peters Schicksal war besiegelt. Ihm wurde eiskalt. Das Blut wich aus seinem Gesicht, die Knie wurden weich. Dr. Penells linke Hand ließ ihn los und verschwand in seiner Jackentasche, tauchte blitzschnell wieder daraus hervor und hielt ein aufgeklapptes Messer in der Hand.

„Nicht so schnell!", ermahnte ihn Mr Corrigan vom Schreibtisch her. „Du willst doch nicht unsere goldene Kuh schlachten, bevor sie ihren Gewinn ausgeschüttet hat? Das würde niemandem etwas bringen. Es macht nur Ärger."

„Ich werde ihn töten!", zischte Dr. Penell wütend. Seine Knöchel färbten sich weiß. Peter zitterte wie Espenlaub.

„Aber bitte auf eine subtilere Art. Denk an die Flecken auf dem Teppich." Mr Corrigans Worte klangen vernünftig. Peter spürte, wie sich der eiserne Griff an seinem Revers lockerte.

„Du bist tot, Forgerson", knurrte Dr. Penell und ließ ihn los. So schnell wie das Messer erschienen war, verschwand es in einer seiner Taschen. In Peters Kopf begann es zu dröhnen. Grauer Nebel zog vor ihm auf. Wenn er jetzt ohnmächtig wurde... Er schnappte nach Luft, versuchte sich standhaft auf den Beinen zu halten, bis er wieder klar sehen konnte.

„Wo ist der Junge?", fragte er mit bebender Stimme.

„Weshalb interessiert Sie das, Dr. Forgerson? Sie können ihm ohnehin nicht mehr helfen." Selbstgefällig verschränkte Corrigan die Arme vor der Brust und musterte ihn. Er genoss jeden Augenblick in vollen Zügen. Es gab kein besseres Gefühl, als seine Beute, vor dem Todesstoß zappeln zu sehen.

„Wie können Sie nur...", begann Peter aufgebracht. Doch Mr Corrigan stoppte ihn sofort.

„Ich verstehe Ihre Aufregung nicht. Wir haben für den Jungen bezahlt. Siebenhunderttausend Pfund. Genau die Summe, die Sie gefordert haben, Dr. Forgerson. Haben Sie das vergessen? Siebenhunderttausend Pfund Sterling. Das ist eine Menge Geld. Dafür können wir schon etwas erwarten." Er strahlte voller Genugtuung. In Peter explodierte etwas. Er stürmte auf Corrigan zu und schlug, wie ein Verrückter auf ihn ein. Schweiß rann über seine Stirn.

„Sie Mistkerl!", schrie er, völlig außer Atem. Sein Gesicht glühte. Dr. Penell bekam ihn zu packen und riss ihn von Mr Corrigan weg, der kaum Schaden genommen hatte. Peter war zu schwach, um jemanden mit bloßen Fäusten wirklich ernste Schmerzen zuzufügen. Er wollte sich jedoch noch nicht geschlagen geben. Weiter zappelte er wie ein Wilder in den Armen von Dr. Penell. Im Gerangel stolperte Dr. Penell. Beide fielen zu Boden und rissen dabei eine ästhetisch dargestellte, nackte Frau aus Kristallglas, die auf einer Säule stand, mit sich. Dreißigtausend Pfund lagen in Scherben. Wütend packte Mr Corrigan Peter am Revers und riss ihn hoch.

„Jetzt ist aber Schluss! Sie ruinieren mir noch meine ganze Einrichtung!" Wutschnaubend rappelte sich Dr. Penell auf. In seinen Augen stand das Todesurteil.

„Ich töte ihn! Jetzt auf der Stelle!", schrie er, als er den abgerissenen Knopf an seinem Jackett bemerkte.

„Den Teufel wirst du tun!", schimpfte Corrigan. „Du versetzt ihm den goldenen Schuss und die Sache ist erledigt." Peters Mund war ausgedörrt. Das Schlucken tat ihm weh. Seine Nasenflügel bebten. Schweiß trat aus allen Poren. Dr. Penell grinste schadenfroh. Er richtete sich die Krawatte und ging zu dem Aktenschrank hinüber. Peter suchte auf der gegenüberliegenden Seite Deckung und ließ die Kidnapper dabei nicht aus den Augen. Seine Muskeln verkrampften sich schmerzvoll. Corrigan öffnete ebenfalls einen Schrank und brachte einen seiner Hüte zum Vorschein.

„Ach ja, ich besitze ja noch was von Ihnen." Gemächlich drehte er den Hut in seinen Händen. „Das ist nicht das einzige Exemplar, das ich von Ihnen besitze. Es hat sich zu einem Hobby von mir entwickelt. All Ihre Fehlschläge haben Sie mit einem Ihrer Hüte bezahlt und diesen hier auch." Er schenkte Peter ein süßes Lächeln. „Den Hut, den Sie heute trugen, werde ich besonders in Ehren halten." Er legte den Hut zurück in den Schrank und holte einige Papiere hervor, die für seinen Transport vorbereitet wurden. Ruhig schloss er die Schranktüren und legte die Dokumente auf den Schreibtisch. Er hob den Kopf und schaute zu Peter. „Haben Sie schon darüber nachgedacht, wie es sein könnte, wenn Ihr Herz in einem anderen Körper schlägt? Ein wahrlich seltsames Gefühl muss das sein." Peter wollte nicht daran denken. Bestimmt nicht! Er bewegte sich näher mit dem Rücken zur Spiegelwand und hielt die Augen fest auf seine Widersacher gerichtet. Es musste doch einen Ausweg geben! Das konnte doch nicht sein Ende sein!

Plötzlich, wie aus heiterem Himmel, krachte die Scheibe hinter ihm und zerbarst in tausend Scherben. Ein roter Feuerlöscher lag vor seinen Füßen.
„Los, Kommen Sie da raus!", schrie eine bekannte Stimme. Es war das Schönste, was er je gehört hatte. Helena tauchte vor dem Fenster auf und streckte ihm eine Hand entgegen. Peter überlegte nicht lange. Er packte sie und sprang mit ihrer Hilfe über die Brüstung hinter der zerborstenen Scheibe. Dr. Penell riss sich als erster aus seiner Erstarrung. Er stürmte zum Fenster und brüllte aus vollem Halse: „Fasst sie! Lasst sie nicht entkommen!"
Peter und Helena rannten den Flur bis zur Treppe entlang. Sie hörten Dr. Penell hinter sich. Die Wartungshalle unter ihnen kam in Bewegung.
„Sie müssen die Polizei informieren!", rief Peter und rannte, ihre Hand in der seinen, die Treppe, die im Galeriestil bis zum vierten Stock reichte, hinunter. Im ersten Stock angelangt, bogen sie ab.
„Das habe ich bereits", erklärte Helena atemlos. Dr. Penell war ihnen dicht auf den Fersen, gefolgt von Mr Corrigan. Einige Männer in blauen Overalls kamen ihnen nun zur Hilfe. Peters Hand, die Helenas umklammert hielt, war schweißnass. Sie bogen um eine weitere Ecke, rüttelten an verschiedenen Türen, bis sie endlich am Ende des Gangs eine geöffnet vorfanden. Peter stieß die Tür auf und zog Helena mit hinein. Mit zitternden Händen schob er den kleinen Riegel, der oberhalb des Griffs angebracht worden war, zu.
„Sie werden uns kriegen", jammerte Helena und ließ die Tür nicht aus den Augen. Peter war bereits am Fenster und riss es auf. Knapp zweieinhalb Yards trennten sie vom Boden. Schnell sah er sich im

Raum um. Es blieben ihnen nur noch wenige Minuten. Er öffnete den Wandschrank in dem spärlich möblierten Zimmer und begutachtete ihn kurz. Für eine Person bot er Platz. Das musste genügen. Er zog das kleine Tonbandgerät aus der Tasche und drückte es Helena in die Hand. Fäuste schlugen gegen die Tür.

„Los, verstecken Sie sich hier!", befahl er und deutete auf den Schrank.

„Ich...", begann Helena zu stottern. Ihr Gesicht war kalkweiß.

„Es ist keine Zeit für Diskussionen! Sie müssen die Sache zu Ende bringen, versprechen Sie mir das!" An der Tür krachte es gefährlich laut.

„Ich...“

„Bitte!", flehte Peter und umfasste ihre Hände. Tränen schimmerten in ihren Augen. Ihre Blicke verschmolzen für einen Augenblick. Es krachte erneut. Beide fuhren zusammen. Sie nickte schwach und kauerte sich in den Schrank.

„Sie werden nichts tun, bis alles vorbei ist, versprechen Sie mir das!" Helena fühlte sich, als wäre ihr ganzer Körper mit Steinen gefüllt.

„Ja", flüsterte sie unter Tränen. Peter lächelte sie nochmals an und schloss die Tür. Wohl das letzte Mal in seinem Leben. Er eilte zum Fenster, als im gleichen Augenblick das Schloss zerbarst und die Tür krachend aufflog. Mit einem Riesensatz war Dr. Penell an seiner Seite und riss ihn zurück.

„Hab ich dich!", zischte er Peter ins Ohr. Corrigan kam schweratmend zum Fenster, lehnte sich weit hinaus und sah sich um.

„Die Kleine haben wir wohl verloren", knurrte er und drehte sich um.

„Wir hätten sie damals töten sollen", belehrte ihn Dr. Penell grimmig. „Es war ein Fehler, sie mit ihm herumziehen zu lassen."

„Meine Jungs schnappen sie schon", versuchte Mr Corrigan ihn zu beruhigen und betrachtete Peter kritisch.

„Meine Geduld ist wirklich zu Ende, Dr. Forgerson. Sie haben jetzt lange genug unsere Nerven strapaziert."

„Tatsächlich? Ihre Selbstgefälligkeit hat Sie träge werden lassen", fauchte Peter. „Oder sind Sie für dieses Projekt, wie Sie es zu nennen pflegen, zu alt?" Zornig holte Dr. Penell aus und schlug ihm hart ins Gesicht.

„Sie sind zu jung, Forgerson, um zu begreifen, ein Kind! Das macht Ihre Organe aber nur umso begehrter!" Peter begann wieder um sich zu schlagen, jedoch ohne großen Erfolg. Ungeduldig schlug ihm

Dr. Penell erneut ins Gesicht. Peter taumelte rückwärts und fiel zu Boden. Blut schoss aus seiner Nase.

„Schluss jetzt!", zischte Mr Corrigan. „Die Maschine wartet." Mit einem Ruck zog er Peter auf die Beine. Sofort ergriff dieser die Gelegenheit, riss sich von ihm los und schnappte nach dem Brieföffner, der auf dem Schreibtisch lag. Corrigan war jedoch schneller, griff nach dem bronzenen Briefbeschwerer und schlug mit voller Wucht zu. Peter blieb die Luft weg. Seine Hand fühlte sich an, als wäre jeder einzelne Knochen zerschmettert. Ein unaussprechlicher Schmerz schoss durch seine Glieder und machte ihn für einen Moment benommen. Vor seinen Augen wurde es für einen Augenblick schwarz.

Als der Nebel sich zu verziehen schien, lag er auf dem Schreibtisch. Sie hatten ihm das Jackett heruntergerissen und Dr. Penell hielt ihn mit einem Polizeigriff in Schach. Peters Blick fiel auf die zu Bruch gegangene Lampe und verschiedene Stifte, die zu Boden gefallen waren. Die Schmerzen, die seinen Körper durchzogen, waren unbeschreiblich. Er drehte den Kopf etwas nach links und Corrigan rückte in sein Blickfeld. In seinen Augen stand die gleiche Mordlust wie in Dr. Penells. In einer Hand hielt er eine Ampulle, in der anderen eine Injektionsnadel.

„Das sind Ihre letzten Minuten, Forgerson", erklärte er feierlich und durchbohrte mit der Nadel das Gummi der Ampulle. Langsam und voller Genuss zog er die Spritze auf, beugte sich dann zu Peter hinunter und hielt sie vor sein Gesicht. Eine durchsichtige Flüssigkeit schlug ein paar Luftblasen.

„Es geht ganz schnell", versicherte er und drückte auf die Spritze. Flüssigkeit tropfte heraus und rann an der Nadel herunter. Dr. Penell riss wie auf Kommando an seinem rechten Hemdsärmel. Er hörte wie der Knopf absprang und zu Boden fiel. Grob schob er den Ärmel über den Ellbogen und legte den Unterarm frei. Peters Atem ging stoßweise. Er zitterte am ganzen Körper.

„Oh Gott, steh mir bitte bei!", flehte er. Seine Augen füllten sich mit Tränen. Sein Magen hatte sich zu einem großen Klumpen zusammen gezogen. In seinem Hals steckte ein dicker Kloß. Mr Corrigan drückte abermals auf die Spritze.

„Adieu, Dr. Forgerson." Peter roch das Desinfektionsmittel, spürte die feuchte Watte auf dem Unterarm und wusste, dass ihm das unausweichliche Ende nun bevor stand.

„Nein! Oh Gott, nein!", schrie er und begann sich vergeblich zu wehren. Die Nadel durchdrang seine Haut. Ein stechender Schmerz zog sich den Arm hoch und breitete sich in seinen Gliedern aus.
Mit einem lauten Knall flog die angelehnte Tür auf.
„Das würde ich an Ihrer Stelle nicht tun, Mr Corrigan!", warnte Inspektor Hardcourt, dessen Glock Revolver genau auf seinen Kopf zielte. Sekunden später stand Sergeant Ridway neben ihm und zielte mit seiner Pistole auf Dr. Penell.
„Ach nein, Inspektor?", fragte Mr Corrigan höhnisch und grinste ihn frech an. „Asche zu Asche, Staub zu Staub."
„Keine Bewegung, Mr Corrigan, oder Sie sind ein toter Mann", drohte Inspektor Hardcourt. Zielsicher lag die Waffe in seiner ruhigen Hand. In jedem Fall tödlich.
„Ha!" Er beugte sich vor und drückte auf die Spritze. Inspektor Hardcourt drückte ab. Die Kugel traf ihn genau an der Schläfe. Bevor Mr Corrigan den Boden berührte, war er tot. Im gleichen Augenblick schoss Dr. Penell vor. Ein zweiter Schuss aus DS Ridways Waffe verfehlte nicht sein Ziel.
„Nicht bewegen, Dr. Forgerson!", warnte der Inspektor und kam langsam näher. Die Spritze steckte immer noch in Peters Arm. Sergeant Ridway stieß einen schrillen Pfiff aus. Peter begann schrecklich zu zittern. Sein Körper war klamm. Das Gesicht blass. Die Spritze schwankte bedenklich. Ohne ihn aus den Augen zu lassen, stieg Inspektor Hardcourt über die Leichen hinweg und riss seine Krawatte vom Hals. „Wo bleiben die Sanitäter?", schnaubte er.
„Sie müssen jeden Moment hier sein", versicherte DS Ridway und sah zu, wie sich Peters Haut bedenklich veränderte.
„Ganz ruhig, Dr. Forgerson. Wir holen Sie da gleich raus." Inspektor Hardcourt zog vorsichtig die Krawatte unter dem Arm hindurch, machte einen Knoten und zog mit voller Kraft an. Peter war es, als würde man seinen Arm abtrennen. Er stöhnte, spürte noch, wie DS Ridway den Brieföffner, den er am Boden gefunden hatte, durch die Schlaufe steckte und zudrehte.
„Helena ist im Schrank", flüsterte er kaum hörbar. „Im Schrank", wiederholte er nochmals. Dann schwanden ihm die Sinne.

Auf dem Monitor bewegte sich ein Punkt regelmäßig nach oben und unten und piepste im selben Rhythmus vor sich hin. Schläuche und Infusionsnadeln führten in die Haut. Das Dialysegerät arbeitete gleichmäßig und spendete im langsamen Fluss Leben. Die Augenlider begannen schwach zu zucken, bis sie es schließlich doch schafften und sich ganz öffneten. Der Geschmack in seinem Mund war fürchterlich. Seine Glieder und Muskeln begannen Lebenszeichen zu senden, die er lieber vergessen hätte. Er fühlte sich schwach und ausgelaugt. Nur die Schmerzen, die den ganzen Körper durchzogen, hielten sich wacker. Stark und unerbittlich zeigten sie ihre Präsenz. Eine starke Hand lag auf seiner rechten. Warm und fürsorglich. Vorsichtig, ganz langsam drehte er den Kopf und blickte in zwei dunkle, sorgenvolle Augen.

„Peter." Sir Julians Hand drückte seine stärker.

„Dad", hauchte Peter. Sein Mund und Hals waren so ausgedörrt, dass es ihm unmöglich schien, auch nur ein Wort zu sprechen. Die Tür öffnete sich und ein Arzt betrat das Zimmer.

„Es ist alles in Ordnung, Dr. Forgerson. Sie sind in Sicherheit. Alles wird gut", hörte er ihn sagen. Er hatte Dr. Ruthland nicht bemerkt, die hinter Sir Julians Stuhl stand und besorgt zu ihm herunter blickte. Zwei lange Tage der Angst um sein Überleben lagen hinter ihnen. Peter hatte die Augen wieder geschlossen und versuchte alle seine Kräfte zu mobilisieren.

„Ist...", begann er qualvoll.

„Alles ist in Ordnung", unterbrach ihn Sir Julian sofort. „Der Junge und Miss McAlister sind frei und wohl auf. Mach dir keine Sorgen." Er spürte, wie Peter sich entspannte.

„Versuch zu schlafen", riet er leise und drückte fürsorglich seine Hand. Dr. Ruthland wechselte mit Sir Julian einen Blick. Der Arzt kontrollierte Puls und Herzschlag. Er hob Peters Augenlider an, leuchtete in die Augen, besah sich gründlich seine Haut und wandte sich dann an Sir Julian. „Er hat es geschafft. Dr. Forgerson ist außer Gefahr. Wir machen ein neues Blutbild. Es wird zeigen, dass er einen großen Schritt zur Besserung getan hat. Sie sollten sich jetzt auch etwas Ruhe gönnen, Sir Julian." Der Arzt erhielt ein Kopfschütteln zur Antwort.

„Ich werde ihn jetzt nicht allein lassen. Später, aber jetzt noch nicht."

Als Peter wieder zu sich kam war es Nacht. Eine Nachttischlampe brannte und zwei Wandstrahler verbreiteten gedämpftes Licht. Ein Strauß frischer Blumen stand auf dem Nachttisch, drei weitere auf dem Fenstersims und verströmten einen angenehmen, süßen Duft. Der Geschmack in seinem Mund hatte sich nicht gebessert, doch er fühlte sich nicht mehr so schwach. Die Schmerzen, die seinen Körper fest im Griff hielten, waren noch in gleicher Stärke vorhanden. Sein Gedächtnis meldete sich zurück mit all den furchtbaren Erinnerungen der vergangenen Tage. Er wusste nicht, wieviel Zeit seither verstrichen war, wie lange er das Bewusstsein verloren hatte. Aber es musste lange genug gewesen sein, da er sich noch schwach an seinen Vater erinnerte, der neben ihm am Bett gesessen hatte. Vorsichtig zog er seine rechte Hand unter der Decke hervor und begutachtete sie. Eine Gipsschale umhüllte die gebrochenen Finger. Für lange Zeit würde er keine Geige mehr spielen können.

„Er hat dir alle vier Finger gebrochen. Nur der Daumen wurde verschont." Erschrocken fuhr Peter hoch. Sir Julian hatte die Tür lautlos geöffnet und musterte ihn. Er wirkte frisch und entschlossen. Nichts von den letzten nervenzerreißenden Tagen des Bangens und Hoffens war zu erkennen. Schuldbewusst senkte Peter den Blick. Sir Julian kam ganz ins Zimmer, schloss die Tür hinter sich, ging zum Nachttisch, öffnete eine Flasche Wasser und schenkte ein Glas ein, dass er Peter reichte. Dankbar nahm er es mit der Linken entgegen. Die Schwäche kam zurück. Seine Hand begann zu zittern und es war schwierig das Glas an die Lippen zu führen. Doch das kühle Nass war Belohnung genug. Vorwurfsvoll fiel Sir Julians Blick vom Glas auf die vielen Infusionsnadeln, die in seinem gesunden Arm steckten. Er zog einen Stuhl ans Bett und setzte sich so, dass er Peter im Auge behalten konnte. Eine geraume Zeit sagte er nichts, sah ihn nur an, dann füllte er erneut das Glas, reichte es seinem Sohn und wartete geduldig, bis er es leer getrunken hatte.

„Ich dachte, ich hätte mich klar ausgedrückt, bevor ich zurück nach London geflogen bin", war der erste Satz. Peter wusste nicht recht, wie er darauf antworten sollte.

„Es waren die Umstände", versuchte er sich zu verteidigen. „Die Entwicklung des Falls... Niemand konnte erahnen, dass sich das Ganze in diese Richtung entwickeln würde."

„Denkst du. Ich bin da ganz anderer Meinung, Peter. Es hatte sich damals, als sie dich entführten, schon abgezeichnet, dass dies alles zur Katastrophe führen würde." Peter senkte den Blick und starrte auf einen nicht existierenden Punkt auf der schneeweißen Decke.

„Ich hatte nur die schwache Hoffnung, wenn Frank hier wäre, würde er dich in Schach halten können, aber das war vermessen von mir. Niemand hält dich in Schach." Enttäuscht schüttelte er den Kopf.

„Ich...", versuchte Peter sich zu wehren. „Wir waren auf dem richtigen Weg. Es wäre alles anders gelaufen, wenn ich nicht den blöden Fehler bei der Transaktion gemacht hätte. Ich hatte Mr Corrigan auf dem Silbertablett, sicher."

„Natürlich, ich bin bestens über das Geld, das du für den Zweck einer Hausdurchsuchung transferiert hast, informiert. Schlauerweise musstest du das bereits beschlagnahmte Geld über ein Nummernkonto laufen lassen, dass du als Stiftung für krebskranke Kinder ins Leben gerufen hast." Er schüttelte unwillig den Kopf. „Wo warst du nur mit deinen Gedanken?"

„Ich hatte einen Zahlendreher", grummelte Peter verlegen.

„Du warst einfach nur dreist", schimpfte Sir Julian.

„Nein. Ich wage viel, aber soweit würde ich nie gehen. Keine Ahnung, wie ich auf dieses Konto gekommen bin. Ich hatte den Fehler zu spät entdeckt. Frank trifft keine Schuld. Er hat sein Möglichstes getan. Wirklich!", versicherte er und sah ängstlich in Sir Julians Gesicht. Es durfte keine Konsequenzen für Frank geben.

„Frank hat für dich die volle Verantwortung übernommen und wenn ich sehe, wohin es dich gebracht hat, dann finde ich, dass er seiner Verantwortung nicht gerecht geworden ist", stellte Sir Julian fest und verschränkte die Arme vor der Brust. Peter jagte eine Gänsehaut über den Rücken.

„Bitte lass ihn aus dem Spiel. Bitte. Du kannst mit mir machen, was du willst, aber Frank trifft keine Schuld. Ich habe ihn hintergangen."

„Er hatte eine Aufgabe zu erfüllen. Denkst du, ich weiß nicht, wohin dich deine Sherlock Holmes Aktionen immer wieder führen?" Schweiß trat auf Peters Stirn. Sein Atem ging schneller. Die Muskeln spannten sich und stechende Schmerzen begannen den Körper zu malträtieren.

„Ich bitte dich, Dad. Wenn du ihm den Posten nimmst... Er hat immer nur für diesen Beruf geschuftet. Er ist ein sehr guter Anwalt. Du zerstörst sein Leben!" Sir Julian sah ihn lange, mit ruhigen Augen an. Schaute ihm zu, wie er schwitzte und zitterte.

„Frank wird demnächst in einer anderen Abteilung arbeiten. Er ist in der kommenden Zeit für europäisches Recht zuständig. Das bedeutet, dass ihr euch wohl nicht mehr regelmäßig sehen werdet." Sir Julians Augen hatten sich schwarz gefärbt. „Und glaub mir, Peter, ich werde meine Augen offen halten, um zu sehen, ob du erneutes Unheil anrichtest."

Peters linke Hand umklammerte immer noch die Bettdecke. Ihm war nur allzu klar, wie weit Sir Julians Einfluss reichte. Er schluckte trocken, versuchte seine Stimme ruhig und gefasst klingen zu lassen.

„Ich bin mit meiner Arbeit hier noch nicht fertig. Es sind nur wenige Tage..." Er zögerte, hob dann vorsichtig den Blick und sah ihn an. Sir Julian begegnete ihm äußerst gelassen.

„Frank arbeitet bereits daran. Darüber musst du dir nicht den Kopf zerbrechen. Die Arbeit wird bis zu deiner Abreise erledigt sein. Da ich aber noch einige Zeit in Belfast beschäftigt bin, gebe ich dir die Möglichkeit nach deiner Entlassung, die in den nächsten Tagen sein wird, zurück nach Garrison zu fahren und Frank zur Hand zu gehen. Du hast also noch einmal die Gelegenheit, all deine Angelegenheiten in Ordnung zu bringen." Er sah Peter vielsagend an.

„Danke." Trotz seiner Erleichterung stutze er. Was hielt ihn in Belfast? „Du hast geschäftlich in Belfast zu tun?", fragte er vorsichtig.

„Ja, ich werde Corrigans Pharmaindustrie übernehmen", entgegnete er, als wäre es das Normalste auf der Welt. Peter war wie vom Donner gerührt.

„Du willst was?", stammelte er völlig aus den Fugen geraten. Ihm wurde eiskalt.

„Ich werde Mr Corrigans Imperium kaufen. Er besitzt einige interessante Patente, die ich mir nicht entgehen lassen werde. Und da er keine unmittelbaren Verwandten hat, sondern nur einen Neffen in Amerika, der sich lieber in der Hollywood Szene herumtreibt, werde ich mir diese Gelegenheit nicht nehmen lassen." Sir Julian warf einen Blick auf seine sündhaft teure Rolex, schlüpfte in den Mantel und warf seinen sprachlosen Sohn einen teils amüsierten, teils selbstzufriedenen Blick zu. „Kläre deine Angelegenheiten. Ich habe die Hochzeit auf den fünfundzwanzigsten Dezember festgesetzt."

„Ich…" Peter wurde schneeweiß im Gesicht. Sir Julian drehte sich zu ihm um und wartete. Doch Peter blieb stumm, nickte schwach und ließ sich in die Kissen sinken.

„Unser Flug geht in sieben Tagen. Frank hat die Tickets. Solltet ihr nicht rechtzeitig auftauchen, werde ich nach euch suchen lassen. Verstanden?"

„Ja", murmelte Peter kleinlaut.

„Gut. Erhol dich, Peter." Er kam nochmals zurück, gab ihm einen Kuss auf die Stirn und ging.

Eine halbe Stunde später tauchten Inspektor Hardcourt und Sergeant Ridway auf. Peter erfuhr, dass Dr. Penell Miss McAlister und den Jungen in einem Kellerraum in Enniskillen gefangen gehalten hatte und ein paar Stunden, bevor der Junge als Organspender ins Ausland verfrachtet worden wäre, zurück zum Flughafen gebracht wurden. Sie nahmen ein Protokoll über die Geschehnisse, als Peter zurück in Miss McAlisters Haus kam und dort entführt wurde bis zu seiner Befreiung, auf.

„Sie haben mir das Leben gerettet", schloss Peter schließlich. „Sie beide", fügte er hinzu und sah die Polizisten dankbar und verlegen zugleich an. Inspektor Hardcourt zuckte leichthin mit den Schultern.

„Kommen Sie schon, Dr. Forgerson, Sie haben mit Ihren katastrophalen Schachzügen das Dorf aus den Fängen eines größenwahnsinnigen Kriminellen befreit. Und da Sie Engländer sind, finde ich, sind wir quitt." Nicht überzeugt schüttelte Peter seine dunklen Locken.

„Ich hätte es nie so weit kommen lassen dürfen. Ich meine…" Peter zerbrach sich den Kopf, wie er es am besten formulieren konnte. Ihm fielen jedoch nicht die richtigen Worte ein. Seine Augen füllten sich mit Tränen. Inspektor Hardcourt machte eine vage Handbewegung.

„Dr. Forgerson, es ist wie es ist. Nichts lässt sich mehr daran ändern. Also hören Sie auf Trübsal zu blasen. Sie haben dem Gericht hohe Kosten erspart. Ich hoffe nur, dass die Art der Problemlösung nicht zur Routine wird", fügte er mit einem schiefen Lächeln hinzu und nahm seinen Mantel vom Bett.

„Ich habe Ihnen großen Ärger bereitet und…" Peter zögerte, hob den Kopf und schaute Inspektor Hardcourt direkt ins Gesicht. „Sie haben meinetwegen einen Mann erschossen."

„Und wir würden es jedes Mal wieder tun", kam DS Ridway Inspektor Hardcourt grimmig zuvor. „Er hat Menschen getötet.

Kinder." Er steigerte es noch. „Iren." Seine Gesichtszüge wurden hart. „Die beiden haben nichts anderes verdient."

„Aber...", begann Peter.

„Er wäre nach fünfzehn Jahren aus dem Gefängnis gekommen und hätte dort weitergemacht, wo er aufhören musste." Er sah, wie Peter blass um die Nase wurde, und fuhr ruhig fort: „Dieser Schuss war der einzige Weg, Dr. Forgerson. Es war ein finaler Rettungsschuss. Es war legal und gerechtfertigt. Wir hatten keinen Ärger und es wird auch keinen geben. Es gab nur die eine Lösung für diese Situation und wir sind dafür ausgebildet. Machen Sie sich keine Sorgen. Sollten wir tatsächlich psychische Probleme mit unserer Tat bekommen, wovon ich wirklich nicht ausgehe, so gibt es äußerst fähige Psychologen, die uns da raushelfen. Wir sind Profis. Verschwenden Sie keinen Gedanken mehr daran. Und falls wir einen Anwalt nötig hätten, wissen wir ja, wo wir einen finden." Er lächelte Peter schelmisch an und wandte sich an den Inspektor: „Ich habe noch ein Telefonat zu führen. Ich warte im Auto auf Sie, Inspektor." Salopp verabschiedete er sich von Peter, nickte Inspektor Hardcourt nochmals zu und ließ sie allein. Peter sah den Inspektor zweifelnd an.

„Niemand verkraftet das so einfach", murmelte er halblaut. Inspektor Hardcourt erwiderte ruhig seinen Blick.

„DS Ridway war lange Zeit in der Abteilung Terrorbekämpfung tätig. Er ist stärker, als wir alle vermuten."

„Und wie steht es mit Ihnen?", wollte Peter wissen und richtete sich etwas auf. Inspektor Hardcourt seufzte leise, legte den Mantel über den Arm und sah ihn an.

„Wir leben damit, nicht wahr, Dr. Forgerson? Aus dem Bericht, den ich über Sie erhalten habe, geht hervor, dass Sie vor einigen Jahren, als Sie noch in den Staaten lebten, ebenfalls eine Frau in Notwehr getötet haben. Sie wollte Sie damals mit einem Jagdmesser ermorden, was sie auch um Haaresbreite geschafft hatte. Schuldgefühle wird es immer geben. Jeder muss mit seinem Gewissen umzugehen lernen. Mr Corrigan war ein mieses Schwein und ich bereue keine Sekunde meines Lebens, dass ich ihn erschossen habe. Und wie DS Ridway schon sagte, sollte sich die gleiche Situation erneut ergeben und ich würde Sie auf diesem Tisch mit der Nadel des Todes in Ihrem Arm vorfinden, ich würde nicht zögern."

„Ich…" Peter wusste nicht, was er sagen sollte. Ungewollt rannen ein paar Tränen die Wangen herunter. Inspektor Hardcourt zuckte gleichmütig mit den Schultern und lächelte ihn an.

„Lassen Sie's gut sein, Dr. Forgerson. Sehen Sie, Sie sind der erste Engländer, für den wir unseren Kopf hingehalten haben. Also fassen Sie es einfach als Kompliment auf und lassen Sie das Grübeln." Er lächelte ihm nochmals aufmunternd zu und verließ das Krankenzimmer.

Peter lag da, den Blick abwesend auf einen der Sträuße gerichtet und versuchte das gehörte zu verarbeiten. Erschöpft schloss er die Augen. Inspektor Hardcourt und DS Ridway konnten also damit leben, aber wie stand es mit ihm? Sein Vater war gerade dabei die Firma zu kaufen. Ihm schien es unmoralisch. Es beschämte ihn. Doch Ökonomie besitzt keine moralische Weltanschauung. Der einzige Trost darin bestand, zu wissen, dass Sir Julian keine krummen Geschäfte drehte. Adel verpflichtet und das nach Prinzipien und dem Verantwortungsbewusstsein seines Vaters um tausend Prozent.

Durch ein paar Wolkenlücken blinzelte die Sonne und warf schnell dahintreibende Schatten auf den Fußboden, auf dem sich Kartons mit Akten stapelten. Frank beschriftete und katalogisierte unzählige und quälte sich mit der alten Schreibmaschine herum. Sie hatten lange über seine Versetzung gesprochen. Frank versuchte Peter die Schuldgefühle zu nehmen. Genau genommen war es eine Beförderung, keine Versetzung, doch Peter wollte das nicht so sehen. Er konnte sein schlechtes Gewissen nicht abschütteln. Es waren jedoch die letzten Tage, an denen sie wohl gemeinsam arbeiten würden, also beabsichtigte er die Zeit nicht mit Jammern zu vermiesen. Das Radio lief und man hörte den ganzen Tag nur von Corrigan. Vor dem Haus stand noch eine Handvoll Reporter herum, die seit vier Tagen hofften, ein Interview von einem der Beiden zu ergattern.

Peter blätterte in verschiedenen Akten und versuchte eine Bemerkung in eine Liste einzutragen. Seine linke Hand umkrampfte den Füllfederhalter und kratzte auf dem Papier herum. Frank beobachtete ihn einige Zeit, bis er ihm nicht mehr dabei zusehen konnte.

„Leg endlich den Stift beiseite, Peter!", knurrte er entnervt. Peter hob den Kopf und schielte über den Brillenrand. Er machte ein mürrisches Gesicht und startete einen neuen Versuch.

„Peter!", ermahnte ihn Frank scharf.

„Ich muss doch etwas tun!", protestierte er eigensinnig und umkrampfte den Stift noch fester.

„Nimm ein Buch und lies." Frank stand auf, legte einen Stapel zur Seite und zog einen neuen Stoß aus einem der überfüllten Regale hervor. Mit dem Bündel in der Hand kam er zu Peter herüber und schaute ihm über die Schulter. Staub tanzte in den Sonnenstrahlen, die durchs Fenster fielen.

„Das ist nicht produktiv", widersprach Peter stur. Am linken Zeigefinger hatte sich bereits eine Druckstelle gebildet. Auf der Treppe waren Schritte zu hören.

„Du glaubst doch wirklich nicht, dass dieses Gekritzel irgendjemand lesen kann?" Frank deutete auf die unidentifizierebaren Haken und Schnörkel, die über und unter den Zeilen standen.
Es klopfte.
„Natürlich kann man das lesen!", ereiferte er sich beleidigt und starrte auf das unsymmetrische Muster auf dem Blatt. Die Tür wurde geöffnet und Helena steckte den Kopf herein. Frank drehte sich um.
„Den Himmel sei Dank!", begrüßte er sie erleichtert und lächelte ihr zu.
„Welch eine Begrüßung!", lachte sie und kam ins Zimmer.
„Der Junge braucht unbedingt Ablenkung", erklärte Frank und zeigte auf Peters Geschriebenes. Helena gesellte sich zu ihnen. Skeptisch betrachtete sie ebenfalls das Kunstwerk.
„Ist das eine neue Art von Hieroglyphen?", fragte sie unschuldig.
„Ich tue mein bestes", fauchte er erzürnt.
„Tu lieber nichts", erwiderte Frank brüsk, riss die Seite vom Block und zerknüllte eine halbe Stunde Schwerstarbeit in seiner rechten Hand.
„Was hast du getan!", empörte sich Peter lauthals. Er stand kurz davor die Fassung zu verlieren. Frank stöhnte gequält und verdrehte die Augen.
„Wie wär's, wenn du etwas an die frische Luft gehen würdest?", schlug er im Schulmeisterton vor.
„Möchtest du, dass ich einen kleinen Plausch mit der Presse führe?", verlangte Peter erbost zu wissen und stierte ihn zornig an.
„Bevor hier eine lautstarke Diskussion ausbricht, schlage ich vor, dass Dr. Forgerson und ich uns zur Hintertüre hinaus stehlen und uns zur Mauer durchschlagen, über sie klettern und das Weite suchen. Keinem von den Journalisten wird auffallen, dass wir das Terrain verlassen haben. Es ist doch so herrliches Wetter. Ach, bitte machen Sie mir das Vergnügen!" Peter seufzte abgrundtief.
„Na, mach schon!", drängte ihn Frank und grinste ihn schief an. Widerwillig nahm er die Brille ab, verstaute sie in seinem Etui und stand auf. Missmutig warf er einen Blick auf den Schreibtisch und öffnete ihr die Tür.
„Komm ja nicht vor der Teezeit zurück!", schickte Frank ihm hinterher. Wütend drehte Peter sich zu ihm um, funkelte ihn an und verließ ohne ein weiteres Wort das Zimmer.

„Was fällt ihm ein, so mit mir zu verfahren?!", schimpfte er und schlüpfte unwirsch in seinen Mantel.

„Er meint es doch nur gut", versuchte Helena ihn zu beschwichtigen und musste über Peters grimmiges Gesicht lachen. „Gekränkte Eitelkeit?", feixte sie und kicherte gutgelaunt.

„Er behandelt mich wie ein Kind!", echauffierte sich Peter und öffnete vorsichtig die Hintertür. Nichts war zu sehen.

„Das tut er tatsächlich", bestätigte Helena fröhlich, „aber ich denke, er hat dafür berechtigte Gründe."

„Miss Artkinson!", beschwerte sich Peter wütend. Helena lachte und strahlte ihn an.

„Los, lassen Sie uns gehen!" Sie zwinkerte ihm spitzbübisch zu und schlich sich hinaus. Wie auf Kommando spurteten sie über den Rasen und verschanzten sich hinter einem Busch. Alles war ruhig.

„Sie finden sein Benehmen mir gegenüber wirklich gerechtfertigt?", knurrte er verärgert und half ihr beim überklettern der Mauer.

„Sicher", antwortete Helena lächelnd. „Er mag Sie sehr gern und macht sich deshalb nun mal Sorgen. Es ist nicht böse gemeint."

„Nein, aber ich hasse dieses mentorenhafte Benehmen mir gegenüber." Sie verharrten einen Moment hinter der Mauer horchten. Gedämpfte Stimmen waren zu hören, aber der Wortlaut nicht zu verstehen. Helenas Herz schlug schneller. Schritte kamen näher. Beide drückten sich enger an die Mauer und lauschten.

„Die kommen da nie mehr raus. Wir können hier warten bis wir schwarz sind und die besten Storys ziehen an uns vorbei!", beklagte sich ein junger Bursche in Parker und Jeans gekleidet, der plötzlich aus dem Nichts aufgetaucht war. Sofort hielten sie den Atem an. Wenn sie jetzt entdeckt würden...

Der Bursche blieb an der gegenüberliegenden Seite der Mauer stehen. Sie hörten den Zipp eines Reißverschluss und dann das Geräusch von Wasser. Helena warf Peter einen amüsierten Blick zu. Der Reißverschluss wurde geschlossen und die Schritte bewegten sich wieder von ihnen fort.

Sie warteten noch kurze Zeit, und gaben schließlich ihre Deckung auf. Leise verließen sie ihr Versteck und rannten über das freie Feld.

„Wir haben sie überlistet", schnaufte Helena außer Atem, als sie am anderen Ende hinter einem Hügel zum Stehen kamen. Sie sah sich nochmals um. Ihr Blut pulsierte in den Adern und hatte ihre Wangen rot gefärbt. „Das war beinahe so spannend wie im

Beerdigungsinstitut", erklärte sie begeistert und richtete sich zur vollen Größe auf.

„Beinahe", stimmte ihr Peter mit wenig Enthusiasmus zu. Vor ihnen breitete sich eine malerische Landschaft aus. Grüne Hügel, durchzogen von noch feuchten Granitmauern und Heide bewachsenen Hängen. Die Gegend wirkte wie aus dem Bilderbuch. Der Herbst zeigte sich von seiner schönsten Seite. Weiße, dicke Kumuluswolken warfen schnell wechselnde Schatten und kürten das Land zu einer Szene aus Jane Austins Romanen.

„Wunderschön nicht?" Helenas Augen leuchteten vor Begeisterung. Peter konnte nur zustimmen. Sie hob schwungvoll den Arm und deutete auf einen der Hügel, auf dem sich eine Baumgruppe befand. „Da laufen wir jetzt hin!", rief sie und rannte los. Peter blieb keine Wahl.

Die alten Eichen, Ulmen und Platanen hielten ein kleines Schloss versteckt. Helena saß auf den Stufen, das Gesicht der Sonne zugewandt und genoss die warmen Sonnenstrahlen, während sie auf Peter wartete, der das letzte Stück gehend zurückgelegt hatte. Leicht außer Atem blieb er stehen und bewunderte ihre anmutige Gestalt. Das dunkle, lange Haar ergoss sich über ihre Schultern, glitzerte im Sonnenlicht und umschmeichelte sie wie ein Mantel aus Samt. Sie war die vollendete Schönheit. Helena öffnete die Augen und strahlte ihn an. Verlegen erwiderte er ihr Lächeln und wurde dabei rot wie ein Schuljunge. Sie hielt seinen Blick fest, griff dann in die Tasche und zog einen Schlüsselbund heraus.

„Möchten Sie es von innen sehen?", fragte sie und erhob sich.

„Woher haben Sie den?" Skeptisch kam er einen Schritt näher.

„Nicht gestohlen, keine Angst. Ich habe das Recht diese Tür zu öffnen. In Ordnung?"

„Und wer hat Ihnen das Recht dazu gegeben?" Peter ließ nicht locker. Er konnte sich nicht vorstellen, dass die Artkinsons ein Schloss besaßen und es nicht nutzten. Obwohl ein Gebäude in dieser Größenordnung zu bewirtschaften ein Vermögen kostete. Helena stemmte die Hände in die Hüften, warf ihr volles Haar zurück und streckte ihm kämpferisch das Kinn entgegen.

„Vertrauen Sie mir, oder nicht?" Peter zuckte mit den Schultern und stieg die Portaltreppe zu ihr hoch.

„Habe ich denn eine andere Wahl?"

Der grimmige Zug um ihren Mund verschwand und ein Lächeln erschien auf ihren roten Lippen. Mit einer leichten Umdrehung wandte sie sich wieder der Landschaft zu.

„Sehen Sie sich dieses Land an, ist es nicht herrlich?"

‚Warum fragte sie ihn heute ständig ob ihm die Landschaft gefiele?', fragte er sich misstrauisch und runzelte dabei die Stirn.

„Es ist sehr schön", antwortete er ausweichend.

„Sie möchten wirklich morgen abreisen?" Sie drehte sich zu ihm um. Peter versank für einen Moment in den grünen Tiefen ihrer Augen.

„Ja." Seine Stimme klang heiser. Er räusperte sich und wiederholte das Ja mit nun fester Stimme. „England ruft."

„Tut es das?" Ein unschönes Grübchen bildete sich zwischen ihren Augenbrauen. „Das habe ich nicht bemerkt. England hat Sie verstoßen. Sie haben Sie zu einem Bastard gemacht!" Peters Wangen färbten sich rot.

„Wie ich sehe, ist mir mein Ruf bis nach Nordirland vorausgeeilt. Nun, ich gestehe, mein Land ist nicht immer nett zu seinen Söhnen."

„Und trotzdem folgen Sie ihm?" Peter hob die Schultern.

„Ich habe einen Eid geschworen."

„Für Ihren Job", brummte Helena und wog den Schlüssel schwer in ihrer Hand. Sie hob den Kopf und sah ihm direkt ins Gesicht.

„Dann brechen Sie ihn eben. Sie sind Anwalt, nicht der Leibeigene Ihrer Majestät."

„Ein Forgerson bricht keine Versprechen", konstatierte Peter leise und bereute bereits seine Worte. Ihre Blicke trafen sich. Für einige Zeit verharrten sie so sprachlos. Die Luft war plötzlich spannungsgeladen, knisterte und funkte. Keiner bewegte sich. Eine magische Mauer schien sie zu trennen. Und doch war ihnen für einen Augenblick, als könnten sie sich gegenseitig in die Seele sehen. Der Bann hielt noch einen kurzen Moment, dann war alles vorüber. Die Vögel waren wieder zu hören, das Rascheln des Laubes und ebenso der Wind auf der Haut zu spüren. Mit einer vagen Bewegung hob Helena schließlich den Schlüssel hoch.

„Möchten Sie's sehen?" Sie erschreckte sich selbst über ihre raue Stimme. In Peters Ohren rauschte ein gigantischer Wasserfall und hallte der Spannung nach. Der Zeitpunkt war verstrichen. Er befand sich wieder auf festen Boden. Erleichtert nickte er zustimmend.

„Ja, gerne."

„Gut." Helena trat zur Tür, steckte den Schlüssel ins Schloss und sperrte auf. Die Tür öffnete sich ohne ein Quietschen. Mit ausholenden Bewegung stieß sie die Tür weit auf.

„Willkommen auf Schloss Orkley!" Sie deutete eine leichte Verbeugung an und ließ ihn eintreten.

Beide standen nun in einer zweistöckigen Eingangshalle. Eine große Treppe führte zu den oberen Gemächern. Links von der Treppe im Erdgeschoß gab es einen Flur zu den hinteren Zimmer. Verschiedene Möbelstücke standen an der Wand. Leichter Staub überzog ihr teures Holz. Gemächlich schlenderte er zu einem Sideboard, über dem das Portrait eines Herrn mit Perücke und Dreispitz hing. Er betrachtete das Gemälde und drehte sich zu ihr um.

„Wem gehört dieses Schloss?"

„Der Gemeinde", antwortete Helena und kam zu ihm herüber. Sie besahen sich das alte Bild gemeinsam. „Es wird verfallen", fuhr sie fort. „Wir können unmöglich das Geld für die Instandhaltung aufbringen."

„Kann ich mir vorstellen", bestätigte Peter und sah sich weiter um. Helena stieg die Treppe hinauf. Ringsum führte eine eichengetäfelte Galerie, in der weitere Ahnenportraits hingen. Peter schaute ihr nach, folgte jedoch nicht. Ein beklemmendes Gefühl kroch in ihm hoch. Ihm war, als wollten diese alten Gemäuer ihn erdrücken.

„Warum verkaufen sie das alte Ding nicht?", rief er zu ihr hoch. Helena kam ans Geländer und schaute zu ihm herunter.

„Verkaufen? Haben wir schon versucht, aber es hat sich in Irland niemand gefunden, der es haben wollte."

„Es gibt ja noch andere, Amerikaner, Araber... "

„Wie bitte?", unterbrach sie ihn unwirsch.

„Die haben doch Geld. Sie können es zu einem Hotel mit Golfplatz umgestalten und es rentabel machen." Ihre Augen begannen gefährlich zu funkeln.

„Wir möchten keine Araber oder Amerikaner, die uns Touristen anschleppen, feine Drinks genießen und sich breit machen. Es genügt, dass wir einmal erobert wurden."

„Nun..." Er ließ den Blick durch den Raum schweifen. „Wie viele Lords und Ladys haben sich hier wohl schon das Leben genommen?", fragte er schließlich.

„Wie bitte?" Helena hob ungläubig die Augenbrauen. „Kein Einziger. Wie kommen Sie nur darauf?"

„Sehen Sie sich um! Die ganze Atmosphäre des Schlosses schreit doch förmlich nach Depression, Melancholie und Suizid. Es würde mich keinesfalls wundern, wenn im Schlafgemach des Lords Gespenster herumgeistern und sich gegenseitig Vorwürfe machten." Peter breitete die Arme aus. „Öffnen Sie es für Besichtigungen. Erzählen Sie den Touristen von all diese traurigen Geschichten und Schicksalsschläge, die hier stattgefunden haben. Das wird Ihre Kasse sicher füllen."

„Sie haben wohl wenig Sinn für Kultur und Geschichte." Das war eine schallende Ohrfeige. Sie hob ihren Kopf und schritt ehrwürdig wie eine Königin die Treppe herunter. Peter beobachtete sie voller Bewunderung. Sein Blick glitt über ihr schönes Haar, verharrte einen Moment auf ihren Lippen und blieb dann an ihren Augen hängen. „Können Sie sich denn überhaupt nicht vorstellen hier zu leben?", wollte sie von ihm wissen, als sie bei ihm ankam. Anmutig hob sie die Arme. „Man kann es umgestalten. All das dunkle Zeug rauswerfen, Lichtquellen schaffen und Leben einhauchen..."

Peter versank in ihren Augen. Mit ihr könnte er es sich vorstellen. Sie war die Königin dieses Schlosses. Sie, das schönste, ehrwürdigste, hinreißendste Geschöpf der Erde. Ihre Wärme spüren, ihren Atem, ihre vollen Lippen... Seine Hand hob sich, wollte sie berühren, doch sein zweites Ich ließ es nicht zu. In seinen Ohren begann es zu rauschen. Sein Mund war jetzt ausgedörrt. Die Krawatte die er trug, schnürte ihm plötzlich die Kehle ab.

„Ich muss hier raus!", krächzte er, ließ sie stehen und lief ins Freie.

Verwirrt stand sie da und starrte ihm nach. Was war nur los mit ihm? Immer wenn sie dachte, sie würden sich näher kommen, wenn das Feuer in ihnen beiden zu lodern begann, wurde er plötzlich zu Eis und riss aus. Es war genug, endgültig! Sie würde ihn zur Rede stellen. Jetzt sofort! Entschlossen schritt sie durch die Halle, zog die Tür hinter sich zu, steckte den Schlüssel ins Schloss und sperrte zu. Suchend sah sie sich um und entdeckte ihn bald schon im Schutz einer alten Eiche. Es schien, als gebe ihm der Baum den Halt, den sein Körper ihm verweigerte. Er lehnte mit dem Rücken am Baum, den Kopf im Nacken, die Augen geschlossen. Er wirkte klein und zerbrechlich. Für einen Moment verharrte sie, blickte irritiert zu ihm und ging dann geradewegs auf ihn zu.

„Würden Sie mir Ihr unangemessenes Benehmen mir gegenüber bitte erklären?", forderte sie mit scharfer Stimme. Peter öffnete die Augen, stieß sich vom Stamm ab und stand wieder auf eigenen

Beinen. Seine Wangen waren immer noch blass, doch in seinen Augen war das alte Funkeln zurückgekehrt.

„Mein Benehmen…", begann er und machte eine schuldbewusste Geste. „Es tut mir leid, Miss Artkinson, ich weiß, es ist nicht zu entschuldigen."

„Ich verlange keine Entschuldigung, sondern eine Erklärung", belehrte sie ihn wütend.

„Ich weiß nicht, ob ich es Ihnen erklären kann…"

„Sie sollten es versuchen!" verlangte sie mit scharfer Stimme.

„Ich…" Er hielt inne, sah sie hilfesuchend an und hob dann verzweifelt die Hände. „Es gibt Gründe, die ich Ihnen nicht nennen kann." Sein Herz begann zu rasen. ‚Natürlich kannst du es ihr erklären, erbärmlicher Hasenfuß! Sag ihr einfach, dass du am fünfundzwanzigsten Dezember Constance Montgomery heiraten wirst! Obwohl du eine Frau liebst, die dir jetzt gegenüber steht und der du dein Leben schenken würdest!'

„Kommt jetzt wieder diese Sherlock Holmes Nummer?", fauchte sie und streckte ihm den Zeigefinger drohend entgegen. „Damit kommen Sie dieses Mal nicht durch, Forgerson, dieses Mal nicht!"

„Mir lag es fern, Sie zu kränken, Miss Artkinson und wenn ich Ihnen zu nahe getreten bin, möchte ich mich dafür vielmals entschuldigen. Dies habe ich zu keinem Zeitpunkt beabsichtigt", begann er. Wutentbrannt riss Helena die Arme hoch.

„Alles Show, wie?", schrie sie ihn an. „Die ganze Zeit über haben Sie nur mit meinen Gefühlen gespielt! All das nur um Ihren Fall zu lösen?! War das Ihr Ziel, dass Sie verfolgten? Möglich, dass Sie nicht über Leichen gehen, aber über die Würde anderer. Ich verabscheue Sie, Engländer! Zutiefst! Der Teufel soll Sie holen, Dr. Forgerson!", brüllte sie, drehte sich auf den Absatz um und rannte durch die Bäume den Hügel hinunter. Er sollte zur Hölle fahren, verfluchter Engländer! Tränen liefen ungehindert über ihre Wangen und bahnten sich einen Weg in ihre Seele.

Frank zupfte an seinem Revers einen Fussel weg und beobachtete im Spiegel dabei einen völlig niedergeschlagenen Peter Forgerson, der einen griesgrämigen Blick auf seine Taschenuhr warf und sie dann in der Westentasche verschwinden ließ. Es gab heute Abend ein Abschiedsfest für sie beide und Peter sah aus, als ginge er zu seiner eigenen Beerdigung.

Seit seiner Rückkehr vom Ausflug mit Helena sah er aus wie ein Häufchen Elend, aber über das Geschehene hatte er kein Wort verloren.

„Willst du nicht darüber reden?", fragte Frank und rückte die perfekt sitzende Krawatte zurecht. Peter hob den Kopf und starrte das traurige Spiegelbild seines Selbst an.

„Ich wüsste nicht worüber", erwiderte er kurz angebunden und schlüpfte in das Jackett. Frank drehte sich zu ihm um.

„Hallo, ich bin's, dein Freund Frank, falls du dich daran erinnerst."

Keine Reaktion.

„Sprich mit mir, Peter!", drängte er. „Was ist da draußen vorgefallen? Ist es wegen Helena?" Stille. Die Worte hingen wie Blei in der Luft. Franks Herz sank. Natürlich. „Du hast es ihr nicht gesagt", schloss er grimmig. Peters Blick war tödlich. Eisiges Schweigen herrschte. Frank öffnete den Mund, wollte etwas sagen, doch Miss McAlisters Stimme drang vom Treppenabsatz herauf.

„Sie wartet", bemerkte Peter nur und öffnete die Tür. Resigniert schüttelte Frank den Kopf.

„Oh Peter, wie konntest du nur..."

„Wir sind unterwegs, Miss McAlister!", unterbrach Peter ihn mit aufgesetzter Fröhlichkeit und stierte ihn wütend an. Bevor Frank noch etwas sagen konnte, trat er durch die Tür.

„Schön, dass Sie auf uns warten, Miss McAlister." Er lächelte ihr zu und stieg leichtfüßig die Treppe herunter. Eine Meisterleistung. Die Krawatte saß dieses Mal korrekt und der maßgeschneiderte Anzug war wie angegossen. Ein Model auf den Laufstegen von Paris konnte nicht besser aussehen. Nur die Traurigkeit in den Augen wich nicht.

„Es ist mir eine Ehre." Forschend glitt ihr Blick an ihm herunter. Sein ganzes Erscheinungsbild zeigte den englischen Gentleman, erfolgreichen Staatsanwalt und Sohn eines Multimillionärs. Doch trotz seiner gutgelaunten Art konnte er den Kummer nicht vor ihr verbergen.

„Das ganze Dorf will Sie heute sehen", sagte sie und fügte nachdrücklich noch hinzu, „einschließlich Helena." Ihre Blicke trafen sich.

„Das wage ich zu bezweifeln", erwiderte Peter nur und öffnete die Eingangstür.

Im Pub war es bis zum Bersten voll. Schwerer Dunst von Bier und Parfüm hing in der Luft. Die Leute lachten und redeten wild

durcheinander. Der Lärmpegel war bereits so hoch, dass man fast schreien musste, um sich zu verständigen. Als sie das Lokal betraten, wurde es für einen Moment still, dann klatschen und jubelten alle. Die Menge wogte vor Begeisterung. Peinlich berührt färbten sich Peters Wangen rot. Wie er diese Auftritte hasste!
Neben Ian war gerade ein Platz frei geworden. Sofort ergriff er die Gelegenheit und quetschte sich neben ihn.
„Schön Sie zu sehen, Engländer", begrüßte ihn Ian und klopfte ihm kumpelhaft auf die Schulter. „Na wie finden Sie das?" Ian machte eine weit ausholende Handbewegung. Peter betrachtete mürrisch all die fröhlichen, gutgelaunten, ausgelassenen Gesichter.
„Ich weiß ehrlich gestanden nicht, was es hier zu feiern gibt." Zwischen Ians Augenbrauen tauchte das gleiche Grübchen wie bei seiner Schwester auf. Er studierte kurz Peters Gesicht.
„Keine Ahnung, wie? Corrigan Industries hat einen neuen Arbeitgeber! Unsere Arbeitsplätze sind gerettet. Es ist sogar möglich, dass noch weitere geschaffen werden. Das gibt's zu feiern!" Peter wurde kalkweiß.
„Tatsächlich", wisperte er und ahnte schreckliches.
„Ja!" Ians Augen begannen zu leuchten. Er deutete über ein paar Köpfe hinweg zu einer kleinen Gruppe, wo all die wichtigen Herren des Dorfes und des Distrikts standen. Peter folgte Ians Blick. Sein Körper wurde zu Eis. In mitten der Gruppe stand sein Vater. Sir Julian Forgerson, Duke of Sheringham, sechzehnter Earl of Tubor! Er hatte es tatsächlich getan! Nach all dem! Mit was musste er noch bestraft werden?!
„Sprachlos, was Forgerson?" Ian klopfte ihm wieder kameradschaftlich auf die Schultern. „Das hat er Ihnen wohl verheimlicht, wie? Aber Sie sollten sich darüber nicht wundern. Geheimniskrämerei liegt bei den Forgersons in der Familie." Ian lachte gutgelaunt über seinen Scherz. Peter war das Lachen vergangen. Endgültig. Er starrte wie hypnotisiert zu der Gruppe. Sein Vater spürte seinen Blick, drehte sich zu ihm und erwiderte ihn. Triumph stand in den Augen. Macht und Sieg.
„Na, schon was getrunken, mein Junge?" Ein rotgesichtiger Mann knallte ein Pint Guinness auf den Tisch, so dass ein guter Teil sich vor ihm ergoss.
„Danke", murmelte Peter kleinlaut und erntete dafür einen weiteren Schlag zwischen die Rippen. Helena kam auf Ian zu, doch als sie Peter sah, blieb sie mit einem Ruck stehen. Augenblicklich schaute

sie sich um, winkte ihrem Vater und kämpfte sich durch das Getümmel. Neben Peters Vater war ein junger, dynamisch, gutaussehender Mann im maßgeschneiderten, dunkelblauen Anzug aufgetaucht und unterhielt sich angeregt mit ihm.

„Trouble was?", erkundigte sich Ian und musterte ihn von oben bis unten.

„Möglich", antwortete Frank für Peter, der wie aus dem Nichts aufgetaucht war. Er stand nun neben ihnen und hielt ein leeres Glas in der Hand. Er folgte Peters Blick, der die Gruppe seines Vaters fixierte. Helena stand nun neben dem verteufelt gutaussehenden, jungen Mann und lachte über etwas, was er zu ihr gesagt hatte. Beide flirteten ausgelassen miteinander. Er drehte sich zu ihm um.

„Sieh mich nicht so an, Frank!", fauchte Peter wütend und stand auf.

„Du weißt genau, warum sie das macht!" Er bebte vor Zorn. Frank öffnete den Mund, doch bevor er nur einen Ton heraus brachte, fuhr er dazwischen. „Erspare mir bitte deine Belehrungen, in Ordnung?!"

„Geh zu ihr hin und kläre sie auf!" Franks Stimme wurde deutlich schärfer.

„Hab ich was verpasst?", platzte Ian dazwischen. Beide sahen ihn kurz an, ließen sich aber von ihm nicht ablenken.

„Sie hat es nicht verdient so von dir behandelt zu werden." Frank gab nicht auf. Er sah wie Peter litt, wie das Gewissen ihn plagte. Sein Brustkorb hob und senkte sich im schnellen Rhythmus. Schweißperlen bildeten sich auf seiner Stirn. Er hatte seine Hände in Ohnmacht zu Fäusten geballt und schüttelte sie leicht. Die Lippen, die er aufeinander presste, waren bereits weiß. „Du hast nur diese eine Gelegenheit, Peter. Nur diese eine einzige", drängte ihn Frank weiter.

Peters Blick glitt wieder zu der kleinen Gruppe, die sich köstlich amüsierte. Tränen stiegen ihm in die Augen. Sein Mund wurde trocken. Er ließ beide, ohne ein weiteres Wort zu verlieren, stehen und kämpfte sich zum Ausgang. Überall standen die Leute, lachten und prosteten sich zu. In mitten des Tumults stoppte ihn Inspektor Hardcourt.

„Sie möchten schon gehen, Dr. Forgerson? Die Party hat ja noch nicht einmal richtig begonnen!", fragte der Inspektor und betrachtete ihn eingehend. Peter sah sehnsüchtig zu der halb verdeckten Tür.

„Ich glaube, ich bin hier ziemlich deplatziert", erklärte er und schaute sich nach dem großen Kleiderständer um, an dem sein Mantel hing.

„Sie sollten ein Glas Guinness trinken und sich entspannen. Die Leute haben doch jetzt ein völlig anderes Bild von Ihnen. Sie sind hier willkommen. Man sieht Sie nicht mehr als einen Eindringling oder Bedrohung. Genießen Sie das einfach. Nehmen Sie's einfach an und lassen Sie es auf sich wirken. Die Möglichkeit wird man Ihnen so schnell nicht mehr bieten." Inspektor Hardcourt erhielt keine Antwort. Er drehte sich um und sein Blick wanderte zu der Gruppe am Podium. Daher wehte also der Wind. „Sehen Sie, Dr. Forgerson..." Er machte eine kleine Pause und wog seine Worte ab. „Für diese Gegend ist Ihr Vater ein Glücksfall. Ihre Familie hat den Ruf mit Midas Händen gesegnet zu sein. Sobald die Firma Forgerson heißt, erwartet man einen wirtschaftlichen Aufschwung, der wirklich nötig ist. Ich kann mir vorstellen, wie Sie sich jetzt fühlen..."

„Ach, können Sie das?", unterbrach ihn Peter spitz.

„Hören Sie, Dr. Forgerson..."

„Inspektor Hardcourt, bitte verschonen Sie mich mit Ihrem Verständnis. Ich bin für so etwas momentan nicht zugänglich. Ich möchte jetzt gehen." Peter nickte ihm kurz zu und quälte sich durch die Menge. Seine Wangen glühten. In ihm loderte das Feuer. Er wollte um sich schlagen, Geschirr zertrümmern, sich auf dem Boden wälzen und aus vollem Halse schreien. Endlich hatte er den Kleiderständer erreicht. Ein Berg von Jacken und Mänteln hing daran und ein weiterer war darüber geworfen worden. Das auch noch! Zornig begann er zu wühlen.

Ein Löffel wurde gegen ein Glas geschlagen und es begann leiser zu werden. Alle Aufmerksamkeit richtete sich auf das Podium, ausschließlich die von Peter.

„Ladys und Gentlemen! Ich freue mich, dass Sie alle so zahlreich erschienen sind!", begann Mr Artkinson. Das Publikum grummelte zustimmend.

„Sie wissen alle, was in den letzten beiden Jahren geschah, und wie übel das Leben uns mitspielte. Aber wir sind von unserem Peiniger befreit worden und haben nun die Chance mit einem Engländer einen Neuanfang zu starten und uns über all die Grenzen hinweg zu setzen. Darf ich Ihnen den neuen Besitzer von Corrigan Industries vorstellen? Sir Julian Forgerson!" Beifall brandete auf. Die Leute jubelten und johlten. Vergessen waren die Zwistigkeiten zwischen Engländer und Nordiren. Zwischen Protestanten und Katholiken.

„Macht nur, macht nur!", zischte Peter und fand endlich seinen Mantel unter einem Wust von Jacken. Phantastisch! Jähzornig packte er ihn und riss daran.

„Aber es gibt in diesem Raum noch eine andere Person, ohne der es nie so weit gekommen wäre. Nur durch den Eifer, Wagemut und seinem verdammt sturen Kopf kam es zum Sturz von Mr. Corrigan. Er befreite uns aus den Klauen des Teufels. Ein Hoch auf Dr. Peter George Forgerson!"

Die Leute klatschten, riefen und sahen sich gleichzeitig suchend nach ihm um. Sir Julian tat es ebenso und nahm hektische Bewegungen am Kleiderständer wahr. Typisch. Konnte Peter sich nicht einmal, nur ein einziges Mal in seinem Leben standesgemäß benehmen? Mr Artkinson lächelte. „Wir haben uns überlegt, wie wir uns bei ihm revanchieren können und dabei ist uns eingefallen, dass in seinen Adern blaues Blut fließt." Er machte eine Pause und ließ die Worte wirken.

‚Oh bitte verschone mich!', flehte Peter und zerrte hektisch weiter an seinem Mantel. Er wollte hier raus. Einfach nur raus.

„Die Gemeinde kam überein, ihm zum Dank für den selbstlosen Einsatz seines Lebens das Schloss Orkley zu überschreiben." Die Bombe war geplatzt. Peter blieb das Herz stehen. Entgeistert starrte er zum Podium. Das konnte unmöglich ihr Ernst sein! Dieser Kasten, nein! Nie und nimmer! Mr Artkinson sah erwartungsvoll in das blutleere Gesicht von Peter, der zu Stein erstarrt dastand und nicht wusste, wie ihm geschah. Die Menge war dem Blick gefolgt und hatte sich zu ihm umgedreht.

Peter öffnete den Mund, wollte etwas sagen, wollte dementieren, als der Kleiderständer das Übergewicht bekam und ihn unter einem Berg von Jacken und Mänteln begrub.

Hilfreiche Hände befreiten ihn aus seiner misslichen Lage und bevor er sich versah, wurde er durchgereicht und fand sich neben Mr Artkinson, dem Bürgermeister, einigen anderen Herren, dem gutaussehenden, jungen Mann und seinem Vater wieder.

Peter sah ihn und dann die Menge an. In den Ohren rauschte es, Nebel zog vor seinen Augen auf. Seine Kehle war ausgedörrt. Er leckte sich über die trockenen Lippen, versuchte seine Fassung wieder zu gewinnen und nicht ohnmächtig zu werden. Im Lokal wurde es still.

„Ich danke Ihnen für das Vertrauen, dass Sie mir entgegenbringen. Es ist wirklich sehr freundlich von Ihnen. Aber ich kann das großzügige Geschenk unmöglich annehmen." Lauter Protest schlug ihm entgegen. Zwischenrufe, Gemurre waren zu hören, Fäuste flogen in die Luft. Hilfesuchend sah er sich nach Helena um. Sein Blick streifte Constance und blieb für eine kurze Zeit an ihr hängen. Sie schaute geradeheraus zurück. Fordernd, widerwillig. Irritiert suchte er weiter, gab schließlich auf und erhob von neuem die Stimme. „Ich will Sie auf keinen Fall kränken und ich weiß, welche Ehre mir mit diesem Geschenk zu Teil wird. Besonders da ich Engländer bin, aber..." Er hob zweifelnd die Hände. „Ich lebe und arbeite in England. Die Möglichkeit das Haus zu nutzen... Es wäre Ihnen gegenüber nicht fair."

„Blödsinn!", schrie einer und die Menge schloss sich dessen Rufen an. Mr Artkinson legte ihm beruhigend eine Hand auf die Schulter.

„Überschlafen Sie das alles einfach. Ich weiß, es kommt für Sie alles sehr überraschend. Dafür haben wir natürlich Verständnis. Denken Sie in aller Ruhe darüber nach. In Ordnung?" Peter sah seinen Vater an, der den Blick regungslos erwiderte. Erneut schaute er zu dem erwartungsvollen Publikum.

„In Ordnung." Seine Stimme kratzte im Hals. „Ich werde darüber nachdenken." Jubel brauste auf. Er schaute seinen Vater an, in dessen Augen nur ein ‚Gut gemacht, Junge' stand. Die Galle stieg ihm hoch. Seine Wangen begannen zu glühen. Bevor Mr Artkinson oder der Bürgermeister noch irgendetwas Geistreiches hinzufügen konnten, verließ er das Podium und schlug sich durch die Menge zum Ausgang. Schwitzend suchte er seinen Mantel in dem Haufen, aus dem sie ihn gezogen hatten, fand ihn schließlich, riss ihn heraus und stürmte zur Tür. Er hatte nicht mehr den Sinn auch noch den Hut zu suchen. Sollten sie ihn doch zu Corrigans Sammlung stecken!

Endlich im Freien, sog er die kalte Nachtluft tief ein. Sterne glitzerten am Firmament. Die Geräusche von lachenden, plappernden Stimmen drangen zu ihm nach draußen. Peter fühlte sich völlig ausgebrannt. Verzweifelt, niedergeschlagen, gebrochen, schlüpfte er in den Mantel, schleppte sich zum Marktbrunnen und ließ sich auf die Stufen plumpsen. Er senkte den Kopf, verschränkte die Arme über den Knien und vergrub sein Gesicht darin. Tränen schimmerten auf den Wimpern. Er hatte verloren, nach Strich und Faden. Egal, was er tat, immer war sein Vater da, durchkreuzte seinen Weg und degradierte ihn zu seinem kleinen Jungen! Voller verzweifeltem Zorn ballte er die Hände zu Fäusten, schüttelte sie, ließ den Kopf in den Nacken fallen und stöhnte herzzerreißend. Danach vergrub er in seinem Elend den Kopf wieder in den verschränkten Armen.

„Ist noch ein Platz frei?" Erschrocken fuhr er hoch. Constance, Helenas hübsche Cousine, stand am Treppenabsatz und musterte ihn aufmerksam. Sofort war er auf den Beinen. Gute Manieren waren ihm angeboren.

„Bitte", lud er sie mit einer Handbewegung ein. „Aber ich muss gestehen, dass ich heute kein guter Gesellschafter bin."

„Das habe ich auch nicht erwartet." Sie stieg die Stufen herauf. Peter wartete, bis sie saß und nahm ebenfalls wieder neben ihr Platz. Schweigend starrten sie auf den mit Laternen beleuchteten Marktplatz.

„Warum haben Sie das alles eigentlich getan?", fragte sie schließlich.

„Wie?" Er drehte sich zu ihr um.

„Alles." Sie machte eine weit ausholende Handbewegung. „Diese ganze Geschichte. Es war nicht Ihre Aufgabe. Es gab keinen Anlass, sich für ein Volk, das Sie zu Anfangs mit Stöcken verprügelte, Ihr Leben zu riskierten. Und trotzdem haben Sie es getan."

Peter zuckte mit den Schultern, dachte darüber nach und wusste keine Antwort.

„Ich weiß es nicht. Es hat sich alles so entwickelt. Wahrscheinlich liegt es an meiner unstillbaren Neugierde und dem Hang, sich überall einmischen zu müssen."

„Ich glaube, Sie sind ein notorischer Moralist. Darum. Denken Sie wirklich, mit Ihrer Vorstellung von Gut und Böse können Sie in dieser Zeit überleben?"

Peter schaute in ihr gleichmäßiges, schmales Gesicht, das die Straßenlaterne beleuchtete. Er versuchte ihre Gedanken zu lesen. Schaffte es nicht.

„Sie halten mich wohl für sehr altmodisch, wie?", fragte er dann leicht verärgert.

„Altmodisch und dem Traum einer gerechten Welt hinterher jagend. Ihr Sherlock Holmes in Ihnen wird Sie noch oft enttäuschen." Sie zögerte, fuhr nach einen Moment des Schweigens fort und traf ihn wie ein Faustschlag. „Doch Helena fühlt sich von Ihrer Ritterlichkeit angezogen. Sie liebt diesen Lancelot von ganzem Herzen." Sie hob die Augenbrauen und schüttelte ironisch ihre rotblonden Locken. „Ist das alles nicht sehr zynisch? Da sitzen Sie hier und müssen zusehen, wie ein anderer Guinevere den Hof machen darf, weil Sie bereits einer anderen versprochen sind und da ein Forgerson immer zu seinem Wort steht, werden Sie in den sauren Apfel beißen und am fünfundzwanzigsten Dezember mit gebrochenem Herzen vor den Traualtar treten, um eine Frau zu heiraten, die Ihr Vater für richtig hält." Peters Augen begannen zu leuchten.

„Sie sind ja bestens über meine Situation informiert!", zischte er.

„Natürlich", antwortete sie salopp und schob in der gleichen Manier wie Helena ihr Kinn vor. „Ich bin ja auch Ihre zukünftige Ehefrau. Constance Montgomery."

Peter fixierte sie mit stählernem Blick. Er hatte es vermutet. All die Indizien deuteten darauf hin. Allein schon, dass sie immer versuchte, ihren Nachnamen zu verschweigen, war Indiz genug. Aber jetzt, als es sich bewahrheitete, traf es ihn doch wie ein Blitzschlag.

„Miss Montgomery", setzte er an suchte nach den richtigen Worten.

„Sehen Sie, Dr. Forgerson, ich habe kein Interesse an Ihrer Person, aber wie ich annehme, ist Ihnen meine Situation bekannt. Die missliche Lage, in die ich durch meine Freunde geraten bin, veranlasst mich, um nicht größere Schande über meine Familie zu bringen, die Konsequenzen zu tragen. Ihr Vater unterstützt meine Familie generös und das Angebot durch die Hochzeit mit Ihnen, den Schaden für den Ruf unseres Hauses gering zu halten, ist wohl kaum mit Gold aufzuwiegen. Er hat sich ebenso angeboten, meinem Vater bei der Weiterentwicklung unserer neuen homöopathischen Mittel behilflich zu sein und für ihre Vermarktung zu sorgen, was wir wohl in der Größenordnung nie bewerkstelligen könnten. Wir stehen tief in der Schuld Ihrer Familie. Ich habe große Achtung vor meinem Vater und werde nichts tun, dass unsere beiden Familien schaden könnte. Seien Sie sich dessen versichert und ich hoffe, wir können unser Leben so arrangieren, dass es uns beiden erträglich wird. Mehr verlange ich nicht und hoffe, Sie tun es ebenfalls nicht." Peter starrte sie an. Er war vollkommen sprachlos. Miss Montgomery erhob sich. Sofort folgte er ihrem Beispiel. Ein feines Lächeln zuckte um ihre Mundwinkel. „Wir sehen uns dann", sagte sie und stieg die Stufen herunter.

„Ja, sicher", murmelte er, völlig aus der Bahn geworfen. Sie hob die Hand zum Gruß und schritt davon.

Peter stand immer noch wie vom Donner gerührt da, und wusste nicht wie ihm geschah. Die Tür des Pubs öffnete sich und spuckte ein Pärchen aus. Helena und der gutaussehende, junge Mann, der, wie er erfahren hatte, Corrigan Industries leiten würde. Peter starrte sie wütend an. Herausfordernd begegnete sie seinem Blick und hakte sich trotzig bei ihrem neuen Begleiter ein, sagte etwas zu ihm und beide lachten. Sein Blick folgte ihrem. Er sah Peter, hob die Hand zum Gruß und schlenderte gutgelaunt mit ihr davon.

Ohnmächtig starrte er ihnen nach. Hatte sich die ganze Welt gegen ihn verschworen? Verflucht sollten sie alle sein! Am besten er suchte sich einen Strick und einen großen Baum! Seine Hand glitt in die Manteltasche. Dort entdeckte er statt eines Stricks einen Zettel. Er zog ihn aus der Tasche und las: ‚Achtundzwanzigster November, Zehn Uhr, die Krone gegen Patrick North. Gutachten nochmals prüfen lassen!‘ Das war die Geschichte mit dem Kunstraub im Westend vor einem halben Jahr. Dabei starben der Besitzer des Juwelierladens und seine beiden Angestellten. Peter führte die Anklage. Diesen Fall hatte er ganz aus den Augen verloren. Wollte er ihn gewinnen, gab es noch einiges vorzubereiten. Der Beklagte hatte einen der besten Anwälte Londons an seiner Seite und machte ihm das Leben mehr als schwer. Also, Koffer packen und zurück nach England. Das Spiel war noch lange nicht vorbei!

Danksagung

Ich möchte mich bei allen Freunde und Bekannte bedanken, die mich in all der Zeit unterstützt und ermutigt haben.
Besonders möchte ich Katharina, Veronika, Anna und Anni danken, die viel Geduld und Nerven aufbrachten und ohne ihr technisches Wissen und Tun diese Geschichte noch nicht druckreif wäre.
Vielen Dank!

www.ingramcontent.com/pod-product-compliance
Lightning Source LLC
Chambersburg PA
CBHW020643110726
47901CB00001B/32